चन्द्रकांता संतति
खण्ड-4

देवकीनंदन खत्री

प्रभाकर प्रकाशन

प्रकाशक: **प्रभाकर प्रकाशन**

पता: प्लॉट न. 55, मेन मदर डेयरी रोड,
पांडव नगर, ईस्ट दिल्ली-110092

फोन: 011-40395855

व्हाट्स ऐप: +91 8368220032

ई-मेल: sales@pharosbooks.in

वेबसाइट: www.pharosbooks.in

संस्करण: 20203

चन्द्रकांता संतति खण्ड-4
देवकीनंदन खत्री

विषय-सूची

चन्द्रकांता संतति

भाग-13

बयान-1

अब हम अपने पाठकों का ध्यान जमानिया के तिलिस्म की तरफ फेरते हैं क्योंकि कुंअर इन्द्रजीत सिंह और आनन्द सिंह को वहां छोड़े बहुत दिन हो गए और अब बीच में उनका हाल लिखे बिना किस्से का सिलसिला ठीक नहीं होता।

हम लिख आये हैं कि कुंअर इन्द्रजीत सिंह ने तिलिस्मी किताब को पढ़कर समझने का भेद आनन्द सिंह को बताया और इतने ही में मन्दिर के पीछे की तरफ से चिल्लाने की आवाज आई। दोनों भाइयों का ध्यान एकदम उस तरफ चला गया और फिर यह आवाज सुनाई पड़ी, "अच्छा-अच्छा, तू मेरा सिर काट ले, मैं भी यही चाहती हूं कि अपनी जिन्दगी में इन्द्रजीत सिंह और आनन्द सिंह को दु:खी न देखूं। हाय इन्द्रजीत सिंह! अफसोस, इस समय तुम्हें मेरी खबर कुछ भी न होगी।" इस आवाज को सुनकर इन्द्रजीत सिंह बेचैन और बेताब हो गए और आनन्द सिंह से यह कहते हुए कि, "कमलिनी की आवाज मालूम पड़ती है" मन्दिर के पीछे की तरफ लपके। आनन्द सिंह भी उनके पीछे-पीछे चले गए।

जब कुंअर इन्द्रजीत सिंह और आनन्द सिंह मन्दिर के पीछे की तरफ पहुंचे तो एक विचित्र वेशधारी मनुष्य पर उनकी निगाह पड़ी। उस आदमी की उम्र अस्सी वर्ष से कम न होगी। उसके सिर, मूंछ, दाढ़ी और भौं इत्यादि के तमाम बाल बर्फ की तरह सफेद हो रहे थे मगर गरदन और कमर पर बुढ़ापे ने अपना दखल जमाने से परहेज कर रखा था, अर्थात् न तो उसकी गर्दन हिलती थी और न कमर झुकी हुई थी, उसके चेहरे पर झुर्रियां (बहुत कम) पड़ी हुई थीं मगर फिर भी उसका गोरा चेहरा रौनकदार और रोबीला दिखाई पड़ता था और दोनों तरफ के गालों पर अब भी सुर्खी मौजूद थी। एक नहीं बल्कि हर एक अंगों की किसी न किसी हालत से वह अस्सी वर्ष का बुड्ढा जान पड़ता था। परन्तु कमजोरी, पस्तहिम्मती, बुजदिली और आलस्य इत्यादि के घावों से उसका शरीर बचा हुआ था।

उसकी पोशाक राजों-महाराजों की पोशाकों की तरफ बेशकीमत तो न थी मगर इस योग्य भी न थी कि उससे गरीबी और कमलियाकत जाहिर होती। रेशमी तथा मोटे कपड़े की पोशाक हर जगह से चुस्त और फौजी अफसरों के ढंग की मगर सादी थी। कमर में एक भुजाली लगी हुई थी और बाएं हाथ में सोने की एक बड़ी-सी डलिया या चंगेर लटकाए हुए था। जिस समय वह कुंअर इन्द्रजीत सिंह और आनन्द सिंह की तरफ देखकर हंसा उस समय यह भी मालूम हो गया

कि उसके मुंह में जवानों की तरह कुल दांत अभी तक मौजूद हैं और मोती की तरह चमक रहे हैं।

कुंअर इन्द्रजीत सिंह और आनन्द सिंह को आशा थी कि वे इस जगह कमलिनी को नहीं तो किसी न किसी औरत को अवश्य देखेंगे मगर आशा के विपरीत एक ऐसे आदमी को देख उन्हें बड़ा ही ताज्जुब हुआ। इन्द्रजीत सिंह ने वह तिलिस्मी खंजर जो मन्दिर के नीचे वाले तहखाने में पाया था आनन्द सिंह के हाथों में दे दिया और आगे बढ़कर उस आदमी से पूछा, "यहां से एक औरत के चिल्लाने की आवाज आई थी, वह कहां है?"

बुड्ढा- (इधर-उधर देखके) यहां तो कोई औरत नहीं है।

इन्द्र- अभी-अभी हम दोनों ने उसकी आवाज सुनी थी।

बुड्ढा- बेशक, सुनी होगी मगर मैं ठीक कहता हूं कि यहां पर कोई नहीं है।

इन्द्र- तो फिर वह आवाज किसकी थी?

बुड्ढा- वह मेरी ही आवाज थी।

आनन्द- (सिर हिलाकर) कदापि नहीं।

इन्द्र- मुझे इस बात का विश्वास नहीं हो सकता। आपकी आवाज वैसी नहीं है जैसी वह आवाज थी।

बुड्ढा- जो मैं कहता हूं उसका आप विश्वास करें या यह बतावें कि आपको मेरी बात का विश्वास क्योंकर होगा क्या मैं उसी तरह से बोलूं?

इन्द्र- हां, यदि ऐसा हो तो हम लोग आपकी बात मान सकते हैं।

बुड्ढा- (उसी तरह से और वे ही शब्द अर्थात्- "अच्छा-अच्छा, तू मेरा सिर काट ले"- इत्यादि बोलकर) देखिए वे ही शब्द और उसी ढंग की आवाज है या नहीं?

आनन्द- (ताज्जुब से) बेशक वही शब्द और ठीक वैसी ही आवाज है।

इन्द्र- मगर इस ढंग से बोलने की आपको क्या आवश्यकता थी?

बुड्ढा- मैं इस तिलिस्म में कल से चारों तरफ घूम-घूमकर आपको खोज रहा हूं। सैकड़ों आवाजें दीं और बहुत उद्योग किया मगर आप लोगों से मुलाकात न हुई। तब मैंने सोचा कदाचित आप लोगों ने यह सोच लिया हो कि इस तिलिस्म के कारखाने में किसी की आवाज का उत्तर देना उचित नहीं और इसी से आप मेरी आवाज पर ध्यान नहीं देते। आखिर मैंने यह तरकीब निकाली और इस ढंग से बोला, जिसमें सुनने के साथ ही आप बेताब हो जायें और स्वयं ढूंढ़कर मुझसे मिलें और आखिर जो कुछ मैंने सोचा था वही हुआ।

इन्द्र- आप कौन हैं और मुझे क्यों बुला रहे थे?

आनन्द- और इस तिलिस्म के अन्दर आप कैसे आए?

बुड्ढा- मैं एक मामूली आदमी हूं और आपका अदना गुलाम हूं, इसी तिलिस्म में रहता हूं और यही तिलिस्म मेरा घर है। आप लोग इस तिलिस्म में आए हैं तो मेरे घर में आए हैं। अतएव आप लोगों की मेहमानी और खातिरदारी करना मेरा धर्म है इसलिए मैं आप लोगों को ढूंढ़ रहा था।

इन्द्र- अगर आप इसी तिलिस्म में रहते हैं और यह तिलिस्म आपका घर है तो हम लोगों को आप दोस्ती की निगाह से नहीं देख सकते, क्योंकि हम लोग आपका घर अर्थात् यह तिलिस्म तोड़ने के लिए यहां आए हैं, और कोई आदमी किसी ऐसे की खातिर नहीं कर सकता जो उसका मकान तोड़ने आया हो, तब हम क्योंकर विश्वास कर सकते हैं कि आप हमें अच्छी निगाह से देखते होंगे या हमारे साथ दगा या फरेब न करेंगे?

बुड्ढा- आपका खयाल बहुत ठीक है, ऐसे समय पर इन सब बातों को सोचना और विचार करना बुद्धिमानी का काम है, परन्तु इस बात का आप दोनों भाइयों को विश्वास करना ही होगा कि मैं आपका दोस्त हूं। भला सोचिए, तो सही कि मैं दुश्मनी करके आपका क्या बिगाड़ कर सकता हूं। आपकी मेहरबानी से अवश्य फायदा उठा सकता हूं...।

इन्द्र- हमारी मेहरबानी से आपका क्या फायदा होगा और आप इस तिलिस्म के अन्दर हमारी क्या खातिर करेंगे, इसके अतिरिक्त यह भी बतलाइए कि क्या सबूत पाकर हम लोग आपको अपना दोस्त समझ लेंगे और आपकी बात पर विश्वास कर लेंगे।

बुड्ढा- आपकी मेहरबानी से मुझे बहुत कुछ फायदा हो सकता है। यदि आप चाहेंगे तो मेरे घर को अर्थात् इस तिलिस्म को बिल्कुल चौपट न करेंगे, मेरे कहने का मतलब यह नहीं है कि आप इस तिलिस्म को न तोड़ें और उससे फायदा न उठाएं, बल्कि मैं यह कहता हूं कि इस तिलिस्म को उतना ही तोड़िए, जितने से आपको गहरा फायदा पहुंचे और कम फायदे के लिए व्यर्थ उन मजेदार चीजों को चौपट न कीजिए जिनके बनाने में बड़े-बड़े बुद्धिमानों ने वर्षों मेहनत की और जिसका तमाशा देखकर बड़े-बड़े होशियारों की अक्ल भी चकरा सकती है। अगर इसका थोड़ा-सा हिस्सा आप छोड़ देंगे तो मेरा खेल-तमाशा बना रहेगा और इसके साथ ही साथ आपके दोस्त गोपाल सिंह की इज्जत और नामबरी में भी फर्क न पड़ेगा और वह तिलिस्म के राजा कहलाने लायक बने रहेंगे। मैं इस तिलिस्म में आपकी खातिरदारी अच्छी तरह कर सकता हूं तथा ऐसे-ऐसे तमाशे दिखा सकता हूं जो आप तिलिस्म तोड़ने की ताकत रखने पर भी बिना मेरी मदद के नहीं देख सकते, हां, उसका आनन्द लिए बिना उसको चौपट अवश्य कर सकते हैं। बाकी रही यह बात कि आप मुझ पर भरोसा किस तरह कर सकते हैं, इसका जवाब देना अवश्य ही जरा कठिन है।

इन्द्र- (कुछ सोचकर) तुमसे और राजा गोपाल सिंह में जान-पहचान है?

बुड्ढा- अच्छी तरह जान-पहचान है बल्कि हम दोनों में मित्रता है।

इन्द्र- (सिर हिलाकर) यह बातें तो मेरे जी में नहीं अटतीं।

बुड्ढा- सो क्यों?

इन्द्र- इसलिए कि एक तो यह तिलिस्म तुम्हारा घर है, कहो हां।

बुड्ढा- जी हां।

इन्द्र- जब यह तिलिस्म तुम्हारा घर है तो यहां का एक-एक कोना तुम्हारा देखा हुआ होगा बल्कि आश्चर्य नहीं कि राजा गोपाल सिंह की बनिस्बत इस तिलिस्म का तुमको ज्यादे मालूम हो।

बुड्ढा- जी हां, बेशक, ऐसा ही है।

इन्द्र- (मुस्कराकर) तिस पर राजा गोपाल सिंह से और तुमसे मित्रता है।

बुड्ढा- अवश्य।

इन्द्र- तो तुमने इतने दिनों तक राजा गोपाल सिंह को मायारानी के कैदखाने में क्यों सड़ने दिया इसके जवाब में तुम यह नहीं कह सकते कि मुझे गोपाल सिंह के कैद होने का हाल मालूम न था या मैं उस सींखचे वाली कोठरी तक नहीं जा सकता था जिसमें वे कैद थे।

इन्द्रजीत सिंह के इस सवाल ने बुड्ढे को लाजवाब कर दिया और वह सिर नीचा करके कुछ सोचने लगा। कुंअर इन्द्रजीत सिंह और आनन्द सिंह ने समझ लिया कि यह झूठा है और हम लोगों को धोखा दिया चाहता है। बहुत थोड़ी देर तक सोचने के बाद बुड्ढे ने सिर उठाया और मुस्कराकर कहा, "वास्तव में आप होशियार हैं, बातों की उलझन में भुलावा देकर मेरा हाल जानना चाहते हैं, मगर ऐसा नहीं हो सकता; हां जब आप तिलिस्म को तोड़ लेंगे तो मेरा परिचय भी आपको मिल जाएगा, लेकिन यह बात झूठी नहीं हो सकती कि राजा गोपाल सिंह मेरे दोस्त हैं और यह तिलिस्म मेरा घर है।"

इन्द्र- आप स्वयम् अपने मुंह से झूठे बन रहे हैं, इसमें मेरा क्या कसूर है। यदि गोपाल सिंह आपके दोस्त हैं तो आप मेरी बात का पूरा-पूरा जवाब देकर मेरा दिल क्यों नहीं भर देते हैं।

बुड्ढा- नहीं, आपकी इस बात का जवाब मैं नहीं दे सकता कि गोपाल सिंह को मैंने मायारानी के कैदखाने से क्यों नहीं छुड़ाया।

इन्द्र- तो फिर मेरा दिल कैसे भरेगा और मैं कैसे आप पर विश्वास करूंगा?

बुड्ढा- इसके लिए मैं दूसरा उपाय कर सकता हूं।

इन्द्र- चाहे कोई उपाय कीजिए, परन्तु इस बात का निश्चय अवश्य होना चाहिए कि यह तिलिस्म आपका घर है और गोपाल सिंह आपके मित्र हैं।

बुड्ढा- आपको तो केवल इसी बात का विश्वास होना चाहिए कि मैं आपका दुश्मन नहीं हूं।

आनन्द- नहीं-नहीं, हम लोग और किसी की बात का सबूत नहीं चाहते, केवल वह दो बात आप साबित कर दें जो भाई जी चाहते हैं।

बुड्ढा- तो इस समय मेरा यहां आना व्यर्थ ही हुआ। (चंगेर की तरफ इशारा करके) देखिए, आप लोगों के खाने के लिए मैं तरह-तरह की चीजें लेता आया था मगर अब लौटा ले जाना पड़ा, क्योंकि जब आपको मुझ पर विश्वास ही नहीं है तो इन चीजों को कब स्वीकार करेंगे।

इन्द्र- बेशक, मैं इन चीजों को स्वीकार नहीं कर सकता जब तक कि मुझे आपकी बातों पर विश्वास न हो जाएं।

आनन्द- (मुस्कराकर) क्या आपके लड़के-बाले भी इसी तिलिस्म में रहते हैं ये सब चीजें आपके घर की बनी हुई हैं या बाजार से लाए हैं?

बुड्ढा- जी मेरे लड़के-बाले नहीं हैं, न दुनियादार ही हूं, यहां तक कि कोई नौकर भी मेरे पास नहीं है- ये चीजें तो बाजार से खरीद लाया हूं।

आनन्द- तो इससे यह भी जाना जाता है कि आप दिन-रात इस तिलिस्म में नहीं रहते, जब कभी खेल-तमाशा देखने की इच्छा होती होगी तो चले आते होंगे।

इन्द्र- खैर, जो हो, हमें इन सब बातों से कोई मतलब नहीं, हमारे सामने जब ये अपने सच्चे होने का सबूत लाकर रखेंगे तब हम इनसे बातें करेंगे और इनके साथ चलकर इनका घर देखेंगे।

इस बात का जवाब उस बुड्ढे ने कुछ न दिया और सिर झुकाए वहां से चला गया। इन्द्रजीत सिंह और आनन्द सिंह भी यह देखने के लिए कि वह कहां जाता है और क्या करता है उसके पीछे चले। बुड्ढे ने घूमकर दोनों भाइयों को अपने पीछे-पीछे आते देखा मगर इस बात की उसने कुछ परवाह न की और बराबर चलता गया।

हम पहिले के किसी बयान में लिख आये हैं कि इस बाग में पश्चिम की तरफ की दीवार के पास एक कुआं था। वह बुड्ढा उस कुएं की तरफ चला गया और जब उसके पास पहुंचा तो बिना कुछ रुके एकदम उसके अन्दर कूद पड़ा। इन्द्रजीत सिंह और आनन्द सिंह भी उस कुएं के पास पहुंचे और झांककर देखने लगे मगर सिवाय अन्धकार के और कुछ भी दिखाई न दिया।

आनन्द- जब वह बुड्ढा बेधड़क इसके अन्दर कूद गया तो यह कुआं जरूर किसी तरफ निकल जाने का रास्ता होगा।

इन्द्र- मैं भी यही समझता हूं।

आनन्द- यदि कहिये तो मैं इसके अन्दर जाऊं?

इन्द्र- नहीं-नहीं, ऐसा करना बड़ी नादानी होगी, तुम इस तिलिस्म का हाल कुछ भी नहीं जानते, हां मैं इसके अन्दर बेखटके जा सकता हूं क्योंकि मैं तिलिस्मी किताब को पढ़ा चुका हूं और वह मुझे अच्छी तरह याद भी है, मगर मैं नहीं चाहता कि तुम्हें इस जगह अकेला छोड़कर जाऊं।

आनन्द- तो फिर अब क्या करना चाहिए?

इन्द्र- बस सबके पहिले तुम इस तिलिस्मी किताब को पढ़ जाओ और इस तरह याद कर जाओ कि पुनः इसके देखने की आवश्यकता न रहे फिर जो कुछ करना होगा किया जाएगा। इस समय इस बुड्ढे का पीछा करना हमें स्वीकार नहीं है। जहां तक मैं समझता हूं यह दगाबाज बुड्ढा खुद हम लोगों का पीछा करेगा और फिर हमारे पास आएगा बल्कि ताज्जुब नहीं कि अबकी दफ़े कोई नया रंग लावे।

आनन्द- जैसी आज्ञा, अच्छा तो वह किताब मुझे दीजिए मैं पढ़ जाऊं।

दोनों भाई लौटकर फिर उसी मन्दिर के पास आए और आनन्द सिंह तिलिस्मी किताब को पढ़ने में लौलीन हुए।

दोनों भाई चार दिन तक उसी बाग में रहे, इस बीच में उन्होंने न तो कोई कार्रवाई की और न कोई तमाशा देखा, हां आनन्द सिंह ने उस किताब को अच्छी तरह पढ़ डाला और सब बातें दिल में बैठा लीं। वह खून से लिखी हुई तिलिस्मी किताब बहुत बड़ी न थी और उसके अन्त में यह बात लिखी हुई थी -

"निःसन्देह तिलिस्म खोलने वाले का जेहन तेज होगा। उसे चाहिए कि इस किताब को पढ़कर अच्छी तरह याद कर ले क्योंकि इसके पढ़ने से ही मालूम हो जाएगा कि यह तिलिस्म खोलने वाले के पास बची न रहेगी, किसी दूसरे काम में लग जाएगी, ऐसी अवस्था में अगर इसके अन्दर लिखी हुई कोई बात भूल जाएगी तो तिलिस्म खोलने वाले की जान पर आ बनेगी। जो आदमी इस किताब को आदि से अन्त तक याद न कर सके वह तिलिस्म के काम में कदापि हाथ न लगावे नहीं तो धोखा खाएगा।"

***

बयान-2

दिन लगभग पहर भर के चढ़ चुका है। दोनों कुमार स्नान, ध्यान और पूजा से छुट्टी पाकर तिलिस्म तोड़ने में हाथ लगाने के लिए जा रहे थे कि रास्ते में फिर उसी बुड्ढे से मुलाकात हुई। बुड्ढे ने झुककर दोनों कुमारों को सलाम किया और अपनी जेब में से एक चिट्ठी निकालकर कुंअर इन्द्रजीत सिंह के हाथ में देकर बोला, "देखिए, राजा गोपाल सिंह के हाथ की सिफारिशी चिट्ठी ले आया हूं, इसे पढ़कर तब कहिए कि मुझ पर भरोसा करने में अब आपको क्या उज्र है?" कुमार ने चिट्ठी पढ़ी और आनन्द सिंह को दिखाने के बाद हंसकर उस बुड्ढे को देखा।

बुड्ढा- (मुस्कराकर) कहिए, अब आप क्या कहते हैं? क्या इस पत्र को आप जाली या बनावटी समझते हैं?

इन्द्र- नहीं-नहीं, यह चिट्ठी जाली नहीं हो सकती, मगर देखो तो सही इस (आनन्द सिंह के हाथ से चिट्ठी लेकर और चिट्ठी में लिखे हुए निशान को दिखाकर) निशान को तुम पहिचानते हो या इसका मतलब तुम जानते हो?

बुड्ढा- (निशान देखकर) इसका मतलब तो आप जानिए या गोपाल सिंह जानें, मुझे क्या मालूम, यदि आप बतलाइये तो...।

इन्द्र- इसका मतलब यही है कि यह चिट्ठी बेशक सच्ची है मगर इसमें जो कुछ लिखा है उस पर ध्यान न देना।

बुड्ढा- क्या गोपाल सिंह ने आपसे कहा था कि हमारी लिखी जिस चिट्ठी पर ऐसा निशान हो उसकी लिखावट पर ध्यान न देना?

इन्द्र- हां, मुझसे उन्होंने ऐसा ही कहा था, इसलिए जाना जाता है कि यह चिट्ठी उन्होंने अपनी इच्छा से नहीं लिखी बल्कि जबर्दस्ती किये जाने के सबब से लिखी है।

बुड्ढा- नहीं-नहीं, ऐसा कदापि नहीं हो सकता, आप भूलते हैं, उन्होंने आपको इस निशान के बारे में कोई दूसरी बात कही होगी।

कुमार- नहीं-नहीं, मैं ऐसा भुलक्कड़ नहीं हूं, अच्छा आप ही बताइये यह निशान उन्होंने क्यों बनाया।

बुड्ढा- यह निशान उन्होंने इसलिए स्थिर किया है कि कोई ऐयार उनके दोस्तों को उनकी लिखावट का धोखा न दे सके। (कुछ सोचकर और हंसकर) मगर कुमार, तुम भी बड़े बुद्धिमान और मसखरे हो।

कुमार- कहो, अब मैं तुम्हारी दाढ़ी नोच लूं?

आनन्द- (हंसकर और ताली बजाकर) या मैं नोच लूं?

बुड्ढा- (हंसते हुए) अब आप लोग तकलीफ न कीजिए, मैं स्वयं इस दाढ़ी को नोचकर अलग फेंक देता हूं।

इतना कहकर उस बुड्ढे ने अपने चेहरे की दाढ़ी अलग कर दी और इन्द्रजीत सिंह के गले से लिपट गया।

पाठक, यह बुड्ढा वास्तव में राजा गोपाल सिंह थे जो चाहते थे कि सूरत बदलकर इस तिलिस्म में कुंअर इन्द्रजीत सिंह और आनन्द सिंह की मदद करें, मगर कुमार की चालाकियों ने उनकी हिकमत लड़ने न दी और लाचार होकर उन्हें प्रकट होना ही पड़ा।

कुंअर इन्द्रजीत सिंह, आनन्द सिंह दोनों भाई राजा गोपाल सिंह के गले मिले और उनका हाथ पकड़े हुए नहर के किनारे की पत्थर की एक चट्टान पर बैठकर तीनों आदमी बातचीत करने लगे।

***

बयान-3

अब हम रोहतास गढ़ का हाल लिखते हैं। जिस समय बाहर यह खबर आई कि लक्ष्मीदेवी की तबियत ठीक हो गई और वे सब पर्दे के पास आकर बैठ गईं उस समय राजा वीरेन्द्र सिंह ने तेज सिंह की तरफ देखा और कहा, "लक्ष्मीदेवी से पूछना चाहिए कि उसकी तबियत यह कलमदान देखने के साथ ही क्यों खराब हो गई?"

इसके पहिले कि तेज सिंह राजा वीरेन्द्र सिंह की बात का जवाब दें या उठने का इरादा करें जिन्न ने कहा, "आश्चर्य है कि आप इसके लिए जल्दी करते हैं!"

जिन्न की बात सुन राजा वीरेन्द्र सिंह मुस्कराकर चुप हो रहे और भूतनाथ का कागज पढ़ने के लिए तेज सिंह को इशारा किया। आज भूतनाथ का मुकद्दमा फैसला होने वाला है इसलिए भूतनाथ और कमला का रंज और तरद्दुद तो वाजिब ही है मगर इस समय भूतनाथ से सौ गुनी बुरी हालत बलभद्र सिंह की हो रही है। चाहे सभों का ध्यान उस कागज के मुट्ठे की तरफ लगा हो जिसे अब तेज सिंह पढ़ा चाहते हैं मगर बलभद्र सिंह का खयाल किसी दूसरी तरफ है। उसके चेहरे पर बदहवासी और परेशानी छाई है और वह छिपी निगाहों से चारों तरफ इस तरह देख रहा है जैसे कोई मुजरिम निकल भागने के लिए रास्ता ढूंढ़ता हो, मगर भैरो सिंह को मुस्तैदी के साथ अपने ऊपर तैनात पाकर सिर नीचा कर लेता है।

हम यह लिख चुके हैं कि तेज सिंह पहिले उन चिट्ठियों को पढ़ गए जिनका हाल हमारे पाठकों को मालूम हो चुका है, अब तेज सिंह ने उसके आगे वाला पत्र पढ़ना आरम्भ किया जिसमें यह लिखा हुआ था -

"मेरे प्यारे दोस्त, आज मैं बलभद्र सिंह की जान ले ही चुका था मगर दारोगा साहब ने मुझे ऐसा करने से रोक दिया। मैंने सोचा था कि बलभद्र सिंह के खतम हो जाने पर लक्ष्मीदेवी की शादी रुक जाएगी और उसके बदले में मुन्दर को भरती कर देने का अच्छा मौका मिलेगा मगर दारोगा साहब की यह राय न ठहरी। उन्होंने कहा कि गोपाल सिंह को भी लक्ष्मीदेवी के साथ शादी करने की जिद हो गयी है ऐसी अवस्था में यदि बलभद्र सिंह को तुम मार डालोगे तो राजा गोपाल सिंह दूसरी जगह शादी करने के बदले में बरस दिन अटक जाना मुनासिब समझेंगे और शादी का दिन आ जाना अच्छा नहीं है, इससे यही उचित होगा कि बलभद्र सिंह को कुछ न कहा जाय, लक्ष्मीदेवी की मां को मरे ग्यारह महीने हो ही चुके हैं। महीना भर और बीत जाने दो, जो कुछ करना होगा शादी वाले दिन किया जाएगा। शादी वाले दिन जो कुछ किया जाएगा उसका बन्दोबस्त भी हो चुका है। उस दिन मौके पर लक्ष्मीदेवी गायब कर दी जाएगी और उसकी जगह

मुन्दर बैठा दी जाएगी और उसके कुछ देर पहिले ही बलभद्र सिंह ऐसी जगह पहुंचा दिया जायगा जहां से पुनः लौट आने की आशा नहीं है, बस फिर किसी तरह का खुटका न रहेगा। यह सब तो हुआ मगर आपने अभी तक फुटकर खर्च के लिए रुपये न भेजे। जिस तरह हो सके उस तरह बन्दोबस्त कीजिये और रुपये भेजिये नहीं तो सब काम चौपट हो जायेगा, आगे आपको अख्तियार है।

वही भूतनाथ ?"

वीरेन्द्र- (भूतनाथ की तरफ देखके) क्यों भूतनाथ, यह चिट्ठी तुम्हारे हाथ की लिखी हुई है ?

भूत- (हाथ जोड़कर) जी हां महाराज, यह कागज मेरे हाथ का लिखा हुआ है।

वीरेन्द्र- तुमने यह पत्र हेला सिंह के पास भेजा था ?

भूत- जी नहीं।

वीरेन्द्र- तुम अभी कह चुके हो कि यह पत्र मेरे हाथ का लिखा है और फिर कहते हो कि नहीं।

भूत- जी मैं यह नहीं कहता कि यह कागज मेरे हाथ का लिखा हुआ नहीं है बल्कि मैं यह कहता हूं कि यह पत्र हेला सिंह के पास मैंने नहीं भेजा था।

वीरेन्द्र- तब किसने भेजा था ?

भूत- (बलभद्र सिंह की तरफ इशारा करके) इसने भेजा था और इसी ने अपना नाम भूतनाथ रखा था क्योंकि यह वास्तव में लक्ष्मीदेवी का बाप बलभद्र सिंह नहीं है।

वीरेन्द्र- अगर यह चिट्ठी (बलभद्र सिंह की तरफ इशारा करके) इन्होंने हेला सिंह के पास भेजी थी तो फिर तुमने इसे अपने हाथ से क्यों लिखा क्या तुम इनके नौकर या मुहर्रिर थे ?

भूत- जी नहीं, इसका कुछ दूसरा ही सबब है, मगर इसके पहिले कि मैं आपकी बातों का पूरा-पूरा जवाब दूं बलभद्र सिंह से दो-चार बातें पूछने की आज्ञा चाहता हूं।

वीरेन्द्र- क्या हर्ज है, जो कुछ पूछना चाहते हो पूछो।

भूत- (बलभद्र सिंह की तरफ देखके) इस कागज के मुट्ठे को तुम शुरू से आखिर तक पढ़ चुके हो या नहीं!

बलभद्र- हां, पढ़ चुका हूं।

भूत- जो चिट्ठी अभी पढ़ी गई है इसके आगे वाली चिट्ठियां जो अभी पढ़ी नहीं गईं तुम्हारे इस मुकद्दमे से कुछ सम्बन्ध रखती हैं ?

बलभद्र- नहीं।

भूत- सो क्यों ?

बलभद्र- आगे की चिट्ठियों का मतलब हमारी समझ में नहीं आता।

भूत- तो अब आगे वाली चिट्ठियों को पढ़ने की कोई आवश्यकता न रही।

बलभद्र- तेरा कसूर साबित करने के लिए क्या इतनी चिट्ठियां कम हैं जो पढ़ी जा चुकी हैं?

भूत- बहुत हैं, बहुत हैं, अच्छा तो अब मैं यह पूछता हूं कि लक्ष्मीदेवी की शादी के दिन तुम कैद कर लिए गए थे?

बलभद्र- हां।

भूत- उस समय बाला सिंह कहां था और अब बाला सिंह कहां है?

भूतनाथ के इस सवाल ने बलभद्र सिंह की अवस्था फिर बदल दी। वह और भी घबराया-सा होकर बोला, "इन सब बातों के पूछने से क्या फायदा निकलेगा" इतना कहकर उसने दारोगा और मायारानी की तरफ देखा। मालूम होता था कि बाला सिंह के नाम ने मायारानी और दारोगा पर भी अपना असर किया जो मायारानी की बगल में एक खम्भे के साथ बंधा हुआ था। वीरेन्द्र सिंह और उनके बुद्धिमान ऐयारों ने भी बलभद्र और दारोगा तथा मायारानी के चेहरे और उन तीनों की इस देखा-देखी पर गौर किया और वीरेन्द्र सिंह ने मुस्कराकर जिन्न की तरफ देखा।

जिन्न- मैं समझता हूं कि इस बलभद्र सिंह के साथ अब आपको बेमुरौवती करनी होगी।

वीरेन्द्र- बेशक, मगर आप क्या कह सकते हैं कि यह मुकद्दमा आज फैसला हो जायेगा?

जिन्न- नहीं, यह मुकद्दमा इस लायक नहीं है कि आज फैसला हो जाए। यदि आप इस मुकद्दमे की कलई अच्छी तरह खोलना चाहते हैं तो इस समय इसे रोक दीजिए और भूतनाथ को छोड़कर आज्ञा दीजिए कि महीने भर के अन्दर जहां से हो सके वहां से असली बलभद्र सिंह को खोज लावे नहीं तो उसके लिए बेहतर न होगा।

वीरेन्द्र- भूतनाथ को किसकी जमानत पर छोड़ दिया जाए।

जिन्न- मेरी जमानत पर।

वीरेन्द्र- जब आप ऐसा कहते हैं तो हमें उज्र नहीं है यदि लक्ष्मीदेवी और लाडिली तथा कमलिनी इसे स्वीकार करें।

जिन्न- उन सभों को भी कोई उज्र नहीं होना चाहिए।

इतने में पर्दे के अन्दर से कमलिनी ने कहा, "हम लोगों को कोई उज्र न होगा, हमारे महाराज को अधिकार है जो चाहें करें।"

वीरेन्द्र- (जिन्न की तरफ देखके) तो फिर कोई चिन्ता नहीं, हम आपकी बात मान सकते हैं। (भूतनाथ से) अच्छा, तुम यह तो बताओ कि जब वह चिट्ठी तुम्हारे ही हाथ की लिखी हुई है तो तुम इसे हेला सिंह के पास भेजने से क्यों इन्कार करते हो।

भूत- इसका हाल भी उसी समय मालूम हो जाएगा जब मैं असली बलभद्र सिंह को छुड़ाकर ले आऊंगा।

जिन्न- आप इस समय इस मुकद्दमे को रोक ही दीजिए, जल्दी न कीजिए, क्योंकि इसमें अभी तो तरह-तरह के गुल खिलने वाले हैं।

बलभद्र- नहीं-नहीं, भूतनाथ को छोड़ना उचित न होगा, बड़ा भारी बेईमान, जालिया, धूर्त और बदमाश है। यदि इस समय छूटकर चल देगा तो फिर कदापि न आवेगा।

तेज- (घुड़ककर बलभद्र से) बस चुप रहो, तुमसे इस बारे में राय ही नहीं ली जाती।

बलभद्र- (खड़े होकर) तो फिर मैं जाता हूं। जिस जगह ऐसा अन्याय हो वहां ठहरना भले आदमियों का काम नहीं।

बलभद्र सिंह उठकर खड़ा हुआ ही था कि भैरो सिंह ने उसकी कलाई पकड़ ली और कहा, "ठहरिये, आप भले आदमी हैं, आपको क्रोध न करना चाहिए, अगर ऐसा कीजिएगा तो भलमनसी में बट्टा लग जाएगा। यदि आपको हम लोगों की सोहबत अच्छी नहीं मालूम पड़ती तो आप मायारानी और दारोगा की सोहबत में रखे जाएंगे, जिसमें आप खुश हो रहें हम वही करेंगे।"

भैरो सिंह ने बलभद्र सिंह की कलाई पकड़ के कोई नस ऐसी दबाई कि वह बेताब हो गया, उसे ऐसा मालूम हुआ मानो उसके तमान बदन की ताकत किसी ने खेंच ली हो, और वह बिना कुछ बोले इस तरह बैठ गया जैसे कोई गिर पड़ता है। उसकी यह अवस्था देख सभों ने मुस्करा दिया।

जिन्न- (वीरेन्द्र सिंह से) अब मैं आपसे और तेज सिंह जी से दो-चार बातें एकान्त में कहा चाहता हूं।

वीरेन्द्र- हमारी भी यही इच्छा है।

इतना कहकर वीरेन्द्र सिंह, तेज सिंह और देवी सिंह से कुछ इशारा करके उठ खड़े हुए और दूसरे कमरे की ओर चले गए।

राजा वीरेन्द्र सिंह, तेज सिंह और जिन्न आधे घण्टे तक एकान्त में बैठकर बातचीत करते रहे, सभों को जिन्न के विषय में जितना आश्चर्य था उतना ही इस बात का निश्चय भी हो गया था कि जिन्न का हाल राजा वीरेन्द्र सिंह, तेज सिंह और भैरो सिंह को मालूम हो गया है परन्तु वे किसी से न कहेंगे और न कोई उनसे पूछ सकेगा।

आधे घंटे के बाद तीनों आदमी कमरे से बाहर निकलकर अपने-अपने ठिकाने आ पहुंचे और तेज सिंह ने देवी सिंह की तरफ देखके कहा, "भूतनाथ को छोड़ देने की आज्ञा हुई है। तुम भूतनाथ और जिन्न के साथ जाओ और हिफाजत के साथ पहाड़ के नीचे पहुंचाकर लौट आओ।"

इतना सुनते ही देवी सिंह ने भूतनाथ की हथकड़ी-बेड़ी खोल दीं और उसको तथा जिन्न को साथ लिये वहां से बाहर चले गए। इसके बाद तेज सिंह पर्दे के अन्दर गये और लक्ष्मीदेवी, कमलिनी तथा लाडिली को कुछ समझा-बुझाकर बाहर निकल आए। बलभद्र सिंह को

खातिरदारी और चौकसी के साथ हिफाजत में रखने के लिए भैरो सिंह के हवाले किया गया और बाकी कैदियों को कैदखाने में पहुंचाने की आज्ञा देकर राजा वीरेन्द्र सिंह बाहर चले आए तथा अदालत बर्खास्त कर दी गई।

***

बयान-4

जब जिन्न और भूतनाथ को पहाड़ के नीचे पहुंचाकर देवी सिंह चले गए तो वे दोनों आपस में नीचे लिखी बातें करते हुए पूरब की तरफ रवाना हुए -

भूत- निःसन्देह आपने मुझ पर बड़ी कृपा की, यदि आज आप मेरे सहायक न होते तो मैं तबाह हो चुका था।

जिन्न- सो सब तो ठीक है, मगर देखो, आज हमने तुमको अपनी जमानत पर इसलिए छुड़ा दिया है कि तुम जिस तरह हो असली बलभद्र सिंह को खोज निकालो और उन्हें अपने साथ लेकर राजा वीरेन्द्र सिंह के पास हाजिर हो जाओ, लेकिन ऐसा न करना कि बलभद्र सिंह का पता लगाने के बदले तुम स्वयं अन्तर्ध्यान हो जाओ और हमको राजा वीरेन्द्र सिंह के आगे झूठा करो।

भूत- नहीं-नहीं, ऐसा कदापि नहीं हो सकता। यदि मुझे नेकनामी के साथ राजा वीरेन्द्र सिंह का ऐयार बनने का शौक न होता तो मैं इन बखेड़ों में क्यों पड़ता बिना कुछ पाए उनका इतना काम क्यों करता रुपये की मुझे कुछ परवाह न थी, मैं किसी दूसरे देश में चला जाता और खुशी के साथ जिन्दगी बिताता मगर नहीं, मुझे राजा वीरेन्द्र सिंह के साथ रहने का बड़ा उत्साह है और जिस दिन से राजा गोपाल सिंह का पता लगा है उसी दिन से मैं उनके दुश्मनों की खोज में लगा हूं और बहुत-सी बातों का पता लगा भी चुका हूं।

जिन्न- (बात काटकर) तो क्या तुमको इस बात की खबर न थी कि मायारानी ने गोपाल सिंह को कैद करके किसी गुप्त स्थान में रख दिया है?

भूत- नहीं, बिल्कुल नहीं।

जिन्न- और इस बात की भी खबर न थी कि मायारानी वास्तव में लक्ष्मीदेवी नहीं है?

भूत- इस बात को तो मैं अच्छी तरह जानता था।

जिन्न- तो तुमने राजा गोपाल सिंह के आदमियों को इस बात की खबर क्यों नहीं की?

भूत- मैंने इसलिए मायारानी का असल हाल किसी से नहीं कहा कि मुझे राजा गोपाल सिंह के मरने का पूरा-पूरा विश्वास हो चुका था और उसके पहिले मैं रणधीर सिंह जी के यहां नौकर था, तब मुझे दूसरे राज्य के भले-बुरे कामों से मतलब ही क्या था?

जिन्न- तुमसे और हेला सिंह से जब दोस्ती थी तब तुम किसके नौकर थे?

भूत- मुझसे और हेला सिंह से कभी दोस्ती थी ही नहीं। मैं तो आपसे कैदखाने के अन्दर ही कह चुका हूं कि राजा गोपाल सिंह के छूटने के बाद मैंने उन कागजों का पता लगाया है जो इस समय मेरे ही साथ दुश्मनी कर रहे हैं और...।

जिन्न- हां-हां, जो कुछ तुमने कहा था मुझे बखूबी याद है, अच्छा अब यह बताओ कि इस समय तुम कहां जाओगे और क्या करोगे?

भूत- मैं खुद नहीं जानता कि कहां जाऊंगा और क्या करूंगा बल्कि यह बात मैं आप ही से पूछने वाला था।

जिन्न- (ताज्जुब से) क्या तुम्हें मालूम नहीं है कि बलभद्र सिंह को किसने कैद किया और अब वह कहां है?

भूत- इतना तो मैं जानता हूं कि बलभद्र सिंह को मायारानी के दारोगा ने कैद किया था मगर यह नहीं मालूम कि इस समय वह कहां है।

जिन्न- अगर ऐसा ही है तो कमलिनी के तिलिस्मी मकान के बाहर तुमने तेज सिंह से क्यों कहा था कि मेरे साथ कोई चले तो मैं असली बलभद्र सिंह को दिखा दूंगा इस बात से तो तुम खुद झूठे साबित होते हो!

भूत- जी हां, बेशक मैंने नादानी की जो ऐसा कहा, मगर मुझे इस बात का निश्चय हो चुका है कि बलभद्र सिंह अभी तक जीता है और उसे तिलिस्मी दारोगा ने कैद कर लिया था।

जिन्न- इसी से तो मैं पूछता हूं कि अब तुम कहां जाओगे और क्या करोगे?

भूत- अगर वह दारोगा मेरे काबू में होता तब तो मैं सहज ही में पता लगा लेता मगर अब मुझे इसके लिए बहुत कुछ उद्योग करना होगा, तथापि इस समय मैं जमानिया में राजा गोपाल सिंह के पास जाता हूं, यदि उन्होंने मेरी मदद की तो अपना काम बहुत जल्द कर सकूंगा, मगर आशा नहीं कि वे मेरी मदद करेंगे क्योंकि जब वे मेरे मुकद्दमे का हाल सुनेंने तो जरूर मुझको नालायक बतायेंगे। (कुछ सोचकर) अभी तक यह भी मुझे मालूम नहीं हुआ कि आप कौन हैं, अगर जानता तो कहता कि राजा गोपाल सिंह के नाम की आप एक चिट्ठी लिख दें।

जिन्न- मेरा परिचय तुम्हें सिवाय इसके और कुछ नहीं मिल सकता कि मैं जिन्न हूं और हर जगह पहुंचने की ताकत रखता हूं। खैर, तुम राजा गोपाल सिंह के पास जाओ और उनसे मदद मांगो, मैं तुम्हें एक सिफारिशी चिट्ठी देता हूं, तुम्हारे पास कागज-कलम-दवात है?

भूत- जी हां, आपकी कृपा से मुझे मेरी ऐयारी का बटुआ मिल गया है और उसमें सब सामान मौजूद है।

इतना कहकर भूतनाथ रुक गया और एक पेड़ के नीचे बैठने के लिए जिन्न को कहा मगर जिन्न ने ऐसा करने से इन्कार किया और आगे की तरफ इशारा करके कहा, "उस पेड़ के नीचे चलकर हम ठहरेंगे क्योंकि वहां हमारा घोड़ा मौजूद है।"

थोड़ी ही देर में दोनों आदमी उस पेड़ के नीचे जा पहुंचे। भूतनाथ ने देखा कि कसे-कसाये दो उम्दा घोड़े उस पेड़ की जड़ के साथ बागडोर के सहारे बंधे हैं और जिन्न ही की सूरत-शक्ल, चाल-ढाल का एक आदमी उनके पास टहल रहा है जो जिन्न के वहां पहुंचते ही सलाम करके एक किनारे खड़ा हो गया। जिन्न ने भूतनाथ से कलम, दवात और कागज लेकर कुछ लिखा और भूतनाथ को देकर कहा, "यह चिट्ठी राजा गोपाल सिंह को देना, बस अब तुम जाओ।" इतना कहकर जिन्न एक घोड़े पर सवार हो गया, जिन्न ही की सूरत का दूसरा आदमी जो वहां मौजूद था दूसरे घोड़े पर सवार हो गया और भूतनाथ के देखते ही देखते दूर जाकर वे दोनों उसकी नजरों से गायब हो गए। भूतनाथ तरद्दुद और परेशानी के सबब से उदास और सुस्त हो गया था इसलिए थोड़ी देर तक आराम करने की नीयत से उसी पेड़ के नीचे बैठ जाने के बाद उस पत्र को पढ़ने लगा जो जिन्न ने राजा गोपाल सिंह के लिए लिख दिया था। मगर हजार कोशिश करने पर भी उससे वह चिट्ठी पढ़ी न गई क्योंकि सिवाय टेढ़ी-मेढ़ी और पेचीली लकीरों के किसी साफ अक्षर का उसके अन्दर भूतनाथ को पता ही न लगा।

आधे घण्टे तक आराम करने के बाद भूतनाथ उठ खड़ा हुआ और 'लामाघाटी' की तरफ रवाना हुआ।

***

बयान-5

भूतनाथ अब बिल्कुल आजाद हो गया। इस समय उसकी ताकत उतनी ही है जितनी आज के दस दिन पहिले थी और जितने आज के दस दिन पहिले उसके ताबेदार थे उतने ही आज भी हैं। पाठक जानते ही हैं कि भूतनाथ अकेला नहीं है बल्कि बहुत से आदमी उसके नौकर भी हैं जो इधर-उधर घूम-फिरकर उसका काम किया करते हैं। भूतनाथ ने जब से नकली बलभद्र सिंह से यह सुना कि उसकी बहुत प्यारी चीज मेरे कब्जे में है जिसे वह 'लामाघाटी' में छोड़ आया था, तब से वह और भी परेशान हो गया था। वह बहुत प्यारी चीज क्या थी बस वही उसकी स्त्री जिसके पेट से नानक पैदा हुआ था और जिसे उसने नागर की मेहरबानी से पुनः पा लिया था, वास्तव में भूतनाथ अपनी उस प्यारी स्त्री को लामाघाटी में ही छोड़ आया था।

भूतनाथ इस समय जमानिया जाने के बदले लामाघाटी ही की तरफ रवाना हुआ और तीसरे दिन संध्या समय उस घाटी में जा पहुंचा जिसे वह अपना घर समझता था।

यहां पर हम पाठकों के दिल में लामाघाटी की तस्वीर खेंचकर भूतनाथ की ताकत और उसके स्वभाव या खयाल का कुछ अन्दाज करा देना मुनासिब समझते हैं। लामाघाटी में किसी अनजान आदमी का जाना बहुत कठिन ही नहीं बल्कि असम्भव था। ध्यानशक्ति की सहायता से यदि आप वहां जायं तो सबके पहिले एक छोटी-सी पहाड़ी मिलेगी जिस पर चढ़ने के लिए एक बारीक पगडण्डी दिखाई देगी। जब उस पगडण्डी की राह से पहाड़ी के ऊपर चढ़ जाएंगे तो तीन तरफ मैदान और पश्चिम की तरफ केवल आधा कोस की दूरी पर एक बहुत ऊंचा पहाड़ मिलेगा। उसके पास जाने पर मालूम होगा कि ऊपर चढ़ने के लिए कोई रास्ता या पगडण्डी नहीं है और न पहाड़ के दूसरी तरफ उतर जाने का ही मौका है। परन्तु खोजने की कोई आवश्यकता नहीं, आप उस पहाड़ी के नीचे पहुंचकर दाहिनी तरफ घूम जाइए और जब तक पानी का एक छोटा-सा झरना आपको न मिले बराबर चले ही जाइए। वह दो-तीन हाथ चौड़ा झरना आपका रास्ता काट के बहता होगा, उसे लांघने की कोई आवश्यकता नहीं, आप बाईं तरफ आंख उठाकर देखेंगे तो बीस-पचीस हाथ की ऊंचाई पर एक छोटी-सी गुफा दिखाई देगी, आप बेधड़क उस गुफा में चले जाइए जिसके अन्दर बिल्कुल अन्धकार होगा और बनिस्बत बाहर के अन्दर गर्मी कुछ ज्यादे होगी। कोस भर तक बराबर उस गुफा के अन्दर ही अन्दर चलने के बाद जब आप बाहर निकलेंगे तो एक हरा-भरा छोटा-सा मैदान नजर आएगा। वह मैदान छोटे-छोटे जंगली फलों और लताओं से ऐसा भरा होगा कि दूर से देखने वालों को आनन्द मगर उसके अन्दर जाने वाले के लिए आफत समझिए। उसमें जाने वाला तीस-चालीस कदम मुश्किल से जाने के बाद इस तरह

से फंस जाएगा कि निकलना कठिन होगा। उस मैदान के किनारे-किनारे दाहिनी तरफ और फिर बाईं तरफ घूम जाना होगा और जब आप पश्चिम और उत्तर के कोने में पहुंचेंगे तो और एक गुफा मिलेगी। आप उस गुफा के अन्दर चले जाइए। लगभग दो सौ कदम जाने के बाद जब आप बाहर निकलेंगे तो अनगढ़ और मोटे-मोटे पत्थर के ढोकों से बनी हुई दीवारें मिलेंगी जिनके बीचों-बीच में एक बहुत बड़ा लकड़ी का दरवाजा लगा है। यदि दरवाजा खुला है तो आप दीवार के उस पार चले जाइए और एक पुरानी मगर बहुत बड़ी इमारत पर नजर डालिए। यद्यपि मकान बहुत पुराना है और कई जगह से टूट भी गया है तथापि जो कुछ बचा है वह बहुत मजबूत और पचासों बरसात सहने योग्य है, जिसमें अब भी कई बड़े-बड़े दालान और कोठरियां मौजूद हैं और उसी मकान या स्थान का नाम 'लामाघाटी' है। भूतनाथ के आदमी या नौकर-चाकर इसी मकान में रहते हैं और अपनी स्त्री को भी वह इसी जगह छोड़ गया था। उसके सिपाही जो बड़े ही दिमागदार, बहुत कट्टर और साथ ही इसके ईमानदार भी थे गिनती के पचास से कम न थे और भूतनाथ के खजाने की हिफाजत बड़ी मुस्तैदी और नेकनीयती के साथ करते थे तथा बड़े-बड़े कठिन कामों को पूरा करने के लिए भूतनाथ की आज्ञा पाते ही मुस्तैद हो जाते थे। उस मकान के चारों तरफ एक बहुत बड़ा मैदान छोटे-छोटे जंगली खूबसूरत पौधों से हरा-भरा बहुत ही खूबसूरत मालूम पड़ता था और उसके बाद भी चारों तरफ की पहाड़ियों के ऊपर जहां तक निगाह काम कर सकती थी छोटे-छोटे खूबसूरत पेड़-पौधे दिखाई पड़ते थे।

भूतनाथ इसी लामाघाटी में पहुंचा। पहुंचने के साथ ही चारों तरफ से उसके आदमियों ने खुशी-खुशी उसे घेर लिया और कुशल-मंगल पूछने लगे। भूतनाथ सभों से हंसकर मिला और 'हां सब ठीक है, बहुत अच्छा है, मेरा आना जिस लिए हुआ उसका हाल जरा ठहरकर कहूंगा' इत्यादि कहता हुआ अपनी स्त्री के पास चला गया, जो बहुत दिनों से उसे देखे बिना बेताब हो रही थी। हंसी-खुशी से मिलने के बाद दोनों में यों बातचीत होने लगी -

स्त्री- तुम बहुत दुबले और उदास मालूम पड़ते हो!

भूत- हां, इधर कई दिन मुसीबत में कटे हैं।

स्त्री- (चौंककर) सो क्या, कुशल तो है?

भूत- कुशल क्या, जान बच गई यही गनीमत है।

स्त्री- सो क्या तुम्हारा भेद खुल गया?

भूत- (ऊंची सांस लेकर) हां कुछ खुल ही गया।

स्त्री- (हाथ मलकर) हाय-हाय, यह तो बड़ा ही गजब हुआ!

भूत- बेशक, गजब हो गया।

स्त्री- फिर तुम बचकर कैसे निकल आये?

भूत- ईश्वर ने एक सहायक भेज दिया जिसने अपनी जमानत पर महीने भर के लिए मुझे छोड़ दिया।

स्त्री- तो क्या महीने भर के बाद तुम्हें फिर हाजिर होना पड़ेगा?

भूत- हां।

स्त्री- किसके आगे?

भूत- राजा वीरेन्द्र सिंह के आगे।

स्त्री- राजा वीरेन्द्र सिंह से क्या सरोकार तुमने उनका तो कुछ बिगाड़ा नहीं था।

भूत- इतनी ही तो कुशल है कि वह दूसरी जगह जाने के बदले सीधा लक्ष्मीदेवी के पास चला गया।

स्त्री- (चौंककर) हैं, क्या लक्ष्मीदेवी जीती है?

भूत- हां, वह जीती है, मुझे इस बात की खबर कुछ भी न थी कि कमलिनी के साथ जो तारा रहती है वह वास्तव में लक्ष्मीदेवी है और बाला सिंह को यह बात मालूम हो गई थी, इसलिए वह सीधा लक्ष्मीदेवी के पास चला गया। यदि मुझे पहिले लक्ष्मीदेवी की खबर लग गई होती तो आज मैं राजा वीरेन्द्र सिंह के आगे अपनी तारीफ सुनता होता।

स्त्री- तुम तो कहते थे कि बाला सिंह मर गया।

भूत- हां, मैं ऐसा ही जानता था।

स्त्री- उसी ने तो तुम्हारी सन्दूकड़ी चुराई थी!

भूत- हां, जब उसने सन्दूकड़ी चुराई थी तभी तो मैं अधमुआ हो चुका था। मगर यह सुनकर कि वह मर गया मैं निश्चिन्त भी हो गया था, परन्तु जिस समय वह यकायक मेरे सामने आ खड़ा हुआ, मुझे बड़ा ही आश्चर्य हुआ। उसके हाथ में वह गठरी उसी कपड़े में बंधी उसी तरह लटक रही थी जैसी तुम्हारे सन्दूक से चोरी गई थी और जिसे देखने के साथ ही मैं पहचान गया। उफ, मैं नहीं कह सकता कि उस समय मेरी क्या हालत थी। मेरे होशोहवास दुरुस्त न थे और मैं अपने को जिन्दा नहीं समझता था। इस बात के दो-चार दिन पहले जब मैं राजा गोपाल सिंह के साथ किशोरी और कामिनी को कमलिनी के मकान में पहुंचाने गया था तो उसी समय तारा पर मुझे शक हो गया था मगर अपनी भलाई का कोई दूसरा ही रास्ता सोचकर मैं उस समय चुप रहा परन्तु जिस समय बाला सिंह से यकायक मुलाकात हो गई और उसने उस गठरी की तरफ इशारा करके मुझसे कहा कि इसमें सोहागिन तारा की किस्मत बन्द है उसी समय मुझे विश्वास हो गया कि तारा वास्तव में लक्ष्मीदेवी है और वह कागज का मुट्ठा भी इसी ने चुरा लिया है जिसे मैंने बड़ी मेहनत से बटोरकर नकल करके रखा था। मैं उस समय बदहवास हो गया और अफसोस करने लगा कि जिन कागजों से मैं फायदा उठाने वाला था वही कागज अब मुझे चौपट करेंगे क्योंकि वह उन्हीं कागजों से मुझी को दोषी ठहराने का उद्योग करेगा। यदि वह सन्दूकड़ी

उसके पास न होती तो मैं हताश न होकर और कोई बन्दोबस्त करता परन्तु उस सन्दूकड़ी के खयाल ही से मैं पागल हो गया, उस समय तो मैं बिल्कुल ही मुर्दा हो गया जब उसकी बेगम पर मेरी निगाह पड़ी।

स्त्री- (चौंककर) क्या बेगम भी जीती है?

भूत- हां, उस समय वह उसके साथ थी और थोड़ी ही दूर पर एक झाड़ी के अन्दर छिपी हुई थी।

स्त्री- यह बड़ा ही अंधेर हुआ, अगर तुम्हें मालूम होता कि वह जीती है तो तुम अपना नाम भूतनाथ काहे को रखते।

भूत- नहीं अगर मुझे उसके मरने में कुछ भी शक होता तो मैं अपना नाम भूतनाथ न रखता। केवल इतना ही नहीं, उसने तो मुझे उस समय एक ऐसी बात कही थी जिससे मेरी बची-बचाई जान भी निकल गई और मैं ऐसा कमजोर हो गया कि उसके साथ लड़ने योग्य भी न रहा।

स्त्री- सो क्या?

भूत- उसने तुम्हारी तरफ इशारा करके मुझसे कहा कि 'तुम्हारी बहुत ही प्यारी चीज मेरे कब्जे में है जो तुम्हारे बाद बड़ी तकलीफ में पड़ जायगी और जिसे तुम लामाघाटी में छोड़ आये थे' और यही सबब है कि छूटने के साथ ही सबसे पहिले मैं इस तरफ आया, मगर ईश्वर को धन्यवाद देता हूं कि तुम उस शैतान के हाथ से बची रहीं और तुम्हें मैं इस जगह राजी-खुशी देख रहा हूं।

स्त्री- उसकी क्या मजाल कि यहां आ सके, उसे स्वप्न में भी यहां का रास्ता मालूम नहीं हो सकता।

भूत- सो तो मैं समझता हूं। परन्तु 'लामाघाटी' का नाम लेने से मुझे उसकी बात पर विश्वास हो गया, मैंने सोचा कि यदि वह लामाघाटी तक न गया होता तो लामाघाटी का नाम भी उसे मालूम न होता और...।

स्त्री- नहीं-नहीं, लामाघाटी का नाम किसी दूसरे सबब से उसे मालूम हुआ होगा।

भूत- बेशक ऐसा ही है, खैर तुम्हारी तरफ से तो मैं निश्चिन्त हो गया मगर अब अपनी जान बचाने के लिए मुझे असली बलभद्र सिंह का पता लगाना चाहिए।

स्त्री- अब तुम अपना खुलासा हाल उस दिन से कह जाओ जिस दिन से तुम मुझसे जुदा हुए हो।

भूतनाथ ने अपना कुल हाल अपनी स्त्री को कह सुनाया और इसके बाद थोड़ी देर तक बातचीत करके बाहर निकल आया। एक दालान में जिसमें सुन्दर बिछावन बिछा हुआ था और रोशनी बखूबी हो रही थी, उसके संगी-साथी या सिपाही सब बैठे उसके आने की राह देख रहे

थे। भूतनाथ के आते ही वे सब अदब के तौर पर उठ खड़े हुए तथा उसके बैठने के बाद उसकी आज्ञा पाकर बैठ गए और बातचीत होने लगी।

भूत- कहो, तुम लोग अच्छे तो हो?

सब- जी, आपके अनुग्रह से हम लोग अच्छे हैं।

भूत- ऐसा ही चाहिए।

एक- आप इतने दुबले और उदास क्यों हो रहे हैं?

भूत- मैं एक भारी आफत में फंस गया था बल्कि अभी तक फंसा ही हुआ हूं।

सब- सो क्या? सो क्यों?

भूत- मैं तुमसे सब-कुछ कहता हूं क्योंकि तुम लोग मेरे खैरखाह हो और मुझे तुम लोगों का बहुत सहारा रहता है।

सब- हम लोग आपके ताबेदार हैं और एक अदने इशारे पर जान देने के लिए तैयार हैं, औरों की तो दूर रहे खास राजा वीरेन्द्र सिंह से भिड़ जाने की हिम्मत रखते हैं।

भूत- बेशक, ऐसा ही है और इसीलिए मैं कोई बात तुम लोगों से नहीं छिपाता।

इतना कहकर भूतनाथ ने अपना हाल कहना आरम्भ किया। जो कुछ अपनी स्त्री से कह चुका था वह तथा और भी बहुत-सी बातें उसने उन लोगों से कहीं और इसके बाद कई बहादुरों को कई तरह के काम करने की आज्ञा दे फिर अपनी स्त्री के पास चला गया।

दूसरे दिन सबेरे जब भूतनाथ बाहर आया तब मालूम हुआ कि उसके बहादुर सिपाहियों में से चालीस आदमी उसकी आज्ञानुसार 'लामाघाटी' के बाहर जा चुके हैं। भूतनाथ भी वहां से रवाना होने के लिए तैयार ही था और अपनी स्त्री से बिदा होकर बाहर निकला था, अस्तु वह भी एक आदमी को लेकर चल पड़ा और दो ही घण्टे बाद 'लामाघाटी' से बाहर मैदान में जमानिया की तरफ जाता हुआ दिखाई देने लगा।

***

बयान-6

जो कुछ हम ऊपर लिख आए हैं उसके कई दिन बाद जमानिया में दोपहर दिन के समय जब राजा गोपाल सिंह भोजन इत्यादि से छुट्टी पाकर अपने कमरे में चारपाई पर लेटे हुए एक-एक करके बहुत-सी चिट्ठियों को पढ़-पढ़कर कुछ सोच रहे थे उसी समय चोबदार ने भूतनाथ के आने की इत्तिला की। गोपाल सिंह ने भूतनाथ को अपने सामने हाजिर करने की आज्ञा दी। भूतनाथ हाजिर हुआ और सलाम करके चुपचाप खड़ा हो गया। उस समय वहां पर इन दोनों के सिवाय और कोई न था।

गोपाल- कहो भूतनाथ! अच्छे तो हो, इतने दिनों तक कहां थे और क्या करते थे?

भूत- आपसे बिदा होकर मैं बड़ी मुसीबत में पड़ गया।

गोपाल- सो क्या!

भूत- कमलिनी जी के मकान की बर्बादी का हाल तो आपको मालूम हुआ ही होगा?

गोपाल- हां, मैं सुन चुका हूं कि कमलिनी के मकान को दुश्मनों ने उजाड़ दिया और उसके यहां जो कैदी थे वे भाग गए।

भूत- ठीक है, तो क्या आप किशोरी, कामिनी और तारा का हाल भी सुन चुके हैं जो उस मकान में थीं!

गोपाल- उनका खुलासा हाल तो मुझे मालूम नहीं हुआ मगर इतना सुन चुका हूं कि अब वे सब कमलिनी के साथ रोहतास गढ़ में जा पहुंची हैं।

भूत- ठीक है, मगर उन पर कैसी मुसीबत आ पड़ी थी उसका हाल आपको शायद मालूम नहीं।

गोपाल- नहीं बल्कि उसका खुलासा हाल दरियाफ्त करने के लिए मैंने एक आदमी रोहतास गढ़ में ज्योतिषी जी के पास भेजा है और एक पत्र भी लिखा है मगर अभी तक जवाब नहीं आया। तो क्या कमलिनी के साथ तुम भी वहां गए थे?

भूत- जी हां, मैं कमलिनी जी के साथ था।

गोपाल- तब तो मुझे सब खुलासा हाल तुम्हारी ही जुबानी मालूम हो सकता है, अच्छा, कहो कि क्या हुआ?

भूत- मैं सब हाल आपसे कहता हूं और उसी के बीच में अपनी तबाही और बर्बादी का हाल भी कहता हूं।

इतना कहकर भूतनाथ ने किशोरी, कमलिनी, लक्ष्मीदेवी, भगवनिया, श्याम सुन्दर सिंह और बलभद्र सिंह का कुल हाल जो ऊपर लिखा जा चुका है कहा और इसके बाद रोहतास गढ़ किले के अन्दर जो कुछ हुआ था और कृष्णा जिन्न ने जो कुछ काम किया था वह सब भी कहा।

पलंग पर पड़े राजा गोपाल सिंह भूतनाथ की कुल बातें सुन गए और जब वह चुप हो गया तो उठकर एक ऊंची गद्दी पर जा बैठे जो पलंग के पास ही बिछी हुई थी। थोड़ी ही देर तक कुछ सोचने के बाद वे बोले, "हां, तो इस ढंग से मालूम हुआ कि तारा वास्तव में लक्ष्मीदेवी है।"

भूत- जी हां, मुझे इस बात की कुछ भी खबर न थी।

गोपाल- यह हाल बड़ा ही दिलचस्प है, अच्छा कृष्णा जिन्न की चिट्ठी मुझे दो, मैं देखूं।

भूत- (चिट्ठी देकर) आशा है कि इसमें कोई बात मेरे विरुद्ध लिखी हुई न होगी।

गोपाल- (चिट्ठी देखकर) नहीं, इसमें तो तुम्हारी सिफारिश की है और मुझे मदद देने के लिए लिखा है।

भूत- कृष्णा जिन्न को आप जानते हैं?

गोपाल- वह मेरा दोस्त है, लड़कपन ही से मैं उसे जानता हूं, उसे मेरे कैद होने की कुछ भी खबर न थी, पांच-सात दिन हुए हैं जब वह मुबारकबाद देने के लिए मेरे पास आया था।

भूत- तो मैं उम्मीद करता हूं कि इस काम में आप मेरी मदद करेंगे।

गोपाल- हां-हां, मैं इस काम में हर तरह से मदद देने के लिए तैयार हूं क्योंकि यह काम वास्तव में मेरा ही काम है, मगर मेरी समझ में नहीं आता कि क्या मदद कर सकूंगा क्योंकि मुझे इन बातों की कुछ भी खबर न थी और न है।

भूत- जिस तरह की मदद मैं चाहता हूं, अर्ज करूंगा, मगर उसके पहिले मैं यह जानना चाहता हूं कि क्या आप राजा वीरेन्द्र सिंह और कमलिनी इत्यादि से मिलने के लिए रोहतास गढ़ जाएंगे?

गोपाल- जब तक राजा वीरेन्द्र सिंह मुझे न बुलावेंगे मैं अपनी मर्जी से न जाऊंगा और न मुझे कमलिनी या लक्ष्मीदेवी से मिलने की जल्दी ही है, जब तुम्हारे मुकद्दमे का फैसला हो जाएगा तब जैसा होगा देखा जाएगा।

गोपाल सिंह की बात सुनकर भूतनाथ को बड़ा ताज्जुब हुआ क्योंकि लक्ष्मीदेवी की खबर सुनकर न तो उनके चेहरे पर किसी तरह की खुशी दिखाई दी और न बलभद्र सिंह का हाल सुनकर उन्हें रंज ही हुआ। कमरे के अन्दर पैर रखते ही भूतनाथ ने जिस शान्त भाव से उन्हें देखा था वैसी ही सूरत में अब भी देख रहा था। आखिर बहुत कुछ सोचने-विचारने के बाद भूतनाथ ने कहा, "अपने खास बाग में मायारानी के कमरे की तलाशी ली थी?"

गोपाल- तुम भूलते हो। खास बाग के किसी कमरे या कोठरी की तलाशी लेने से कोई काम नहीं चल सकता। या तो तुम हेला सिंह के किसी पक्षपाती को जो उस काम में शरीक रहा हो गिरफ्तार करो या दारोगा कम्बख्त को दु:ख देकर पूछो, मगर अफसोस इतना ही है कि दारोगा राजा वीरेन्द्र सिंह के कब्जे में है और उसके विषय में उनको कुछ लिखना मैं पसन्द नहीं करता।

गोपाल सिंह की इस बात से भूतनाथ को और भी आश्चर्य हुआ और उसने कहा, "तलाशी से मेरा और कोई मतलब नहीं है, मुझे ठीक पता लग चुका है कि मायारानी के पास तस्वीरों की एक किताब थी और उसमें उन लोगों की तस्वीरें थीं जो इस काम में उसके मददगार थे, बस मेरा मतलब उसी किताब के पाने से है और कुछ नहीं।"

गोपाल- हां, ठीक है, मुझे इस प्रकार की एक किताब मिली थी मगर उस समय बड़े क्रोध में था इसलिए कम्बख्त नकली मायारानी का असबाब कपड़ा-लत्ता इत्यादि जो कुछ मेरे हाथ लगा उसी में उस तस्वीर वाली किताब को भी रखकर मैंने आग लगा दी, मगर अब मुझे यह जानकर अफसोस होता है कि वह किताब बड़े मतलब की थी।

अब भूतनाथ को निश्चय हो गया कि राजा गोपाल सिंह मुझसे बहाना करते हैं और मेरी मदद करना नहीं चाहते। तब क्या करना चाहिए इसके लिए भूतनाथ सिर झुकाए हुए कुछ सोच रहा था कि राजा गोपाल सिंह ने कहा -

गोपाल- मगर भूतनाथ मुझे याद पड़ता है कि तस्वीर वाली किताब में तुम्हारी तस्वीर भी थी।

भूत- शायद हो।

गोपाल- खैर, अब तो वह किताब ही जल गई, उसके बारे में कुछ भी कहना वृथा है।

भूत- (उदासी के साथ) मेरी किस्मत, मैं लाचार हूं। बस मदद के लिए केवल एक ही किताब थी जिसे पाने की उम्मीद में मैं आपके पास आया था, खैर, अब जाता हूं, जो कुछ हैरानी बदी है उसे उठाऊंगा और जिस तरह बनेगा असल बलभद्र सिंह का पता लगाऊंगा।

गोपाल- मैं जानता हूं कि इस समय जमानिया के बाहर होकर तुम कहां जाओगे और बलभद्र सिंह का पता क्योंकर लगाओगे, क्या करोगे?

भूत- (ताज्जुब से) वह क्या?

गोपाल- बस काशी में मनोरमा का मकान तुम्हारा सबसे पहिला ठिकाना होगा।

भूत- बस-बस ठीक है, आपने खूब समझा और अब मुझे विश्वास हो गया कि इस काम में आप मेरी बहुत कुछ मदद कर सकते हैं मगर आश्चर्य है कि आप किसी तरह की सहायता नहीं करते।

गोपाल- खैर, अब हम तुमसे साफ-साफ कह देना ही अच्छा समझते हैं। कृष्णा जिन्न से और मुझसे नि:सन्देह दोस्ती थी और वह अब भी मुझसे प्रेम रखता है। मगर किसी कारण से मेरी तबियत उससे खट्टी हो गई और मैं कसम खा चुका हूं कि जिस काम में वह पड़ेगा उसमें मैं

दखल न दूंगा चाहे वह काम मेरे ही फायदे का क्यों न हो या मदद न देने के सबब से मेरा कितना ही बड़ा नुकसान क्यों न हो या मेरी जान ही क्यों न चली जाये। बस यही सबब है कि मैं तुम्हारी मदद नहीं करता।

भूत- (कुछ सोचकर) अच्छा तो फिर मुझे आज्ञा दीजिये कि मैं जाऊं और बलभद्र सिंह का पता लगाने के लिए उद्योग करूं।

गोपाल- जाओ, ईश्वर तुम्हारी मदद करे।

भूतनाथ सलाम करके कमरे के बाहर चला गया। उसके जाने के बाद गोपाल सिंह को हंसी आई और उन्होंने आप ही आप धीरे से कहा, "इसने जरूर सोचा होगा कि गोपाल सिंह पूरा बेवकूफ या पागल है।"

भूतनाथ महल की ड्योढ़ी पर आया जहां अपने साथी को छोड़ गया था और उसे साथ लेकर शहर के बाहर निकल गया। जब वे दोनों आदमी मैदान में पहुंचे जहां चारों तरफ सन्नाटा था तो भूतनाथ के साथी ने पूछा, "कहिये, राजा गोपाल सिंह की मुलाकात का क्या नतीजा निकला?"

भूत- कुछ भी नहीं, मैं व्यर्थ ही आया।

आदमी- सो क्या?

भूत- उन्होंने किसी प्रकार की मदद देने से इनकार किया।

आदमी- बड़े आश्चर्य की बात है, यह काम तो वास्तव में उन्हीं का है।

भूत- सब-कुछ है मगर...।

आदमी- तो क्या लक्ष्मीदेवी का पता लगने से खुश नहीं हैं?

भूत- मेरी समझ में कुछ नहीं आता कि वे खुश हैं या नाराज, न तो उनके चेहरे पर किसी तरह की खुशी दिखाई दी, न रंज। हंसना तो दूर रहा वे लक्ष्मीदेवी, बलभद्र सिंह, मायारानी और कृष्णा जिन्न का किस्सा सुनकर मुस्कुराए भी नहीं, यद्यपि कई बातें ऐसी थीं जिन्हें सुनकर उन्हें अवश्य हंसना चाहिए था।

आदमी- क्या उनके मिजाज में कुछ फर्क पड़ गया है।

भूत- मालूम तो ऐसा ही होता है, बल्कि मैं समझता हूं कि वे पागल हो गए हैं। जब मैंने उनसे पूछा कि "राजा वीरेन्द्र सिंह या लक्ष्मीदेवी से मिलने के लिए आप रोहतास गढ़ जाएंगे?" तो उन्होंने कहा, "नहीं, जब तक राजा वीरेन्द्र सिंह न बुलावेंगे मैं न जाऊंगा।" भला यह भी कोई बुद्धिमानी की बात है।

आदमी- मालूम होता है, वे सनक गए हैं।

भूत- या तो वे सनक ही गए हैं और या फिर कोई भारी धूर्तता करना चाहते हैं। खैर जाने दो, इस समय तो भूतनाथ स्वतन्त्र है फिर जो होगा देखा जाएगा। अब मुझे किसी ठिकाने बैठकर अपने आदमियों का इन्तजार करना चाहिए।

आदमी- तब उसी कुटी में चलिए, किसी न किसी से मुलाकात हो ही जाएगी।

भूत- (हंसकर) अच्छा देखो तो सही भूतनाथ क्या-क्या करता है और कैसे-कैसे खेल-तमाशे दिखाता है।

***

बयान-7

अब हम थोड़ा-सा हाल लक्ष्मीदेवी की शादी का लिखना आवश्यक समझते हैं।

जब लक्ष्मीदेवी की मां जहरीली मिठाई के असर से मर गई (जैसा कि ऊपर के लेख से हमारे पाठकों को मालूम हुआ होगा) तब लक्ष्मीदेवी की सगी मौसी जो विधवा थी और अपने ससुराल में रहा करती थी, बुला ली गई और उसने बड़े लाड़-प्यार से लक्ष्मीदेवी, कमलिनी और लाडिली की परवरिश शुरू की और बड़ी दिलजमई तथा दिल से उन तीनों को रखा। परन्तु बलभद्र सिंह स्त्री के मरने से बहुत ही उदास और विरक्त हो गया। उसका दिल गृहस्थी तथा व्यापार की तरफ नहीं लगता था और वह दिन-रात इसी विचार में पड़ा रहता था कि किसी तरह तीनों लड़कियों की शादी हो जाए और वे सब अपने-अपने ठिकाने पहुंच जाएं तो उत्तम हो। लक्ष्मीदेवी की बातचीत तो राजा गोपाल सिंह के साथ तै हो चुकी थी परन्तु कमलिनी और लाडिली के विषय में अभी कुछ निश्चय नहीं हो पाया था।

लक्ष्मीदेवी की मां को मरे जब लगभग सोलह महीने हो चुके तब उसकी शादी का इन्तजाम होने लगा। उधर राजा गोपाल सिंह और इधर बलभद्र सिंह तैयारी करने लगे। यह बात पहिले ही से तै पा चुकी थी कि राजा गोपाल सिंह बारात सजाकर बलभद्र सिंह के घर न आवेंगे बल्कि बलभद्र सिंह को अपनी लड़की उनके घर ले जाकर ब्याह देनी होगी और आखिर ऐसा ही हुआ।

सावन का महीना और कृष्णपक्ष की एकादशी का दिन था जब बलभद्र सिंह अपनी लड़की को लेकर जमानिया पहुंचे। उसके दूसरे या तीसरे दिन शादी होने वाली थी और उधर कम्बख्त दारोगा ने गुप्त रीति से हेला सिंह और उसकी लड़की मुन्दर को बुलाकर अपने मकान में छिपा रखा था। बलभद्र सिंह और दारोगा में गहरी दोस्ती थी और बलभद्र सिंह दारोगा का बड़ा विश्वास करता था। मगर अफसोस, रुपया जो चाहे सो करावे, इसकी ठण्डी आंच को बरदाश्त करना किसी ऐसे-वैसे दिल का काम नहीं। इसके सबब से बड़े-बड़े मजबूत कलेजे हिल जाते हैं और पाप और पुण्य के विचार को तो यह इसी तरह से उड़ा देता है जैसे गन्धक का धुआं कनेर पुष्प के लाल रंग को। यद्यपि दारोगा और बलभद्र सिंह में दोस्ती थी परन्तु हेला सिंह के दिखाए हुए सब्जबाग ने दारोगा को ईश्वर और धर्म की तरफ कुछ भी विचार करने न दिया और वह बड़ी दृढ़ता के साथ विश्वासघात करने के लिए तैयार हो गया।

बलभद्र सिंह अपनी लड़की तथा कई नौकर और सिपाहियों को लेकर जमानिया पहुंचे और एक किराए के बाग में डेरा डाला जो कि दारोगा ने उनके लिए पहिले ही से ठीक कर रखा था। जब हर तरह का सामान ठीक हो गया तो उन्होंने दोस्ती के ढंग पर दारोगा को अपने पास

बुलाया और उन चीजों को दिखाया जो शादी के लिए बन्दोबस्त कर अपने साथ ले आए थे, उन कपड़ों और गहनों को भी दिखाया जो अपने दामाद को देने के लिए लाए थे, फिहरिस्त के सहित वे चीजें उसके सामने रक्खीं जो दहेज में देने के लिए थीं, और सबके अन्त में वे कपड़े भी दिखाए जो शादी के समय अपनी लड़की लक्ष्मीदेवी को पहिराने के लिए तैयार कराकर लाए थे। दारोगा ने दोस्ताने ढंग पर एक-एक करके सब चीजों को देखा और तारीफ करता गया मगर सबसे ज्यादे देर तक जिन चीजों पर उसकी निगाह ठहरी वह शादी के समय पहिराए जाने वाले लक्ष्मीदेवी के कपड़े थे। दारोगा ने कपड़ों को उससे भी ज्यादे बारीक निगाह से देखा जिस निगाह से कि रेहन रखने वाला कोई चालाक बनिया उन्हें देखता या जांच करता।

दारोगा अकेला बलभद्र सिंह के पास नहीं आया था बल्कि अपने दो नौकरों तथा सिपाहियों के साथ जिनको वह दरवाजे पर ही छोड़ आया था, और भी दो आदमियों को लाया था जिन्हें बलभद्र सिंह नहीं पहिचानते थे और दारोगा ने जिन्हें अपना दोस्त कहकर परिचय दिया था। इस समय इन दोनों ने उन कपड़ों को अच्छी तरह देखा जिनके देखने में दारोगा ने अपने समय का बहुत हिस्सा नष्ट किया था।

थोड़ी ही देर तक गपशप और तारीफ करने के बाद दारोगा उठकर अपने घर चला आया। यहां उसने सब हाल हेला सिंह से कहा और यह कहा कि, "मैं दो चालाक दर्जियों को अपने साथ लिए गया था जिन्होंने वे कपड़े बहुत अच्छी तरह देखभाल लिए हैं जो लक्ष्मीदेवी को विवाह के समय पहिराए जाने वाले हैं और उन दर्जियों को ठीक उसी तरह के कपड़े तैयार करने के लिए आज्ञा दे दी गई है", इत्यादि।

जिस दिन शादी होने वाली थी, केवल रात ही अंधेरी न थी बल्कि बादल भी चारों तरफ से इतने घिर आए थे कि हाथ को हाथ भी नहीं दिखाई देता था। ब्याह का काम उसी खास बाग में ठीक किया गया था जिसमें मायारानी के रहने का हाल हम कई मर्तबे लिख चुके हैं। इस समय इस बाग का बहुत बड़ा हिस्सा दारोगा ने शादी का सामान वगैरह रखने के लिए अपने कब्जे में कर लिया था। जिसमें कई दालान, कोठरियां, कमरे और तहखाने भी थे और साथ-साथ उसने हेला सिंह की लड़की मुन्दर को भी लौंडियों के से कपड़े पहना के अन्दर एक तहखाने में छिपा रखा था।

कन्यादान का समय तीन पहर रात बीते पण्डितों ने निश्चय किया था और जो पण्डित विवाह कराने वालों का मुखिया था उसे दारोगा ने पहिले ही मिला लिया था। दो पहर रात बीतने के पहिले ही लक्ष्मीदेवी को साथ लिए हुए बलभद्र सिंह बाग के अन्दर कर लिए गए और विवाह का कार्य आरम्भ कर दिया गया। बाग का जो हिस्सा दारोगा ने अपने अधिकार में रखा उसमें एक सुन्दर सजी हुई कोठरी भी थी जिसके नीचे एक तहखाना था। दारोगा की इच्छा से गोपाल सिंह के कुलदेवता का स्थान उसी में नियत किया गया था और उसके नीचे वाले तहखाने में दारोगा ने हेला सिंह की लड़की मुन्दर को ठीक वैसे ही कपड़े पहिराकर छिपा रखा था जैसे कि बलभद्र

सिंह ने लक्ष्मीदेवी के लिए बनवाए थे और जिन्हें चालाक दर्जियों के सहित दारोगा अच्छी तरह देख आया था।

बलभद्र सिंह का दोस्त केवल दारोगा ही न था बल्कि दारोगा के गुरुभाई इन्द्रदेव से भी उनकी मित्रता थी और उन्हें निश्चय था कि इस विवाह में इन्द्रदेव भी अवश्य आवेगा क्योंकि राजा गोपाल सिंह भी इन्द्रदेव को मानते और उसकी इज्जत करते थे, परन्तु बलभद्र सिंह को बड़ा ही आश्चर्य हुआ जब विवाह का समय निकट आ जाने पर भी उन्होंने इन्द्रदेव को वहां न देखा। जब उसने दारोगा से पूछा तो दारोगा ने इन्द्रदेव की चिट्ठी दिखाई जिसमें यह लिखा था कि, "मैं बीमार हूं इसलिए विवाह में उपस्थित नहीं हो सकता और इसलिए आपसे तथा राजा साहब से क्षमा मांगता हूं।"

जब कन्यादान हो गया तो पण्डित की आज्ञानुसार लक्ष्मीदेवी को लिये हुए राजा गोपाल सिंह उस कोठरी में आए जहां कुलदेवता का स्थान बनाया गया था और वहां भी पण्डित ने कई तरह की पूजा कराई। इसके बाद पण्डित की आज्ञानुसार लक्ष्मीदेवी को छोड़ गोपाल सिंह उस कोठरी से बाहर आए और वे लौंडियां भी बाहर कर दी गईं जो लक्ष्मीदेवी के साथ थीं। उस समय पानी बड़े जोर से बरसने लगा और हवा बड़ी तेज चलने लगी, इस सबब से जितने आदमी वहां थे सब तितर-बितर हो गए और जिसको जहां जगह मिली वहां जा घुसा। दारोगा तथा पण्डित की आज्ञानुसार बलभद्र सिंह पालकी में सवार हो अपने डेरे की तरफ रवाना हो गए, इधर गोपाल सिंह दूसरे कमरे में जाकर गद्दी पर बैठ रहे और रंडियों का नाच शुरू हुआ। जितने आदमी उस बाग में थे उसी महफिल की तरफ जा पहुंचे और नाच देखने लगे और इस सबब से दारोगा को भी अपना काम करने का बहुत अच्छा मौका मिल गया। वह उस कोठरी में घुसा जिसमें लक्ष्मीदेवी थी। उसे पूजा कराने के बहाने से तहखाने के अन्दर ले गया और तहखाने में से मुन्दर को लाकर लक्ष्मीदेवी की जगह बैठा दिया। उस समय लक्ष्मीदेवी को मालूम हुआ कि चालबाजी खेली गई और बदकिस्मती ने उसे घेर लिया। यद्यपि वह बहुत चिल्लाई और रोई मगर उसकी आवाज तहखाने और उसके ऊपर वाली कोठरी को भेदकर उन लोगों के कानों तक न पहुंच सकी जो कोठरी के बाहर दालान में पहरा दे रहे थे या महफिल में बैठे रंडी का नाच देख रहे थे। तहखाने के अन्दर से एक रास्ता बाग के बाहर निकल जाने का था जिसके खुले रहने का इन्तजाम दारोगा ने पहिले से कर रखा था और दारोगा के आदमी गुप्त रीति से बाहरी दरवाजे के आस-पास मौजूद थे। दारोगा ने लक्ष्मीदेवी के मुंह में कपड़ा ठूंसकर उसे हर तरह से लाचार कर दिया और इस सुरंग की राह बाग के बाहर पहुंचा और अपने आदमियों के हवाले कर दरवाजा बन्द करते हुए लौट आया। घण्टे ही भर के बाद लक्ष्मीदेवी ने अपने को अजायबघर की किसी कोठरी में बन्द पाया और यह भी वहां उसके सुनने में आया कि बलभद्र सिंह पर, जो पानी बरसते में अपने डेरे की तरफ जा रहे थे डाकुओं ने छापा मारा और उन्हें गिरफ्तार कर ले गए। जब यह खबर राजा गोपाल सिंह के कान में पहुंची तो महफिल बर्खास्त कर दी गई, अकेली

लक्ष्मीदेवी (मुन्दर) महल के अन्दर पहुंचाई गई और राजा साहब की आज्ञानुसार सैकड़ों आदमी बलभद्र सिंह की खोज में रवाने हो गए। उस समय पानी का बरसना बन्द हो गया था और सुबह की सफेदी आसमान पर अपना दखल जमा चुकी थी। बलभद्र सिंह को खोजने के लिए राजा साहब के आदमियों ने दो दिन तक बहुत कुछ उद्योग किया मगर कुछ काम न चला अर्थात् बलभद्र सिंह का पता न लगा और पता लगता भी क्योंकर असल बात तो यह है कि बलभद्र सिंह भी दारोगा के कब्जे में पड़कर अजायबघर में पहुंच चुके थे।

बलभद्र सिंह पर डाका पड़ने और उनके गायब होने का हाल लेकर जब उनके आदमी लोग घर पर पहुंचे तो घर में हाहाकार मच गया। कमलिनी, लाडिली और उसकी मौसी रोते-रोते बेहाल थीं मगर क्या हो सकता था। अगर कुछ हो सकता था तो केवल इतना ही कि थोड़े दिन में धीरे-धीरे गम कम होकर केवल सुनने-सुनाने के लिए रह जाता, और माया के फेर में पड़े हुए जीव अपने-अपने काम-धंधे में लग जाते। खैर इस पचड़े को छोड़कर हम बलभद्र सिंह और लक्ष्मीदेवी का हाल लिखते हैं जिससे हमारे किस्से का बड़ा भारी सम्बन्ध है।

दारोगा की यह नीयत नहीं थी कि लक्ष्मीदेवी और बलभद्र सिंह उसकी कैद में रहें बल्कि वह यह चाहता था कि महीना-बीस दिन बाद जब होहल्ला कम हो जाय और वे लोग अपने घर चले जाएं जो विवाह के न्योते में आए हैं तो उन दोनों को मारकर टन्टा मिटा दिया जाए। परन्तु ईश्वर की मर्जी कुछ और ही थी। वह चाहता था कि लक्ष्मीदेवी और बलभद्र सिंह जिन्दा रहकर बड़े-बड़े कष्ट भोगें और मुद्दत तक मुर्दों से बदतर बने रहें क्योंकि थोड़े ही दिन बाद दारोगा की राय बदल गई और उसने लक्ष्मीदेवी और बलभद्र सिंह को हमेशा के लिए अपनी कैद में रखना उचित समझा। उसे निश्चय हो गया कि हेला सिंह बड़ा ही बदमाश और शैतान आदमी है और मुन्दर भी सीधी औरत नहीं है। अतएव आश्चर्य नहीं कि लक्ष्मीदेवी और बलभद्र सिंह के मरने के बाद वे दोनों बेफिक्र हो जाएं और यह समझ लें कि अब दारोगा हमारा कुछ नहीं कर सकता, मुझे दूध की मक्खी की तरह निकाल बाहर करें तथा जो कुछ मुझे देने का वादा कर चुके हैं उसके बदले में अंगूठा दिखा दें। उसने सोचा कि यदि लक्ष्मीदेवी और बलभद्र सिंह हमारी कैद में बने रहेंगे तो हेला सिंह और मुन्दर भी कब्जे के बाहर न जा सकेंगे क्योंकि वे समझेंगे कि अगर दारोगा से बेमुरौवती की जाएगी तो वह तुरन्त बलभद्र सिंह और लक्ष्मीदेवी को प्रकट कर देगा और खुद राजा का खैरख्वाह बना रहेगा, उस समय लेने के देने पड़ जाएंगे, इत्यादि।

वास्तव में दारोगा का खयाल बहुत ठीक था। हेला सिंह यही चाहता था कि दारोगा किसी तरह लक्ष्मीदेवी और बलभद्र सिंह को खपा डाले तो हम लोग निश्चिन्त हो जाएं मगर जब उसने देखा कि दारोगा ऐसा नहीं करेगा तो लाचार चुप हो रहा। दारोगा ने हेला सिंह के साथ ही साथ मुन्दर को भी यह कह रखा था कि, "देखो बलभद्र सिंह और लक्ष्मीदेवी मेरे कब्जे में हैं, जिस दिन तुम मुझसे बेमुरौवती करोगी या मेरे हुक्म से सिर फेरोगी उस दिन मैं लक्ष्मीदेवी और बलभद्र सिंह को प्रकट करके तुम दोनों को जहन्नुम में मिला दूंगा।"

नि:सन्देह दोनों कैदियों को कैद रखकर दारोगा ने बहुत दिनों तक फायदा उठाया और मालामाल हो गया, मगर साथ ही इसके मुन्दर की शादी के महीने ही भर बाद दारोगा की चालाकियों ने और लोगों को यह भी विश्वास दिला दिया कि बलभद्र सिंह डाकुओं के हाथ से मारा गया। यह खबर जब बलभद्र सिंह के घर में पहुंची तो उसकी साली और दोनों लड़कियों के रंज का हद न रहा। बरसों बीत जाने पर भी उनकी आंखें सदा तर रहा करती थीं, मगर मुन्दर जो लक्ष्मीदेवी के नाम से मशहूर हो रही थी लोगों को यह विश्वास दिलाने के लिए कि 'मैं वास्तव में कमलिनी और लाडिली की बहिन हूं' उन दोनों के पास हमेशा तोहफा और सौगात भेजा करती थी। और कमलिनी और लाडिली भी जो यद्यपि बिना मां-बाप की हो गई थीं परन्तु अपनी मौसी की बदौलत, जो उन दोनों को अपने से बढ़कर मानती थी और जिसे वे दोनों भी अपनी मां की तरह मानती थीं, बराबर सुख के साथ रहा करती थीं। मुन्दर की शादी के तीन वर्ष बाद कमलिनी और लाडिली की मौसी भी कुटिल काल के गाल में जा पड़ी। इसके थोड़े ही दिन बाद मुन्दर ने कमलिनी और लाडिली को अपने यहां बुला लिया और इस तरह खातिरदारी के साथ रखा कि उन दोनों के दिल में इस बात का शक तक न होने पाया कि मुन्दर वास्तव में हमारी बहिन लक्ष्मीदेवी नहीं है। यद्यपि लक्ष्मीदेवी की तरह मुन्दर भी बहुत खूबसूरत और हसीन थी मगर फिर भी सूरत-शक्ल में बहुत कुछ अन्दर था, लेकिन कमलिनी और लाडिली ने इसे जमाने का हेर-फेर समझा, जैसा कि हम ऊपर के किसी बयान में लिख आए हैं।

यह सब-कुछ हुआ मगर मुन्दर के दिल में जिसका नाम राजा गोपाल सिंह की बदौलत मायारानी हो गया था, दारोगा का खौफ बना ही रहा और वह इस बात से डरती ही रही कि कहीं किसी दिन दारोगा मुझसे रंज होकर सारा भेद राजा गोपाल सिंह के आगे खोल न दे। इस बला से बचने के लिए उसे इससे बढ़कर कोई तर्कीब न सूझी कि राजा गोपाल सिंह को ही इस दुनिया से उठा दे और स्वयं राजरानी बनकर दारोगा पर हुकूमत करे। उसकी ऐयाशी ने उसके इस खयाल को और भी मजबूत कर दिया और यही वह जमाना था जबकि एक छोकरे पर जिसका परिचय धनपत के नाम से पहिले के बयानों में दिया जा चुका है, इसका दिल आ गया और उसके विचार की जड़ बड़ की तरह मजबूती पकड़ती चली गई थी। उधर दारोगा भी बेफिक्र न था, उसे भी अपना रंग चोखा करने की फिक्र लग रही थी। यद्यपि उसने लक्ष्मीदेवी और बलभद्र सिंह को एक ही कैदखाने में कैद किया हुआ था, मगर वह लक्ष्मीदेवी को भी धोखे में डालकर एक नया काम करने की फिक्र में पड़ा हुआ था और चाहता था कि बलभद्र सिंह को लक्ष्मीदेवी से इस ढंग पर अलग कर दे कि लक्ष्मीदेवी को किसी तरह का गुमान तक न होने पावे। इस काम में उसने एक दोस्त की मदद ली जिसका नाम जैपाल सिंह था और जिसका हाल आगे चलकर मालूम होगा।

***

बयान-8

हम ऊपर लिख आए हैं कि लक्ष्मीदेवी और बलभद्र सिंह अजायबघर के किसी तहखाने में कैद किए थे। मगर मायारानी और हेला सिंह इस बात को नहीं जानते थे कि उन दोनों को दारोगा ने कहां कैद कर रखा है।

इसके कहने-सुनने की कोई आवश्यकता नहीं कि बलभद्र सिंह और लक्ष्मीदेवी कैदखाने में क्योंकर मुसीबत के दिन काट रहे थे। ताज्जुब की बात तो यह थी कि दारोगा अक्सर इन दोनों के पास जाता और बलभद्र सिंह के ताने और गालियां बरदाश्त करता। मगर उसे किसी तरह की शर्म नहीं आती थी। जिस घर में वे दोनों कैद थे उसमें रात और दिन का विचार करना कठिन था। उन दोनों से थोड़ी ही दूर पर एक चिराग दिन-रात जला करता था जिसकी रोशनी में वे एक-दूसरे के उदास और रंजीदे चेहरे को बराबर देखा करते थे।

जिस कोठरी में वे दोनों कैद थे उसके आगे लोहे का जंगला लगा हुआ था तथा सामने की तरफ एक दालान और दाहिने तरफ एक कोठरी तथा बाईं तरफ ऊपर चढ़ जाने का रास्ता था। एक दिन आधी रात के समय एक खटके की आवाज सुनकर लक्ष्मीदेवी जो एक मामूली कम्बल पर सोई हुई थी उठ बैठी और सामने की तरफ देखने लगी। उसने देखा कि सामने में सीढ़ियां उतरकर चेहरे पर नकाब डाले हुए एक आदमी आ रहा है। जब लोहे वाले जंगले के पास पहुंचा तो उसकी तरफ देखने लगा कि दोनों कैदी सोये हुए हैं या जागते, मगर जब उसने लक्ष्मीदेवी को बैठे हुए पाया तो बोला, "बेटी, मुझे तुम दोनों की अवस्था पर बड़ा ही रंज होता है मगर क्या करूं लाचार हूं, अभी तक तो कोई मौका मेरे हाथ नहीं लगा, मगर फिर भी मैं यह कहे बिना नहीं रह सकता कि किसी न किसी दिन तुम दोनों को मैं इस कैद से जरूर छुड़ाऊंगा। आज इस समय मैं केवल यह कहने के लिए आया हूं कि आज दारोगा ने बलभद्र सिंह को जो खाने की चीजें दी थीं उनमें जहर मिला हुआ था। अफसोस कि बेचारा बलभद्र सिंह उसे खा गया, ताज्जुब नहीं कि वह इस दुनिया से घंटे ही दो घंटे में कूच कर जाए, लेकिन यदि तू उसे जगा दे और जो कुछ मैं कहूं करे तो निःसन्देह उसकी जान बच जाएगी।"

बेचारी लक्ष्मीदेवी के लिए पहिले की मुसीबतें क्या कम थीं और इस खबर ने उसके दिल पर क्या असर किया सो वही जानती होगी। वह घबराई हुई अपने बाप के पास गई जो एक कम्बल पर सो रहा था। उसने उसे उठाने की क़ोशिश की मगर उसका बाप न उठा, तब उसने समझा कि बेशक जहर ने उसके बाप की जान ले ली, मगर जब उसने नब्ज पर उंगली रखी तो नब्ज को तेजी के साथ चलता पाया। लक्ष्मीदेवी की आंखों से बेअन्दाज आंसू जारी हो गए। वह

लपककर जंगले के पास आई और उस आदमी से हाथ जोड़कर बोली, "निःसन्देह तुम कोई देवता हो जो इस समय मेरी मदद के लिए आए हो! यद्यपि मैं यहां मुसीबत के दिन काट रही हूं मगर फिर भी अपने पिता को अपने पास देखकर मैं मुसीबत को कुछ नहीं गिनती थी, अफसोस, दारोगा मुझे इस सुख से भी दूर किया चाहता है। जो कुछ तुमने कहा सो बहुत ठीक है, इसमें कुछ भी सन्देह नहीं कि दारोगा ने मेरे बाप को जहर दे दिया, मगर मैं तुम्हारी दूसरी बात पर भी विश्वास करती हूं जो तुम अभी कह चुके हो कि यदि तुम्हारी बताई हुई तर्कीब की जाएगी तो इनकी जान बच जाएगी।"

नकाबपोश- बेशक, ऐसा ही है (एक पुड़िया जंगले के अन्दर फेंककर) यह दवा तुम उनके मुंह में डाल दो, घण्टे ही भर में जहर का असर दूर हो जाएगा और मैं प्रतिज्ञापूर्वक कहता हूं कि इस दवा की तासीर से भविष्य में इन पर किसी तरह के जहर का असर न होने पावेगा।

लक्ष्मीदेवी- अगर ऐसा हो तो क्या बात है!

नकाबपोश- बेशक ऐसा ही है, पर अब विलम्ब न करो और वह दवा शीघ्र अपने बाप के मुंह में डाल दो, लो अब मैं जाता हूं ज्यादे देर तक ठहर नहीं सकता।

इतना कहकर नकाबपोश चला गया और लक्ष्मीदेवी ने पुड़िया खोलकर अपने बाप के मुंह में वह दवा डाल दी।

इस जगह यह कह देना हम उचित समझते हैं कि यह नकाबपोश जो आया था दारोगा का वही मित्र जैपाल सिंह था और इसे दारोगा ने अपनी इच्छानुसार खूब सिखा-पढ़ाकर भेजा था। वह अपने चेहरे और बदन को विशेष करके इसलिए ढांके हुए था कि उसका चेहरा और तमाम बदन गर्मी के जख्मों से गन्दा हो रहा था और उन्हीं जख्मों की बदौलत वह दारोगा का एक भारी काम निकालना चाहता था।

दवा देने के घण्टे भर बाद बलभद्र सिंह होश में आया। उस समय लक्ष्मीदेवी बहुत खुश हुई और उसने अपने बाप से मिजाज का हाल पूछा। बलभद्र सिंह ने कहा, "मैं नहीं जानता कि मुझे क्या हो गया था और अब मेरे बदन में चिनगारियां क्यों छूट रही हैं।" लक्ष्मीदेवी ने सब हाल कहा जिसे सुनकर बलभद्र सिंह बोला, "ठीक है, तुम्हारी खिलाई हुई दवा ने मेरी जान तो बचा ली परन्तु मैं देखता हूं कि जहर का असर मुझे साफ छोड़ा नहीं चाहता, निःसन्देह इसकी गर्मी मेरे तमाम बदन को बिगाड़ देगी।" इतना कहकर बलभद्र सिंह चुप हो गया और गर्मी की बेचैनी से हाथ-पैर मारने लगा। सुबह होते-होते उसके तमाम बदन में फफोले निकल आये जिसकी तकलीफ से वह बहुत ही बेचैन हो गया। बेचारी लक्ष्मीदेवी उसके पास बैठकर सिवाय रोने के और कुछ भी नहीं कर सकती थी। दूसरे दिन जब दारोगा उस तहखाने में आया तो बलभद्र सिंह का हाल देखकर पहिले तो लौट गया मगर थोड़ी ही देर बाद पुनः दो आदमियों को साथ लेकर आया और बलभद्र सिंह को हाथों-हाथ उठवाकर तहखाने के बाहर ले गया। इसके बाद आठ-

दस दिन तक बेचारी लक्ष्मीदेवी ने अपने बाप की सूरत नहीं देखी। नवें दिन कम्बख्त दारोगा ने बलभद्र सिंह की जगह अपने दोस्त जैपाल सिंह को उस तहखाने में ला डाला और ताला बन्द करके चला गया। जैपाल सिंह को देखकर लक्ष्मीदेवी ताज्जुब में आ गई और बोली, "तुम कौन हो और यहां पर क्यों लाए गए?"

जैपाल- बेटी, क्या तू मुझे इसी आठ दिन में भूल गई। क्या तू नहीं जानती कि जहर के असर ने मेरी दुर्गति कर दी है क्या तेरे सामने ही मेरे तमाम बदन में फफोले नहीं उठ आये थे ठीक है, बेशक, तू मुझे नहीं पहचान सकी होगी, क्योंकि मेरा तमाम बदन जख्मों से भरा हुआ है, चेहरा बिगड़ गया है, मेरी आवाज खराब हो गई है, और मैं बहुत ही दुःखी हो रहा हूं।

लक्ष्मीदेवी को यद्यपि अपने बाप पर शक हुआ था मगर मोढ़े पर का वही दांत काटा निशान जो इस समय भी मौजूद था और जिसे दारोगा ने कारीगर जर्राह की बदौलत बनवा दिया था, देखकर चुप हो रही और निश्चय हो गया कि मेरा बाप बलभद्र सिंह यही है। थोड़ी देर बाद लक्ष्मीदेवी ने पूछा, "तुम्हें जब दारोगा यहां से ले गया तब उसने क्या किया?"

नकली बलभद्र- तीन दिन तक तो तनोबदन की सुध नहीं रही।

लक्ष्मी- अच्छा, फिर।

नकली बलभद्र- चौथे दिन जब मेरी आंख खुली तो मैंने अपने को एक तहखाने में कैद पाया जहां सामने चिराग जल रहा था, कुर्सी पर बेईमान दारोगा बैठा हुआ था और एक जर्राह मेरे जख्मों पर मरहम लगा रहा था।

लक्ष्मी- आश्चर्य है कि जब दारोगा ने तुम्हारी जान लेने के लिए जहर ही दिया तो...।

नकली बलभद्र- मैं खुद आश्चर्य कर रहा हूं कि जब दारोगा मेरी जान ही लिया चाहता था और इसीलिए उसने मुझको जहर दिया था तो यहां से ले जाकर उसने मुझे जीता क्यों छोड़ा, मेरा सिर क्यों नहीं काट डाला, बल्कि मेरा इलाज क्यों कराने लगा?

लक्ष्मी- ठीक है, मैं भी यही सोच रही हूं, अच्छा, तब क्या हुआ?

नकली बलभद्र- जब जर्राह मरहम लगाके चला गया और निराला हुआ तब दारोगा ने मुझसे कहा, "देखो बलभद्र सिंह, निःसन्देह तुम मेरे दोस्त थे मगर दौलत के लालच ने मुझे तुम्हारे साथ दुश्मनी करने पर मजबूर किया। जो कुछ मैं किया चाहता था सो मैं यद्यपि कर चुका अर्थात् तुम्हारी लड़की की जगह हेला सिंह की लड़की मुन्दर को राजरानी बना दिया मगर फिर मैंने सोचा कि अगर तुम दोनों बचकर निकल जाओगे तो मेरा भेद खुल जाएगा और मैं मारा जाऊंगा इसलिए मैंने तुम दोनों को कैद किया। फिर हेला सिंह ने राय दी कि बलभद्र सिंह को मारकर सदैव के लिए टन्टा मिटा देना चाहिए और इसलिए मैंने तुमको जहर दिया मगर आश्चर्य है कि तुम मरे नहीं। जहां तक मैं समझता हूं मेरे किसी नौकर ने ही मेरे साथ दगा की अर्थात् मेरे दवा

के सन्दूक में से संजीवनी की पुड़िया जो केवल एक ही खुराक थी और जिसे वर्षों मेहनत करके मैंने तैयार किया था, निकालकर तुम्हें खिला दी और तुम्हारी जान बच गई। बेशक, यही बात है और यह शक मुझे तब हुआ जब मैंने अपने सन्दूक में संजीवनी की पुड़िया न पाई और यद्यपि तुम उस संजीवनी की बदौलत बच गए मगर फिर भी तेज जहर के असर से तुम्हारा बदन, तुम्हारी सूरत और तुम्हारी जिन्दगी खराब हुए बिना नहीं रह सकती। ताज्जुब नहीं कि आज नहीं तो दो-चार वर्षों के अन्दर तुम मर जाओ। अतएव मैं तुम्हें मारने के लिए कष्ट नहीं उठाता बल्कि तुम्हारे इन जख्मों का आराम करने का उद्योग करता हूं और इसमें अपना फायदा भी समझता हूं।" इतना कह दारोगा चला गया और मुझे कई दिनों तक उसी तहखाने में रहना पड़ा। इस बीच में जर्राह दिन में तीन-चार दफ़े मेरे पास आता और जख्मों को साफ करके पट्टी लगा जाता। जब मेरे जख्म दुरुस्त होने पर आए और जर्राह ने कहा कि अब पट्टी बदलने की जरूरत नहीं पड़ेगी, तब मैं पुनः इस जगह पहुंचा दिया गया।

लक्ष्मी- (ऊंची सांस लेकर) न मालूम हम लोगों ने ऐसे कौन-से पाप किए हैं जिनका फल यह मिल रहा है।

इतना कह लक्ष्मीदेवी रोने लगी और नकली बलभद्र सिंह उसको दम-दिलासा देकर समझाने लगा।

हमारे पाठक आश्चर्य करते होंगे कि दारोगा ने ऐसा क्यों किया और उसे एक नकली बलभद्र सिंह बनाने की क्या आवश्यकता थी। अस्तु इसका सबब भी इसी जगह लिख देना हम उचित समझते हैं।

कम्बख्त दारोगा ने सोचा कि लक्ष्मीदेवी की जगह में मुन्दर को राजरानी बना दिया मगर कहीं ऐसा न हो कि दो-चार वर्ष के बाद या किसी समय में लक्ष्मीदेवी के रिश्तेदारी में कोई या उसकी दोनों बहिनें मुन्दर से मिलने आवें और लक्ष्मीदेवी के लड़कपन का जिक्र छेड़ दें तो अगर उस समय मुन्दर उसका जवाब न दे सकी तो उनको शक हो जाएगा। सूरत-शक्ल के बारे में तो कुछ चिन्ता नहीं, जैसी लक्ष्मीदेवी खूबसूरत है वैसी ही मुन्दर भी है और औरतों की सूरत-शक्ल प्रायः विवाह होने के बाद शीघ्र ही बदल जाती है। अस्तु सूरत-शक्ल के बारे में कोई कुछ कह नहीं सकेगा, परन्तु जब पुरानी बातें निकलेंगी और मुन्दर कुछ जवाब न दे सकेगी तब कठिन होगा। अतएव लक्ष्मीदेवी का कुछ हाल, उसके लड़कपन की कैफियत, उसके रिश्तेदारों और सखी-सहेलियों के नाम और उनकी तथा उनके घरों की व्यवस्था की मुन्दर को पूरी तरह जानकारी हो जानी चाहिए। अगर वह सब हाल हम बलभद्र सिंह से पूछेंगे तो वह कदापि न बताएगा, हां अगर किसी दूसरे आदमी को बलभद्र सिंह बनाया जाए और वह कुछ दिनों तक लक्ष्मीदेवी के साथ रहकर इन बातों का पता लगावे तब चल सकता है, इत्यादि बातों को सोचकर ही दारोगा ने उपरोक्त चालाकी की और कृतकार्य भी हुआ अर्थात् दो ही चार महीने में

नकली बलभद्र सिंह को लक्ष्मीदेवी का पूरा-पूरा हाल मालूम हो गया। उसने सब हाल दारोगा से कहा और दारोगा ने मुन्दर को सिखा-पढ़ा दिया।

जब इन बातों से दारोगा की दिलजमई हो गई तो उसने नकली बलभद्र सिंह को कैदखाने से बाहर कर दिया और फिर मुद्दत तक लक्ष्मीदेवी को अकेले ही कैद की तकलीफ उठानी पड़ी।

***

बयान-9

एक दिन लक्ष्मीदेवी उस कैदखाने में बैठी हुई अपनी किस्मत पर रो रही थी कि दाहिनी तरफ वाली कोठरी में से एक नकाबपोश को निकलते देखा। लक्ष्मीदेवी ने समझा कि यह वही नकाबपोश है जिसने मेरे बाप की जान बचाई थी मगर तुरन्त ही उसे मालूम हो गया कि यह कोई दूसरा है क्योंकि उसके और इसके डील-डौल में बहुत फर्क था। जब नकाबपोश जंगले के पास आया तब लक्ष्मीदेवी ने पूछा, "तुम कौन हो और यहां क्यों आए हो?"

नकाबपोश- मैं अपना परिचय तो नहीं दे सकता परन्तु इतना कह सकता हूं कि बहुत दिनों से मैं इस फिक्र में था कि इस कैदखाने से किसी तरह तुमको निकाल दूं मगर मौका न मिल सका, आज उसका मौका मिलने पर यहां आया हूं, बस विलम्ब न करो और उठो।

इतना कहकर नकाबपोश ने जंगला खोल दिया।

लक्ष्मीदेवी- और मेरे पिता?

नकाबपोश- मुझे मालूम नहीं कि वे कहां कैद हैं या किस अवस्था में हैं, यदि मुझे उनका पता लग जाएगा तो मैं उन्हें भी छुड़ाऊंगा।

यह सुनकर लक्ष्मीदेवी चुप हो रही और कुछ सोच-विचारकर आंखों से आंसू टपकाती हुई जंगले के बाहर निकली। नकाबपोश उसे साथ लिए हुए उसी कोठरी में घुसा जिसमें से स्वयं आया था। अब लक्ष्मीदेवी को मालूम हुआ कि यह एक सुरंग का मुहारा है। बहुत दूर तक नकाबपोश के पीछे जा और कई दरवाजे लांघकर उसे आसमान दिखाई दिया और मैदान की ताजी हवा भी मयस्सर हुई। उस समय नकाबपोश ने पूछा, "कहो अब तुम क्या करोगी और कहां जाओगी?"

लक्ष्मी- मैं नहीं कह सकती कि कहां जाऊंगी और क्या करूंगी बल्कि डरती हूं कि कहीं फिर दारोगा के कब्जे में न पड़ जाऊं, हां यदि तुम मेरे साथ कुछ और भी नेकी करो और मुझे मेरे घर तक पहुंचाने का बन्दोबस्त कर दो तो अच्छा हो।

नकाबपोश- (ऊंची सांस लेकर) अफसोस, तुम्हारा घर बर्बाद हो गया और इस समय वहां कोई नहीं है। तुम्हारी दूसरी मां अर्थात् तुम्हारी मौसी मर गई, तुम्हारी दोनों छोटी बहिनें राजा गोपाल सिंह के यहां आ पहुंची हैं और मायारानी को जो तुम्हारे बदले में गोपाल सिंह के गले मढ़ी गई है, अपनी सगी बहिन समझकर उसी के साथ रहती है।

लक्ष्मी- मैंने तो सुना था कि मेरे बदले में मुन्दर मायारानी बनाई गई है?

नकाब- हां, वही मुन्दर अब मायारानी के नाम से प्रसिद्ध हो रही है।

लक्ष्मी- तो क्या मैं अपनी बहिनों से या राजा गोपाल सिंह से मिल सकती हूं?

नकाब- नहीं।

लक्ष्मी- क्यों?

नकाब- इसलिए कि अभी महीना भर भी नहीं हुआ कि राजा गोपाल सिंह का भी इन्तकाल हो गया। अब तुम्हारी फरियाद सुनने वाला वहां कोई भी नहीं है और यदि तुम वहां जाओगी और मायारानी को कुछ मालूम हो जाएगा तो तुम्हारी जान कदापि न बचेगी।

इतना सुनकर लक्ष्मीदेवी अपनी बदकिस्मती पर रोने लगी और नकाबपोश उसे समझाने-बुझाने लगा। अन्त में लक्ष्मीदेवी ने कहा, "अच्छा फिर तुम्हीं बताओ कि मैं कहां जाऊं और क्या करूं?"

नकाब- (कुछ सोचकर) तो तुम मेरे ही घर चलो, मैं तुम्हें अपनी ही बेटी समझूंगा और परवरिश करूंगा।

लक्ष्मी- मगर तुम तो अपना परिचय तक नहीं देते!

नकाब- (ऊंची सांस लेकर) खैर, अब तो परिचय देना ही पड़ा और कहना ही पड़ा कि मैं तुम्हारे बाप का दोस्त 'इन्द्रदेव' हूं।

इतना कहकर नकाबपोश ने चेहरे से नकाब उतारी और पूर्ण चन्द्रमा की रोशनी ने उसके चेहरे के हर एक रग-रेशे को अच्छी तरह दिखा दिया। लक्ष्मीदेवी उसे देखते ही पहचान गई और दौड़कर उसके पैरों पर गिर पड़ी। इन्द्रदेव ने उठाकर उसका सिर छाती से लगा लिया और तब उसे अपने घर ले आकर गुप्त रीति से बड़ी खातिरदारी के साथ अपने यहां रखा।

लक्ष्मीदेवी का दिल फोड़े की तरह पका हुआ था। वह अपनी नई जिन्दगी में तरह-तरह की तकलीफें उठा चुकी थी। अब भी वह अपने बाप को खोज निकालने की फिक्र में लगी हुई थी और इसके अतिरिक्त उसका ज्यादे खयाल इस बात पर था कि किसी तरह अपने दुश्मनों से बदला लेना चाहिए। इस विषय पर उसने बहुत कुछ विचार किया और अन्त में यह निश्चय किया कि इन्द्रदेव से ऐयारी सीखनी चाहिए क्योंकि वह खूब जानती थी कि इन्द्रदेव ऐयारी के फन में बड़ा ही होशियार है। आखिर उसने अपने दिल का हाल इन्द्रदेव से कहा और इन्द्रवेद ने भी उसकी राय पसन्द की तथा दिलोजान से कोशिश करके उसे ऐयारी सिखाने लगा। यद्यपि वह दरोगा का गुरुभाई था तथापि दारोगा की करतूतों ने उसे हद से ज्यादे रंजीदा कर दिया था और उसे इस बात की कुछ भी परवाह न थी कि लक्ष्मीदेवी ऐयारी के फन में होशियार होकर दारोगा से बदला लेगी। निःसन्देह इन्द्रदेव ने बड़ी मुस्तैदी के साथ लक्ष्मीदेवी को ऐयारी की विद्या सिखाई, बड़े-बड़े ऐयारों के किस्से सुनाए, एक से एक बढ़े-चढ़े नुस्खे सिखलाए और ऐयारी के

गूढ़ तत्त्वों को उसके दिल में नुक्श (अंकित) कर दिया। थोड़े ही दिनों में लक्ष्मीदेवी पूरी ऐयारा हो गई और इन्द्रदेव की मदद से अपना नाम तारा रखकर मैदान की हवा खाने और दुश्मनों से बदला लेने की फिक्र में घूमने लगी।

लक्ष्मीदेवी ने तारा बनकर जो काम किया सबमें इन्द्रदेव की राय लेती रही और इन्द्रदेव भी बराबर उसकी मदद और खबरदारी करते रहे।

यद्यपि इन्द्रदेव ने लक्ष्मीदेवी की जान बचाई, उसे अपनी लड़की के समान पालकर सब लायक किया, और बहुत दिनों तक अपने साथ रखा मगर उनके दो-एक सच्चे प्रेमियों के सिवाय लक्ष्मीदेवी का हाल और किसी को मालूम न हुआ और इन्द्रदेव ने भी किसी को उसकी सूरत तक देखने न दी। इस बीच में पचीसों दफ़े कम्बख्त दारोगा इन्द्रदेव के घर गया और इन्द्रदेव ने भी अपने दिल का भाव छिपाकर हर तरह से उसकी खातिरदारी की मगर दारोगा तक को इस बात का पता न लगा कि जिस लक्ष्मीदेवी को मैंने कैद किया था वह इन्द्रदेव के घर में मौजूद है और इस लायक हो रही है कि कुछ दिनों के बाद हमीं लोगों से बदला ले।

लक्ष्मीदेवी का तारा नाम इन्द्रदेव ही ने रखा था। जब तारा हर तरह से होशियार हो गई और वर्षों की मेहनत से उसकी सूरत-शक्ल में भी बहुत बड़ा फर्क पड़ गया तब इन्द्रदेव ने उसे आज्ञा दी कि तू मायारानी के घर जाकर अपनी बहिन कमलिनी से मिल जो बहुत ही नेक और सच्ची है, मगर अपना असली परिचय न देकर उसके साथ मोहब्बत पैदा कर और ऐसा उद्योग कर कि उसमें और मायारानी में लड़ाई हो जाए और वह उस घर से निकलकर अलग हो जाए, फिर जो कुछ होगा देखा जाएगा। केवल इतना ही नहीं, इन्द्रदेव ने उसे एक प्रशंसापत्र भी दिया हुआ था -

"मैं तारा को अच्छी तरह जानत हूं। यह मेरी धर्म की लड़की है। इसका चालचलन बहुत ही अच्छा है और नेक तथा धार्मिक लोगों के लिये यह विश्वास करने योग्य है।"

इन्द्रदेव ने तारा को यह भी कह दिया था कि मेरा यह पत्र सिवाय कमलिनी के और किसी को न दिखाइयो और जब इस बात का निश्चय हो जाए कि वह तुझ पर मुहब्बत रखती है तब उसको एक दफ़े किसी तरह से मेरे घर ले आइयो, फिर जैसा होगा मैं समझ लूंगा।

आखिर ऐसा ही हुआ अर्थात् तारा इन्द्रदेव के बल पर निडर होकर मायारानी के महल में चली गई और कमलिनी की नौकरी कर ली। उसे पहिचानना तो दूर रहा किसी को इस बात का शक भी न हुआ कि यह लक्ष्मीदेवी है।

तीन महीने के अन्दर उसने कमलिनी को अपने ऊपर मोहित कर लिया और मायारानी के इतने ऐब दिखाए कि कमलिनी को एक सायत के लिए भी मायारानी के पास रहना कठिन हो गया। जब उसने अपने बारे में तारा से राय ली तब तारा ने उसे इन्द्रदेव से मिलने के लिए कहा और इस बारे में बहुत जोर दिया। कमलिनी ने तारा की बात मान ली और तारा उसे इन्द्रदेव के पास ले आई। इन्द्रदेव ने कमलिनी की बड़ी खातिर की और जहां तक बन पड़ा उसे उभाड़कर

खुद इस बात की प्रतिज्ञा की कि, 'यदि तू मेरा भेद गुप्त रखेगी तो मैं बराबर तेरी मदद करता रहूंगा।'

उन दिनों तालाब के बीच वाला तिलिस्मी मकान बिल्कुल उजाड़ पड़ा हुआ था और सिवाय इन्द्रदेव के उसका भेद किसी को मालूम न था। इन्द्रदेव ही के बताने से कमलिनी ने उस मकान में अपना डेरा डाला और हर तरह से निडर होकर वहां रहने लगी और इसके बाद जो कुछ हुआ हमारे प्रेमी पाठकों को मालूम ही है या हो जाएगा।

***

बयान-10

भूतनाथ जब राजा गोपाल सिंह से बिदा हुआ तो अपने शागिर्द को साथ लिए हुए शहर से बाहर निकला और बातचीत करता हुआ आधी रात जाते-जाते तक एक घने जंगल के बीचोंबीच में पहुंचा जहां एक साधारण ढंग की कुटी बनी हुई थी और उसके दरवाजे पर दो आदमी भी बैठे हुए धीरे-धीरे बातचीत कर रहे थे। वे दोनों भूतनाथ को देखते ही उठ खड़े हुए और सलाम करके बोले -

एक- क्या राजा गोपाल सिंह से आपका कुछ काम निकला?

भूत- कुछ भी नहीं।

दूसरा- (आश्चर्य से) सो क्यों?

भूत- ठहरो, जरा दम ले लूं तो कहूं- और सब लोग कहां गए हैं?

एक- घूमने-फिरने गए हैं, आते ही होंगे।

भूत- अच्छा, कुछ खाने-पीने के लिए हो तो लाओ।

इतना सुनते ही एक आदमी कुटी के अन्दर चला गया और एक लम्बा-चौड़ा कम्बल ला कुटी के बाहर बिछाकर फिर अन्दर लौट गया। भूतनाथ उसी कम्बल पर बैठ गया। दूसरा आदमी कुछ खाने की चीजें और जल से भरा हुआ लोटा ले आया और उस आदमी को जो भूतनाथ के साथ ही साथ यहां तक आया था इशारा करके कुटी के अन्दर ले गया। भूतनाथ खा-पीकर निश्चिन्त हुआ ही था कि उसके बाकी आदमी भी जो इधर-उधर घूमने के लिए गये थे आ पहुंचे और भूतनाथ को सलाम करने के बाद इशारा पाकर उसके सामने बैठकर बातचीत करने लगे। इस जगह यह लिखने की कोई जरूरत नहीं कि इन लोगों में क्या-क्या बातें हुईं। रात भर सलाह और बातचीत करने के बाद भूतनाथ उन लोगों को समझा-बुझा और कई काम करने के लिए ताकीद करके सबेरा होते-होते अकेला वहां से रवाना हो गया और इन्द्रदेव के मकान की तरफ चल निकला।

दोपहर से कुछ ज्यादे दिन ढल चुका था जब भूतनाथ इन्द्रदेव की पहाड़ी पर आ पहुंचा और उस खोह के बाहर खड़ा होकर जो इन्द्रदेव के मकान में जाने का दरवाजा था इधर-उधर देखने लगा। किसी को न देखा तो एक पत्थर की चट्टान पर बैठ गया क्योंकि वह इन्द्रदेव के मकान में पहुंचने का रास्ता नहीं जानता था, हां, यह बात उसे जरूर मालूम थी कि इन्द्रदेव की आज्ञा बिना या जब तक इन्द्रदेव का कोई आदमी अपने साथ न ले जाए कोई उस सुरंग को पार करके

इन्द्रदेव के पास नहीं पहुंच सकता। इसके पहिले भी इन्द्रदेव के पास जाने का भूतनाथ को मौका मिला था मगर हर दफ़े इन्द्रदेव का आदमी भूतनाथ की आंखों पर पट्टी बांधकर ही उसे खोह के अन्दर ले गया था।

भूतनाथ घण्टे भर तक उसी चट्टान पर बैठा रहा, इसके बाद इन्द्रदेव का एक आदमी खोह के बाहर निकला जो भूतनाथ को अच्छी तरह पहिचानता था और भूतनाथ भी उसे जानता था। उस आदमी ने साहब-सलामत करने के बाद भूतनाथ से पूछा, "कहिए आप कहां से आए?"

भूत- आपके मालिक इन्द्रदेव से मिलने के लिए आया हूं और बड़ी देर से यहां बैठा हूं।

आदमी- तो क्या आपकी इत्तिला करनी होगी?

भूत- अवश्य।

आदमी- अच्छा, तो आप थोड़ी देर तक और तकलीफ कीजिए, मैं अभी जाकर खबर करता हूं।

इतना कहकर वह आदमी लौट गया। एक घण्टे के बाद वह और भी दो आदमियों को अपने साथ लिए हुए आया और भूतनाथ से बोला, "चलिए, मगर आंखों पर पट्टी बंधवाने की तकलीफ आपको उठानी पड़ेगी।" उसके जवाब में भूतनाथ यह कहकर उठ खड़ा हुआ, "सो तो मैं पहले से ही जानता हूं।"

भूतनाथ की आंखों पर पट्टी बांध दी गई और वे तीनों आदमी उसे अपने साथ लिये हुए इन्द्रदेव के पास जा पहुंचे। इन्द्रदेव के स्थान और उसके मकान की कैफियत हम पहले लिख चुके हैं इसलिए यहां पुनः न लिखकर असल मतलब पर ध्यान देते हैं।

जिस समय भूतनाथ इन्द्रदेव के सामने पहुंचा उस समय इन्द्रदेव अपने कमरे में मसनद के सहारे बैठे हुए कोई ग्रंथ पढ़ रहे थे। भूतनाथ को देखते ही उन्होंने मुस्कराकर कहा, "आओ-आओ भूतनाथ, अबकी तो बहुत दिनों में मुलाकात हुई है!"

भूत- (सलाम करके) बेशक, बहुत दिनों पर मुलाकात हुई है। क्या कहें जमाने के हेर-फेर ने ऐसे-ऐसे कुढंगे कामों में फंसा दिया और अभी तक फंसा रखा है कि मेरी कमजोर जान को किसी तरह छुटकारे का दिन नसीब नहीं होता और इसी से आज बहुत दिनों पर आपके भी दर्शन हुए हैं।

इन्द्र- (हंसकर) तुम्हारी कमजोर जान! जो भूतनाथ हजारों मजबूत आदमियों को भी नीचा दिखाने की ताकत रखता है वह कहे कि 'मेरी कमजोर जान'!

भूत- बेशक, ऐसा ही है। यद्यपि मैं अपने को बहुत कुछ कर गुजरने के लायक समझता था मगर आजकल ऐसी आफत में जान फंसी हुई है कि अक्ल कुछ काम नहीं करती।

इन्द्र- क्या, कुछ कहो भी तो?

भूत- मैं यही सब कहने और आपसे मदद मांगने के लिए तो आया ही हूं।

इन्द्र- मदद मांगने के लिए।

भूत- जी हां, आपसे बहुत बड़ी मदद की मुझे आशा है।

इन्द्र- सो कैसे क्या तुम नहीं जानते कि मायारानी का तिलिस्मी दारोगा मेरा गुरुभाई है और वह तुम्हें दुश्मनी की निगाह से देखता है?

भूत- इन बातों को मैं खूब जानता हूं और इतना जनाने पर भी आपसे मदद लेने के लिए आया हूं।

इन्द्र- यह तुम्हारी भूल है।

भूत- नहीं, मेरी भूल कदापि नहीं है, यद्यपि आप दारोगा के गुरुभाई हैं मगर मैं इस बात को अच्छी तरह जानता हूं कि आपके और उसके मिजाज में उलटे-सीधे का फर्क है, और मैं जिस काम में आपसे मदद लिया चाहता हूं वह नेक और धर्म का काम है।

इन्द्र- (कुछ सोचकर) अगर तुम यह समझकर कि मैं तुम्हारी मदद न करूंगा मतलब कह सकते हो तो कहो, जैसा होगा मैं जवाब दूंगा।

भूत- यह तो मैं समझ ही नहीं सकता कि आपसे किसी तरह की मदद नहीं मिलेगी, मदद मिलेगी और जरूर मिलेगी क्योंकि आपसे और बलभद्र सिंह से दोस्ती थी और उस दोस्ती का बदला आप उस तरह नहीं अदा कर सकते जिस तरह दारोगा साहब ने किया था।

इस समय उस कमरे में वे तीनों आदमी भी मौजूद थे जो भूतनाथ को अपने साथ यहां तक लाये थे, इन्द्रदेव ने उन तीनों को बिदा करने के बाद कहा -

इन्द्र- क्या तुम उस बलभद्र सिंह के बारे में मुझसे कुछ मदद लिया चाहते हो जिसे मरे आज कई वर्ष बीत चुके हैं

भूत- जी हां, उसी बलभद्र सिंह के बारे में जिसकी लड़की तारा बनकर कमलिनी के साथ रहने वाली लक्ष्मीदेवी है और जिसे आप चाहे मरा हुआ समझते हैं मगर मैं मरा हुआ नहीं समझता।

इन्द्र- (आश्चर्य से) क्या तारा ने अपना भेद प्रकट कर दिया! और क्या तुम्हें कोई ऐसा सबूत मिला है जिससे समझा जाय कि बलभद्र सिंह अभी तक जीता है।

भूत- जी, तारा का भेद यकायक प्रकट हो गया है जिसे मैं भी नहीं जानता था कि वह लक्ष्मीदेवी है, और बलभद्र सिंह के जीते रहने का सबूत भी मुझे मिल गया, मगर आपने तारा का नाम इस ढंग से लिया जिससे मालूम होता है कि आप तारा का असल भेद पहिले ही से जानते थे।

इन्द्र- नहीं-नहीं, मैं भला क्योंकर जान सकता था कि तारा लक्ष्मीदेवी है, यह तो आज तुम्हारे ही मुंह से मालूम हुआ है। अच्छा तुम पहिले यह तो कह जाओ कि तारा का भेद क्योंकर प्रकट हुआ, तुम किस मुसीबत में पड़े हो, और इस बात का क्या सबूत तुम्हारे पास है कि बलभद्र सिंह अभी तक जीते हैं क्या बलभद्र सिंह जान-बूझकर कहीं छिपे हुए हैं या किसी की कैद में हैं?

भूत- नहीं-नहीं, बलभद्र सिंह जान-बूझकर छिपे हुए नहीं हैं बल्कि कहीं कैद में हैं। मैं उन्हें छुड़ाने की फिक्र में लगा हूं और इसी काम में आपसे मदद लिया चाहता हूं क्योंकि अगर बलभद्र सिंह का पता लग गया तो आपको दो जानें बचाने का पुण्य मिलेगा।

इन्द्र- दूसरा कौन?

भूत- दूसरा मैं, क्योंकि अगर बलभद्र सिंह का पता न लगेगा तो निश्चय है कि मैं भी मारा जाऊंगा।

इन्द्र- अच्छा तुम पहिले अपना पूरा हाल कह जाओ।

इतना सुनकर भूतनाथ ने अपना हाल उस जगह से जब भगवनिया के सामने नकली बलभद्र सिंह से उससे मुलाकात हुई थी कहना शुरू किया और इन्द्रदेव बड़े गौर से उसे सुनते रहे। भूतनाथ ने अपना कैदियों की हालत में रोहतास गढ़ पहुंचना, कृष्णा जिन्न से मुलाकात होना, मायारानी और दारोगा इत्यादि की गिरफ्तारी, राजा वीरेन्द्र सिंह के आगे मुकद्दमे की पेशी, कृष्णा जिन्न के पेश किये हुए अनूठे कलमदान की कैफियत, असली बलभद्र सिंह को खोज निकालने के लिए अपनी रिहाई, और राजा गोपाल सिंह के पास से बिना कुछ मदद पाये बैरंग लौट आने का हाल सब पूरा-पूरा इन्द्रदेव से कह सुनाया। इन्द्रदेव थोड़ी देर तक चुपचाप कुछ सोचते रहे। भूतनाथ ने देखा कि उनके चेहरे का रंग थोड़ी-थोड़ी देर में बदलता है और कभी लाल कभी सफेद और कभी जर्द होकर उनके दिल की अवस्था का थोड़ाबहुत हाल प्रकट करता है।

इन्द्र- (कुछ देर बाद) मगर तुम्हारे इस किस्से में कोई ऐसा सबूत नहीं मिला जिससे बलभद्र सिंह का अभी तक जीते रहना साबित होता हो।

भूत- क्या मैंने आपसे अभी नहीं कहा कि असली बलभद्र सिंह के जीते रहने का मुझे शक हुआ और कृष्णा जिन्न ने मेरे उस शक को यह कहकर विश्वास के साथ बदल दिया कि 'बेशक, असली बलभद्र सिंह अभी तक कहीं कैद है और तू जिस तरह से बन सके उसका पता लगा।'

इन्द्र- हां, यह तो तुमने कहा मगर मैं यह नहीं जानता कि कृष्णा जिन्न कौन है और उसकी बातों पर कहां तक विश्वास करना चाहिए।

भूत- अफसोस, आपने कृष्णा जिन्न की कार्रवाई पर अच्छी तरह ध्यान नहीं दिया जो मैं आपसे कह चुका हूं। यद्यपि मैं स्वयं उसे नहीं जानता परन्तु जिस समय कृष्णा जिन्न ने वह अनूठा कलमदान पेश किया जिसे देखने के साथ ही नकली बलभद्र सिंह की आधी जान निकल गई,

जिस पर निगाह पड़ते ही लक्ष्मीदेवी बेहोश हो गई, जिसे एक झलक ही में मैं पहचान गया। जिस पर मीनाकारी की तीन तस्वीरें बनी हुई थीं, और जिस पर बीचली तस्वीर के नीचे मीनाकारी के मोटे खूबसूरत अक्षरों में 'इन्दिरा' लिखा हुआ था, उसी समय मैं समझ गया कि यह साधारण नहीं है।

इन्द्र- (चौंककर) क्या कहा! क्या लिखा हुआ था? 'इन्दिरा' और यह कहने के साथ ही इन्द्रदेव के चेहरे का रंग उड़ गया तथा आश्चर्य ने उस पर अपना रोआब जमा लिया।

भूत- हां-हां, 'इन्दिरा'- बेशक, यही लिखा हुआ था।

अब इन्द्रदेव अपने को किसी तरह सम्हाल न सका। वह घबराकर उठ खड़ा हुआ और धीरे-धीरे निम्नलिखित बातें कहता हुआ इधर-उधर घूमने लगा -

"उफ, मुझे धोखा हुआ! वाह रे दारोगा, तैने इन्द्रदेव ही पर अपना हाथ साफ किया, जिसने तेरे सैकड़ों कसूर माफ किये और फिर भी तेरे रोने-पीटने और बड़ी-बड़ी कसमें खाने पर विश्वास करके तुझे राजा वीरेन्द्र सिंह की कैद से छुड़ाया! वाह रे जैपाल, तुझे तो इस तरह तड़पा-तड़पाकर मारूंगा कि गन्दगी पर बैठने वाली मक्खियों को भी तेरे हाल पर रहम आवेगा। लक्ष्मीदेवी का बाप बनकर चला था मायारानी और दारोगा की मदद करने। वाह रे कृष्णा जिन्न ईश्वर तेरा भला करे! मगर इसमें भी कोई शक नहीं कि तुझको यह हाल-हाल ही में मालूम हुआ है। आह, मैंने वास्तव में धोखा खाया। लक्ष्मीदेवी की बहुत ही प्यारी इन्दिरा! अच्छा-अच्छा, ठहर जा, देख तो सही मैं क्या करता हूं। भूतनाथ ने यद्यपि बहुत से बुरे काम किये हैं परन्तु अब वह उनका प्रायश्चित्त भी बड़ी खूबी के साथ कर रहा है। (भूतनाथ की तरफ देखके) अच्छा-अच्छा, मैं तुम्हारा साथ दूंगा मगर अभी नहीं, जब तक मैं उस कलमदान को अपनी आंखों से न देख लूंगा तब तक मेरा जी ठिकाने न होगा।"

भूत- (जो बड़े गौर से इन्द्रदेव का बड़बड़ाना सुन रहा था) हां-हां, आप उसे देख सकते हैं, मेरे साथ रोहतास गढ़ चलिए।

इन्द्र- तुम्हारे साथ चलने की कोई आवश्यकता नहीं, तुम इसी जगह रहो, मैं अकेला ही जाऊंगा और बहुत जल्द ही लौट आऊंगा।

इतना कहकर इन्द्रदेव ने ताली बजाई और आवाज के साथ ही अपने दो आदमियों को कमरे के अन्दर आते देखा। इन्द्रदेव अपने आदमियों से यह कहकर कि, "तुम लोग भूतनाथ को खातिरदारी के साथ यहां रखो जब तक कि मैं एक छोटे सफर से न लौट आऊं", कमरे के बाहर हो गये और तब दूसरे कमरे में जिसकी ताली वे अपने पास रखा करते थे ताला खोलकर चले गये। इस कमरे में खूंटियों के सहारे तरह-तरह के कपड़े, ऐयारी के बहुत से बटुए, रंग-बिरंगे नकाब, एक से एक बढ़कर नायाब और बेशकीमत हर्बे और कमरबन्द वगैरह लटक रहे थे और एक तरफ लोहे तथा लकड़ी के छोटे-बड़े सन्दूक भी रखे हुए थे। इन्द्रदेव ने अपने मतलब का एक जोड़ा (बेशकीमती पोशाक) खूंटी से उतारकर पहिर लिया और जो कपड़े

पहिले पहिरे हुए थे उतारकर एक तरफ रख दिए। सुर्ख रंग की नकाब उतारकर चेहरे पर लगाई, ऐयारी का बटुआ बगल में लटकाने के बाद बेशकीमत हर्बों से अपने को दुरुस्त किया और इसके बाद लोहे के एक सन्दूक में से कुछ निकालकर कमर में रख कमरे के बाहर निकल आए, कमरे का ताला बन्द किया और तब बिना भूतनाथ से मुलाकात किए ही वहां से रवाना हो गए।

***

बयान-11

रोहतास गढ़ में महल के अन्दर एक खूबसूरत सजे हुए कमरे में राजा वीरेन्द्र सिंह ऊंची गद्दी के ऊपर बैठे हुए हैं, बगल में तेज सिंह और देवी सिंह बैठे हैं, तथा सामने की तरफ किशोरी, कामिनी, लक्ष्मीदेवी, कमलिनी, लाडिली और कमला अदब के साथ सिर झुकाए बैठी हैं। आज राजा वीरेन्द्र सिंह अपने दोनों ऐयारों के सहित यहां बैठकर उन सभों की बीती हुई दु:ख भरी कहानी बड़े गौर से कुछ सुन चुके हैं और बाकी सुन रहे हैं। दरवाजे पर भैरो सिंह और तारा सिंह खड़े पहरा दे रहे हैं। किसी लौंडी तक को भी वहां आने की आज्ञा नहीं है। किशोरी, कामिनी, कमलिनी, कमला और लक्ष्मीदेवी का हाल सुन चुके हैं। इस समय लाडिली अपना किस्सा कह रही है।

लाडिली अपना किस्सा कहते-कहते बोली -

लाडिली- जब मायारानी की आज्ञानुसार धनपत और मैं नानक और किशोरी के साथ दुश्मनी करने के लिए जमानिया से निकले तो शहर के बाहर होकर हम दोनों अलग-अलग हो गए। इत्तिफाक की बात है कि धनपत सूरत बदल कर इसी किले में आ रही और मैं भी घूमती-फिरती भेष बदले हुए किशोरी का यहां होना सुनकर इसी किले में आ पहुंची और हम दोनों ही ने रानी साहिबा की नौकरी कर ली। उस समय मेरा नाम लाली था। यद्यपि इस मकान में मेरी और धनपत की मुलाकात हुई और बहुत दिनों तक हम दोनों आदमी एक ही जगह रहे भी, मगर न तो मैंने धनपत को पहिचाना जो कुन्दन के नाम से यहां रहती थी और न धनपत ही ने मुझे पहिचाना। (ऊंची सांस लेकर) अफसोस, मुझे उस समय का हाल कहते शर्म मालूम होती है, क्योंकि मैं बेचारी निर्दोष किशोरी के साथ दुश्मनी करने के लिए तैयार थी। यद्यपि मुझे किशोरी की अवस्था पर रहम आता था मगर मैं लाचार थी क्योंकि मायारानी के कब्जे में थी और इस बात को खूब समझती थी कि यदि मैं मायारानी का हुक्म न मानूंगी तो नि:सन्देह वह मेरा सिर काट लेगी।

इतना कहकर लाडिली रोने लगी।

वीरेन्द्र- (दिलासा देते हुए) बेटी, अफसोस करने को कोई जगह नहीं है। यह तो बनी-बनाई बात है कि यदि कोई धर्मात्मा या नेक आदमी शैतान के कब्जे में पड़ा हुआ होता है तो उसे झक मारकर शैतान की बात माननी पड़ती है। मैं खूब समझता हूं और विश्वास दिलाया चाहता हूं कि तू नेक है, तेरा कोई दोष नहीं, जो कुछ किया कम्बख्त दारोगा तथा मायारानी ने किया, अस्तु तू कुछ चिन्ता मत कर और अपना हाल कह।

आंचल से आंसू पोंछकर लाडिली ने फिर कहना शुरू किया -

लाडिली- मैं चाहती थी कि किशोरी को अपने कब्जे में कर लूं और तिलिस्मी तहखाने की राह से बाहर होकर इसे मायारानी के पास ले जाऊं तथा धनपत का भी इरादा यही था। इस सबब से कि यहां का तहखाना एक छोटा-सा तिलिस्म है और जमानिया के तिलिस्म से सम्बन्ध रखता है, यहां के तहखाने का बहुत कुछ हाल मायारानी को मालूम है और उसने मुझे और धनपत को बता दिया था अस्तु किशोरी को लेकर यहां के तहखाने की राह से निकल जाना मेरे या धनपत के लिए कोई बड़ी बात न थी। इसके अतिरिक्त यहां एक बुढ़िया रहती थी जो रिश्ते में राजा दिग्विजय सिंह की बूआ होती थी। वह बड़ी ही सूधी, नेक तथा धर्मात्मा थी और बड़ी सीधी चाल बल्कि फकीरी ढंग पर रहा करती थी। मैंने सुना है कि वह मर गई, अगर जीती होती तो आपसे मुलाकात करा देती। खैर, मुझे यह बात मालूम हो चुकी थी कि वह बुढ़िया यहां के तहखाने का हाल बहुत ज्यादे जानती है। अतएव मैंने उससे दोस्ती पैदा कर ली और तब मुझे मालूम हुआ कि वह किशोरी पर दया करती है और चाहती है कि वह किसी तरह यहां से निकलकर राजा वीरेन्द्र सिंह के पास पहुंच जाए। मैंने उसके दिल में विश्वास दिला दिया कि किशोरी को यहां से निकालकर चुनार पहुंचा देने के विषय में जी जान से कोशिश करूंगी और इसीलिए उस बुढ़िया ने भी यहां के तहखाने का बहुत-सा हाल मुझसे कहा बल्कि उस राह से निकल जाने की तर्कीब भी बताई मगर धनपत जो कुन्दन के नाम से यहीं रहती थी बराबर मेरे काम में बाधा डाला करती और मैं भी इसी फिक्र में लगी हुई थी कि किसी तरह उसे दबाना चाहिए जिससे वह मेरा मुकाबला न कर सके। एक दिन आधी रात के समय मैं अपने कमरे से निकलकर कुन्दन के कमरे की तरफ चली। जब उसके पास पहुंची तो किसी आदमी के पैर की आहट मिली जो कुन्दन की तरफ जा रहा था। मैं रुक गई और जब वह आदमी आगे बढ़कर कुन्दन के मकान के अन्दर चला गया तब मैं धीरे-धीरे कदम रखकर उस मकान के पास पहुंची जिसमें कुन्दन रहती थी। उसकी कुर्सी बहुत ऊंची थी, पांच सीढ़ियां चढ़कर सहन में पहुंचना होता था और उसके बाद कमरे के अन्दर जाने का दरवाजा था, वह कमरा अभी तक मौजूद है शायद आप उसे देखें, सीढ़ियों के दोनों बगल चमेली की घनी टट्टी थीं, उसी टट्टी में छिपकर उस आदमी के लौटने की राह देखने लगी जो मेरे सामने ही उस मकान में गया था। आधा घण्टे के बाद वह आदमी कमरे के बाहर निकला, उस समय कुन्दन भी उसके साथ थी। जब वह सहन की सीढ़ियां उतरने लगा तो कुन्दन ने उसे रोककर धीरे से कहा, "मैं फिर कहे देती हूं कि आपसे मुझे बड़ी उम्मीदें हैं। जिस तरह आप गुप्त राह से इस किले के अन्दर जाते हैं, उसी तरह मुझे किशोरी के सहित निकाल तो ले जायेंगे" इसके जवाब में उस आदमी ने कहा, "हां-हां, इस बात का तो मैं तुमसे वादा ही कर चुका हूं, अब तुम किशोरी को अपने काबू में करने का उद्योग करो, मैं तीसरे-चौथे दिन यहां आकर तुम्हारी खबर ले जाया करूंगा।" इस पर कुन्दन ने फिर कहा, "मगर मुझे इस बात की खबर पहिले ही हो जाया करे कि आज आप आधी रात के समय यहां आवेंगे तो अच्छा हो।" इसके जवाब में उस आदमी ने अपनी जेब में से एक नारंगी निकालकर कुन्दन के हाथ में

दी और कहा, "इसी रंग की नारंगी उस दिन तुम बाग के उत्तर और पश्चिम वाले कोने में संध्या के समय देखोगी जिस दिन तुमसे मिलने के लिये मैं यहां आने वाला होऊंगा।" कुन्दन ने वह नारंगी उसके हाथ से ले ली। सीढ़ियों के दोनों तरफ फूलों के गमले रखे हुए थे, उनमें से एक गमले में कुन्दन ने वह नारंगी रख दी और उस आदमी के साथ ही साथ थोड़ी दूर तक उसे पहुंचाने की नीयत से आगे की तरफ बढ़ गई। मैं छिपे-छिपे सब-कुछ देख-सुन रही थी। जब कुन्दन आगे बढ़ गई और उस जगह निराला हुआ तब मैं झाड़ी के अन्दर से निकली और गमले में से उस नारंगी को लेकर जल्दी-जल्दी कदम बढ़ाती हुई अपने मकान में चली आई। किशोरी अपना हाल कहते समय आपसे कह चुकी है कि, "एक दिन मैंने नारंगी दिखाकर कुन्दन को दबा लिया था।" यह वही नारंगी थी जिसे देखकर कुन्दन समझ गई कि मेरा भेद लाली को मालूम हो गया, यदि वह राजा साहब को इस बात की इत्तिला दे देगी और उस आदमी को जो पुनः मेरे पास आने वाला है और जिसे इस बात की खबर नहीं है, गिरफ्तार करा देगी तो मैं मारी जाऊंगी। अस्तु उसे दबना ही पड़ा क्योंकि वास्तव में यदि मैं चाहती तो कुन्दन के मकान में उस आदमी को गिरफ्तार करा देती, और उस समय महाराज दिग्विजय सिंह दोनों का सिर काटे बिना न रहते।

वीरेन्द्र- ठीक है, अब मैं समझ गया, अच्छा तो फिर यह भी मालूम हुआ कि वह आदमी जो कुन्दन के पास आया करता था कौन था?

लाडिली- पीछे तो मालूम हो ही गया कि वह शेर सिंह थे और उन्होंने कुन्दन के बारे में धोखा खाया।

देवी सिंह- (वीरेन्द्र सिंह से) मैंने एक दफ़े आपसे अर्ज किया था कि शेर सिंह ने कुन्दन के बारे में धोखा खाने का हाल मुझसे खुद बयान किया था और लाली को नीचा दिखाने या दबाने की नीयत से 'खून से लिखी किताब' तथा 'आंचल पर गुलामी क दस्तावेज' वाला जुमला भी शेर सिंह ही ने कुन्दन को बताया था और शेर सिंह ने छिपकर किसी दूसरे आदमी की बातचीत से वह हाल मालूम किया था।

वीरेन्द्र- ठीक है, मगर यह नहीं मालूम हुआ कि शेर सिंह ने छिपकर जिन लोगों की बातचीत सुनी थी वे कौन थे?

देवी- हां इसका हाल मालूम न हुआ, शायद लाडिली जानती हो।

लाडिली- जी हां, जब मैं यहां से लौटकर मायारानी के पास गई तब मुझे मालूम हुआ कि वे लोग मायारानी के दोनों ऐयार बिहारी सिंह और हरनाम सिंह थे जो हम लोगों का पता लगाने तथा राजकुमारों को गिरफ्तार करने की नीयत से इस तरफ आए हुए थे।

वीरेन्द्र- ठीक है, अच्छा तो अब हम यह सुनना चाहते हैं कि 'खून से लिखी किताब' और 'गुलामी की दस्तावेज' से क्या मतलब था और तू इन शब्दों को सुनकर क्यों डरी थी?

लाडिली- खून से लिखी किताब को आप जानते ही हैं जिसका दूसरा नाम 'रक्तग्रन्थ' है, और जो आजकल आपके कुंअर इन्द्रजीत सिंह जी के कब्जे में है।

वीरेन्द्र- हां-हां, सो क्यों न जानेंगे, वह तो हमारी ही चीज है और हमारे ही यहां से चोरी की गई थी।

लाडिली- जी हां! उन शब्दों के विषय में भी मैंने बहुत बड़ा धोखा खाया। अगर मैं कुन्दन को पहचान जाती तो मुझे उन शब्दों से डरने की आवश्यकता न थी। खून से लिखी किताब अर्थात् 'रक्तग्रन्थ' से जितना सम्बन्ध मुझे था उतना ही कुन्दन को भी मगर कुन्दन ने समझा कि मैं भूतनाथ के रिश्तेदारों में से हूं जिसने 'रक्तग्रन्थ' की चोरी की थी और मैंने यह सोचा कि कुन्दन को मेरा असल हाल मालूम हो गया, वह जान गई थी कि मैं मायारानी की बहिन लाडिली हूं और राजा दिग्विजय सिंह को धोखा देकर यहां आई हूं। मैं इस बात को खूब जानती थी कि यह रोहातस गढ़ का तहखाना जमानिया के तिलिस्म से सम्बन्ध रखता है और यदि राजा दिग्विजय सिंह के हाथ 'रक्तग्रन्थ' लग जाए तो वह बड़ा ही खुश हो क्योंकि वह रक्तग्रन्थ का मतलब खूब जानता है और उसे यह भी मालूम था कि भूतनाथ ने 'रक्तग्रन्थ' की चोरी की थी और उसके हाथ से मायारानी रक्तग्रन्थ ले लेने के उद्योग में लगी हुई थी और उस उद्योग में सबसे भारी हिस्सा मैंने ही लिया था। यह सब हाल उसे कम्बख्त दारोगा की जुबानी मालूम हुआ था क्योंकि वह राजा दिग्विजय सिंह से मिलने के लिए बराबर आया करता था और उससे मिला हुआ था। निःसन्देह अगर मेरा हाल राजा दिग्विजय सिंह को मालूम हो जाता तो वह मुझे कैद कर लेता और 'रक्तग्रन्थ' के लिये मेरी बड़ी दुर्दशा करता। बस इसी खयाल ने मुझे बदहवास कर दिया और मैं ऐसी डरी कि तनोबदन की सुध जाती रही। क्या दिग्विजय सिंह कभी इस बात को सोचता कि उसकी दारोगा से दोस्ती है और दारोगा लाडिली का पक्षपाती है कभी नहीं। वह बड़ा ही मतलबी और खोटा था।

वीरेन्द्र- बेशक ऐसा ही है और तुम्हारा डरना बहुत वाजिब था, मगर हां एक बात तो तुमने कही ही नहीं।

लाडिली- वह क्या?

वीरेन्द्र- 'आंचल पर गुलामी का दस्तावेज' से क्या मतलब था?

राजा वीरेन्द्र सिंह की यह बात सुनकर लाडिली शर्मा गई और उसने अपने दिल की अवस्था को रोककर सिर नीचे कर लिया, जब राजा वीरेन्द्र सिंह ने पुनः टोका तब हाथ जोड़कर बोली, "आशा है कि महाराजा साहब जवाब चाहने के लिए जिद न करेंगे और मेरा यह अपराध क्षमा करेंगे। मैं इसका जवाब अभी नहीं दिया चाहती और बहाना करना या झूठ बोलना भी पसन्द नहीं करती।"

लाडिली की बात सुनकर राजा वीरेन्द्र सिंह चुप हो रहे और कोई दूसरी बात पूछा ही चाहते थे कि भैरो सिंह ने कमरे के अन्दर पैर रखा।

वीरेन्द्र- (भैरो से) क्या है?

भैरो- बाहर से खबर आई है कि मायारानी के दारोगा के गुरुभाई इन्द्रदेव जिनका हाल मैं एक दफ़े अर्ज कर चुका हूं, महाराज का दर्शन करने के लिए हाजिर हुए हैं। उन्हें ठहराने की कोशिश की गई थी मगर वह कहते हैं कि मैं पल-भर भी नहीं अटक सकता और शीघ्र मुलाकात की आशा रखता हूं तथा मुलाकात भी महल के अन्दर लक्ष्मीदेवी के सामने करूंगा। यदि इस बात में महाराजा साहब को उज्र हो तो लक्ष्मीदेवी से राय लें और जैसा वह कहें वैसा करें।

इसके पहिले कि वीरेन्द्र सिंह कुछ सोचें या लक्ष्मीदेवी से राय लें लक्ष्मीदेवी अपनी खुशी को रोक न सकी, उठ खड़ी हुई और हाथ जोड़कर बोली, "महाराज से मैं सविनय प्रार्थना करती हूं कि इन्द्रदेव जी को इसी जगह आने की आज्ञा दी जाए। वे मेरे धर्म के पिता हैं, मैं अपना किस्सा कहते समय अर्ज कर चुकी हूं कि उन्होंने मेरी जान बचाई थी, वे हम लोगों के सच्चे खैरखाह और भला चाहने वाले हैं।"

वीरेन्द्र- बेशक-बेशक, हम उन्हें इसी जगह बुलाएंगे, हमारी लड़कियों को उनसे पर्दा करने की कोई आवश्यकता नहीं है (भैरो सिंह की तरफ देखकर) तुम स्वयं जाओ और उन्हें शीघ्र इसी जगह ले आओ।

"बहुत अच्छा" कहकर भैरो सिंह चला गया और थोड़ी ही देर में इन्द्रदेव को अपने साथ लिए हुए आ पहुंचा। लक्ष्मीदेवी उन्हें देखते ही उनके पैरों पर गिर पड़ी और आंसू बहाने लगी। इन्द्रदेव ने उसके सिर पर हाथ फेरकर आशीर्वाद दिया, कमलिनी और लाडिली ने भी उन्हें प्रणाम किया और राजा वीरेन्द्र सिंह ने सलाम जवाब देने के बाद उन्हें बड़ी खातिर से अपने पास बैठाया।

वीरेन्द्र- (मुस्कुराते हुए) कहिये आप कुशल से तो हैं? राह में कुछ तकलीफ तो नहीं हुई।

इन्द्रदेव- (हाथ जोड़कर) आपकी कृपा से मैं बहुत अच्छा हूं, सफर में हजार तकलीफ उठाकर आने वाला भी आपका दर्शन पाते ही कृतार्थ हो जाता है, फिर मेरी क्या बात है जिसे इस सफर पर ध्यान देने की छुट्टी अपने खयालों के उलझन की बदौलत बिल्कुल ही न मिली।

वीरेन्द्र- तो मालूम होता है कि आप किसी भारी काम के लिये यहां आये हैं। (हंसकर) क्या अबकी फिर दारोगा साहब को छुड़ाकर ले जाने का इरादा है।

इन्द्रदेव- (शर्मिन्दगी के साथ हंसकर) जी नहीं, अब मैं उस कम्बख्त की कुछ भी मदद नहीं कर सकता, जिसे गुरुभाई समझकर आपके कैदखाने से छुड़ाया था और आइन्दे नेकनीयती के साथ जिन्दगी बिताने की जिससे मैंने कसम ले ली थी, अफसोस दिन-दिन उसकी शैतानी का पता लगता ही जाता है।

वीरेन्द्र- इधर का हाल तो आपने न सुना होगा?

इन्द्रदेव- जी भूतनाथ की जुबानी मैं सब हाल सुन चुका हूं और इस सबब से ही हाजिर हुआ हूं। मुझे यह देखकर बड़ी खुशी हुई कि लक्ष्मीदेवी को अपनायत के ढंग पर आपके सामने बैठने की इज्जत मिली है और वह बहुत तरह के दु:ख सहने के बाद अब हर तरह से प्रसन्न और सुखी हुआ चाहती है।

वीरेन्द्र- नि:सन्देह, लक्ष्मीदेवी को मैं अपनी लड़की के समान देख रहा हूं और उसके साथ तुमने जो कुछ नेकी की है उसका हाल भी उसी की जुबानी सुनकर बहुत प्रसन्न हूं। इस समय मेरे दिल में तुमसे मिलने की इच्छा हो रही थी और किसी को तुम्हारे पास भेजने के विचार में था कि तुम आ पहुंचे। बलभद्र सिंह और भूतनाथ के मामले ने तो हम लोगों को अजब दुविधा में डाल रखा है, अब कदाचित् तुम्हारी जुबानी उनका खुलासा हाल मालूम हो जाए।

इन्द्रदेव- नि:सन्देह वह एक आश्चर्य की घटना हो गई है, जिसकी मुझे कुछ आशा न थी।

लक्ष्मीदेवी- (इन्द्रदेव से) मेरे प्यारे चाचा, (क्योंकि वह इन्द्रदेव को चाचा कहके ही पुकारा करती थी) जब भूतनाथ की जुबानी आप सब हाल सुन चुके हैं तो नि:सन्देह मेरी तरह आपको भी इस बात का विश्वास हो गया होगा कि मेरे बदकिस्मत पिता अभी तक जीते हैं मगर कहीं कैद हैं।

इन्द्रदेव- बेशक, ऐसा ही है।

वीरेन्द्र- तो क्या भूतनाथ उन्हें खोज निकालेगा?

इन्द्रदेव- इसमें मुझे सन्देह है, क्योंकि वह सब तरफ से लाचार होकर मुझसे मदद मांगने गया था और उसकी जुबानी सब हाल सुनकर मैं यहां आया हूं।

वीरेन्द्र- तो तुम इस काम में उसको मदद दोगे?

इन्द्र- अवश्य मदद दूंगा। असल तो यों है कि इस समय बलभद्र सिंह को खोज निकालने की चाह बनिस्बत भूतनाथ के मुझको बहुत ज्यादे है और उनके जीते रहने का विश्वास भी सभों से ज्यादे मुझी को हुआ, इसी तरह से बलभद्र सिंह का पता लगाने में मेरी बुद्धि जितना काम कर सकती है उतनी भूतनाथ की नहीं (ऊंची सांस लेकर) अफसोस आज के दो दिन पहिले मुझे इस बात का स्वप्न में भी गुमान न था कि अपने प्यारे दोस्त बलभद्र सिंह के जीते रहने की खबर मेरे कानों तक पहुंचेगी और मुझे उनका पता लगाना होगा।

वीरेन्द्र- तुम्हारे इस कहने से पाया जाता है कि बनिस्बत हम लोगों के तुमको भूतनाथ की बातों का ज्यादे यकीन हुआ है और अगर ऐसा ही है तो आज के बहुत दिन पहिले तुमको या किसी और को इस बात की इत्तिला न देने का इलजाम भी भूतनाथ पर लगाया जाएगा।

इन्द्रदेव- जी नहीं, इस घटना के पहिले भूतनाथ को भी बलभद्र सिंह के जीते रहने का विश्वास न था, हां कुछ शक-सा हो गया था, उस शक को यकीन के दर्जे तक पहुंचाने के लिए भूतनाथ ने बहुत उद्योग किया और वही उद्योग इस समय उसका दुश्मन हो रहा है। सच तो यह है कि

अगर इसके पहिले बलभद्र सिंह के जीते रहने की खबर भूतनाथ देता भी तो मुझे विश्वास न होता और मैं उसे झूठा या दगाबाज समझता।

वीरेन्द्र- (मुस्कराकर) तुम्हारी बातें तो और भी उलझन पैदा करती हैं! मालूम होता है कि भूतनाथ की बातों के अतिरिक्त और भी कोई सच्चा सबूत बलभद्र सिंह के जीते रहने के बारे में तुमको मिला है और भूतनाथ वास्तव में उन दोषों का दोषी नहीं है जो कि उसकी दस्तखती चिट्ठियों के पढ़ने से मालूम हुआ है।

इन्द्रदेव- बेशक ऐसा ही है।

लक्ष्मीदेवी- (ताज्जुब से) तो क्या किसी और ने भी मेरे पिता के जीते रहने की खबर आपको दी है।

इन्द्रदेव- नहीं।

लक्ष्मी- तो आज कैसे भूतनाथ के कहने का इतना विश्वास आपको हुआ जबकि आज के पहिले उसके कहने का कुछ भी असर न होता?

वीरेन्द्र- मैं भी यही सवाल तुमसे करता हूं।

इन्द्रदेव- भूतनाथ के इस कहने ने कि, "कृष्णा जिन्न ने एक कलमदान आपके सामने पेश किया था जिस पर मीनाकारी की तीन तस्वीरें बनी हुई थीं और उसे देखते ही नकली बलभद्र सिंह बदहवास हो गया था"- मुझे असल बलभद्र सिंह के जीते रहने का विश्वास दिला दिया। क्या यह बात ठीक है क्या कृष्णा जिन्न ने कोई कलमदान पेश किया?

वीरेन्द्र- हां! एक कलमदान...।

लक्ष्मी- (बात काटकर) हां-हां, मेरे प्यारे चाचा, वही कलमदान जो मेरी बहुत ही प्यारी चाची ने मुझे विवाह के...।

इतना कहते- कहते लक्ष्मीदेवी का गला भर आया और वह रोने लगी।

इन्द्रदेव- (व्याकुलता से) मैं उस कलमदान को शीघ्र ही देखना चाहता हूं (तेज सिंह से) आप कृपा कर उसे शीघ्र ही मंगवाइए।

तेज- (अपने बटुए में से कलमदान निकालकर और इन्द्रदेव के हाथ में देकर) लीजिए तैयार है। मैं इसे हर वक्त अपने पास रखता हूं, और उस समय की राह देखता हूं जब इसके अद्भुत रहस्य का पता हम लोगों को लगेगा।

इन्द्रदेव- (कलमदान को अच्छी तरह देखकर) निःसन्देह भूतनाथ ने जो कुछ कहा ठीक है। अफसोस, कम्बख्तों ने बड़ा धोखा दिया। अच्छा, ईश्वर मालिक है।

लक्ष्मी- क्यों यह वही कलमदान है न?

इन्द्रदेव- हां, तुम इसे वही कलमदान समझो। (क्रोध में लाल-लाल आंखें करके) ओफ, अब मुझसे बरदाश्त नहीं हो सकता और न मैं ऐसे काम में विलम्ब कर सकता हूं। (वीरेन्द्र से) क्या आप इस काम में मेरी सहायता कर सकते हैं?

वीरेन्द्र- जो कुछ मेरे किए हो सकता है उसे करने के लिए मैं तैयार हूं, मुझे बड़ी खुशी होगी जब मैं अपनी आंखों से बलभद्र सिंह को सही-सलामत देखूंगा।

इन्द्रदेव- और आप मुझ पर विश्वास भी कर सकते हैं?

वीरेन्द्र- हां, मैं तुम पर उतना ही विश्वास करता हूं जितना इन्द्रजीत और आनन्द पर।

इन्द्रदेव- (हाथ जोड़कर और गद्‌गद् होकर) अब मुझे विश्वास हो गया कि अपने दोनों प्रेमियों को शीघ्र देखूंगा।

वीरेन्द्र- (आश्चर्य से) दूसरा कौन?

लक्ष्मी- (चौंककर) ओह मैं समझ गई, हे ईश्वर, यह क्या, क्या मैं अपनी बहुत प्यारी 'इन्दिरा' को भी देखूंगी!

इन्द्रदेव- हां, यदि ईश्वर चाहेगा तो ऐसा ही होगा।

वीरेन्द्र- अच्छा, यह बताओ कि अब तुम क्या चाहते हो?

इन्द्रदेव- मैं नकली बलभद्र सिंह, दारोगा और मायारानी को देखना चाहता हूं और साथ ही इसके इस बात की आज्ञा चाहता हूं कि उन लोगों के साथ मैं जैसा बर्ताव चाहे कर सकूं या उन तीनों में से किसी को यदि आवश्यकता हो तो अपने साथ ले जा सकूं।

इन्द्रदेव की बात सुनकर वीरेन्द्र सिंह ने ऐसे ढंग से तेज सिंह की तरफ देखा और इशारे से कुछ पूछा कि सिवाय उनके और तेज सिंह के किसी दूसरे को मालूम न हुआ और जब तेज सिंह ने भी इशारे में ही कुछ जवाब दे दिया तब इन्द्रदेव की तरफ देखकर कहा, "वे तीनों कैदी सबसे बढ़कर लक्ष्मीदेवी के गुनाहगार हैं जो कुछ तुम्हारे और हमारे धर्म की लड़की है। इसलिए उन कैदियों के विषय में जो कुछ तुमको पूछना या करना हो उसकी आज्ञा लक्ष्मीदेवी से ले लो, हमें किसी तरह का उज्र नहीं है।"

लक्ष्मी- (प्रसन्न होकर) यदि महाराज की मुझ पर इतनी कृपा है तो मैं कह सकती हूं कि उन कैदियों में से, जिनकी बदौलत मेरी जिन्दगी का सबसे कीमती हिस्सा बरबाद हो गया, उनमें जिसे मेरे चाचा चाहें ले जाएं।

वीरेन्द्र- बहुत अच्छा, (इन्द्रदेव से) क्या उन कैदियों को यहां हाजिर करने के लिए हुक्म दिया जाए?

इन्द्रदेव- वे सब कहां रखे गए हैं?

वीरेन्द्र- यहां के तिलिस्मी तहखाने में।

इन्द्रदेव- (कुछ सोचकर) उत्तम यही होगा कि मैं उस तहखाने ही में उन कैदियों को देखूं और उनसे बातें करूं, तब जिसकी आवश्यकता हो उसे अपने साथ ले जाऊं।

वीरेन्द्र- जैसी तुम्हारी मर्जी, अगर कहो तो हम भी तुम्हारे साथ तहखाने में चलें।

इन्द्रदेव- आप जरूर चलें, यदि यहां के तहखाने की कैफियत आपने अच्छी तरह देखी न हो तो मैं आपको तहखाने की सैर भी कराऊंगा बल्कि ये लड़कियां भी साथ रहें तो कोई हर्ज नहीं, परन्तु यह काम मैं रात्रि के समय किया चाहता हूं और इस समय केवल इसी बात की जांच किया चाहता हूं कि भूतनाथ ने मुझसे जो-जो बातें कही थीं वे सब सच हैं या झूठ।

वीरेन्द्र- ऐसा ही होगा।

इसके बाद बहुत देर तक इन्द्रदेव, लक्ष्मीदेवी, कमलिनी, किशोरी, लाडिली, तेज सिंह और वीरेन्द्र सिंह इत्यादि में बातें होती रहीं और बीती हुई बातों को इन्द्रदेव बड़े गौर से सुनते रहे। इसके बाद भोजन का समय आया और दो-तीन घण्टे के लिए सब कोई जुदा हुए। राजा वीरेन्द्र सिंह की इच्छानुसार इन्द्रदेव की बड़ी खातिर की गई और वह जब अकेले रहे बलभद्र सिंह और कृष्णा जिन्न के विषय में गौर करते रहे। जब संध्या हुई सब कोई फिर उसी जगह इकट्ठे हुए और बातचीत होने लगी। इन्द्रदेव ने राजा वीरेन्द्र सिंह से पूछा, "कृष्णा जिन्न का असल हाल आपको मालूम हुआ कि नहीं क्या उसने अपना परिचय आपको दिया।"

वीरेन्द्र- पहिले तो उसने अपने को बहुत छिपाया मगर भैरो सिंह ने गुप्त रीति से पीछा करके उसका हाल जान लिया। जब कृष्णा जिन्न को मालूम हो गया कि भैरो सिंह ने उसे पहिचान लिया तब उसने भैरो सिंह को बहुत कुछ ऊंच-नीच समझाकर इस बात की प्रतिज्ञा करा ली कि सिवा मेरे और तेज सिंह के वह कृष्णा जिन्न का असल हाल किसी से न कहे और न हम तीनों में से कोई किसी चौथे को उसका भेद बतावे। पर अब मैं देखता हूं तो कृष्णा जिन्न का असल हाल तुमको भी मालूम होना उचित जान पड़ता है, पर साथ ही मैं अपने ऐयार की ली हुई प्रतिज्ञा को भी तोड़ना नहीं चाहता।

इन्द्रदेव- नि:सन्देह कृष्णा जिन्न का हाल जानना मेरे लिए आवश्यक है परन्तु मैं भी यह नहीं पसन्द करता कि भैरो सिंह या आपकी मंडली में से किसी की प्रतिज्ञा भंग हो। आप इसके लिए चिन्ता न करें, मैं कृष्णा जिन्न को पहिचाने बिना नहीं रह सकता, बस एक दफ़े सामना होने की देर है।

वीरेन्द्र- मेरा भी यही विश्वास है।

इन्द्रदेव- अच्छा तो अब उन कैदियों के पास चलना चाहिए।

वीरेन्द्र- चलो हम तैयार हैं (तेज सिंह, देवी सिंह, लक्ष्मीदेवी, कमलिनी और किशोरी इत्यादि की तरफ इशारा करके) इन सभों को भी लेते चलें?

इन्द्रदेव- जी हां, मैं तो पहिले ही अर्ज कर चुका हूं, बल्कि ज्योतिषी जी तथा भैरो सिंह को भी लेते चलिए।

इतना सुनते ही राजा वीरेन्द्र सिंह उठ खड़े हुए और सभों को साथ लिए हुए तहखाने की तरफ रवाना हुए। जगन्नाथ ज्योतिषी को बुलाने के लिए देवी सिंह भेज दिये गए।

ये लोग धीरे-धीरे जब तक तहखाने के दरवाजे पर पहुंचे तब तक जगन्नाथ ज्योतिषी भी आ गए और सब कोई एक साथ मिलकर तहखाने के अन्दर गए।

इस तहखाने के अन्दर जाने वाले रास्ते का हाल हम पहिले लिख चुके हैं इसलिए पुन: लिखने की आवश्यकता न जानकर केवल मतलब की बातें ही लिखते हैं।

ये सब लोग तहखाने के अन्दर जाकर उसी दालान में पहुंचे जिसमें तहखाने के दारोगा साहब रहा करते थे और जिसके पीछे की तरफ कई कोठरियां थीं। इस समय भैरो सिंह और देवी सिंह अपने हाथ में मशाल लिए हुए थे जिसकी रोशनी से बखूबी उजाला हो गया था और वहां की हर एक चीज साफ-साफ दिखाई दे रही थी। वे लोग इन्द्रदेव के पीछे-पीछे एक कोठरी के अन्दर घुसे जिसमें सदर दरवाजे के अलावे एक दरवाजा और भी था। सब लोग उस दरवाजे में घुसकर दूसरे खण्ड में पहुंचे जहां बीचोंबीच में छोटा-सा चौक था। उसके चारों तरफ दालान और दालानों के बाद बहुत-सी लोहे की सींखचों से बनी हुई जंगलेदार ऐसी कोठरियां थीं जिनके देखने से साफ मालूम होता था, कि यह कैदखाना है और इन कोठरियों में रहने वाले आदमियों को स्वप्न में भी रोशनी नसीब न होती होगी।

इन्हीं सींखचे वाली कोठरियों में से एक दारोगा, दूसरी मायारानी और तीसरी में नकली बलभद्र सिंह कैद था। जब ये लोग यकायक उस कैदखाने में पहुंचे और उजाला हुआ तो तीनों कैदी जो अब तक एक-दूसरे को नहीं देख सकते थे ताज्जुब की निगाहों से उन लोगों को देखने लगे। जिस समय दारोगा की निगाह इन्द्रदेव पर पड़ी उसके दिल में यह खयाल पैदा हुआ कि या तो अब हमको इस कैदखाने से छुट्टी ही मिलेगी या इससे भी ज्यादे दु:ख भोगना पड़ेगा।

इन्द्रदेव पहिले मायारानी की तरफ गया जिसका रंग एकदम से पीला पड़ गया था और जिसकी आंखों के सामने मौत की भयानक सूरत हरदम फिरा करती थी। दो-तीन पल तक मायारानी को देखने के बाद इन्द्रदेव उस कोठरी के सामने आया जिसमें नकली बलभद्र सिंह कैद था। उसकी सूरत देखते ही इन्द्रदेव ने कहा, "ऐ मेरे लड़कपन के दोस्त बलभद्र सिंह, मैं तुम्हें सलाम करता हूं। आज ऐसे भयानक कैदखाने में तुम्हें देखकर मुझे बड़ा रंज होता है। तुमने क्या कसूर किया था जो यहां भेजे गए?"

नकली बलभद्र सिंह- मैं कुछ नहीं जानता कि मुझ पर क्या दोष लगाया गया है। मैं तो अपनी लड़कियों से मिलकर खुश हुआ था, मगर अफसोस, राजा साहब ने इन्साफ करने से पहिले ही मुझे कैदखाने भेज दिया।

भैरो- राजा साहब ने तुम्हें कैदखाने में नहीं भेजा बल्कि तुमने खुद कैदखाने में आने का बन्दोबस्त किया। महाराज ने तो मुझे ताकीद की थी कि तुम्हें इज्जत और खातिरदारी के साथ रक्खूं मगर जब तुमने इन्साफ होने के पहिले भागने का उद्योग किया तो लाचार ऐसा करना पड़ा।

इन्द्रदेव- नहीं-नहीं, अगर ये वास्तव में मेरे दोस्त बलभद्र सिंह हैं तो इनके साथ ऐसा न करना चाहिए।

बलभद्र- मैं वास्तव में बलभद्र सिंह हूं, क्या लक्ष्मीदेवी मुझे नहीं पहिचानती जिसके साथ मैं एक ही कैदखाने में कैद था?

इन्द्रदेव- लक्ष्मीदेवी तो खुद तुमसे दुश्मनी कर रही है, वह कहती है कि यह बलभद्र सिंह नहीं हैं बल्कि जैपाल सिंह है।

इतना सुनते ही नकली बलभद्र सिंह चौंक उठा और उसके चेहरे पर डर तथा घबराहट की निशानी दिखाई देने लगी। वह समझ गया कि इन्द्रदेव मुझ पर दया करने के लिए नहीं आया बल्कि मुझे सताने के लिए आया है। कुछ देर तक सोचने के बाद उसने इन्द्रदेव से कहा -

बलभद्र- यह बात लक्ष्मीदेवी तो नहीं कह सकती बल्कि तुम स्वयं कहते हो।

इन्द्रदेव- अगर ऐसा भी हो तो क्या हर्ज है तुम इस बात का क्या जवाब देते हो?

बलभद्र- झूठी बात का जो कुछ जवाब दिया जा सकता हो, वही मेरा जवाब है।

इन्द्रदेव- तो क्या तुम जैपाल सिंह नहीं हो?

बलभद्र- मैं जानता भी नहीं कि जैपाल किस जानवर का नाम है।

इन्द्रदेव- अच्छा, जैपाल नहीं बाले सिंह।

बाले सिंह का नाम सुनकर नकली बलभद्र सिंह फिर घबरा गया और मौत की भयानक सूरत उसकी आंखों के सामने दिखाई देने लगी, उसने कुछ जवाब देने का इरादा किया मगर बोल न सका। उसकी ऐसी अवस्था देखकर इन्द्रदेव ने तेज सिंह से कहा, "दारोगा और मायारानी को भी इस कोठरी में लाना चाहिए जिससे मेरी बातों से तीनों बेईमानों के दिल का पता लगे।" यह बात तेज सिंह ने भी पसन्द की और बात की बात में तीनों कैदी एक साथ कर दिए गये और तब इन्द्रदेव ने दारोगा से पूछा, "आपको इस आदमी का नाम बताना होगा जो आपके बगल में कैदियों की तरह बैठा हुआ है।"

दारोगा- मैं इसे नहीं जानता और जब वह स्वयं कह रहा है कि बलभद्र सिंह है तो मुझसे क्यों पूछते हो?

इन्द्रदेव- तो क्या आप बलभद्र सिंह की सूरत-शक्ल भूल गये जिसकी लड़की को आपने मुन्दर के साथ बदलकर हद से ज्यादे दु:ख दिया।

दारोगा- मुझे उसकी सूरत याद है मगर जब वह मेरे यहां कैद था तब आप ही ने इसे जहर की पुड़िया खिलाई थी जिसके असर से नि:सन्देह इसे मर जाना चाहिए था मगर न मालूम क्योंकर बच गया, फिर भी उस जहर की तासीर ने इसका तमाम बदन बिगाड़ दिया और इस लायक न रखा कि कोई पहिचाने और बलभद्र सिंह के नाम से इसे पुकारे।

दारोगा की बातें सुनकर इन्द्रदेव की आंखें मारे क्रोध के लाल हो गईं और उसने दांत पीसकर कहा -

इन्द्रदेव- कम्बख्त बेईमान! तू चाहता है कि अपने साथ मुझे भी लपेटे। मगर ऐसा नहीं हो सकता, तेरी इन बातों से लक्ष्मीदेवी और राजा वीरेन्द्र सिंह का दिल मुझसे नहीं फिर सकता। इसका सबब अगर तू जानता तो ऐसी बातें कदापि न कहता। खैर वह मैं तुझसे बयान करता हूं, सुन, तेरे दिये हुए जहर से मैंने ही बलभद्र सिंह की जान बचाई थी, और अगर तू बलभद्र सिंह को किसी दूसरी जगह न छिपा दिए होता या उसका हाल मुझे मालूम हो जाता तो बेशक मैं उसे भी तेरे कैदखाने से निकाल लेता, मगर फिर भी वह शख्स मैं ही हूं जिसने लक्ष्मीदेवी को तुझ बेईमान और विश्वासघाती के पंजे से छुड़ाकर वर्षों अपने घर में इस तरह रखा कि तुझे कुछ भी मालूम न हुआ और मेरे ही सबब से लक्ष्मीदेवी आज इस लायक हुई कि तुझसे अपना बदला ले।

दारोगा- मगर ऐसा नहीं हो सकता।

यद्यपि इन्द्रदेव की बात सुनकर आश्चर्य और डर से दारोगा के रोंगटे खड़े हो गये मगर फिर भी न मालूम किस भरोसे पर वह बोल उठा कि, "मगर ऐसा नहीं हो सकता" और उसके इस कहने ने सभी को आश्चर्य में डाल दिया।

इन्द्रदेव- (दारोगा से) मालूम होता है कि तेरा घमण्ड अभी टूटा नहीं, और तुझे अब भी किसी की मदद पहुंचने और अपने बचने की आशा है।

दारोगा- बेशक, ऐसा ही है।

अब इन्द्रदेव अपने क्रोध को बर्दाश्त न कर सका और उसने कोठरी के अन्दर घुसकर दारोगा के बाएं गाल पर ऐसी चपत लगाई कि वह तिलमिलाकर जमीन पर लुढ़क गया क्योंकि हथकड़ी और बेड़ी के कारण उसके हाथ और पैर मजबूर हो रहे थे। इसके बाद इन्द्रदेव ने नकली बलभद्र सिंह का बदन नंगा कर डाला और अपने कमर से चमड़े का तस्मा खोलकर मारना और पूछना शुरू किया, "बता तू जैपाल है या नहीं और बलभद्र सिंह कहां है?"

यद्यपि तस्मे की मार खाकर नकली बलभद्र सिंह बिना जल की मछली की तरह तड़पने लगा मगर मुंह से सिवाय 'हाय' के कुछ भी न बोला। इन्द्रदेव उसे और भी मारा चाहता था मगर इसी समय एक गम्भीर आवाज ने उसका हाथ रोक दिया और वह ध्यान देकर सुनने लगा, आवाज यह थी -

"होशियार! होशियार!"

इस आवाज ने केवल इन्द्रदेव ही को नहीं बल्कि उन सभों ही को चौंका दिया जो वहां मौजूद थे। इन्द्रदेव कैदखाने की कोठरी में से बाहर निकल आया और छत की तरफ सिर उठाकर देखने लगा जिधर से आवाज आई थी। मशाल की रोशनी बखूबी हो रही थी जिससे छत का एक सूराख जिसमें आदमी का सिर बखूबी जा सकता था साफ दिखाई पड़ता था। सभों को विश्वास हो गया कि वह आवाज इसी में से आई है।

दो-चार पल तक सभी ने राह देखी मगर फिर आवाज सुनाई न दी। आखिर इन्द्रदेव ने पुकारकर कहा, "अभी कौन बोला था?"

फिर आवाज आई- "हम!"

इन्द्रदेव- तुमने क्या कहा था?

आवाज- होशियार! होशियार!

इन्द्रदेव- क्यों?

आवाज- दुश्मन आ पहुंचा और तुम लोग मुसीबत में फंसना चाहते हो।

इन्द्रदेव- तुम कौन हो?

आवाज- कोई तुम लोगों का हिती।

इन्द्रदेव- कैसे समझा जाए कि तुम हम लोंगों के हिती हो और जो कुछ कहते हो वह सच है?

आवाज- हिती होने का सबूत इस समय देना कठिन है मगर इस बात का सबूत मिल सकता है कि हमने जो कुछ कहा है वह सच है।

इन्द्रदेव- इसका क्या सबूत है?

आवाज- बस इतना ही कि इस तहखाने से निकलने के सब दरवाजे बन्द हो गए और अब आप लोग बाहर नहीं जा सकते।

अब तो सभों का कलेजा दहल उठा और आश्चर्य से एक-दूसरे का मुंह देखने लगे। तेज सिंह ने देवी सिंह और भैरो सिंह की तरफ देखा और वे दोनों उसी समय इस बात का पता लगाने चले गए कि तहखाने के दरवाजे वास्तव में बन्द हो गए या नहीं, इसके बाद इन्द्रदेव ने फिर छत की तरफ मुंह करके कहा, "हां, तो क्या तुम बता सकते हो कि वे लोग कौन हैं जिन्होंने इस तहखाने में हम लोगों को घेरने का इरादा किया है?"

आवाज- हां, बता सकते हैं।

इन्द्रदेव- अच्छा, उनके नाम बताओ।

आवाज- कमलिनी के तिलिस्मी मकान से छूटकर भागे शिवदत्त, माधवी और मनोरमा तथा उन्हीं तीनों की मदद से छूटा हुआ दिग्विजय सिंह का लड़ला कल्याण सिंह जो इस तिलिस्मी तहखाने का हाल उतना ही जानता है जितना उसका बाप जानता था।

इन्द्रदेव- वह तो चुनार में कैद था।

आवाज- हां, कैद था मगर छुड़ाया गया जैसा कि मैंने कहा।

इन्द्रदेव- तो क्या वे लोग हम सभों को नुकसान पहुंचा सकते हैं?

आवाज- सो तो तुम्हीं लोग जानो, मैंने तो तुम लोगों को होशियार कर दिया, अब जिस तरह अपने को बचा सको बचाओ।

इन्द्रदेव- (कुछ सोचकर) उन चारों के साथ कोई और भी है?

आवाज- हां, एक हजार के लगभग फौज भी इसी तहखाने की किसी गुप्त राह से किले के अन्दर घुसकर अपना दखल जमाया चाहती है।

इन्द्रदेव- इतनी मदद उन सभों को कहां से मिली?

आवाज- इसी कम्बख्त मायारानी की बदौलत।

इन्द्रदेव- क्या तुम भी उन्हीं लोगों के साथ हो?

आवाज- नहीं।

इन्द्रदेव- तब तुम कौन हो?

आवाज- एक दफ़े तो कह चुका कि तुम्हारा कोई हिती हूं।

इन्द्रदेव- अगर हिती हो तो हम लोगों की कुछ मदद भी कर सकते हो!

आवाज- कुछ भी नहीं।

इन्द्रदेव- क्यों?

आवाज- मजबूरी है।

इन्द्रदेव- मजबूरी कैसी?

आवाज- वैसी ही।

इन्द्रदेव- क्या तुम हम लोगों की मदद किए बिना ही तहखाने के बाहर चले जाओगे।

आवाज- नहीं क्योंकि रास्ता बन्द है।

इतना सुनकर इन्द्रदेव चुप हो गया और कुछ देर सोचता रहा, इसके बाद राजा वीरेन्द्र सिंह का इशारा पाकर फिर बातचीत करने लगा।

इन्द्रदेव- तुम अपना नाम क्यों नहीं बताते?

आवाज- व्यर्थ समझकर।

इन्द्रदेव- क्या हम लोगों के पास भी नहीं आ सकते?

आवाज- नहीं।

इन्द्रदेव- क्यों?

आवाज- रास्ता नहीं है।

इन्द्रदेव- तो क्या तुम यहां से निकलकर बाहर भी नहीं जा सकते?

इस बात का जवाब कुछ भी न मिला, इन्द्रदेव ने पुनः पूछा मगर फिर भी जवाब न मिला। इतने ही में छत पर धमधमाहट की आवाज इस तरह आने लगी जैसे पचासों आदमी चारों तरफ दौड़ते उछलते-कूदते हों। उसी समय इन्द्रदेव ने राजा वीरेन्द्र सिंह की तरफ देखकर कहा, "अब मुझे निश्चय हो गया कि इस गुप्त मनुष्य का कहना ठीक है और इस छत के ऊपर वाले खंड में ताज्जुब नहीं कि दुश्मन आ गए हों और यह उन्हीं के पैरों की धमधमाहट हो।" राजा वीरेन्द्र सिंह इन्द्रदेव की बात का कुछ जवाब दिया ही चाहते थे कि उसी मोखे में से जिसमें से गुप्त मनुष्य के बात-चीत की आवाज आ रही थी, भिन्न-भिन्न और बहुत से आदमियों के बोलने की आवाजें आने लगीं। साफ सुनाई देता था कि बहुत से आदमी आपस में लड़-भिड़ रहे हैं और तरह-तरह की बातें कर रहे हैं।

"कहां है कोई तो नहीं! जरूर है! यही है! पकड़ो! पकड़ो! तेरी ऐसी की तैसी, तू क्या हमें पकड़ेगा नहीं अब तू बच के कहां जा सकता है?" इत्यादि आवाजें कुछ देर तक सुनाई देती रहीं। और इसके बाद उसी मोखे में से बिजली की तरह चमक दिखाई देने लगी। उसी समय "हाय रे, यह क्या, जले-जले, मरे-मरे, देव-देव, भूत है भूत, देवता, काल है काल, अग्निदेव है अग्निदेव, कुछ नहीं जाने दो, जाने दो, हम नहीं, हम नहीं।" इत्यादि की आवाजें सुनाई देने लगीं, जिससे बेचारी किशोरी और कामिनी का कोमल कलेजा दहलने लगा, और थरथर कांपने लगीं। राजा वीरेन्द्र सिंह और तेज सिंह वगैरह भी घबड़ाकर सोचने लगे कि अब क्या करना चाहिए।

इन्द्रदेव- दुश्मनों के आने में कोई शक नहीं।

वीरेन्द्र- खैर, क्या हर्ज है, लड़ाई से हम लोग डरते नहीं, अगर कुछ खयाल है तो केवल इतना ही कि तहखाने में पड़े रहकर बेबसी की हालत में जान दे देनी पड़े क्योंकि दरवाजों के बन्द होने की खबर सुनाई देती है। अगर दुश्मन लोग आ गए तब कोई हर्ज नहीं, क्योंकि जिस राह से वे लोग आवेंगे वही राह हम लोगों के निकल जाने के लिए भी होगी हां पता लगाने में जो कुछ विलम्ब हो। (रुककर) लो भैरो सिंह और देवी सिंह भी आ गए। (दोनों ऐयारों से) कहो क्या खबर है?

देवी- दरवाजे बन्द हैं।

भैरो- किले के बाहर निकल जाने वाला दरवाजा भी बन्द है।

तेज- खैर, कोई चिन्ता नहीं, अब तो दुश्मन का आ जाना ही हमारे लिए बेहतर है।

इन्द्रदेव- कहीं ऐसा न हो कि हम लोग तो दुश्मनों से लड़ने के फेर में रह जाएं और दुश्मन लोग तीनों कैदियों को छुड़ा ले जाएं, अस्तु पहिले कैदियों का बन्दोबस्त करना चाहिए और

इससे भी ज्यादे जरूरी (किशोरी, कामिनी इत्यादि की तरफ इशारा करके) इन लड़कियों की हिफाजत है।

कमलिनी- मुझे छोड़कर और सभी की फिक्र कीजिये क्योंकि तिलिस्मी खंजर अपने पास रखकर भी छिपे रहना मैं पसन्द नहीं करती, मैं लडूंगी और खंजर की करामात देखूंगी।

वीरेन्द्र- नहीं-नहीं, हम लोगों के रहते हमारी लड़कियों को हौसला करने की जरूरत नहीं है।

इन्द्रदेव- कोई हर्ज नहीं, आप कमलिनी के लिए चिन्ता न करें, मैं खुशी से देखा चाहता हूं कि वर्षों मेहनत करके मैंने जो कुछ विद्या इसे सिखाई है उससे यह कहां तक फायदा उठा सकती है, खैर देखिये मैं सभों का बन्दोबस्त करता हूं।

इतना कहकर इन्द्रदेव ने ऐयारों की तरफ देखा और कहा, "इन कैदियों की आंखों पर शीघ्र पट्टी बांधिये।" सुनने के साथ ही बिना कुछ सबब पूछे भैरो सिंह, तारा सिंह और देवी सिंह जंगले के अन्दर चले गए और बात की बात में तीनों कैदियों की आंखों पर पट्टियां बांध दीं। इसके बाद इन्द्रदेव ने छत की तरफ देखा जहां लोहे की बहुत-सी कड़ियां लटक रही थीं। उन कड़ियों में से एक कड़ी को इन्द्रदेव ने उछलकर पकड़ लिया और लटकते ही हुए तीन-चार झटके दिये जिससे वह कड़ी नीचे की तरफ खिंच गई और इन्द्रदेव का पैर जमीन के साथ लग गया। वह कड़ी लोहे की जंजीर के साथ बंधी हुई थी जो खेंचने के साथ ही नीचे तक खिंच आई। जंजीर खिंच जाने से एक कोठरी का दरवाजा ऊपर की तरफ चढ़ गया जैसे पुल का तख्ता जंजीर खेंचने से ऊपर की तरफ चढ़ जाता है। कोठरी उसी दालान में दीवार के साथ इस ढंग से बनी हुई थी कि दरवाजा बन्द रहने की हालत में इस बात का कुछ भी पता नहीं लग सकता था कि यहां पर कोठरी है।

जब कोठरी का दरवाजा खुल गया तब इन्द्रदेव ने कमलिनी को छोड़ के बाकी औरतों को उस कोठरी के अन्दर कर देने के लिए तेज सिंह से कहा और तेज सिंह ने ऐसा ही किया। जब सब औरतें कोठरी के अन्दर चली गईं तब इन्द्रदेव ने हाथ से कड़ी छोड़ दी। तुरन्त ही उस कोठरी का दरवाजा बन्द हो गया और वह कड़ी छत के साथ इस तरह चिपक गई जैसे छत में कोई चीज लटकाने के लिये जड़ी हो।

इसके बाद इन्द्रदेव ने तीनों कैदियों को भी वहां से निकाल ले जाकर किसी दूसरी जगह बन्द कर देने का इरादा किया मगर ऐसा करने का समय न मिला क्योंकि उसी समय पुनः "सावधान-सावधान!" की आवाज आई और कैदखाने वाली कोठरी के बाहर बहुत से आदमियों के आ पहुंचने की आहट मिली अतएव हमारे बहादुर लोग कमलिनी के सहित बाहर निकल आए। राजा वीरेन्द्र सिंह और तेज सिंह ने म्यान से तलवारें निकाल लीं, कमलिनी ने तिलिस्मी खंजर सम्हाला, ऐयारों ने कमन्द और खंजर को दुरुस्त किया, और इन्द्रदेव ने अपने बटुए में से छोटे-छोटे चार गेंद निकाले और लड़ने के लिए हर तरह से मुस्तैद होकर सभी के साथ कोठरी के बाहर निकल आया।

राजा वीरेन्द्र सिंह, उनके ऐयारों और इन्द्रदेव को विश्वास हो गया था कि उस गुप्त मनुष्य ने जो कुछ कहा वह ठीक है और शिवदत्त, माधवी और मनोरमा के साथ ही साथ दिग्विजय सिंह का लड़का कल्याण सिंह भी अपने मददगारों को लिये हुए इसी तहखाने में दिखाई देगा, इसलिए इन्द्रदेव और ऐयार लोग इस बात की फिक्र में थे कि जिस तरह हो सके चारों ही को नहीं तो कल्याण सिंह और शिवदत्त को तो जरूर ही पकड़ लेना चाहिए परन्तु वे लोग ऐसा न कर सके, क्योंकि कोठरी के बाहर निकलते ही जिन लोगों ने उन पर वार किया था वे सब-के-सब अपने चेहरों पर नकाब डाले हुए थे और इसलिए उनमें से अपने मतलब के आदमियों को पहिचानना बड़ा कठिन था। इन्द्रदेव ने जल्दी के साथ कमलिनी से कहा, "तू हम लोगों के पीछे इसी दरवाजे के बीच में खड़ी रह, जब कोई तुझ पर हमला करे या इस कैदखाने के अन्दर जाने लगे तो तिलिस्मी खंजर से उसको रोकियो" और कमलिनी ने ऐसा ही किया।

जब हमारे बहादुर लोग कैदखाने वाली कोठरी से बाहर निकले तो देखा कि उन पर हमला करने वाले सैकड़ों नकाबपोश हाथों में नंगी तलवारें लिए आ पहुंचे और 'मार-मार' कहकर तलवारें चलाने लगे तथा हमारे बहादुर लोग भी जो यद्यपि गिनती में उनसे बहुत कम थे, दुश्मनों के वारों का जवाब देने और अपने वार करने लगे। हमारे दोनों ऐयारों ने मशालें जमीन पर फेंक दीं क्योंकि दुश्मनों के साथ बहुत-सी मशालें थीं जिनकी रोशनी में दुश्मनों के साथ ही साथ हमारे बहादुरों का काम भी अच्छी तरह चल सकता था।

इसमें कोई शक नहीं कि दुश्मनों ने जी तोड़कर लड़ाई की और राजा वीरेन्द्र सिंह वगैरह को गिरफ्तार करने का बहुत उद्योग किया मगर कुछ न कर सके और हमारे बहादुर वीरेन्द्र सिंह तथा आफत के परकाले उनके ऐयारों ने ऐसी बहादुरी दिखाई कि दुश्मनों के छक्के छूट गए। राजा वीरेन्द्र सिंह की न रुकने वाली तलवार ने तीस आदमियों को उस लोक का रास्ता दिखाया, ऐयारों ने कमन्दों की उलझन में डालकर पचासों को जमीन पर सुलाया जो अपने ही साथियों के पैरों तले रौंदे जाकर बेकाम हो गए। इन्द्रदेव ने जो चार गेंद निकाले थे उन्होंने तो अजब ही तमाशा दिखाया। इन्द्रदेव ने उन गेंदों को बारी-बारी से दुश्मनों के बीच में फेंका जो ठेस लगने के साथ ही आवाज देकर फट गए और उनमें से निकले हुए आग के शोलों ने बहुतों को जलाया और बेकाम किया। जब दुश्मनों ने देखा कि हम राजा वीरेन्द्र सिंह और उनके साथियों का कुछ नहीं कर सके और उन्होंने हमारे बहुत से साथियों को मारा और बेकाम कर दिया, तो वे लोग भागने की फिक्र में लगे मगर वहां से भाग जाना भी असम्भव था, क्योंकि वहां से निकल भागने का रास्ता उन्हें मालूम न था। कल्याण सिंह जिस राह से उन सभों को इस तहखाने में लाया था उसे बन्द न भी कर देता तो उस घूमघुमौवे और पेचीले रास्ते का पता लगाकर निकल जाना कठिन था।

आधी घड़ी से ज्यादे देर तक मौत का बाजार गर्म रहा। दुश्मन लोग मारे जाते थे और ऐयारों को सरदारों के गिरफ्तार करने की फिक्र थी, इसी बीच में तहखाने के ऊपरी हिस्से से किसी

औरत के चिल्लाने की आवाज आने लगी और सभों का ध्यान उसी तरफ चला गया। तेज सिंह ने भी उसे कान लगाकर सुना और कहा, "ठीक किशोरी की आवाज मालूम पड़ती है।"

"हाय रे, मुझे बचाओ, अब मेरी जान न बचेगी, दोहाई राजा वीरेन्द्र सिंह की।"

इस आवाज ने केवल तेज सिंह ही को नहीं बल्कि राजा वीरेन्द्र सिंह को भी परेशान कर दिया। वह ध्यान देकर उस आवाज को सुनने लगे। इसी बीच में एक दूसरे आदमी की आवाज भी उसी तरफ से आने लगी। राजा वीरेन्द्र सिंह और उनके साथियों ने पहिचान लिया कि वह उसी की आवाज है जो कैदखाने की कोठरी में कुछ देर पहिले गुप्त रीति से बातें कर रहा था और जिसने दुश्मनों के आने की खबर दी थी। वह आवाज यह थी -

"होशियार-होशियार, देखो यह चाण्डाल बेचारी किशोरी को पकड़े लिये जाता है। हाय, बेचारी किशोरी को बचाने की फिक्र करो। रह तो जा नालायक, पहिले मेरा मुकाबला कर ले।"

इस आवाज ने राजा वीरेन्द्र सिंह, तेज सिंह, इन्द्रदेव और उनके साथियों को बहुत ही परेशान कर दिया और वे लोग घबड़ाकर चारों तरफ देखने तथा सोचने लगे कि अब क्या करना चाहिए।

***

बयान-12

हम ऊपर लिख आए हैं कि इन्द्रदेव ने भूतनाथ को अपने मकान से बाहर जाने न दिया और अपने आदमियों को यह ताकीद करके कि भूतनाथ को हिफाजत और खातिरदारी के साथ रखें रोहतास गढ़ की तरफ रवाना हो गया।

यद्यपि भूतनाथ इन्द्रदेव के मकान में रोक लिया गया और वह भी उस मकान से बाहर जाने का रास्ता न जानने के कारण लाचार और चुप हो रहा मगर समय और आवश्यकता ने वहां उसे चुपचाप बैठने न दिया और मकान से बाहर निकलने का मौका उसे मिल ही गया।

जब इन्द्रदेव रोहतास गढ़ की तरफ रवाना हो गया उसके दूसरे दिन दोपहर के समय सर्यू सिंह जो इन्द्रदेव का बड़ा विश्वासी ऐयार था भूतनाथ के पास आया और बोला, "क्यों भूतनाथ, तुम चुपचाप बैठे क्या सोच रहे हो?"

भूत- बस अपनी बदनसीबी पर रोता और झक मारता हूं, मगर इसके साथ ही इस बात को सोच रहा हूं कि आदमी को दुनिया में किस ढंग से रहना चाहिए।

सर्यू- क्या तुम अपने को बदनसीब समझते हो?

भूत- क्यों नहीं! तुम जानते हो कि वर्षों से मैं राजा वीरेन्द्र सिंह का काम कैसी ईमानदारी और नेकनीयती के साथ कर रहा हूं, और क्या यह बात तुमसे छिपी हुई है कि उस सेवा का बदला आज मुझे क्या मिल रहा है?

सर्यू- (पास बैठकर) मैं सब-कुछ जानता हूं मगर भूतनाथ, मैं फिर भी यह कहने से बाज न आऊंगा कि आदमी को कभी हताश न होना चाहिए और हमेशा बुरे कामों की तरफ से अपने दिल को रोककर नेक काम में तन-मन-धन से लगे रहना चाहिए। ऐसा करने वाला निःसन्देह सुख भोगता है चाहे बीच-बीच में उसे थोड़ी-बहुत तकलीफ भी क्यों न उठानी पड़े, अस्तु आजकल के दुःखों से तुम हताश मत हो जाओ और राजा वीरेन्द्र सिंह तथा इनकी तरह सज्जन लोगों के साथ नेकी करने से अपने दिल को मत रोको। तुम तो ऐयार हो और ऐयारों में भी नामी ऐयार, फिर भी दो-चार दुष्टों की अनोखी कार्रवाइयों से आ पड़ने वाली आफतों को न सहकर उदास हो जाओ तो बड़े आश्चर्य की बात है।

भूत- नहीं मेरे दोस्त मैं हताश होने वाला आदमी नहीं हूं, मैं तो केवल समय का हेर-फेर देखकर अफसोस कर रहा हूं। निःसंदेह मुझसे दो-एक काम बुरे हो गए और उसका बदला भी मैं

पा चुका हूं, मगर फिर भी मेरा दिल यह कहने से बाज नहीं आता कि तेरे माथे से कलंक का टीका अभी तक साफ नहीं हुआ, अतएव तू नेकी करता जा और भूलता जा।

सर्यू- शाबाश, मैं केवल तुम्हीं को नहीं बल्कि तुम्हारे दिल को भी अच्छी तरह जानता हूं और वे बातें भी मुझसे छिपी हुई नहीं हैं जिनका इल्जाम तुम पर लगाया गया है। यद्यपि मैं एक ऐसे सरदार का ऐयार हूं जो किसी के नेकबदन से सरोकार नहीं रखता और इस स्थान को देखने वाला कह सकता है कि वह दुनिया के पर्दे के बाहर रहता है मगर फिर भी मैं काम ज्यादे न होने के सबब से घूमता-फिरता और नामी ऐयारों की कार्रवाइयों को देखा-सुना करता हूं और यही सबब है कि मैं उन भेदों को भी कुछ जानता हूं जिसका इल्जाम तुम पर लगाया गया है।

भूत- (आश्चर्य से) क्या तुम उन भेदों को जानते हो?

सर्यू- बखूबी तो नहीं मगर कुछ-कुछ।

भूत- तो मेरे दोस्त, तुम मेरी मदद क्यों नहीं करते तुम मुझे इस आफत से क्यों नहीं छुड़ाते। आखिर हम-तुम एक ही पाठशाला के पढ़े-लिखे हैं, क्या लड़कपन की दोस्ती पर ध्यान देते तुम्हें शर्म आती है या क्या तुम इस लायक नहीं हो?

सर्यू- (हंसकर) नहीं-नहीं, ऐसा खयाल न करो, मैं तुम्हारी मदद जरूर करूंगा, अभी तक तो तुम्हें किसी से मदद लेने की आवश्यकता भी नहीं पड़ी थी। और जब आवश्यकता आ पड़ी है तो मदद करने के लिए हाजिर भी हो गया हूं।

भूत- (मुस्कराकर) तब तो मुझे खुश होना चाहिए, मगर जब तक तुम्हारा मालिक रोहतास गढ़ से लौटकर न आ जाए तब तक हम लोग कुछ भी न कर सकेंगे।

सर्यू- क्यों न कर सकेंगे?

भूत- इसलिए कि तुम्हारा मालिक मुझे यहां कैद कर गया है। मैं इसे कैद ही समझता हूं जबकि यहां से बाहर निकलने की आज्ञा नहीं है।

सर्यू- यह कोई बात नहीं है, अगर जरूरत आ पड़े तो मैं तुम्हें इस मकान के बाहर कर दूंगा चाहे बाहर होने का रास्ता अपने मालिक के नियमानुसार न बताऊं।

भूत- (प्रसन्नता से हाथ ऊपर उठाकर) ईश्वर तू धन्य है। अब आशालता ने जिसमें सुन्दर और सुगन्धित फूल लगे हुए हैं, मुझे फिर घेर लिया। (सर्यू से) अच्छा दोस्त, तो अब बताओ कि मुझे क्या करना चाहिए?

सर्यू- सबके पहिले मनोरमा को अपने कब्जे में लाना चाहिए।

भूत- (कुछ सोचकर) ठीक कहते हो, मेरी भी एक दफ़े यही इच्छा हुई थी मगर तुम इस बात को नहीं जानते कि शिवदत्त, मनोरमा और...।

सर्यू- (बात काटकर) मैं खूब जानता हूं कि शिवदत्त, माधवी और मनोरमा को कमलिनी के कैदखाने से निकल भागने का मौका मिला और वे लोग भाग गए।

भूत- तब?

सर्यू- मगर आज एक खबर ऐसी सुनने में आई है जो आश्चर्य और उत्कंठा बढ़ाने वाली है और हम लोगों को चुपचाप बैठे रहने की आज्ञा नहीं देती।

भूत- वह क्या?

सर्यू- यही कि कम्बख्त मायारानी की मदद पाकर शिवदत्त, माधवी और मनोरमा ने जो पहिले ही से अमीर थे, अपनी ताकत बहुत बढ़ा ली और सबसे पहिले उन्होंने यह काम किया कि राजा दिग्विजय सिंह के लड़के कल्याण सिंह को कैद से छुड़ा लिया जिसकी खबर राजा वीरेन्द्र सिंह को अभी तक नहीं हुई और यह भी तुम जानते ही हो कि रोहतास गढ़ के तहखाने का भेद कल्याण सिंह उतना ही जानता है जितना उसका बाप जानता था।

भूत- बेशक-बेशक, अच्छा तब?

सर्यू- अब उन लोगों ने यह सुनकर कि राजा वीरेन्द्र सिंह, तेज सिंह इत्यादि ऐयार तथा किशोरी, कामिनी, कमलिनी, कमला और लाडिली वगैरह सभी रोहतास गढ़ में मौजूद हैं, गुप्त रीति से रोहतास गढ़ पहुंचने का इरादा किया है -

भूत- बेशक, कल्याण सिंह उन लोगों को तहखाने की गुप्त राह से किले के अन्दर ले जा सकता है और इसका नतीजा निःसन्देह बहुत बुरा होगा।

सर्यू- मैं भी यही सोचता हूं, तिस पर मजा यह है कि वे लोग अकेले नहीं हैं बल्कि हजार फौजी सिपाहियों को भी उन लोगों ने अपना साथी बनाया है।

भूत- और रोहतास गढ़ के तहखाने में इससे दूने आदमी भी हों तो सहज ही में समा सकते हैं, मगर मेरे दोस्त, यह खबर तुमने कहां से और क्योंकर पाई?

सर्यू- मेरे चेलों ने जो प्रायः बाहर घूमा करते हैं यह खबर मुझे सुनाई है।

भूत- तो क्या यह मालूम नहीं हुआ कि शिवदत्त, माधवी, मनोरमा और कल्याण सिंह तथा उनके साथी किस राह से जा रहे हैं और कहां हैं?

सर्यू- हां, यह भी मालूम हुआ है, वे लोग बराबर घाटी की राह से और जंगल ही जंगल जा रहे हैं।

भूत- (कुछ देर तक गौर करके) मौका तो अच्छा है!

सर्यू- बेशक, अच्छा है।

भूत- तब?

सर्यू- चलो हम-तुम दोनों मिलकर कुछ करें।

भूत- मैं तैयार हूं, मगर इस बात को सोच लो कि ऐसा करने पर तुम्हारा मालिक रंज तो न होगा!

सर्यू- सब सोचा-समझा है, हमारा मालिक भी रोहतास गढ़ ही गया हुआ है और वह भी राजा वीरेन्द्र सिंह का पक्षपाती है।

भूत- खैर, तो अब विलम्ब करना अपने अमूल्य समय को नष्ट करना है (ऊंची सांस लेकर) ईश्वर न करे शिवदत्त के हाथ कहीं किशोरी लग जाए, अगर ऐसा हुआ तो अबकी दफ़े वह बेचारी कदापि न बचेगी।

सर्यू- मैं भी यही सोच रहा हूं, अच्छा तो अब तैयार हो जाओ, मगर मैं नियमानुसार तुम्हारी आंखों पर पट्टी बांधकर बाहर ले जाऊंगा।

भूत- कोई चिन्ता नहीं, हां यह तो कहो कि मेरे ऐयारी के बटुए में कई मसालों की कमी हो गई है, क्या तुम उसे पूरा कर सकते हो

सर्यू- हां, हां, जिन-जिन चीजों की जरूरत हो ले लो, यहां किसी बात की कमी नहीं है।

***

बयान-13

दोपहर दिन का समय है। गर्म-गर्म हवा के झपेटों से उड़ी हुई जमीन की मिट्टी केवल आसमान ही को गंदला नहीं कर रही है बल्कि पथिकों के शरीरों को भी अपना-सा करती और आंखों को इतना खुलने नहीं देती है जिससे रास्ते को अच्छी तरह देखकर तेजी के साथ चलें और किसी घने पेड़ के नीचे पहुंचकर अपने थके-मांदे शरीर को आराम दें। ऐसे ही समय भूतनाथ, सर्यू सिंह और सर्यू सिंह का एक चेला आंखों को मिट्टी और गर्द से बचाने के लिए अपने-अपने चेहरों पर बारीक कपड़ा डाले रोहतास गढ़ की तरफ तेजी के साथ कदम बढ़ाए चले जा रहे हैं। हवा के झपेटे आगे बढ़ने से रोक-टोक करते हैं मगर ये तीनों आदमी धुन के पक्के इस तरह चले जा रहे हैं कि बात तक नहीं करते, हां उस सामने के घने जंगल की तरफ उनका ध्यान अवश्य है जहां आधी घड़ी के अन्दर ही पहुंचकर सफर की हरारत मिटा सकते हैं। उन तीनों ने अपनी चाल और भी तेज की और थोड़ी ही देर बाद उसी जंगल में एक सघन पेड़ के नीचे बैठकर थकावट मिटाते दिखाई देने लगे।

सर्यू- (रूमाल से मुंह पोंछकर) यद्यपि आज का सफर दुःखदायी हुआ परन्तु हम लोग ठीक समय पर ठिकाने पहुंच गए।

भूत- अगर दुश्मनों का डेरा अभी तक इसी जंगल में हो तो मैं भी ऐसा ही कहूंगा।

सर्यू- बेशक वे लोग अभी तक इसी जंगल में होंगे क्योंकि मेरे शागिर्द ने उनके दो दिन तक यहां ठहरने की खबर दी थी और वह जासूसी का काम बहुत अच्छे ढंग से करता है।

भूत- तब हम लोगों को कोई ऐसा ठिकाना ढूंढ़ना चाहिए जहां पानी हो और अपना भेष अच्छी तरह बदल सकें।

सर्यू- जरा-सा और आराम कर लें तब उठें।

भूत- क्या हर्ज है।

थोड़ी देर तक ये तीनों उसी पेड़ के नीचे बैठे बातचीत करते रहे और इसके बाद उठकर ऐसे ठिकाने पहुंचे जहां साफ जल का सुन्दर चश्मा बह रहा था। उसी चश्मे के जल से बदन साफ करने के बाद तीनों ऐयारों ने आपस में कुछ सलाह करके अपनी सूरतें बदलीं और वहां से उठकर दुश्मनों की टोह में इधर-उधर घूमने लगे तथा संध्या होने के पहिले ही उन लोगों का पता लगा लिया जो दो सौ आदमियों के साथ उसी जंगल में टिके हुए थे। जब रात हुई और अंधकार

ने अपना दखल चारों तरफ अच्छी तरह जमा लिया तो ये तीनों उस लश्कर की तरफ रवाना हुए।

शिवदत्त और कल्याण सिंह तथा उनके साथियों ने जंगल के मध्य में डेरा जमाया हुआ था। खेमा या कनात का नामनिशान न था, बड़े-बड़े और घने पेड़ों के नीचे शिवदत्त और कल्याण सिंह मामूली बिछावन पर बैठे हुए बातें कर रहे थे और उनसे थोड़ी ही दूर पर उनके संगी-साथी और सिपाही लोग अपने-अपने काम तथा रसोई बनाने की फिक्र में लगे हुए थे। जिस पेड़ के नीचे शिवदत्त और कल्याण सिंह थे उससे तीस या चालीस गज की दूरी पर दो पालकियां पेड़ों की झुरमुट में अन्दर रखी हुई थीं और उनमें माधवी तथा मनोरमा विराज रही थीं और इन्हीं के पीछे की तरफ बहुत से घोड़े पेड़ों के साथ बंधे हुए घास चर रहे थे।

शिवदत्त और कल्याण सिंह एकान्त में बैठे बातचीत कर रहे थे। उनसे थोड़ी ही दूर पर एक जवान जिसका नाम धन्नू सिंह था, हाथ में नंगी तलवार लिये हुए पहरा दे रहा था और यही जवान उन दो सौ सिपाहियों का अफसर था जो इस समय जंगल में मौजूद थे। रात हो जाने के कारण कहीं-कहीं पर रोशनी हो रही और एक लालटेन उस जगह जल रही थी जहां शिवदत्त और कल्याण सिंह बैठे हुए आपस में बातें कर रहे थे।

शिवदत्त- हमारी फौज ठिकाने पहुंच गई होगी।

कल्याण- बेशक।

शिवदत्त- क्या इतने आदमियों का रोहतास गढ़ तहखाने के अन्दर समा जाना सम्भव है?

कल्याण- (हंसकर) इसके दूने आदमी भी अगर हों तो उस तहखाने में अट सकते हैं।

शिवदत्त- अच्छा तो उस तहखाने में घुसने के बाद क्या-क्या करना होगा?

कल्याण- उस तहखाने के अन्दर चार कैदखाने हैं, पहिले इन कैदखानों को देखेंगे, अगर उनमें कोई कैदी होगा तो उसे छुड़ाकर अपना साथी बनावेंगे। मायारानी और उसका दारोगा भी उन्हीं कैदखानों में से किसी में जरूर होंगे और छूट जाने पर उन दोनों से बड़ी मदद मिलेगी।

शिवदत्त- बेशक, बड़ी मदद मिलेगी, अच्छा तब?

कल्याण- अगर उस समय वीरेन्द्र सिंह वगैरह तहखाने की सैर करते हुए मिल जाएंगे तो मैं उन लोगों के बाहर निकलने का रास्ता बन्द करके फंसाने की फिक्र करूंगा तथा आप फौजी सिपाहियों को लेकर किले के अन्दर चले जाइयेगा और मर्दानगी के साथ किले में अपना दखल कर दीजियेगा।

शिवदत्त- ठीक है मगर यह कब संभव है कि उस समय वीरेन्द्र सिंह वगैरह तहखाने की सैर करते हुए हम लोगों को मिल जाएं।

कल्याण- अगर न मिलेंगे तो न सही, उस अवस्था में हम लोग एक साथ किले के अन्दर अपना दखल जमावेंगे और वीरेन्द्र सिंह तथा उनके ऐयारों को गिरफ्तार कर लेंगे। यह तो आप सुन ही चुके हैं कि इस समय रोहतास गढ़ किले में फौजी सिपाही पांच सौ से ज्यादे नहीं हैं, सो भी बेफिक्र बैठे होंगे, और हम लोग यकायक हर तरह से तैयार जा पहुंचेंगे। मगर मेरा दिल यह गवाही देता है कि वीरेन्द्र सिंह वगैरह को हम लोग तहखाने में सैर करते हुए अवश्य देखेंगे क्योंकि वीरेन्द्र सिंह ने जहां तक सुना गया है, अभी तक तहखाने की सैर नहीं की, अबकी दफ़े जो वह वहां गए हैं तो जरूर तहखाने की सैर करेंगे और तहखाने की सैर दो-एक दिन में नहीं हो सकती, आठ-दस दिन अवश्य लगेंगे और सैर करने का समय भी रात ही को ठीक होगा, इसी से यह कहते हैं कि अगर वे लोग तहखाने में मिल जाएं तो ताज्जुब नहीं।

शिवदत्त- अगर ऐसा हो तो क्या बात है! मगर सुनो तो कदाचित् वीरेन्द्र सिंह तहखाने में मिल गए तो तुम तो उनको फंसाने की फिक्र में लगोगे और मुझे किले के अन्दर घुसकर दखल जमाना होगा। मगर मैं उस तहखाने के रास्ते को जानता नहीं, तुम कह चुके हो कि तहखाने में आने-जाने के कई रास्ते हैं और वे पेचीले हैं, अस्तु ऐसी अवस्था में मैं क्या कर सकूंगा?

कल्याण- ठीक है मगर आपको तहखाने के कुछ रास्तों का हाल और वहां आने-जाने की तर्कीब मैं सहज ही में समझा सकता हूं।

शिवदत्त- सो कैसे?

कल्याण सिंह ने अपने पास पड़े हुए एक बटुए में से कलम, दवात और कागज निकाला। लालटेन को जो कुछ हटकर जल रही थी पास रखने के बाद कागज पर तहखाने का नक्शा खींचकर समझाना शुरू किया। उसने ऐसे ढंग से समझाया कि शिवदत्त को किसी तरह का शक न रहा और उसने कहा, “अब मैं बखूबी समझ गया।” उसी समय बगल से यह आवाज आई, “ठीक है, मैं भी समझ गया।”

वह पेड़ बहुत मोटा और जंगली लताओं के चढ़े होने से घना हो रहा था। शिवदत्त और कल्याण सिंह की पीठ जिस पेड़ की तरफ थी उसी की आड़ में कुछ देर से खड़ा एक आदमी उन दोनों की बातचीत सुन रहा और छिपकर उस नक्शे को भी देख रहा था। जब उसने कहा कि ‘ठीक है, मैं भी समझ गया’ तब ये दोनों चौंके और घूमकर पीछे की तरफ देखने लगे मगर एक आदमी के भागने की आहट के सिवाय और कुछ भी मालूम न हुआ।

कल्याण- लीजिये, श्रीगणेश हो गया, नि:सन्देह वीरेन्द्र सिंह के ऐयारों को हमारा पता लग गया।

शिवदत्त- बात तो ऐसी ही मालूम होती है, लेकिन कोई चिन्ता नहीं, देखो हम बन्दोबस्त करते हैं।

कल्याण- अगर हम ऐसा जानते तो आपके ऐयारों को दूसरा काम सुपुर्द करके आगे बढ़ने की राय कदापि न देते।

शिवदत्त- धन्नू सिंह को बुलाया चाहिए।

इतना कहकर शिवदत्त ने ताली बजाई मगर कोई न आया और न किसी ने कुछ जवाब दिया। शिवदत्त को ताज्जुब मालूम हुआ और उसने कहा, "अभी तो हाथ में नंगी तलवार लिये यहां पहरा दे रहा था, चला कहां गया" कल्याण सिंह ने जफील बजाई जिसकी आवाज सुनकर कई सिपाही दौड़ आए और हाथ जोड़कर सामने खड़े हो गए। शिवदत्त ने एक सिपाही से पूछा, "धन्नू कहां गया है?"

सिपाही- मालूम नहीं हुजूर, अभी तो इसी जगह पर टहल रहे थे।

शिवदत्त- देखो कहां है, जल्द बुलाओ।

हुक्म पाकर वे सब चले गए और थोड़ी ही देर में वापस आकर बोले, "हुजूर करीब में तो कहीं पता नहीं लगता।"

शिव- बड़े आश्चर्य की बात है। उसे दूर जाने की आज्ञा किसने दी?

इतने ही में हांफता-हांफता धन्नू सिंह भी आ मौजूद हुआ जिसे देखते ही शिवदत्त ने पूछा, "तुम कहां चले गये थे?"

धन्नू- महाराज, कुछ न पूछिये, मैं तो बड़ी आफत में फंस गया था।

शिव- सो क्या! और तुम बदहवास क्यों हो रहे हो?

धन्नू- मैं इसी जगह पर घूम-घूमकर पहरा दे रहा था कि एक लड़के ने जिसे मैंने आज के सिवाय पहिले कभी देखा न था आकर कहा, "एक औरत तुमसे कुछ कहा चाहती है।" यह सुनकर मुझे ताज्जुब हुआ और मैंने उससे पूछा, "वह औरत कौन है, कहां है और मुझसे क्या कहा चाहती है" इसके जवाब में लड़का बोला, "सो सब-कुछ नहीं जानता, तुम खुद चलो और जो कुछ वह कहती है सुन लो, इसी जगह पास ही में तो है।" इतना सुनकर ताज्जुब करता हुआ मैं उस लड़के के साथ चला और थोड़ी ही दूर एक औरत को देखा। (कांपकर) क्या कहूं ऐसा दृश्य तो आज तक मैंने देखा ही न था।

शिव- अच्छा-अच्छा, कहो, वह औरत कैसी और किस उम्र की थी?

धन्नू- कृपानिधान वह बड़ी भयानक औरत थी। काला रंग, बड़ी-बड़ी और लाल आंखें, हाथ में लोहे का डंडा लिये हुए थी जिसमें बड़े-बड़े कांटे लगे थे और उसके चारों तरफ बड़े-बड़े और भयानक सूरत के कुत्ते मौजूद थे जो मुझे देखते ही गुर्राने लगे। उस औरत ने कुत्तों को डांटा जिससे वे चुप हो रहे मगर चारों तरफ मुझे घेरकर खड़े हो गए। डर के मारे मेरी अजीब हालत हो गई। उस औरत ने मुझसे कहा, "अपने हाथ की तलवार म्यान में कर ले नहीं तो ये कुत्ते फाड़

खायेंगे।” इतना सुनते ही मैंने तलवार म्यान में कर ली और इसके साथ ही वे कुत्ते कुछ दूर हटकर खड़े हो गए। (लंबी सांस लेकर) ओफ-ओह! इतने भयानक और बड़े कुत्ते मैंने आज तक नहीं देखे थे।

शिव- (आश्चर्य और भय से) अच्छा-अच्छा, आगे चलो, तब क्या हुआ?

धन्नू- डरते-डरते उस औरत से पूछा- “आपने मुझे क्यों बुलाया?”

उस औरत ने कहा, “मैं अपनी बहिन मनोरमा से मिला चाहती हूं, उसे बहुत जल्द मेरे पास ले आ!”

शिव- (आश्चर्य से) अपनी बहिन मनोरमा से!

धन्नू- जी हां, मुझे यह सुनकर बड़ा आश्चर्य हुआ क्योंकि मुझे स्वप्न में भी इस बात का गुमान न हो सकता था कि मनोरमा की बहिन ऐसी भयानक राक्षसी होगी। और महाराज, उसने आपको और कुंअर साहब को भी अपने पास बुलाने के लिए कहा।

कल्याण- (चौंककर) मुझे और महाराज को?

धन्नू- जी हां।

शिव- अच्छा, तब क्या हुआ?

धन्नू- मैंने कहा कि तुम्हारा सन्देशा मनोरमा को अवश्य दे दूंगा, मगर महाराज और कुंअर साहब तुम्हारे कहने से यहां नहीं आ सकते।

कल्याण- तब उसने क्या कहा?

धन्नू- बस, मेरा जवाब सुनते ही वह बिगड़ गई और डांटकर बोली, “खबरदार ओ कम्बख्त! जो मैं कहती हूं वह तुझे और तेरे महाराज को करना ही होगा।” (कांपकर) महाराज, उसके डांटने के साथ ही एक कुत्ता उछलकर मुझ पर चढ़ बैठा। अगर वह औरत अपने कुत्ते को न डांटती और न रोकती तो बस मैं आज ही समाप्त हो चुका था! (गर्दन और पीठ के कपड़े दिखाकर) देखिए मेरे तमाम कपड़े उस कुत्ते के बड़े-बड़े नाखूनों की बदौलत फट गए और बदन भी छिल गया, देखिए यह मेरे ही खून से मेरे कपड़े तर हो गए हैं।

शिव- (भय और घबड़ाहट से) ओफ-ओह धन्नू सिंह, तुम तो जख्मी हो गए! तुम्हारे पीठ पर के कपड़े सब लहू से तर हो रहे हैं।

धन्नू- जी हां महाराज, बस आज मैं काल के मुंह से निकलकर आया हूं, मगर अभी तक मुझे इस बात का विश्वास नहीं होता कि मेरी जान बचेगी।

कल्याण- सो क्यों?

धन्नू- जवाब देने के लिए लौटकर मुझे फिर उसके पास जाना होगा।

कल्याण- सो क्या! अगर न जाओ तो क्या हो क्या हमारी फौज में भी आकर वह उत्पात मचा सकती है?

इतने में ही दो-तीन भयानक कुत्तों के भौंकने की आवाज थोड़ी ही दूर पर आई जिसे सुनते ही धन्नू सिंह थर-थर कांपने लगा। शिवदत्त तथा कल्याण सिंह भी डरकर उठ खड़े हुए कांपते हुए और उस तरफ देखने लगे। उसी समय बदहवास और घबराई हुई मनोरमा भी वहां आ पहुंची और बोली, "अभी मैंने भूतनाथ की सूरत देखी है, वह मेरी पालकी के पास आकर कह गया है कि 'आज तुम लोगों की जान लिए बिना मैं नहीं रह सकता।' अब क्या होगा? उसका बेखौफ यहां चले आना मामूली बात नहीं है।"

चन्द्रकांता संतति
भाग-14

बयान-1

धन्नू सिंह की बातों ने शिवदत्त और कल्याण सिंह को ऐसा बदहवास कर दिया कि उन्हें बात करना मुश्किल हो गया। शिवदत्त सोच रहा था कि कुछ देर की सच्ची मोहलत मिले तो मनोरमा से उसकी बहिन का हाल पूछे मगर उसी समय घबराई हुई मनोरमा खुद ही वहां आ पहुंची और उसने जो कुछ कहा वह और भी परेशान करने वाली बात थी। आखिर शिवदत्त ने मनोरमा से पूछा, "क्या तुमने अपनी आंखों से भूतनाथ को देखा?"

मनोरमा- हां, मैंने स्वयं देखा और उसने वह बात मुझी से कही थी जो मैं आप से कह चुकी हूं?

शिवदत्त- क्या वह तुम्हारी पालकी के पास आया था?

मनोरमा- हां, मैं माधवी से बात कर रही थी कि वह निडर होकर हम लोगों के पास आ पहुंचा और धमकाकर चला गया।

शिवदत्त- तो तुमने आदमियों को ललकारा क्यों नहीं?

मनोरमा- क्या आप भूतनाथ को नहीं जानते कि वह कैसा भयानक आदमी है क्या वे तीन-चार आदमी भूतनाथ को गिरफ्तार कर लेते जो मेरी पालकी के पास थे?

शिवदत्त- ठीक है, वह बड़ा ही भयानक ऐयार है, दो-चार क्या दस-पांच आदमी भी उसे गिरफ्तार नहीं कर सकते। मैं तो उसके नाम से कांप जाता हूं। ओफ, वह समय मुझे कदापि नहीं भूल सकता जब उसने 'रूहा' बनकर मुझे अपने चंगुल में फंसा लिया था। अपने चेले को भीमसेन की सूरत ऐसा बनाया कि मैं भी पहिचान न सका। मगर बड़े आश्चर्य की बात यह है कि आज वह असली सूरत में तुम्हें दिखाई पड़ा। उसका इस तरह चले आना मामूली बात नहीं है!

मनोरमा- जितना मैं उसका हाल जानती हूं आप उसका सोलहवां हिस्सा भी न जानते होंगे, और यही सबब है कि इस समय डर के मारे मेरा कलेजा कांप रहा है, फिर जहां तक मैं खयाल करती हूं वह अकेला भी नहीं है।

शिवदत्त- नहीं-नहीं, वह अकेला कदापि न होगा। (धन्नू सिंह की तरफ इशारा करके) इसने भी एक ऐसी ही भयानक खबर मुझे सुनाई है।

मनोरमा- (ताज्जुब से) वह क्या?

शिवदत्त- इसका हाल धन्नू सिंह की जुबानी ही सुनना ठीक होगा। (धन्नू सिंह से) हां, तुम जरा उन बातों को दोहरा तो जाओ!

धन्नू सिंह- बहुत खूब।

इतना कहकर धन्नू सिंह उन बातों को ऐसे ढंग से दोहरा गया कि मनोरमा का कलेजा कांप उठा और शिवदत्त तथा कल्याण सिंह पर पहिले से भी ज्यादे असर पड़ा।

शिवदत्त- (मनोरमा से) क्या वास्तव में वह तुम्हारी बहिन है?

मनोरमा- राम-राम, ऐसी भयानक राक्षसी मेरी बहिन हो सकती है असल तो यह है कि मैं अकेली हूं, न कोई बहिन है न भाई।

धन्नू- तब जरा खड़े-खड़े उसके पास चली जाओ और जो कुछ वह पूछे उसका जवाब दे दो।

मनोरमा- (रंज होकर) मैं क्यों उसके पास जाने लगी। जाकर कह दो कि मनोरमा नहीं आती।

धन्नू- (खैरख्वाही दिखाने के ढंग से) मालूम होता है कि तुम अपने साथ ही साथ हमारे मालिक पर भी आफत लाया चाहती हो। (शिवदत्त से) महाराज, उस राक्षसी ने जितनी बातें मुझसे कहीं मैं अदब के खयाल से अर्ज नहीं कर सकता तथापि एक बात केवल आप ही से कहने की इच्छा है।

धन्नू सिंह की बात सुनकर मनोरमा को डर के साथ ही साथ क्रोध भी चढ़ आया और वह कड़ी निगाह से धन्नू सिंह की तरफ देखकर बोली, "महाराज के खैरख्वाह एक तुम्हीं तो दिखाई देते हो इतनी बड़ी फौज की अफसरी करने के लिए क्यों मरे जाते हो जो एक औरत के सामने जाने की हिम्मत नहीं है?"

धन्नू- हिम्मत तो लाखों आदमियों के बीच में घुसकर तलवार चलाने की है, मगर केवल तुम्हारे सबब से अपने मालिक पर आफत लाने और अपनी जान देने का हौसला कोई बेवकूफ आदमी भी नहीं कर सकता। (शिवदत्त से) तिस पर भी महाराज जो आज्ञा दें उसे करने के लिए मैं तैयार हूं, यदि आग में कूद पड़ने के लिए भी कहें तो क्षण भर देर लगाने वाले पर लानत भेजता हूं, परन्तु मेरी बात को सुनकर तब जो चाहें आज्ञा दें।

इतना सुनकर शिवदत्त उठ खड़ा हुआ और धन्नू सिंह को अपने पीछे आने का इशारा करके कुछ दूर चला गया जहां से उनकी बातचीत कोई दूसरा नहीं सुन सकता था।

शिवदत्त- हां धन्नू सिंह कहो अब क्या कहते हो?

धन्नू- महाराज क्षमा करें, रंज न हों! मैं सरकार का नमकख्वार गुलाम हूं इसलिए सिवाय सरकार की भलाई के मुझे और कुछ भी नहीं सूझता। मैं यह नहीं चाहता कि मनोरमा के सबब से, जो आपकी कुछ भी भलाई नहीं कर सकती बल्कि आपके सबब से अपने को फायदा पहुंचा सकती है, आप किसी आफत में फंस जाएं। मैं सच कहता हूं कि वह भयानक औरत साधारण नहीं मालूम होती। उसने कसम खाकर कहा था कि, "मैं केवल एक पहर तक राजा शिवदत्त का

मुलाहिजा करूंगी, इसके अन्दर अगर मनोरमा मेरे पास न भेजी जाएगी या अलग न कर दी जाएगी तो राजा शिवदत्त को इस दुनिया से उठा दूंगी और अपने कुत्तों को जो आदमी के खून के हरदम प्यासे रहते हैं...!" बस, महाराज अब आगे कहने से अदब जबान रोकता है। (कांपकर) ओफ! वे भयानक कुत्ते जो शेर का कलेजा फाड़कर खा जाएं (रुककर) फिर मनोरमा की जुबानी भी आप सुन ही चुके हैं कि भूतनाथ यकायक यहां पहुंचकर मनोरमा से क्या कह गया है इसलिए (हाथ जोड़कर) मैं अर्ज करता हूं कि किसी बहाने मनोरमा को अपने से अलग करें। सरकार खूब समझ सकते हैं कि जिस काम के लिए जा रहे हैं उसमें सिवाय कुंअर कल्याण सिंह के और कोई भी मदद नहीं कर सकता, फिर एक मामूली औरत के लिए अपना हर्ज या नुकसान करना उचित नहीं, आगे महाराज मालिक हैं जो चाहें करें।

शिवदत्त- तुम्हारा कहना बहुत ठीक है, मैं भी यही सोच रहा हूं।

जिस जगह ये दोनों खड़े होकर बातें कर रहे थे वहां एकदम निराला था, कोई आदमी पास न था। शिवदत्त ने अपनी बात पूरी भी न की थी यकायक भूतनाथ वहां आ पहुंचा और कड़ाई के ढंग से शिवदत्त की तरफ देखकर बोला, "इस अंधेरे में शायद तुम मुझे न पहिचान सको इसलिए मैं अपना नाम भूतनाथ बताकर तुम्हें होशियार करता हूं कि घण्टे भर के अन्दर मेरी खुराक मनोरमा को मेरे हवाले करो या अपने साथ से अलग कर दो नहीं तो जीता न छोडूंगा।" इतना कहकर बिना कुछ जवाब सुने भूतनाथ वहां से चला गया और शिवदत्त उसकी तरफ देखता ही रह गया।

शिवदत्त एक दफ़े भूतनाथ के हाथ में पड़ चुका था और भूतनाथ ने जो सलूक उसके साथ किया था उसे वह कदापि भूल नहीं सकता था बल्कि भूतनाथ के नाम ही से उसका कलेजा कांपता था, इसलिए वहां यकायक भूतनाथ के आ पहुंचने से वह कांप उठा और धन्नू सिंह की तरफ देखकर बोला, "नि:सन्देह यह बड़ा ही भयानक ऐयार है!"

धन्नू- इसीलिए मैं अर्ज करता हूं कि साधारण औरत के लिए इस भयानक ऐयार और उस राक्षसी को अपना दुश्मन बना लेना उचित नहीं है।

शिवदत्त- तुम ठीक कहते हो, अच्छा आओ मैं कल्याण सिंह से राय मिलाकर इसका बन्दोबस्त करता हूं।

धन्नू सिंह को साथ लिये हुए शिवदत्त अपने ठिकाने पहुंचा जहां कल्याण सिंह और मनोरमा को छोड़ गया था। मनोरमा को यह कहकर वहां से विदा कर दिया कि- "तुम अपने ठिकाने जाकर बैठो, हम यहां से कुछ करने का बन्दोबस्त करते हैं और निश्चय हो जाने पर तुमको बुलावेंगे" और जब वह चली गई और वहां केवल ये ही तीन आदमी रह गए तब बातचीत होने लगी।

शिवदत्त ने धन्नू सिंह की जुबानी जो कुछ सुना था और धन्नू सिंह की जो कुछ राय हुई थी वह सब तथा बातचीत के समय यकायक भूतनाथ के आ पहुंचने और धमकाकर चले जाने का पूरा हाल कल्याण सिंह से कहा और पूछा कि- "अब आपकी क्या राय होती है" कुंअर कल्याण सिंह

ने कहा, "मैं धन्नू सिंह की राय पसन्द करता हूं। मनोरमा के लिए अपने को आफत में फंसाना बुद्धिमानी का काम नहीं है, अस्तु किसी मुनासिब ढंग से उसे अलग ही कर देना चाहिए।"

शिवदत्त- तिस पर भी अगर जान बचे तो समझें कि ईश्वर की बड़ी कृपा हुई।

कल्याण- सो क्या?

शिवदत्त- मैं यह सोच रहा हूं कि भूतनाथ का यहां आना केवल मनोरमा ही के लिए नहीं है। ताज्जुब नहीं कि हम लोगों का कुछ भेद भी उसे मालूम हो और वह हमारे काम में बाधा डाले।

कल्याण- ठीक है, मगर काम आधा हो चुका है केवल हमारे और आपके वहां पहुंचने भर की देर है। यदि भूतनाथ हम लोगों का पीछा भी करेगा तो रोहतास गढ़ तहखाने के अन्दर हमारी मर्जी के बिना वह कदापि नहीं जा सकता और जब तक मनोरमा को ले जाकर कहीं रखने या अपना कोई काम निकालने का बन्दोबस्त करेगा तब तक तो हम लोग रोहतास गढ़ में पहुंचकर जो कुछ करना है कर गुजरेंगे।

शिवदत्त- ईश्वर करे ऐसा ही हो, अच्छा अब यह कहिये कि मनोरमा को किस ढंग से अलग करना चाहिए?

कल्याण- (धन्नू सिंह से) तुम बहुत पुराने और तजुर्बेकार आदमी हो, तुम ही बताओ कि क्या करना चाहिए?

धन्नू- मेरी तो यही राय है कि मनोरमा को बुलाकर समझा दिया जाए कि "अगर तुम हमारे साथ रहोगी तो भूतनाथ तुम्हें कदापि न छोड़ेगा, सो तुम मर्दानी पोशाक पहिरकर धन्नू सिंह के (हमारे) साथ शिवदत्त गढ़ की तरफ चली जाओ, वह तुम्हें हिफाजत के साथ वहां पहुंचा देगा, जब हम लौटकर तुमसे मिलेंगे तो जैसा होगा किया जाएगा। अगर तुम अपने आदमियों को साथ ले जाना चाहोगी तो भूतनाथ को मालूम हो जाएगा, अतएव तुम्हारा अकेले ही यहां से निकल जाना उत्तम है।"

शिवदत्त- ठीक है लेकिन अगर वह इस बात को मंजूर कर ले तो क्या तुम भी उसी के साथ जाओगे तब तो हमारा बड़ा हर्ज होगा?

धन्नू- जी नहीं, मैं चार-पांच कोस तक उसके साथ जाऊंगा इसके बाद भुलावा देकर उसे अकेला छोड़ आपसे आ मिलूंगा।

शिवदत्त- (आश्चर्य से) धन्नू सिंह, क्या तुम्हारी अक्ल में कुछ फर्क पड़ गया है या तुम्हें निसयान (भूल जाने) की बीमारी हो गई है अथवा तुम कोई दूसरे धन्नू सिंह हो गए हो क्या तुम नहीं जानते कि मनोरमा ने मुझे किस तरह से रुपये की मदद की है और उसके पास कितनी दौलत है तुम्हारी ही मार्फत मनोरमा से कितने ही रुपये मंगवाये थे तो क्या इस हीरे की चिड़िया को मैं छोड़ सकता हूं अगर ऐसा ही करना होता तो तरद्दुद की जरूरत ही क्या थी, इसी समय कह देते कि हमारे यहां से निकल जा।

धन्नू- (कुछ सोचकर) आपका कहना ठीक है, मैं तो इन बातों को भूल नहीं गया, मैं खूब जानता हूं कि वह बेइन्तहा खजाने की चाभी है, मगर मैंने यह बात इसलिए कही कि जब उसके सबब से हमारे सरकार ही आफत में फंस जाएंगे तो वह हीरे की चिड़िया किसके काम आवेगी।

शिवदत्त- नहीं-नहीं तुम इसके सिवाय और कोई तर्कीब ऐसी सोचो जिसमें मनोरमा इस समय हमारे साथ से अलग तो जरूर हो जाय मगर हमारी मुट्ठी से न निकल जाए।

धन्नू- (सोचकर) अच्छा, तो एक काम किया जाए।

शिवदत्त- वह क्या?

धन्नू- इसे तो आप निश्चय जानिए कि यदि मनोरमा इस लश्कर के साथ रहेगी तो भूतनाथ के हाथ से कदापि न बचेगी और जैसा कि भूतनाथ कह चुका है कि सरकार के साथ भी बेअदबी जरूर करेगा, इसलिए यह तो अवश्य है कि उसे अलग जरूर किया जाए मगर वह रहे अपने कब्जे ही में। तो बेहतर यह होगा कि वह मेरे साथ की जाए, मैं जंगल ही जंगल एक गुप्त पगडण्डी से जिसे मैं बखूबी जानता हूं रोहतास गढ़ तक उसे ले जाऊं और जहां आप या कुंअर साहब आज्ञा दें ठहरकर राह देखूं। भूतनाथ को जब मालूम हो जाएगा कि मनोरमा अलग कर दी गई तब वह उसे खोजने की धुन में लगेगा, मगर मुझे नहीं पा सकता। हां, एक बात और है, आप भी यहां से शीघ्र ही डेरा उठाएं और मनोरमा की पालकी इसी जगह छोड़ दें जिससे मनोरमा को अलग कर देने का विश्वास भूतनाथ को पूरा-पूरा हो जाय।

कल्याण- हां, यह राय बहुत अच्छी है, मैं इसे पसन्द करता हूं।

शिवदत्त- मुझे भी पसन्द है, मगर धन्नू सिंह को टिककर राह देखने का ठिकाना बताना आप ही का काम है।

कल्याण- हां-हां, मैं बताता हूं, सुनो धन्नू सिंह!

धन्नू- सरकार!

कल्याण- रोहतास गढ़ पहाड़ी के पूरब तरफ एक बहुत बड़ा कुआं है और उस पर टूटी-फूटी इमारत भी है।

धन्नू- जी हां, मुझे मालूम है।

कल्याण- अच्छा तो अगर तुम उस कुएं पर खड़े होकर पहाड़ की तरफ देखोगे तो टीले के ढंग का एक खण्ड पर्वत दिखाई देगा जिसके ऊपर सूखा हुआ पुराना पीपल का पेड़ है और उसी पेड़ के नीचे एक खोह का मुहाना है। उसी जगह तुम हम लोगों का इन्तजार करना क्योंकि उसी खोह की राह से हम लोग रोहतास गढ़ तहखाने के अन्दर घुसेंगे, मगर उस झील तक पहुंचने का रास्ता जब तक हम न बतावें तुम वहां नहीं जा सकते। (शिवदत्त से) आप मनोरमा को बुलवाकर सब हाल कहिये, अगर वह मंजूर करे तो हम धन्नू सिंह को रास्ते का हाल समझा दें।

शिवदत्त- (धन्नू सिंह से) तुम ही जाकर उसे बुला लाओ।

"बहुत अच्छा" कहकर धन्नू सिंह चला गया और थोड़ी ही देर में मनोरमा को साथ लिये आ पहुंचा। उसके विषय में जो कुछ राय हो चुकी थी उसे कल्याण सिंह ने ऐसे ढंग से मनोरमा को समझाया कि उसने कबूल कर लिया और धन्नू सिंह के साथ चले जाना ही अच्छा समझा। कुंअर कल्याण सिंह ने उस टीले तक पहुंचने का रास्ता धन्नू सिंह को अच्छी तरह समझा दिया। दो घोड़े चुपचुपाते तैयार किये गये, मनोरमा ने मर्दानी पोशाक पालकी के अन्दर बैठकर पहिरी और घोड़े पर सवार हो धन्नू सिंह के साथ रवाना हो गई। धन्नू सिंह की सवारी का घोड़ा बनिस्बत मनोरमा के घोड़े के तेज और ताकतवर था।

***

बयान-2

मनोरमा और धन्नू सिंह घोड़ों पर सवार होकर तेजी के साथ वहां से रवाना हुए और चार कोस तक बिना कुछ बातचीत किए चले आए। जब ये दोनों एक ऐसे मैदान में पहुंचे जहां बीचोंबीच में एक बहुत बड़ा आम का पेड़ और उसके चारों तरफ आधा कोस का साफ मैदान था, यहां तक कि सरपत, जंगली बेर या पलास का भी कोई पेड़ न था, जिसका होना जंगल या जंगल के आस-पास आवश्यक समझा जाता है, तब धन्नू सिंह ने अपने घोड़े का मुंह उसी आम के पेड़ की तरफ यह कहके फेरा- "मेरे पेट में कुछ दर्द हो रहा है इसलिए थोड़ी देर तक इस पेड़ के नीचे ठहरने की इच्छा होती है।"

मनोरमा- क्या हर्ज है ठहर जाओ, मगर खौफ है कि कहीं भूतनाथ न आ पहुंचे।

धन्नू- अब भूतनाथ के आने की आशा छोड़ो क्योंकि जिस राह से हम लोग आये हैं वह भूतनाथ को कदापि मालूम न होगी, मगर मनोरमा, तुम तो भूतनाथ से इतना डरती हो कि...?

मनोरमा- (बात काटकर) भूतनाथ निःसन्देह ऐसा ही भयानक ऐयार है। पर थोड़े ही दिन की बात है कि जिस तरह आज मैं भूतनाथ से डरती हूं उससे ज्यादे भूतनाथ मुझसे डरता था।

धन्नू- हां, जब तक उसके कागजात तुम्हारे या नागर के कब्जे में थे!

मनोरमा- (चौंककर, ताज्जुब से) क्या यह हाल तुमको मालूम है?

धन्नू- हां, बहुत अच्छी तरह।

मनोरमा- सो कैसे?

इतने ही में वे दोनों उस पेड़ के नीचे पहुंच गये और धन्नू सिंह यह कहकर घोड़े से नीचे उतर गया कि 'अब जरा बैठ जायें तो कहें'।

मनोरमा भी घोड़े से नीचे उतर पड़ी। दोनों घोड़े लम्बी बागडोर के सहारे डाल के साथ बांध दिए गए और जीनपोश बिछाकर दोनों आदमी जमीन पर बैठ गए। रात आधी से ज्यादे जा चुकी थी और चन्द्रमा की विमल चांदनी जिसका थोड़ी ही देर पहिले कहीं नामनिशान भी न था बड़ी खूबी के साथ चारों तरफ फैल रही थी।

मनोरमा- हां, अब बताओ कि भूतनाथ के कागजात का हाल तुम्हें कैसे मालूम हुआ?

धन्नू- मैंने भूतनाथ की ही जुबानी सुना था।

मनोरमा- हैं! क्या तुमसे और भूतनाथ से जान-पहिचान है?

धन्नू- बहुत अच्छी तरह।

मनोरमा- तो भूतनाथ ने तुमसे यह भी कहा होगा कि उसने अपने कागजात नागर के हाथ से कैसे पाये।

धन्नू- हां, भूतनाथ ने मुझसे वह किस्सा भी बयान किया था, क्या तुमको वह हाल मालूम नहीं हुआ?

मनोरमा- मुझे वह हाल कैसे मालूम होता मैं तो मुद्दत तक कमलिनी के कैदखाने मैं सड़ती रही, और जब वहां से छूटी तो दूसरे ही फेर में पड़ गयी, मगर तुम जब सब हाल जानते ही हो तो फिर जान-बूझकर ऐसा सवाल क्यों करते हो?

धन्नू- ओफ, पेट का दर्द ज्यादे होता जा रहा है। जरा ठहरो तो मैं तुम्हारी बातों का जवाब दूं।

इतना कहकर धन्नू सिंह चुप हो गया और घण्टे भर से ज्यादे देर तक बातों का सिलसिला बन्द रहा। धन्नू सिंह यद्यपि इतनी देर तक चुप रहा मगर बैठा ही रहा और मनोरमा की तरफ से इस तरह होशियार और चौकन्ना रहा जैसे किसी दुश्मन की तरफ से होना वाजिब था, साथ ही इसके धन्नू सिंह की निगाह मैदान की तरफ भी इस ढंग से पड़ती रही जैसे किसी के आने की उम्मीद हो। मनोरमा उसके इस ढंग पर आश्चर्य कर रही थी। यकायक उस मैदान में दो आदमी बड़ी तेजी के साथ दौड़ते हुए उसी तरफ आते दिखाई पड़े जिधर मनोरमा और धन्नू सिंह का डेरा जमा हुआ था।

मनोरमा- ये दोनों कौन हैं जो इस तरफ आ रहे हैं?

धन्नू- यही बात मैं तुमसे पूछा चाहता था मगर जब तुमने पूछ ही लिया तो कहना पड़ेगा कि इन दोनों में एक तो भूतनाथ है।

मनोरमा- क्या तुम मुझसे दिल्लगी कर रहे हो?

धन्नू- नहीं, कदापि नहीं।

मनोरमा- तो फिर ऐसी बातें क्यों कहते हो?

धन्नू- इसलिए कि मैं वास्तव में धन्नू सिंह नहीं हूं।

मनोरमा- (चौंककर) तो तुम फिर कौन हो?

धन्नू- भूतनाथ का दोस्त और इन्द्रदेव का ऐयार सर्यू सिंह।

इतना सुनते ही मनोरमा का रंग बदल गया और उसने बड़ी फुर्ती से अपना दाहिना हाथ सर्यू सिंह के चेहरे की तरफ बढ़ाया मगर सर्यू सिंह पहले ही से होशियार और चौकन्ना था, उसने चालाकी से मनोरमा की कलाई पकड़ ली।

मनोरमा की उंगली में उसी तरह के जहरीले नगीने वाली अंगूठी थी जैसी कि नागर की उंगली में थी और जिसने भूतनाथ को मजबूर कर दिया था तथा जिसका हाल इस उपन्यास के सातवें

भाग में हम लिख आए हैं। उसी अंगूठी से मनोरमा ने नकली धन्नू सिंह को मारना चाहा मगर न हो सका क्योंकि उसने मनोरमा की कलाई पकड़ ली और उसी समय भूतनाथ और सर्यू सिंह के शागिर्द भी वहां आ पहुंचे। अब मनोरमा ने अपने को काल के मुंह में समझा और वह इतना डरी कि जो कुछ उन ऐयारों ने कहा बेउज्र करने के लिए तैयार हो गई। भूतनाथ के हाथ से क्षमा-प्रार्थना की सहायता से छूटने की आशा मनोरमा को कुछ भी न थी, इसीलिए जब तक भूतनाथ ने उससे किसी तरह का सवाल न किया वह भी कुछ न बोली और बेउज्र हाथ-पैर बंधवाकर कैदियों की तरह मजबूर हो गई। इसके बाद भूतनाथ तथा सर्यू सिंह में यों बातचीत होने लगी -

भूत- अब क्या करना होगा?

सर्यू- अब यही करना होगा कि तुम इसे अपने घोड़े पर सवार कराके घर ले जाओ और हिफाजत के साथ रखकर शीघ्र लौट आओ।

भूत- और उस धन्नू सिंह के बारे में क्या किया जाए जिसे आप गिरफ्तार करने के बाद बेहोश करके डाल आए हैं?

सर्यू- (कुछ सोचकर) अभी उसे अपने कब्जे ही में रखना चाहिए क्योंकि मैं धन्नू सिंह की सूरत में राजा शिवदत्त के साथ रोहतास गढ़ तहखाने के अन्दर जाकर इन दुष्टों की चालबाजियों को जहां तक हो सके बिगाड़ा चाहता हूं, ऐसी अवस्था में अगर वह छूट गया तो केवल काम ही नहीं बिगड़ेगा बल्कि मैं खुद आफत में फंस जाऊंगा यदि शिवदत्त के साथ रोहतास गढ़ के तहखाने में जाने का साहस करूंगा।

इसके बाद सर्यू सिंह ने भूतनाथ से वे बातें कहीं जो उससे और शिवदत्त तथा कल्याण सिंह से हुई थीं जो हम ऊपर लिख आए हैं। उस समय मनोरमा को मालूम हुआ कि नकली धन्नू सिंह ने जिस भयानक कुत्ते वाली औरत का हाल शिवदत्त से कहा और जिसे मनोरमा की बहिन बताया था वह सब बिल्कुल झूठ और बनावटी किस्सा था।

भूत- (सर्यू सिंह से) तब तो आपको दुश्मनों के साथ मिल-जुलकर रोहतास गढ़ तहखाने के अन्दर जाने का बहुत अच्छा मौका है।

सर्यू- हां इसी से मैं कहता हूं कि उस धन्नू सिंह को अभी अपने कब्जे में ही रखना चाहिए जिसे हम लोगों ने गिरफ्तार किया है।

भूत- कोई चिन्ता नहीं, मैं लगे हाथ किसी तरह उसे भी अपने घर पहुंचा दूंगा। (शागिर्द की तरफ इशारा करके) इसे तो आप मनोरमा बनाकर अपने साथ ले जाएंगे?

सर्यू- जरूर ले जाऊंगा और कल्याण सिंह के बताए हुए ठिकाने पर पहुंचकर उन लोगों की राह देखूंगा।

भूत- और मुझको क्या काम सुपुर्द किया जाता है।

सर्यू- मुझे इस बात का पता ठीक-ठीक लग चुका है कि शेरअलीखां आजकल रोहतास गढ़ में है और कुंअर कल्याण सिंह उससे मदद लिया चाहता है। ताज्जुब नहीं कि अपने दोस्त का लड़का समझकर शेरअलीखां उसकी मदद करे, और अगर ऐसा हुआ तो राजा वीरेन्द्र सिंह को बड़ा नुकसान पहुंचेगा।

भूत- मैं आपका मतलब समझ गया, अच्छा तो इस काम से छुट्टी पाकर मैं बहुत जल्द रोहतास गढ़ पहुंचूंगा और शेरअलीखां की हिफाजत करूंगा। (कुछ सोचकर) मगर इस बात का खौफ है कि अगर मेरा वहां जाना राजा वीरेन्द्र सिंह पर खुल जाएगा तो कहीं मुझे बिना बलभद्र सिंह का पता लगाये लौट आने के जुर्म में सजा तो न मिलेगी (इतना कहकर भूतनाथ ने मनोरमा की तरफ देखा)।

सर्यू- नहीं-नहीं, ऐसा न होगा, और अगर हुआ भी तो मैं तुम्हारी मदद करूंगा।

बलभद्र सिंह का नाम सुनकर मनोरमा जो सब बातचीत सुन रही थी चौंक पड़ी और उसके दिन में एक हौल-सा पैदा हो गया। उसने अपने को रोकना चाहा मगर रोक न सकी और घबराकर भूतनाथ से पूछ बैठी, "बलभद्र सिंह कौन?"

भूत- (मनोरमा से) लक्ष्मीदेवी का बाप, जिसका पता लगाने के लिए ही हम लोगों ने तुझे गिरफ्तार किया है।

मनोरमा- (घबराकर) मुझसे और उससे भला क्या सम्बन्ध मैं क्या जानूं वह कौन है और कहां है और लक्ष्मीदेवी किसका नाम है।

भूत- खैर जब समय आवेगा तो सब-कुछ मालूम हो जाएगा। (हंसकर) लक्ष्मीदेवी से मिलने के लिए तो तुम लोग रोहतास गढ़ जाते ही थे मगर बलभद्र सिंह और इन्दिरा से मिलने का बन्दोबस्त अब मैं करूंगा, घबराती काहे को हो।

मनोरमा- (घबड़ाहट के साथ ही बेचैनी से) इन्दिरा, कैसी इन्दिरा ओफ! नहीं-नहीं, मैं क्या जानूं कौन इन्दिरा! क्या तुम लोगों से उसकी मुलाकात हो गई क्या उसने मेरी शिकायत की थी! कभी नहीं, वह झूठी है, मैं तो उसे प्यार करती थी और अपनी बेटी समझती थी! मगर उसे किसी ने बहका दिया है या बहुत दिनों तक दुःख भोगने के कारण वह पागल हो गई है, या ताज्जुब नहीं कि मेरी सूरत बनकर किसी ने उसे धोखा दिया हो, नहीं-नहीं, वह मैं न थी कोई दूसरी थी, मैं उसका नाम बताऊंगी। (ऊंची सांस लेकर) नहीं-नहीं, इन्दिरा, नहीं, मैं तो मथुरा गई हुई थी, वह कोई दूसरी ही थी, भला मैं तेरे साथ क्यों ऐसा करने लगी थी! ओफ! मेरे पेट में दर्द हो रहा है, आह, आह, मैं क्या करूं!

मनोरमा की अजब हालत हो गई, उसका बोलना और बकना पागलों की तरह मालूम पड़ता था जिसे देख भूतनाथ और सर्यू सिंह आश्चर्य करने लगे, मगर दोनों ऐयार इतना तो समझ ही

गये कि दर्द का बहाना करके मनोरमा अपने असली दिली दर्द को छिपाना चाहती है जो होना कठिन है।

सर्यू- (भूतनाथ से) खैर, अब इसका पाखण्ड कहां तक देखोगे, बस झटपट ले जाओ और अपना काम करो, यह समय अनमोल है और इसे नष्ट न करना चाहिए। (अपने शागिर्द की तरफ इशारा करके) इसे हमारे पास छोड़ जाओ, मैं भी अपने काम की फिक्र में लगूं।

भूतनाथ ने बेहोशी की दवा सुंघाकर मनोरमा को बेहोश किया और जिस घोड़े पर वह आई थी उसी पर उसे लाद आप भी सवार हो पूरब का रास्ता लिया, उधर सर्यू सिंह अपने चेले को मनोरमा बनाने की फिक्र में लगा।

***

बयान-3

हम ऊपर लिख आए हैं कि शेरअलीखां खातिरदारी और इज्जत के साथ रोहतास गढ़ में रखा गया क्योंकि उसने अपने कसूरों की माफी मांगी थी और तेज सिंह ने उसे माफी दे भी दी थी। अब हम उस रात का हाल लिखते हैं जिस रात राजा वीरेन्द्र सिंह, तेज सिंह और इन्द्रदेव वगैरह तहखाने के अन्दर गए थे और यकायक आ पड़ने वाली मुसीबत में गिरफ्तार हो गए थे। उन लोगों का किसी काम के लिए तहखाने के अन्दर जाना शेरअलीखां को मालूम था मगर उसे इन बातों से कोई मतलब न था, उसे तो सिर्फ इसकी फिक्र थी कि भूतनाथ का मुकद्दमा खतम हो ले तो वह अपनी राजधानी पटने की तरफ पधारे और इसीलिए वह राजा वीरेन्द्र सिंह की तरह से रोका भी गया था।

जिस कमरे में शेरअलीखां का डेरा था। वह बहुत लम्बा-चौड़ा और कीमती असबाब से सजा हुआ था। उसके दोनों तरफ दो कोठरियां थीं और बाहर दालान तथा दालान के बाद एक चौखूटा सहन था। उन दोनों कोठरियों में से जो कमरे के दोनों तरफ थीं, एक में तो सोने के लिए बेशकीमती मसहरी बिछी हुई थी और दूसरी कोठरी में पहिरने के कपड़े तथा सजावट का सामान रहता था। इस कोठरी में एक दरवाजा और भी था जो उस मकान के पिछले हिस्से में जाने का काम देता था, मगर इस समय वह बन्द था और उसकी ताली दारोगा के पास थी। जिस कोठरी में सोने की मसहरी थी उसमें सिर्फ एक ही दरवाजा था और दरवाजा वाली दीवार को छोड़ के उसकी बाकी तीनों तरफ की दीवार आबनूस की लकड़ी की बनी हुई थी जिस पर बहुत चमकदार पालिश किया हुआ था। वही अवस्था उस कमरे की भी थी जिसमें शेरअलीखां रहता था।

रात डेढ़ पहर से कुछ ज्यादे जा चुकी थी। शेरअलीखां अपने कमरे में मोटी गद्दी पर लेटा हुआ कोई किताब पढ़ रहा था और सिरहाने की तरफ संगमर्मर की छोटी-सी चौकी के ऊपर शमादान जल रहा था, इसके अतिरिक्त कमरे में और कोई रोशनी न थी। यकायक सोने वाली कोठरी के अन्दर से एक ऐसी आवाज आई जैसे किसी ने मसहरी के पास ठोकर खाई हो। शेरअलीखां चौंक पड़ा और कुछ देर तक उसी कोठरी की तरफ जिसके आगे पर्दा गिरा हुआ था, देखता रहा। जब पर्दे की तरफ जिसे हिलते देखा तो किताब जमीन पर रखकर बैठ गया और उसी समय कल्याण सिंह को पर्दा हटाकर बाहर निकलते देखा। शेरअलीखां घबराकर उठ खड़ा हुआ और बड़े गौर से उसे देखकर बोला, “हैं, क्या तुम कुंअर कल्याण सिंह हो ?”

कल्याण- (सलाम करके) जी हां।

शेरअली- तुम इस कमरे में कब आए और कब इस कोठरी में गए मुझे कुछ भी नहीं मालूम।

कल्याण- मैं बाहर से इस कमरे में नहीं आया बल्कि इसी कोठरी में से आ रहा हूं।

शेरअली- सो कैसे इस कोठरी में तो कोई दूसरा रास्ता नहीं है?

कल्याण- जी हां, एक रास्ता है जिसे शायद आप नहीं जानते, मगर पहिले मैं दरवाजा बन्द कर लूं।

इतना कहकर कल्याण सिंह दरवाजे की तरफ बढ़ गया और इस कमरे के तीनों दरवाजे बन्द करके शेरअलीखां के पास लौट आया।

शेरअली- दरवाजे क्यों बन्द कर दिए क्या डरते हो?

कल्याण- जी हां, यदि कोई देख लेगा तो मुश्किल होगी।

शेरअली- तो इससे मालूम होता है कि तुम राजा वीरेन्द्र सिंह की मर्जी से नहीं छूटे बल्कि किसी की मदद और चोरी से निकल भागे हो क्योंकि चुनार गढ़ में तुम्हारे कैद होने का हाल मैं अच्छी तरह जानता हूं।

कल्याण- जी हां, ऐसी बात है।

शेरअली- (बैठकर) अच्छा आओ मेरे पास बैठ जाओ और कहो कि तुम कैसे छूटे और यहां क्योंकर आ पहुंचे?

कल्याण- (बैठकर) खुलासा हाल कहने का तो इस समय मौका नहीं है, परन्तु इतना कहना जरूरी है कि अपनी मदद के लिए मुझे राजा शिवदत्त ने छुड़ाया है और अब मैं सहायता लेने के लिए आपके पास आया हूं। यदि आप मदद देंगे तो मैं आज ही राजा वीरेन्द्र सिंह से अपने बाप का बदला ले लूंगा।

शेरअली- (हंसकर) यह तुम्हारी नादानी है। तुम अभी लड़के हो, ऐसे मामलों पर गौर नहीं कर सकते। राजा वीरेन्द्र सिंह के साथ दुश्मनी करना अपने पैर में आप कुल्हाड़ी मारना है, उनसे लड़कर कोई जीत नहीं सकता और न उनके ऐयारों के सामने किसी की चालाकी ही चल सकती है।

कल्याण- आपका कहना ठीक है मगर इस समय हम लोगों ने राजा वीरेन्द्र सिंह और उनके ऐयारों को हर तरह मजबूर कर रखा है।

शेरअली- सो कैसे?

कल्याण- क्या आप नहीं जानते कि वीरेन्द्र सिंह और उनके ऐयार किशोरी, कामिनी इत्यादि को लेकर तहखाने के अन्दर गए हैं?

शेरअली- हां, सो तो जानता हूं मगर इससे क्या?

कल्याण- जिस समय वीरेन्द्र सिंह वगैरह तहखाने में गए हैं उसके पहिले ही हम लोग अपनी छोटी सेना सहित तहखाने में पहुंच चुके थे और गुप्त राह से यकायक इस किले में पहुंचकर

अपना दखल जमाना चाहते थे, मगर ईश्वर ने उन लोगों को तहखाने में ही पहुंचा दिया जिससे हम लोगों को बड़ा सुभीता हुआ, शिवदत्त सिंह ने तो सेना सहित दुश्मनों को घेर लिया है और मैं एक सुरंग की राह से जिसका दूसरा मुहारा (सोने वाली कोठरी की तरफ इशारा करके) इस कोठरी में निकला है, आपके पास मदद के लिए आया हूं। आशा है कि उधर शिवदत्त सिंह ने दुश्मनों को काबू में कर लिया होगा या मार डाला होगा और इधर मैं आपकी मदद से किले में अपना अधिकार जमा लूंगा।

शेरअली- (कुछ सोचकर) मैं खूब जानता हूं कि इस तहखाने का और यहां के पेचीले तथा कई रास्तों का हाल तुमसे ज्यादे जानने वाला अब और कोई नहीं है इसलिए तुम लोगों का तहखाने में राजा वीरेन्द्र सिंह वगैरह को मार डालना तो यद्यपि मुश्किल है हां घेर लिया हो तो ताज्जुब की बात नहीं है, मगर साथ ही इसके इस बात का भी खयाल करना चाहिए कि यद्यपि राजा वीरेन्द्र सिंह वगैरह इस तहखाने का हाल बखूबी नहीं जानते परन्तु आज इन्द्रदेव उनके साथ है जिसे हम-तुम अच्छी तरह जानते हैं। क्या तुम्हें उस दिन की बात याद नहीं जिस दिन तुम्हारे पिता ने हमारे सामने तुमसे कहा था कि यहां के तहखाने का हाल हमसे ज्यादे जानने वाला इस दुनिया में यदि कोई है तो केवल इन्द्रदेव।

कल्याण- (ताज्जुब से) हां, मुझे याद है, मगर क्या इन्द्रदेव राजा वीरेन्द्र सिंह के साथ तहखाने में गए हैं और क्या वीरेन्द्र सिंह ने उन्हें अपना दोस्त बना लिया।

शेरअली- हां, अस्तु यह आशा नहीं हो सकती कि वीरेन्द्र सिंह वगैरह तुम लोगों के काबू में आ जाएंगे, दूसरी बात यह कि तुम अकेले या दो-एक मददगारों को लेकर इस किले में कर ही क्या सकते हो?

कल्याण- मैं आपके पास अकेला नहीं आया हूं बल्कि सौ सिपाही भी साथ लाया हूं जिन्हें आप आज्ञा देने के साथ ही इसी कोठरी में से निकलते देख सकते हैं। क्या ऐसी हालत में जब कि मालिकों या अफसरों में से यहां कोई भी न हो और यहां रहने वाली केवल पांच-सात सौ की फौज बेफिक्र पड़ी हो, हम और आप बहादुरों को साथ लेकर कुछ नहीं कर सकते इन्द्रदेव का इस समय वीरेन्द्र सिंह वगैरह के साथ तहखाने में होना बेशक हमारे काम में विघ्न डाल सकता है मगर मुझे इसकी भी विशेष चिन्ता नहीं है क्योंकि यदि दुश्मन लोग काबू में न आवेंगे तो हर तरफ से रास्ता बन्द हो जाने के कारण तहखाने के बाहर भी न निकल सकेंगे और भूखे-प्यासे उसी में रहकर मर जाएंगे, और इधर जब आप किले में अपना दखल जमा लेंगे...।

शेरअली- (बात काटकर) ये सब बातें फिजूल हैं, मैं जानता हूं कि अपने को बहादुर और होनहार समझते हो। मगर राजा वीरेन्द्र सिंह के प्रबल प्रताप के चमकते हुए सितारे की रोशनी को अपने हाथ की ओट लगाकर नहीं रोक सकते और न उनकी सच्चाई, सफाई और नेकियों को भूलकर इस किले का रहने वाला कोई तुम्हारा साथ ही दे सकता है। बुद्धिमानों को तो जाने दो, यहां का एक बच्चा भी राजा वीरेन्द्र सिंह का निकल जाना पसन्द न करेगा। अहा, क्या ऐसा जबान का सच्चा, रहमदिल और नेक राजा कोई दूसरा होगा यह राजा वीरेन्द्र सिंह ही का काम

था कि उसने मेरे कसूरों को माफ ही नहीं किया बल्कि इज्जत और आबरू के साथ मुझे अपना मेहमान बनाया। मेरी रग-रग में उनके एहसान का खून भरा है, मेरा बाल-बाल उन्हें दुआ देता है, मेरे दिल में उनकी हिम्मत, मर्दानगी, इन्साफ और रहमदिली का दरिया जोश मार रहा है। ऐसे बहादुर शेरदिल राजा के साथ शेरअली कभी दगाबाजी या बेईमानी नहीं कर सकता बल्कि ऐसे की ताबेदारी अपनी इज्जत हुर्मत और नामवरी का बायस समझता है। तुम मेरे दोस्त के लड़के हो मगर यह जरूर कहूंगा कि तुम्हारे बाप ने वीरेन्द्र सिंह के साथ दगाबाजी की! खैर जो कुछ हुआ सो हुआ, अब तुम तो ऐसा न करो। मैं तुम्हें पुरानी मोहब्बत और दोस्ती का वास्ता दिलाता हूं कि ऐसा मत करो। राजा वीरेन्द्र सिंह दुश्मनी करने के योग्य राजा नहीं बल्कि दर्शन करने योग्य है। मैं वादा करता हूं कि तुम्हारा भी कसूर माफ करा दूंगा और अगर तुमको रोहतास गढ़ की लालच है तो इसे भी तुम राजा वीरेन्द्र सिंह की ताबेदारी करके ले सकते हो। वह बड़ा उदार दाता है, यह राज्य देना उनके सामने कोई बात नहीं है।

कल्याण- अफसोस! मुझे इन शब्दों के सुनने की कदापि आशा न थी जो इस समय आपके मुंह से निकल रहे हैं। मुझे इस बात का ध्यान भी न था कि आज आपको हिम्मत और मर्दानगी से इस तरह खाली देखूंगा। मैं किसी के कहने पर भी विश्वास नहीं कर सकता था कि आपकी रग में बुजदिली का खून पाऊंगा। मुझे स्वप्न में भी इस बात का विश्वास न हो सकता था कि आज आपको उसी राजा वीरेन्द्र सिंह की खुशामद करते पाऊंगा जिसके लड़के ने आपकी लड़की को हर तरह से बेइज्जत किया।

शेरअली- ओफ, तुम्हारी जली-कटी बातें मेरे दिल को हिलाकर मुझे बेईमान, दगाबाज या विश्वासघाती की पदवी नहीं दिला सकतीं। उस गौहर की याद मेरे दिल की सच्ची तथा इन्साफ पसन्द आंखों को फोड़कर नेकों की दुनिया में मुझको अन्धा नहीं बना सकती जो बुजुर्गों की इज्जत को मिट्टी में मिला मेरी बदनामी का झंडा बन जहरीली हवा में उड़ती हुई आसमान की तरफ बढ़ती ही जाती थी और जिसका गिरफ्तार होकर सजा पाना बल्कि इस दुनिया से उठ जाना मुझे पसन्द है। किसी नालायक के लिए लायक के साथ बुराई करना, किसी अधर्मी के लिए धर्मी का खून करना, किसी बेईमान के लिए ईमान का सत्यानाश करना और किसी अविश्वासी के लिए विश्वासघात करना शेरअलीखां का काम नहीं है। मैं समझता था कि तुम्हारे दिल का प्याला सच्ची बहादुरी की शराब से भरा हुआ होगा और तुम दुनिया में नामवरी पैदा कर सकोगे, इसलिए मैं तुम्हारी सिफारिश करने वाला था, मगर अब निश्चय हो गया कि तुम्हारी किस्मत का जहाज शिवदत्त के तूफान में पड़कर एक भारी पहाड़ से टक्कर खाया चाहता है, अस्तु तुम यहां से चले जाओ और मुझसे किसी तरह की उम्मीद मत रखो, अगर मैं तुम्हारे बाप का दोस्त न होता और तुम मेरे दोस्त के लड़के न होते तो...।

कल्याण- अफसोस मैं इस समय आपकी यह लम्बी-चौड़ी वक्तृता नहीं सुन सकता, क्योंकि समय कम है और काम बहुत करना है, बस आप इतना ही बताइए कि मैं आपसे किसी तरह की आशा रक्खूं या नहीं?

शेरअली- नहीं, बल्कि इस बात की भी आशा मत रखो कि तुम्हें राजा वीरेन्द्र सिंह के साथ दुश्मनी करते देखकर मैं चुपचाप बैठा रहूंगा।

कल्याण- (क्रोध में आकर) क्या आप मेरी मदद न करेंगे तो चुपचाप भी न बैठे रहेंगे?

शेरअली- हरगिज नहीं!

कल्याण- तो आप मेरे साथ दुश्मनी करेंगे?

शेरअली- अगर ऐसा करें तो हर्ज ही क्या है जिसकी लोग इज्जत करते हों या जिसे दुनिया मोहब्बत की निगाह से देखती हो उसके साथ दुश्मनी करना बेशक बुरा है, मगर ऐसे के साथ बेमुरौवती करने में कुछ भी हर्ज नहीं है जिसके हृदय की आंख फूट गई हो, जिसे दुनिया में किसी तरह की इज्जत हासिल करने का शौक न हो और जिसे लोग हमदर्दी की निगाह से देखते हों।

कल्याण- (दांत पीसकर) तो फिर सबसे पहिले मुझे आप ही का बन्दोबस्त करना पड़ेगा।

इसके पहिले कि कल्याण सिंह की बात का शेरअलीखां कुछ जवाब दे बाहर से एक आवाज आई- "हां, यदि तेरे किए कुछ हो सके।"

इस आवाज ने दोनों को चौंका दिया मगर कल्याण सिंह ने ज्यादे देर तक राह देखना मुनासिब न जाना और कोठरी की तरफ बढ़कर जोर से ताली बजाई। शेरअलीखां समझ गया कि कल्याण सिंह अपने साथियों को बुला रहा है क्योंकि वह थोड़ी ही देर पहिले कह चुका था कि मेरे साथ सौ सिपाही भी आए हैं जो हुक्म देने के साथ ही इस कोठरी में से मेरी ही तरफ निकल सकते हैं।

कल्याण सिंह ताली बजाता हुआ कोठरी की तरफ बढ़ा और उसका मतलब समझकर शेरअलीखां ने भी शीघ्रता से कमरे का दरवाजा अपने मददगारों को बुलाने की नीयत से खोल दिया तथा उसी समय एक नकाबपोश को हाथ में खंजर लिए कमरे के अन्दर पैर रखते देखा। शेरअलीखां ने पूछा, "तुम कौन हो" नकाबपोश ने जवाब दिया, "तुम्हारा मददगार!"

इससे ज्यादे बातचीत करने का मौका न मिला क्योंकि कोठरी के अन्दर से कई आदमी हाथ में नंगी तलवार लिए हुए निकले दिखाई दिए जिन्हें कल्याण सिंह ने अपनी मदद के लिए बुलाया था।

***

बयान-4

अब हम अपने पाठकों को कुंअर इन्द्रजीत सिंह और आनन्द सिंह की तरफ ले चलते हैं जिन्हें जमानिया के तिलिस्म में नहर के किनारे पत्थर की चट्टान पर बैठकर राजा गोपाल सिंह से बातचीत करते छोड़ आए हैं।

दोनों कुमार बड़ी देर तक राजा गोपाल सिंह से बातचीत करते रहे। राजा साहब ने बाहर का सब हाल दोनों भाइयों को कहा और यह भी कहा कि किशोरी और कामिनी राजी-खुशी के साथ कमलिनी के तालाब वाले मकान में जा पहुंचीं, अब उनके लिए चिन्ता करने की आवश्यकता नहीं है।

किशोरी और कामिनी का शुभ समाचार सुनकर दोनों भाई बड़े प्रसन्न हुए। राजा गोपाल सिंह से इन्द्रजीत सिंह ने कहा, "हम चाहते हैं कि इस तिलिस्म से बाहर होकर पहिले अपने मां-बाप से मिल आवें क्योंकि उनका दर्शन किए बहुत दिन हो गए और वे भी हमारे लिए बहुत उदास होंगे।"

गोपाल- मगर यह तो हो नहीं सकता।

इन्द्र- सो क्यों?

गोपाल- जब तक आप बाहर जाने के लिए रास्ता न बना लेंगे बाहर कैसे जाएंगे और जब तक इस तिलिस्म को आप तोड़ न लेंगे तो बाहर जाने का रास्ता कैसे मिलेगा?

इन्द्र- जिस राह से आप यहां आए हैं या आप जाएंगे उसी रास्ते से आपके साथ अगर हम लोग भी चले जाएं तो कौन रोक सकता है?

गोपाल- वह रास्ता केवल मेरे ही आने-जाने के लिए है, आप लोगों के लिए नहीं।

इन्द्र- (हंसकर) क्योंकि आपसे हम लोग मोटे-ताजे ज्यादे हैं, दरवाजे में अट न सकेंगे।

गोपाल- (हंसकर) आप भी बड़े मसखरे हैं, मेरा मतलब यह नहीं है कि मैं जान-बूझकर आपको नहीं ले जाता बल्कि यहां के नियमों का ध्यान करके मैंने ऐसा कहा था, आपने तिलिस्मी किताब में पढ़ा ही होगा।

इन्द्र- हां हम पढ़ तो चुके हैं और उससे यह मालूम भी होता है कि हम लोग बिना तिलिस्म तोड़े बाहर नहीं जा सकते, मगर अफसोस यही है कि उस किताब का लिखने वाला हमारे सामने

मौजूद नहीं है। अगर होता तो पूछते कि क्यों नहीं जा सकते जिस राह से राजा साहब आए उसी राह से उनके साथ जाने में क्या हर्ज है?

गोपाल- किसी तरह का हर्ज होगा तभी तो बुजुर्गों ने ऐसा लिखा है। कौन ठिकाना किसी तरह की आफत आ जाए तो जनम भर के लिए मैं बदनाम हो जाऊंगा, अस्तु आपको भी इसके लिए जिद न करनी चाहिए, हां यदि अपने उद्योग से आप बाहर जाने का रास्ता बना लें तो बेशक चले जाएं।

इन्द्र- (मुस्कराकर) बहुत अच्छा आप जाइये, हम अपने लिए रास्ता ढूंढ़ लेंगे।

गोपाल- (हंसकर) मेरे पीछे-पीछे चलकर। अच्छा, आइए।

यह कहकर गोपाल सिंह उठ खड़े हुए और उसी कुएं पर चले गए जिसमें पहिले दफ़े उस वक्त कूदकर गायब हो गये थे जब बुड्ढे की सूरत बनकर आए थे। दोनों कुमार भी मुस्कुराते हुए उनके पीछे-पीछे गए और पास पहुंचने के पहिले ही उन्होंने राजा गोपाल सिंह को कुएं के अन्दर कूद पड़ते देखा। यह कुआं यद्यपि बहुत चौड़ा था तथापि नीचे के हिस्से में सिवाय अंधकार के और कुछ भी दिखाई न देता था। दोनों कुमार भी जल्दी से उसी कुएं पर गए और बारी-बारी से कुछ विलम्ब करके कुएं के अन्दर कूद पड़े।

हम पहिले आनन्द सिंह का हाल लिखते हैं जो इन्द्रजीत सिंह के बाद उस कुएं में कूदे थे। आनन्द सिंह सोचे हुए थे कि कुएं में कूदने के बाद अपने भाई से मिलेंगे मगर ऐसा न हुआ। जब उनका पैर जमीन पर लगा तो उन्होंने अपने को नर्म-नर्म घास पर पाया जिसकी ऊंचाई या तौल का अन्दाज नहीं कर सकते थे और उसी के सबब से उन्हें चोट की तकलीफ भी बिल्कुल उठानी न पड़ी। अंधकार के सबब से कुछ मालूम न पड़ता था इसलिए दोनों हाथ आगे बढ़ाकर कुंअर आनन्द सिंह उस कुएं में घूमने लगे। तब मालूम हुआ कि नीचे से यह कुआं बहुत चौड़ा है और उसकी दीवार चिकनी तथा संगीन है। टटोलते और घूमते हुए एक छोटे से बन्द दरवाजे पर इनका हाथ पड़ा, वहां ठहर गए और कुछ सोचकर आगे बढ़े। तीन-चार कदम के बाद फिर एक बन्द दरवाजा मिला, उसे भी छोड़ और आगे बढ़े। इसी तरह घूमते हुए इन्हें चार दरवाजे मिले जिनमें दो तो खुले हुए थे और दो बन्द। आनन्द सिंह ने सोचा कि बेशक इन्हीं दोनों दरवाजों में से जो खुले हुए हैं किसी एक दरवाजे में कुंअर इन्द्रजीत सिंह गए होंगे। बहुत सोचने-विचारने के बाद आनन्द सिंह ने भी एक दरवाजे के अन्दर पैर रखा मगर दो ही चार कदम आगे गए होंगे कि पीछे से दरवाजा बन्द होने की आवाज आई। उस समय उन्हें विश्वास हो गया कि हमने धोखा खाया, कुंअर इन्द्रजीत सिंह किसी दूसरे दरवाजे के अन्दर गए होंगे और वह दरवाजा भी उनके जाने के बाद इसी तरह बन्द हो गया होगा। अफसोस करते हुए आगे की तरफ बढ़े मगर दो ही चार कदम जाने के बाद अंधकार के सबब से जी घबरा गया। उन्होंने कमर से तिलिस्मी खंजर निकालकर कब्जा दबाया जिससे बहुत तेज रोशनी हो गई और वहां की हर एक चीज साफ-

साफ दिखाई देने लगी। कुमार ने अपने को एक कोठरी में पाया जिसमें चारों तरफ दरवाजे थे। उनमें एक दरवाजा तो वही था जिससे कुमार आए थे और बाकी तीन दरवाजे बन्द थे और उनकी कुंडियों में ताला लगा हुआ था मगर उस दरवाजे में कोई ताला या ताले का निशान या जंजीर न थी जिससे कुमार आए थे। चारों तरफ की संगीन दीवारों में कई बड़े-बड़े सूराख थे जिनमें से हवा आती और निकल जाती थी। जिस दरवाजे से कुमार आए थे उसके पास जाकर उसे खोलना चाहा मगर किसी तरह से वह दरवाजा न खुला, तब दूसरे दरवाजे के पास आए, तिलिस्मी खंजर से उसकी जंजीर काटकर दरवाजा खोला और उसके अन्दर गए। यह कोठरी बनिस्बत पहिले के तिगुनी लम्बी थी। जमीन और दीवार संगमर्मर की बनी हुई थी और हवा आने-जाने के लिए दीवारों में सूराख भी थे1 इस कमरे के बीचों-बीच में एक ऊंचा चबूतरा था और उस पर एक बड़ा सन्दूक जो असल में बाजा था रखा हुआ था। कुमार के अन्दर आते ही वह बाजा बजने लगा और उसकी सुरीली आवाज ने कुमार का दिल अपनी तरफ खेंच लिया। चारों तरफ दीवारों में बड़ी-बड़ी तस्वीरें लगी हुई थीं जिनमें एक तस्वीर बहुत ही बड़ी और जड़ाऊ चौखटे के अन्दर थी। इस तस्वीर में किसी तरह की चमक देखकर कुमार ने अपने खंजर की रोशनी बन्द कर दी। उस समय मालूम हुआ कि यहां की सब तस्वीरें इस तरह चमक रही हैं कि उनके देखने के लिए किसी तरह की रोशनी की दरकार नहीं। कुमार उस बड़ी तस्वीर को गौर से देखने लगे। देखा कि जड़ाऊ सिंहासन पर एक बूढ़े महाराज बैठे हुए हैं। उम्र अस्सी वर्ष से कम न होगी, सफेद, लम्बी दाढ़ी नाभी तक लटक रही है, जड़ाऊ मुकुट माथे पर चमक रहा है, कपड़ों के सुन्दर बेलों में मोती और जवाहिरात के फूल और बेल-बूटे बने हुए हैं। सामने सोने की चौकी पर एक ग्रन्थ रखा हुआ है और पास ही सिंहासन पर मृगछाला बिछाए एक बहुत ही वृद्ध साधु महाशय बैठे हुए हैं जिनके भाव से साफ मालूम होता है कि महात्माजी ग्रन्थ का मतलब महाराज को समझा रहे हैं और महाराज बड़े गौर से सुन रहे हैं। उस तस्वीर के नीचे यह लिखा हुआ था -

'महाराज सूर्यकान्त और उनके गुरु सोमदत्त जिन्होंने इस तिलिस्म को बनाया और इसके कई हिस्से किये। महाराज के दो लड़के थे। एक का नाम धीर सिंह, दूसरे का नाम जयदेव सिंह। जब इस हिस्से की उम्र समाप्त होने पर आवेगी तब धीर सिंह के खानदान में गोपाल सिंह और जयदेव सिंह के खानदान में इन्द्रजीत सिंह और आनन्द सिंह होंगे और नाते में वे तीनों भाई होंगे। इसलिए उसके दो हिस्से किये गए जिनमें से आधे का मालिक गोपाल सिंह होगा और आधे के मालिक इन्द्रजीत सिंह और आनन्द सिंह होंगे। लेकिन यदि उन तीनों में मेल न होगा तो इस तिलिस्म से सिवाय हानि के किसी को भी फायदा न होगा, अतएव चाहिए कि वे तीनों भाई आपस में मेल रखें और इस तिलिस्म से फायदा उठावें। इन तीनों के हाथ से इस तिलिस्म के कुल बारह दर्जों में से सिर्फ तीन टूटेंगे और बाकी के नौ दर्जों के मालिक उन्हीं के खानदान में

कोई दूसरे होंगे। इसी तिलिस्म में से कुंअर इन्द्रजीत सिंह और आनन्द सिंह को एक ग्रन्थ प्राप्त होगा जिसकी बदौलत वे दोनों भाई चर्णाद्रि (चुनार गढ़) के तिलिस्म को तोड़ेंगे...।'

इसके बाद कुछ और भी लिखा हुआ था मगर अक्षर इतने बारीक थे कि पढ़ा नहीं जाता था। यद्यपि उनके पढ़ने का शौक आनन्द सिंह को बहुत हुआ मगर लाचार होकर रह गए। उस तस्वीर के बाईं तरफ जो तस्वीर थी उसके नीचे केवल 'धीर सिंह' लिखा हुआ था और दाहिनी तरफ वाली तस्वीर के नीचे 'जयदेव सिंह' लिखा हुआ था। उन दोनों की तस्वीरें नौजवानी के समय की थीं। उसके बाद क्रमशः और भी तस्वीरें थीं और सभी के नीचे नाम लिखा हुआ था।

कुंअर आनन्द सिंह बाजे की सुरीली आवाज सुनते जाते थे और तस्वीरों को भी देखते जाते थे। जब इन तस्वीरों को देख चुके तो अन्त में राजा गोपाल सिंह, अपनी और अपने भाई की तस्वीर भी देखी और इस काम में उन्हें कई घंटे लग गए।

इस कमरे में जिस दरवाजे से कुंअर आनन्द सिंह गए थे उसी के ठीक सामने एक दरवाजा और था जो बन्द था और उसकी जंजीर में ताला लगा हुआ था। जब वे घूमते हुए उस दरवाजे के पास गए तब मालूम हुआ कि इसकी दूसरी तरफ से कोई आदमी उस दरवाजे को ठोकर दे रहा है या खोलना चाहता है। कुमार को इन्द्रजीत सिंह का खयाल हुआ और सोचने लगे कि ताज्जुब नहीं कि किसी राह से घूमते-फिरते भाई साहब यहां तक आ गए हों। यह खयाल उनके दिल में बैठ गया और उन्होंने तिलिस्मी खंजर से उस दरवाजे की जंजीर काट डाली। दरवाजा खुल गया और एक औरत कमरे में अन्दर आती हुई दिखाई दी जिसके हाथ में एक लालटेन थी और उसमें तीन मोमबत्तियां जल रही थीं। यह नौजवान और हसीन औरत इस लायक थी कि अपनी सुघराई, खूबसूरती, नजाकत, सादगी और बांकपन की बदौलत जिसका दिल चाहे मुट्ठी में कर ले। यद्यपि उसकी उम्र सत्रह-अठारह वर्ष से कम न होगी मगर बुद्धिमानों की बारीक निगाह जांचकर कह सकती थी कि इसने अभी तक मदनमहीप की पंचरंगी वाटिका में पैर नहीं रखा और इसकी रसीली कली को समीर के सत्संग से गुदगुदाकर खिल जाने का अवसर नहीं मिला, इसके सतीत्व की अनमोल गठरी पर किसी ने लालच में पड़कर मालिकाना दखल जमाने की नीयत से हाथ नहीं डाला और न इसने अपनी अनमोल अवस्था का किसी के हाथ सट्टा-ठीका या बीमा किया। इसके रूप के खजाने की चौकसी करने वाली बड़ी-बड़ी आंखों के निचले हिस्से में अभी तक ऊदी डोरी पड़ने नहीं पाई थी और न उसकी गर्दन में स्वर-घंटिका का उभार ही दिखाई देता था। इस गोरी नायिका को देखकर कुंअर आनन्द सिंह भौंचक्के रह गए और ललचाई निगाह से देखने लगे। इस औरत ने भी इन्हें एक दफ़े तो नजर भरकर देखा मगर साथ ही गर्दन नीची कर ली और पीछे की तरफ हटने लगी तथा धीरे-धीरे कुछ दूर जाकर किसी दीवार या दरवाजे की ओट में हो गई जिससे उस जगह फिर अंधेरा हो गया। आनन्द सिंह आश्चर्य, लालच और उत्कंठा के फेर में पड़े रहे, इसलिए खंजर की रोशनी की सहायता से दरवाजा लांघकर वे

भी उसी तरफ गए जिधर वह नाजनीन गई थी। अब जिस कमरे में कुंअर आनन्द सिंह ने पैर रखा वह बनिस्बत तस्वीरों वाले कमरे के कुछ बड़ा था और उसके दूसरे सिरे पर भी वैसा ही एक दूसरा दरवाजा था जैसा तस्वीर वाले कमरे में था। कुंअर साहब बिना इधर-उधर देखे उस दरवाजे तक चले गए मगर जब उस पर हाथ रखा तो बन्द पाया। उस दरवाजे में कोई जंजीर या ताला दिखाई न दिया जिसे खोल या तोड़कर दूसरी तरफ जाते। इससे मालूम हुआ कि इस दरवाजे का खोलना या बन्द करना उस दूसरी तरफ वाले के अधीन है। बड़ी देर तक आनन्द सिंह उस दरवाजे के पास खड़े होकर सोचते रहे मगर इसके बाद जब पीछे की तरफ हटने लगे तो उस दरवाजे के खोलने की आहट सुनाई दी। आनन्द सिंह रुके और गौर से देखने लगे। इतने ही में एक आवाज इस ढंग की आई जिसने आनन्द सिंह को विश्वास दिला दिया कि उस तरफ की जंजीर किसी ने तलवार या खंजर से काटी है। थोड़ी ही देर बाद दरवाजा खुला और कुंअर इन्द्रजीत सिंह दिखाई पड़े। आनन्द सिंह को उस औरत के देखने की लालसा हद से ज्यादे थी और कुछ-कुछ विश्वास हो गया था कि अबकी दफ़े पुन: उसी औरत को देखेंगे मगर उसके बदले में अपने बड़े भाई को देखा और देखते ही खुश होकर बोले, “मैंने तो समझा था कि आपसे जल्द मुलाकात न होगी परन्तु ईश्वर ने बड़ी कृपा की।”

इन्द्र- मैं भी यही सोचे हुए था, क्योंकि कुएं के अन्दर कूदने के बाद जब मैंने एक दरवाजे में पैर रखा तो दो-चार कदम जाने के बाद वह बन्द हो गया, तभी मैंने सोचा कि अब आनन्द से मुलाकात होना कठिन है।

आनन्द- मेरा भी यही हाल हुआ, जिस दरवाजे के अन्दर मैंने पैर रखा था वह भी दो-चार कदम जाने के बाद बन्द हो गया था।

इसके बाद कुंअर इन्द्रजीत सिंह उस कमरे में चले आये जिसमें आनन्द सिंह थे, दोनों भाई एक-दूसरे से मिलकर बहुत खुश हुए और यों बातचीत करने लगे -

आनन्द- इस कोठरी में आपने किसी को देखा था?

इन्द्र- (ताज्जुब से) नहीं तो!

आनन्द- बड़े आश्चर्य की बात है! (कोठरी के अन्दर झांककर) कोठरी तो बहुत बड़ी नहीं है।

इन्द्र- तुम किसे पूछ रहे हो सो कहो?

आनन्द- अभी-अभी एक औरत हाथ में लालटेन लिए मुझे दिखाई दी थी जो इसी कोठरी में घुस गई और इसके थोड़ी ही देर बाद आप आए हैं।

इन्द्र- जब से मैं कुएं में कूदा तब से इस समय तक मैंने किसी दूसरे की सूरत नहीं देखी।

आनन्द- अच्छा, यह कहिये कि आप जब कुएं में कूदे तब क्या हुआ और यहां क्योंकर पहुंचे?

इन्द्र- कुएं की तह में पहुंचकर जब मैं टटोलता हुआ दीवार के पास पहुंचा तो एक छोटे से दरवाजे पर हाथ पड़ा। मैं उसके अन्दर चला गया। दो ही चार कदम गया था कि पीछे से दरवाजा बन्द हो जाने की आवाज आई। मैंने तिलिस्मी खंजर हाथ में ले लिया और कब्जा दबाकर रोशनी करने के बाद चारों तरफ देखा तो मालूम हुआ कि कोठरी बहुत छोटी है और सामने की तरफ एक दरवाजा और है। खंजर से जंजीर काटकर दरवाजा खोला तो एक कमरा और नजर आया जिसकी लम्बाई पचीस हाथ से कुछ ज्यादे थी। मगर उस कमरे में जो कुछ मैंने देखा कहने योग्य नहीं है बल्कि इस योग्य है कि तुम्हें अपने साथ ले जाकर दिखाऊं। वह कमरा बहुत दूर भी नहीं है। (जिस कोठरी में से आए थे उसे बताकर) इस कोठरी के बाद ही वह कमरा है। चलो तो वहां का विचित्र तमाशा तुम्हें दिखावें।

आनन्द- पहिले इस कमरे को देख लीजिये जिसकी सैर मैं कर चुका हूं।

इन्द्र- मैं समझ गया, जरूर तुमने भी कोई अनूठा तमाशा देखा होगा। (रुककर) अच्छा, चलो पहिले इसी को देख लें।

इतना कहकर आनन्द सिंह के पीछे-पीछे इन्द्रजीत सिंह उस कमरे में गए और जो कुछ उनके छोटे भाई ने देखा था उसे उन्होंने भी बड़े गौर और ताज्जुब के साथ देखा।

इन्द्र- मुझे यह जानकर बड़ी प्रसन्नता हुई कि राजा गोपाल सिंह नाते में हमारे भाई होते हैं (कुछ सोचकर) मगर इस बात की सच्चाई का कोई और सबूत भी होना चाहिए।

आनन्द- जब इतना मालूम हुआ है तब और भी कोई न कोई सबूत मिल ही जाएगा।

इन्द्र- अच्छा, अब हमारे साथ आकर उस कमरे का तमाशा देखो जिसका जिक्र हम कर चुके हैं और इसके बाद सोचो कि हम लोग यहां से क्योंकर निकल सकेंगे क्योंकि जिस राह से यहां आए हैं वह तो बन्द ही हो गई।

आनन्द- जी हां हम दोनों भाइयों को धोखा हुआ, गोपाल सिंह जी के साथ कोई भी न जा सका।

इन्द्र- यह कैसे निश्चय हो कि हम लोगों ने धोखा खाया कदाचित् गोपाल सिंह जी इसी राह से आते-जाते हों या यहां से बाहर होने के लिए कोई दूसरा ही रास्ता हो।

आनन्द- यह भी हो सकता है। मगर बड़े आश्चर्य की बात है कि खून से लिखी किताब में जिसे हम लोग अच्छी तरह पढ़ चुके हैं, इस जगह तथा इन तस्वीरों का हाल कुछ भी नहीं लिखा है।

इन्द्रजीत सिंह इसका कुछ जवाब न देकर यहां से रवाना हुआ ही चाहते थे कि बाजे की सुरीली आवाज (जो इस कमरे में बोल रहा था) बन्द हो गई और दो-चार पल तक बन्द रहने के बाद पुन: इस ढंग से बोलने लगी जैसे कोई मनुष्य बोलता हो। दोनों कुमारों ने चौंककर उस पर

ध्यान दिया तो 'सुनो-सुनो' की आवाज सुनाई पड़ी अर्थात् उस बाजे में से 'सुनो-सुनो' की आवाज आ रही थी। दोनों कुमार उत्कंठा के साथ उसके पास गए और ध्यान देकर सुनने लगे। 'सुनो-सुनो' की आवाज बहुत देर तक निकलती रही, जिस पर इन्द्रजीत सिंह ने यह कहकर कि 'निःसन्देह यह तो कोई मतलब की बात कहेगा'- अपने जेब से एक सादी किताब और जस्ते की कलम निकाली और लिखने के लिए तैयार हो गए। अपना खंजर कमर में रख लिया और आनन्द सिंह को अपने खंजर का कब्जा दबाकर रोशनी करने के लिए कहा। थोड़ी देर तक और 'सुनो-सुनो' की आवाज आती रही और फिर सन्नाटा हो गया। कई पल के बाद फिर धीरे-धीरे आवाज आने लगी और इन्द्रजीत सिंह लिखने लगे। वह आवाज यह थी -

साकरा खति गलि घस्मड़ तो चड़ छनेज
काझ खञ या लठ नड कढ रोण औत
रथ इद सध तिन लिप स्मफ कीब ताभ
लीम किय सीर चल लब तीश फिष
रस तीह से कप्रा खप्तग कघ
रोड़ इच सछ बाज जेझ में अवेट
सठ बड बांढ तेंण भत रीथ हैंद
जिध नन कीप तुफ म्हेंव जभ रूम
रथ तर हैल ताब लीश लष गास
याह 'कक रोख औग रध सुड़
नाच कछ रोज अझ गञ रट एठ
कड हीढ दण फेत सुथ न दनेध सेन
सप मफ झब में भन म आय वेर
तोल दोव हश राष कस यह' के
क भीख सुग नघ सड़ कच तेछ हौज
इझ सञ कीट तठ कींड बढ़ औण
रत ताथ लीद इध सीन कष मफ
रेब में भहै म ढूंय ढोर।

इसके बाद बाजे का बोलना बन्द हो गया और फिर किसी तरह की आवाज न आई। कुंअर इन्द्रजीत सिंह जो कुछ लिख चुके थे उस पर गौर करने लगे। यद्यपि वे बातें बेसिर-पैर की मालूम हो रही थीं मगर थोड़ी ही देर में उनका मतलब इन्द्रजीत सिंह समझ गए, तब आनन्द सिंह को समझाया तो वे भी बहुत खुश हुए और बोले, "अब कोई हर्ज नहीं, हम लोगों का कोई काम अटका न रहेगा, मगर वाह रे कारीगरी!"

इन्द्र- नि:सन्देह ऐसी ही बात है, मगर जब तक हम लोग उस ताली को पा न लें इस कमरे के बाहर न होना चाहिए, कौन ठिकाना अगर किसी तरह दरवाजा बन्द हो गया और यहां आ न सके तो बड़ी मुश्किल होगी।

आनन्द- मैं भी यही मुनासिब समझता हूं।

इन्द्र- अच्छा, तब इस तरफ आओ।

इतना कहकर कुंअर इन्द्रजीत सिंह उस बड़ी तस्वीर की तरफ बढ़े और आनन्द सिंह उनके पीछे चले।

उस आवाज का मतलब जो बाजे में से सुनाई दी थी इस जगह लिखने की कोई आवश्यकता नहीं जान पड़ती क्योंकि हमारे पाठक यदि उन शब्दों पर जरा भी गौर करेंगे तो मतलब समझ जाएंगे कोई कठिन बात नहीं है।

***

बयान-5

कल्याण सिंह के ताली बजाने के साथ ही बहुत से आदमी हाथों में नंगी तलवारें लिये हुए उसी कोठरी में से निकल आये जिसमें से कल्याण सिंह निकला था, मगर शेरअलीखां की मदद के लिए केवल एक ही नकाबपोश उस कमरे में था जो दरवाजा खोलने के साथ ही उन्हें दिखाई दिया था। विशेष बातचीत का समय तो न मिला मगर नकाबपोश ने इतना शेरअलीखां से अवश्य कह दिया कि, "आप अपनी मदद के लिए अभी किसी को न बुलाइए, इन लोगों के लिए अकेला मैं ही बहुत हूं, यदि मेरी बात का आपको विश्वास न हो तो जल्दी से इस कमरे के बाहर हो जाइए।"

यद्यपि सैकड़ों आदमियों के मुकाबले में केवल एक नकाबपोश का इतना बड़ा हौसला दिखाना विश्वास करने योग्य न था मगर शेरअलीखां खुद भी जवांमर्द और दिलेर आदमी था, इस सबब से या शायद और किसी सबब से उसने नकाबपोश की बातों पर विश्वास कर लिया और किसी को बुलाने के लिए उद्योग न करके अपने बिछावन के नीचे से तलवार निकालकर लड़ने के लिए स्वयम् भी तैयार हो गया।

यह नकाबपोश असल में भूतनाथ था जो सर्यू सिंह के कहे मुताबिक शेरअलीखां के पास आया था। उसे विश्वास था कि शेरअलीखां कल्याण सिंह की मदद के लिए तैयार हो जाएगा मगर जब उसने कमरे के बाहर से उन दोनों की बातें सुनीं और शेरअलीखां को नेक, ईमानदार, इन्साफ पसन्द और सच्चा बहादुर पाया तो बहुत प्रसन्न हुआ और जी जान से उसकी मदद करने के लिए तैयार हो गया। हमारे पाठक यह तो जानते ही हैं कि भूतनाथ के पास भी कमलिनी का दिया हुआ एक तिलिस्मी खंजर है जिसे भूतनाथ पर कई तरह का शक और मुकद्दमा कायम होने पर भी कमलिनी ने अपनी बात को याद करके अभी तक नहीं लिया था। आज उसी खंजर की बदौलत भूतनाथ ने इतना बड़ा हौसला किया और बेईमानों के हाथ से शेरअलीखां को बचा लिया।

जिस समय कल्याण सिंह ने भूतनाथ का मुकाबिला करना चाहा, उस समय भूतनाथ ने फुर्ती से अपने चेहरे की नकाब उलट दी और ललकारकर कहा, "आज बहुत दिनों पर तुम लोग भूतनाथ के सामने आए हो, जरा समझकर लड़ना।"

इतना कहकर भूतनाथ ने तिलिस्मी खंजर से दुश्मनों पर हमला किया, इस नीयत से कि किसी की जान भी न जाए और सब के सब गिरफ्तार कर लिये जाएं।

सबसे पहिले उसने खंजर का एक साधारण हाथ कल्याण सिंह पर लगाया जिससे उसकी दाहिनी कलाई जिसमें नंगी तलवार का कब्जा था कटकर जमीन पर गिर पड़ी, साथ ही इसके तिलिस्मी खंजर की तासीर ने उसके बदन में बिजली पैदा कर दी और बेहोश होकर जमीन पर गिर पड़ा।

जिस समय कल्याण सिंह और उसके साथियों ने भूतनाथ का नाम सुना उसी समय उनकी हिम्मत का बंटवारा हो गया, आधी हिम्मत तो लाचारी के हिस्से में पड़कर उनके पास रह गई और आधी हिम्मत उनके उत्साह के साथ निकलकर वायुमण्डल की तरफ पधार गई। भूतनाथ चाहे परले सिरे का बहादुर हो या न हो मगर उसके कर्मों ने उसका नाम बहादुरी और ऐयारी की दुनिया में बड़े रोब और दाब के साथ मशहूर कर रखा था। चाहे कैसा ही बहादुर और दिलेर आदमी क्यों न हो मगर अपने मुकाबले में भूतनाथ का नाम सुनते ही उसकी हिम्मत टूट जाती थी। यहां भी वही मामला हुआ और दुश्मनों की पस्तहिम्मती ने उनकी किस्मत का फैसला भी शीघ्र ही कर दिया।

जिस समय कल्याण सिंह बेहोश होकर जमीन पर गिरा, उसी समय एक सिपाही ने भूतनाथ पर तलवार का वार किया। भूतनाथ ने उसे तिलिस्मी खंजर पर रोका और उसके बाद खंजर उसके बदन से छुआ दिया जिसका नतीजा यह निकला कि दुश्मन की तलवार दो टुकड़े हो गए और वह बेहोश होकर जमीन पर गिर पड़ा। इसी बीच में बहादुर शेरअलीखां ने दो सिपाहियों को जान से मार गिराया जिन्होंने उस पर हमला किया था, नि:सन्देह कल्याण सिंह के साथी इतने ज्यादे थे कि शेरअलीखां को मार डालते या गिरफ्तार कर लेते मगर भूतनाथ की मुस्तैदी ने ऐसा होने न दिया। उस कमरे में खुलकर लड़ने की जगह न थी और इस सबब से भी भूतनाथ को फायदा ही पहुंचा। जितनी देर में शेरअलीखां ने अपनी हिम्मत और मर्दानगी से चार आदमियों को बेकाम किया उतनी देर में भूतनाथ की चालाकी और फुर्ती की बदौलत तीस आदमी बेहोश होकर जमीन पर गिर पड़े। भूतनाथ के बदन पर भी हल्के दो-चार जख्म लगे, साथ ही इसके भूतनाथ को इस बात का भी विश्वास हो गया कि शेरअलीखां जो कई जख्म खा चुका था ज्यादे देर तक इन लोगों के मुकाबले में ठहर न सकेगा, अतएव उसने सोचा कि जहां तक जल्द हो सके इस लड़ाई का फैसला कर ही देना चाहिए, ताज्जुब नहीं कि अपने साथियों को गिरते देख दुश्मनों का जोश बढ़ जाए, मगर उधर तो मामला ही दूसरा हो गया। अपने साथियों को बिना जख्म खाये गिरते और बेहोश होते देख दुश्मनों को बड़ा ही ताज्जुब हुआ और उन्होंने सोचा कि भूतनाथ केवल ऐयार, बहादुर और लड़ाका ही नहीं है बल्कि किसी देवता का प्रबल इष्ट भी रखता है जिससे ऐसा हो रहा है। इस खयाल के आने के साथ ही उन लोगों ने भागने का इरादा किया मगर ताज्जुब की बात थी कि वह रास्ता जिधर से वे लोग आये थे एकदम बन्द हो गया था। इस सबब से पीठ दिखाकर भागने वालों की जान पर भी आफत आई। इधर तो शेरअलीखां की तलवार ने कई सिपाहियों का फैसला किया और इधर भूतनाथ ने तिलिस्मी खंजर का कब्जा दबाया जिससे बिजली की तरह चमक पैदा हुई और भागने वालों की आंखें एकदम बन्द हो गईं।

फिर क्या था, भूतनाथ ने थोड़ी ही देर में तिलिस्मी खंजर की बदौलत बाकी बचे हुओं को भी बेहोश कर दिया और उस समय गिनती करने पर मालूम हुआ कि दुश्मन सिर्फ पैंतालीस आदमी थे। कल्याण सिंह ने यह बात झूठ कही थी कि मेरे साथ सौ सिपाही इस मकान में मौजूद हैं या आया ही चाहते हैं।

इतनी बड़ी लड़ाई और कोलाहल का चुपचाप निपटारा होना असम्भव था। गुलशोर, मार-काट और धरो-पकड़ो की आवाज ने मकान के बाहर तक खबर पहुंचा दी। पहरे वाले सिपाहियों में से एक सिपाही ऊपर चढ़ आया और यहां का हाल देख घबराकर नीचे उतर आया और अपने साथियों को खबर की। उसी समय यह बात चारों तरफ फैल गई और थोड़ी ही देर में राजा वीरेन्द्र सिंह के बहुत-से सिपाही शेरअलीखां के कमरे में आ मौजूद हुए। उस समय लड़ाई खत्म हो चुकी थी और शेरअलीखां तथा भूतनाथ जिसने पुनः अपने चेहरे पर नकाब डाल ली थी बेहोश, जख्मी और मरे हुए दुश्मनों को खुशी की निगाहों से देख रहे थे। शेरअलीखां ने राजा वीरेन्द्र सिंह के आदमियों को देखकर कहा, "तहखाने की एक गुप्त राह से राजा वीरेन्द्र सिंह का दुश्मन कल्याण सिंह इतने आदमियों को लेकर बुरी नीयत से यहां आया था मगर (भूतनाथ की तरफ इशारा करके) इस बहादुर की मदद से मेरी जान बच गई और राजा वीरेन्द्र सिंह का भी कुछ नुकसान न हुआ। अब तुम लोग जहां तक जल्द हो सके जिनमें जान है उन्हें कैदखाने भिजवाने का और मुर्दों के जलवा देने का बन्दोबस्त करो और कमरे को भी साफ कर दो।"

इसके बाद उस कोठरी में जिसमें से कल्याण सिंह और उसके साथी लोग निकले थे ताला बन्द करके शेरअलीखां भूतनाथ का हाथ पकड़े हुए कमरे के बाहर सहन में निकल आया और एक किनारे खड़ा होकर बातचीत करने लगा।

शेरअली- इस समय आपके आ जाने से केवल मेरी जान ही नहीं बची बल्कि राजा वीरेन्द्र सिंह का भी बहुत कुछ फायदा हुआ, हां यह तो कहिये आप यहां कैसे आ पहुंचे किसी ने रोका नहीं!

भूत- मुझे कोई भी नहीं रोक सकता। तेज सिंह ने मुझे एक ऐसी चीज दे रखी है जिसकी बदौलत मैं राजा वीरेन्द्र सिंह की हुकूमत के अन्दर महल छोड़कर जहां चाहे वहां जा सकता हूं। कोई रोकने वाला नहीं। यहां मेरा आना कैसे हुआ इसका जवाब भी देता हूं। मुझे और इन्द्रदेव के ऐयार सर्यू सिंह को किसी तरह इस बात की खबर लग गई कि राजा शिवदत्त और कल्याण सिंह कैद से छूट गए हैं और बहुत से लड़ाकों को लेकर तहखाने के रास्ते से रोहतास गढ़ में पहुंच फसाद मचाया चाहते हैं। इस खबर ने हम दोनों को होशियार कर दिया। सर्यू सिंह तो दुश्मनों के साथ भेष बदले हुए तहखाने में जा घुसा और मैं बाहर से इन्तजार करने के लिए आया था। यह न समझिएगा कि मैं सीधा आप ही के पास चला आया, नहीं मैं हर तरह का इन्तजाम करने के बाद यहां आया हूं। इस समय इस किले के अन्दर वाली फौज लड़ने के लिए तैयार और मुस्तैद है, बहादुर लोग चौकन्ने और महल के सब दरवाजों पर मुस्तैद हैं। तोपें गोले उगलने के लिए

तैयार हैं और ऐयारों के जाल भी हर तरह फैले हुए हैं। मगर इस बात की खबर मुझे कुछ भी नहीं है कि तहखाने के अन्दर क्या हो रहा है या क्या हुआ।

शेरअली- बेशक, तहखाने के अन्दर दुश्मनों ने जरूर गहरा उत्पात मचाया होगा। अफसोस आज ही के दिन राजा वीरेन्द्र सिंह वगैरह को तहखाने के अन्दर जाना था।

भूत- इस खबर ने तो मुझे और भी बदहवास कर रखा है। क्या करूं तहखाने का कुछ भी भेद मुझे मालूम नहीं है और न उसके पेचीले तथा मकड़ी के जाले की तरह उलझन डालने वाले रास्तें की ही मुझे अच्छी तरह खबर है, नहीं तो इस समय मैं अवश्य तहखाने के अन्दर पहुंचता और अपनी बहादुरी तथा ऐयारी का तमाशा दिखलाता।

शेरअली- बेशक, ऐसा ही है। इस समय मेरा दिल भी इस खयाल से बेचैन हो रहा है कि तहखाने के अन्दर जाकर राजा साहब की कुछ भी मदद नहीं कर सकता। अभी थोड़ी ही देर हुई जब मेरे दिल में यह बात पैदा हुई कि जिस राह से कल्याण सिंह और उसके मददगार इस कमरे में आये हैं इसी राह से हम लोग भी तहखाने के अन्दर जाकर कोई काम करें मगर बड़े ताज्जुब की बात है कि वह रास्ता बन्द हो गया। लेकिन जहां तक मैं खयाल करता हूं यह काम कल्याण सिंह के किसी पक्षपाती का नहीं है।

भूत- मैं भी ऐसा ही समझता हूं। (कुछ सोचकर) हां एक बात और भी मेरे ध्यान में आती है।

शेरअली- वह क्या?

भूत- यह तो निश्चय हो ही गया कि हम लोग किसी तरह तहखाने के अन्दर जाकर मदद नहीं कर सकते और न इस किले में रहने में ही किसी तरह का फायदा है।

शेरअली- बेशक ऐसा ही है।

भूत- तब हमको खोह के उस मुहाने पर पहुंचना चाहिए जिस राह से दुश्मन लोग तहखाने में आए हैं। ताज्जुब नहीं कि दुश्मन लोग अपना काम करके या भाग के उसी राह से तहखाने के बाहर निकलें। यदि ऐसा हुआ तो निःसन्देह हम लोग कोई अच्छा काम कर सकेंगे।

शेरअली- (खुश होकर) ठीक है, बेशक ऐसा ही होगा। तो अब विलम्ब करना उचित नहीं है, चलिए और जल्दी चलिए।

भूत- चलिए, मैं तैयार हूं।

इतना कहकर भूतनाथ और शेरअलीखां ने राजा वीरेन्द्र सिंह के आदमियों को लाशों को उठवाने और जिन्दों को कैद करने के विषय में पुनः समझा-बुझाकर तथा और भी कुछ कह-सुनकर किले के बाहर का रास्ता लिया और बहुत जल्द उस ठिकाने जा पहुंचे जहां के लिए इरादा कर चुके थे।

***

बयान-6

कुंअर इन्द्रजीत सिंह और आनन्द सिंह फिर उस बड़ी तस्वीर के पास आए जिसके नीचे महाराज सूर्यकान्त का नाम लिखा हुआ था। दोनों कुमार उस तस्वीर पर फिर से गौर करने और उस लिखावट को पढ़ने लगे जिसे पहिले पढ़ चुके थे। हम ऊपर लिख आए हैं कि इस तस्वीर में कुछ ऐसा भी था जो बहुत बारीक हर्फों में लिखा होने के कारण कुमार से पढ़ा नहीं गया। अब दोनों कुमार उसी को पढ़ने के लिए उद्योग करने लगे क्योंकि उसका पढ़ना उन दोनों ने बहुत ही आवश्यक समझा।

इस कमरे में जितनी तस्वीरें थीं वे सब दीवार में बहुत ऊंचे पर न थीं बल्कि इतनी नीचे थीं कि देखने वाला उनके मुकाबले में खड़ा हो सकता था, यही सबब था कि महाराज सूर्यकान्त की तस्वीर में जो कुछ लिखा था उसे दोनों कुमारों ने बखूबी पढ़ लिया था मगर कुछ लेख वास्तव में बहुत ही बारीक अक्षरों में लिखा हुआ था और इसी से ये दोनों भाई उसे पढ़ न सके। दोनों भाइयों ने तस्वीर की बनावट और उसके चौखटे (फ्रेम) पर अच्छी तरह ध्यान दिया तो चारों कोनों में छोटे-छोटे चार गोल शीशे जड़े हुए दिखाई पड़े जिनमें तीन शीशे तो पतले और एक ही रंग के थे, मगर चौथा शीशा मोटा दलदार और बहुत साफ था। इन्द्रजीत सिंह ने उस मोटे शीशे पर उंगली रखी तो वह हिलता हुआ मालूम पड़ा और जब कुमार ने दूसरा हाथ उसके नीचे रखकर उंगली से दबाया तो चौखटे से अलग होकर हाथ में आ रहा। इस समय आनन्द सिंह तिलिस्मी खंजर हाथ में लिये हुए रोशनी कर रहे थे। उन्होंने इन्द्रजीत सिंह से कहा, "मेरा दिल गवाही देता है कि यह शीशा उन अक्षरों के पढ़ने में अवश्य कुछ सहायता देगा जो बहुत बारीक होने के सबब से पढ़े नहीं जाते।"

इन्द्र- मेरा भी यही खयाल है और इसी सबब से मैंने इसे निकाला भी है।

आनन्द- इसीलिए यह मजबूती के साथ जड़ा हुआ भी नहीं था।

इन्द्र- देखो, अब सब मालूम हुआ ही जाता है।

इतना कहकर इन्द्रजीत सिंह ने उस शीशे को उन बारीक अक्षरों के ऊपर रखा और वे अक्षर बड़े-बड़े मालूम होने लगे। अब दोनों भाई बड़ी प्रसन्नता से उस लेख को पढ़ने लगे। यह लिखा हुआ था -

स्व गिवर नर्ग दै कै पै

खूब समझ के तब आगे पैर रखो

6- 3- अ 5- 3- ए

3- 3- ए 8- 4- 0

7- 4- अ 8- 3- ए

7- 3- ए 1- 1- 0

3- 1- औ 7- 3- 0

5- 1- 0 2- 3- 0

7- 2- ए 6- 5- 0

6- 5- ए 5- 1- 0

5- 1- अ 2- 1- 0

7- 3- ई 7- 2- ओ

2- 2- ओ 5- 5- 0

3- 3- ओ 8- 4- ई

5- 1- इ 5- 1- ओ

6- 3- 0 3- 3- अ

8- 3- 0 5- 5- 0

6- 5- ई 6- 1- 0

2- 2- अं 7- 2- 0

3- 3- 0 1- 1- आ

7- 2- 0 6- 3- 0

1- 1- 0 5- 5- ए

6- 1- 0 2- 3- ई

5- 5- ए -

थोड़ी देर तक इस लेख का मतलब समझ में न आया लेकिन बहुत सोचने पर आखिर दोनों कुमार उसका मतलब समझ गए और प्रसन्न होकर आनन्द सिंह बोले -

आनन्द- देखिये तिलिस्म के सम्बन्ध में कितनी कठिनाइयां रखी हुई हैं।

इन्द्र- यदि ऐसा न हो तो हर एक आदमी तिलिस्म के भेद को समझ जाए।

आनन्द- अच्छा, तो अब क्या करना चाहिए?

इन्द्र- सबसे पहिले बाजे की ताली खोजनी चाहिए, इसके बाद बाजे की आज्ञानुसार काम करना होगा।

दोनों भाई बाजे वाले चबूतरे के पास गये और घूम-घूमकर अच्छी तरह देखने लगे। उसी समय पीछे की तरफ से आवाज आई, "हम भी आ पहुंचे!" दोनों भाइयों ने ताज्जुब के साथ घूमकर देखा तो राजा गोपाल सिंह पर निगाह पड़ी।

यद्यपि कुंअर इन्द्रजीत सिंह और आनन्द सिंह को राजा गोपाल सिंह के साथ पहिले ही मोहब्बत हो गई थी मगर जब से यह मालूम हुआ कि रिश्ते में वे इनके भाई हैं तब से मोहब्बत ज्यादे हो गई थी और इसलिए उस समय उन्हें देखते ही इन्द्रजीत सिंह दौड़कर उनके गले से लिपट गए और उन्होंने भी बड़े प्रेम से दबाया। इसके बाद आनन्द सिंह अपने भाई की तरह गले मिले और जब अलग हुए तो गोपाल सिंह ने कहा, "मालूम होता है कि महाराज सूर्यकान्त की तस्वीर के नीचे जो कुछ लिखा है उसे आप दोनों भाई पढ़ चुके हैं।"

इन्द्र- जी हां, और मालूम करके हमें बड़ी खुशी हुई कि आप हमारे भाई हैं! मगर मैं समझता हूं कि आप इस बात को पहिले ही से जानते थे।

गोपाल- बेशक, इस बात को मैं बहुत दिनों से जानता हूं क्योंकि इस जगह कई दफ़े आ चुका हूं, लेकिन इसके अतिरिक्त तिलिस्म सम्बन्धी एक ग्रन्थ भी मेरे पास है जिसमें भी यह बात लिखी हुई है।

आनन्द- तो इतने दिनों तक आपने हम लोगों से कहा क्यों नहीं?

गोपाल- उस किताब में जो मेरे पास है ऐसा करने की मनाही थी। मगर अब मैं कोई बात आप लोगों से नहीं छिपा सकता और न आप ही मुझसे छिपा सकते हैं।

इन्द्र- क्या आप इसी राह से आते-जाते हैं और आज भी इसी राह से हम लोगों को छोड़कर निकल गये थे।

गोपाल- नहीं-नहीं, मेरे आने-जाने का रास्ता दूसरा ही है। उस कुएं में आपने कई दरवाजे देखे होंगे, उनमें से जो सबसे छोटा दरवाजा है मैं उसी राह से आता-जाता हूं। यहां दूसरे ही काम के लिए कभी-कभी आना पड़ता है।

इन्द्र- यहां आने की आपको क्या जरूरत पड़ा करती है?

गोपाल- इधर तो मुद्दत से मैं आफत में फंसा हुआ था, आप ही ने मेरी जान बचाई है, इसलिए दो दफ़े से ज्यादे आने की नौबत नहीं आई, हां इसके पहिले महीने में एक दफ़े अवश्य आता और इन कमरों की सफाई अपने हाथ से करनी पड़ती थी। जो किताब मेरे पास है और जिसका जिक्र मैंने अभी किया उसके पढ़ने से इस तिलिस्म का कुछ हाल और जमानिया की गद्दी पर बैठने वालों के लिए बड़े लोग जो-जो आज्ञा और नियम लिख गए हैं आपको मालूम होगा। उसी नियमानुसार हर महीने की अमावस्या को मैं यहां आया करता था। आपकी, आनन्द सिंह की

और अपनी तस्वीरें मैंने ही नियमानुसार इस कमरे में लगाई हैं और इसी तरह बड़े लोग अपने-अपने समय में अपनी और अपने भाइयों की तस्वीरें गुप्त रीति से तैयार कराके इस कमरे में रखते चले आए हैं। नियमानुसार यह एक आवश्यक बात थी कि जब तक आप लोग स्वयं इस कमरे में न आ जायं मैं हर एक बात आप लोगों से छिपाऊं और इसीलिए मैं इस तिलिस्म के बाहर भी आपको ले नहीं गया जबकि आपने बाहर जाने की इच्छा प्रकट की थी, मगर अब कोई बात छुपाने की आवश्यकता न रही।

इन्द्र- इस बाजे का हाल भी आपको मालूम होगा?

गोपाल- केवल इतना ही कि इसमें तिलिस्म के बहुत से भेद भरे हुए हैं मगर इसकी ताली कहां है सो मैं नहीं जानता।

इन्द्र- क्या आपके सामने यह बाजा कभी बोला?

गोपाल- इस बाजे की आवाज कई दफ़े मैंने सुनी है। (जमीन में गड़े एक पत्थर की तरफ इशारा करके) इस पर पैर पड़ने के साथ ही बाजा बजने लगता है, दो-तीन गत के बाद कुछ बातें कहता और फिर चुप हो जाता है, अगर इस पत्थर पर पैर न पड़े तो कुछ भी नहीं बोलता।

इन्द्र- (वह किताब जिस पर बाजे की आवाज लिखी थी दिखाकर) यह आवाज भी आपने सुनी होगी?

गोपाल- हां, सुन चुका हूं मगर इसके लिए उद्योग करना सबसे पहिले आपका काम है।

आनन्द- महाराज सूर्यकान्त की तस्वीर के नीचे बारीक अक्षरों में जो कुछ लिखा है उसे भी आप पढ़ चुके हैं?

गोपाल- नहीं, क्योंकि अक्षर बहुत बारीक हैं, पढ़े नहीं जाते।

इन्द्र- हम लोग इसे पढ़ चुके हैं।

गोपाल- (ताज्जुब से) सो कैसे?

कुंअर इन्द्रजीत सिंह ने शीशे वाला हाल गोपाल सिंह से कहा और जिस तरह स्वयम् उन बारीक अक्षरों को पढ़ चुके थे उसी तरह उन्हें भी पढ़ाया।

गोपाल- आखिर, समय ने इस बात को आप लोगों के लिए रख ही छोड़ा था।

इन्द्र- इसका मतलब आप समझ गए?

गोपाल- जी हां, समझ गया।

इन्द्र- अब आप हम लोगों को बड़ाई के शब्दों से सम्बोधन न किया कीजिए क्योंकि आप बड़े हैं और हम लोग छोटे हैं इस बात का पता लग चुका है।

गोपाल- (हंसकर) ठीक है, अब ऐसा ही होगा, अच्छा तो बाजे वाले चबूतरे में से ताली निकालनी चाहिए।

इन्द्र- जी हां हम लोग इसी फिक्र में थे कि आप आ पहुंचे, लेकिन मुझे और भी बहुत-सी बातें आपसे पूछनी हैं।

गोपाल- खैर पूछ लेना, पहिले ताली के काम से छुट्टी पा लो।

आनन्द- मैंने इस कमरे में एक औरत को आते हुए देखा था मगर वह मुझ पर निगाह पड़ने के साथ ही पिछले पैर लौट गई और दूसरी कोठरी में जाकर गायब हो गई। इस बात का पता न लगा कि वह कौन थी या यहां क्यों आई?

गोपाल- औरत! यहां पर?

आनन्द- जी हां।

गोपाल- यह तो एक आश्चर्य की बात तुमने कही! अच्छा, खुलासा कह जाओ।

आनन्द सिंह अपना हाल खुलासा बयान कर गये जिसे सुनकर गोपाल सिंह को बड़ा ही ताज्जुब हुआ और वे बोले, "खैर, थोड़ी देर के बाद इस पर गौर करेंगे। किसी औरत का यहां आना निःसन्देह आश्चर्य की बात है।"

इन्द्र- (खून से लिखी किताब दिखाकर) मेरी राय है कि आप किताब को पढ़ जाएं और जो तिलिस्मी किताब आपके पास है उसे पढ़ने के लिए मुझे दे दें।

गोपाल- निःसन्देह वह किताब पढ़ने लायक है, उससे आपको बहुत फायदा पहुंचेगा और खाने-पीने तथा समय पड़ने पर इस तिलिस्म से बाहर निकल जाने के लिए अण्डस न पड़ेगी और यहां के कई गुप्त भेद भी आप लोगों को मालूम हो जाएंगे। आप इस बाजे की ताली निकालने का उद्योग कीजिए, तब तक मैं जाकर वह किताब ले आता हूं।

इन्द्र- बहुत अच्छी बात है, मगर बाजे की ताली निकालने के समय आप यहां मौजूद क्यों नहीं रहते आपसे बहुत कुछ मदद हम लोगों को मिलेगी।

गोपाल- क्या हर्ज है, ऐसा ही सही, आप लोग उद्योग करें।

यह तो मालूम हो ही चुका था कि बाजे की ताली उसी चबूतरे में है जिस पर बाजा रखा या जड़ा हुआ है, अस्तु तीनों भाई उसी चबूतरे की तरफ बढ़े। राजा गोपाल सिंह के पास भी तिलिस्मी खंजर मौजूद था जिसे उन्होंने हाथ में ले लिया और कब्जा दबाकर रोशनी करने के बाद कहा, "आप दोनों आदमी उद्योग करें मैं रोशनी दिखाता हूं।"

आनन्द- (आश्चर्य से) आप भी अपने पास तिलिस्मी खंजर रखते हैं।

गोपाल- हां, इसे प्रायः अपने पास रखता हूं और जब तिलिस्म के अन्दर आने की आवश्यकता पड़ती है तब तो अवश्य ही रखना पड़ता है क्योंकि बड़े लोग ऐसा करने के लिए लिख गए हैं।

कुंअर इन्द्रजीत सिंह और आनन्द सिंह दोनों भाई बाजे वाले चबूतरे के चारों तरफ घूमने और उसे ध्यान देकर देखने लगे। वह चबूतरा किसी प्रकार की धातु का और चौखूटा बना हुआ था। उसके दो तरफ तो कुछ भी न था मगर बाकी दो तरफ मुट्ठे लगे हुए थे, जिन्हें देख इन्द्रजीत सिंह ने आनन्द सिंह से कहा, "मालूम होता है कि ये दोनों मुट्ठे पकड़कर खींचने के लिए बने हुए हैं।"

आनन्द- मैं भी यही समझता हूं।

इन्द्र- अच्छा खेंचो तो सही।

आनन्द- (मुट्ठे को अपनी तरफ खेंच और घुमाकर) यह तो अपनी जगह से हिलता नहीं। मालूम होता है कि हम दोनों को एक साथ उद्योग करना पड़ेगा और इसीलिए इसमें दो मुट्ठे बने हुए हैं।

इन्द्र- बेशक, ऐसा ही है, अच्छा हम भी दूसरे मुट्ठे को खींचते हैं। दोनों आदमियों का जोर एक साथ लगना चाहिए।

दोनों भाइयों ने आमने-सामने खड़े होकर दोनों मुट्ठों को खूब मजबूती से पकड़ा और बायें-दाहिने दोनों तरफ उमेठा मगर वह बिलकुल न घूमा। इसके बाद दोनों ने उन्हें अपनी तरफ खींचा और कुछ खिंचते देखकर दोनों भाइयों ने समझा कि इसमें अपनी पूरी ताकत खर्च करनी पड़ेगी। आखिर ऐसा ही हुआ अर्थात् दोनों भाइयों के खूब जोर करने पर वे दोनों मुट्ठे खिंचकर बाहर निकल आए और इसके साथ ही उस चूबतरे की एक तरफ की दीवार (जिधर मुट्ठा नहीं था) पल्ले की तरह खुल गई। राजा गोपाल सिंह ने झुककर उसके अन्दर तिलिस्मी खंजर की रोशनी दिखाई और तीनों भाई बड़े गौर से अन्दर देखने लगे। एक छोटी-सी चौकी नजर आई जिस पर छोटी-सी तांबे की तख्ती के ऊपर एक चाभी रखी हुई थी। इन्द्रजीत सिंह ने अन्दर की तरफ हाथ बढ़ाकर चौकी खेंचना चाही मगर वह अपनी जगह से न हिली, तब उन्होंने तांबे की तख्ती और ताली उठा ली और पीछे की तरफ हटकर उस खुले हुए पल्ले को बन्द करना चाहा मगर वह भी बन्द न हुआ, लाचार उसी तरह छोड़ दिया। तांबे की तख्ती पर दोनों भाइयों ने निगाह डाली तो मालूम हुआ कि उस पर बाजे में ताली लगाने की तर्कीब लिखी हुई है और ताली वही है जो उस तख्ती के साथ थी।

गोपाल- (इन्द्रजीत सिंह से) ताली तो आपको मिल ही गई है मगर मैं उचित समझता हूं कि थोड़ी देर के लिए आप लोग यहां से चलकर बाहर की हवा खाएं और सुस्ताने के बाद फिर जो कुछ मुनासिब समझें करें।

इन्द्र- हां मेरी भी यही इच्छा है। इस बन्द जगह में बहुत देर तक रहने से तबियत घबरा गई और सिर में चक्कर आ रहा है।

आनन्द- मेरी भी यही हालत है और प्यास बड़े जोर की मालूम होती है।

गोपाल- बस तो इस समय यहां से चले चलना ही बेहतर है। हम आप लोगों को एक बाग में ले चलते हैं जहां पर हर तरह का आराम मिलेगा और खाने-पीने का भी सुभीता होगा।

इन्द्र- बहुत अच्छा चलिए, किस रास्ते से चलता होगा?

गोपाल- उसी राह से जिससे आप आए हैं।

इन्द्र- तब तो वह कमरा भी आनन्द के देखने में आ जाएगा जिसे मैं स्वयं इन्हें दिखाया चाहता था, अच्छा चलिये।

राजा गोपाल सिंह अपने दोनों भाइयों को साथ लिये हुए वहां से रवाना हुए और उस कोठरी में गये जिसमें से आनन्द सिंह ने अपने भाई इन्द्रजीत सिंह का आते देखा था। उस जगह इन्द्रजीत सिंह ने राजा गोपाल सिंह से कहा, "क्या आप इसी राह से यहां आते थे! मुझे तो इस दरवाजे की जंजीर खंजर से काटनी पड़ी थी!"

गोपाल- ठीक है, मगर हम इस ताले को हाथ लगाकर मामूली इशारे से खोल लिया करते थे।

आनन्द- इस तिलिस्म में जितने ताले हैं क्या वे सब इशारे ही से खुला करते हैं या किसी खटके पर हैं?

गोपाल- सब तो नहीं मगर कई ऐसे ताले हैं जिनका हाल हमें मालूम है।

इतना कह गोपाल सिंह आगे बढ़े और उस विचित्र कमरे में पहुंचे जिसके बारे में इन्द्रजीत सिंह ने आनन्द सिंह से कहा था कि उस कमरे में जो कुछ मैंने देखा सो कहने योग्य नहीं बल्कि इस योग्य है कि तुम्हें अपने साथ ले चलकर दिखाऊं।

वास्तव में वह कमरा ऐसा ही था और उसके देखने से आनन्द सिंह को भी बड़ा ही आश्चर्य हुआ। मगर अवश्य ही राजा गोपाल सिंह के लिए कोई नई बात न थी क्योंकि वे कई दफ़े उस कमरे को देख चुके थे। तिलिस्मी खंजर की तेज रोशनी के कारण वहां की कोई चीज ऐसी न थी जो साफ-साफ दिखाई न देती हो और इसीलिए वहां की सब चीजों को दोनों भाइयों ने खूब ध्यान देकर देखा।

इस कमरे की लम्बाई लगभग पचीस हाथ के होगी और यह इतना ही चौड़ा भी होगा। चारों कोनों में चार जड़ाऊ सिंहासन रखे हुए थे और उन पर बड़े-बड़े चमकदार, हीरे, मानिक, पन्ने और मोतियों के ढेर लगे हुए थे। उनके नीचे सोने की थालियों में कई प्रकार के जड़ाऊ जेवर रखे हुए थे जो औरतों और मर्दों के काम में आ सकते थे। चारों सिंहासनों के बगल से लोहे के महराबदार खम्भे निकले हुए थे जो कमरे के बीचों-बीच में आकर डेढ़ पुर्से की ऊंचाई पर मिल गए थे और उनके सहारे एक आदमी लटक रहा था जिसके गले में लोहे की जंजीर फांसी के ढंग पर लगी हुई थी। देखने से यही मालूम होता था कि यह आदमी इस तौर पर फांसी पर लटकाया गया है। उस आदमी के नीचे एक हसीन औरत सिर के बाल खोले इस ढंग से बैठी हुई थी जैसे उस लटकते हुए आदमी का मातम कर रही हो, तथा उसके पास ही दूसरी औरत हाथ में

लालटेन लिए खड़ी थी जिसे देखने के साथ ही आनन्द सिंह बोल उठे, "यह वही औरत है जिसे मैंने उस कमरे में देखा और जिसका हाल आप लोगों से कहा था, फर्क केवल इतना ही है इस समय इसके हाथ वाली लालटेन बुझी हुई है।"

गोपाल- तुम भी तो अनोखी बात कहते हो, भला ऐसा कभी हो सकता है।

आनन्द- हो सके चाहे न हो सके मगर यह औरत निःसन्देह वही है जिसे मैं देख चुका हूं, अगर आपको विश्वास न हो तो इससे पूछकर देखिये।

गोपाल- (हंसकर) क्या तुम इसे सजीव समझते हो?

आनन्द- तो क्या यह निर्जीव है?

गोपाल- बेशक, ऐसा ही है। तुम इसके पास जाओ और हिला-डुलाकर देखो।

आनन्द सिंह उस औरत के पास गए और कुछ देर तक खड़े होकर देखते रहे मगर बड़ों के लिहाज से यह सोचकर हाथ नहीं लगाते थे कि कहीं यह सजीव न हो। राजा गोपाल सिंह इनका मतलब समझ गए और स्वयं उस पुतली के पास जाकर बोले, "खाली देखने से पता न लगेगा, इसे हिला-डुला और ठोंककर देखो।"

इतना कह उन्होंने उस पुतली के सिर पर दो-तीन चपत जमाईं जिससे एक प्रकार की आवाज पैदा हुई जैसे किसी धातु की पोली चीज को ठोंकने से निकलती है। उस समय आनन्द सिंह का शक दूर हुआ और वे बोले, "निःसन्देह यह निर्जीव है, मगर वह औरत भी ठीक वैसी ही थी, डील-डौल, रंग-ढंग, कपड़ा-लत्ता किसी बात में फर्क नहीं है। ईश्वर जाने क्या मामला है।"

गोपाल- ईश्वर जाने क्या भेद है! परन्तु जब से तुमने यह बात कही है हमारे दिल को एक खुटका-सा लग गया है, जब तक उसका ठीक-ठीक पता न लगेगा जी को चैन न पड़ेगा, खैर इस समय तो यहां से चलना चाहिए।

राजा गोपाल सिंह उस लटकते हुए आदमी के पास गए और उसका एक पैर पकड़कर नीचे की तरफ दो-तीन झटका दिया, तब वहां से हटकर इन्द्रजीत सिंह के पास चले आये। झटका देने के साथ ही वह आदमी जोर-जोर से झोंके खाने लगा और कमरे में किसी तरह की भयानक आवाज आने लगी, मगर यह नहीं मालूम होता था कि आवाज कहां से आ रही है, हर तरफ वह भयानक आवाज गूंज रही थी। यह हालत चौथाई घड़ी तक रही। इसके बाद जोर की आवाज हुई और सामने की तरफ एक छोटा-सा दरवाजा खुला हुआ दिखाई दिया। उस समय कमरे में किसी तरह की आवाज सुनाई न देती थी, हर तरह से सन्नाटा हो गया था।

दोनों भाइयों को साथ लिए राजा गोपाल सिंह दरवाजे के अन्दर गए जो अभी खुला था। उसके अन्दर ऊपर चढ़ने के लिए सीढ़ियां बनी हुई थीं जिस राह से तीनों भाई ऊपर चढ़ गए और अपने को एक छोटे से नजरबाग में पाया। यह बाग यद्यपि छोटा था मगर बहुत ही खूबसूरत और सूफियाने कितने का बना हुआ था। संगमर्मर की बारीक नालियों में नहर का जल चकाबू के

नक्शे की तरह घूम-फिरकर बाग की खूबसूरती को बढ़ा रहा था। खुशबूदार फूलों की महक हवा के हलके-हलके झपेटों के साथ आ रही थी, सूर्य अस्त हो चुका था। रात के समय खिलने वाली कलियों को चन्द्रदेव की आशा लग रही थी। कुंअर इन्द्रजीत सिंह और आनन्द सिंह बहुत देर तक अंधेरे में रहने तथा भूख-प्यास के कारण बहुत परेशान हो रहे थे। नहर के किनारे साफ पत्थर पर बैठ गए, कपड़े उतार दिए और मोती सरीखे साफ जल से हाथ-मुंह धोने के बाद दो-तीन चुल्लू जल पीकर हरारत मिटाई।

गोपाल- अब आप लोग इस बाग में बेफिक्री के साथ अपना काम करें, मैदान जाएं और स्नान, संध्या-पूजा से छुट्टी पाकर बाग की सैर करें, तब तक मैं खास बाग में जाकर कुछ खाने का सामान और तिलिस्मी किताब जो मेरे पास है ले आता हूं। इस बाग में मेवे के पेड़ भी बहुतायत से हैं, यदि इच्छा हो तो आप उनके फल खाने के काम में ला सकते हैं।

इन्द्र- बहुत अच्छी बात है, आप जाइये मगर जहां तक हो सके जल्द वापिस आइएगा।

आनन्द- क्या हम लोग आपके साथ खास बाग में नहीं चल सकते?

गोपाल- क्यों नहीं चल सकते मगर मैं इस समय आप लोगों को तिलिस्म के बाहर ले जाना पसन्द नहीं करता और तिलिस्मी किताब में भी ऐसा करने की मनाही है।

इन्द्र- खैर, कोई चिन्ता नहीं, आप जाइए और जल्द लौटकर आइए। जब तिलिस्मी किताब जो आपके पास है, हम लोग पढ़ लेंगे और आप भी इस 'रक्तग्रन्थ' को जो मेरे पास है पढ़ लेंगे तब जैसी राय होगी किया जाएगा।

गोपाल- ठीक है, अच्छा तो अब मैं जाता हूं।

इतना कहकर राजा गोपाल सिंह एक तरफ चले गए और कुंअर इन्द्रजीत सिंह तथा आनन्द सिंह जरूरी कामों से छुट्टी पाने की फिक्र में लगे।

***

बयान-7

रात पहर भर से ज्यादे जा चुकी है। चन्द्रदेव उदय हो चुके हैं मगर अभी इतने ऊंचे नहीं उठे हैं कि बाग के पूरे हिस्से पर चांदनी फैली हुए दिखाई देती, हां बाग के उस हिस्से पर चांदनी का फर्श जरूर बिछ चुका था जिधर कुंअर इन्द्रजीत सिंह और आनन्द सिंह एक चट्टान पर बैठे हुए बातें कर रहे थे। ये दोनों भाई अपने जरूरी कामों से छुट्टी पा चुके थे और संध्या-वंदन करके दो-चार फलों से आत्मा को सन्तोष देकर आराम से बैठे बातें करते हुए राजा गोपाल सिंह के आने का इन्तजार कर रहे थे। यकायक बाग के उस कोने में जिधर चांदनी न होने तथा पेड़ों के झुरमुट के कारण अंधेरा था दिये की चमक दिखाई पड़ी। दोनों भाई चौकन्ने होकर उस तरफ देखने लगे और दोनों को गुमान हुआ कि राजा गोपाल सिंह आते होंगे मगर उनका शक थोड़ी ही देर बाद जाता रहा जब एक औरत को हाथ में लालटेन लिए अपनी तरफ आते देखा।

इन्द्र- यह औरत इस बाग में क्योंकर आ पहुंची?

आनन्द- ताज्जुब की बात है मगर मैं समझता हूं कि इसे हम दोनों भाइयों के यहां होने की खबर नहीं है, अगर होती तो इस तरह बेफिक्री के साथ कदम बढ़ाती हुई न आती।

इन्द्र- मैं भी यही समझता हूं, अच्छा हम दोनों को छिपकर देखना चाहिए यह कहां जाती और क्या करती है?

आनन्द- मेरी भी यही राय है।

दोनों भाई वहां से उठे और धीरे-धीरे चलकर पेड़ की आड़ में छिपे रहे जिसे चारों तरफ से लताओं ने अच्छी तरह घेर रखा था और जहां से उन दोनों की निगाह बाग के हर एक हिस्से और कोने में बखूबी पहुंच सकती थी। जब वह औरत घूमती हुई उस पेड़ के पास से होकर निकली तब आनन्द सिंह ने धीरे से कहा, "यह वही औरत है।"

इन्द्र- कौन?

आनन्द- जिसे तिलिस्म के अन्दर बाजे वाले कमरे में मैंने देखा और जिसका हाल आपसे तथा गोपाल भाई से कहा था।

इन्द्र- हां! अगर वास्तव में ऐसा है तो फिर इसे गिरफ्तार करना चाहिए।

आनन्द- जरूर गिरफ्तार करना चाहिए।

दोनों भाई सलाह करके उस पेड़ की आड़ में से निकले और उस औरत को घेरकर गिरफ्तार करने का उद्योग करने लगे। थोड़ी ही देर में नजदीक होने पर इन्द्रजीत सिंह ने भी देखकर

निश्चय कर लिया कि हाथ में लालटेन लिये हुए यह वही औरत है जिसे तिलिस्म में फांसी लटकते आदमी के साथ-साथ निर्जीव खड़े देखा था।

उस औरत को भी मालूम हो गया कि दो आदमी उसे गिरफ्तार किया चाहते हैं अतएव वह चैतन्य हो गई और चमेली की टट्टियों में घूम-फिरकर कहीं गायब हो गई। दोनों भाइयों ने बहुत उद्योग और पीछा किया मगर नतीजा कुछ भी न निकला। वह औरत ऐसी गायब हुई कि कोई निशान भी न छोड़ गई, न मालूम वह चमेली की टट्टियों में लीन हो गई या जमीन के अन्दर समा गई। दोनों भाई लज्जा के साथ ही साथ निराश होकर अपनी जगह लौट आए और उसी समय राजा गोपाल सिंह को भी एक हाथ में चंगेर और दूसरे हाथ में तेज रोशनी की अद्भुत लालटेन लिये हुए आते देखा। गोपाल सिंह दोनों भाइयों के पास आए और लालटेन तथा चंगेर जिसमें खाने की चीजें थीं, जमीन पर रखकर इस तरह बैठ गए जैसे बहुत दूर का चला आता हुआ मुसाफिर परेशान और बदहवासी की हालत में आगे सफर करने से निराश होकर पृथ्वी की शरण लेता है, या कोई-कोई धनी अपनी भारी रकम खो देने के बाद चोरों की तलाश से निराश और हताश होकर बैठ जाता है। इस समय राजा गोपाल सिंह के चेहरे का रंग उड़ा हुआ था और वे बहुत ही परेशान और बदहवास मालूम होते थे। कुंअर इन्द्रजीत सिंह और आनन्द सिंह को बड़ा आश्चर्य हुआ और उन्होंने घबड़ाकर पूछा, "कहिए, कुशल तो है?"

गोपाल- (घबराहट के साथ) कुशल नहीं है।

इन्द्र- सो क्या?

गोपाल- मालूम होता है कि हमारे घर में किसी जबर्दस्त दुश्मन ने पैर रखा है और हमारे यहां से वह चीज ले गया जिसके भरोसे पर हम अपने को तिलिस्म का राजा समझते थे और तिलिस्म तोड़ने के समय आपको मदद देने का हौसला रखते थे।

आनन्द- वह कौन-सी चीज थी?

गोपाल- वह तिलिस्मी किताब जिसका जिक्र आप लोगों से कर चुके हैं और जिसे लाने के लिए हम इस समय गए थे।

इन्द्र- (रंज के साथ) अफसोस! क्या आप उसे छिपाकर नहीं रखते थे?

गोपाल- छिपाकर तो ऐसे रखते थे कि हमें वर्षों तक कैदखाने में सड़ाने और मुर्दा बनाने पर भी मुन्दर जिसने अपने को मायारानी बना रखा था उसे पा न सकी!

इन्द्र- तो आज वह यकायक गायब कैसे हो गई?

गोपाल- न मालूम क्योंकर गायब हो गई, मगर इतना जरूर कह सकते हैं कि जिसने यह किताब चुराई है वह तिलिस्म के भेदों से कुछ जानकार अवश्य हो गया है। इसे आप लोग साधारण बात न समझिए। इस चोरी से हमारा उत्साह भंग हो गया और हिम्मत जाती रही। हम आप लोगों को इस तिलिस्म में किसी तरह की मदद देने लायक न रहे और हमें अपनी जान

जाने का भी खौफ हो गया। इतना ही नहीं सबसे ज्यादे तरद्दुद की बात तो यह है कि वह चोर आश्चर्य नहीं कि आप लोगों को भी दु:ख दे।

इन्द्र- यह तो बहुत बुरा हुआ।

गोपाल- बेशक, बुरा हुआ। हां, यह तो बताइये इस बाग में लालटेन लिए कौन घूम रहा था?

आनन्द- वही औरत जिसे मैंने तिलिस्म के अन्दर बाजे वाले कमरे में देखा था और जो फांसी लटकते हुए मनुष्य के पास निर्जीव अवस्था में खड़ी थी। (इन्द्रजीत सिंह की तरफ इशारा करके) आप भाईजी से पूछ लीजिए कि मैं सच्चा था या नहीं।

इन्द्र- बेशक, उसी रंग-रूप और चाल-ढाल की औरत थी।

गोपाल- बड़े आश्चर्य की बात है! कुछ अक्ल काम नहीं करती।

इन्द्र- हम दोनों ने उसे गिरफ्तार करने के लिए बहुत उद्योग किया मगर कुछ बन न पड़ा। इन्हीं चमेली की टट्टियों में वह खुशबू की तरह हवा के साथ मिल गई, कुछ मालूम न हुआ कि कहां चली गई?

गोपाल- (घबराकर) इन्हीं चमेली की टट्टियों में वहां से तो देवमन्दिर में जाने का रास्ता है जो बाग के चौथे दर्जे में है!

इन्द्र- (चौंककर) देखिए, देखिए, वह फिर निकली!

***

बयान-8

इस जगह हमें भूतनाथ के सपूत लड़के तथा खुदगर्ज और मतलबी ऐयार नानक का हाल पुन: लिखना पड़ा।

हम ऊपर के किसी बयान में लिख आये हैं कि जिस समय नानक अपने मित्र की ज्याफत में तन-मन-धन और आधे शरीर से लौलीन हो रहा था उसी समय उस पर वज्रपात हुआ, अर्थात एक नकाबपोश ने उसके बाप की दुर्दशा का हाल बताकर उसे अंधे कुएं में ढकेल दिया। लोग कहते हैं कि उसे अपने बाप की मुहब्बत कुछ भी न थी, हां अपनी मां को कुछ-कुछ जरूर चाहता था, जिस पर उसकी नई-नवेली दुलहिन ने उसे कुछ ऐसा मुट्ठी में कर लिया था कि उसी को सब-कुछ तथा इष्टदेव समझे हुए था और उसकी उपासना से विमुख होना हराम समझता था। यद्यपि वह अपने बाप की कुछ परवाह नहीं रखता था और न उसको उससे कुछ प्रेम ही था मगर वह अपने बाप से डरता उतना ही था जितना लम्पट लोग काल से डरते हैं। जिस समय वह लौटकर घर आया उसकी अनोखी स्त्री थकावट और सुस्ती के कारण चारपाई का सहारा ले चुकी थी। उसने नानक से पूछा, "कहो क्या मामला है तुम कहां गये थे ?"

नानक- (धीरे से) अपने नापाक बाप के आफत में फंसने की खबर सुनने गया था, अच्छा होता जो उसकी मौत की खबर सुनने में आती और मैं सदैव के लिए निश्चिन्त हो जाता।

स्त्री- (आश्चर्य से) अपने प्यारे ससुर के बारे में ऐसी बात तो आज तक तुम्हारी जुबान से कभी सुनने में न आई थी।

नानक- क्योंकर सुनने में आती जबकि अपने इस सच्चे भाव को मैं आज तक मंत्र की तरह छिपाए हुए था आज यकायक मेरे मुंह से ऐसी बात तुम्हारे सामने निकल गई, इसके बाद फिर कभी कोई शब्द ऐसा मेरे मुंह से न निकलेगा जिससे कोई समझ जाए कि मैं अपने बाप को नहीं चाहता। तुम्हें मैं अपनी जान समझता हूं और आशा है कि इस बात की जो यकायक मेरे मुंह से निकल गई है तुम भी जान ही की तरह हिफाजत करोगी जिससे कोई सुनने न पावे। अगर कोई सुन लेगा तो मेरी बड़ी खराबी होगी क्योंकि मैं अपने बाप को यद्यपि मानता तो कुछ नहीं हूं मगर उससे डरता हूं क्योंकि वह बड़ा ही शैतान और भयानक आदमी है। यदि वह जान जाएगा कि मैं उसके साथ खुदगर्जी का बर्ताव करता हूं तो वह मुझे जान ही से मार डालेगा।

स्त्री- नहीं-नहीं, मैं ऐसी बात कभी किसी के सामने नहीं कह सकती जिससे तुम पर मुसीबत आए, (हंसकर) हां अगर तुम मुझे कभी रंज करोगे तो जरूर प्रकट कर दूंगी।

नानक- उस समय मैं लोगों से कह दूंगा कि मेरी स्त्री व्यभिचारिणी हो गई है, मुझ पर तूफान जोड़ती है। भला दुनिया में कोई भी ऐसा आदमी है जो अपने बाप को न चाहता हो यदि ऐसा होता तो क्या मैं चुपचाप बैठा रह जाता? मगर नहीं मैं अपने बाप को छुड़ाने के लिए इसी वक्त जाऊंगा और इस उद्योग में अपनी जान तक लड़ा दूंगा।

स्त्री- (मन में) ईश्वर करे तुम किसी तरह इस शहर से बाहर निकलो या किसी दूसरी दुनिया में चले जाओ। (प्रकट) जब वह फंस ही चुका है तो चुपचाप बैठे रहो, समय पड़ने पर कह देना कि मुझे खबर ही नहीं थी।

नानक- नहीं मैं ऐसा कदापि नहीं कह सकता क्योंकि गोपीकृष्ण (नकाबपोश) जिससे इस बात की मुझे खबर पहुंची है बड़ा दुष्ट आदमी है। समय पड़ने पर वह अवश्य कह देगा कि मैंने इस बात की इत्तिला नानक को दे दी थी।

स्त्री- अच्छा, तुम खुलासा कह तो जाओ कि क्या-क्या खबर सुनने में आई!

नानक ने नकाबपोश की जुबानी जो कुछ सुना था अपनी प्यारी स्त्री से कहा, इसके बाद उसे बहुत कुछ समझा-बुझाकर सफर की पूरी तैयारी करके अपने बाप को छुड़ाने के फिक्र में वहां से रवाना हो गया।

भूतनाथ के संगी-साथी लोग मामूली न थे बल्कि बड़े ही बदमाश, लड़ाकू, शैतान और फसादी लोग थे, तथा चारों तरफ ऐसे ढंग से घूमा करते कि समय पड़ने पर जब भूतनाथ उन लोगों की खोज करता तो विशेष परिश्रम किए बिना ही उनमें से कोई मिल ही जाता था। इसके अतिरिक्त भूतनाथ ने अपने लिए कई अड्डे भी मुकर्रर कर लिए थे, जहां उसके संगी-साथियों में से कोई न कोई अवश्य रहा करता था और उन अड्डों में कई अड्डे ऐसे थे जिनका ठिकाना नानक को मालूम था। ऐसा ही एक अड्डा गयाजी से थोड़ी दूर पर बराबर की पहाड़ी के ऊपर था जहां अपने बाप का पता लगाता हुआ नानक जा पहुंचा। उस समय भूतनाथ के साथियों में से तीन आदमी वहां मौजूद थे।

नानक ने उन लोगों से अपने बाप का हाल पूछा और जो कुछ उन लोगों को मालूम था उन्होंने कहा। इत्तिफाक से उसी समय मनोरमा को लिए हुए भूतनाथ भी वहां आ पहुंचा और अपने सपूत लड़के को देखकर खुश हुआ। भूतनाथ ने मनोरमा को तो अपने आदमियों के हवाले किया और नानक का हाथ पकड़ के एक किनारे ले जाने के बाद जो कुछ उस पर बीता था सब ब्यौरेवार कह सुनाया।

नानक- (अफसोस के साथ मुंह बनाकर) अफसोस! आपने इन बातों की मुझे कुछ भी खबर न दी। अगर गोपीकृष्ण आपकी रोशनी-परेशानी का कुछ हाल मुझसे न कहते तो मुझे गुमान भी न होता।

भूत- खैर, जो कुछ होना था वह हो गया, अब तुम मनोरमा को लेकर वहां जाओ जहां तुम्हारी मां रहती है और जिस तरह हो सके मनोरमा से पूछकर बलभद्र सिंह का पता लगाओ, मगर एक आदमी को साथ जरूर लिए जाओ क्योंकि आजकल तुम्हारी मां जिस ठिकाने रहती है यद्यपि वहां का हाल तुमसे हमने कह दिया है मगर रास्ता इतना खराब है कि बिना आदमी साथ ले गए तुम्हें कुछ भी पता न लगेगा।

नानक- जो आज्ञा, तो क्या इस समय आप सीधे रोहतास गढ़ जाएंगे?

भूत- हां जरूर जाएंगे, क्योंकि ऐसे समय में शेरअलीखां से मिलना आवश्यक है, मगर जब तक हम न आवें तुम अपनी मां के पास रहना और जिस तरह हो सके बलभद्र सिंह का पता लगाना।

इसके बाद नानक को लिये हुए भूतनाथ फिर अपने आदमियों के पास चला आया और एक आदमी को धन्नू सिंह का पता बताकर (जिसे कैद करके कहीं रख आया था) कहा कि तुम धन्नू सिंह को वहां से लाकर हमारे घर पहुंचा दो और फिर इसी ठिकाने आकर रहो।

इन कामों से छुट्टी पाने के बाद भूतनाथ रोहतास गढ़ शेरअलीखां के पास गया और वहां जो कुछ हुआ सो हमारे प्रेमी पाठक पढ़ चुके हैं।

***

बयान-9

दोपहर का समय है। हवा खूब तेज चल रही है। मैदान में चारों तरफ बगुले उड़ते दिखाई दे रहे हैं। ऐसे समय में एक बहुत फैले हुए और गुंजान आम के पेड़ के नीचे नानक और भूतनाथ का सिपाही जिसने अपना नाम दाऊ बाबा रखा हुआ था, बैठे हुए सफर की हरारत मिटा रहे हैं। पास में ही मनोरमा भी बैठी है जिसके हाथ-कमन्द से बंधे हुए हैं। थोड़ी ही दूर पर एक घोड़ी चर रही थी जिसकी लम्बी बागडोर एक डाल से साथ बंधी हुई थी और जिस पर मनोरमा को लाद के वे लोग लाए थे। इस समय सफर की हरारत मिटाने और धूप का समय टाल देने के लिए वे लोग इस पेड़ के नीचे बैठे हुए बात कर रहे हैं।

नानक- (मनोरमा से) मुझे तुम्हारी सूरत-शक्ल पर रहम आता है, तुम नाहक ही एक बदकार और नकली मायारानी के लिए अपनी जान दे रही हो।

मनोरमा- (लम्बी सांस लेकर) बात ठीक है मगर अब जान बचने की कोई उम्मीद भी तो नहीं है। सच कहती हूं कि इस जिन्दगी का मजा मैंने कुछ भी नहीं पाया। मेरे पास करोड़ों रुपये की जमा मौजूद है मगर वह इस समय मेरे किसी अर्थ की नहीं, न मालूम उस पर किसका कब्जा होगा और उसे पाकर कौन आदमी अपने का भाग्यवान् मानेगा, या शायद लावारिस माल समझ राजा ही...।

नानक- तुम रोती क्यों हो, आंखें पोंछो। तुम्हारा रोना मुझे अच्छा नहीं मालूम होता। मैं सच कहता हूं कि तुम्हारी जान बच सकती है और तुम अपनी दौलत का आनन्द अच्छी तरह भोग सकती हो यदि बलभद्र सिंह और इन्दिरा का पता बता दो।

मनोरमा- मैं बलभद्र सिंह और इन्दिरा का पता भी बता सकती हूं और अपनी कुछ दौलत भी तुमको दे सकती हूं यदि मेरी जान बच जाए और तुम एक सलूक मेरे साथ करो।

नानक- वह कौन-सा सलूक है जो तुम्हारे साथ करना होगा हाय मुझे तुम्हारी सूरत पर दया आती है। मैं नहीं चाहता कि एक खूबसूरत परी दुनिया से उठ जाए।

मनोरमा- यह बात बहुत गुप्त है इसलिए मैं नहीं चाहती कि इसे सिवाय तुम्हारे कोई और सुने।

दाऊ बाबा- लो हम आप ही अलग हो जाते हैं, तुम लोग अपना मजे में बातें करो, हमें इन सब बखेड़ों से कोई मतलब नहीं, हमें तो मालिक का काम होने से मतलब है, तब तक दो-एक चिलम गांजा उड़ाके सफर की थकावट मिटाते हैं।

इतना कहकर दाऊ बाबा जो वास्तव में एक मस्त आदमी था उठकर कुछ दूर चला गया और अपने सफरी बटुए में से चकमक निकालकर सुलगाने के बाद आनन्द के साथ गांजा मलने लगा, इधर नानक उठकर मनोरमा के पास जा बैठा।

नानक- लो, कहो अब क्या कहती हो।

मनोरमा- यह तो तुम जानते ही हो कि मेरे पास बड़ी दौलत है।

नानक- हां सो खूब जानता हूं कि तुम्हारे पास करोड़ों रुपये की जमा मौजूद है।

मनोरमा- और यह भी जानते हो कि तुम्हारी प्यारी रामभोली भी मेरे ही कब्जे में है।

नानक- (चौंककर) नहीं सो तो मैं नहीं जानता! क्या वास्तव में रामभोली भी तुम्हारे ही कब्जे में है हाय, यद्यपि वह गूंगी और बहरी औरत है मगर मैं उसे दिल से प्यार करता हूं। यदि वह मुझे मिल जाए तो मैं अपने को बड़ा ही भाग्यवान् समझूं।

मनोरमा- हां, वह मेरे ही कब्जे में है और तुम्हें मिल सकती है। मैं अपनी तमाम दौलत भी तुम्हें देने को तैयार हूं और बलभद्र सिंह तथा इन्दिरा का पता भी बता सकती हूं यदि इन सब कामों के बदले में तुम एक उपकार मेरे साथ करो!

नानक- (खुश होकर) वह क्या?

मनोरमा- तुम मेरे साथ शादी कर लो, क्योंकि मैं तुम्हें जान से ज्यादे प्यार करती हूं और तुम पर मरती हूं।

नानक- यद्यपि तुम्हारी उम्र मेरे बराबर है मगर मैं तुम्हें अभी तक नई-नवेली ही समझता हूं और तुम्हें प्यार भी करता हूं क्योंकि तुम खूबसूरत हो, लेकिन तुम्हारे साथ शादी मैं कैसे कर सकता हूं, यह बात मेरा बाप कब मंजूर करेगा?

मनोरमा- इस बात से अगर तुम्हारा बाप रंज हो तो बड़ा ही बेवकूफ है। बलभद्र सिंह के मिलने से उसकी जान बचती है और इन्दिरा के मिलने से वह इन्द्रदेव का प्रेम-पात्र बनकर आनन्द के साथ अपनी जिन्दगी बिताएगा। तुम्हारे अमीर होने से भी उसको फायदा ही पहुंचेगा। इसके अतिरिक्त तुम्हारी रामभोली तुम्हें मिलेगी और मैं तुम्हारी होकर जिन्दगी भर तुम्हारी सेवा करूंगी। तुम खूब जानते हो कि मायारानी के फेर में पड़े रहने के कारण अभी तक मेरी शादी नहीं हुई।

नानक- (मुस्कराकर) मगर दो-चार प्रेमियों से प्रेम जरूर कर चुकी हो!

मनोरमा- हां इस बात से मैं इनकार नहीं कर सकती, मगर क्या तुम इसी से हिचकते हो बड़े बेवकूफ हो! इस बात से भला कौन बचा है! क्या तुम्हारी अनोखी स्त्री ही जो आजकल तुम्हारे सिर चढ़ी हुई है बची है! तुम इस बारे में कसम खा सकते हो! क्या तुम दुनिया भर के भेद जानते हो और अन्तर्यामी हो। ये सब बातें तुम्हारे ऐसे खुशदिल आदमियों के सोचने लायक नहीं। हां इतना मैं प्रतिज्ञापूर्वक कह सकती हूं कि इस काम से तुम्हारा बाप कभी नाखुश न होगा।

जरा ध्यान देकर देखो तो सही कि तुम्हारे बाप ने इस जिन्दगी में कैसे-कैसे काम किए हैं। उसका मुंह नहीं कि तुम्हें कुछ कह सके, और फिर दुनिया में मेरा-तुम्हारा साथ और करोड़ों रुपये की जमा क्या यह मामूली बात है। हमसे-तुमसे बढ़कर भाग्यवान् कौन दिखाई दे सकता है। हां, इस बात की भी मैं कसम खाती हूं कि तुम्हारी आजकल वाली स्त्री और रामभोली से सच्चा प्रेम करूंगी और चाहे ये दोनों मुझसे कितना ही लड़ें मगर मैं उनकी खातिर ही करूंगी।

मनोरमा की मीठी-मीठी और दिल लुभा देने वाली बातों ने नानक को ऐसा बेकाबू कर दिया कि वह स्वर्ग-सुख का अनुभव करने लगा। थोड़ी देर तक चुप रहने के बाद उसने कहा, "मगर इस बात का विश्वास कैसे हो कि जितनी बात तुम कह गई हो उसे अवश्य पूरा करोगी!"

इसके जवाब में मनोरमा ने हजारों कसमें खाईं और नानक के मन में अपनी बात का विश्वास पैदा कर दिया। इसके बाद उसने अपना हाथ-पैर खोल देने के लिए नानक से कहा। नानक ने उसका हाथ-पैर खोल दिया और मनोरमा ने अपनी उंगली से वह जहरीली अंगूठी जिसको निकाल लेना भूतनाथ भूल गया था उतारकर नानक की उंगली में पहिरा देने के बाद नानक का मुंह चूमकर कहा, "इसी समय से मैंने तुम्हें अपना पति मान लिया। अब तुम मेरे घर चलो, बलभद्र सिंह और इन्दिरा को लेकर अपने बाप के पास भेज दो, मेरे घरबार के मालिक बनो और इसके बाद जो कुछ कहो मैं करने को तैयार हूं। अब इससे बढ़कर सन्तोष दिलाने वाली बात मैं क्या कह सकती हूं।"

इतना कहकर मनोरमा ने नानक के गले में हाथ डाल दिया और पुनः उसका मुंह चूमकर कहा, "प्यारे, मैं तुम्हारी हो चुकी, अब तुम जो चाहो करो!"

अहा, स्त्री भी दुनिया में क्या चीज है। बड़े-बड़े होशियारों, चालाकों, ऐयारों, अमीरों, पहलवानों और बहादुरों को बेवकूफ बनाकर मटियामेट कर देने की शक्ति जितनी स्त्री में है उतनी किसी में नहीं। इस दुनिया में वह बड़ा ही भाग्यवान् है जिसके गले में दुष्टा और धूर्त स्त्री की फांसी नहीं लगी। देखिए दुर्दैव के मारे कम्बख्त नानक ने क्या मुंह की खाई है और धूर्ता मनोरमा ने कैसा उसका मुंह काला किया। मजा तो यह है कि स्त्री रत्न पाने के साथ ही दौलत भी पाने की खुशी ने उसे और भी अन्धा बना दिया। जिस समय मनोरमा ने जहरीली अंगूठी नानक की उंगली में पहिराकर उसके गुण की प्रशंसा की उस समय तो नानक को निश्चय हो गया कि बस यह हमारी हो चुकी। उसने सोचा कि इसे अपनाने में अगर भूतनाथ रंज भी हो जाय तो कोई परवाह की बात नहीं है और रंज होने का सबब ही क्या है बल्कि उसे तो खुश होना चाहिए क्योंकि मेरे ही सबब से उसकी जान बचेगी।

नानक ने भी मनोरमा के गले में हाथ डालके उससे कुछ ज्यादे ही प्रेम का बर्ताव किया जो मनोरमा ने नानक के साथ किया था और तब कहा, "अच्छा, तो अब मैं भी तुम्हारा हो चुका, तुम भी जहां तक जल्द हो सके अपना वायदा पूरा करो।"

मनोरमा- मैं तैयार हूं, अपने साथी लण्ठाधिराज को बिदा करो और मेरे साथ जमानिया के तिलिस्मी बाग की तरफ चलो।

नानक- वहां क्या है?

मनोरमा- बलभद्र सिंह और इन्दिरा उसी में कैद हैं, पहले उन्हें छुड़ाकर तुम्हारे बाप को खुश करना मैं उचित समझती हूं।

नानक- हां, यह राय बहुत अच्छी है मैं अभी अपने साथी को समझा-बुझाकर बिदा करता हूं।

इतना कहकर नानक अपने साथी के पास चला गया जो गांजे का दम लगा रहा था। मनोरमा का हाल नमक-मिर्च लगाकर उससे कहा और समझा-बुझाकर उसी अड्डे पर जहां से आया था जाने के लिए राजी किया बल्कि उसे बिदा करके पुनः मनोरमा के पास चला आया।

मनोरमा- तुम्हारा साथी तो सहज ही में चला गया।

नानक- आखिर वह मेरे बाप का नौकर ही तो है, अस्तु जो कुछ मैं कहूंगा उसे मानना ही पड़ेगा, हां तो अब तुम भी चलने के लिए तैयार हो जाओ।

मनोरमा- (खड़ी होकर) मैं तैयार हूं, आओ।

नानक- ऐसे नहीं, मेरे बटुए में कुछ खाने की चीजें मौजूद हैं, लोटा-डोरी भी तैयार है, वह देखो सामने कुआं भी है, अस्तु कुछ खा-पीकर आत्मा को हरा कर लेना चाहिए, जिसमें सफर की तकलीफ मालूम न पड़े।

मनोरमा- जो आज्ञा।

नानक ने बटुए में से कुछ खाने को निकाला और कुएं में से जल खींचकर मनोरमा के सामने रखा।

मनोरमा- पहिले तुम खा लो फिर तुम्हारा जूठा जो बचेगा उसे मैं खाऊंगी।

नानक- नहीं-नहीं, ऐसा क्या, तुम भी खाओ और मैं भी खाऊं!

मनोरमा- ऐसा कदापि न होगा, अब मैं तुम्हारी स्त्री हो चुकी और सच्चे दिल से हो चुकी, फिर जैसा मेरा धर्म है वैसा ही करूंगी।

नानक ने बहुत कहा मगर मनोरमा ने कुछ भी न सुना। आखिर नानक को पहिले खाना पड़ा। थोड़ा-सा खाकर नानक ने जो कुछ छोड़ दिया मनोरमा उसी को खाकर चलने के लिए तैयार हो गई। नानक ने घोड़ा कसा और दोनों आदमी उसी पर सवार होकर जंगल ही जंगल पूरब की तरफ चल निकले। इस समय जिस राह से मनोरमा कहती थी नानक उसी राह से जाता था। शाम होते-होते ये दोनों उसी खंडहर के पास पहुंचे जिसमें हम पहिले भूतनाथ और शेर सिंह का हाल लिख आए हैं। जहां राजा वीरेन्द्र सिंह को शिवदत्त ने घेर लिया था, जहां से शिवदत्त को रूहा ने चकमा देकर फंसाया था, या जिसका हाल ऊपर कई दफ़े लिखा जा चुका है।

मनोरमा- अब यहां ठहर जाना चाहिए।

नानक- क्यों?

मनोरमा- यह तो आपको मालूम हो ही चुका होगा कि इस खंडहर में से एक सुरंग जमानिया के तिलिस्मी बाग तक गई हुई है।

नानक- हां, इसका हाल मुझे अच्छी तरह मालूम हो चुका है। इसी सुरंग की राह से मायारानी या उसके मददगारों ने पहुंचकर इन्द्रजीत सिंह और आनन्द सिंह के साथ और भी कई आदमियों को गिरफ्तार कर लिया था।

मनोरमा- तो अब मैं चाहती हूं कि उसी राह से जमानिया वाले तिलिस्मी बाग के दूसरे दर्जे में पहुंचूं और दोनों कैदियों को इस तरह निकालकर बाहर करूं कि किसी को किसी तरह का गुमान न होने पावे। मैं इस सुरंग का हाल अच्छी तरह जानती हूं, इस राह से कई दफ़े आई और गई हूं। इतना ही नहीं बल्कि इस सुरंग की राह से जाने में और भी एक बात का सुभीता है।

नानक- वह क्या?

मनोरमा- इस सुरंग में बहुत-सी चीजें ऐसी हैं जिन्हें हम लोग हजारों रुपये खर्चने और वर्षों परेशान होने पर भी नहीं पा सकते और वे चीजें हम लोगों के बड़े काम की हैं, जैसे ऐयारी के काम में आने लायक तरह-तरह की रोशनी पोशाकें जो न तो पानी में भीगें और न आग में जलें। एक से एक बढ़के मजबूत और हलके कमन्द, पचासों तरह के नकाब, तरह-तरह की दवाइयां, पचासों किस्म के अनमोल इत्र जो अब मयस्सर नहीं हो सकते। इनके अतिरिक्त ऐश व आराम की भी सैकड़ों चीजें तुमको दिखाई देंगी जिन्हें अपने साथ लेते चलेंगे, (धीरे से) और मायारानी का एक 'जवाहिरखाना' भी इस सुरंग में है।

नानक- वाह-वाह, तब तो जरूर इसी सुरंग की राह चलना चाहिए, इससे बढ़कर 'एक पन्थ दो काज' हो ही नहीं सकता।

मनोरमा- और इन सब चीजों की बदौलत हम लोग अपनी सूरत भी अच्छी तरह बदल लेंगे और दो-चार हर्बे भी ले लेंगे।

नानक- ठीक है, मैं इस राह से जाने के फायदों को अच्छी तरह समझ गया मगर हर्बों की हमें कुछ भी जरूरत नहीं है क्योंकि कमलिनी का दिया हुआ एक खंजर ही मेरे पास ऐसा है जिसके सामने हजारों-लाखों बल्कि करोड़ों हर्बे झख मारें।

मनोरमा- (आश्चर्य से) सो क्या वह कैसा खंजर है और कहां है?

नानक- (खंजर दिखाकर) यह मेरे पास मौजूद है, जिस समय तुम इसके गुण सुनोगी तो आश्चर्य करोगी।

इतना कहकर नानक घोड़े से नीचे उतर पड़ा और सहारा देकर मनोरमा को भी नीचे उतारा। मनोरमा ने एक पेड़ के नीचे बैठ जाने की इच्छा प्रकट की और कहा कि घोड़े को छोड़ देना चाहिए क्योंकि इसकी अब हम लोगों को जरूरत नहीं रही।

नानक ने मनोरमा की बात मंजूर की अर्थात् घोड़े को छोड़ दिया और कुछ देर तक आराम लेने की नीयत से दोनों आदमी एक पेड़ के नीचे बैठ गए। मनोरमा ने तिलिस्मी खंजर का गुण पूछा और नानक ने शेखी के साथ बखान करना शुरू किया और अन्त में खंजर का कब्जा दबाकर बिजली की रोशनी भी पैदा कर मनोरमा को दिखायी। चमक से मनोरमा की आंखें चौंधियां गईं और उसने दोनों हाथों से अपना मुंह ढांप लिया। जब वह चमक बन्द हो गई तो नानक के कहने से मनोरमा ने आंखें खोलीं और खंजर की तारीफ करने लगी।

थोड़ी देर तक आराम करने के बाद दोनों आदमी खण्डहर के अन्दर गए और उसी मामूली रास्ते से जिसका हाल कई दफ़े लिखा जा चुका है, उसी तहखाने के अन्दर गए जिसमें शेर सिंह रहा करते थे या जिसमें से इन्द्रजीत सिंह और आनन्द सिंह गायब हुए थे। यह तो पाठकों को मालूम ही है कि राजा वीरेन्द्र सिंह की सवारी आने के कारण इस खण्डहर की अवस्था कुछ बदल गई थी और अभी तक बदली हुई है मगर इस तहखाने की हालत में किसी तरह का फर्क नहीं पड़ा था।

हमारे पाठक भूले न होंगे कि इस तहखाने में उतरने के लिए जो सीढ़ियां थीं उनके नीचे एक छोटी-सी कोठरी थी जिसमें शेर सिंह अपना असबाब रखा करते थे और जिसमें से आनन्द सिंह, कमला और तारा सिंह गायब हुए थे। मनोरमा की आज्ञानुसार नानक ने अपने ऐयारी के बटुए में से मोमबत्ती निकालकर जलाई और मनोरमा के पीछे-पीछे उस कोठरी में गया। यह कोठरी बहुत ही छोटी थी और इसके चारों तरफ दीवार बहुत साफ और संगीन थी। मनोरमा ने एक तरफ की दीवार पर हाथ रखके कोई खटका या किसी पत्थर को दबाया जिसका हाल नानक को कुछ भी मालूम न हुआ मगर एक पत्थर की चट्टान भीतर की तरफ होकर बगल हो गई और अन्दर जाने के लिए रास्ता निकल आया। मनोरमा के पीछे-पीछे नानक उस कोठरी के अन्दर चला गया और इसके साथ ही वह पत्थर की सिल्ली बिना हाथ लगाए अपने ठिकाने चली गई तब दरवाजा बन्द हो गया। मनोरमा से नानक ने उस दरवाजे के खोलने और बन्द करने की तर्कीब पूछी और मनोरमा ने उसका भेद बता दिया बल्कि उस दरवाजे को एक दफ़े खोल के और बन्द करके भी दिखा दिया, इसके बाद दोनों आगे की तरफ बढ़े। इस समय जिस जगह ये दोनों थे वह एक लम्बा-चौड़ा कमरा था मगर उसमें किसी तरह जाने के लिए कोई दरवाजा दिखाई नहीं देता था, हां, एक तरफ दीवार में एक बहुत बड़ी अलमारी जरूर बनी हुई थी और उसका पल्ला किसी खटके के दबाने से खुला करता था। मनोरमा ने उसके खोलने की तर्कीब भी नानक को बताई और नानक ही के हाथ से उसका पल्ला भी खुलवाया। पल्ला खुलने पर मालूम हुआ कि यह भी

एक दरवाजा है और इसी जगह से सुरंग में घुसना होता हे। दोनों आदमी सुरंग के अन्दर रवाना हुए। यह सुरंग इस लायक थी कि तीन आदमी एक साथ मिलकर जा सकें।

लगभग पचास कदम जाने के बाद फिर एक कोठरी मिली जो पहली कोठरियों की बनिस्बत ज्यादे लम्बी-चौड़ी थी। इसमें चारों तरफ कई खुली आलमारियां थीं जो पचासों किस्म की चीजों से भरी हुई थीं। किसी में तरह-तरह के हर्बे थे, किसी में ऐयारी का सामान, किसी में रंगबिरंगी बनावटी मूंछ और नकाब इत्यादि थे और कई आलमारियां बोतलों और शीशियों से भरी हुई थीं। इन सामानों को देखकर नानक ने मनोरमा से कहा, "यह सब तो है मगर उस जवाहिरखाने का भी कहीं पता-निशान है जिसका होना तुमने बयान किया था।"

मनोरमा- मैंने आपसे झूठ नहीं कहा था, वह जवाहिरखाना भी इसी सुरंग में मौजूद है।

नानक- मगर कहां है?

मनोरमा- इस सुरंग में और थोड़ी दूर जाने के बाद इसी तरह का एक कमरा पुनः मिलेगा, उसी कमरे में आप उन सब चीजों को देखेंगे। इस सुरंग में जमानिया पहुंचने तक इस तरह के ग्यारह अड्डे या कमरे मिलेंगे जिनमें करोड़ों रुपये की सम्पत्ति देखने में आवेगी।

नानक- (लालच के साथ) जब कि तुम्हें यहां का रास्ता मालूम है और ऐसी-ऐसी नादिर चीजें तुम्हारी जानी हुई हैं तो इन सभों को उठाकर अपने घर में क्यों नहीं ले जातीं।

मनोरमा- मायारानी की बदौलत मुझे किसी चीज की कमी नहीं है। रुपये, पैसे, गहने, जवाहिरात और दौलत से मेरी तबियत भरी हुई है, इन सब चीजों की मैं कोई हकीकत नहीं समझती।

नानक- बेशक, ऐसा ही है!

मनोरमा- (बोतल व शीशियों से भरी हुई एक अलमारी की तरफ इशारा करके) देखो ये बोतलें ऐशोआराम की जान खुशबूदार चीजों से भरी हुई हैं।

इतना कहकर मनोरमा फुर्ती के साथ उस अलमारी के पास चली गई और एक बोतल उठाकर उसका मुंह खोलकर खूब सूंघकर बोली, "अहा, सिवाय मायारानी के और तिलिस्म के राजा के ऐसी खुशबूदार चीजें और किसे मिल सकती हैं?"

इतना कहकर वह बोतल उसी जगह मुंह बन्द करके रख दी और दूसरी बोतल उठाकर नानक के पास ले चली, मगर वह बोतल उसके हाथ से छूटकर जमीन पर गिर पड़ी या शायद उसने जान-बूझकर ही गिरा दी। बोतल गिरने के साथ ही टूट गई और उसमें का खुशबूदार तेल चारों तरफ जमीन पर फैल गया। मनोरमा बहुत रंज और अफसोस करने लगी और उसकी मुरौवत से नानक ने भी रंज दिखाया। उस बोलत में जो तेल था वह बहुत ही खुशबूदार और इतना तेज था कि गिरने के साथ ही उसकी खुशबू तमाम कमरे में फैल गई और नानक उस खुशबू की तारीफ करने लगा।

नि:सन्देह मनोरमा ने नानक को पूरा उल्लू बनाया। पहिले जो बोतल खोलके मनोरमा ने सूंघी थी उसमें भी एक प्रकार की खुशबूदार चीज थी मगर उसमें यह असर था कि उसके सूंघने के बाद दो घण्टे तक किसी तरह की बेहोशी का असर सूंघने वाले पर नहीं हो सकता था, और जो दूसरी बोतल उसने हाथ से गिरा दी थी उसमें बहुत तेज बेहोशी का असर था जिसने नानक को तो चौपट ही कर दिया। वह उस खुशबू की तारीफ करता-करता ही जमीन पर लम्बा हो गया, मगर मनोरमा पर उस दवा का कुछ भी असर न हुआ क्योंकि वह पहिले ही से एक दूसरी दवा सूंघकर अपने दिमाग का बंदोबस्त कर चुकी थी। नानक के हाथ से मनोरमा ने मोमबत्ती ले ली और एक किनारे जमीन पर जमा दी।

जब नानक अच्छी तरह बेहोश हो गया तो मनोरमा ने उसके हाथ से अपनी अंगूठी उतार ली और फिर तिलिस्मी खंजर के जोड़ की अंगूठी उतार लेने के बाद तिलिस्मी खंजर भी अपने कब्जे में कर लिया और इसके बाद एक लम्बी सांस लेकर कहा, "अब कोई हर्ज की बात नहीं है!"

थोड़ी देर तक कुछ सोचने-विचारने के बाद मनोरमा ने एक हाथ में मोमबत्ती ली और दूसरे हाथ से नानक का पैर पकड़ घसीटते हुए बाहर वाली कोठरी में ले आई। उस कोठरी का जिसमें से निकली थी दरवाजा बन्द कर दिया और साथ ही इसके एक तर्कीब ऐसी और भी कर दी कि नानक पुन: उस दरवाजे को खोल न सके।

इन कामों से छुट्टी पाने के बाद मनोरमा ने नानक की मुश्कें बांधीं और हर तरह से बेकाबू करने के बाद लखलखा सुंघाकर होश में लाने का उद्योग करने लगी। थोड़ी ही देर बाद नानक होश में आ गया और अपने को हर तरह से मजबूर और सामने हाथ में उसी का जूता लिए मनोरमा को मौजूद पाया।

नानक- (आश्चर्य से) यह क्या! तुमने मुझे धोखा दिया।

मनोरमा- (हंसकर) जी नहीं, यह तो दिल्लगी की जा रही है। क्या तुम नहीं जानते कि ब्याह-शादी में लोग दिल्लगी करते हैं मेरा कोई नातेदार तो है नहीं जो तुमसे दिल्लगी करके ब्याह की रस्म पूरी करे इसलिए मैं स्वयं ही इस रस्म को पूरा किया चाहती हूं।

इतना कहकर मनोरमा तेजी के साथ ब्याह की रस्म पूरी करने लगी। जब नानक सिर की खुजलाहट से दु:खी हो गया तो हाथ जोड़कर बोला, "ईश्वर के लिए मुझ पर दया करो, मैं ऐसी शादी से बाज आया, मुझसे बड़ी भूल हुई।"

मनोरमा- (रुककर) नहीं, घबराने की कोई बात नहीं है। मैं तुम्हारे साथ किसी तरह की बुराई न करूंगी बल्कि भलाई करूंगी। मैं देखती हूं कि तुम्हारे हमजोली लोग सच्ची दिल्लगी से तुम्हें बड़ा दुख देते हैं और तुम्हारी स्त्री भी यद्यपि तुम्हारे ही नातेदारों और मित्रों को प्रसन्न करके गहने, कपड़े तथा सौगात से तुम्हारा घर भरती है मगर तुम्हारी नाक का कुछ भी मुलाहिजा नहीं करती। अतएव तुम्हारी नाक पर हरदम शामत आती ही रहती है, इसलिए मैं दया करके तुम्हारी नाक ही

को जड़ से उड़ा देना ही पसन्द करती हूं जिससे आइन्दा के लिए तुम्हें कोई कुछ कह न सके। हां, इतना ही नहीं बल्कि तुम्हारे साथ मैं एक नेकी और भी किया चाहती हूं, जिसका ब्योरा अभी कह देना उचित नहीं समझती।

नानक- क्षमा करो, क्षमा करो, मैं हाथ जोड़कर कहता हूं कि मुझे माफ करो। मैं कसम खाकर कहता हूं कि आज से मैं अपने को तुम्हारा गुलाम समझूंगा और जो कुछ तुम कहोगी वही करूंगा।

मनोरमा- (हंसकर) अच्छा, तो आज से तू मेरा गुलाम हुआ।

नानक- बेशक, मैं आज से तुम्हारा गुलाम हुआ, असली क्षत्रिय होऊंगा तो तुम्हारे हुक्म से मुंह न मोड़ूंगा।

मनोरमा- (हंसती हुई) इसी में तो मुझको शक है कि तेरी जात क्या है। अस्तु कोई चिन्ता नहीं, मैं तुझे हुक्म देती हूं कि दो महीने तक अपने घर न जाइयो और इस बीच में अपने बाप या किसी दोस्त-नातेदार से भी न मिलियो, इसके बाद जो इच्छा हो कीजियो, मैं कुछ न बोलूंगी मगर मुझसे और मेरे पक्षपातियों से दुश्मनी का इरादा कभी न कीजियो।

नानक- ऐसा ही होगा।

मनोरमा- अगर मेरी आज्ञा के विरुद्ध कोई काम करेगा तो तुझे जान से मार डालूंगी, इसे खूब याद रक्खियो।

नानक- मैं खूब याद रक्खूंगा और तुम्हारी आज्ञा के विरुद्ध कोई काम न करूंगा, परन्तु कृपा करके मेरा खंजर तो मुझे दे दो!

मनोरमा- (क्रोध से) अब यह खंजर तुझे नहीं मिल सकता, खबरदार इसके मांगने या लेने की इच्छा न कीजियो। अच्छा तब मैं जाती हूं।

इतना कहकर मनोरमा ने तिलिस्मी खंजर नानक के बदन में लगा दिया और जब वह बेहोश हो गया तो उसके हाथ-पैर खोल दिए, जलती हुई मोमबत्ती एक कोने में खड़ी कर दी और वहां से रवाना होकर खंडहर के बाहर निकल आई। घोड़े को अभी तक खंडहर के पास चरते देखा, उसके पास चली गई, अयाल पर हाथ फेरा, दो-चार दफ़े थपथपाया और फिर सवार होकर पश्चिम की तरफ रवाना हो गई।

इधर नानक भी थोड़ी देर बाद होश में आया। मोमबत्ती एक किनारे जल रही थी, उसे उठा लिया और अपनी किस्मत को धिक्कार देता हुआ खंडहर के बाहर होकर डरता और कांपता हुआ एक तरफ को चला गया।

***

बयान-10

कुंअर इन्द्रजीत सिंह, आनन्द सिंह और राजा गोपाल सिंह बात कर ही रहे थे कि वही औरत चमेली की टट्टियों में फिर दिखाई दी और इन्द्रजीत सिंह ने चौंककर कहा, "देखिए, वह फिर निकली!"

राजा गोपाल सिंह ने बड़े गौर से उस तरफ देखा और यह कहते हुए उस तरफ रवाना हुए कि, "आप दोनों भाई इसी जगह बैठे रहिये, मैं इसकी खबर लेने जाता हूं।"

जब तक राजा गोपाल सिंह चमेली की टट्टी के पास पहुंचे तब तक वह औरत पुन: अन्तर्ध्यान हो गई। गोपाल सिंह थोड़ी देर तक उन्हीं पेड़ों में घूमते-फिरते रहे इसके बाद इन्द्रजीत सिंह और आनन्द सिंह के पास लौट आए।

इन्द्रजीत- कहिए, क्या हुआ?

गोपाल- हमारे पहुंचने के पहिले ही वह गायब हो गई, गायब क्या हो गई बस उसी दर्जे में चली गई जिसमें देवमन्दिर है। मेरा इरादा तो हुआ कि उसका पीछा करूं मगर यह सोचकर लौट आया कि उसका पीछा करके उसे गिरफ्तार करना घण्टे-दो-घण्टे का काम नहीं है बल्कि दो-चार पहर या दो-एक दिन का काम है, क्योंकि देवमन्दिर वाले दर्जे का बहुत बड़ा विस्तार है तथा छिप रहने योग्य स्थानों की भी वहां कमी नहीं है और मुझे इस समय इतनी फुरसत नहीं। इसका खुलासा हाल तो इस समय आप लोगों से न कहूंगा, हां इतना जरूर कहूंगा कि जिस समय मैं अपनी तिलिस्मी किताब लेने गया था और उसके न मिलने से दु:खी होकर लौटा चाहता था उसी समय एक और दुखदाई खबर सुनने में आई जिसके सबब से मुझे कुछ दिन के लिए जमानिया तथा आप दोनों भाइयों का साथ छोड़ना आवश्यक हो गया है और दो घण्टे के लिए भी यहां रहना मैं पसन्द नहीं करता, फिर भी कोई चिन्ता की बात नहीं है, आप लोग शौक से इस तिलिस्म के जिस हिस्से को तोड़ सकें तोड़ें मगर इस औरत का जो अभी दिखाई दी थी बहुत ध्यान रखें। मेरा दिल यही कहता है कि मेरी तिलिस्मी किताब इस औरत ने चुराई है क्योंकि यदि ऐसा न होता तो वह यहां तक कदापि न पहुंच सकती।

इन्द्र- यदि ऐसा हो तो कह सकते हैं कि वह हम लोगों के साथ भी दगा किया चाहती है।

गोपाल- नि:सन्देह ऐसा ही है, परन्तु यदि आप लोग उसकी तरफ से बेफिक्र न रहेंगे तो वह आप लोगों का कुछ भी न बिगाड़ सकेगी, साथ ही इसके यदि आप उद्योग में लगे रहेंगे तो वह किताब भी जो उसने चुराई है, हाथ लग जाएगी।

इन्द्र- जो कुछ आपने आज्ञा दी है मैं उस पर विशेष ध्यान रक्खूंगा मगर मालूम होता है कि आपने कोई बहुत दुखदाई खबर सुनी है क्योंकि यदि ऐसा न होता तो इस अवस्था में और तिलिस्मी किताब खो जाने की तरफ ध्यान न देकर आप यहां से जाने का इराद न करते।

आनन्द- और अब आप कह ही चुके हैं कि उसका खुलासा हाल न कहेंगे तो हम लोग पूछ भी नहीं सकते।

गोपाल- निःसन्देह ऐसा ही है, मगर कोई चिन्ता नहीं आप लोग बुद्धिमान हैं और जैसा उचित समझें करें, हां एक बात मुझे और भी कहनी है।

इन्द्र- वह क्या?

गोपाल- (एक लपेटा हुआ कागज लालटेन के सामने रखकर) जब मैं उस औरत के पीछे चमेली की टट्टियों में गया तो वह औरत तो गायब हो गई मगर उसी जगह यह लपेटा हुआ कागज ठीक दरवाजे के ऊपर ही पड़ा हुआ मुझे मिला, पढ़ो तो सही इसमें क्या लिखा है।

इन्द्रजीत सिंह ने उस कागज को खोलकर पढ़ा, यह लिखा हुआ था -

"यह कोई आश्चर्य की बात नहीं है कि न तो आप लोग मुझे जानते हैं और न मैं आप लोगों को जानती हूं, इसके अतिरिक्त जब तक मुझे इस बात का निश्चय न हो जाए कि आप लोग मेरे साथ किसी तरह की बुराई न करेंगे तब तक मैं आप लोगों को अपना परिचय भी नहीं दे सकती। हां इतना अवश्य कह सकती हूं कि मैं बहुत दिनों से कैदियों की तरह इस तिलिस्म में पड़ी हूं। यदि आप लोग दयावान् और सज्जन हैं तो मुझे इस कैद से अवश्य छुड़ावेंगे।

कोई दुःखिनी।"

गोपाल- (आश्चर्य से) यह तो एक दूसरी ही बात निकली।

इन्द्र- ठीक है मगर इसके लिखने पर हम लोग विश्वास ही क्यों कर सकते हैं?

गोपाल- आप सच कहते हैं, हम लोगों को इसके लिखने पर यकायक विश्वास न करना चाहिए। खैर मैं जाता हूं आप जो उचित समझेंगे करेंगे। आइए इस समय हम लोग एक साथ बैठ के भोजन तो कर लें, फिर क्या जाने कब और क्योंकर मुलाकात हो।

इतना कहकर गोपाल सिंह ने वह चंगेर जो अपने साथ लाए थे और जिसमें खाने की अच्छी-अच्छी चीजें थीं, आगे रक्खीं और तीनों भाई एक साथ भोजन और बीच-बीच में बातचीत भी करने लगे। जब खाने से छुट्टी मिली तो तीनों भाइयों ने नहर में से जल पीया और मुंह धोकर निश्चिन्त हुए। इसके बाद कुंअर इन्द्रजीत सिंह और आनन्द सिंह को बहुत कुछ समझा-बुझा और वहां से देवमन्दिर में जाने का रास्ता बताकर राजा गोपाल सिंह वहां से रवाना हो गए।

***

बयान-11

राजा गोपाल सिंह के चले जाने के बाद दोनों कुमारों ने बातचीत करते-करते ही रात बिता दी और सुबह को दोनों भाई जरूरी कामों से छुट्टी पाकर फिर उसी बाजे वाले कमरे की तरफ रवाना हुए। जिस राह से इस बाग में आये थे वह दरवाजा अभी तक खुला हुआ था, उसी राह से होते हुए दोनों तिलिस्मी बाजे के पास पहुंचे। इस समय आनन्द सिंह अपने तिलिस्मी खंजर से रोशनी कर रहे थे।

दोनों भाइयों की राय हुई कि इस बाजे में जो कुछ बातें भरी हुई हैं उन्हें एक दफ़े अच्छी तरह सुनकर याद कर लेना चाहिए, फिर जैसा होगा देखा जाएगा। आखिर ऐसा ही किया। बाजे की ताली उनके हाथ लग ही चुकी थी और ताली लगाने की तर्कीब उस तख्ती पर लिखी हुई थी जो ताली के साथ मिली थी। अस्तु इन्द्रजीत सिंह ने बाजे में ताली लगाई और दोनों भाई उसकी आवाज गौर से सुनने लगे। जब बाजे का बोलना बन्द हुआ तो इन्द्रजीत सिंह ने आनन्द सिंह से कहा, "मैं बाजे में ताली लगाता हूं और तिलिस्मी खंजर से रोशनी भी करता हूं और तुम इस बाजे में से जो कुछ आवाज निकले संक्षेप रीति से लिखते चले जाओ।" आनन्द सिंह ने इसे कबूल किया और उसी किताब में जिसमें पहिले इन्द्रजीत सिंह इस बाजे की कुछ आवाज लिख चुके थे लिखने लगे। पहिले वह आवाज लिख गए जो अभी बाजे में से निकली थी इसके बाद इन्द्रजीत सिंह ने इस बाजे का एक खटका दबाया और फिर ताली देकर आवाज सुनने तथा आनन्द सिंह लिखने लगे।

इस बाजे में जितनी आवाजें भरी हुई थीं उनका सुनना और लिखना दो-चार घण्टे का काम न था बल्कि कई दिनों का काम था क्योंकि बाजा बहुत धीरे-धीरे चलकर आवाज देता था और जो बात कुमार के समझ में न आती थी उसे दोहराकर सुनना पड़ता था। अस्तु आज चार घण्टे तक दोनों कुमार उस बाजे की आवाज सुनने और लिखने में लगे रहे, इसके बाद फिर उसी बाग में चले आये जिसका जिक्र ऊपर आ चुका है। बाकी का दिन और रात उसी बाग में बिताया और दूसरे दिन सवेरे जरूरी कामों से छुट्टी पाकर फिर तहखाने में घुसे तथा बाजे वाले कमरे में आकर फिर बाजे की आवाज सुनने और लिखने के काम में लगे। इसी तरह दोनों कुमारों को बाजे की आवाज सुनने और लिखने के काम में कई दिन लग गए और इस बीच में दोनों कुमारों ने तीन दफ़े उस औरत को देखा जिसका हाल पहिले लिखा जा चुका है और जिसकी लिखी एक चिट्ठी राजा गोपाल सिंह के हाथ लगी थी। उस औरत के विषय में जो बातें लिखने योग्य हुईं उन्हें हम यहां पर लिखते हैं।

राजा गोपाल सिंह के जाने के बाद पहिली दफ़े जब वह औरत दिखाई दी उस समय दोनों भाई नहर के किनारे बैठे बातचीत कर रहे थे। समय संध्या का था और बाग की हर एक चीज साफ-साफ दिखाई दे रही थी। यकायक वह औरत उसी चमेली की झाड़ी में से निकलती दिखाई दी। वह दोनों कुमारों की तरफ तो नहीं आई मगर उन्हें दिखाकर एक कपड़े का टुकड़ा जमीन पर रखने के बाद पुनः चमेली की झाड़ी में घुसकर गायब हो गई।

इन्द्रजीत सिंह की आज्ञा पाकर आनन्द सिंह वहां गये और उस टुकड़े को उठा लाए, उस पर किसी तरह के रंग से यह लिखा हुआ था -

"सत्पुरुषों के आगमन से दीन-दुखिया प्रसन्न होते हैं और सोचते हैं कि अब हमारा भी कुछ न कुछ भला होगा। मुझ दुखिया को भी इस तिलिस्म में सत्पुरुषों की बाट जोहते और ईश्वर से प्रार्थना करते बहुत दिन बीत गए, परन्तु अब आप लोगों के आने से भलाई की आशा जान पड़ने लगी है। यद्यपि मेरा दिल गवाही देता है कि आप लोगों के हाथ से सिवाय भलाई के मेरी बुराई नहीं हो सकती तथापि इस कारण से कि बिना समझे दोस्त-दुश्मन का निश्चय कर लेना नीति के विरुद्ध है, मैं आपकी सेवा में उपस्थित न हुई। अब आशा है कि आप अनुग्रहपूर्वक अपना परिचय देकर मेरा भ्रम दूर करेंगे।

इन्दिरा।"

इस पत्र के पढ़ने से दोनों कुमारों को बड़ा ताज्जुब हुआ और इन्द्रजीत सिंह की आज्ञानुसार आनन्द सिंह ने उसके पत्र का यह उत्तर लिखा -

"हम लोगों की तरफ से किसी तरह का खुटका न रखो। हम लोग राजा वीरेन्द्र सिंह के लड़के हैं और इस तिलिस्म को तोड़ने के लिए यहां आए हैं। तुम बेखटके अपना हाल हमसे कहो, हम लोग निःसन्देह तुम्हारा दुःख दूर करेंगे।"

यह चिट्ठी चमेली की झाड़ी में उसी जगह हिफाजत के साथ रख दी गई जहां से उस औरत की चिट्ठी मिली थी। दो दिन तक वह औरत दिखाई न दी मगर तीसरे दिन जब दोनों कुमार बाजे वाले तहखाने में से लौटे और उस चमेली की टट्टी के पास गए तो ढूंढ़ने पर आनन्द सिंह को अपनी लिखी हुई चिट्ठी का जवाब मिला। यह जवाब भी एक छोटे से कपड़े के टुकड़े पर लिखा हुआ था जिसे आनन्द सिंह ने पढ़ा, मतलब यह था -

"यह जानकर मुझे बड़ी प्रसन्नता हुई कि आप राजा वीरेन्द्र सिंह के लड़के हैं जिन्हें मैं बहुत अच्छी तरह से जानती हूं, इसलिए आपकी सेवा में बेखटके उपस्थित हो सकती हूं, मगर राजा गोपाल सिंह से डरती हूं जो आपके पास आया करते हैं।

इन्दिरा।"

पुनः कुंअर इन्द्रजीत सिंह की तरफ से यह जवाब लिखा गया -

"हम प्रतिज्ञा करते हैं कि राजा गोपाल सिंह भी तुम्हें किसी प्रकार का कष्ट न देंगे।"

यह चिट्ठी भी उसी तरह ठिकाने पर रख दी गई और फिर दो रोज तक इन्दिरा का कुछ हाल मालूम न हुआ। तीसरे दिन संध्या होने के पहिले जब कुछ-कुछ दिन बाकी था और दोनों कुमार उसी बाग में नहर के किनारे बैठे बातचीत कर रहे थे यकायक उसी चमेली की झाड़ी में से हाथ में लालटेन लिए निकलती हुई इन्दिरा दिखाई पड़ी। वह सीधे उस तरफ रवाना हुई जहां दोनों कुमार नहर के किनारे बैठे हुए थे। जब उनके पास पहुंची लालटेन जमीन पर रखकर प्रणाम किया और हाथ जोड़कर सामने खड़ी हो गई। इसकी सूरत-शक्ल के बारे में हमें जो लिखना था ऊपर लिख चुके हैं। यहां पुनः लिखने की आवश्यकता नहीं है, हां इतना जरूर कहेंगे कि इस समय इसकी पोशाक में फर्क था। इन्द्रजीत सिंह ने बड़े गौर से देखा और कहा, "बैठ जाओ और निडर होकर अपना हाल कहो।"

इन्दिरा- (बैठकर) इसीलिए तो मैं सेवा में उपस्थित हुई हूं कि अपना आश्चर्यजनक हाल आपसे कहूं। आप प्रतापी राजा वीरेन्द्र सिंह के लड़के हैं और इस योग्य हैं कि हमारा मुकद्दमा सुनें, इन्साफ करें, दुष्टों को दण्ड दें और हम लोगों को दुःख के समुन्द्र से निकालकर बाहर करें।

इन्द्र- (आश्चर्य से) हम लोगों। क्या तुम अकेली नहीं हो। क्या तुम्हारे साथ कोई और भी इस तिलिस्म में दुःख भोग रहा है?

इन्दिरा- जी हां, मेरी मां भी इस तिलिस्म के अन्दर बुरी अवस्था में पड़ी है। मैं तो चलने-फिरने योग्य भी हूं परन्तु वह बेचारी तो हर तरह से लाचार है। आप मेरा किस्सा सुनेंगे तो आश्चर्य करेंगे और निःसन्देह आपको हम लोगों पर दया आएगी।

इन्द्र- हां-हां, हम सुनने के लिए तैयार हैं, कहो और शीघ्र कहो।

इन्दिरा अपना किस्सा शुरू किया ही चाहती थी कि उसकी निगाह यकायक राजा गोपाल सिंह पर जा पड़ी जो उसके सामने और दोनों कुमारों के पीछे की तरफ से हाथ में लालटेन लिये हुए आ रहे थे। वह चौंककर उठ खड़ी हुई और उसी समय कुंअर इन्द्रजीत सिंह तथा आनन्द सिंह ने भी घूमकर राजा गोपाल सिंह को देखा। जब राजा साहब दोनों कुमारों के पास पहुंचे तो इन्दिरा ने प्रणाम किया और हाथ जोड़कर खड़ी हो गई। कुंअर इन्द्रजीत सिंह और आनन्द सिंह भी बड़े भाई का लिहाज करके खड़े हो गए। इस समय राजा गोपाल सिंह का चेहरा खुशी से दमक रहा था और वे हर तरह से प्रसन्न मालूम होते थे।

इन्द्र- (गोपाल सिंह से) आपने तो कई दिन लगा दिए।

गोपाल- हां एक ऐसा ही मामला आ पड़ा था कि जिसका पूरा पता लगाए बिना यहां आ न सका। पर आज मैं अपने पेट में ऐसी-ऐसी खबरें भरके लाया हूं कि जिन्हें सुनकर आप लोग बहुत ही प्रसन्न होंगे और साथ ही इसके आश्चर्य भी करेंगे। मैं सब हाल आपसे कहूंगा मगर (इन्दिरा की तरफ इशारा करके) इस लड़की का हाल सुन लेने के बाद। (अच्छी तरह देखकर) निःसन्देह इसकी सूरत उस पुतली की ही तरह है।

आनन्द- कहिए भाईजी, अब तो मैं सच्चा ठहरा न?

गोपाल- बेशक, तो क्या इसने अपना हाल आप लोगों से कहा?

इन्द्र- जी यह अपना हाल कहा ही चाहती थी कि आप लोग दिखाई पड़ गए। यह यकायक हम लोगों के पास नहीं आई बल्कि पत्र द्वारा इसने पहिले मुझसे प्रतिज्ञा करा ली कि हम लोग इसका दुःख दूर करेंगे और आप (राजा गोपाल सिंह) भी इस पर खफा न होंगे।

गोपाल- (ताज्जुब से) मैं इस पर क्यों खफा होने लगा। (इन्दिरा से) क्यों जी, तुम्हें मुझसे डर क्यों पैदा हुआ?

इन्दिरा- इसलिए कि मेरा किस्सा आपके किस्से से बहुत सम्बन्ध रखता है, और हां इतना भी मैं इसी समय कह देना उचित समझती हूं कि मेरा चेहरा जिसे आप लोग देख रहे हैं असली नहीं बल्कि बनावटी है, यदि आज्ञा हो तो इसी नहर के जल से मैं मुंह धो लूं, तब आश्चर्य नहीं कि आप मुझे पहिचान लें।

गोपाल- (ताज्जुब से) क्या मैं तुम्हें पहिचान लूंगा?

इन्दिरा- यदि ऐसा हो तो आश्चर्य नहीं।

गोपाल- अच्छा, अपना मुंह धो डालो।

इतना कहकर राजा गोपाल सिंह लालटेन जमीन पर रखकर बैठ गए और कुंअर इन्द्रजीत सिंह तथा आनन्द सिंह को भी बैठने के लिए कहा। जब इन्दिरा अपना चेहरा साफ करने के लिए नहर के किनारे चलकर कुछ आगे बढ़ गई तब इन तीनों में यों बातचीत होने लगी -

इन्द्र- हां, यह तो कहिए आप क्या खबर लाए हैं?

गोपाल- वह किस्सा बहुत बड़ा है, पहिले इस लड़की का हाल सुन लें तब कहें, हां इसने अपना नाम क्या बताया था?

इन्द्र- इन्दिरा।

गोपाल- (चौंककर) इन्दिरा!

इन्द्र- जी हां।

गोपाल- (सोचते हुए, धीरे से) कौन-सी इन्दिरा वह इन्दिरा तो नहीं मालूम पड़ती, कोई दूसरी होगी, मगर शायद वही हो, हां वह तो कह चुकी है कि मेरी सूरत बनावटी है, आश्चर्य नहीं कि चेहरा साफ करने पर वही निकले, अगर वही हो तो बहुत अच्छा है।

इन्द्र- खैर, वह आती ही है, सब हाल मालूम हो जाएगा तब तक अपनी अनूठी खबरों में से दो-एक सुनाइये।

गोपाल- यहां से जाने के बाद मुझे रोहतास गढ़ का पूरा-पूरा हाल मालूम हुआ है क्योंकि आजकल राजा वीरेन्द्र सिंह, तेज सिंह, देवी सिंह, भैरो सिंह, तारा सिंह, किशोरी, कामिनी,

कमलिनी, लाडिली और मेरी स्त्री लक्ष्मीदेवी इत्यादि सब कोई वहां ही जुटे हुए हैं और एक अजीबोगरीब मुकद्दमा पेश है।

इन्द्र- (चौंककर) लक्ष्मीदेवी! क्या इनका पता लग गया?

गोपाल- हां, लक्ष्मीदेवी वही तारा निकली जो कमलिनी के यहां उसकी सखी बनके रहती थी और जिसे आप जानते हैं।

इन्द्र- (आश्चर्य से) वही लक्ष्मीदेवी थीं!

गोपाल- हां, वह लक्ष्मीदेवी ही थी जो बहुत दिनों से अपने को छिपाये हुए दुश्मनों से बदला लेने का मौका ढूंढ़ रही थी और समय पाकर अनूठे ढंग से यकायक प्रकट हो गई। उसका किस्सा भी बड़ा ही अनूठा है।

आनन्द- तो क्या आप रोहतास गढ़ गए थे?

गोपाल- नहीं।

इन्द्र- सो क्यों, इतना सब हाल सुनने पर भी आप लक्ष्मीदेवी को देखने के लिए वहां क्यों नहीं गए?

गोपाल- वहां न जाने का सबब भी बतावेंगे।

इन्द्र- खैर, यह बताइये कि लक्ष्मीदेवी यकायक किस अनूठे ढंग से प्रकट हो गईं और रोहतास गढ़ में कौन-सा अजीबोगरीब मुकद्दमा पेश है?

गोपाल- मैं सब हाल आपसे कहूंगा, देखिए वह इन्दिरा आ रही है, पर कोई चिन्ता नहीं अगर यह वही इन्दिरा है जो मैं सोचे हुआ हूं तो उसके सामने भी सब हाल बेखटके कह दूंगा।

इतने ही में अपना चेहरा साफ करके इन्दिरा भी वहां आ पहुंची, चेहरा धोने और साफ करने से उसकी खूबसूरती में किसी तरह की कमी नहीं आई थी बल्कि वह पहिले से ज्यादे खूबसूरत मालूम पड़ती थी, हां अगर कुछ फरक पड़ा था तो केवल इतना ही कि बनिस्बत पहिले के अब वह कम उम्र की मालूम होती थी।

इन्दिरा के पास आते ही और उसकी सूरत देखते ही गोपाल सिंह झट से उठ खड़े हुए और उसका हाथ पकड़कर बोले, "हैं, इन्दिरा! बेशक तू वही इन्दिरा है जिसके होने की मैं आशा करता था। यद्यपि कई वर्षों के बाद आज किस्मत ने तेरी सूरत दिखाई है और जब मैंने आखिरी मर्तबे तेरी सूरत देखी थी तब तू निरी लड़की थी मगर फिर भी आज मैं तुझे पहिचाने बिना नहीं रह सकता। तू मुझसे डर मत और अपने दिल में किसी तरह का खुटका भी मत ला। मुझे खूब मालूम हो गया है कि मेरे मामले में तू बिल्कुल बेकसूर है। मैं तुझे धर्म की लड़की समझता हूं और समझूंगा, मेरे सामने बैठ जा और अपना अनूठा किस्सा कह। हां पहिले यह तो बता कि तेरी मां कहां है कैद से छूटने पर मैंने उसकी बहुत खोज की मगर कुछ भी पता न लगा। नि:सन्देह तेरा किस्सा बड़ा ही अनूठा होगा।"

इन्दिरा- (बैठने के बाद आंसू से भरी हुई आंखों को आंचल से पोंछती हुई) मेरी मां बेचारी भी इसी तिलिस्म में कैद है।

गोपाल- (ताज्जुब से) इसी तिलिस्म में कैद है।

इन्दिरा- जी हां, इसी तिलिस्म में कैद है, बड़ी कठिनाइयों से उसका पता लगाती हुई मैं यहां तक पहुंची। अगर मैं यहां तक पहुंचकर उससे न मिलती तो निःसन्देह वह अब तक मर गई होती। मगर न तो मैं उसे कैद से छुड़ा सकती हूं और न स्वयं इस तिलिस्म के बाहर ही निकल सकती हूं। दस-पन्द्रह दिन के लगभग हुए होंगे कि अकस्मात् एक किताब मेरे हाथ लग गई जिसके पढ़ने से इस तिलिस्म का कुछ हाल मुझे मालूम हो गया है और मैं यहां घूमने-फिरने लायक भी हो गई हूं, मगर इस तिलिस्म के बाहर नहीं निकल सकती। क्या कहूं उस किताब का मतलब पूरा-पूरा समझ में नहीं आता, यदि मैं उसे अच्छी तरह समझ सकती तो निःसन्देह यहां से बाहर जा सकती और आश्चर्य नहीं कि अपनी मां को भी छुड़ा लेती।

गोपाल- वह किताब कौन-सी है और कहां है?

इन्दिरा- (कपड़े के अन्दर से एक छोटी-सी किताब निकालकर और गोपाल सिंह के हाथ में देकर) लीजिए यही है।

यह किताब लम्बाई-चौड़ाई में बहुत छोटी थी और उसके अक्षर भी बड़े ही महीन थे मगर इसे देखते ही गोपाल सिंह का चेहरा खुशी से दमक उठा और उन्होंने इन्द्रजीत सिंह और आनन्द सिंह की तरफ देखकर कहा, "यही मेरी वह किताब है जो खो गई थी। (किताब चूमकर) आह, इसके खो जाने से तो मैं अधमुआ-सा हो गया था! (इन्दिरा से) यह तेरे हाथ कैसे लग गई?"

इन्दिरा- इसका हाल भी बड़ा विचित्र है, अपना किस्सा जब मैं कहूंगी तो उसी के बीच में वह भी आ जाएगा।

इन्द्र- (गोपाल सिंह से) मालूम होता है कि इन्दिरा का किस्सा बहुत बड़ा है, इसलिए आप पहिले रोहतास गढ़ का हाल सुना दीजिये तो एक तरफ से दिलजमई हो जाय।

कमलिनी के मकान की तबाही, किशोरी, कामिनी और तारा की तकलीफ, नकली बलभद्र सिंह के कारण भूतनाथ की परेशानी, लक्ष्मीदेवी, दारोगा और शेरअलीखां का रोहतास गढ़ में गिरफ्तार होना, राजा वीरेन्द्र सिंह का वहां पहुंचना, भूतनाथ के मुकद्दमे की पेशी, कृष्णा जिन्न का पहुंचकर इन्दिरा वाले कलमदान को पेश करना और असली बलभद्र सिंह का पता लगाने के लिए भूतनाथ को छुट्टी दिला देना इत्यादि जो कुछ बातें हम ऊपर लिख आए हैं वह सब हाल राजा गोपाल सिंह ने इन्दिरा के सामने ही दोनों कुमारों से बयान किया और सभी ने बड़े गौर से सुना।

इन्दिरा- बड़े आश्चर्य की बात है कि वह कलमदान जिस पर मेरा नाम लिखा हुआ था कृष्णा जिन्न के हाथ क्योंकर लगा! हां, उस कलमदान का हमारे कब्जे से निकल जाना बहुत ही बुरा

हुआ। यदि वह आज मेरे पास होता तो मैं बात की बात में भूतनाथ के मुकद्दमे का फैसला कर देती मगर अब क्या हो सकता है!

गोपाल- इस समय वह कलमदान राजा वीरेन्द्र सिंह के कब्जे में है इसलिए उसका तुम्हारे हाथ लगना कोई बड़ी बात नहीं है।

इन्दिरा- ठीक है मगर उन चीजों का मिलना तो अब कठिन हो गया जो उसके अन्दर थीं और उन्हीं चीजों का मिलना सबसे ज्यादे जरूरी था।

गोपाल- ताज्जुब नहीं कि वे चीजें भी कृष्णा जिन्न के पास हों और वह महाराज के कहने से तुम्हें दे दें।

इन्द्र- या उन चीजों से स्वयम् कृष्णा जिन्न वह काम निकाले जो तुम कर सकती हो।

इन्दिरा- नहीं, उन चीजों का मतलब जितना मैं बता सकती हूं उतना कोई दूसरा नहीं बता सकता।

गोपाल- खैर, जो कुछ होगा देखा जाएगा।

आनन्द- (गोपाल सिंह से) यह सब हाल आपको कैसे मालूम हुआ क्या आपने कोई आदमी रोहतास गढ़ भेजा था या खुद पिताजी ने यह सब हाल कहला भेजा है?

गोपाल- भूतनाथ स्वयम् मेरे पास मदद लेने के लिए आया था मगर मैंने मदद देने से इनकार किया।

इन्द्र- (ताज्जुब से) ऐसा क्यों किया?

गोपाल- (ऊंची सांस लेकर) विधाता के हाथों से मैं बहुत सताया गया हूं। सच तो यों है कि अभी तक मेरे होशहवास ठिकाने नहीं हुए, इसलिए मैं कुछ मदद करने लायक नहीं हूं, इसके अतिरिक्त मैं खुद अपनी तिलिस्मी किताब खो जाने के गम में पड़ा हुआ था, मुझे किसी की बात कब अच्छी लगती थी।

इन्द्र- (मुस्कराकर) जी नहीं, ऐसा करने का सबब कुछ दूसरा ही है, मैं कुछ-कुछ समझ गया, खैर देखा जाएगा, अब इन्दिरा का किस्सा सुनना चाहिए।

गोपाल- (इन्दिरा से) अब तुम अपना हाल कहो, यद्यपि तुम्हारा और तुम्हारी मां का हाल मैं बहुत कुछ जानता हूं मगर इन दोनों भाइयों को उसकी कुछ भी खबर नहीं है, बल्कि तुम दोनों का कभी नाम भी शायद इन्होंने न सुना होगा।

इन्द्र- बेशक, ऐसा ही है।

गोपाल- इसलिए तुम्हें चाहिए कि अपना और अपनी मां का हाल शुरू से कह सुनाओ, मैं समझता हूं कि तुम्हें अपनी मां का कुछ हाल मालूम होगा?

इन्दिरा- जी हां, मैं अपनी मां का हाल खुद उसकी जुबानी और कुछ इधर-उधर से भी पूरी तरह सुन चुकी हूं।

गोपाल- अच्छा, तो अब कहना आरम्भ करो।

इस समय रात घण्टे भर से कुछ ज्यादे जा चुकी थी। इन्दिरा ने पहिले अपनी मां का और फिर अपना हाल इस तरह बयान किया -

इन्दिरा- मेरी मां का नाम सर्यू और पिता का नाम इन्द्रदेव है।

इन्द्र- (ताज्जुब से) कौन इन्द्रदेव?

गोपाल- वही इन्द्रदेव जो दारोगा का गुरुभाई है, जिसने लक्ष्मीदेवी की जान बचाई थी, और जिसका जिक्र मैं अभी कर चुका हूं।

इन्द्र- अच्छा, तब।

इन्दिरा- मेरे नाना बहुत अमीर आदमी थे। लाखों रुपये की मौरूसी जायदाद उनके हाथ लगी थी और वह खुद भी बहुत पैदा करते थे, सिवाय मेरी मां के उनको और कोई औलाद न थी, इसीलिए वह मेरी मां को बहुत प्यार करते थे और धन-दौलत भी बहुत ज्यादे दिया करते थे। इसी कारण मेरी मां का रहना बनिस्बत ससुराल के नैहर में ज्यादे होता था। जिस जमाने का मैं जिक्र करती हूं उस जमाने में मेरी उम्र लगभग सात-आठ वर्ष के होगी मगर मैं बातचीत और समझ-बूझ में होशियार थी और उस समय की बात आज भी मुझे इस तरह याद है जैसे कल ही की बातें हों।

जाड़े का मौसम था जब से मेरा किस्सा शुरू होता है। मैं अपने ननिहाल में थी। आधी रात का समय था, मैं अपनी मां के पास पलंग पर सोई हुई थी। यकायक दरवाजा खुलने की आवाज आई और किसी आदमी को कमरे में आते देख मेरी मां उठ बैठी, साथ ही इसके मेरी नींद भी टूट गई। कमरे के अन्दर इस तरह यकायक आने वाले मेरे नाना थे जिन्हें देख मेरी मां को बड़ा ही ताज्जुब हुआ और वह पलंग के नीचे उतरकर खड़ी हो गई।

आनन्द- तुम्हारे नाना का क्या नाम था?

इन्दिरा- मेरे नाना का नाम दामोदर सिंह था और वे इसी शहर जमानिया में रहा करते थे।

आनन्द- अच्छा, तब क्या हुआ?

इन्दिरा- मेरी मां को घबराई हुई देखकर नाना साहब ने कहा, "सर्यू इस समय यकायक मेरे आने से तुझे ताज्जुब होगा और निःसन्देह यह ताज्जुब की बात है भी, मगर क्या करूं किस्मत और लाचारी मुझसे ऐसा कराती है। सर्यू, इस बात को मैं खूब जानता हूं कि लड़की को अपनी मर्जी से ससुराल की तरफ बिदा कर देना सभ्यता के विरुद्ध और लज्जा की बात ही है मगर क्या करूं आज ईश्वर ही ने ऐसा करने के लिए मजबूर किया है। बेटी, आज मैं जबर्दस्ती अपने हाथ से अपने कलेजे को निकालकर बाहर फेंकता हूं अर्थात् अपनी एकमात्र औलाद को

(तुझको) जिसे देखे बिना कल नहीं पड़ती थी जबर्दस्ती उसके ससुराल की तरफ बिदा करता हूं। मैंने सभों की चोरी बालाजी को बुलावा भेजा है और मुझे खबर लगी है कि दो-घंटे के अन्दर ही वह आया चाहते हैं। इस समय तुझे यह इत्तिला देने आया हूं कि इसी घंटे-दो घंटे के अन्दर तू भी अपने जाने की तैयारी कर ले।" इतना कहते-कहते नाना साहब का जी उमड़ आया, गला भर गया, और उनकी आंखों से टपाटप आंसू की बूंदें गिरने लगीं।

इन्द्र- बालाजी किसका नाम है?

इन्दिरा- मेरे पिता को मेरे ननिहाल में सब कोई बालाजी कहकर पुकारा करते थे।

इन्द्र- अच्छा, फिर?

इन्दिरा- उस समय अपने पिता की ऐसी अवस्था देखकर मेरी मां बदहवास हो गई और उखड़ी हुई आवाज में बोली, "पिताजी, यह क्या आपकी ऐसी अवस्था क्यों हो रही है मैं यह बात क्यों देख रही हूं जो बात मैंने आज तक नहीं सुनी थी वह क्यों सुन रही हूं। मैंने ऐसा क्या कसूर किया है जो आज इस घर से निकाली जाती हूं?"

दामोदर सिंह ने कहा, "बेटी, तूने कुछ कसूर नहीं किया, सब कसूर मेरा है। जो कुछ मैंने किया है उसी का फल भोग रहा हूं बस इससे ज्यादे और मैं कुछ नहीं कहा चाहता, हां तुझसे मैं एक बात की अभिलाषा रखता हूं, आशा है कि तू अपने बाप की बात कभी न टालेगी। तू खूब जानती है कि इस दुनिया में तुझसे बढ़कर मैं किसी को नहीं मानता हूं और न तुमसे बढ़कर किसी पर मेरा स्नेह है, अतएव इसके बदले में केवल इतना ही चाहता हूं कि इस अन्तिम समय में जो कुछ मैं तुझे कहता हूं उसे तू अवश्य पूरा करे और मेरी याद अपने दिल में बनाये रहे...?"

इतना कहते-कहते मेरे नाना की बुरी हालत हो गई। आंसुओं ने उनके रोआबदार चेहरे को तर कर दिया और गला ऐसा भर गया कि कुछ कहना कठिन हो गया। मेरी मां भी अपने पिता की विचित्र बातें सुनकर अधमुई-सी हो गई। पिता स्नेह ने उसका कलेजा हिला दिया, न रुकने वाले आंसुओं को पोंछकर और मुश्किल से अपने दिल को सम्हालकर वह बोली, "पिताजी, कहो, शीघ्र कहो कि आप मुझसे क्या चाहते हैं मैं आपके चरणों पर जान देने के लिए तैयार हूं।"

इसके जवाब में दामोदर सिंह ने यह कहकर कि "मैं भी तुमसे यही आशा रखता हूं" अपने कपड़ों के अन्दर से एक कलमदान निकाला और मेरी मां को देकर कहा, "इसे अपने पास हिफाजत से रखियो और जब तक मैं इस दुनिया में कायम रहूं इसे कभी मत खोलियो। देख, इस कलमदान के ऊपर तीन तस्वीरें बनी हुई हैं। बिचली तस्वीर के नीचे इन्दिरा का नाम लिखा हुआ है। जब तेरा पति इस कलमदान के अन्दर का हाल पूछे तो कह दीजियो कि मेरे पिता ने यह कलमदान इन्दिरा को दिया है और इस पर उसका नाम भी लिख दिया है तथा ताकीद कर दी है कि जब तक इन्दिरा की शादी न हो जाए यह कलमदान खोला न जाए अस्तु। जिस तरह हो यह कलमदान खुलने न पावे। यह तकलीफ तुझे ज्यादे दिन तक भोगनी न पड़ेगी क्योंकि मेरी

जिन्दगी का अब कोई ठिकाना नहीं रहा। मैं इस समय खूंखार दुश्मनों से घिरा हुआ हूं, नहीं कह सकता कि आज मरूं या कल, मगर तू मेरे मरने का अच्छी तरह से निश्चय कर लीजियो तब इस कलमदान को खोलियो। इसकी ताली मैं तुझे नहीं देता, जब इसके खोलने का समय आवे तब जिस तरह हो सके खोल डालियो।" इतना कहकर मेरे नाना वहां से चले गए और रोती हुई मेरी मां को उसी तरह छोड़ गए।

इन्द्र- मैं समझता हूं कि यह वही कलमदान था जो कृष्णा जिन्न ने महाराज के सामने पेश किया था और जिसका हाल अभी तुम्हारे सामने भाई साहब ने बयान किया है।

इन्दिरा- जी हां।

इन्द्र- निःसन्देह यह अनूठा किस्सा है, अच्छा तब क्या हुआ?

इन्दिरा- घंटे भर तक मेरी मां तरह-तरह की बातें सोचती और रोती रही। इसके बाद दामोदर सिंह पुनः इस कमरे में आए और मेरी मां को रोती हुई देखकर बोले, "सर्यू, तू अभी तक बैठी रो रही है। अरी बेटी, तुझे तो अब अपने प्यारे बाप के लिए जन्म भर रोना है। इस समय तू अपने दिल को सम्हाल और जाने की शीघ्र तैयारी कर, अगर तू विलम्ब करेगी तो मुझे बड़ा कष्ट होगा और मुझे कष्ट देना तेरा धर्म नहीं है। बस अब अपने को सम्हाल। हां मैं एक दफ़े पुनः तुझसे पूछता हूं कि उस कलमदान के विषय में जो मैंने कहा है तू वैसा ही करेगी न" इसके जवाब में मेरी मां ने सिसककर कहा, "जो कुछ आपने आज्ञा की है मैं उसका पालन करूंगी, परन्तु मेरे पिता, यह तो बताओ कि तुम ऐसा क्यों कर रहे हो?"

मेरी मां ने बहुत कुछ मिन्नत और आजिजी की मगर नाना साहब ने अपनी बदहवासी का सबब कुछ भी बयान न किया और बाहर चले गए। थोड़ी ही देर बाद एक लौंडी ने आकर खबर दी कि बालाजी (मेरे पिता इन्द्रदेव) आ गए। उस समय मेरी मां को नाना साहब की बातों का निश्चय हो गया और वह समझ गई कि अब इस समय यहां से रवाना हो जाना पड़ेगा।

थोड़ी ही देर बाद मेरे पिता घर में आए। मां ने उनसे उनके आने का सबब पूछा जिसके जवाब में उन्होंने कहा कि तुम्हारे पिता ने एक विश्वासी आदमी के हाथ मुझे पत्र भेजा जिसमें केवल इतना ही लिखा था कि इस पत्र को देखते ही चल पड़ो और जितनी जल्दी हो सके हमारे पास पहुंचो। मैं पत्र पढ़ते ही घबरा गया, उस आदमी से पूछा कि घर में कुशल तो है उसने कहा कि सब कुशल है। मैं बहुत तेज घोड़े पर सवार कराके तुम्हारे पास भेजा गया हूं, अब मेरा घोड़ा लौट जाने लायक नहीं है मगर तुम बहुत जल्द उनके पास जाओ। मैं घबराया हुआ एक तेज घोड़े पर सवार होकर उसी वक्त चल पड़ा मगर इस समय यहां पहुंचने पर उनसे ऐसा करने का सबब पूछा तो कोई भी जवाब न मिला। उन्होंने एक कागज मेरे हाथ में देकर कहा कि इसे हिफाजत से रखना। इस कागज में मैंने अपनी कुल जायदाद इन्दिरा के नाम लिख दी है। मेरी जिन्दगी का अब कोई ठिकाना नहीं। तुम इस कागज को अपने पास रखो और अपनी स्त्री तथा लड़की को लेकर इसी समय यहां से चले जाओ, क्योंकि अब जमानिया में बड़ा भारी उपद्रव

उठा चाहता है। बस इससे ज्यादे और कुछ न कहेंगे। तुम्हारी बिदाई का सब बन्दोबस्त हो चुका है, सवारी इत्यादि तैयार है।

इतना कहकर मेरे पिता चुप हो गए और दम भर के बाद उन्होंने मेरी मां से पूछा कि इन सब बातों का सबब यदि तुम्हें कुछ मालूम हो तो कहो। मेरी मां ने भी थोड़ी देर पहिले जो कुछ हो चुका था कह सुनाया मगर कलमदान के बारे में केवल इतना ही कहा कि पिताजी यह कलमदान इन्दिरा के लिए दे गए हैं। यह कह गये हैं कि कोई इसे खोलने न पावे, जब इन्दिरा की शादी हो जाए तो वह अपने हाथ से इसे खोले।

इसके बाद मेरी पिताजी मिलने के लिए मेरी नानी के पास गए और देखा कि रोते-रोते उनकी अजीब हालत हो गई है। मेरे पिता को देखकर वह और भी रोने लगी मगर इसका सबब कुछ भी न बता सकी कि उसके मालिक को आज क्या हो गया है, वे इतने बदहवास क्यों हैं, और अपनी लड़की को इसी समय यहां से बिदा करने पर क्यों मजबूर हो रहे हैं, क्योंकि उस बेचारी को भी इसका कुछ मालूम न था।

यह सब बातें जो मैं ऊपर कह आई हूं सिवाय हम पांच आदमियों के और किसी को मालूम न थीं। उस घर का और कोई भी यह नहीं जानता था कि आज दामोदर सिंह बदहवास हो रहे हैं और अपनी लड़की को किसी लाचारी से इसी समय बिदा कर रहे हैं।

थोड़ी देर बाद हम लोग बिदा कर दिए गए। मेरी मां रोती हुई मुझे साथ लेकर रथ में रवाना हुई जिसमें मजबूत घोड़े जुते हुए थे, और इसी तरह के दूसरे रथ पर बहुत-सा सामान लेकर मेरे पिता सवार हुए और हम लोग वहां से रवाना हुए। हिफाजत के लिए कई हथियारबन्द सवार भी हम लोगों के साथ थे।

जमानिया से मेरे पिता का मकान केवल तीस-पैंतीस कोस की दूरी पर होगा। जिस वक्त हम लोग घर से रवाना हुए उस वक्त दो घंटे रात बाकी थी और जिस समय हम लोग घर पहुंचे उस समय पहर भर से भी ज्यादे दिन बाकी था। मेरी मां तमाम रास्ते रोती गई और घर पहुंचने पर भी कई दिनों तक उसका रोना बन्द न हुआ। मेरे पिता के रहने का स्थान बड़ा ही सुन्दर और रमणीक है मगर उसके अन्दर जाने का रास्ता बहुत ही गुप्त रखा गया है।

इस जगह इन्दिरा ने इन्द्रदेव के मकान और रास्ते का थोड़ा-सा हाल बयान किया और उसके बाद फिर अपना किस्सा कहने लगी -

इन्दिरा- मेरे पिता तिलिस्मी दारोगा हैं और यद्यपि खुद भी बड़े भारी ऐयार हैं तथापि उनके यहां कई ऐयार नौकर हैं। उन्होंने अपने दो ऐयारों को इसलिए जमानिया भेजा कि वे एक साथ मिलकर या अलग-अलग होकर दामोदर सिंह जी की बदहवासी और परेशानी का पता गुप्त रीति से लगावें और यह मालूम करें कि वह कौन से दुश्मनों की चालबाजियों के शिकार हो रहे हैं। इस बीच मेरे पिता ने पुनः मेरी मां से कलमदान का हाल पूछा जो उसके पिता ने उसे दिया

था और मेरी मां ने उसका हाल साफ-साफ कह दिया अर्थात् जो कुछ उस कलमदान के विषय में दामोदर सिंह जी ने नसीहत इत्यादि की थी वह साफ-साफ कह सुनाया।

जिस दिन मैं अपनी मां के साथ पिता के घर गई उसके ठीक पन्द्रहवें दिन संध्या के समय मेरे पिता के एक ऐयार ने खबर पहुंचाई कि जमानिया में प्रात:काल सरकारी महल के पास वाले चौमुहाने पर दामोदर सिंह जी की लाश पाई गई जो लहू से भरी हुई थी और सिर का पता न था। महाराज ने उस लाश को अपने पास उठवा मंगाया और तहकीकात हो रही है। इस खबर को सुनते ही मेरी मां जोर-जोर से रोने और अपना माथा पीटने लगी। थोड़ी ही देर बाद मेरे ननिहाल का भी एक दूत आ पहुंचा और उसने भी वही खबर सुनाई। पिताजी ने मेरी मां को बहुत समझाया और कहा कि कलमदान देते समय तुम्हारे पिता ने तुमसे कहा था कि मेरे मरने के बाद इस कलमदान को खोलना मगर मेरे मरने का अच्छी तरह निश्चय कर लेना। उनका ऐसा कहना बेसबब न था। 'मरने का निश्चय कर लेना' यह बात उन्होंने नि:सन्देह इसीलिए कही होगी कि उनके मरने के विषय में लोग हम सभों को धोखा देंगे यह बात उन्हें अच्छी तरह मालूम थी, अस्तु अभी से रो-रोकर अपने को हलकान मत करो और पहिले मुझे जमानिया जाकर उनके मरने के विषय में निश्चय कर लेने दो। यह जरूर ताज्जुब और शक की बात है कि उन्हें मारकर कोई उनका सिर ले जाय और धड़ उसी तरह रहने दे। इसके अतिरिक्त तुम्हारी मां का भी बन्दोबस्त करना चाहिए, कहीं ऐसा न हो कि वह किसी दूसरे ही की लाश के साथ सती हो जाए। मेरी मां ने जमानिया जाने की इच्छा प्रकट की परन्तु पिता ने स्वीकार न करके कहा कि यह बात तुम्हारे पिता को भी स्वीकार न थी, नहीं तो अपनी जिन्दगी में ही तुम्हें यहां बिदा न कर देते, इत्यादि बहुत कुछ समझा-बुझाकर उसे शान्त किया और स्वयं उसी समय दो-तीन ऐयारों को साथ लेकर जमानिया की तरफ रवाना हो गए।

इतना कहकर इन्दिरा रुक गई और एक लम्बी सांस लेकर फिर बोली -

इन्दिरा- उस समय मेरे पिता पर जो कुछ मुसीबत बीती थी उसका हाल उन्हीं की जुबानी सुनना अच्छा मालूम होगा तथापि जो कुछ मुझे मालूम है मैं बयान करती हूं। मेरे पिता जब जमानिया पहुंचे तो सीधे घर चले गए। वहां पर देखा तो मेरी नानी को अपने पति की लाश के साथ सती होने की तैयारी करते पाया क्योंकि देखभाल करने के बाद राजा साहब ने उनकी लाश उनके घर भेजवा दी थी। मेरे पिता ने मेरी नानी को बहुत समझाया और कहा कि इस लाश के साथ तुम्हारा सती होना उचित नहीं है। कौन ठिकाना, यह कार्रवाई धोखा देने के लिए की गई हो और यदि यह दूसरे की लाश निकली तो तुम स्वयं विचार सकती हो कि तुम्हारा सती होना कितना बुरा होगा, अस्तु तुम इसकी दाह-क्रिया होने दो और इस बीच में मैं इस मामले का असल पता लगा लूंगा, अगर यह लाश वास्तव में उन्हीं की होगी तो खूनी का या उनके सिर का पता लगाना कोई कठिन न होगा। इत्यादि बहुत-सी बातें समझाकर उनको सती होने से रोका, स्वयं खूनियों का पता लगाने का उद्योग करने लगे।

आधी रात का समय था, सर्दी खूब पड़ रही थी। लोग लेहाफ के अन्दर मुंह छिपाए अपने-अपने घरों में सो रहे थे। मेरे पिता सूरत बदले और चेहरे पर नकाब डाले घूमते-फिरते उसी चौमुहाने पर जा पहुंचे जहां मेरे नाना की लाश पाई गई थी। उस समय चारों तरफ सन्नाटा छाया हुआ था। वे एक दुकान की आड़ में खड़े होकर कुछ सोच रहे थे कि दाहिनी तरफ से एक आदमी को आते देखा। वह आदमी भी अपने चेहरे को नकाब से छुपाए हुए था। मेरे पिता के देखते ही देखते वह उस चौमुहाने पर कुछ रखकर पीछे की तरफ मुड़ गया। मेरे पिता ने पास जाकर देखा तो एक लिफाफे पर नजर पड़ी, उसे उठा लिया और घर लौट आए। शमादान के सामने लिफाफा खोला, उसके अन्दर एक चिट्ठी थी, उसमें यह लिखा था -

“दामोदर सिंह के खूनी का जो कोई पता लगाना चाहे उसे अपनी तरफ से भी होशियार रहना चाहिए। ताज्जुब नहीं कि उसकी भी वही दशा हो जो दामोदर सिंह की हुई।”

इस पत्र को पढ़कर मेरे पिता तरद्दुद में पड़ गए और सबेरा होने तक तरह-तरह की बातें सोचते-विचारते रहे। उन्हें आशा थी कि सबेरा होने पर उनके ऐयार लोग घर लौट आएंगे और रात भर में जो कुछ उन्होंने किया है उसका हाल कहेंगे क्योंकि ऐसा करने के लिए उन्होंने अपने ऐयारों को ताकीद कर दी थी, मगर उनका विचार ठीक न निकला अर्थात् उनके ऐयार लौटकर न आए। दूसरा दिन भी बीत गया और तीसरे दिन भी दो पहर रात जाते-जाते तक मेरे पिता ने उन लोगों का इन्तजार किया मगर सब व्यर्थ था, उन ऐयारों का हाल कुछ भी मालूम न हुआ। आखिर लाचार होकर स्वयं उनकी खोज में जाने के लिए तैयार हो गए और घर से बाहर निकला ही चाहते थे कि कमरे का दरवाजा खुला और महाराज के एक चोबदार को साथ लिए नाना साहब का एक सिपाही कमरे के अन्दर दाखिल हुआ। पिता को बड़ा ताज्जुब हुआ और उन्होंने चोबदार से वहां आने का सबब पूछा। चोबदार ने जवाब दिया कि आपको कुंअर साहब (गोपाल सिंह) ने शीघ्र बुलाया है और अपने साथ लाने के लिए मुझे सख्त ताकीद की है।

गोपाल- हां ठीक है, मैंने उन्हें अपनी मदद के लिए बुलाया था क्योंकि मेरे और इन्द्रदेव के बीच दोस्ती थी और उस समय मैं दिली तकलीफों से बहुत बेचैन था। इन्द्रदेव से और मुझसे अब भी वैसी ही दोस्ती है, वह मेरा सच्चा दोस्त है, चाहे वर्षों हम दोनों में पत्रव्यवहार न हो दोस्ती में किसी तरह की कमी नहीं आ सकती।

इन्दिरा- बेशक, ऐसा ही है! तो उस समय का हाल और उसके बाद मेरे पिता से और आपसे जो-जो बातें हुई थीं सो आप अच्छी तरह बयान कर सकते हैं।

गोपाल- नहीं-नहीं, जिस तरह तुम और हाल कह रही हो उसी तरह वह भी कह जाओ, मैं समझता हूं कि इन्द्रदेव ने यह सब हाल तुमसे कहा होगा।

इन्दिरा- जी हां, इस घटना के कई वर्ष बाद पिताजी ने मुझसे सब हाल कहा था जो अभी तक मुझे अच्छी तरह याद है मगर मैं उन बातों को मुख्तसर ही में बयान करती हूं।

गोपाल- क्या हर्ज है तुम मुख्तसर में बयान कर जाओ, जहां भूलोगी मैं बता दूंगा, यदि वह हाल मुझे भी मालूम होगा।

इन्दिरा- जो आज्ञा! मेरे पिता जब चोबदार के साथ राजमहल में गए तो मालूम हुआ कि कुंअर साहब घर में नहीं हैं, कहीं बाहर गए हैं। आश्चर्य में आकर उन्होंने कुंअर साहब के खास खिदमतगार से दरियाफ्त किया तो उसने जवाब दिया कि आपके पास चोबदार भेजने के बाद बहुत देर तक अकेले बैठकर आपका इन्तजार करते रहे मगर जब आपके आने में देर हुई तो घबड़ाकर खुद आपके मकान की तरफ चले गए। यह सुनते ही मेरे पिता घबराकर वहां से लौटे और फौरन ही घर पहुंचे मगर कुंअर साहब से मुलाकात न हुई। दरियाफ्त करने पर पहरेदार ने कहा कि कुंअर साहब यहां नहीं आए हैं। वे पुन: लौटकर राजमहल में गये परन्तु कुंअर साहब का पता न लगना था और न लगा। मेरे पिताजी की वह तमाम रात परेशानी में बीती और उस समय उन्हें नाना साहब की बात याद आई जो उन्हेंने मेरे पिता से कही थी कि अब जमानिया में बड़ा भारी उपद्रव उठा चाहता है।

तमाम रात बीत गई, दूसरा दिन चला गया, तीसरा दिन गुजर गया, मगर कुंअर साहब का पता न लगा। सैकड़ों आदमी खोज में निकले, तमाम शहर में कोलाहल मच गया। जिसे देखिए वह इन्हीं के विषय में तरह-तरह की बातें कहता और आश्चर्य करता था। उन दिनों कुंअर साहब (गोपाल सिंह) की शादी लक्ष्मीदेवी से लगी हुई थी और तिलिस्मी दारोगा साहब शादी के विरुद्ध बातें किया करते थे, इस बात की चर्चा भी शहर में फैली हुई थी।

चौथे दिन आधी रात के समय मेरे पिता नाना साहब वाले मकान में फाटक के ऊपर वाले कमरे के अन्दर पलंग पर लेटे हुए कुंअर साहब के विषय में कुछ सोच रहे थे कि यकायक कमरे का दरवाजा खुला और आप (गोपाल सिंह) कमरे के अन्दर आते हुए दिखाई पड़े, मुहब्बत और दोस्ती में बड़ाई-छुटाई का दर्जा कायम नहीं रहता। कुंअर साहब को देखते ही मेरे पिता उठ खड़े हुए और दौड़कर उनके गले से चिपटकर बोले, "क्यों साहब, आप इतने दिनों तक कहां थे?"

उस समय कुंअर साहब की आंखों से आंसू की बूंदें टपटपाकर गिर रही थीं, चेहरे पर उदासी और तकलीफ की निशानी पाई जाती थी, और उन तीन दिनों में ही उनके बदन की यह हालत हो गई थी कि महीनों के बीमार मालूम पड़ते थे। मेरे पिता ने हाथ-मुंह धुलवाया तथा अपने पलंग पर बैठाकर हालचाल पूछा और कुंअर साहब ने इस तरह अपना हाल बयान किया -

"उस दिन मैंने तुमको बुलाने के लिए चोबदार भेजा, जब तक चोबदार तुम्हारे यहां से लौटकर आये उसके पहिले ही मेरे एक खिदमतगार ने मुझे इत्तिला दी कि इन्द्रदेव ने आपको अपने घर अकेले ही बुलाया है। मैं उसी समय उठ खड़ा हुआ और अकेले तुम्हारे मकान की तरफ रवाना हुआ। जब आधे रास्ते में पहुंचा तो तुम्हारे यहां का अर्थात् दामोदर सिंह का खिदमतगार जिसका नाम रामप्यारे है मिला और उसने कहा कि इन्द्रदेव गंगा किनारे की तरफ गये हैं और आपको

उसी जगह बुलाया है। मैं क्या जानता था कि एक अदना खिदमतगार मुझसे दगा करेगा। मैं बेधड़क उसके साथ गंगा के किनारे की तरफ रवाना हुआ। आधी रात से ज्यादे तो जा ही चुकी थी अतएव गंगा के किनारे बिल्कुल सन्नाटा छाया हुआ था। मैंने वहां पहुंचकर जब किसी को न पाया तो उस नौकर से पूछा कि इन्द्रदेव कहां हैं उसने जवाब दिया कि ठहरिये आते होंगे। उस घाट पर केवल एक डोंगी बंधी हुई थी, मैं कुछ विचारता हुआ उस डोंगी की तरफ देख रहा था कि यकायक दोनों तरफ से दस-बारह आदमी चेहरे पर नकाब डाले हुए आ पहुंचे और उन सभों ने फुर्ती के साथ मुझे गिरफ्तार कर लिया। वे सब बड़े मजबूत और ताकतवर थे और सब-के-सब एक साथ मुझसे लिपट गये। एक ने मेरे मुंह पर एक मोटा कपड़ा डालकर ऐसा कस दिया कि न तो मैं बोल सकता था और न कुछ देख सकता था। बात की बात में मेरी मुश्कें बांध दी गईं और जबर्दस्ती उसी डोंगी पर बैठा दिया गया जो घाट के किनारे बंधी हुई थी। डोंगी किनारे से खोल दी गई और बड़ी तेजी से चलाई गई। मैं नहीं कह सकता कि वे लोग कै आदमी थे और दो ही घण्टे में जब तक कि मैं उस पर सवार था डोंगी को लेकर कितनी दूर ले गए जब लगभग दो घण्टे बीत गए तब डोंगी किनारे लगी और मैं उस पर से उतारकर एक घोड़े पर चढ़ाया गया, मेरे दोनों पैर नीचे की तरफ मजबूती के साथ बांध दिये गए, हाथ की रस्सी ढीली कर दी गई जिससे मैं घोड़े की काठी पकड़ सकूं और घोड़ा तेजी के साथ एक तरफ को दौड़ाया गया। मैं दोनों हाथों से घोड़े की काठी पकड़े हुए था। यद्यपि मैं देखने और बोलने से लाचार कर दिया गया था मगर अन्दाज से और घोड़ों की टापों की आवाज से मालूम हो गया कि मुझे कई सवार घेरे हुए जा रहे हैं और मेरे घोड़े की लगाम किसी सवार के हाथ में है। कभी तेजी से और कभी धीरे-धीरे चलते-चलते दो पहर से ज्यादे बीत गए, पैरों में दर्द होने लगा और थकावट ऐसी जान पड़ने लगी कि मानो तमाम बदन चूर-चूर हो गया है। इसके बाद घोड़े रोके गए और मैं नीचे उतारकर एक पेड़ के साथ कसके बांध दिया गया और उस समय मेरे मुंह का कपड़ा खोल दिया गया। मैंने चारों तरफ निगाह दौड़ाई तो अपने को एक घने जंगल में पाया। दस आदमी मोटे-मुस्टंडे और उनकी सवारी के दस घोड़े सामने खड़े थे। पास ही में पानी का एक चश्मा बह रहा था, कई आदमी जीन खोलकर घोड़ों को ठंडा करने और चराने की फिक्र में लगे और बाकी शैतान हाथ में नंगी तलवार लेकर मेरे चारों तरह खड़े हो गए। मैं चुपचाप सभों की तरफ देखता था और मुंह से कुछ भी न बोलता था और न वे लोग ही मुझसे कुछ बात करते थे। (लम्बी सांस लेकर) यदि गर्मी का दिन होता तो शायद मेरी जान निकल जाती क्योंकि उन कम्बख्तों ने मुझे पानी तक के लिए नहीं पूछा और स्वयं खा-पीकर ठीक हो गए, अस्तु पहर भर के बाद फिर मेरी वही दुर्दशा की गई अर्थात् देखने और बोलने से लाचार करके घोड़े पर उसी तरह बैठाया गया और फिर सफर शुरू हुआ। पुनः दो पहर से ज्यादे देर तक सफर करना पड़ा और इसके बाद मैं घोड़े से नीचे उतारकर पैदल चलाया गया। मेरे पैर दर्द और तकलीफ से बेकार हो रहे थे मगर लाचारी ने फिर भी चौथाई कोस तक चलाया और इसके बाद चौखट लांघने की नौबत

आई, तब मैंने समझा कि अब किसी मकान में जा रहा हूं। मुझे चार दफ़े चौखट लांघनी पड़ी जिसके बाद मैं एक खम्भे के साथ बांध दिया गया। तब मेरे मुंह पर से कपड़ा हटाया गया।"

तिलिस्मी बाजे से निकली आवाज का मतलब यह है-

सारा तिलिस्म तोड़ने का खयाल न करो और इस तिलिस्म की ताली किसी चलती-फिरती से प्राप्त करो। इस बाजे में वे सब बातें भरी हैं जिनकी तुम्हें जरूरत है, ताली लगाया करो और सुना करो। अगर एक ही दफ़े सुनने में समझ न आवे तो दोहरा करके भी सुन सकते हो। इसकी तर्कीब और ताली इसी कमरे में है ढूंढो।

महाराज सूर्यकान्त की तस्वीर के नीचे लिखे हुए बारीक अक्षरों वाले मजमून का अर्थ यह है -

("स्वर दै गिन कै वर्ग पै") का अर्थ यह है -

खूब समझ के तब आगे पैर रखो।

बाजे वाले चौंतरे में खोजो, तिलिस्मी खंजर अपने देह से अलग मत करो नहीं तो जान पर आ बनेगी।

***

चन्द्रकांता संतति
भाग-15

बयान-1

इन्दिरा बोली- कुंअर साहब ने एक लम्बी सांस लेकर फिर अपना हाल कहना शुरू किया और कहा –

कुंअर- जब मुंह पर से कपड़ा हटा दिया गया, तब मैंने अपने को एक सजे हुए कमरे में देखा। वे ही आदमी जो मुझे यहां तक लाये थे अब भी मुझको चारों तरफ से घेरे हुए थे। छत के साथ बहुत-सी कन्दीलें लटक रही थीं और उनमें मोमबत्तियां जल रही थीं, दीवारगीरों में रोशनी हो रही थी, जमीन पर फर्श बिछा हुआ था और उस पर पचीस-तीस आदमी अमीराना ढंग की पोशाक पहिरे और सामने नंगी तलवारें रखे बैठे हुए थे मगर सभों का चेहरा नकाब से ढंका हुआ था। तमाम रास्ते में और उस समय मेरे दिल की क्या हालत थी सो मैं ही जानता हूं। एक आदमी ने जो सबसे ऊंची गद्दी पर बैठा था और शायद उन सभों का सभापति था मेरी तरफ मुंह करके कहा, "कुंअर गोपाल सिंह तुम समझते होगे कि मैं जमानिया के राजा का लड़का हूं, जो चाहूं सो कर सकता हूं, मगर अब तुम्हें मालूम हुआ होगा कि हमारी सभा इतनी जबर्दस्त है कि तुम्हारे जैसे के साथ भी जो चाहे सो कर सकती है। इस समय तुम हम लोगों के कब्जे में हो, मगर नहीं हमारी सभा ईमानदार है। हम लोग ईमानदारी के साथ दुनिया का इन्तजाम करते हैं। तुम्हारा बाप बड़ा ही बेवकूफ है और राजा होने के लायक नहीं है। जिस दिन से वह अपने को महात्मा साधू बनाए हुए है, दयावान् कहलाने के लिये मरा जाता है। दुष्टों को उतना दण्ड नहीं देता जितना देना चाहिए। इसी से तुम्हारे शहर में खूनखराबा ज्यादे होने लग गया है मगर खूनी के गिरफ्तार हो जाने पर भी वह किसी खूनी को दया के वश में पड़कर प्राणदण्ड नहीं दिया। इसी से अब हम लोगों को तुम्हारे यहां के बदमाशों का इन्साफ अपने हाथ में लेना पड़ा। तुम्हें खूब मालूम है कि जिस खूनी को तुम्हारे बाप ने केवल देश निकाले का दण्ड देकर छोड़ दिया था उसकी लाश तुम्हारे ही शहर के किसी चौमुहाने पर पाई गई थी। आज तुम्हें यह भी मालूम हो गया कि वह कार्रवाई हमीं लोगों ने की थी। तुम्हारे शहर का रहने वाला दामोदर सिंह भी हमारी सभा का सभासद (मेम्बर) था। एक दिन इस सभा ने लाचार होकर यह हुक्म जारी किया है कि जमानिया के राजा को अर्थात् तुम्हारे बाप को इस दुनिया से उठा दिया जाए, क्योंकि वह गद्दी चलाने लायक नहीं है, और तुमको जमानिया की गद्दी पर बैठाया जाए। यद्यपि दामोदर सिंह को भी नियमानुसार हमारा साथ देना उचित था, वह तुम्हारे बाप का पक्ष करके बेईमान हो गया, अतएव लाचार होकर हमारी सभा ने उसे प्राणदण्ड दिया। अब तुम लोग दामोदर सिंह के खूनी का पता लगाना चाहते हो मगर इसका नतीजा अच्छा नहीं निकल सकता। आज इस सभा ने

इसलिए तुम्हें बुलाया है कि तुम्हें हर बात से होशियार कर दिया जाय। इस सभा का हुक्म टल नहीं सकता, तुम्हारा बाप अब बहुत जल्द इस दुनिया से उठा दिया जाएगा और तुमको जमानिया की गद्दी पर बैठने का मौका मिलेगा। तुम्हें उचित है कि हम लोगों का पीछा न करो अर्थात् यह जानने का उद्योग न करो कि हम लोग कौन हैं या कहां रहते हैं, और अपने दोस्त इन्द्रदेव को भी ऐसा न करने के लिए ताकीद कर दो, नहीं तो तुम्हारे और इन्द्रदेव के लिए भी प्राणदण्ड का हुक्म दिया जाएगा, बस केवल इतना ही समझाने के लिए तुम इस सभा में बुलाए गये थे और अब बिदा किये जाते हो।"

इतना कहकर उस नकाबपोश ने ताली बजाई और उन्हीं दुष्टों ने जो मुझे वहां ले गये थे मेरे मुंह पर कपड़ा डालकर फिर उसी तरह से कस दिया। खम्भे से खोलकर मुझे बाहर ले आये, कुछ दूर पैदल चलाकर घोड़े पर लादा और उसी तरह दोनों पैर कसकर बांध दिये। लाचार होकर मुझे फिर उसी तरह का सफर करना पड़ा और किस्मत ने फिर उसी तरह मुझे तीन पहर तक घोड़े पर बैठाया। इसके बाद एक जंगल में पहुंचकर घोड़े पर से नीचे उतार दिया, हाथ-पैर खोल दिये, मुंह पर से कपड़ा हटा दिया और जिस घोड़े पर मैं सवार कराया गया था उसे साथ लेकर वे लोग वहां से रवाना हो गए। उस तकलीफ ने मुझे ऐसा बेदम कर दिया था कि दस कदम चलने की भी ताकत न थी और भूख-प्यास के मारे बुरी हालत हो गई थी। दिन पहर भर से ज्यादे चढ़ चुका था, पानी का बहता हुआ चश्मा मेरी आंखों के सामने था मगर मुझमें उठकर वहां तक जाने की ताकत न थी। घण्टे भर तो यों ही पड़ा रहा, इसके बाद धीरे-धीरे चश्मे के पास गया, खूब पानी पीया तब जी ठिकाने हुआ। मैं नहीं कह सकता कि किन कठिनाइयों से दो दिन में यहां तक पहुंचा हूं। अभी तक घर नहीं गया, पहिले तुम्हारे पास आया हूं। हां, धिक्कार है मेरी जिन्दगी और राजकुमार कहलाने पर! जब मेरी रिआया का इन्साफ बदमाशों के अधीन है तो मैं यहां का हाकिम क्योंकर कहलाने लगा जब मैं अपनी हिफाजत खुद नहीं कर सकता जो प्रजा की रक्षा कैसे कर सकूंगा बड़े खेद की बात है अदने दर्जे के बदमाश लोग हम पर मुकद्दमा करें और अब मेरे प्यारे पिता को मारने की फिक्र भी जारी है।

गोपाल सिंह- निःसन्देह उस समय मुझे बड़ा ही रंज हुआ था। आज जब मैं उन बातों को याद करता हूं तो मालूम होता है कि उन लोगों को यदि मुन्दर की शादी मेरे साथ करना मन्जूर न होता तो निःसन्देह मुझे भी मार डालते और या फिर गिरफ्तार ही न करते।

इन्द्र- ठीक है, (इन्दिरा से) अच्छा तब!

इन्दिरा- मेरे पिता ने जब यह सुना कि दामोदर सिंह के नौकर रामप्यारे ने कुंअर साहब को धोखा दिया तो उन्हें निश्चय हो गया कि रामप्यारे भी जरूर उस कमेटी का मददगार है। वे कुंअर साहब की आज्ञानुसार तुरन्त उठ खड़े हुए और रामप्यारे की खोज में फाटक पर आये मगर खोज करने पर मालूम हुआ कि रामप्यारे का पता नहीं लगता। लौटकर कुंअर साहब के पास

आये और बोले, "जो सोचा था वही हुआ। रामप्यारे भाग गया, आपका खिदमतगार भी जरूर भाग गया होगा।"

इसके बाद कुंअर साहब और मेरे पिता देर तक बातचीत करते रहे। पिता ने कुंअर साहब को कुछ खिला-पिला और समझा-बुझाकर शान्त किया और वादा किया कि मैं उस सभा तथा उसके सभासदों का पता जरूर लगाऊंगा। पहर भर रात बाकी होगी जब कुंअर साहब अपने घर की तरफ रवाना हुए। कई आदमियों को संग लिये हुए मेरे पिता भी उनके साथ गए। राजमहल के अन्दर पैर रखते ही कुंअर साहब को पहिले अपने पिता अर्थात् बड़े महाराज से मिलने की इच्छा हुई और वे मेरे पिता को साथ लिये हुए सीधे बड़े महाराज के कमरे में चले गए, मगर अफसोस, उस समय बड़े महाराज का देहान्त हो चुका था और यह बात सबसे पहिले कुंअर साहब ही को मालूम हुई थी। उस समय बड़े महाराज पलंग के ऊपर इस तरह पड़े हुए थे जैसे कोई घोर निद्रा में हो मगर जब कुंअर साहब ने उन्हें जगाने के लिए हिलाया तब मालूम हुआ कि वे महानिद्रा के अधीन हो चुके हैं।

इन्दिरा के मुंह से इतना हाल सुनते-सुनते राजा गोपाल सिंह की आंखों में आंसू भर आए और दोनों कुमारों के नेत्र भी सूखे न रहे। राजा साहब ने एक लम्बी सांस लेकर कहा, "मेरी मां का देहान्त पहिले ही हो चुका था, उस समय पिता के भी परलोक सिधारने से मुझे बड़ा कष्ट हुआ। (इन्दिरा से) अच्छा आगे कहो।"

इन्दिरा- बड़े महाराज के देहान्त की खबर जब चारों तरफ फैली तो महल और शहर में बड़ा ही कोलाहल मचा, मगर इस बात का खयाल कुंअर साहब और मेरे माता-पिता के अतिरिक्त और किसी को भी न था कि बड़े महाराज की जान भी उसी गुप्त कमेटी ने ली है और न इन दोनों ने अपने दिल का हाल किसी से कहा ही। इसके दो महीने बाद कुंअर साहब जमानिया की गद्दी पर बैठे और राजा कहलाने लगे। इस बीच में मेरे पिता ने उस कमेटी का पता लगाने के लिए बहुत उद्योग किया मगर कुछ पता न लगा। उन दिनों कई रजवाड़ों से मातमपुर्सी के खत आ रहे थे। रणधीर सिंह जी (किशोरी के नाना) के यहां से मातमपुर्सी का खत लेकर उनके ऐयार गदाधर सिंह[1] आए। गदाधर सिंह से और पिता से कुछ नातेदारी भी है जिसे मैं भी ठीक-ठीक नहीं जानती और इस समय मातमपुर्सी की रस्म पूरी करने के बाद मेरे पिता की इच्छानुसार

उन्होंने भी मेरे ननिहाल ही में डेरा डाला जहां मेरे पिता रहते थे और इस बहाने से कई दिनों तक दिन-रात दोनों आदमियों का साथ रहा। मेरे पिता ने यहां का हाल तथा उस गुप्त कमेटी में कुंअर साहब के पहुंचाये जाने का भेद कहके गदाधर सिंह से मदद मांगी जिसके जवाब में गदाधर सिंह ने कहा कि मैं मदद देने के लिये जी-जान से तैयार हूं परन्तु अपने मालिक की आज्ञा बिना ज्यादे दिन तक यहां ठहर नहीं सकता और यह काम दो-चार दिन का नहीं। तुम राजा गोपाल सिंह से कहो कि वे मुझे मेरे मालिक से थोड़े दिनों के लिए मांग लें तब मुझे कुछ उद्योग करने का मौका मिलेगा। आखिर ऐसा ही हुआ अर्थात आपने (गोपाल सिंह की तरफ

बताकर) अपना एक सवार पत्र देकर रणधीर सिंह के पास भेजा और उन्होंने गदाधर सिंह के नाम राजा साहब का काम कर देने के लिए आज्ञापत्र भेज दिया।

गदाधर सिंह जब जमानिया में आए थे तो अकेले न थे बल्कि अपने तीन-चार चेलों को भी साथ लाए थे, अस्तु अपने उन्हीं चेलों को साथ लेकर वे उस गुप्त कमेटी का पता लगाने के लिए तैयार हो गए। उन्होंने मेरे पिता से कहा कि इस शहर में रघुबर सिंह नामी एक आदमी रहता है जो बड़ा ही शैतान, रिश्वती और बेईमान है, मैं उसे फंसाकर अपना काम निकालना चाहता हूं मगर अफसोस यह कि वह तुम्हारे गुरुभाई अर्थात् तिलिस्मी दारोगा का दोस्त है और तिलिस्मी दारोगा को तुम्हारे राजा साहब बहुत मानते हैं। खैर, मुझे तो उन लोगों का कुछ खयाल नहीं है मगर तुम्हें इस बात की इत्तिला पहिले ही से दिये जाता हूं। इसके जवाब में मेरे पिता ने कहा कि उस शैतान को मैं भी जानता हूं, यदि उसे फांसने से कोई काम निकल सकता है तो निकालो और इस बात का कुछ खयाल न करो कि वह मेरे गुरुभाई का दोस्त है। इसके बाद मेरे पिता और गदाधर सिंह बहुत देर तक आपस में सलाह करते रहे और दूसरे दिन गदाधर सिंह ने लोगों के देखने में महाराज से बिदा होकर अपने घर का रास्ता लिया। गदाधर सिंह के जाने के बाद मेरे पिता भी उन्हीं लोगों का पता लगाने के लिए घूमने-फिरने और उद्योग करने लगे। एक दिन रात के समय मेरे पिता भेष बदलकर शहर में घूम रहे थे, अकस्मात् घूमते-फिरते गंगा किनारे उसी ठिकाने जा पहुंचे जहां (गोपाल सिंह की तरफ इशारा कर) इन्हें दुश्मनों ने गिरफ्तार कर लिया था। मेरे पिता ने भी एक डोंगी किनारे पर बंधी हुई देखी। उस समय उन्हें कुंअर साहब की बात याद आ गई और वे धीरे-धीरे चलकर उस डोंगी के पास जा खड़े हुए उसी समय कई आदमियों ने यकायक पहुंचकर उन्हें गिरफ्तार कर लिया। वे लोग हाथ में तलवारें लिये और अपने चेहरों को नकाब से ढंके हुए थे। यद्यपि मेरे पिता के पास भी तलवार थी और उन्होंने अपने आपको बचाने के लिए बहुत कुछ उद्योग किया बल्कि दो-एक आदमियों को जख्मी भी किया मगर नतीजा कुछ भी न निकला क्योंकि दुश्मनों ने एक मोटा कपड़ा बड़ी फुर्ती से उनके सिर और मुंह पर डालकर उन्हें हर तरह से बेकार कर दिया। मुख्तसर यह कि दुश्मनों ने उन्हें गिरफ्तार करने के बाद हाथ-पैर बांध के डोंगी में डाल दिया, डोंगी खोली गई और एक तरफ को तेजी के साथ रवाना हुई। पिता के मुंह पर कपड़ा कसा हुआ था इसलिए वे देख नहीं सकते थे कि डोंगी किस तरफ जा रही है और दुश्मन गिनती में कितने हैं। दो घण्टे तक उसी तरह चले जाने के बाद वे किश्ती के नीचे उतारे गये और जबर्दस्ती एक घोड़े पर चढ़ाए गए, दोनों पैर नीचे से कसके बांध दिये गये और उसी तरह उस गुप्त कमेटी में पहुंचाए गए जिस तरह कुंअर साहब अर्थात् राजा गोपाल सिंह जी वहां पहुंचाए गये थे। उसी तरह मेरे पिता भी एक खम्बे के साथ कसके बांध दिये गये और उनके मुंह पर से वह आफत का पर्दा हटाया गया। उस समय एक भयानक दृश्य उन्हें दिखाई दिया। जैसा कि कुंअर साहब ने उनसे बयान किया था ठीक उसी तरह का सजा-सजाया कमरा और वैसे ही बहुत से नकाबपोश बड़े ठाठ के साथ बैठे हुए थे।

पिता ने मेरी मां को भी एक खम्भे के साथ बंधी हुई और उस कलमदान को जो मेरे नाना साहब ने दिया था सभापति के सामने एक छोटी-सी चौकी के ऊपर रखे देखा। पिता को बड़ा आश्चर्य हुआ और अपनी स्त्री को भी अपनी तरह मजबूर देखकर मारे क्रोध के कांपने लगे मगर कर ही क्या सकते थे, साथ ही इसके उन्हें इस बात का भी निश्चय हो गया कि वह कलमदान भी कुछ इसी सभा से सम्बन्ध रखता है। सभापति ने मेरे पिता की तरफ देखकर कहा, "क्यों जी इन्द्रदेव, तुम तो अपने को बहुत होशियार और चालाक समझते हो। हमने राजा गोपाल सिंह की जुबानी क्या कहला भेजा था क्या तुम्हें नहीं कहा गया था कि तुम हम लोगों का पीछा न करो फिर तुमने ऐसा क्यों किया क्या हम लोगों से कोई बात छिपी रह सकती है। खैर, अब बताओ तुम्हारी क्या सजा की जाय देखो तुम्हारी स्त्री और यह कलमदान भी इस समय हम लोगों के अधीन है, बेईमान दामोदर सिंह ने तो इस कलमदान को गड्ढे में डालकर हम लोगों को फंसाना चाहा था मगर उसका अन्तिम वार खाली गया।" इसके जवाब में मेरे पिता ने गंभीर भाव से कहा, "नि:सन्देह मैं आप लोगों का पता लगा रहा था मगर बदनीयती के साथ नहीं बल्कि इस नीयत से कि मैं आप लोगों की इस सभा में शरीक हो जाऊं।"

सभापति ने हंसकर कहा, "बहुत खासे! अगर ऐसा ही हम लोग धोखे में आने वाले होते तो हम लोगों की सभा अब तक रसातल को पहुंच गई होती। क्या हम लोग नहीं जानते कि तुम हमारी सभा के जानी दुश्मन हो बेईमान दामोदर सिंह ने तो हम लोगों को चौपट करने में कुछ बाकी नहीं रखा था मगर बड़ी खुशी की बात है कि यह कलमदान हम लोगों को मिल गया और हमारी सभा का भेद छिपा रह गया!"

सभापति की इस बात से मेरे पिता को मालूम हो गया कि उस कलमदान में नि:सन्देह इसी सभा का भेद बन्द है, अस्तु उन्होंने मुस्कुराहट के साथ सभापति की बातों का यों जवाब दिया, "मुझे दुश्मन समझना आप लोगों की भूल है, अगर मैं सभा का दुश्मन होता तो अब तक आप लोगों को जहन्नुम में पहुंचा दिया होता। मैं इस कलमदान को खोलकर सभा के भेदों से अच्छी तरह जानकार हो चुका हूं और इन भेदों को एक दूसरे कागज पर लिखकर अपने एक मित्र को भी दे चुका हूं। मैं...।"

पिता ने केवल इतना ही कहा था कि सभापति ने जिसकी आवाज से जाना जाता था कि घबड़ा गया है पूछा, "क्या तुम इस कलमदान को खोल चुके हो?"

पिता- हां।

सभा- और इस सभा का भेद लिखकर तुमने किसके सुपुर्द किया है?

पिता- सो नहीं बता सकता क्योंकि उसका नाम बताना उसे तुम लोगों के कब्जे में दे देना है।

सभा- आखिर हम लोगों को कैसे विश्वास हो कि जो कुछ तुमने कहा वह सब सच है?

पिता- अगर मेरे कहने का विश्वास हो तो मुझे अपनी सभा का सभासद बना लो फिर जो कुछ कहोगे खुशी से करूंगा, अगर विश्वास न हो तो मुझे मारकर बखेड़ा तै करो, फिर देखो कि मेरे पीछे तुम लोगों की क्या दुर्दशा होती है?

इन्दिरा ने दोनों कुमारों से कहा, "मेरे पिता से और उस सभा के सभापति से बड़ी देर तक बातें होती रहीं और पिता ने उसे अपनी बातों में ऐसा लपेटा कि उसकी अक्ल चकरा गई तथा उसे विश्वास हो गया कि इन्द्रदेव ने जो कुछ कहा वह सच है।" आखिर सभापति ने उठकर अपने हाथों से मेरे पिता की मुश्कें खोलीं। मेरी मां को भी छुट्टी दिलाई और मेरे पिता को अपने पास बैठाकर कुछ कहा ही चाहता था कि मकान के बाहर दरवाजे पर किसी के चिल्लाने की आवाज आई, मगर वह आवाज एक बार से ज्यादे सुनाई न दी और जब तक सभापति किसी को बाहर जाकर दरियाफ्त करने की आज्ञा दे तब तक हाथों में नंगी तलवारें लिये हुए पांच आदमी घबराते हुए उस सभा के बीच जा पहुंचे। उन पांचों की सूरतें बड़ी ही भयानक थीं और उनकी पोशाकें ऐसी थीं कि उन पर तलवार कोई काम नहीं कर सकती थी अर्थात् फौलादी कवच पहिरकर उन लोगों ने अपने को बहुत मजबूत बनाया हुआ था। चेहरे सभों के सिन्दूर से रंगे हुए थे और कपड़ों पर खून के छींटे भी पड़े हुए थे जिससे मालूम होता था कि दरवाजे पर पहरा देने वालों को मारकर वे लोग यहां तक आए हैं। उन पांचों में एक आदमी जो सबके आगे था बड़ा ही फुर्तीला और हिम्मतवर मालूम होता था। उसने तेजी के साथ आगे बढ़कर उस कलमदान को उठा लिया जो मेरे नाना साहब ने मेरी मां को दिया था। इतने ही में उस सभा के जितने सभासद थे सब तलवारें खेंचकर उठ खड़े हुए और घमासान लड़ाई होने लगी। उस समय मौका देखकर मेरे पिता ने मां को उठा लिया और हर तरह से बचाते हुए मकान से बाहर निकल गए। उधर उन पांचों भयानक आदमियों ने उस सभा की अच्छी तरह मिट्टी पलीद की और चार सभासदों की जान और कलमदान लेकर राजी-खुशी के साथ चले गये। उस समय यदि मेरे पिता चाहते तो उन पांचों बहादुरों से मुलाकात कर सकते थे क्योंकि वे लोग उनके देखते-देखते पास ही से भागकर निकल गए थे मगर मेरे पिता ने जान-बूझकर अपने को इसलिए छिपा लिया था कि कहीं वे लोग हमें भी तकलीफ न दें। जब वे लोग देखते-देखते दूर निकल गए तब वे मेरी मां का हाथ थामे हुए तेजी के साथ चल पड़े। उस समय उन्हें मालूम हुआ कि हम जमानिया की सरहद के बाहर नहीं हैं।

इन्द्र- (ताज्जुब से) क्या कहा जमानिया की सरहद के बाहर नहीं हैं।

इन्दिरा- जी हां, वे लोग जमानिया शहर के बाहर थोड़ी ही दूर पर एक बहुत बड़े और पुराने मकान के अन्दर यह कमेटी किया करते थे और जिसे गिरफ्तार करते थे उसे धोखा देने की नीयत से व्यर्थ ही 'दस-बीस' कोस का चक्कर दिलाते थे जिससे मालूम हो कि यह कमेटी किसी दूसरे ही शहर में है।

गोपाल- और हमारे ही दरबार ही के बहुत से आदमी उस कमेटी में शरीक थे इसी सबब से उसका पता न लगता था क्योंकि जो तहकीकात करने वाले थे वे ही कमेटी करने वाले थे।

इन्द्र- (इन्दिरा से) अच्छा तब?

इन्दिरा- मेरे पिता दो घन्टे के अन्दर ही राजमहल में जा पहुंचे। राजा साहब ने पहरे वालों को आज्ञा दे रखी थी कि इन्द्रदेव जिस समय चाहें हमारे पास चले आवें, कोई रोक-टोक न करने पाए, अतएव मेरे पिता सीधे राजा साहब के पास जा पहुंचे जो गहरी नींद में बेखबर सोये हुए थे और चार आदमी उनके पलंग के चारों तरफ घूम-घूमकर पहरा दे रहे थे। पिता ने राजा साहब को उठाया और पहरे वालों को अलग कर देने के बाद अपना हाल कह सुनाया। यह जानकर राजा साहब को बड़ा ही ताज्जुब हुआ कि कमेटी इसी शहर में है। उन्होंने मेरे पिता से या मेरी मां से खुलासा हाल पूछने में विलंब करना उचित न जाना और मां को हिफाजत के साथ महल के अन्दर भेजने के बाद कपड़े पहिरकर तैयार हो गये, खूंटी से लटकती हुई तिलिस्मी तलवार ली और मेरे पिता तथा और कई सिपाहियों को साथ ले मकान के बाहर निकले तथा दो घड़ी के अन्दर ही उस मकान में जा पहुंचे जिसमें कमेटी हुआ करती थी। वह किसी जमाने का बहुत पुराना मकान था जो आधे से ज्यादे गिरकर बर्बाद हो चुका था फिर भी उसके कई कमरे और दालान दुरुस्त और काम देने लायक थे। उस मकान के चारों तरफ टूटे-फूटे और भी कई मकान थे जिनमें कभी किसी भले आदमी का जाना नहीं होता।[2] जिस कमरे में कमेटी होती थी जब वे गये तो उसी तरह पर सजा हुआ पाया जैसा राजा साहब और मेरे पिता देख चुके थे। कन्दीलों में रोशनी हो रही थी। फर्क इतना ही था कि फर्श पर तीन लाशें पड़ी हुई थीं, फर्श खून से तरबतर हो रहा था और दीवारों पर खून के छींटे पड़े हुए थे। जब लाशों के चेहरे पर से नकाब हटाया गया तो राजा साहब को बड़ा ही ताज्जुब हुआ।

इन्द्र- वे लोग भी जान-पहिचान के ही होंगे जो मारे गये थे?

गोपाल- जी हां, एक तो मेरा वही खिदमतगार था जिसने मुझे धोखा दिया था, दूसरा दामोदर सिंह का नौकर रामप्यारे था जिसने मुझे गंगा किनारे ले जाकर फंसाया था, परन्तु तीसरी लाश को देखकर मेरे आश्चर्य, रंज और क्रोध का अन्त न रहा क्योंकि वह मेरे खजांची साहब थे जिन्हें मैं बहुत ही नेक, ईमानदार, सूधा और बुद्धिमान समझता था। आप लोगों को इन्दिरा का कुल हाल सुन जाने पर मालूम होगा कि कम्बख्त दारोगा ही इस सभा का मुखिया था मगर अफसोस उस समय मुझे इस बात का गुमान तक न हुआ। जब मैं वहां की कुल चीजों को लूटकर और उन लाशों को उठवाकर घर आया तो सबेरा हो चुका था और शहर में इस बात की खबर अच्छी तरह फैल चुकी थी क्योंकिं मुझे बहुत से आदमियों को लेकर जाते हुए सैकड़ों आदमियों ने देखा और जब मैं लौटकर आया तो दरवाजे पर कम से कम पांच सौ आदमी उन लाशों को देखने के लिए जमा हो गये थे। उस समय मैंने बेईमान और विश्वासघाती दारोगा को बुलाने के लिए आदमी भेजा मगर उस आदमी ने बाहर आकर कहा कि दारोगा साहब छत पर से

गिरकर जख्मी हो गये हैं, सिर फट गया है और उठने लायक नहीं हैं। मैंने उस बात को सच मान लिया था लेकिन वास्तव में दारोगा भी उस सभा में जख्मी हुआ था जिसमें मेरे खजांची ने जान दी थी। मगर अफसोस मेरी किस्मत में तो तरह-तरह की तकलीफें बदी हुई थीं। मैं उस दुष्ट की तरफ से क्योंकर होशियार होता! (इन्दिरा से) खैर तुम आगे का हाल कहो, यह सब तुम्हारी ही जबान से अच्छा मालूम होता है।

इन्दिरा- हां तो अब संक्षेप ही में इस किस्से को बयान करती हूं। तीनों लाशें ठिकाने पहुंचा दी गईं और राजा साहब मेरे पिता का हाथ थामे यह कहते हुए महल के अन्दर चले कि "चलो सर्यू से पूछें कि वह क्योंकर उन दुष्टों के फन्दे में फंस गई थी और उस सभा में कौन-कौन आदमी शरीक थे, शायद उसने सभों को बिना नकाब के देखा हो।" मगर जब राजमहल में गये तो मालूम हुआ कि सर्यू यहां आई ही नहीं। यह सुनते ही राजा साहब घबरा गये और बोल उठे, "क्या हमारे यहां के सभी आदमी उस कमेटी से मिले हुए हैं?"

गोपाल- उस समय तो मैं पागल-सा हो गया था, कुछ भी अकल काम नहीं करती थी और यह किसी तरह मालूम नहीं होता था कि हमारे यहां कितने आदमी विश्वास करने योग्य हैं और कितने उस कमेटी से मिले हुए हैं। जिन तीन विश्वासी आदमियों के साथ मैंने सर्यू को महल में भेजा था वे तीनों आदमी भी गायब हो गये थे। मुझे तो विश्वास हो गया था कि मेरी और इन्द्रदेव की जान भी न बचेगी मगर वाह रे इन्द्रदेव, उसने अपने दिल को खूब ही सम्हाला और बड़ी मुस्तैदी और बुद्धिमानी से महीने भर के अन्दर बहुत से आदमियों का पता लगाया जो मेरे ही नौकर होकर उस कमेटी में शरीक थे और मैंने उन सभों को तोप के आगे रखकर उड़वा दिया और सच तो यों है कि उसी दिन से वह गुप्त कमेटी टूट गई और फिर कायम नहीं हुई।

इन्दिरा- जिस समय मेरे पिता को मालूम हुआ कि मेरी मां महल के अन्दर नहीं पहुंची बीच में ही गायब हो गई, उस समय उन्हें बड़ा ही रंज हुआ और वे अपने घर जाने के लिए तैयार हो गये। उन्होंने राजा साहब से कहा कि मैं पहिले घर जाकर यह मालूम किया चाहता हूं कि वहां से केवल मेरी स्त्री ही को दुश्मन लोग ले गए थे या मेरी लड़की इन्दिरा को भी। मगर मेरे पिता घर की तरफ न जा सके क्योंकि उसी समय घर से एक दूत आ पहुंचा और उसने इत्तिला दी कि सर्यू और इन्दिरा दोनों यकायक गायब हो गईं। इस खबर को सुनकर मेरे पिता और भी उदास हो गए फिर भी उन्होंने बड़ी कारीगरी से दुश्मनों का पता लगाना आरम्भ किया और बहुतों को पकड़ा भी जैसा कि अभी राजा साहब कह चुके हैं।

इन्द्र- क्या तुम दोनों को दुश्मनों ने गिरफ्तार कर लिया था?

इन्दिरा- जी हां।

आनन्द- अच्छा तो पहिले अपना और अपनी मां का हाल कहो कि किस तरह दुश्मनों के फन्दे में फंस गईं?

इन्दिरा- जो आज्ञा। तो मैं कह ही चुकी हूं कि मेरे पिता जब जमानिया में आये तो अपने दो ऐयारों को साथ लाये थे जो दुश्मनों का पता लगाते ही लगाते गायब हो गये थे।

इन्द्र- हां, कह चुकी हो, अच्छा तब?

इन्दिरा- इन्हीं दोनों ऐयारों की सूरत बन दुश्मनों ने हम लोगों को धोखा दिया।

इन्द्र- दुश्मन उस मकान के अन्दर गये कैसे तुम कह चुकी हो कि वहां का रास्ता बहुत टेढ़ा और गुप्त है?

इन्दिरा- ठीक है, मगर कम्बख्त दारोगा उस रास्ते का हाल बखूबी जानता था और वही उस कमेटी का मुखिया था, ताज्जुब नहीं कि उसी ने उन आदमियों को भेजा हो।

इन्द्र- ठीक है, निःसन्देह ऐसा ही होगा, अच्छा तब क्या हुआ उन्होंने क्योंकर तुम लोगों को धोखा दिया?

इन्दिरा- संध्या का समय था जब मैं अपनी मां के साथ उस छोटे से नजरबाग में टहल रही थी जो बंगले के बगल ही में था। यकायक मेरे पिता के वे ही दोनों ऐयार वहां पहुंचे जिन्हें देख मेरी मां बहुत खुश हुई और देर तक जमानिया का हालचाल पूछती रही। उन ऐयारों ने बयान किया कि, "इन्द्रदेव ने तुम दोनों को जमानिया बुलाया है। हम लोग रथ लेकर आये हैं। मगर साथ ही इसके उन्होंने यह भी कहा है कि यदि वे खुशी से आना चाहें तो ले आना नहीं तो लौट आना।" मेरी मां को जमानिया पहुंचकर अपनी मां को देखने की बहुत ही लालसा थी, वह कब देर करने लगी थी, तुरन्त ही राजी हो गई और घण्टे भर के अन्दर ही सब तैयारी कर ली। ऐयार लोग मातबर समझे ही जाते हैं अस्तु ज्यादे खोज करने की कोई आवश्यकता न समझी, केवल दो लौंडियों को और मुझे साथ लेकर चल पड़ी, कलमदान भी साथ ले लिया। हमारे दूसरे ऐयार भी उन्हें सच्चा समझ बैठे थे। आखिर हम लोग खोह के बाहर निकले और पहाड़ी के नीचे उतरने की नीयत से थोड़ी ही दूर आगे बढ़े थे कि चारों तरफ से दस-पन्द्रह दुश्मनों ने घेर लिया। अब उन ऐयारों ने भी रंगत पलटी। मुझे और मेरी मां को जबर्दस्ती बेहोशी की दवा सुंघा दी। हम दोनों तुरन्त ही बेहोश हो गए, मैं नहीं कह सकती कि दोनों लौंडियों की क्या दुर्दशा हुई मगर जब मैं होश में आई तो अपने को एक तहखाने में कैद पाया और अपनी मां को अपने पास देखा जो मेरे पहिले ही होश में आ चुकी थी और मेरा सिर गोद में लेकर रो रही थी। हम दोनों के हाथ-पैर खुले हुए थे। जिस कोठरी में हम लोग कैद थे वह लम्बी-चौड़ी थी और सामने की तरफ दरवाजे की जगह लोहे का जंगला लगा हुआ था। जंगले के बाहर दालान था और उसमें एक तरफ चढ़ने के लिये सीढ़ियां बनी हुई थीं तथा सीढ़ी के बगल ही में एक आले के ऊपर चिराग जल रहा था। मैं पहिले बयान कर चुकी हूं कि उन दिनों जाड़े का मौसम था इसलिए हम लोगों को गर्मी की तकलीफ न थी। जब मैं होश में आई, मेरी मां ने रोना बन्द किया और मुझे बड़ी देर तक धीरज और दिलासा देने के बाद बोली, "बेटी, अगर कोई तुझसे उस कलमदान के बारे में कुछ पूछे तो

कह दीजियो कि कलमदान खोला जा चुका है मगर मैं उसके अन्दर का हाल नहीं जानती।" हां, मेरी मां तथा और भी कई आदमी उसका भेद जान चुके हैं। अगर उन आदमियों का नाम पूछे तो कह दीजियो कि मैं नहीं जानती, मेरी मां को मालूम होगा। मैं यद्यपि लड़की थी मगर समझ-बूझ बहुत थी और उस बात को मेरी मां ने कई दफ़े अच्छी तरह समझा दिया था। मेरी मां ने कलमदान के विषय में ऐसा कहने के लिए मुझसे क्यों कहा सो मैं नहीं जानती, शायद उससे और दुष्टों से पहिले कुछ बातचीत हो चुकी हो मगर मुझे जो कुछ मां ने कहा था उसे मैंने अच्छी तरह निबाहा। थोड़ी देर बाद पांच आदमी उसी सीढ़ी की राह से धड़धड़ाते हुए नीचे उतर आए और मेरी मां को जबर्दस्ती ऊपर ले गए। मैं जोर-जोर से रोती और चिल्लाती रह गई मगर उन लोगों ने मेरा कुछ भी खयाल न किया और अपना काम करके चले गए।

मैं उन लोगों की सूरत-शक्ल के बारे में कुछ भी नहीं कह सकती क्योंकि वे लोग नकाब से अपने चेहरे छिपाए हुए थे। थोड़ी ही देर के बाद फिर एक नकाबपोश मेरे पास आया जिसके कपड़े और कद पर खयाल करके मैं कह सकती हूं कि वह उन लोगों में से नहीं था जो मेरी मां को ले गए थे बल्कि कोई दूसरा ही आदमी था। वह नकाबपोश मेरे पास बैठ गया और मुझे धीरज और दिलासा देता हुआ कहने लगा कि, "मैं तुझे इस कैद से छुड़ाऊंगा।" मुझे उसकी बातों पर विश्वास हो गया और इसके बाद वह मुझसे बातचीत करने लगा।

नकाबपोश- क्या तुझे उस कलमदान के अन्दर का हाल पूरा-पूरा मालूम है?

मैं- नहीं।

नकाबपोश- क्या तेरे सामने कलमदान खोला नहीं गया था?

मैं- खोला गया था मगर उसका हाल मुझे नहीं मालूम, हां मेरी मां तथा और कई आदमियों को मालूम है जिन्हें मेरे पिता ने दिखाया था।

नकाब- उन आदमियों के नाम तू जानती है?

मैं- नहीं।

उसने कई दफ़े कई तरह से उलट-फेरकर पूछा मगर मैंने अपनी बातों में फर्क न डाला। और तब मैंने उससे अपनी मां का हाल पूछा लेकिन उसने कुछ भी न बताया और मेरे पास से उठकर चला गया। मुझे खूब याद है कि उसके दो पहर बाद मैं जब प्यास के मारे बहुत दु:खी हो रही थी तब फिर एक आदमी मेरे पास आया। वह भी अपने चेहरे को नकाब से छुपाए हुए था। मैं डरी और समझी कि फिर उन्हीं कम्बख्तों में से कोई मुझे सताने के लिए आया है, मगर वह वास्तव में गदाधर सिंह थे और मुझे उस कैद से छुड़ाने के लिये आए थे। यद्यपि मुझे उस समय यह खयाल हुआ कि कहीं यह भी उन दोनों ऐयारों की तरह मुझे धोखा न देते हों जिनकी बदौलत मैं घर से निकलकर कैदखाने में पहुंची थी, मगर नहीं, वे वास्तव में गदाधर सिंह ही थे और उन्हें मैं अच्छी तरह पहिचानती थी। उन्होंने मुझे गोद में उठा लिया और तहखाने के ऊपर निकल कई

पेचीले रास्तों से घूमते-फिरते मैदान में पहुंचे, वहां उनके दो आदमी एक घोड़ा लिए तैयार थे। गदाधर सिंह मुझे लेकर घोड़े पर सवार हो गये। अपने आदमियों को ऐयारी भाषा में कुछ कहकर बिदा किया, और खुद एक तरफ रवाना हो गए। उस समय रात बहुत कम बाकी थी और सबेरा हुआ चाहता था। रास्ते में मैंने उनसे अपनी मां को हाल पूछा, उन्होंने उसका कुल हाल अर्थात् मेरी मां का उस सभा में पहुंचना, मेरे पिता का भी कैद होकर वहां जाना, कलमदान की लूट तथा मेरे पिता का अपनी स्त्री को लेकर निकल जाना बयान किया और यह भी कहा कि कलमदान को लूटकर ले भागने वाले का पता नहीं लगा। लगभग चार-पांच कोस चले जाने के बाद वे एक छोटी-सी नदी के किनारे पहुंचे जिसमें घुटने बराबर से ज्यादे जल न था। उस जगह गदाधर सिंह घोड़े से नीचे उतरे और मुझे भी उतारा, खुर्जी से कुछ मेवा निकालकर मुझे खाने को दिया। मैं उस समय बहुत भूखी थी अस्तु मेवा खाकर पानी पिया, इसके बाद वह फिर मुझे लेकर घोड़े पर सवार हुए और नदी पार होकर एक तरफ को चल निकले। दो घण्टे तक घोड़े को धीरे-धीरे चलाया और फिर तेज किया। दो पहर दिन के समय हम लोग एक पहाड़ी के पास पहुंचे जहां बहुत ही गुन्जान जंगल था और गदाधर सिंह के चार-पांच आदमी भी वहां मौजूद थे। हम लोगों के पहुंचते ही गदाधर सिंह के आदमियों ने जमीन पर कम्बल बिछा दिया, कोई पानी लेने के लिए चला गया, कोई घोड़े को ठंडा करने लगा और कोई रसोई बनाने की धुन में लगा क्योंकि चावल-दाल इत्यादि उन आदमियों के पास मौजूद था। गदाधर सिंह भी मेरे पास बैठ गए और अपने बटुए में से कागज, कलम और दवात निकालकर कुछ लिखने लगे। मेरे देखते ही देखते तीन-चार घण्टे तक गदाधर सिंह ने बटुए में से कई कागजों को निकालकर पढ़ा और उनकी नकल की तब तक रसोई भी तैयार हो गई। हम लोगों ने भोजन किया और जब बिछावन पर आकर बैठे तो गदाधर सिंह ने फिर उन कागजों को देखना और नकल करना शुरू किया। मैं रात भर की जगी हुई थी इसलिए मुझे नींद आ गई। जब मेरी आंखें खुलीं तो घण्टे भर रात जा चुकी थी, उस समय गदाधर सिंह फिर मुझे लेकर घोड़े पर सवार हुए और अपने आदमियों को कुछ समझा-बुझाकर रवाना हो गए। दो-तीन घण्टे रात बाकी थी जब हम लोग लक्ष्मीदेवी के बाप बलभद्र सिंह के मकान पर जा पहुंचे। बलभद्र सिंह और मेरे पिता में बहुत मित्रता थी इसलिए गदाधर सिंह ने मुझे वहीं पहुंचा देना उत्तम समझा। दरवाजे पर पहुंचने के साथ ही बलभद्र सिंह को इत्तिला करवाई गई। यद्यपि वे उस समय गहरी नींद में सोये हुए थे मगर सुनने के साथ ही निकल आए और बड़ी खातिरदारी के साथ मुझे और गदाधर सिंह को घर के अन्दर अपने कमरे में ले गए जहां सिवाय उनके और कोई भी न था। बलभद्र सिंह ने मेरे सिर पर हाथ फेरा और बड़े प्यार से अपनी गोद में बैठाकर गदाधर सिंह से हाल पूछा। गदाधर सिंह ने सब हाल जो मैं बयान कर चुकी हूं उनसे कहा और इसके बाद नसीहत की कि, “इन्दिरा को बड़ी हिफाजत से अपने पास रखिये, जब तक दुश्मनों का अन्त न हो जाय तब तक इसका प्रकट होना उचित नहीं है। मैं फिर जमानिया जाता हूं और देखता हूं कि वहां क्या हाल है। इन्द्रदेव से मुलाकात होने पर मैं इन्दिरा को यहां पहुंचा देना बयान कर दूंगा।” बलभद्र सिंह ने बहुत ही

प्रसन्न होकर गदाधर सिंह को धन्यवाद दिया और वे थोड़ी देर तक बातचीत करने के बाद सबेरा होने के पहिले ही वहां से रवाना हो गए। गदाधर सिंह के चले जाने पर मुझे लेकर घर के अन्दर गए। उनकी स्त्री ने मुझे बड़े प्यार से गोद में ले लिया और लक्ष्मीदेवी ने तो मेरी ऐसी कदर की जैसी कोई अपनी जान की कदर करता है। मुझे वहां बहुत दिनों तक रहना पड़ा था इसलिए मुझसे और लक्ष्मीदेवी से हद से ज्यादे मुहब्बत हो गई थी। मैं बड़े आराम से उनके यहां रहने लगी। मालूम होता है कि गदाधर सिंह ने जमानिया जाकर मेरे पिता से मेरा सब हाल कहा क्योंकि थोड़े दिन बाद मेरे पिता मुझे देखने के लिए बलभद्र सिंह के यहां आए और उस समय उनकी जुबानी मालूम हुआ कि मेरी मां पुन: गिरफ्तार हो गई अर्थात् महल में पहुंचने के साथ ही गायब हो गई। मैं अपनी मां के लिए बहुत रोई मगर मेरे पिता ने मुझे दिलासा दिया। केवल एक दिन रहके मेरे पिता जमानिया की तरफ चले गए और मुझे वहां ही छोड़ गए।

मैं कह चुकी हूं कि मुझसे और लक्ष्मीदेवी से बड़ी मुहब्बत हो गयी थी इसीलिए मैंने अपने नाना साहब और उस कलमदान का कुल हाल उससे कह दिया था और यह भी कह दिया था कि उस कलमदान पर तीन तस्वीरें बनी हुई हैं, दो को तो मैं नहीं जानती मगर बिचली तस्वीर मेरी है और उसके नीचे मेरा नाम लिखा हुआ है। जमानिया जाकर मेरे पिता ने क्या-क्या काम किया सो मैं नहीं कह सकती परन्तु यह अवश्य सुनने में आया था कि उन्होंने बड़ी चालाकी और ऐयारी से उन कमेटी वालों का पता लगाया और राजा साहब ने उन सभों को प्राणदण्ड दिया।

गोपाल- नि:सन्देह उन दुष्टों का पता लगाना इन्द्रदेव का ही काम था। जैसी-जैसी ऐयारियां इन्द्रदेव ने कीं वैसी कम ऐयारों को सूझेंगी। अफसोस, उस समय वह कलमदान हाथ न आया नहीं तो सहज ही में सब दुष्टों का पता लग जाता और यही सबब था कि दुष्टों की सूची में दारोगा, हेला सिंह या जैपाल सिंह का नाम न चढ़ा और वास्तव में ये ही तीनों उस कमेटी के मुखिया थे जो मेरे हाथ से बच गए और फिर उन्हीं की बदौलत मैं गारत हुआ।

इन्द्रजीत- ताज्जुब नहीं कि दारोगा के बारे में इन्द्रदेव ने सुस्ती कर दी हो और गुरुभाई का मुलाहिजा कर गए हों।

गोपाल- हो सकता है।

आनन्द- (इन्दिरा से) क्या उस कलमदान के अन्दर का हाल तुम्हें भी मालूम न था?

इन्दिरा- जी नहीं, अगर मुझे मालूम होता तो ये तीनों दुष्ट क्यों बचने पाते हां मेरी मां उस कलमदान को खोल चुकी थी और उसे उसके अन्दर का हाल मालूम था मगर वह तो गिरफ्तार ही कर ली गई थी फिर उन भेदों को खोलता कौन?

आनन्द- आखिर उस कलमदान के अन्दर का हाल तुम्हें कब मालूम हुआ?

इन्दिरा- अभी थोड़े ही दिन हुए जब मैं कैदखाने में अपनी मां के पास पहुंची तो उसने उस कलमदान का भेद बताया था।

आनन्द- मगर फिर उस कलमदान का पता न लगा?

इन्दिरा- जी नहीं। उसके बाद आज तक उस कलमदान का हाल मुझे मालूम न हुआ, मैं नहीं कह सकती कि उसे कौन ले गया या वह क्या हुआ। हां, इस समय राजा साहब की जुबानी सुनने में आया है कि वही कलमदान कृष्णा जिन्न ने राजा वीरेन्द्र सिंह के दरबार में पेश किया था।

गोपाल- उस कलमदान का हाल मैं जानता हूं। सच तो यह है कि हमारा बखेड़ा उस कलमदान ही के सबब से हुआ। यदि वह कलमदान मुझे या इन्द्रदेव को उस समय मिल जाता तो लक्ष्मीदेवी की जगह मुन्दर मेरे घर न आती और मुन्दर तथा दारोगा की बदौलत मेरी गिनती मुर्दों में न होती और न भूतनाथ ही पर आज इतने जुर्म लगाये जाते। वास्तव में उस कलमदान को गदाधर सिंह ही ने उन दुष्टों की सभा में से लूट लिया था जो आज भूतनाथ के नाम से मशहूर है। इसमें कोई शक नहीं कि उसने इन्दिरा की जान बचाई मगर कलमदान को छिपा गया और उसका हाल किसी से न कहा। बड़े लोगों ने सच कहा है कि, "विशेष लोभ आदमी को चौपट कर देता है।" वही हाल भूतनाथ का हुआ। पहिले भूतनाथ बहुत नेक और ईमानदार था और आजकल भी वह अच्छी राह पर चल रहा है मगर बीच में थोड़े दिनों तक उसके ईमान में फर्क पड़ गया था जिसके लिए आज वह अफसोस कर रहा है। आप इन्दिरा का और हाल सुन लीजिए और फिर कलमदान का भेद मैं आपसे बयान करूंगा।

इन्द्रजीत- जो आज्ञा। (इन्दिरा से) अच्छा, तुम अपना हाल कहो कि बलभद्र सिंह के यहां जाने के बाद फिर तुम पर क्या बीती?

इन्दिरा- मैं बहुत दिनों तक उनके यहां आराम से अपने को छिपाए हुए बैठी रही और मेरे पिता कभी-कभी वहां जाकर मुझसे मिल आया करते थे। यह मैं नहीं कह सकती कि पिता ने मुझे बलभद्र सिंह के यहां क्यों छोड़ रखा था। जब बहुत दिनों बाद लक्ष्मीदेवी की शादी का दिन आया और बलभद्र सिंह जी लक्ष्मीदेवी को लेकर यहां आये तो मैं भी उनके साथ आई। (गोपाल सिंह की तरफ इशारा करके) आपने जब मेरे आने की खबर सुनी तो मुझे अपने यहां बुलवा भेजा, अस्तु मैं लक्ष्मीदेवी को जो दूसरी जगह टिकी हुई थी छोड़कर राजमहल में चली आई। राजमहल में चले आना ही मेरे लिए काल हो गया क्योंकि दारोगा ने मुझे देख लिया और अपने पिता तथा राजा साहब की तरह मैं भी दारोगा की तरफ से बेफिक्र थी। इस शादी में मेरे पिता मौजूद न थे। मुझे इस बात का ताज्जुब हुआ मगर जब राजा साहब से मैंने पूछा तो मालूम हुआ कि वे बीमार हैं इसीलिए नहीं आये। जिस दिन मैं राजमहल में आई उसी दिन रात को लक्ष्मीदेवी की शादी थी। शादी हो जाने पर सबेरे जब मैंने लक्ष्मीदेवी की सूरत देखी तो मेरा कलेजा धक से हो गया क्योंकि लक्ष्मीदेवी के बदले मैंने किसी दूसरी औरत को घर में पाया। हाय उस समय मेरे दिल की जो हालत थी मैं बयान नहीं कर सकती। मैं घबराई हुई बाहर की तरफ दौड़ी जिससे राजा साहब को इस बात की खबर दूं और इनसे इसका सबब पूछूं। राजा साहब जिस कमरे में थे

उसका रास्ता जनाने महल से मिला हुआ था, अतएव मैं भीतर ही भीतर उस कमरे में चली गई मगर वहां राजा साहब के बदले दारोगा को बैठे हुए पाया। मेरी सूरत देखते ही एक दफ़े दारोगा के चेहरे का रंग उड़ गया मगर तुरंत ही उसने अपने को सम्हालकर मुझसे पूछा, "क्यों इन्दिरा, क्या हाल है तू इतने दिनों तक कहां थी" मुझे उस चाण्डाल की तरफ से कुछ भी शक न था इसलिए मैं उसी से पूछ बैठी कि, "लक्ष्मीदेवी के बदले में मैं किसी दूसरी औरत को देखती हूं, इसका क्या सबब है" यह सुनते ही दारोगा घबरा उठा और बोला, "नहीं-नहीं तूने वास्तव में किसी दूसरे को देखा होगा, लक्ष्मीदेवी तो उस बाग वाले कमरे में है। चल, मैं तुझे उसके पास पहुंचा आऊं।" मैंने खुश होकर कहा कि, "चलो पहुंचा दो!" दारोगा झट उठ खड़ा हुआ और मुझे साथ लेकर भीतर ही भीतर बाग वाले कमरे की तरफ चला। वह रास्ता बिल्कुल एकान्त था। थोड़ी ही दूर जाकर दारोगा ने एक कपड़ा मेरे मुंह पर डाल दिया। ओह, उसमें से किसी प्रकार की महक आ रही थी जिसके सबब दो-तीन दफ़े से ज्यादे मैं सांस न ले सकी और बेहोश हो गई। फिर मुझे कुछ भी खबर न रही कि दुनिया के परदे पर क्या हुआ या क्या हो रहा है।

गोपाल- इन्दिरा की कथा के सम्बन्ध में गदाधर सिंह (भूतनाथ) का हाल छूटा जाता है क्योंकि इन्दिरा उस विषय में कुछ भी नहीं जानती इसीलिए बयान नहीं कर सकती, मगर बिना उसका हाल जाने किस्से का सिलसिला ठीक न होगा इसलिये मैं स्वयं गदाधर सिंह का हाल बीच ही में बयान कर देना उचित समझता हूं।

इन्द्र- हां-हां, जरूर कहिये, कलमदान का हाल जाने बिना आनन्द नहीं मिलता।

गोपाल- उस गुप्त सभा में यकायक पहुंचकर कलमदान को लूटने वाला वही गदाधर सिंह था। उसने कलमदान को खोल डाला और उसके अन्दर जो कुछ कागजात थे उन्हें अच्छी तरह पढ़ा। उसमें एक तो वसीयतनामा था जो दामोदर सिंह ने इन्दिरा के नाम लिखा था और उसने अपनी कुल जायदाद का मालिक इन्दिरा को ही बनाया था। इसके अतिरिक्त और सब कागज उसी गुप्त कमेटी के थे और सब सभासदों के नाम लिखे हुए थे, साथ ही इसके एक कागज दामोदर सिंह ने अपनी तरफ से उस कमेटी के विषय में लिखकर रख दिया था जिसके पढ़ने से मालूम हुआ कि दामोदर सिंह उस सभा के मंत्री थे, दामोदर सिंह के खयाल से वह सभा अच्छे कामों के लिए स्थापित हुई थी और उन आदमियों को सजा देना उसका काम था जिन्हें मेरे पिता दोष साबित होने पर भी प्राणदण्ड न देकर केवल अपने राज्य से निकाल दिया करते थे और ऐसा करने से रिआया में नाराजी फैलती जाती थी। कुछ दिनों के बाद उस सभा में बेईमानी शुरू हो गई और उसके सभासद लोग उसके जरिए से रुपया पैदा करने लगे, तभी दामोदर सिंह को भी उस सभा से घृणा हो गई परन्तु नियमानुसार वह सभा को छोड़ नहीं सकते थे और छोड़ देने पर उसी सभा द्वारा प्राण जाने का भय था। एक दिन दारोगा ने सभा में प्रस्ताव किया कि बड़े महाराज को मार डालना चाहिए। इस प्रस्ताव का दामोदर सिंह ने अच्छी तरह खण्डन किया मगर दारोगा की बात सबसे भारी समझी जाती थी इसलिए दामोदर सिंह की किसी ने भी न सुनी और बड़े महाराज को

मारना निश्चय हो गया। ऐसा करने में दारोगा और रघुबर सिंह का फायदा था क्योंकि वे दोनों आदमी लक्ष्मीदेवी के बदले में हेला सिंह की लड़की मुन्दर के साथ मेरी शादी कराया चाहते थे और बड़े महाराज के रहते यह बात बिल्कुल असम्भव थी। आखिर दामोदर सिंह ने अपनी जान का कुछ खयाल न किया और वसीयतनामा लिखकर कलमदान में बन्द किया और कलमदान अपनी लड़की के हवाले कर दिया जैसा कि आप इन्दिरा की जुबानी सुन चुके हैं। जब गदाधर सिंह को सभा का कुल हाल जितने आदमियों को सभा मार चुकी थी उनके नाम और सभा के मेम्बरों के नाम मालूम हो गये तब उसे लालच ने घेरा और उसने सभा के सभासदों से रुपये वसूल करने का इरादा किया। कलमदान में जितने कागज थे उसने सभों की नकल ले ली और असल कागज तथा कलमदान कहीं छिपाकर रख आया। इसके बाद गदाधर सिंह दारोगा के पास गया और उससे एकान्त में मुलाकात करके बोला कि, "तुम्हारी गुप्त सभा का हाल अब खुला चाहता है और तुम लोग जहन्नुम में पहुंचा चाहते हो, वह दामोदर सिंह वाला कलमदान तुम्हारी सभा से लूट ले जाने वाला मैं ही हूं, और मैंने उस कलमदान के अन्दर का सारा हाल जान लिया। अब वह कलमदान मैं तुम्हारे राजा साहब के हाथ में देने के लिए तैयार हूं। अगर तुम्हें विश्वास न हो तो इन कागजों को देखो जो मैं अपने हाथ से नकल करके तुम्हें दिखाने के लिए ले आया हूं।"

इतना कहकर गदाधर सिंह ने वे कागज दारोगा के सामने फेंक दिये। दारोगा के तो होश उड़ गए और मौत भयानक रूप से उसकी आंखों के सामने नाचने लगी। उसने चाहा कि किसी तरह गदाधर सिंह को खपा (मार) डाले मगर यह बात असम्भव थी क्योंकि गदाधर सिंह बहुत ही काइयां और हर तरह से होशियार तथा चौकन्ना था, अतएव सिवाय उसे राजी करने के दारोगा को और कोई बात न सूझी। आखिर बीस हजार अशर्फी चार रोज के अन्दर दे देने के वायदे पर दारोगा ने अपनी जान बचाई और कलमदान भूतनाथ से मांगा। भूतनाथ ने बीस हजार अशर्फी लेकर दारोगा की जान छोड़ देने का वादा किया और कलमदान देना भी स्वीकार किया, अस्तु दारोगा ने उतने ही को गनीमत समझा और चार दिन के बाद बीस हजार अशर्फी गदाधर सिंह को अदा करके आप पूरा कंगाल बन बैठा। इसके बाद गदाधर सिंह ने और मेम्बरों से भी कुछ वसूल किया और कलमदान दारोगा को दे दिया मगर दारोगा से इस बात का इकरारनामा लिखा लिया कि वह किसी ऐसे काम में शरीक न होगा और न खुद ऐसा काम करेगा जिसमें इन्द्रदेव, सर्यू, इन्दिरा और मुझको (गोपाल सिंह) भी किसी तरह का नुकसान पहुंचे। इन सब कामों से छुट्टी पाकर गदाधर सिंह दारोगा से अपने घर के लिये बिदा हुआ मगर वास्तव में वह फिर भी घर न गया और भेष बदलकर इसलिए जमानिया में घूमने लगा कि रघुबर सिंह के भेदों का पता लगाए जो बलभद्र सिंह के साथ विश्वासघात करने वाला था। वह फकीरी सूरत में राजा रघुबर सिंह के यहां आकर नौकर और सिपाहियों में बैठने और हेलमेल बढ़ाने लगा। थोड़े ही दिनों में उसे मालूम हो गया कि रघुबर सिंह अभी तक हेला सिंह से पत्र-व्यवहार करता है और पत्र ले

जाने का काम केवल बेनी सिंह करता है जो रघुबर सिंह का मातबर सिपाही है। जब एक दफ़े बेनी सिंह हेला सिंह के यहां गया तो गदाधर सिंह ने उसका पीछा किया और मौका पाकर उसे गिरफ्तार करना चाहा लेकिन बेनी सिंह इस बात को समझ गया और दोनों में लड़ाई हो गई। गदाधर सिंह के हाथ से बेनी सिंह मारा गया और गदाधर सिंह बेनी सिंह बनकर रघुबर सिंह के यहां रहने तथा हेला सिंह के यहां पत्र लेकर जाने और जवाब ले आने लगा। इस हीले से तथा कागजों की चोरी करने से थोड़े ही दिनों में रघुबर सिंह का सब भेद उसे मालूम हो गया और तब उसने अपने को रघुबर सिंह पर प्रकट किया। लाचार हो रघुबर सिंह ने भी उसे बहुत-सा रुपया देकर अपनी जान बचाई। यह किस्सा बहुत बड़ा है और इसका पूरा-पूरा हाल मुझे भी मालूम नहीं है, जब भूतनाथ अपना किस्सा आप बयान करेगा तब पूरा हाल मालूम होगा, फिर भी मतलब यह कि उस कलमदान की बदौलत भूतनाथ ने रुपया भी बहुत पैदा किया और साथ ही अपने दुश्मन भी बहुत बनाए जिसका नतीजा वह अब भोग रहा है और कई नेक काम करने पर भी उसकी जान को अभी तक छुट्टी नहीं मिलती। केवल इतना ही नहीं, जब भूतनाथ असली बलभद्र सिंह का पता लगावेगा तब और भी कई विचित्र बातों का पता लगेगा, मैंने तो सिर्फ इन्दिरा के किस्से का सिलसिला बैठाने के लिए बीच ही में इतना बयान कर दिया।

इन्द्र- यह सब हाल आपको कब और कैसे मालूम हुआ?

गोपाल- जब आपने मुझे कैद से छुड़ाया उसके बाद हाल ही में ये सब बातें मुझे मालूम हुईं और जिस तरह मालूम हुईं सो अभी कहने का मौका नहीं, अब आप इन्दिरा का किस्सा सुनिये फिर जो कुछ शंका रहेगी उसके मिटाने का उद्योग किया जाएगा।

इन्दिरा- जो आज्ञा। दारोगा ने मुझे बेहोश कर दिया और जब मैं होश में आई तो अपने को एक लम्बे-चौड़े कमरे में पाया। मेरे हाथ-पैर खुले हुए थे और वह कमरा भी बहुत साफ और हवादार था। उसके दो तरफ की दीवार में दो दरवाजे थे और दूसरी तरफ की पक्की दीवार में छोटी-छोटी तीन खिड़कियां बनी हुई थीं जिनमें से हवा बखूबी आ रही थी मगर वे खिड़कियां इतनी ऊंची थीं कि उन तक मेरा हाथ नहीं जा सकता था। बाकी दो तरफ की दीवारों में जो लकड़ी की थीं तरह-तरह की सुन्दर और बड़ी तस्वीरें बनी हुई थीं और छत में दो रोशनदान थे जिनमें से सूर्य की चमक आ रही थी तथा उस कमरे में अच्छी तरह उजाला हो रहा था। एक तरफ की पक्की दीवार में दो दरवाजे थे, उनमें से एक दरवाजा खुला हुआ था और दूसरा बन्द था। मैं जब होश में आई तो अपना सिर किसी की गोद में पाया। मैं घबड़ाकर उठ बैठी और उस औरत की तरफ देखने लगी जिसकी गोद में मेरा सिर था। वह मेरे ननिहाल की वही दाई थी जिसने मुझे गोद में खिलाया था और जो मुझे बहुत प्यार करती थी। यद्यपि मैं कैद में थी और मां-बाप की जुदाई में अधमुई हो रही थी फिर भी अपनी दाई को देखते ही थोड़ी देर के लिए सब दुःख भूल गई और ताज्जुब के साथ मैंने उस दाई पूछा, "अन्ना, तू यहां कैसे आई" क्योंकि मैं उस दाई को 'अन्ना' कहके पुकारा करती थी।

अन्ना- बेटी, मैं यह तो नहीं जानती तू यहां कब से है मगर मुझे आए अभी दो घण्टे से ज्यादे नहीं हुए। मुझे कम्बख्त दारोगा ने धोखा देकर गिरफ्तार कर लिया और बेहोश करके यहां पहुंचा दिया मगर इस तरह तुझे देखकर मैं अपना दु:ख बिल्कुल भूल गई, तू अपना हाल तो बता कि यहां कैसे आई ?

मैं- मुझे भी कम्बख्त दारोगा ही ने बेहोश करके यहां पहुंचाया है। राजा गोपाल सिंह की शादी हो गई मगर जब मैंने अपनी प्यारी लक्ष्मीदेवी के बदले में किसी दूसरी औरत को वहां देखा तो घबराकर इसका सबब पूछने के लिए राजा साहब के पास गई मगर उनके कमरे में केवल दारोगा बैठा हुआ था, मैं उसी से पूछ बैठी। बस यह सुनते ही वह मेरा दुश्मन हो गया, धोखा देकर दूसरे मकान की तरफ ले चला और रास्ते में एक कपड़ा मेरे मुंह पर डालकर बेहोश कर दिया। उसके बाद की मुझे कुछ भी खबर नहीं है। दारोगा ने तुझे क्या कहके कैद किया ?

अन्ना- मैं एक काम के लिए बाजार में गई थी। रास्ते में दारोगा का नौकर मिला। उसने कहा कि इन्दिरा दारोगा साहब के घर में आई है, उसने मुझे तुमको बुलाने के लिए भेजा है और बहुत ताकीद की है कि खड़े-खड़े सुनती जाओ। मैं उसकी बात सच समझ उसी वक्त दारोगा के घर चली गई मगर उस हरामजादे ने मेरे साथ भी बेईमानी की, बेहोशी की दवा मुझे जबर्दस्ती सुंघाई। मैं नहीं कह सकती कि एक घंटे तक बेहोश रही या एक दिन तक, पर जब मैं यहां पहुंची तब मैं होश में आई, उस समय केवल दारोगा नंगी तलवार लिए सामने खड़ा था। उसने मुझसे कहा, "देख, तू वास्तव में इन्दिरा के पास पहुंचाई गई है। यह लड़की अकेले कैदखाने में रहने योग्य नहीं है, इसलिए तू भी इसके साथ कैद की जाती है और तुझे हुक्म दिया जाता है कि हर तरह इसकी खातिर और तसल्ली करियो और जिस तरह हो इसे खिलाइयो-पिलाइयो। देख, उस कोने में खाने-पीने का सब सामान रखा है।"

मैं- मेरी नानी का क्या हाल है अफसोस, मैं तो उससे मिल भी न सकी और इस आफत में फंस गई।

अन्ना- तेरी नानी का क्या हाल बताऊं, वह तो नाममात्र को जीती है, अब उसका बचना कठिन है।

अन्ना की जुबानी अपनी नानी का हाल सुनके मैं बहुत रोई-कलपी। अन्ना ने मुझे बहुत समझाया और धीरज देकर कहा कि ईश्वर का ध्यान कर, उसकी कृपा से हम लोग जरूर इस कैद से छूट जाएंगे। मालूम होता है कि दारोगा तेरे जरिए से कोई काम निकालना चाहता है, अगर ऐसा न होता तो वह तुझे मार डालता और तेरी हिफाजत के लिए मुझे यहां न लाता, अस्तु जहां तक हो उसका काम पूरा न होने देना चाहिए। खैर जब वह यहां आकर तुझसे कुछ कहे-सुने तो तू मुझ पर टाल दिया कीजियो। फिर जो कुछ होगा मैं समझ लूंगी। अब तू कुछ खा-पी ले फिर जो कुछ होगा देखा जाएगा। अन्ना के समझाने से मैं खाना खाने के लिए तैयार हो गई। खाने-पीने का सामान सब घर में मौजूद था, मैंने भी खाया-पीया, इसके बाद अन्ना के पूछने पर

मैंने अपना सब हाल शुरू से आखिर तक उसे कह सुनाया। इतने में शाम हो गई। मैं कह चुकी हूं कि उस कमरे की छत में रोशनदान बना हुआ था जिसमें से रोशनी बखूबी आ रही थी, इसी रोशनदान के सबब से हम लोगें को मालूम हुआ कि संध्या हो गई। थोड़ी ही देर बाद दरवाजा खोलकर दो आदमी उस कमरे में आए, एक ने चिराग जला दिया और दूसरे ने खाने-पीने का ताजा सामान रख दिया और बासी बचा हुआ उठाकर ले गया। उसके जाने के बाद फिर मुझसे और अन्ना से बातचीत होती रही और दो घण्टे के बाद मुझे नींद आ गई।

इन्द्र- (गोपाल सिंह से) इस जगह मुझे एक बात का सन्देह हो रहा है।

गोपाल- वह क्या?

इन्द्र- इन्दिरा लक्ष्मीदेवी को पहचानती थी इसलिए दारोगा ने उसे तो गिरफ्तार कर लिया मगर इन्द्रदेव का उसने क्या बन्दोस्त किया, क्योंकि लक्ष्मीदेवी को तो इन्द्रदेव भी पहचानते थे?

गोपाल- इसका सबब शायद यह है कि ब्याह के समय इन्द्रदेव यहां मौजूद न थे और उसके बाद भी लक्ष्मीदेवी को देखने का उन्हें मौका न मिला। मालूम होता है कि दारोगा ने इन्द्रदेव से मिलने के बारे में नकली लक्ष्मीदेवी को कुछ समझा दिया था जिससे वर्षों तक मुन्दर ने इन्द्रदेव के सामने से अपने को बचाया और इन्द्रदेव ने भी इस बात की कुछ परवाह न की। अपनी स्त्री और लड़की के गम में इन्द्रदेव ऐसा डूबे कि वर्षों बीत जाने पर भी वह जल्दी घर से नहीं निकलते थे, इच्छा होने पर कभी-कभी मैं स्वयं उनसे मिलने के लिए जाया करता था। कई वर्ष बीत जाने पर जब मैं कैद हो गया और सभों ने मुझे मरा हुआ जाना तब इन्द्रदेव के खोज करने पर लक्ष्मीदेवी का पता लगा और उसने लक्ष्मीदेवी को कैद से छुड़ाकर अपने पास रखा। इन्द्रदेव को भी मेरा मरना निश्चय हो गया था इसलिए मुन्दर के विषय में उन्होंने ज्यादे बखेड़ा उठाना व्यर्थ समझा और दुश्मनों से बदला लेने के लिये लक्ष्मीदेवी को तैयार किया। कैद से छूटने के बाद मैं खुद इन्द्रदेव से मिलने के लिये गुप्त रीति से गया था तब उन्होंने लक्ष्मीदेवी का हाल मुझसे कहा था।

इन्द्रजीत- इन्द्रदेव ने लक्ष्मीदेवी को कैद से क्योंकर छुड़ाया था और उस विषय में क्या किया सो मालूम न हुआ।

राजा गोपाल सिंह ने लक्ष्मीदेवी का कुल हाल जो हम ऊपर लिख आए हैं, बयान किया और इसके बाद फिर इन्दिरा ने अपना किस्सा कहना शुरू किया।

इन्दिरा- उसी दिन आधी रात के समय जब मैं सोई हुई थी और अन्ना भी मेरी बगल में लेटी हुई थी, यकायक इस तरह की आवाज आई जैसे किसी ने अपने सिर पर से कोई गठरी उतारकर फेंकी हो। उस आवाज ने मुझे तो न जगाया मगर अन्ना झट उठ बैठी और इधर-उधर देखने लगी। मैं बयान कर चुकी हूं कि इस कमरे में दो दरवाजे थे। उनमें से एक दरवाजा तो लोगों के आने-जाने के लिए था और वह बाहर से बन्द रहता था मगर दूसरा खुला हुआ था जिसके अन्दर

मैं तो नहीं गई थी मगर अन्ना हो आई थी और कहती थी कि उसके अन्दर तीन कोठरियां हैं, एक पायखाना है और दो कोठरियां खाली पड़ी हैं। अन्ना को शक हुआ कि उसी कोठरी के अन्दर से आवाज आई है। उसने सोचा कि शायद दारोगा का कोई आदमी यहां आकर उस कोठरी में गया हो। थोड़ी ही देर तक वह उसके अन्दर से किसी के निकलने की राह देखती रही मगर इसके बाद उठ खड़ी हुई। अन्ना थी तो औरत मगर उसका दिल बड़ा ही मजबूत था, वह मौत से भी जल्दी डरने वाली न थी। उसने हाथ में चिराग उठा लिया और उस कोठरी के अन्दर गई। पैर रखने के साथ ही उसकी निगाह एक गठरी पर पड़ी मगर इधर-उधर देखा तो कोई आदमी नजर न आया। दूसरी कोठरी के अन्दर गई और तीसरी कोठरी में भी झांक के देखा मगर कोई आदमी नजर न आया, तब उसने चिराग एक किनारे रख दिया और उस गठरी को खोला। इतने ही में मेरी आंख खुल गई और घर में अंधेरा देखकर मुझे डर मालूम हुआ। मैंने हाथ फैलाकर अन्ना को उठाना चाहा मगर वह तो वहां थी नहीं। मैं घबराकर उठ बैठी। यकायक उस कोठरी की तरफ मेरी निगाह गई और उसके भीतर चिराग की रोशनी दिखाई दी। मैं घबराकर जोर-जोर से 'अन्ना-अन्ना' पुकारने लगी। मेरी आवाज सुनते ही वह चिराग और गठरी लिए बाहर निकल आई और बोली, "ले बेटी, मैं तुझे एक खुशखबरी सुनाती हूं।" मैं खुश होकर बोली, "क्या है अन्ना!"

अन्ना ने यह कहकर गठरी मेरे आगे रख दी कि देख इसमें क्या है! मैंने बड़े शौक से वह गठरी खोली मगर उसमें प्यारी मां के कपड़े देखकर मुझे रुलाई आ गई। ये वे ही कपड़े थे जो मेरी मां पहिरकर घर से निकली थी मगर उन दोनों ऐयारों ने उसे गिरफ्तार कर लिया था और ये ही कपड़े पहिरे हुए कैदखाने में मेरे साथ थी जब दुश्मनों ने जबर्दस्ती उसे मुझसे जुदा किया था। उन कपड़ों पर खून के छींटे पड़े हुए थे और उन्हीं छींटों को देखकर मुझे रुलाई आ गई। अन्ना ने कहा, "तू रोती क्यों है, मैं कह जो चुकी कि तेरे लिए खुशखबरी लाई हूं, इन कपड़ों को मत देख बल्कि इसमें एक चिट्ठी तेरी मां के हाथ की लिखी हुई है उसे देख।" मैंने उन कपड़ों को अच्छी तरह खोला और उसके अन्दर से वह चिट्ठी निकाली। मालूम होता है जब मैं 'अन्ना-अन्ना' कहके चिल्लाई तब वह जल्दी में उन सभों को लपेटकर बाहर निकल आई थी। खैर जो हो मगर वह चिट्ठी अन्ना पढ़ चुकी थी क्योंकि वह पढ़ी-लिखी थी। मैं बहुत कम पढ़-लिख सकती थी, केवल नाम लिखना भर जानती थी, मगर अपनी मां के अक्षर अच्छी तरह पहचानती थी, क्योंकि वही मुझे पढ़ना-लिखना सिखाती थी। अस्तु चिट्ठी खोलकर मैंने अन्ना को पढ़ने के लिए कहा और अन्ना ने पढ़कर मुझे सुनाया। उसमें यह लिखा हुआ था –

"मेरी प्यारी बेटी इन्दिरा, जितना मैं तुझे प्यार करती थी निःसन्देह तू भी मुझे उतना ही चाहती थी मगर अफसोस, विधाता ने हम दोनों को जुदा कर दिया और मुझे तेरी भोली सूरत देखने के लिये तरसना पड़ा! परन्तु कोई चिन्ता नहीं, यद्यपि मेरी तरह तू भी दुःख भोग रही है मगर तू चाहेगी तो मैं कैद से छूट जाऊंगी और साथ ही इसके तू भी कैदखाने से बाहर मुझसे मिलेगी।

अब मेरा और तेरा दोनों का कैद से छूटना तेरे ही हाथ है और छूटने की तरकीब केवल यही है कि दारोगा साहब जो कुछ तुझे कहें उसे बेखटके कर दे।

अगर ऐसा करने से इन्कार करेगी तो मेरी और तेरी दोनों की जान मुफ्त में जाएगी।

तेरी प्यारी मां सर्यू"

1. इसी गदाधर सिंह ने जब नानक की मां से संयोग किया तो रघुबर सिंह के नाम से अपना परिचय दिया था और इसके बाद भूतनाथ के नाम से अपने को मशहूर किया।

2. चन्द्रकान्ता सन्तति, आठवें भाग के छठे बयान में इसी पुरानी आबादी और टूटे-फूटे मकानों का हाल लिखा गया है।

***

बयान-2

अब हम रोहतास गढ़ किले के तहखाने में दुश्मनों से घिरे हुए राजा वीरेन्द्र सिंह वगैरह का कुल हाल लिखते हैं।

जिस समय राजा वीरेन्द्र सिंह और तेज सिंह इत्यादि ने तहखाने के ऊपरी हिस्से से आई हुई यह आवाज सुनी कि, "होशियार, होशियार, देखो यह चाण्डाल बेचारी किशोरी को पकड़े लिए जाता है" इत्यादि- तो सभी की तबीयत बहुत ही बेचैन हो गई। राजा वीरेन्द्र सिंह, तेज सिंह, इन्द्रदेव और देवी सिंह वगैरह घबराकर चारों तरफ देखने और सोचने लगे कि अब क्या करना चाहिए।

कमलिनी हाथ में तिलिस्मी खंजर लिये हुए कैदखाने वाले दरवाजे के बीच ही में खड़ी थी। उसने इन्द्रदेव से कहा- "मुझे भी उस कोठरी के अन्दर पहुंचाइये जिसमें किशोरी को रखा था, फिर मैं उसे छुड़ा लूंगी।"

इन्द्रदेव- बेशक, उस कोठरी के अन्दर तुम्हारे जाने से किशोरी को मदद पहुंचेगी मगर किसी ऐयार को भी अपने साथ लेती जाओ।

देवी सिंह- मुझे साथ जाने के लिए कहिये।

इन्द्रदेव- (वीरेन्द्र सिंह से) आप देवी सिंह को साथ जाने की आज्ञा दीजिए।

वीरेन्द्र- (देवी सिंह से) जाइये।

तेज- नहीं, कमलिनी के साथ मैं खुद जाऊंगा क्योंकि मेरे पास भी राजा गोपाल सिंह का दिया हुआ तिलिस्मी खंजर है।

इन्द्र- राजा गोपाल सिंह ने आपको तिलिस्मी खंजर कब दिया?

तेज- जब कमलिनी की सहायता से मैंने उन्हें मायारानी की कैद से छुड़ाया था तब उन्होंने उसी तिलिस्मी बाग के चौथे दर्जे में से एक तिलिस्मी खंजर निकालकर मुझे दिया था जिसे मैं हिफाजत से रखता हूं। कमलिनी के साथ देवी सिंह के जाने से कोई फायदा न होगा क्योंकि जब कमलिनी तिलिस्मी खंजर से काम लेगी तो उसकी चमक से और लोगों की तरह देवी सिंह की आंखें बन्द हो जाएंगी...।

इन्द्रदेव- (बात काटकर) ठीक है, ठीक है, मैं समझ गया, अच्छा तो आप ही जाइये, देर न कीजिये।

इतना कहकर इन्द्रदेव बड़ी फुर्ती से कैदखाने के अन्दर चला गया और उस कोठरी का दरवाजा जिसमें किशोरी, कामिनी, लक्ष्मीदेवी, लाडिली और कमला को रख दिया था पुनः उसी ढंग से खोला जैसे पहले खोला था। दरवाजा खुलने के साथ ही तेज सिंह को साथ लिए हुए कमलिनी उस कोठरी के अन्दर घुस गई और वहां कामिनी, लक्ष्मीदेवी, लाडिली और कमला को मौजूद पाया मगर किशोरी का पता न था। कमलिनी ने उन औरतों को तुरंत कोठरी के बाहर निकालकर राजा वीरेन्द्र सिंह के पास चले जाने के लिये कहा और आप दूसरे काम का उद्योग करने लगी। बाकी औरतों के बाहर होते ही इन्द्रदेव ने जंजीर छोड़ दी और कोठरी का दरवाजा बन्द हो गया। कमलिनी ने अपने तिलिस्मी खंजर की रोशनी में चारों तरफ गौर से देखा। बगल वाली दीवार में एक छोटा-सा दरवाजा खुला हुआ दिखाई दिया जिसमें ऊपर के हिस्से में जाने के लिए सीढ़ियां थीं। दोनों उस दरवाजे के अन्दर चले गए और सीढ़ियां चढ़कर छत के ऊपर पहुंचे, अब तेज सिंह को मालूम हुआ कि इसी जगह से उस गुप्त मनुष्य के बोलने की आवाज आ रही थी।

इस ऊपर वाले हिस्से की छत बहुत लम्बी-चौड़ी थी और वहां कई बड़े-बड़े दालान और उन दालानों में से कई तरफ निकल जाने के रास्ते थे। तेज सिंह और कमलिनी ने देखा कि वहां पर बहुत-सी लाशें पड़ी हैं जिनमें से शायद दो ही चार में दम हो, और जमीन भी वहां की खून से तरबतर हो रही थी। अपने पैर को खून और लाशों से बचाकर किसी तरह निकल जाना कठिन ही नहीं बल्कि असम्भव था। अस्तु कमलिनी ने इस बात का कुछ भी खयाल न किया और लाशों पर पैर रखती हुई बराबर चली गई। आखिर एक दालान में पहुंची जिसमें से दूसरी तरफ निकल जाने के लिए एक खुला दरवाजा था। दरवाजे के उस पार पैर रखते ही दोनों की निगाह कृष्णा जिन्न पर पड़ी जिसे दुश्मन चारों तरफ से घेरे हुए थे और वह तिलिस्मी तलवार से सभी को काटकर गिरा रहा था। यद्यपि वह तिलिस्मी फौलादी जाल की पोशाक पहिरे हुए था और इस सबब से उसके ऊपर दुश्मनों की तलवारें कुछ काम नहीं करती थीं। यद्यपि ध्यान देने से मालूम होता था कि तलवार चलाते-चलाते उसका हाथ थक गया है और थोड़ी ही देर में हर्बा चलाने या लड़ने लायक न रहेगा। इतना होने पर भी दुश्मनों को उस पर फतह पाने की आशा न थी और मुकाबला करने से डरते थे। जिस समय कमलिनी और तेज सिंह तिलिस्मी खंजर चमकाते हुए उसके पास पहुंचे उस समय दुश्मनों का जी बिल्कुल ही टूट गया और वे तलवारें जमीन पर फेंक-फेंक 'शरण', 'शरणागत' इत्यादि पुकारने लगे।

अगर दुश्मनों को यहां से निकल जाने का रास्ता मालूम होता और वे लोग भागकर अपनी जान बचा सकते तो कृष्णा जिन्न मुकाबला कदापि न करते लेकिन जब उन्होंने देखा कि हम लोग रास्ता न जानने के कारण भागकर जा ही नहीं सकते तब लाचार होकर मरने-मारने के लिए तैयार हो गए थे, मगर कृष्णा जिन्न ने भी उन लोगों को अच्छी तरह यमलोक का रास्ता दिखाया क्योंकि उसके हाथ में तिलिस्मी तलवार थी। जब तेज सिंह और कमलिनी भी तिलिस्मी

खंजर चमकाते हुए वहां पहुंच गये तब तो दुश्मनों ने एकदम ही तलवार हाथ से फेंक दी और 'त्राहि-त्राहि', 'शरण-शरण' पुकारने लगे। उस समय कृष्णा जिन्न ने भी हाथ रोक लिया और तेज सिंह तथा कमलिनी की तरफ देखकर कहा- "बहुत अच्छा हुआ जो आप लोग आ गये।"

तेज- मालूम होता है कि आप ही ने दुश्मनों के आने से हम लोगों को सचेत किया।

कृष्णा- हां, वह आवाज मेरी ही थी और मुझी से आप लोग बातचीत कर रहे थे।

तेज- तो क्या आप ही ने यह कहा था कि 'कोई शैतान बेचारी किशोरी को पकड़े लिए जाता है'

कृष्णा- हां, यह मैंने ही कहा था, किशोरी को ले जाने वाला स्वयं उसका बाप शिवदत्त था और मेरे हाथ से मारा गया।

कृष्णा जिन्न और भी कुछ कहा चाहता था कि कोई आवाज उसके तथा कमलिनी और तेज सिंह के कानों में पड़ी। आवाज यह थी- "हरी-हरी, तुम लोग भागो और हमारे पीछे-पीछे चले आओ, धन्नू सिंह की मदद से हम लोग निकल जाएंगे।" इस आवाज को सुनकर वे लोग भी पीछे की तरफ भाग गये जिन्होंने कृष्णा जिन्न और तेज सिंह के आगे तलवारें फेंक दी थीं मगर कृष्णा जिन्न और तेज सिंह ने उन लोगों को रोकना या मारना उचित न जाना और चुपचाप खड़े रहकर भागने वालों का तमाशा देखते रहे। थोड़ी देर में उनके सामने की जमीन दुश्मनों से खाली हो गई और सामने से आती हुई मनोरमा दिखाई पड़ी। मनोरमा को देखते ही कमलिनी तिलिस्मी खंजर उठाकर उसकी तरफ झपटी और उस पर वार किया ही चाहती थी कि मनोरमा ने कुछ पीछे हटकर कहा, "हे! श्यामा, जरा देख-समझ के।"

मनोरमा की बात और श्यामा का शब्द सुनकर कमलिनी रुक गई और बड़े गौर से मनोरमा का मुंह देखने के बाद बोली, "तू कौन है?"

मनोरमा- बीरू सिंह!

कमलिनी- निशान?

मनोरमा- चन्द्रकला।

कमलिनी- तुम अकेले हो या और भी कोई है?

बीरू- शिवदत्त के सिपाही धन्नू सिंह की सूरत बने हुए मेरे गुरु सर्यू सिंह भी आये हैं। उन्होंने दुश्मनों को बाहर निकालने का रास्ता बताया है। इस तहखाने में जितने दरवाजे कल्याण सिंह ने बन्द किये थे वे सब भी गुरुजी ने खोल दिये क्योंकि उनके सामने ही कल्याण सिंह ने सब दरवाजे बन्द किये थे और उन्होंने उसकी तर्कीब देख ली थी।

कृष्णा- शाबाश! (कमलिनी से) अच्छा, इन लोगों का किस्सा दूसरे समय सुनना, इस समय तुम किशोरी को लेकर राजा वीरेन्द्र सिंह के पास चली जाओ जिसे हमने शिवदत्त के पंजे से छुड़ाया है और जो (हाथ का इशारा करके) उस तरफ जमीन पर बदहवास पड़ी है, बस अब इस

काम में देर मत करो। मैं यहां से पुकारकर कह देता हूं, जिस राह से तुम आई हो उस कोठरी का दरवाजा इन्द्रदेव खोल देंगे, तेज सिंह और बीरू सिंह को मैं थोड़ी देर के लिए अपने साथ लिए जाता हूं, ये लोग किले में तुम लोगों के पास आ जाएंगे।

कमलिनी- क्या आप राजा वीरेन्द्र सिंह के पास चलेंगे?

कृष्णा- नहीं।

कमलिनी- क्यों?

कृष्णा- हमारी खुशी। राजा वीरेन्द्रं सिंह से कह दीजियो कि सभों को लिए हुए इसी समय तहखाने के बाहर चले जाएं।

इतना कहकर कृष्णा जिन्न उस जगह कमलिनी को ले गया जहां बेचारी किशोरी बदहवास पड़ी हुई थी। दुश्मन लोग सामने से बिल्कुल भाग गये थे, सिवाय जख्मियों और मुर्दों के वहां पर कोई भी मुकाबला करने वाला न था और दुश्मनों के हाथों से गिरी हुई मशालें इधर-उधर पड़ी हुई थीं मगर तेज सिंह की तर्कीब से वह बहुत जल्दी होश में आ गई और कमलिनी उसे अपने साथ लेकर राजा वीरेन्द्र सिंह के पास चली गई। कृष्णा जिन्न ने उसी सूराख में से इन्द्रदेव को दरवाजा खोलने के लिए आवाज दे दी और तेज सिंह तथा बीरू सिंह को लिए दूसरी तरफ का रास्ता लिया।

किशोरी को साथ लिए हुए थोड़ी ही देर में कमलिनी राजा वीरेन्द्र सिंह के पास जा पहुंची और जो कुछ उसने देखा-सुना था सब कहा। वहां से भी बचे-बचाए दुश्मन लोग भाग गए थे और मुकाबला करने वाला कोई मौजूद नहीं था।

इन्द्रदेव- (राजा वीरेन्द्र सिंह से) कृष्णा जिन्न ने जो कुछ कहला भेजा है उसे मैं पसन्द करता हूं, सभों को लेकर इतने समय तहखाने के बाहर ही हो जाना चाहिए।

वीरेन्द्र- मेरी भी यही राय है, ईश्वर को धन्यवाद देना चाहिए कि आज की ग्रहदशा सहज में कट गई। निःसन्देह आपके दोनों ऐयारों ने दुश्मनों के साथ यहां आकर कोई अनूठा काम किया होगा और कृष्णा जिन्न ने मानो पूरी सहायता ही की और किशोरी की जान बचाई।

इन्द्र- निःसन्देह ईश्वर ने बड़ी कृपा की मगर इस बात का अफसोस है कि कृष्णा जिन्न यहां न आकर ऊपर ही ऊपर चले गये और मैं उन्हें देख न सका तथा इस तहखाने की सैर भी इस समय आपको न करा सका।

वीरेन्द्र- कोई चिन्ता नहीं फिर देखा जाएगा इस समय तो यहां से चल ही देना चाहिए।

राजा वीरेन्द्र सिंह की इच्छानुसार कैदियों को भी साथ लिये हुए सब कोई तहखाने के बाहर हुए। कैदियों को कैदखाने भेजा, औरतें महल में भेज दी गईं और उनकी हिफाजत का विशेष प्रबन्ध किया गया, क्योंकि अब राजा वीरेन्द्र सिंह को इस बात का विश्वास न रहा कि रोहतास

गढ़ किले के अन्दर और महल में दुश्मनों के आने का खटका नहीं है क्योंकि तहखाने के रास्तों का हाल दिन-दिन खुलता ही जाता था।

इन्द्रदेव को राजा वीरेन्द्र सिंह ने अपने कमरे के बगल में डेरा दिया और बड़ी इज्जत के साथ रखा। आज की बची हुई रात सोच-विचार और तरद्दुद ही में बीती। शेरअलीखां, भूतनाथ और कल्याण सिंह का हाल भी सभों को मालूम हुआ और यह भी मालूम हुआ कि कल्याण सिंह और उसके कई आदमी कैदखाने में बन्द हैं।

दूसरे दिन सबेरे जब राजा वीरेन्द्र सिंह ने कैदखाने में से कल्याण को अपने पास बुलाया तो मालूम हुआ कि रात ही को होश में आने के बाद कल्याण सिंह ने जमीन पर सिर पटककर अपनी जान दे दी। वीरेन्द्र सिंह ने उसकी अवस्था पर शोक प्रकट किया और उसकी लाश को इज्जत के साथ जलाकर हड्डियां गंगाजी में डलवा देने का हुक्म दिया और यही हुक्म शिवदत्त की लाश के लिए भी दिया।

पहर दिन चढ़ने के बाद जब राजा वीरेन्द्र सिंह स्नान और संध्या-पूजा से छुट्टी पा कुछ फल खाकर निश्चिन्त हुए तो महल में अपने आने की इत्तिला करवाई और उसके बाद इन्द्रदेव को साथ लिये हुए महल में जाकर एक सजे हुए सुन्दर कमरे में बैठे। उनकी इच्छानुसार किशोरी, कामिनी, कमला, कमलिनी, लाडिली और लक्ष्मीदेवी अदब के साथ सामने बैठ गईं। किशोरी का चेहरा उसके बाप के गम में उदास हो रहा था, राजा वीरेन्द्र सिंह ने उसे समझाया और दिलासा दिया। इसी समय तारा सिंह ने राजा साहब के पास पहुंचकर तेज सिंह, भूतनाथ, सर्यू सिंह और बीरू सिंह के आने की इत्तिला की और मर्जी होने पर ये लोग राजा वीरेन्द्र सिंह के सामने हाजिर हुए तथा सलाम करने के बाद हुक्म पाकर जमीन पर बैठ गए। इन लोगों के आने का सभों को इन्तजार था, शिवदत्त और कल्याण सिंह की कार्रवाई तथा उनके काम में विघ्न पड़ने का हाल सभी कोई सुना चाहते थे।

वीरेन्द्र- (भूतनाथ से) सुना था कि शेरअलीखां को तुम अपने साथ ले गए थे?

भूत- जी हां, शेरअलीखां को मैं अपने साथ ले गया था और साथ लेता भी आया, तेज सिंह की आज्ञा से वह अपने डेरे पर चले गए जहां रहते थे।

वीरेन्द्र- (तेज सिंह से) कृष्णा जिन्न तुमको अपने साथ क्यों ले गए थे?

तेज- कुछ काम था जो मैं आपसे किसी दूसरे समय कहूंगा, आप पहिले सर्यू सिंह और भूतनाथ का हाल सुन लीजिए।

वीरेन्द्र- अच्छी बात है, आज के मामले में नि:सन्देह सर्यू सिंह ने बड़ी मदद पहुंचाई और भूतनाथ की होशियारी ने भी दुश्मनों का बहुत कुछ नुकसान किया।

तेज- जिस तरफ से दुश्मन लोग इस तहखाने के अन्दर आये थे भूतनाथ और शेरअलीखां उसी मुहाने पर जाकर बैठ गए और भागकर जाते हुए दुश्मनों को खूब ही मारा, यहां तक कि एक भी जीता बचकर न जा सका।

इन्द्र- (सर्यू सिंह से) अच्छा तुम अपना हाल कह जाओ।

इन्द्रदेव की आज्ञा पाकर सर्यू सिंह ने अपना और भूतनाथ का हाल बयान किया। मनोरमा और धन्नू सिंह का हाल सुनकर सब कोई हंसने लगे, इसके बाद भूतनाथ का मनोरमा को अपने लड़के नानक के साथ घर भेजकर शेरअलीखां के पास आना, कल्याण सिंह और उसके आदमियों का मुकाबिला करना, फिर शेरअलीखां को अपने साथ लेकर सुरंग के मुहाने पर जाकर बैठना और दुश्मनों का सत्यानाश करना इत्यादि बयान किया। इसके बाद तेज सिंह ने एक चिट्ठी राजा वीरेन्द्र सिंह के हाथ में दी और कहा, "कृष्णा जिन्न ने यह चिट्ठी आपके लिए दी है।"

राजा वीरेन्द्र सिंह ने यह चिट्ठी ले ली और मन में पढ़ जाने के बाद इन्द्रदेव के हाथ में देकर कहा- "आप इसे जोर से पढ़ जाइए जिससे सब कोई सुन लें!"

इन्द्रदेव ने चिट्ठी पढ़कर सभों को सुनाई। उसका मतलब यह था –

"इत्तिफाक से आज इस तहखाने में पहुंच गया और किशोरी की जान बच गई। सर्यू सिंह और भूतनाथ ने निःसन्देह बड़ी मदद की, सच तो यों है कि आज उन्हीं की बदौलत दुश्मनों ने नीचा देखा, मगर भूतनाथ ने एक काम बड़ी बेवकूफी का किया, अर्थात् मनोरमा को नानक के हाथ दे दिया और उसे घर ले जाकर असली बलभद्र सिंह का पता लगाने के लिए कहा। यह भूतनाथ की भूल है कि वह नानक को किसी काम के लायक समझता है यद्यपि नानक के हाथ से आज तक कोई काम ऐसा न निकला जिसकी तारीफ की जाए, वह निरा बेवकूफ और गदहा है। कोई नाजुक काम उसके हाथ में देना भी भारी भूल है। मनोरमा को उसके हाथ में देकर भूतनाथ ने बुरा किया। नानक कमीने को मालिक के काम का तो कुछ खयाल न रहा और मनोरमा के साथ शादी की धुन सवार हो गई, जिसका नतीजा यह निकला कि मनोरमा ने नानक को खूब जूतियां लगाईं और तिलिस्मी खंजर भी ले लिया, मैं बहुत खुश होता यदि मनोरमा नानक के कान-नाक भी काट लेती। आपको और आपके ऐयारों को होशियार करता हूं और कहे देता हूं कि औरत के गुलाम नानक बेईमान पर कोई भी कभी भरोसा न करें। आप जरूर अपने एक ऐयार को नानक के घर की तहकीकात करने के लिए भेजें, तब आपको नानक और नानक के घर की हालत मालूम होगी। अस्तु अब आपका रोहतास गढ़ में रहना ठीक नहीं है, आप कैदियों और किशोरी, कामिनी, कमलिनी और लक्ष्मीदेवी इत्यादि सभों को लेकर चुनार चले जाएं मैं यह बात इस खयाल से नहीं कहता कि यहां आपको दुश्मनों का डर है, नहीं-नहीं, अव्वल तो अब आपका कोई ऐसा दुश्मन ही नहीं रहा जो रोहतास गढ़ तहखाने का रत्ती बराबर भी हाल जानता हो, दूसरे इस तहखाने के कुल दरवाजे (दीवानखाने वाले एक सदर दरवाजे को छोड़कर) जो

गिनती में ग्यारह थे मैंने अच्छी तरह बन्द कर दिये और उनका हाल तेज सिंह को बता दिया है। मैं समझता हूं इनसे ज्यादे रास्ते तहखाने में आने-जाने के लिए नहीं हैं, इतने रास्तों का हाल यहां का राजा दिग्विजय सिंह भी न जानता होगा, हां, कमलिनी जरूर जानती होगी क्योंकि वह 'रक्तग्रंथ' पढ़ चुकी है। यदि आप तहखाने की सैर किया चाहते हैं तो इस इरादे को अभी रोक दीजिये, कुंअर इन्द्रजीत सिंह और आनन्द सिंह के आने पर यह काम कीजियेगा, क्योंकि यहां का सबसे ज्यादे हाल उन्हीं दोनों भाइयों को मालूम होगा। हां, बलभद्र सिंह का पता लगाने का उद्योग करना चाहिए और यहां के तहखाने की भी अच्छी तरह सफाई हो जानी चाहिए जिससे एक भी मुर्दा इसके अन्दर रह न जाए। यदि इन्द्रदेव चाहें तो नकली बलभद्र सिंह को आप इन्द्रदेव के हवाले कर दीजिएगा और असली बलभद्र सिंह तथा इन्दिरा का पता लगाने का बोझ इन्द्रदेव ही के ऊपर डालिएगा। भूतनाथ को भी चाहिए कि इन्द्रदेव के साथ रहकर अपनी खैरख्वाही दिखाए और पुरानी कालिख अपने चेहरे से अच्छी तरह धो डाले, नहीं तो उसके हक में अच्छा न होगा और आप अपने एक ऐयार को हरामखोर नानक की तरफ रवाना कीजिये। मैं आपका ध्यान पुनः मनोरमा की तरफ दिलाता हूं और कहता हूं कि तिलिस्मी खंजर का उसके हाथ लग जाना ही बुरा हुआ। मनोरमा साधारण औरत नहीं है, उसकी तारीफ आप सुन ही चुके होंगे, तिलिस्मी खंजर पाकर अब वह जो न कर डाले वही आश्चर्य है। उसके कब्जे से खंजर निकालने का शीघ्र उद्योग कीजिये और इस काम को सबसे ज्यादे जरूरी समझिए। इसके अतिरिक्त तेज सिंह की जुबानी जो कुछ मैंने कहला भेजा है उस पर भी ध्यान दीजिए।"

इस चिट्ठी को सुनकर सभी को ताज्जुब हुआ। राजा वीरेन्द्र सिंह तो चुप ही रहे, सिर्फ इन्द्रदेव के हाथ से चिट्ठी लेकर तेज सिंह को दे दी और बोले कि 'सब काम इसी के मुताबिक होना चाहिए'। इसके बाद एक-एक के चेहरे को गौर से देखने लगे। भूतनाथ का चेहरा मारे क्रोध के लाल हो रहा था, नानक की अवस्था और नालायकी पर उसे बड़ा ही रंज हुआ था। लक्ष्मीदेवी के चेहरे पर भी हद से ज्यादे उदासी छाई हुई थी, बाप की फिक्र के साथ ही साथ उसे इस बात का बड़ा रंज और ताज्जुब था कि राजा गोपाल सिंह ने सब हाल सुनकर भी उसकी कुछ खबर न ली, न तो मिलने के लिए आए और न कोई चिट्ठी ही भेजी। वह हजार सोचती और गौर करती थी मगर इसका सबब कुछ भी उसके ध्यान में न आता था और न उसका दिल इसी बात को कबूल करता था कि राजा गोपाल सिंह उसे इसी अवस्था में छोड़ देंगे। ज्यादे ताज्जुब तो उसे इस बात का था कि राजा गोपाल सिंह ने मायारानी के बारे में भी कोई हुक्म नहीं लगाया जिसकी बदौलत वह हद से ज्यादे तकलीफ उठा चुके थे। अब इस खयाल ने उसे और सताना शुरू किया कि हम लोगों को चुनार जाना होगा जहां गोपाल सिंह का पहुंचना और भी कठिन है, इत्यादि तरह-तरह की बातें वह सोच रही थी और न रुकने वाले आंसुओं को रोकने में जी-जान से उद्योग कर रही थी। कमलिनी का चेहरा भी उदास था, राजा गोपाल सिंह के विषय में वह भी तरह-तरह की बातें सोच रही थी और उनसे तथा नानक से स्वयं मिला चाहती थी मगर राजा वीरेन्द्र सिंह की मर्जी के खिलाफ कुछ करना भी उचित नहीं समझती थी।

राजा वीरेन्द्र सिंह ने इन्द्रदेव की तरफ देखकर कहा, "आप क्या सोच रहे हैं कृष्णा जिन्न पर मुझे बड़ा विश्वास है और उसने जो कुछ लिखा मैं उसे करने के लिए तैयार हूं।"

इन्द्रदेव- आप मालिक हैं, आपको हर तरह पर अख्तियार है जो चाहे करें और मुझे भी जो आज्ञा दें करने के लिए तैयार हूं। कृष्णा जिन्न की तो मैंने सूरत भी नहीं देखी है इसलिए उनके विषय में कुछ भी नहीं कह सकता, मगर मुझे अफसोस इस बात का है कि मैं यहां आकर कुछ भी न कर सका, न तो बलभद्र सिंह ही का पता लगा और न इन्दिरा के विषय में ही कुछ मालूम हुआ।

वीरेन्द्र- नकली बलभद्र सिंह जब तुम्हारे कब्जे में हो जाएगा तो मैं उम्मीद करता हूं कि तुम इन दोनों ही का पता लगा सकोगे और कृष्णा जिन्न के लिखे मुताबिक मैं नकली बलभद्र सिंह को तुम्हारे हवाले करने के लिए तैयार हूं। मैं तुम पर भी बहुत विश्वास रखता हूं और तुम्हें अपना समझता हूं और कृष्णा जिन्न ने न भी लिखा होता और तुम नकली बलभद्र सिंह मांगते तो भी मैं तुम्हें दे देता, अब भी अगर तुम मायारानी या दारोगा को लिया चाहो तो मैं देने को तैयार हूं। केवल इतना ही नहीं इसके अतिरिक्त तुम अगर और भी कोई बात कहो तो करने के लिए तैयार हूं।

राजा वीरेन्द्र सिंह की बात सुनकर इन्द्रदेव उठ खड़ा हुआ और झुककर सलाम करने के बाद हाथ जोड़कर बोला, "यह जानकर बहुत ही प्रसन्न हुआ कि महाराज मुझ पर विश्वास रखते हैं और नकली बलभद्र सिंह को मेरे हवाले करने के लिए तैयार हैं तथा और भी जिसे मैं चाहूं ले जाने की प्रार्थना कर सकता हूं। यदि महाराज की मुझ पर इतनी कृपा है तो मैं कह सकता हूं कि सिवाय नकली बलभद्र सिंह के और किसी कैदी को ले जाना नहीं चाहता मगर लक्ष्मीदेवी, कमलिनी और लाडिली को अपने साथ ले जाने की प्रार्थना करता हूं। अपनी धर्म की प्यारी लड़की लक्ष्मीदेवी पर बहुत स्नेह रखता हूं और अभी बहुत उसके हाथ से... (रुककर) हां, तो यदि महाराज मुझ पर विश्वास कर सकते हैं तो इन लोगों को और कलमदान को मुझे दे दें जिस पर 'इन्दिरा' लिखा हुआ है। भूतनाथ कागजात अपने साथ लेते जायें, मैं असली बलभद्र सिंह का पता लगाकर सेवा में उपस्थित होऊंगा और उस समय अपने सामने भूतनाथ के मुकद्दमे का फैसला कराऊंगा। आप भूतनाथ को आज्ञा दें कि कृष्णा जिन्न ने उसके विषय में जो कुछ लिखा है उसे नेकनीयती के साथ पूरा करें।"

इन्द्रदेव की बात सुनकर राजा वीरेन्द्र सिंह गौर में पड़ गये। वे लक्ष्मीदेवी, कमलिनी और लाडिली को अपने साथ चुनार ले जाया चाहते थे और कृष्णा जिन्न ने ऐसा करने को लिखा था मगर इन्द्रदेव की अर्जी भी नामंजूर नहीं कर सकते थे क्योंकि इन्द्रदेव का लक्ष्मीदेवी पर हक था और उसी ने लक्ष्मीदेवी की रक्षा की थी। कमलिनी और लाडिली पर राजा वीरेन्द्र सिंह का कोई अधिकार न था क्योंकि वे बिल्कुल स्वतन्त्र थीं। वीरेन्द्र सिंह ने कुछ देर तक गौर करने बाद के

इन्द्रदेव से कहा, "मुझे कुछ उज्र नहीं है, लक्ष्मीदेवी, कमलिनी और लाडिली यदि आपके साथ रहने में प्रसन्न हैं तो आप उन्हें ले जाएं और वह कलमदान भी आपको मिल जाएगा।"

इन्द्रदेव और राजा वीरेन्द्र सिंह की बातें सुनकर लक्ष्मीदेवी, कमलिनी और लाडिली बहुत प्रसन्न हुईं और हाथ जोड़कर राजा वीरेन्द्र सिंह से बोलीं, "हम लोग अपने धर्म के पिता इन्द्रदेव के घर जाने में बहुत प्रसन्न हैं, वहां हमें अपने बाप का पता लगाने का हाल बहुत जल्द मिलेगा।"

वीरेन्द्र- बहुत अच्छा, (तेज सिंह से) वह कलमदान इन्द्रदेव को दे दो और इन लोगों के तथा नकली बलभद्र सिंह के जाने का बन्दोबस्त करो। हम भी आज चुनार गढ़ की तरफ कूच करेंगे। भैरो सिंह को मनोरमा की गिरफ्तारी के लिए रवाना करो और तारा सिंह को नानक के घर भेजो। (देवी सिंह की तरफ देखकर) एक बहुत ही नाजुक काम तुम्हारे सुपुर्द करने की इच्छा है जो तुम्हारे कान में कहेंगे।

देवी सिंह राजा वीरेन्द्र सिंह के पास चले गये और उनकी तरफ सिर झुका दिया। वीरेन्द्र सिंह ने देवी सिंह के कान में कहा, "लक्ष्मीदेवी, कमलिनी और लाडिली की निगहबानी तुम्हारे जिम्मे मगर गुप्त।"

देवी सिंह सलाम करके पीछे हट गए और दरबार बर्खास्त हो गया।

***

बयान-3

शेरअलीखां बड़ी इज्जत और आबरू के साथ घर भेजे गए, उनके सेनापति महबूबखां को भी छुट्टी मिली, भैरो सिंह मनोरमा की फिक्र में गए, तारा सिंह नानक के घर चले और कुछ फौजी सिपाहियों के साथ नकली बलभद्र सिंह, लक्ष्मीदेवी, कमलिनी और लाडिली को लिये हुए इन्द्रदेव ने अपने गुप्त स्थान की तरफ प्रस्थान किया। भूतनाथ बातें करता हुआ उन्हीं के साथ चल पड़ा और थोड़ी दूर जाने के बाद आज्ञा लेकर अपने अड्डे की तरफ रवाना हुआ जो बराबर की पहाड़ी पर था और देवी सिंह ने न मालूम किधर का रास्ता लिया। राजा वीरेन्द्र सिंह की सवारी भी उसी दिन चुनार गढ़ की तरफ चली और तेज सिंह राजा साहब के साथ गए।

हम सबके पहिले तारा सिंह के साथ चलकर नानक के घर पहुंचते हैं और उसकी जगतप्रिय स्त्री की अवस्था पर ध्यान देते हैं। इसमें कोई शक नहीं कि लड़कपन में नानक उत्साही था और उसे नाम पैदा करने की बड़ी लालसा थी परन्तु रामभोली के प्रेम ने उसका खयाल बदल दिया और उसमें खुदगर्जी का हिस्सा कुछ ज्यादे हो गया। आखिर में जब उसने श्यामा नामी एक स्त्री से शादी कर ली जिसका जिक्र कई दफ़े लिखा जा चुका है, तब से तो उसकी बुद्धि बिल्कुल ही भ्रष्ट हो गई। नानक की स्त्री श्यामा बड़ी चतुर, लालची और कुलटा थी मगर नानक उसे पतिव्रता और साध्वी जानकर माता के समान उसकी इज्जत करता था। नानक के नातेदार और दोस्तों की आमदरफ्त उसके घर में विशेष थी। श्यामा को रुपये-पैसे की कमी न थी और वह अपनी दौलत जमीन के अन्दर गाड़कर रखा करती थी जिसका हाल सिवाय एक नौजवान खिदमतगार के जिसका नाम हनुमान था और कोई भी नहीं जानता था। हनुमान यद्यपि नानक का नौकर था परन्तु इस सबब से कि उसकी मां कुछ दिनों तक भूतनाथ की खिदमत में रह चुकी थी वह अपने को नौकर नहीं समझता था बल्कि घर का मालिक समझता था। नानक की स्त्री उसे बहुत चाहती थी। यहां तक कि एक दिन उसने अपने मुंह से उसे अपना देवर स्वीकार किया था। इस सबब से वह और भी सिर चढ़ गया था। नानक के यहां एक मजदूरनी भी थी, वह नानक के काम की चाहे न हो मगर उसकी स्त्री के लिए उपयोगी पात्र थी और उसके द्वारा नानक की स्त्री का बहुत काम निकलता था।

तारा सिंह अपने दो चेलों को साथ लिए रोहतास गढ़ से रवाना होकर भेष बदले हुए तीसरे ही दिन नानक के घर पहुंचा। ठीक दोपहर का समय था और नानक अपने किसी दोस्त के यहां गया हुआ था, मगर उसका प्यारा खिदमतगार हनुमान दरवाजे पर बैठा अपने पड़ोसी साईसों, कोचवानों के साथ गप्पें लड़ा रहा था। तारा सिंह थोड़ी देर तक इधर-उधर टहलता और टोह लेता

रहा। जब उसे मालूम हो गया कि हनुमान नानक का प्यारा नौकर है और उम्र में भी अपने से बड़ा नहीं है तो वहां से लौट और कुछ दूर जाकर किसी सुनसान अंधेरी गली में मकान किराए पर लेने का बन्दोबस्त करने लगा। संध्या होने के पहिले ही इस काम में भी निश्चिन्ती हो गई अर्थात् उसने एक बहुत बड़ा मकान किराये पर ले लिया जो मुद्दत से खाली पड़ा हुआ था क्योंकि लोग उसे भूत-प्रेतों का वास समझते थे और कोई उसमें रहना पसन्द नहीं करता था। उसमें जाने के लिए तीन रास्ते थे और उसके अन्दर कई कोठरियां ऐसी थीं कि यदि उसमें किसी को बन्द कर दिया जाए तो हजार चिल्लाने और ऊधम मचाने पर भी किसी बाहर वाले को खबर न हो। तारा सिंह ने उसी मकान में डेरा जमाया और बाजार आकर दो ही घण्टे में वे सब चीजें खरीद लाया जिनकी उसने जरूरत समझी और जो एक अमीराना ढंग से रहने वाले आदमी के लिए आवश्यक थीं। इस काम से भी छुट्टी पाकर उसने मोमबत्ती जलाई और आईना तथा ऐयारी का बटुआ सामने रखकर अपनी सूरत बदलने का उद्योग करने लगा। शीघ्र ही एक खूबसूरत नौजवान अमीर की सूरत बनाकर वह घर से बाहर निकला और मकान में एक चेले को छोड़कर नानक के घर की तरफ रवाना हुआ। दूसरा चेला जो तारा सिंह के साथ था उसे बहुत-सी बातें समझाकर दूसरे काम के लिए भेजा।

जब तारा सिंह नानक के मकान पर पहुंचा तो उसने हनुमान को दरवाजे पर बैठा पाया। इस समय हनुमान अकेला था और हुक्का पीने का बन्दोबस्त कर रहा था। उसके पास ही ताक (आला) पर एक चिराग जल रहा था जिसकी रोशनी चारों तरफ फैल रही थी। तारा सिंह हनुमान के पास जाकर खड़ा हो गया। हनुमान ने बड़े गौर से उसकी सूरत देखी और रोब में आकर हुक्का छोड़के खड़ा हो गया। उस समय चिराग की रोशनी में तारा सिंह बड़े शान-शौकत का आदमी मालूम पड़ रहा था। खूबसूरती बनाने की तारा सिंह को जरूरत न थी क्योंकि वह स्वयं खूबसूरत और नौजवान आदमी था परन्तु रूप बदलने की नीयत से उसने अपने चेहरे पर रोगन जरूर लगाया था जिससे वह इस समय और भी खूबसूरत और शौकीन जंच रहा था।

तारा सिंह को देखते ही हनुमान उठ खड़ा हुआ और हाथ जोड़कर बोला, “हुक्म!”

तारा- हमारे साथ एक नौकर था वह राह भूलकर न मालूम कहां चला गया। उम्मीद थी कि वह हमको ढूंढ़ने के बाद सीधा घर पर चला जायगा, मगर इस समय प्यास के मारे हमारा गला सूखा जा रहा है।

हनुमान- (एक छोटी चौकी की तरफ इशारा करके) सरकार इस चौकी पर बैठ जाएं मैं अभी पानी लाता हूं।

इतना सुनकर तारा सिंह चौकी पर बैठ गया और हनुमान पानी लाने के लिए अन्दर चला गया। थोड़ी ही देर में पानी का भरा हुआ एक लोटा और गिलास लिए हनुमान बाहर आया और तारा सिंह को पीने के लिए पानी गिलास में डालकर दिया। उस समय तारा सिंह ने दरवाजे का पर्दा हिलते हुए देखा और यह भी मालूम किया कि कोई औरत भीतर से झांक रही है। पानी पीने

के बाद तारा सिंह ने पांच रुपये हनुमान के हाथ में दिए और वहां से उठकर दूसरी तरफ का रास्ता लिया।

हनुमान केवल एक गिलास पानी पिलाने के बदले में पांच रुपये पाकर बड़ा ही प्रसन्न हुआ और दाता की अमीरी पर आश्चर्य करने लगा। उसे विश्वास हो गया कि यह कोई बड़ा अमीर आदमी या कोई राजकुमार है और साथ ही इसके दिल का अमीर तथा जी खोलकर देने वाला भी है।

दूसरे दिन संध्या के पहिले ही हनुमान ने तारा सिंह को अपने दरवाजे के सामने से जाते देखा और उसके साथ एक नौकर को भी देखा जो बड़े शान के साथ कीमती कपड़े पहिरे और तलवार लगाए तारा सिंह के पीछे-पीछे जा रहा था। हनुमान ने उठकर तारा सिंह को बड़े अदब के साथ सलाम किया। तारा सिंह ने अपने नौकर को जो वास्तव में उसका चेला था कुछ कहकर हनुमान के पास छोड़ा और आगे का रास्ता लिया।

तारा सिंह के नौकर में और हनुमान में दो घण्टे तक खूब बातचीत हुई जिसे हम यहां लिखना नापसन्द करते हैं, हां इस बातचीत का जो कुछ नतीजा निकला वह अवश्य दिखाया जाएगा क्योंकि नानक के घर की जांच करने ही के लिए तारा सिंह का आना इस शहर में हुआ था।

बहुत देर तक बातचीत करने के बाद तारा सिंह का नौकर उठ खड़ा हुआ और हनुमान के हाथ में कुछ देकर घर का रास्ता लिया जहां तारा सिंह उसके आने का इन्तजार कर रहा था। जब तारा सिंह ने नौकर को आते देखा तो पूछा –

तारा- कहो क्या हुआ?

नौकर- सब ठीक है, वह तो आपको देख भी चुकी है।

तारा- हां, रात को जब मैं वहां पानी पी रहा था, टाट का पर्दा हिलते हुए देखा था, तो और भी कुछ हालचाल मालूम हुआ

नौकर- जी हां, बड़ी-बड़ी बातें हुईं, वह तो पूरी खानगी है, कल दोपहर के पहिले मैं आपको उन लोगों के नाम भी बताऊंगा जिनसे उसका ताल्लुक है और उम्मीद है कि कल वह स्वयं बन-ठनकर आपके पास आवे।

तारा- ठीक है, तो क्या तुम्हें उसका नाम भी मालूम हुआ?

नौकर- जी हां, उसका नाम श्यामा है और अपने पति अर्थात् नानक के लिए तो वह रूपगर्विता नायिका है।

तारा- बड़े अफसोस की बात है। निःसन्देह भूतनाथ के लिए यह एक कलंक है। ऐसी औरत का पति इस योग्य नहीं कि हम लोग उसे अपने पास बैठावें या उसका छुआ पानी भी पीएं। खैर अब तुम घर में बैठो मैं गश्त लगाने के लिए जाता हूं।

दूसरे दिन दोपहर के समय तारा सिंह का वही नौकर नानक के घर से निकला तथा इधर-उधर से घूमता-फिरता तारा सिंह के पास आया और बोला, "आज श्यामा के कई प्रेमियों के नाम मैं लिख लाया हूं।"

तारा- अच्छा, बताओ तो सही शायद उन लोगों में से किसी को मैं जानता होऊं या किसी का नाम भी सुना हो।

नौकर- श्यामा के एक प्रेमी का नाम 'जलशायी बाबू' है।

तारा- (गौर करके) जलशायी बाबू को तो मैं जानता हूं, वे तो बड़े नेक और बुद्धिमान हैं।

नौकर- जी हां, वही लम्बे और गोरे से, वे तरह-तरह के कपड़े राजधानी से लाकर उसे दिया करते हैं और दूसरे प्रेमी का नाम 'त्रिभुवन नायक' है और उन्हें महत्त्व की पदवी भी है, और तीसरे प्रेमी का नाम 'मायाप्रसाद' है जो राजा साहब के कोषाध्यक्ष हैं, और चौथे प्रेमी का नाम 'आनन्दवन बिहारी' है। और पांचवें...

तारा- बस- बस-बस, मैं विशेष नाम सुनना पसन्द नहीं करता।

नौकर- जो हुक्म, (एक कागज दिखाकर) मैं तो पचीसों नाम लिख लाया हूं।

तारा- ठीक है, तुम इस फिहरिस्त को अपने पास रखो, आवश्यकता पड़ने पर महाराज को दिखाई जाएगी, हमारा काम तो उसके आज यहां आ जाने से ही निकल जाएगा।

नौकर- जी हां, आज वह यहां जरूर आवेगी, हनुमान मेरे साथ आकर घर देख गया है।

***

बयान-4

रात लगभग घण्टे भर के जा चुकी है। नानक के घर में उसकी स्त्री शृंगार कर चुकी है और कपड़े बदलने की तैयारी कर रही है। वह एक खुले हुए संदूक के पास खड़ी तरह-तरह की साड़ियों पर नजर दौड़ा रही है और उनमें से एक साड़ी इस समय पहिरने के लिए चुनना चाहती है। हाथ में चिराग लिए हुए हनुमान उसके पास खड़ा है।

हनुमान- मेरी प्यारी भावज, यह काली साड़ी बड़ी मजेदार है, बस इसी को निकाल लो और यह चोली भी अच्छी है।

श्यामा- नहीं यह मुझे पसन्द नहीं, मगर तू घड़ी-घड़ी मुझे भावज क्यों कहता है?

हनुमान- क्या तुम मेरी भावज नहीं हो?

श्यामा- भावज तो जरूर हूं, यदि तू दूसरी मां का बेटा होता तो हमारी आधी दौलत बंटवा लेता और ऐसा न होने पर भी मैं तुझे देवर समझती हूं, मगर भावज पुकारने की आदत अच्छी नहीं, अगर कोई सुन लेगा तो क्या कहेगा।

हनुमान- यहां इस समय सुनने वाला कौन है?

श्यामा- इस समय यहां कोई न हो मगर पुकारने की आदत पड़ी रहने से कभी न कभी किसी के सामने...।

हनुमान- नहीं-नहीं, मैं ऐसा बेवकूफ नहीं हूं, देखो इतने दिनों से मुझसे तुमसे गुप्त प्रेम है मगर आज तक किसी को मालूम न हुआ। अच्छा देखो यह साड़ी बढ़िया है इसको जरूर पहिरो।

श्यामा- अरे बाबा, इस साड़ी को तो देखते ही मुझे क्रोध आता है। उस दिन यह साड़ी पहिरकर मैं बिरादरी में उनके यहां गई थी, बस एक ने झट से टोक ही तो दिया, कहने लगी कि 'यह साड़ी फलाने की दी हुई है'। इतना सुनते ही मैं लाल हो गई मगर कर क्या सकती थी क्योंकि बात सच थी, आखिर चुपचाप उठकर अपने घर चली आई। मैं यह साड़ी कभी नहीं पहिरूंगी।

हनुमान- अच्छा, यह हरी साड़ी पहिरो।

श्यामा- हां, इसे पहिरूंगी और यह चोली।

हनुमान- लाओ चोली मैं पहिरा दूं।

श्यामा- (हनुमान के गाल पर चपत लगाकर) चल दूर हो।

हनुमान- (चौंककर) अरे हां, देखो तो सही कैसी भूल हो गई।

श्यामा- (ताज्जुब से) सो क्या ?

हनुमान- तुम्हें तो मर्दाना कपड़ा पहिरके चलना चाहिए।

श्यामा- हां, है तो ऐसा ही, मगर वहां क्या करूंगी ?

हनुमान- यह साड़ी मैं बगल में दबाकर लिये चलता हूं, वहां पहिर लेना।

श्यामा- अच्छा, यही सही।

थोड़ी देर बाद मर्दाने कपड़े पहिरे और सिर पर मुड़ासा बांधे हुए श्यामा सड़क पर दिखाई देने लगी। आगे-आगे उसका प्यारा नौकर हनुमान बगल में कपड़े की गठरी दबाए हुए जा रहा था। इस जगह से वह मकान बहुत दूर न था जिसमें तारा सिंह ने डेरा डाला था इसलिए थोड़ी ही देर में वे दोनों उस मकान के पिछले दरवाजे पर जा पहुंचे। दरवाजा खुला हुआ था, और तारा सिंह का नौकर पहिले ही से दरवाजे पर बैठा हुआ था। उसने दोनों को मकान के अन्दर करके दरवाजा बन्द कर लिया।

तारा सिंह एक कोठरी के अन्दर फर्श पर बैठा हुआ तरह-तरह की बातों पर विचार कर रहा था जब उसके नौकर ने पहुंचकर श्यामा के आने की इत्तिला की और कहा कि वह मर्दानी पोशाक पहिरकर आ गई है और अब पूरब वाले कमरे में कपड़े बदल रही है।

तारा सिंह का नौकर (चेला) तो इतना कहकर चला गया मगर तारा सिंह बड़े फेर में पड़ गया। वह सोचने लगा कि अब क्या करना चाहिए उसके चाल-चलन का पता तो पूरा-पूरा लग गया मगर अब उसे यहां से क्योंकर टालना चाहिए। उसके साथ अधर्म करना तो उचित न होगा, हम ऐसा कदापि नहीं कर सकते, मगर अफसोस! वाह रे निर्लज्ज नानक, क्या तुझे इन बातों की खबर न होगी जरूर होगी, तू इन सब बातों को जरूर जानता होगा मगर आमदनी का रास्ता खुला देख बेहयाई की नकाब डाले बैठा है। परन्तु भूतनाथ को इन बातों की खबर नहीं, वह हयादार आदमी है। अपनी थोड़ी-सी भूल के लिए कैसे-कैसे उद्योग कर रहा है, और तेरी यह दशा। लानत है तेरी औकात पर और तुफ़्र है तेरी शौकीनी पर।

तारा सिंह इन बातों को सोच ही रहा था कि श्यामारानी मटकती हुई उसके पास जा पहुंची। तारा सिंह ने बड़ी खातिर से उसे अपने पास बैठाया और उसके रूप-गुण की प्रशंसा करने लगा।

श्यामारानी को बैठे अभी कुछ भी देर न हुई थी कि कोठरी के बाहर से चिल्लाने की आवाज आई। यह आवाज नानक के प्यारे नौकर हनुमान की थी और साथ ही उसके किसी औरत के बोलने की आवाज आ रही थी।

***

बयान-5

किशोरी, कामिनी, कमला इत्यादि तथा और बहुत से आदमियों को लिए हुए राजा वीरेन्द्र सिंह चुनार की तरफ रवाना हुए। किशोरी और कामिनी की खिदमत के लिए साथ में एक सौ पन्द्रह लौंडियां थीं जिनमें से बीस लौंडियां तो उनमें से थीं जो राजा दिग्विजय सिंह की रानी के साथ रोहतास गढ़ में रहा करती थीं और रोहतास गढ़ के फतह हो जाने के बाद राजा वीरेन्द्र सिंह की ताबेदारी स्वीकार कर चुकी थीं, बाकी लौंडियां नई रखी गई थीं। इसके अतिरिक्त रोहतास गढ़ से बहुत चीजें भी राजा वीरेन्द्र सिंह ने साथ ले ली थीं जिन्हें उन्होंने बेशकीमती या नायाब समझा था। रवाना होने के समय राजा साहब ने उन ऐयारों को भी चुनार गढ़ जाने की इत्तिला दिलवा दी थी जो राजगृह तथा गयाजी का इन्तजाम करने के लिए मुकर्रर किये गये थे।

जिस समय राजा वीरेन्द्र सिंह चुनार गढ़ की तरफ रवाना हुए रात घण्टे भर से कुछ ज्यादे बाकी थी और पांच हजार फौज के अतिरिक्त चार हजार दूसरे काम-काज के आदमी भी साथ में थे। इसी भीड़ में मिली-जुली साधारण लौंडी का भेष धारण किये मनोरमा भी जाने लगी। उसे अपना काम पूरा होने की पक्की उम्मीद थी और वह इस धुन में लगी हुई थी कि किशोरी और कामिनी की लौंडियों में से कोई लौंडी किसी तरह पीछे रह जाए तो काम चले।

पहर दिन चढ़े तक राजा वीरेन्द्र सिंह का लश्कर बराबर चलता गया। जब धूप हुई तो एक हरे-भरे जंगल में पड़ाव डाला गया जहां डेरे-खेमे का इन्तजान पहिले ही से हो चुका था। पड़ाव पड़ जाने के थोड़ी ही देर बाद डेरों-खेमों से लदे हुए सैकड़ों ऊंट आगे की तरफ रवाना हुए जिनसे दूसरे दिन के पड़ाव का इन्तजाम होने वाला था। बाकी का दिन और तीन पहर रात तक वह जंगल गुलजार रहा और पहर रात रहते फिर वहां से लश्कर कूच हुआ।

इसी तरह कूच-दर-कूच करते वीरेन्द्र सिंह का लश्कर चुनार गढ़ की तरफ रवाना हुआ। तीन दिन तक तो मनोरमा का काम कुछ भी न हुआ पर चौथे दिन उसे अपना काम निकालने का मौका मिला जब किशोरी की एक लौंडी जिसका नाम दया था हाथ में लोटा लिए मैदान जाने की नीयत से पड़ाव के बाहर निकली। उस समय घड़ी भर रात जा चुकी थी और चारों तरफ अंधकार छाया हुआ था। दया रोहतास गढ़ के राजा दिग्विजय सिंह की लौंडियों में से थी और किशोरी उसे मानती थी क्योंकि उस जमाने में जब किशोरी कैदियों की तरह रोहतास गढ़ में रहती थी, दया ने उसकी खिदमत बड़ी हमदर्दी के साथ की थी।

दया को मैदान की तरफ जाते देख मनोरमा ने उसका पीछा किया। दबे पांव उसके साथ बराबर चली गई और जब जाना कि अब वह आगे बढ़ेगी तो एक पेड़ की आड़ देकर खड़ी हो

गई। थोड़ी देर बाद जब दया जरूरी काम से छुट्टी पाकर लौटी तो मनोरमा बेधड़क उसके पास चली गई और फुर्ती के साथ तिलिस्मी खंजर उसके मोढ़े पर रख दिया। उसी दम दया कांपी और थरथराकर जमीन पर गिर पड़ी। मनोरमा ने उसे घसीटकर एक झाड़ी के अन्दर डाल दिया और निश्चय कर लिया कि जब राजा वीरेन्द्र सिंह का लश्कर यहां से कूच कर जाएगा और दिन निकल आवेगा तब सुभीते से दया की सूरत बनकर इसको जान से मार डालूंगी और फिर तेजी के साथ चलकर लश्कर में जा मिलूंगी, आखिर ऐसा ही हुआ।

थोड़ी रात रहे राजा वीरेन्द्र सिंह का लश्कर वहां से कूच कर गया और जब पहर दिन चढ़े अगले पड़ाव पर पहुंचा तो किशोरी ने दया की खोज की मगर दया का पता क्योंकर लग सकता था। बहुत-सी लौंडियां चारों तरफ फैल गईं और दया को ढूंढ़ने लगीं। दोपहर होने तक दया भी लश्कर में आ पहुंची जो वास्तव में मनोरमा थी। किशोरी ने पूछा, "दया, कहां रह गई थी तेरी खोज में सब लौंडियां अभी तक परेशान हो रही हैं।"

नकली दया ने जवाब दिया, "जिस समय लश्कर कूच हुआ तो मेरे पेट में कुछ गड़गड़ाहट मालूम हुई। थोड़ी दूर तक तो मैं जी कड़ा कर चली गई, आखिर जब गड़गड़ाहट ज्यादे हुई तो रास्ते में एक कुआं भी नजर आया तो लोटा-डोरी लेकर वहां ठहर गई। दो दफ़े तो टट्टी गई और तीन कै हुईं, कै में बहुत-सा खट्टा पानी निकला। मैंने समझा कि बस अब किसी तरह लश्कर के साथ नहीं मिल सकती और यहां पड़ी दुःख भोगूंगी मगर ईश्वर ने कुशल की कि, थोड़ी देर तक मैं उसी कुएं पर लेटी रही, आखिर मेरी तबियत ठहरी तो मैं धीरे-धीरे रवाना हुई और मुश्किल से यहां तक पहुंची। कै करने में मुझे तकलीफ हुई और मेरा गला भी बैठ गया।"

किशोरी ने दया की अवस्था पर दुःख प्रकट किया और उसे दया की बातों पर विश्वास हो गया। अब दया को किशोरी के साथ मेल-जोल पैदा करने में किसी तरह का खुटका न रहा और दो ही चार दिन में उसने किशोरी को अपने ऊपर बहुत ज्यादे मेहरबान बना लिया।

रोहतास गढ़ से चुनार गढ़ जाने के लिए यद्यपि भली-चंगी सड़क बनी हुई थी मगर राजा वीरेन्द्र सिंह का लश्कर सीधी सड़क छोड़ जंगल और मैदान ही में पड़ाव डालता चला जा रहा था क्योंकि हजारों आदमियों को आराम जंगल और मैदान ही में मिलता था, सड़क के किनारे उतनी ज्यादे जगह नहीं मिल सकती थी।

एक दिन राजा वीरेन्द्र सिंह का लश्कर एक बहुत रमणीक और हरे-भरे जंगल में पड़ाव डाले हुए था, संध्या के समय राजा वीरेन्द्र सिंह और तेज सिंह टहलते हुए अपने खेमे से कुछ दूर निकल गये और एक छोटे-से टीले पर चढ़कर अस्त होते हुए सूर्य की शोभा देखने लगे। यकायक उनकी निगाह एक सवार पर पड़ी जो बड़ी तेजी के साथ घोड़ा दौड़ाता हुआ वीरेन्द्र सिंह के लश्कर की तरफ आ रहा था। दोनों की निगाहें उसी की तरफ उठ गईं और उसे बड़े गौर से देखने लगे। थोड़ी ही देर में वह सवार टीले के पास पहुंच गया और उस समय उस सवार की भी निगाह राजा वीरेन्द्र सिंह और तेज सिंह पर पड़ी। सवार ने तुरंत घोड़े का मुंह फेर दिया और

बात की बात में राजा वीरेन्द्र सिंह के पास पहुंचकर घोड़े से नीचे उतर पड़ा। जिस टीले पर वह दोनों खड़े थे वह बहुत ऊंचा न था अतएव उस सवार ने नेजा गाड़कर घोड़े की लगाम उसमें अटका दी और बेखौफ टीले के ऊपर चढ़ गया। इस सवार के हाथ में एक चिट्ठी थी जो उसने सलाम करने के बाद राजा वीरेन्द्र सिंह को दे दी। राजा साहब ने चिट्ठी खोलकर बड़े गौर से पढ़ी और तेज सिंह के हाथ में दे दी। तेज सिंह ने भी उसे पढ़ा और राजा साहब की तरफ देखकर कहा, "निःसन्देह ऐसा ही है।"

वीरेन्द्र- तुमने तो इस विषय में मुझसे कुछ भी नहीं कहा था।

तेज- कुछ कहने की आवश्यकता न थी और अभी मैं इन बातों का निश्चय ही कर रहा था।

वीरेन्द्र- इस राय को तो मैं पसन्द करता हूं।

तेज सिंह- राय पसन्द करने योग्य है और इसका जवाब भी लिख देना चाहिए।

वीरेन्द्र- हां, इसका जवाब लिख दो।

"बहुत अच्छा" कहकर तेज सिंह ने अपनी जेब से जस्ते की एक कलम निकाली और उस चिट्ठी की पीठ पर जवाब लिखकर वीरेन्द्र सिंह को दिखाया, राजा साहब ने उसे पसन्द किया और चिट्ठी उसी सवार के हाथ में दे दी गई। सवार सलाम करके टीले से नीचे उतर आया और घोड़े पर सवार होकर उसी तरफ चला गया जिधर से आया था। सवार के चले जाने के बाद राजा वीरेन्द्र सिंह और तेज सिंह भी टीले से नीचे उतरे और गुप्त विषय पर बातें करते हुए लश्कर की तरफ रवाना होकर थोड़ी ही देर में अपने खेमे के अन्दर जा पहुंचे।

इस सफर में राजा वीरेन्द्र सिंह का कायदा था कि दिन-रात में एक दफ़े किसी समय किशोरी और कामिनी के डेरे में जरूर जाते, थोड़ी देर बैठते और हर तरह की ऊंच-नीच समझा-बुझाकर तथा दिलासा देकर अपने डेरे में लौट आते। इसी तरह उन दोनों के पास दो दफ़े तेज सिंह के जाने का भी मामूल था। जिस समय किशोरी और कामिनी के पास राजा साहब या तेज सिंह जाते उस समय प्रायः सब लौंडियां अलग कर दी जातीं, केवल कमला उन दोनों के पास रह जाती थी। आज भी टीले पर से लौटने के बाद थोड़ी देर दम लेकर राजा वीरेन्द्र सिंह किशोरी और कामिनी के खेमे में गए और दो घड़ी तक वहां बैठे रहे, कुल लौंडियां हटा दी गई थीं केवल कमला मौजूद थी जो उन दोनों के दुःख-सुख की साथी बन चुकी थी और थी।

दो घड़ी तक वहां ठहरने के बाद राजा साहब अपने खेमे में लौट आए और तेज सिंह के पास बैठकर तरह-तरह की बातें करने लगे। जब रात ज्यादे चली गई तो राजा साहब ने चारपाई की शरण ली। तेज सिंह भी अपने खेमे में चले गए और खा-पीकर सो रहे।

तेज सिंह को चारपाई पर गये आधा घण्टा भी न बीता था कि चोबदार ने किशोरी की लौंडियों के आने की इत्तिला की। तेज सिंह तुरंत उठ बैठे और इन लौंडियों को अपने पास हाजिर करने

की आज्ञा दी। थोड़ी ही देर में दो लौंडियां तेज सिंह के सामने आईं जिनमें से एक वही दया थी जिसे वास्तव में मनोरमा कहना चाहिए।

तेज- (लौंडियों से) इस समय तुम लोगों के आने से आश्चर्य मालूम होता है।

दया- निःसन्देह आश्चर्य होता होगा परन्तु क्या किया जाए, किशोरी जी की आज्ञा से हम लोगों को आना पड़ा।

तेज- क्या समाचार है?

दया- किशोरी जी ने हम लोगों को आपके पास भेजा है और कहा है कि "यहां से थोड़ी दूर पर कोई ऐसी इमारत है जिसके अन्दर तिलिस्म होने का शक है। जब मैं कैदियों की तरह रोहतास गढ़ में रहती थी तो यह बात राजा दिग्विजय सिंह की जुबानी सुनने में आई थी। यदि यह बात ठीक है तो आपकी कृपा से मैं इस इमारत को देखा चाहती हूं।"

तेज- किशोरी का कहना ठीक है, निःसन्देह यहां से थोड़ी ही दूर पर एक इमारत है जिसमें तरह-तरह की अद्भुत बातें देखने में आती हैं और मैं उस इमारत को देख चुका हूं, मगर एक साथ कई आदमियों का उस इमारत के अंदर जाना बहुत कठिन है। (कुछ सोचकर) अच्छा, तुम लोग चलो, मैं महाराज से वहां जाने की आज्ञा लेकर बहुत जल्द किशोरी के पास आता हूं।

दया- जो आज्ञा।

दोनों लौंडियां सलाम करके किशोरी के पास चली गईं और जो कुछ तेज सिंह ने उनसे कहा था वह किशोरी के सामने अर्ज किया, इस समय वहां किशोरी, कामिनी और कमला एक साथ बैठी हुई थीं और कई लौंडियां भी मौजूद थीं।

थोड़ी देर बाद तेज सिंह के आने की इत्तिला मिली और कमला उनको लेने के लिए खेमे के बाहर गई। जब तेज सिंह खेमे के अंदर आए तो उन्हें देख किशोरी और कामिनी उठ खड़ी हुईं और जब तेज सिंह बैठ गए तो अदब के साथ उनके सामने बैठ गईं।

तेज- (किशोरी से) उस इमारत की याद यकायक कैसे आ गई?

किशोरी- अकस्मात् उस इमारत की याद आ गई। कामिनी बहिन को भी उसे देखने का बहुत शौक है। मैंने सोचा कि ऐसा मौका फिर काहे को मिलेगा। वह इमारत रास्ते ही में पड़ती है, यदि आपकी कृपा होगी तो हम लोग उसे देख लेंगी।

तेज- बात तो ठीक है और वह इमारत भी देखने योग्य है, मैं तुम्हें वहां ले जा सकता हूं और महाराज से आज्ञा भी ले आया हूं मगर तुम अपने साथ किसी लौंडी को वहां न ले जा सकोगी।

किशोरी- कामिनी बहिन और कमला का चलना तो आवश्यक है और ये दोनों न जाएंगी तो मुझे उसके देखने का आनन्द ही क्या मिलेगा?

तेज- इन दोनों के लिए मैं मना नहीं करता, मैं रथ जोतने के लिए हुक्म दे आया हूं, अभी आता होगा। तुम तीनों उस रथ पर सवार हो जाओ, घोड़े की रास मैं लूंगा और तुम लोगों को वहां ले चलूंगा, सिवाय हम चार आदमियों के और कोई भी न जाएगा।

किशोरी- जब स्वयं आप हम लोगों के साथ हैं तो हमें और किसी की जरूरत क्या है?

तेज- यदि इस समय हम लोग रथ पर सवार होकर रवाना होंगे तो घण्टे-भर के अन्दर ही वहां जा पहुंचेंगे, छः-सात घण्टे में उस इमारत को अच्छी तरह से देख लेंगे, इसके बाद यहां लौटने की कोई जरूरत नहीं है, अगले पड़ाव की तरफ चले जाएंगे। जब तक हमारा लश्कर यहां से कूच करके अगले पड़ाव पर पहुंचेगा तब तक हम लोग भी वहां पहुंच जाएंगे।

किशोरी- जैसी मर्जी।

थोड़ी ही देर बाद इत्तिला मिली कि दो घोड़ों का रथ हाजिर है। तेज सिंह उठ खड़े हुए, पर्दे का इन्तजाम किया गया, किशोरी, कामिनी और कमला उस पर सवार कराई गईं, तेज सिंह ने घोड़ों की रास सम्भाली और रथ तेजी के साथ वहां से रवाना हुआ।

***

बयान-6

रात बीत गई, पहर भर दिन चढ़ने के बाद राजा वीरेन्द्र सिंह का लश्कर अगले पड़ाव पर जा पहुंचा और उसके घण्टे भर बाद तेज सिंह भी रथ लिये हुए आ पहुंचे। रथ जनाने डेरे के आगे लगाया गया, पर्दा करके जनानी सवारी (किशोरी, कामिनी और कमला) उतारी गईं और रथ नौकरों के हवाले करके तेज सिंह राजा साहब के पास चले गए।

आज के पड़ाव पर हमारे बहुत दिनों के बिछुड़े हुए ऐयार लोग अर्थात् पन्नालाल, रामनारायण, चुन्नीलाल और पण्डिल बद्रीनाथ भी आ मिले क्योंकि इन लोगों को राजा साहब के चुनार गढ़ जाने की इत्तिला पहिले ही से दे दी गई थी। ये लोग उसी समय उस खेमे में चले गए जहां कि राजा वीरेन्द्र सिंह और तेज सिंह एकान्त में बैठे बातें कर रहे थे। इन चारों ऐयारों को आशा थी कि राजा वीरेन्द्र सिंह के साथ ही साथ चुनार गढ़ जाएंगे मगर ऐसा न हुआ, इसी समय कई काम उन लोगों के सुपुर्द हुए और राजा साहब की आज्ञानुसार वे चारों ऐयार वहां से रवाना होकर पूरब की तरफ चले गए।

राजा वीरेन्द्र सिंह और तेज सिंह को इस बात की आहट लग गई थी कि मनोरमा भेष बदले हुए हमारे लश्कर के साथ चल रही है और धीरे-धीरे उसके मददगार लोग भी रूप बदले हुए लश्कर में चले आ रहे हैं मगर तेज सिंह को उसे गिरफ्तार करने का मौका नहीं मिलता था। उन्हें इस बात का पूरा-पूरा विश्वास था कि मनोरमा निःसन्देह किसी लौंडी की सूरत में होगी मगर बहुत-सी लौंडियों में से मनोरमा को जो बड़ी धूर्त और ऐयार थी छांटकर निकाल लेना कठिन काम था। मनोरमा के न पकड़े जाने का एक सबब और भी था, तेज सिंह इस बात को तो सुन ही चुके थे कि मनोरमा ने बेवकूफ नानक से तिलिस्मी खंजर ले लिया है, अस्तु तेज सिंह का खयाल यही था कि मनोरमा तिलिस्मी खंजर अपने पास अवश्य रखती होगी। यद्यपि राजा साहब की बहुत-सी लौंडियां खंजर रखती थीं मगर तिलिस्मी खंजर रखने वालों को पहिचान लेना तेज सिंह मामूली काम समझते थे और उनकी निगाह इसलिए बार-बार तमाम लौंडियों की उंगलियों पर पड़ती थी। तिलिस्मी खंजर के जोड़ की अंगूठी किसी न किसी की उंगली में जरूर दिखाई दे जाएगी और जिसकी उंगली में वैसी अंगूठी दिखाई देगी उसे ही मनोरमा समझकर तुरंत गिरफ्तार कर लेंगे।

यह सब-कुछ था मगर मनोरमा भी कुछ कम चांगली न थी और उसकी होशियारी और चालाकी ने तेज सिंह को पूरा धोखा दिया। इस बात का मनोरमा भी पहले ही से विचार कर चुकी थी कि मेरे हाथ में तिलिस्मी खंजर के जोड़ की अंगूठी अगर तेज सिंह देखेंगे तो मेरा भेद

खुल जाएगा, अतएव उसने बड़ी मुस्तैदी और हिम्मत का काम किया अर्थात् इस लश्कर में आ मिलने के पहिले ही उसने इस बात को आजमाया कि तिलिस्मी खंजर के जोड़ की अंगूठी केवल उंगली ही में पहिरने से काम देती है या बदन के किसी भी हिस्से के साथ लगे रहने से उसका फायदा पहुंचता है। परीक्षा करने पर जब उसे मालूम हुआ कि वह तिलिस्मी अंगूठी केवल उंगली ही में पहिरने के लिए नहीं है बल्कि बदन के किसी भी हिस्से के साथ लगे रहने से ही अपना काम कर सकती है, तब उसने अपनी जंघा चीर के तिलिस्मी खंजर के जोड़ की अंगूठी उसमें भर दी और ऊपर से सी कर तथा मरहम-पट्टी लगाकर आराम कर लिया। इसी सबब से आज तिलिस्मी खंजर रहने पर भी तेज सिंह उसे पहिचान नहीं सके, मगर तेज सिंह का दिल इस बात को भी कबूल नहीं कर सकता था कि मनोरमा इस लश्कर में नहीं है, बल्कि मनोरमा के मौजूद होने का विश्वास उन्हें उतना ही था जितना पढ़े-लिखे आदमी को एक और एक दो होने का विश्वास होता है।

आज तेज सिंह ने यह हुक्म जारी किया कि किशोरी, कामिनी और कमला के खेमे में[1] उस समय कोई लौंडी न रहे और न जाने पावे जब वे तीनों निद्रा की अवस्था में हों अर्थात् जब वे तीनों जागती रहें तब तक तो लौंडियां उनके पास रहें और आ-जा सकें परन्तु जब वे तीनों सोने की इच्छा करें तब एक भी लौंडी खेमे में न रहने पावे और जब तक कमला घण्टी बजाकर किसी लौंडी को बुलाने का इशारा न करे तब तक कोई लौंडी खेमे के अन्दर न जाए और उस खेमे के चारों तरफ बड़ी मुस्तैदी के साथ पहरा देने का इन्तजाम रहे।

इस आज्ञा को सुनकर मनोरमा बहुत ही चिटकी और मन में कहने लगी कि 'तेज सिंह भी बड़ा बेवकूफ आदमी है, भला ये सब बात मनोरमा के हौसले को कभी कम कर सकती है बल्कि मनोरमा अपने काम में अब और शीघ्रता करेगी! क्या मनोरमा केवल इसी काम के लिए इस लश्कर में आई है कि किशोरी को मारकर चली जाए नहीं-नहीं, वह इससे भी बढ़कर करने के लिए आई है। अच्छा-अच्छा, तेज सिंह को इस चालाकी का मजा आज ही न चखाया तो कोई बात नहीं! किशोरी, कामिनी और कमला को या इन तीनों में से किसी एक को आज ही न मार खपाया तो मनारेमा नाम नहीं। रह तो जा नालायक, देखें तेरी होशियारी कहां तक काम करती है।' ऐसी-ऐसी बहुत-सी बातें मनोरमा ने सोचीं और अपनी प्रतिज्ञा पूरी करने का उद्योग करने लगी।

1. किशोरी, कामिनी और कमला एक खेमे में रहा करती थीं।

***

बयान-7

रात आधी से ज्यादे जा चुकी है। उस लम्बे-चौड़े खेमे के चारों तरफ बड़ी मुस्तैदी के साथ पहरा लग रहा है जिसमें किशोरी, कामिनी और कमला गहरी नींद में सोई हुई हैं। उसके दोनों बगल और भी दो बड़े-बड़े डेरे हैं जिनमें लौंडियां हैं और उन दोनों डेरों के चारों तरफ भी दो फौजी सिपाही घूम रहे हैं। मनोरमा चुपचाप अपने बिछावन पर से उठी, कनात उठाकर चोरों की तरह खेमे के नीचे से बाहर निकल गई, और पैर दबाती हुई किशोरी के खेमे की तरफ चली। दूर से उसने देखा कि चार फौजी सिपाही हाथ में नंगी तलवारें लिए हुए घूम-घूमकर पहरा दे रहे हैं। वह हाथ में तिलिस्मी खंजर लिये हुए खेमे के पीछे चली गई। जब पहरा देने वाले टहलते हुए कुछ आगे निकल गए तब उसने कदम बढ़ाया और तिलिस्मी खंजर म्यान से निकाल कर उनके रास्ते में रख दिया, इसके बाद पीछे हटकर पुनः आड़ में खड़ी हो गई तथा पहरा देने वालों की तरफ ध्यान देकर देखने लगी। जब पहरा देने वाले लौटकर उस खंजर के पास पहुंचे तो एक की निगाह उस खंजर पर जा पड़ी जिसका लोहा तारों की रोशनी में चमक रहा था। उसने झुककर खंजर उठाना चाहा मगर छूने के साथ ही बेहोश होकर औंधे मुंह जमीन पर गिर पड़ा। उसकी यह अवस्था देखकर उसके साथियों को भी आश्चर्य हुआ। दूसरे ने झुककर उसे उठाना चाहा और जब खंजर पर उसका हाथ पड़ा तो उसकी भी वही दशा हुई जो पहिले सिपाही की हुई थी। तिलिस्मी खंजर का हाल और गुण गिने हुए आदमियों को मालूम था और जिन्हें मालूम था वे उसे बहुत छिपाकर रखते थे। बेचारे फौजी सिपाहियों को इस बात की कुछ खबर न थी और धोखे में पड़कर जैसा कि ऊपर लिख चुके हैं एक-दूसरे के बाद चारों सिपाही खंजर छू-छूकर बेहोश हो गए। उस समय मनोरमा पेड़ की आड़ से बाहर निकलकर चारों बेहोश सिपाहियों के पास पहुंची, अपना खंजर उठा लिया और उसी खंजर से खेमे के पीछे कनात में बड़ा-सा छेद करने के बाद बड़ी होशियारी से खेमे के अन्दर घुस गई। उस समय किशोरी, कामिनी और कमला गहरी नींद में खर्राटे ले रही थीं जिन्हें एकदम दुनिया से उठा देने की फिक्र में मनोरमा लगी हुई थी। मनोरमा उनके सिरहाने की तरफ खड़ी हो गई और सोचने लगी, निःसन्देह इस समय मेरा वार खाली नहीं जा सकता, तिलिस्मी खंजर के एक ही वार में सिर कटकर अलग हो जाएगा, मगर एक के सिर कटने की आहट पाकर बाकी की दोनों जग जाएंगी, ऐसा न होना चाहिए। इस समय इन तीनों ही को मारना मेरा काम है, अच्छा पहिले इस तिलिस्मी खंजर से इन तीनों को बेहोश कर देना चाहिए। इतना सोच मनोरमा ने तिलिस्मी खंजर बदन में लगाकर उन तीनों को बेहोश कर दिया और फिर सिर काटने के लिए तैयार हो गई। उसने तिलिस्मी खंजर

का एक भरपूर हाथ किशोरी की गर्दन पर जमाया और जिससे सिर कटकर अलग हो गया, दूसरा हाथ उसने कामिनी की गर्दन पर जमाया और उसका सिर काटने के बाद कमला का सिर भी धड़ से अलग कर दिया। इसके बाद खुशी भरी निगाहों से तीनों लाशों की तरफ देखने लगी और बोली, "इन्हीं तीनों ने दुनिया में ऊधम मचा रखा था। जिस तरह इस समय इन तीनों को मारकर मैं खुश हो रही हूं उसी तरह बहुत जल्द वीरेन्द्र सिंह, इन्द्रजीत, आनन्द, और गोपाल को भी मारकर खुशी-भरी निगाहों से उनकी लाशों को देखूंगी। तब दुनिया में मायारानी और मनोरमा के सिवाय कोई भी प्रतापी दिखाई न देगा।" मनोरमा इतना कह ही चुकी थी कि पीछे की तरफ से आवाज आई- "नहीं-नहीं, ऐसा न हुआ है और न कभी होगा।"

***

बयान-8

अब हम थोड़ा-सा हाल इन्द्रदेव का बयान करते हैं जो लक्ष्मीदेवी, कमलिनी, लाडिली और नकली बलभद्र सिंह को साथ लेकर अपने घर की तरफ रवाना हुए थे और उनके साथ कुछ दूर तक भूतनाथ भी गया था।

नकली बलभद्र सिंह हथकड़ी-बेड़ी से जकड़ा हुआ एक डोली पर सवार कराया गया था और कुछ फौजी सिपाही उसे चारों तरफ से घेरे हुए जा रहे थे। लक्ष्मीदेवी, कमलिनी तथा लाडिली पालकियों पर सवार कराई गई थीं और उन तीनों पालकियों के आगे-पीछे बहुत-से सिपाही जा रहे थे। इन्द्रदेव एक उम्दा घोड़े पर सवार थे और भूतनाथ पैदल उनके साथ-साथ जा रहा था। दोपहर दिन चढ़े बाद जब इन लोगों का डेरा एक सुहावने जंगल में पड़ा तो भूतनाथ ने इन्द्रदेव से विदा मांगी। इन्द्रदेव ने कहा, "मुझे तो कोई उज्र नहीं है मगर लक्ष्मीदेवी और कमलिनी से पूछ लेना जरूरी है। तुम मेरे साथ उनके पास चलो, मैं उन लोगों से तुम्हें छुट्टी दिला देता हूं।"

लक्ष्मीदेवी, कमलिनी और लाडिली की पालकी एक घने पेड़ के नीचे आमने-सामने रखी हुई थीं और उनके चारों तरफ कनात घिरी हुई थी। बीच में उम्दा फर्श बिछा हुआ था और तीनों बहिनें उस पर बैठी बातें कर रही थीं। इन्द्रदेव अपने साथ भूतनाथ को लिये हुए उन तीनों के पास गये और कमलिनी की तरफ देखकर बोले, "भूतनाथ बिदा होने की आज्ञा मांगता है।"

इन्द्रदेव को देखकर तीनों बहिनें उठ खड़ी हुईं और कमलिनी ने भूतनाथ को भी अपने सामने फर्श पर बैठने का इशारा किया। भूतनाथ बैठ गया तो बातें होने लगीं –

कमलिनी- (भूतनाथ से) भूतनाथ, तुम्हारे मामले ने तो हम लोगों को बहुत परेशान कर रखा है। पहिले तो यही विश्वास हो गया था कि तुम ही मेरे पिता के घातक हो और यह जैपाल सिंह वास्तव में हमारा पिता है, वह खयाल तो अब जाता रहा मगर तुम अभी तक बेकसूर साबित न हुए।

भूत- कसूरवार तो मैं जरूर हूं, पहिले ही तुमसे कह चुका हूं कि, 'मेरे हाथ से कई बुरे काम हो चुके हैं जिनके लिए मैं पछता रहा हूं और अब नेक काम करके दुनिया में नेकनाम हुआ चाहता हूं' और तुमने मेरी सहायता करने की प्रतिज्ञा भी की थी। तब से तुम स्वयं देख रही हो कि मैं कैसे-कैसे काम कर रहा हूं। यह सब-कुछ है, मगर मैंने तुम्हारे पिता-माता या तुम तीनों बहिनों के साथ कभी कोई बुराई नहीं की इसे तुम निश्चय समझो, शायद यही सबब है कि ऐसे नाजुक समय में भी कृष्णा जिन्न ने मेरी सहायता की, मालूम होता है कि वह मेरा हाल अच्छी तरह जानता है।

कमलिनी- खैर, यह तो जब तुम्हारा मुकद्दमा होगा तब मालूम हो जाएगा क्योंकि मैं बिल्कुल नहीं जानती कि कृष्णा जिन्न कौन है, उसने तुम्हारा पक्ष क्यों लिया, और राजा वीरेन्द्र सिंह ने क्यों कृष्णा जिन्न की बात मानकर तुम्हें कैद से छुट्टी दे दी।

लक्ष्मीदेवी- (भूतनाथ से) मगर मैं जहां तक समझती हूं यही जान पड़ता है कि तुम कृष्णा जिन्न को अच्छी तरह पहचानते हो।

भूत- नहीं-नहीं, कदापि नहीं। (खंजर हाथ में लेकर) मैं कसम खाकर कहता हूं कि कृष्णा जिन्न को बिल्कुल नहीं पहचानता मगर उसकी कुदरत देखकर जरूर आश्चर्य करता हूं और उससे डरता हूं। यद्यपि उसने मुझे कैद से छुड़ा दिया मगर तुम देखती हो कि भागकर जान बचाने की नीयत मेरी नहीं है। कई दफ़े स्वतन्त्र हो जाने पर भी मैंने तुम्हारे काम से मुंह नहीं फेरा और समय पड़ने पर जान तक देने को तैयार हो गया।

कमलिनी- ठीक है ठीक है, और अबकी दफ़े रोहतास गढ़ में पहुंचकर भी तुमने बड़ा काम किया, मगर इस बारे में मुझे एक बात का आश्चर्य मालूम होता है।

भूतनाथ- वह क्या?

कमलिनी- तुमने अपना हाल बयान करते समय कहा था कि, "मैंने तिलिस्मी खंजर से शेरअलीखां की सहायता की थी।"

भूतनाथ- हां, बेशक कहा था।

कमलिनी- तुम्हें जो तिलिस्मी खंजर मैंने दिया था वह तो मायारानी ने उस समय अपने कब्जे में कर लिया था जब जमानिया तिलिस्म के अन्दर जाने वाली सुरंग में उसने तुम लोगों को बेहोश किया था। उसने राजा गोपाल सिंह का भी तिलिस्मी खंजर लेकर नागर को दे दिया था। नागर वाला तिलिस्मी खंजर तो भैरो सिंह ने (इन्द्रदेव की तरफ इशारा कर) आपसे ले लिया था जो मेरी इच्छानुसार अब तक भैरो सिंह के पास है परन्तु तुम्हारे पास तिलिस्मी खंजर कहां से आ गया जिससे तुमने काम लिया और जो अब तक तुम्हारे पास है?

भूतनाथ- आपको मालूम हुआ होगा कि मेरा खंजर जो मायारानी ने ले लिया था उसे कृष्णजिन्न ने रोहतास गढ़ किले के अन्दर उस समय मायारानी से छीन लिया था जब वह शेरअलीखां को लेकर वहां गई थी।

कमलिनी- हां, ठीक है, तो क्या वही खंजर कृष्णा जिन्न ने फिर तुम्हें दे दिया?

भूतनाथ- जी हां, (तिलिस्मी खंजर और उसके जोड़ की अंगूठी कमलिनी के आगे रखकर) अब यदि मर्जी हो तो ले लीजिए यह हाजिर है।

कम- (कुछ सोचकर) नहीं, अब यह खंजर तुम अपने ही पास रखो, जब कृष्णा जिन्न ने जिन्हें राजा वीरेन्द्र सिंह और तेज सिंह मानते हैं तुम्हें दे दिया तो अब बिना उनकी इच्छा के छीन लेना

मैं उचित नहीं समझती, (ऊंची सांस लेकर) क्या कहा जाए, तुम्हारे मामले में अक्ल कुछ भी काम नहीं करती।

इन्द्रदेव- भूतनाथ, तुम देखते हो कि नकली बलभद्र सिंह को मैं अपने साथ लिए जाता हूं, अगर तुम भी मेरे साथ चलके उससे बातचीत करते तो...।

भूत- नहीं-नहीं, आप मुझे अपने साथ ले चलकर उसका मुकाबला न कराइये, उसका सामना होने से ही मेरी जान सूख जाती है! यह तो मैं जानता ही हूं कि एक न एक दिन मेरा और उसका सामना धूमधाम के साथ होगा और जो कुछ कसूर मैंने किया है या उसका बिगाड़ा है खुले बिना न रहेगा परन्तु अभी आप क्षमा करें। थोड़े दिनों में मैं अपने बचाव का सामान इकट्ठा कर लूंगा और तब तक बलभद्र सिंह का भी पता लग जाएगा, उनसे भी सहायता मिलने की मुझे आशा है, हां, यदि आप मेरी प्रार्थना स्वीकार न करें तो लाचार मैं साथ चलने के लिए हाजिर हूं।

इन्द्रदेव- (कुछ सोचकर) खैर, कोई चिन्ता नहीं, तुम जाओ, बलभद्र सिंह को खोज निकालने का उद्योग करो और इन्दिरा का भी पता लगाओ। अब मुझसे कब मिलोगे?

भूत- आठ-दस दिन के बाद आपसे मिलूंगा, फिर जैसा मौका हो।

कमलिनी- अच्छा जाओ, मगर जो कुछ करना है उसे दिल लगाकर करो।

भूत- मैं कसम खाकर कहता हूं कि बलभद्र सिंह को खोज निकालने की फिक्र सबसे ज्यादे दुनिया में जिस आदमी को है, वह मैं हूं।

इतना कहकर भूतनाथ उठ खड़ा हुआ और अपने अड्डे की तरफ रवाना हो गया। तीसरे दिन अपने अड्डे पर पहुंचा जो 'बराबर' की पहाड़ी पर था। वहां उसने अपने आदमी दाऊ बाबा की जुबानी नानक का हाल सुना और क्रोध में भरा हुआ केवल दो घण्टे वहां रहने के बाद पहाड़ी के नीचे उतरकर उस जंगल की तरफ रवाना हो गया जहां पहले पहल श्यामसुन्दर सिंह और भगवनिया के सामने नकली बलभद्र सिंह से उसकी मुलाकात हुई थी।

***

बयान-9

लक्ष्मीदेवी, कमलिनी, लाडिली और नकली बलभद्र सिंह को लिए हुए इन्द्रदेव अपने गुप्त स्थान पर पहुंच गए। दोपहर का समय है। एक सजे हुए कमरे के अन्दर ऊंची गद्दी के ऊपर इन्द्रदेव बैठे हुए हैं, पास ही में एक दूसरी गद्दी बिछी हुई है जिस पर लक्ष्मीदेवी, कमलिनी और लाडिली बैठी हुई हैं, उनके सामने हथकड़ी-बेड़ी और रस्सियों से जकड़ा हुआ नकली बलभद्र सिंह बैठा है, और उसके पीछे हाथ में नंगी तलवार लिए इन्द्रदेव का ऐयार सर्यू सिंह खड़ा है।

नकली बलभद्र- (इन्द्रदेव से) जिस समय मुझसे और भूतनाथ से मुलाकात हुई थी उस समय भूतनाथ की क्या दशा हुई सो स्वयं तेज सिंह देख चुके हैं। अगर भूतनाथ सच्चा होता तो मुझसे क्यों डरता। मगर बड़े अफसोस की बात है कि राजा वीरेन्द्र सिंह ने कृष्णा जिन्न के कहने से भूतनाथ को छोड़ दिया और जिस सन्दूकड़ी को मैंने पेश किया था उसे न खोला, वह खुलती तो भूतनाथ का बाकी भेद छिपा न रहता।

इन्द्रदेव- जो हो, मैं राजा साहब की बातों में दखल नहीं दे सकता, मगर इतना कह सकता हूं कि भूतनाथ ने चाहे तुम्हारे साथ हद से ज्यादे बुराई की हो मगर लक्ष्मीदेवी के साथ कोई बुराई नहीं की थी, इसके अतिरिक्त छोड़ दिए जाने पर भी भूतनाथ भागने का उद्योग नहीं करता और समय पड़ने पर हम लोगों का साथ देता है।

नकली बलभद्र- अगर भूतनाथ आप लोगों का काम न करे तो आप लोग उस पर दया न करेंगे यही समझकर वह...।

इन्द्रदेव- (चिढ़कर) ये सब वाहियात बातें हैं, मैं तुमसे बकवास करना पसन्द नहीं करता, तुम यह बताओ कि तुम जैपाल हो या नहीं।

नकली बलभद्र- मैं वास्तव में बलभद्र सिंह हूं।

इन्द्र- (क्रोध के साथ) अब भी तू झूठ बोलने से बाज नहीं आता, मालूम होता है कि तेरी मौत आ चुकी है, अच्छा, देख मैं तुझे किस दुर्दशा के साथ मारता हूं। (सर्यू सिंह से) तुम पहिले इसकी दाहिनी आंख उंगली डालकर निकाल लो।

नकली बलभद्र- (लक्ष्मीदेवी से) देखो तुम्हारे बाप की क्या दुर्दशा हो रही है।

लक्ष्मी- मुझे अब अच्छी तरह से निश्चय हो गया कि तू हमारा बाप नहीं है। आज जब मैं पुरानी बातों को याद करती हूं तो तेरी और दारोगा की बेईमानी साफ मालूम हो जाती है। सबसे पहले जिस दिन तू कैदखाने में मुझसे मिला था उसी दिन मुझे तुम पर शक था मगर तेरी इस बात पर कि 'जहरीली दवा के कारण मेरा बदन खराब हो गया है' मैं धोखे में आ गई थी।

नकली बलभद्र- और यह मोढ़े पर वाला निशान?

लक्ष्मी- यह भी बनावटी है, अच्छा अगर तू मेरा बाप है तो मेरी एक बात का जवाब दे।

नकली बलभद्र- पूछो।

लक्ष्मी- जिन दिनों मेरी शादी होने वाली थी और जमानिया जाने के लिए मैं पालकी पर सवार होने लगी थी तब मेरी क्या दुर्दशा हुई थी और मैं किस ढंग से पालकी पर बैठाई गई थी?

नकली बलभद्र- (कुछ सोचकर) अब इतनी पुरानी बात तो मुझे याद नहीं है मगर मैं सच कहता हूं कि मैं ही बलभद्र...।

इन्द्रदेव- (क्रोध से सर्यू सिंह से) बस अब विलम्ब करने की आवश्यकता नहीं।

इतना सुनते ही सर्यू सिंह ने धक्का देकर नकली बलभद्र सिंह को गिरा दिया और औजार डालकर उसकी दाहिनी आंख निकाल ली। नकली बलभद्र सिंह जिसे अब हम जैपाल के ही नाम से लिखेंगे दर्द से तड़पने लगा और बोला, "अफसोस मेरे हाथ-पैर बंधे हुए हैं, अगर खुले होते तो मैं इस बेदर्दी का मजा चखा देता।"

इन्द्रदेव- अभी अफसोस क्या करता है, थोड़ी देर में तेरी दूसरी आंख भी निकाली जाएगी और उसके बाद तेरा एक-एक अंग काटकर अलग किया जाएगा। (सर्यू सिंह से) हां सर्यू सिंह, अब इसकी दूसरी आंख भी निकाल लो और इसके बाद दोनों पैर काट डालो।

जैपाल- (चिल्लाकर) नहीं-नहीं, जरा ठहरो, मैं तुम्हें बलभद्र सिंह का सच्चा हाल बताता हूं।

इन्द्रदेव- अच्छा, बताओ।

जैपाल- पहिले मेरी आंख में कोई दवा लगाओ जिसमें दर्द कम हो जाए। तब मैं तुमसे सब हाल कहूंगा।

इन्द्रदेव- ऐसा नहीं हो सकता, बताना हो तो जल्द बता नहीं तो तेरी दूसरी आंख भी निकाल ली जाएगी।

जैपाल- अच्छा, मैं अभी बताता हूं। दारोगा ने उसे अपने बंगले में कैद कर रखा था, मगर अफसोस, मायारानी ने उस बंगले को बारूद के जोर से उड़ा दिया, उम्मीद है कि उसी में उस बेचारे की हड्डी-पसली भी उड़ गई होगी।

इन्द्रदेव- (सर्यू सिंह से) सर्यू सिंह, यह हरामजादा अपनी बदमाशी से बाज न आवेगा, अस्तु तुम एक काम करो, इसकी जो आंख तुमने निकाली है उसके गड़हे में पिसी हुई लाल मिर्च भर दो।

इतना सुनते ही जैपाल चिल्ला उठा और हाथ जोड़कर बोला –

जैपाल- माफ करो, माफ करो, अब मैं झूठ न बोलूंगा, मुझे जरा दम ले लेने दो, जो कुछ हाल है मैं सच-सच कह दूंगा, इस तरह तड़प-तड़पकर जान देना मुझे मंजूर नहीं। मुझे क्या पड़ी है जो दारोगा का पक्ष करके इस तरह अपनी जान दूं, कभी नहीं, अब मैं तुमसे झूठ नहीं बोलूंगा।

इन्द्रदेव- अच्छा-अच्छा, दम ले-ले, कोई चिन्ता नहीं, जब तू बलभद्र सिंह का हाल बताने को तैयार ही है तो मैं तुझे क्यों सताने लगा।

जैपाल- (कुछ ठहरकर) इसमें कोई शक नहीं कि बलभद्र सिंह अभी तक जीता है और इन्दिरा तथा इन्दिरा की मां के विषय में भी आशा करता हूं कि जीती होंगी।

इन्द्रदेव- बलभद्र सिंह के जीते रहने का तो तुझे निश्चय है मगर इन्दिरा और उसकी मां के बारे में 'आशा है' से क्या मतलब है?

जैपाल- इन्दिरा और इन्दिरा की मां को दारोगा ने तिलिस्म में बन्द करना चाहा था, उस समय न मालूम किस ढंग से इन्दिरा तो छूटकर निकल गई मगर उसकी मां जमानिया तिलिस्म के चौथे दर्जे में कैद कर दी गई, इसी से उसके बारे में निश्चय रूप से नहीं कह सकता, मगर बलभद्र सिंह अभी तक जमानिया में उस मकान के अन्दर कैद है जिसमें दारोगा रहता था। यदि आप मुझे छुट्टी दें या मेरे साथ चलें तो मैं उसे बाहर निकाल दूं या आप खुद जाकर जिस ढंग से चाहें, उसे छुड़ा लें।

इन्द्रदेव- मुझे तेरी यह बात भी सच नहीं जान पड़ती।

जैपाल- नहीं-नहीं, अबकी दफ़े मैंने सच ही सच बता दिया है।

इन्द्रदेव- यदि मैं वहां जाऊं और बलभद्र सिंह न मिले तो।

जैपाल- मिलने न मिलने से मुझे कोई मतलब नहीं, क्योंकि उस मकान में से ढूंढ़ निकालना आपका काम है, अगर आप ही पता लगाने में कसर कर जाएंगे तो मेरा क्या कसूर? हां एक बात और है, इधर थोड़े दिन के अन्दर दारोगा ने किसी दूसरी जगह उन्हें रख दिया हो तो मैं नहीं जानता मगर दारोगा का रोजनामचा यदि आपको मिल जाए और उसे पढ़ सकें तो बलभद्र सिंह के छूटने में कुछ कसर न रहे।

इन्द्रदेव- क्या दारोगा रोजनामचा बराबर लिखा करता था?

जैपाल- जी हां, वह अपना रत्ती-रत्ती हाल रोजनामचे में लिखा करता था।

इन्द्रदेव- वह रोजनामचा क्योंकर मिलेगा?

जैपाल- जमानिया के पक्के घाट के ऊपर ही एक तेली रहता है, उसका मकान बहुत बड़ा है और दारोगा की बदौलत वह भी अमीर हो गया है। उसका नाम भी जैपाल है और उसी के पास दारोगा का रोजनामचा है, यदि आप उससे ले सकें तो अच्छी बात है नहीं तो कहिये मैं उसके नाम की एक चिट्ठी लिख दूंगा।

इन्द्रदेव- (कुछ सोचकर) बेशक, तुझे उसके नाम की एक चिट्ठी लिख देनी होगी, मगर इतना याद रखियो के यदि तेरी बात झूठ निकली तो मैं बड़ी दुर्दशा के साथ तेरी जान लूंगा।

जैपाल- और अगर सच निकली तो क्या मैं छोड़ दिया जाऊंगा?

इन्द्रदेव- (मुस्कराकर) हां, अगर तेरी मदद से बलभद्र सिंह को हम पा जाएंगे तो तेरी जान छोड़ दी जाएगी मगर तेरे दोनों पैर काट डाले जाएंगे और तेरी दूसरी आंख भी बेकाम कर दी जाएगी।

जैपाल- सो क्यों?

इन्द्रदेव- इसलिए कि तू फिर किसी काम लायक न रहे और न किसी के साथ बुराई कर सके।

जैपाल- फिर मुझे खाने को कौन देगा?

इन्द्रदेव- मैं दूंगा।

जैपाल- खैर, जैसी मर्जी आपकी। मुझे स्वीकार है, मगर इस समय तो मेरी आंख में कोई दवा डालिए नहीं तो मैं मर जाऊंगा।

इन्द्रदेव- हां-हां, तेरी आंख का इलाज भी किया जाएगा, मगर पहिले तू उस तेली के नाम की चिट्ठी लिख दे।

जैपाल- अच्छा, मैं लिख देता हूं, हाथ खोलकर कलम-दवात, कागज मेरे आगे रखो।

यद्यपि आंख की तकलीफ बहुत ज्यादे थी मगर जैपाल भी बड़े ही कड़े दिल का आदमी था। उसका एक हाथ खोल दिया गया, कलम-दवात-कागज उसके सामने रखा गया, और उसने जैपाल तेली के नाम एक चिट्ठी लिखकर उसकी निशानी कर दी। चिट्ठी में यह लिखा हुआ था –

"मेरे प्यारे जैपाल चक्री, दारोगा बाबा वाला रोजनामचा इन्हें दे देना, नहीं तो मेरी और दारोगा की जान न बचेगी। हम दोनों आदमी इन्हीं के कब्जे में हैं।"

इन्द्रदेव ने वह चिट्ठी लेकर अपने जेब में रखी और सर्यू सिंह को जैपाल को दूसरी कोठरी में ले जाकर कैद करने का हुक्म दिया तथा जैपाल की आंख में दवा लगाने के लिए भी कहा। धूर्तराज जैपाल ने निःसन्देह इन्द्रदेव को धोखा दिया, उसने जो तेली के नाम चिट्ठी लिखकर दी उसके पढ़ने से दोनों मतलब निकलते हैं। "हम दोनों आदमी इन्हीं के कब्जे में हैं" ये ही शब्द इन्द्रदेव को फंसाने के लिए काफी थे, अस्तु देखा चाहिए वहां जाने पर इन्द्रदेव की क्या हालत होती है।

लक्ष्मीदेवी, कमलिनी और लाडिली को हर तरह से समझा-बुझाकर दूसरे दिन प्रातःकाल इन्द्रदेव जमानिया की तरफ रवाना हुए।

***

बयान-10

अब हम अपने पाठकों को काशीपुरी में एक चौमंजिले मकान के ऊपर ले चलते हैं। यह निहायत संगीन और मजबूत बना हुआ है। नीचे से ऊपर तक गेरू से रंगे रहने के कारण देखने वाला तुरंत कह देगा कि यह किसी गुसाईं का मठ है। काशी के मठधारी गुसाईं नाम ही के साधु या गुसाईं होते हैं, वास्तव में उनकी दौलत, उनका व्यापार, उनका रहन-सहन और बर्ताव किसी तरह गृहस्थों और बनियों से कम नहीं होता बल्कि दो हाथ ज्यादे ही होता है। अगर किसी ने धर्म और शास्त्र पर कृपा करके गुसाईंपने की कोई निशानी रख भी ली तो केवल इतना ही कि एक टोपी गेरुए रंग की सिर पर या गेरुए रंग का एक दुपट्टा कन्धे पर रख लिया सो भी भरसक रेशमी और बेशकीमत तो होना ही चाहिए बस, अस्तु इस समय जिस मकान में हम अपने पाठकों को ले चलते हैं देखने वाले उस मकान को भी किसी ऐसे ही साधु या गुसाईं का मठ कहेंगे पर वास्तव में ऐसा नहीं है। इस मकान के अन्दर कोई विचित्र मनुष्य रहता है और उसके काम भी बड़े ही अनूठे हैं।

यह मकान कई मंजिल का है। नीचे वाली तीनों मंजिलों को छोड़कर इस समय हम ऊपर वाली चौथी मंजिल पर चलते हैं जहां एक छोटे से कमरे में तीन औरतें बैठी हुई आपस में बातें कर रही हैं। रात दो पहर से कुछ ज्यादे हो चुकी है। कमरे के अन्दर यद्यपि बहुत से शीशे लगे हैं मगर रोशनी सिर्फ एक शमादान और एक दीवारगीर की ही हो रही है। शमादान फर्श के ऊपर जल रहा है जहां तीनों औरतें बैठी हैं। उनमें एक औरत तो निहायत हसीन और नाजुक है और यद्यपि उसकी उम्र लगभग चालीस वर्ष के पहुंच गई होगी मगर नजाकत, सुडौली और चेहरे का लोच अभी तक कायम है, उसकी बड़ी-बड़ी आंखों में अभी तक गुलाबी डोरियां और मस्तानापन मौजूद है, सिर के बड़े-बड़े और घने बालों में चांदी की तरह चमकने वाले बाल दिखाई नहीं देते और न अलग से देखने में ज्यादे उम्र की ही मालूम पड़ती है, साथ ही इसके बाली-पत्ती, गोप सिकरी, कड़े, छन्द और अंगूठियों की तरफ ध्यान देने से वह रुपये वाली भी मालूम पड़ती है। उसके पास बैठी हुई दोनों औरतें भी उसी की तरह कमसिन तो हैं पर खूबसूरत नहीं हैं। जो बहुत हसीन और इस मकान की मालिक औरत है उसका नाम बेगम[1] है और बाकी की दोनों औरतों का नाम नौरतन और जमालो है।

बेगम- चाहे जैपाल सिंह गिरफ्तार हो गया हो मगर भूतनाथ उसका मुकाबला नहीं कर सकता और न भूतनाथ उसे अपनी हिफाजत ही में रख सकता है।

जमालो- ठीक है, मगर जब लक्ष्मीदेवी और राजा वीरेन्द्र सिंह को यह मालूम हो गया कि यह असली बलभद्र सिंह नहीं और इसने बहुत बड़ा धोखा देना चाहा था तो वे उसे जीता कब छोड़ेंगे।

बेगम- तो क्या वह खाली इतने ही कसूर पर मारा जाएगा कि उसने अपने को बलभद्र सिंह जाहिर किया?

जमालो- क्या यह छोटा-सा कसूर है! फिर असली बलभद्र सिंह का पता लगाने के लिए भी तो लोग उसे दिक करेंगे।

बेगम- अगर इन्साफ किया जाएगा तो जैपाल सिंह गदाधर सिंह से ज्यादे दोषी न ठहरेगा, ऐसी अवस्था में मुझे यह आशा नहीं होती कि राजा वीरेन्द्र सिंह उसे प्राणदण्ड देंगे।

नौरतन- राजा वीरेन्द्र सिंह चाहे उसे प्राणदण्ड की आज्ञा न भी दें मगर इन्द्रदेव उसे कदापि जीता न छोड़ेगा और यह बात बहुत ही बुरी हुई कि राजा वीरेन्द्र सिंह ने उसे इन्द्रदेव के हवाले कर दिया।

बेगम- जो हो मगर जिस समय मैं उन लोगों के सामने जा खड़ी होऊंगी उस समय जैपाल को छुड़ा ही लाऊंगी, क्योंकि उसी के बदौलत अमीरी कर रही हूं और उसके लिए नीच से नीच काम करने को भी तैयार हूं।

जमालो- सो कैसे क्या तुम असली बलभद्र सिंह के साथ उसका बदला करोगी?

बेगम- हां, मैं इन्द्रदेव और लक्ष्मीदेवी से कहूंगी कि तुम जैपाल सिंह को मेरे हवाले करो तो असली बलभद्र सिंह को तुम्हारे हवाले कर दूंगी। अफसोस तो इतना ही है कि गदाधर सिंह की तरह जैपाल सिंह दिलावर और जीवट का आदमी नहीं है। अगर जैपाल सिंह के कब्जे में बलभद्र सिंह होता तो वह थोड़ी ही तकलीफ में इन्द्रदेव या लक्ष्मीदेवी को उसका हाल बता देता।

जमालो- ठीक है मगर जब बलभद्र सिंह तुम्हारे कब्जे से निकल जाएगा तब जैपाल सिंह तुम्हारी इज्जत और कदर क्यों करेगा और क्यों दबेगा सिवाय इसके अब तो दारोगा भी स्वतन्त्र नहीं रहा जिसके भरोसे पर जैपाल कूदता था और तुम्हारा घर भरता था।

बेगम- (कुछ सोचकर) हां, बहिन, सो तो तुम सच कहती हो। और बलभद्र सिंह को छोड़ने से पहिले ही मुझे अपना घर ठीक कर लेना चाहिए, मगर ऐसा करने में भी दो बातों की कसर पड़ती है।

जमालो- वह क्या?

बेगम- एक तो वीरेन्द्र सिंह के पक्ष वाले मुझ पर यह दोष लगावेंगे कि तूने बलभद्र सिंह को क्यों कैद कर रखा था, दूसरे जब से मनोरमा के हाथ तिलिस्मी खंजर लगा है तब से उसका दिमाग आसमान पर चढ़ गया है, वह मुझसे कसम खाकर कह गई है कि 'थोड़े ही दिनों में राजा वीरेन्द्र सिंह और उनके पक्ष वालों को इस दुनिया से उठा दूंगी'। अगर उसका कहना सच हुआ और उसने फिर मायारानी को जमानिया की गद्दी पर ला बैठाया तो मायारानी मुझ पर दोष

लगावेंगी कि तूने जैपाल को इतने दिनों तक क्यों छिपा रखा और दारोगा से मिलकर मुझे धोखे में क्यों डाला।

नौरतन- बेशक, ऐसा ही होगा, मगर इस बात को मैं कभी नहीं मान सकती कि अकेली मनोरमा एक तिलिस्मी खंजर पाकर राजा वीरेन्द्र सिंह के ऐयारों का मुकाबला करेगी और उनके पक्ष वालों को इस दुनिया से उठा देगी। क्या उन लोगों के पास तिलिस्मी खंजर न होगा?

जमालो- मैं भी यही कहने वाली थी, मैंने इस विषय पर बहुत गौर किया मगर सिवा इसके मेरा दिल और कुछ भी नहीं कहता कि राजा वीरेन्द्र सिंह, उनके लड़के और उनके ऐयारों का मुकाबला करने वाला आज दिन इस दुनिया में कोई भी नहीं है, और एक बड़े भारी तिलिस्म के राजा गोपाल सिंह भी प्रकट हो गये हैं। ऐसी अवस्था में मायारानी और उनके पक्ष वालों की जीत कदापि नहीं हो सकती।

बेगम- ऐसा ही है, और गदाधर सिंह भी किसी न किसी तरह अपनी जान बचा ही लेगा देखो इतना बखेड़ा हो जाने पर भी लोगों ने गदाधर सिंह को जिसने अपना नाम अब भूतनाथ रख लिया है और अब वह चारों तरफ उपद्रव मचा रहा है ताज्जुब नहीं कि वह जमीन की मिट्टी सूंघता हुआ मेरे घर में भी आ पहुंचे। यद्यपि उसे मेरा पता कुछ भी मालूम नहीं है मगर वह विचित्र आदमी है, मिट्टी और हवा से मिल गई चीज का भी पता लगा लेता है। (ऊंची सांस लेकर) अगर मुझसे और उससे लड़ाई न हो गई होती तो आज मैं भी तीन हाथ की ऊंची गद्दी पर बैठने का साहस करती, मगर अफसोस, भूतनाथ ने मेरे साथ बहुत ही बुरा सलूक किया। (कुछ सोचकर) यदि बलभद्र सिंह को लेकर मैं राजा वीरेन्द्र सिंह के पास चली जाऊं और भूतनाथ के ऊपर नालिश करूं तो मैं बहुत अच्छी रहूं। मेरे मुकद्दमे की जवाबदेही भूतनाथ कदापि नहीं कर सकता और राजा साहब उसे जरूर प्राणदण्ड की आज्ञा देंगे। बलभद्र सिंह को छिपा रखने का यदि मुझ पर दोष लगाया जाएगा तो मैं कह सकूंगी कि जिस जमाने में जो राजा होता है प्रजा उसी का पक्ष करती है, अगर मैंने मायारानी और दारोगा के जमाने में उन लोगों का पक्ष किया तो कोई बुरा नहीं किया। मैं इस बात को बिल्कुल नहीं जानती थी बल्कि दारोगा भी नहीं जानता था कि राजा गोपाल सिंह को मायारानी ने कैद कर रखा है। अस्तु अब आपका राज्य हुआ है तो मैं आपकी सेवा में उपस्थित हुई हूं।

जमालो- बात तो बहुत अच्छी है, फिर इस बात में देर क्यों कर रही हो इस काम को जहां तक जल्द करोगी तुम्हारा भला होगा।

बेगम- (कुछ सोचकर) अच्छी बात है, ऐसा करने के लिए मैं कल ही यहां से रवाना हो जाऊंगी।

इतने ही में दरवाजे के बाहर से आवाज आई, "मगर भूतनाथ को भी तो अपनी जान प्यारी है, वह ऐसा करने के लिए तुम्हें जाने कब देगा?"

तीनों ने चौंककर दरवाजे की तरफ निगाहें कीं और भूतनाथ को कमरे के अन्दर आते हुए देखा।

बेगम- (भूतनाथ से) आओ जी मेरे पुराने दोस्त, भला तुमने मेरे सामने आने का साहस तो किया।

भूतनाथ- साहस और जीवट तो हमारा असली काम है।

बेगम- (अपनी बाईं तरफ बैठने का इशारा करके) इधर बैठ जाओ। मालूम होता है कि पुरानी बातों को तुम बिल्कुल ही भूल गए।

भूतनाथ- (बेगम की दाहिनी तरफ बैठकर) हम दुनिया में आने से भी छः महीने पहिले की बात याद रखने वाले आदमी हैं, आज वह दिन नहीं है जिस दिन तुम्हें और जैपाल को देखने के साथ ही डर से मेरे बदन का खून रगों के अन्दर ही जम जाता था बल्कि आज का दिन उसके बिल्कुल विपरीत है।

बेगम- अर्थात् आज तुम मुझे देखकर खुश होते हो।

भूतनाथ- बेशक।

बेगम- क्या आज तुम मुझसे बिल्कुल नहीं डरते?

भूतनाथ- रत्ती भर नहीं।

बेगम- क्या अब मैं अगर राजा वीरेन्द्र सिंह के यहां तुम पर नालिश करूं तो मेरा मुकद्दमा सुना न जाएगा और तुम साफ छूट जाओगे?

भूतनाथ- मगर अब तुम्हें राजा वीरेन्द्र सिंह के सामने पहुंचने ही कौन देगा?

बेगम- (क्रोध से) रोकेगा ही कौन?

भूतनाथ- गदाधर सिंह, जो तुम्हें अच्छी तरह सता चुका है और आज फिर सताने के लिए आया है।

बेगम- (क्रोध को पचाकर और कुछ सोचकर) मगर यह बताओ कि तुम बिना इत्तिला कराए यहां चले क्यों आए और पहरे वाले सिपाहियों ने तुम्हें आने कैसे दिया?

भूतनाथ- तुम्हारे दरवाजे पर कौन है जिसकी जुबानी मैं इत्तिला करवाता या जो मुझे यहां आने से रोकता?

बेगम- क्या पहरे के सिपाही सब मर गए?

भूतनाथ- मर ही गए होंगे।

बेगम- क्या सदर दरवाजा खुला हुआ और सुनसान है?

भूतनाथ- सुनसान तो है मगर खुला हुआ नहीं है, कोई चोर न घुस आवे इस ख्याल से आते समय मैं सदर दरवाजा भीतर से बन्द करता आया हूं। डरो मत, कोई तुम्हारी रकम उठाकर न ले जाएगा।

बेगम- (मन ही मन चिढ़के) जमालो, जरा नीचे जाकर देख तो सही कम्बख्त सिपाही सब क्या कर रहे हैं।

भूतनाथ- (जमालो से) खबरदार, यहां से उठना मत, इस समय इस मकान में मेरी हुकूमत है बेगम या जैपाल की नहीं। (बेगम से) अच्छा अब सीधी तरह से बता दो कि बलभद्र सिंह को कहां पर कैद कर रखा है?

बेगम- मैं बलभद्र सिंह को क्या जानूं?

भूतनाथ- तो अभी किसको लेकर राजा वीरेन्द्र सिंह के पास जाने के लिये तैयार हो गई थी?

बेगम- तेरे बाप को लेकर जाने वाली थी।

इतना सुनते ही भूतनाथ ने कसके एक चपत बेगम के गाल पर जमाई जिससे वह तिलमिला गई और कुछ ठहरने के बाद तकिये के नीचे से छुरा निकालकर भूतनाथ पर झपटी। भूतनाथ ने बाएं हाथ से उसकी कलाई पकड़ ली और दाहिने हाथ से तिलिस्मी खंजर निकालकर उसके बदन में लगा दिया, साथ ही इसके फुर्ती से नौरतन और जमालो के बदन में भी तिलिस्मी खंजर लगा दिया जिससे बात की बात में सभी बेहोश होकर जमीन पर लम्बी हो गईं। इसके बाद भूतनाथ ने बड़े गौर से चारों तरफ देखना शुरू किया। इस कमरे में दो अलमारियां थीं जिनमें बड़े-बड़े ताले लगे हुए थे, भूतनाथ ने तिलिस्मी खंजर मारकर एक अलमारी का कब्जा काट डाला और अलमारी खोलकर उसके अन्दर की चीजें देखने लगा। पहिले एक गठरी निकाली जिसमें बहुत से कागज बंधे हुए थे। शमादान के सामने वह गठरी खोली और एक-एक करके कागज देखने और पढ़ने लगा, यहां तक कि सब कागज देख गया और शमादान में लगा-लगाकर सब जलाकर खाक कर दिये। इसके बाद एक सन्दूकड़ी निकाली जिसमें ताला लगा हुआ था। इस सन्दूकड़ी में भी कागज भरे हुए थे। भूतनाथ ने उस कागजों को भी जला दिया, इसके बाद फिर अलमारी में ढूंढ़ना शुरू किया मगर और कोई चीज उसके काम की न निकली।

भूतनाथ ने अब उस दूसरी अलमारी का कब्जा भी खंजर से काट डाला और अन्दर की चीजों को ध्यान देकर देखना शुरू किया। इस अलमारी में यद्यपि बहुत-सी चीजें भरी हुई थीं मगर भूतनाथ ने केवल तीन चीजें उसमें से निकाल लीं। एक तो दस-बारह पन्ने की छोटी-सी किताब थी जिसे पाकर भूतनाथ बहुत खुश हुआ और चिराग के सामने जल्दी-जल्दी उलट-पलटकर दो-तीन पन्ने पढ़ गया, दूसरी एक ताली का गुच्छा था, भूतनाथ ने उसे भी ले लिया, और तीसरी चीज एक हीरे की अंगूठी थी जिसके साथ एक पुर्जा भी बंधा हुआ था। यह अंगूठी एक डिबिया के अन्दर रखी हुई थी। भूतनाथ ने अंगूठी में से पुरजा खोलकर पढ़ा और इसके पाने से बहुत प्रसन्न होकर धीरे से बोला, "बस अब मुझे और किसी चीज की जरूरत नहीं है।"

इन कामों से छुट्टी पाकर भूतनाथ बेगम के पास आया जो अभी तक बेहोश पड़ी हुई थी और उसकी तरफ देखकर बोला, "अब यह मेरा कुछ बिगाड़ नहीं सकती, ऐसी अवस्था में एक औरत के खून से हाथ रंगना व्यर्थ है।"

भूतनाथ हाथ में शमादान लिए निचले खण्ड में उतर गया जहां उसके साथी दो आदमी हाथ में नंगी तलवार लिये हुए मौजूद थे। उसने अपने साथियों की तरफ देखकर कहा, "बस हमारा काम हो गया। बलभद्र सिंह इसी मकान में कैद है, उसे निकालकर यहां से चल देना चाहिए।" इतना कहकर भूतनाथ ने शमादान अपने एक साथी के हाथ में दे दिया और एक कोठरी के दरवाजे पर जा खड़ा हुआ जिसमें दोहरा ताला लगा हुआ था। तालियों का गुच्छा जो ऊपर से लाया था उसी में से ताली लगाकर ताले खोले और अपने आदमियों को साथ लिये हुए कोठरी के अन्दर घुसा। वह कोठरी खाली थी मगर उसमें से एक दूसरी कोठरी में जाने के लिए दरवाजा था और उसकी जंजीर में भी ताला लगा हुआ था। ताली लगाकर उस ताले को भी खोला और दूसरी कोठरी के अन्दर गया। इसी कोठरी में लक्ष्मीदेवी और कमलिनी और लाडिली का बाप बलभद्र सिंह कैद था।

दरवाजा खोलते समय जंजीर खटकने के साथ ही बलभद्र सिंह चैतन्य हो गया था। जिस समय उसकी निगाह यकायक भूतनाथ पर पड़ी वह चौंक उठा और ताज्जुब भरी निगाहों से भूतनाथ को देखने लगा। भूतनाथ ने भी ताज्जुब की निगाह से बलभद्र सिंह को देखा और अफसोस किया क्योंकि बलभद्र सिंह की अवस्था बहुत ही खराब हो रही थी। शरीर सूख के कांटा हो गया था, चेहरे पर और बदन में झुर्रियां पड़ गई थीं, सिर-मूंछ और दाढ़ी के बाल तथा नाखून इतने बढ़ गए थे कि जंगली मनुष्य में और उसमें कुछ भी भेद न जान पड़ता था, अंधेरे में रहते-रहते बदन पीला पड़ गया था, सूरत-शक्ल से भी बहुत ही डरावना मालूम पड़ता था। एक कम्बल, मिट्टी की ठिलिया और पीतल का लोटा बस यही उसकी बिसात थी, कोठरी में और कुछ भी न था। भूतनाथ को देखकर यह जिस ढंग से चौंका और कांपा उसे देख भूतनाथ ने गर्दन नीची कर ली और तब धीरे से कहा, "आप उठिए और जल्दी निकल चलिए, मैं आपको छुड़ाने के लिए आया हूं।"

बलभद्र- (आश्चर्य से) क्या तू मुझे छुड़ाने के लिए आया है! क्या यह बात सच है?

भूतनाथ- जी हां।

बलभद्र- मगर मुझे विश्वास नहीं होता।

भूत- खैर, इस समय आप यहां से निकल चलिए, फिर जो कुछ सवाल-जवाब या सोच-विचार करना हो कीजियेगा।

बलभद्र- (खड़े होकर) कदाचित् यह बात सच हो! और अगर झूठ भी हो तो कोई हर्ज नहीं, क्योंकि मैं इस कैद में रहने के बनिस्बत जल्द मर जाना अच्छा समझता हूं।

भूतनाथ ने इस बात का कुछ जवाब न दिया और बलभद्र सिंह को अपने पीछे-पीछे आने का इशारा किया। बलभद्र सिंह इतना कमजोर हो गया था कि उसे मकान के नीचे उतरना कठिन जान पड़ता था इसलिए भूतनाथ ने उसका हाथ थाम लिया और नीचे उतारकर दरवाजे के बाहर ले गया। मकान के दरवाजे के बाहर बल्कि गली-भर में सन्नाटा छाया हुआ था क्योंकि यह मकान ऐसी अंधेरी और सन्नाटे की गली में था कि वहां शायद महीने में एक दफ़े किसी भले आदमी का गुजर नहीं होता होगा। दरवाजे पर पहुंचकर भूतनाथ ने बलभद्र सिंह से पूछा, "आप घोड़े पर सवार हो सकते हैं।"

इसके जवाब में बलभद्र सिंह ने कहा, "मुझे उचककर सवार होने की ताकत तो नहीं हां अगर घोड़े पर बैठा दोगे तो गिरूंगा नहीं!"

भूतनाथ ने शमादान मकान के भीतर चौक में रख दिया और तब बलभद्र सिंह को आगे बढ़ा ले गया। थोड़ी ही दूर पर एक आदमी दो कसे-कसाये घोड़ों की बागडोर थामे बैठा हुआ था। भूतनाथ एक घोड़े पर बलभद्र सिंह को सवार कराके दूसरे घोड़े पर आप जा बैठा और अपने तीन आदमियों को कुछ कहकर वहां से रवाना हो गया।

1. बेगम नाम से मुसलमान न समझना चाहिए।

***

बयान-11

रात बहुत कम बाकी थी जब बेगम, नौरतन और जमालो की बेहोशी दूर हुई।

बेगम- (चारों तरफ देखकर) हैं, यहां तो बिल्कुल अन्धकार हो रहा है, जमालो, तू कहां है?

नौरतन- जमालो नीचे गई है।

बेगम- क्यों?

नौरतन- जब हम दोनों होश में आईं तो यहां बिल्कुल अंधकार देखकर घबराने लगीं। नीचे चौक में कुछ रोशनी मालूम होती थी, जमालो ने झांककर देखा तो यहां वाला शमादान चौक में बलता पाया, आहट लेने पर जब मालूम हुआ कि नीचे कोई भी नहीं है तो शमादान लेने के लिए नीचे गई है।

बेगम- हाय, यह क्या हुआ?

नौरतन- पहिले रोशनी आने दो तो कहूंगी, लो जमालो आ गई।

बेगम- क्यों बहिन जमालो, क्या नीचे बिल्कुल सन्नाटा है?

जमालो- (शमादान जमीन पर रखकर) हां, बिल्कुल सन्नाटा है, तुम्हारे सब आदमी भी न मालूम कहां गायब हो गये।

बेगम- हाय-हाय, यहां तो दोनों अलमारियां टूटी पड़ी हैं! हैं-हैं, मालूम होता है कि कागज सभी जलाकर राख कर दिये गये। (एक अलमारी के पास जाकर और अच्छी तरह देखकर) बस सर्वनाश हो गया। ताज्जुब यह है कि उसने मुझे जीता क्यों छोड़ दिया।

दोनों अलमारियों और उनकी चीजों की खराबी देखकर बेगम की दशा पागलों जैसी हो गई। उसकी आंखों से आंसू जारी थे और वह घबराकर चारों तरफ घूम रही थी। थोड़ी ही देर में सवेरा हो गया और तब वह मकान के नीचे आई। एक कोठरी के अन्दर से कई आदमियों के चिल्लाने की आवाज सुनाई पड़ी, आवाज से वह पहचान गई कि उसके सिपाही लोग उसमें बन्द हैं। जब जंजीर खोली तो वे सब बाहर निकले और घबराहट के साथ चारों तरफ देखने लगे। बेगम के पास जाने के पहिले ही भूतनाथ ने इन आदमियों को तिलिस्मी खंजर की मदद से बेहोश करके इस कोठरी के अन्दर बन्द कर दिया था।

बेगम ने सभों से बेहोशी का सबब पूछा जिसके जवाब में उन्होंने कहा कि "एक आदमी ने आकर एक खंजर यकायक हम लोगों के बदन से लगाया, हम लोग कुछ भी न सोच सके कि

वह पागल है या चोर, बस एकदम बेहोश हो गये और तनोबदन की सुध जाती रही। फिर क्या हुआ यह हम नहीं जानते, जब होश में आये तो अपने को कोठरी के अन्दर पाया।"

इसके बाद बेगम ने उन लोगों से कुछ भी न पूछा और नौरतन तथा जमालो को साथ लेकर ऊपर वाले खण्ड में चली गई जहां बलभद्र सिंह कैद था। जब बेगम ने उस कोठरी को खुला पाया और बलभद्र सिंह को उसमें न देखा तब और हताश हो गई और जमालो की तरफ देखकर बोली, "बहिन, तुमने सच कहा था कि राजा वीरेन्द्र सिंह के पक्षपातियों का मनोरमा कुछ भी नहीं बिगाड़ सकती। देखो भूतनाथ के पास वैसा ही तिलिस्मी खंजर मौजूद है और उस खंजर की बदौलत उसने जो काम किया उसे भी तुम देख चुकी हो। अगर मैं इसका बदला भूतनाथ से लिया भी चाहूं तो नहीं ले सकती क्योंकि अब न तो मेरे कब्जे में बलभद्र सिंह रहा और न वे सबूत रह गये जिनकी बदौलत मैं भूतनाथ को दबा सकती थी। हाय, एक दिन वह था कि मेरी सूरत देखकर भूतनाथ अधमुआ हो जाता था और एक आज का दिन है कि मैं भूतनाथ का कुछ भी नहीं कर सकती। न मालूम इस मकान का और मेरा पता उसे कैसे मालूम हुआ और इतना कर गुजरने पर भी उसने मेरी जान क्यों छोड़ दी निःसन्देह इसमें भी कोई भेद है। उसने अगर मुझे छोड़ दिया तो सुखी रहने के लिए नहीं बल्कि इसमें भी उसने कुछ अपना फायदा सोचा होगा।"

जमालो- बेशक, ऐसा ही है, शुक्र करो कि वह तुम्हारी दौलत नहीं ले गया नहीं तो बड़ा ही अन्धेर हो जाता और तुम टुकड़े-टुकड़े को मोहताज हो जातीं। अब तुम इसका भी निश्चय रखो कि जैपाल सिंह की जान कदापि नहीं बच सकती।

बेगम- बेशक, ऐसा ही है, अब तुम्हारी क्या राय है?

जमालो- मेरी राय तो यही है कि अब तुम एक पल भी इस मकान में न ठहरो और अपनी जमा-पूंजी लेकर यहां से चल दो। तुम्हारे पास इतनी दौलत है कि किसी दूसरे शहर में आराम से रहकर अपनी जिंदगी बिता सको जहां वीरेन्द्र सिंह के ऐयारों को जाने की जरूरत न पड़े।

बेगम- तुम्हारी राय बहुत ठीक है, तो क्या तुम दोनों मेरा साथ दोगी?

जमालो- मैं जरूर तुम्हारा साथ दूंगी।

नौरतन- मैं भी ऐसी अवस्था में तुम्हारा साथ नहीं छोड़ सकती। जब सुख के दिनों में तुम्हारे साथ रही तो क्या अब दुःख के जमाने में तुम्हारा साथ छोड़ दूंगी ऐसा नहीं हो सकता।

बेगम- अच्छा, तो अब निकल भागने की तैयारी करनी चाहिए।

जमालो- जरूर।

इतने ही में मकान के बाहर बहुत से आदमियों के शोरगुल की आवाज इन तीनों को मालूम पड़ी। बेगम की आज्ञानुसार पता लगाने के लिए जमालो नीचे उतर गई और थोड़ी ही देर में लौट

आकर बोली, "हैं-हैं, गजब हो गया। राजा साहब के सिपाहियों ने मकान को घेर लिया और तुम्हें गिरफ्तार करने के लिए आ रहे हैं।" जमालो इससे ज्यादे न कहने पाई थी कि धड़धड़ाते हुए बहुत से सरकारी सिपाही मकान के ऊपर चढ़ आए और उन्होंने बेगम, नौरतन और जमालो को गिरफ्तार कर लिया।

***

बयान-12

काशीपुरी से निकलकर भूतनाथ ने सीधे चुनार गढ़ का रास्ता लिया। पर दिन चढ़े तक भूतनाथ और बलभद्र सिंह घोड़े पर सवार बराबर चले गये और इस बीच में उन दोनों में किसी तरह की बातचीत न हुई। जब वे दोनों जंगल के किनारे पहुंचे तो बलभद्र सिंह ने भूतनाथ से कहा, "अब मैं थक गया हूं, घोड़े पर मजबूती के साथ नहीं बैठ सकता। वर्षों की कैद ने मुझे बिल्कुल बेकाम कर दिया। अब मुझमें दस कदम भी चलने की हिम्मत नहीं रही, अगर कुछ देर तक कहीं ठहरकर आराम कर लेते तो अच्छा होता।"

भूत- बहुत अच्छा, थोड़ी दूर और चलिए, इसी जंगल में किसी अच्छे ठिकाने जहां पानी भी मिल सकता हो, ठहरकर आराम कर लेंगे।

बलभद्र- अच्छा, तो अब घोड़े को तेज मत चलाओ।

भूत- (घोड़े की तेजी कम करके) बहुत खूब।

बलभद्र- क्यों भूतनाथ, क्या वास्तव में तुमने मुझे कैद से छुड़ाया है या मुझे धोखा हो रहा है?

भूत- (मुस्कराकर) क्या आपको इस मैदान की हवा मालूम नहीं होती, या आप अपने को घोड़े पर स्वतन्त्र नहीं देखते फिर ऐसा सवाल क्यों करते हैं?

बलभद्र- यह सब-कुछ ठीक है मगर अभी तक मुझे विश्वास नहीं होता कि भूतनाथ के हाथों से मुझे मदद पहुंचेगी, यदि तुम मेरी मदद किया चाहते तो क्या आज तक मैं कैदखाने ही में पड़ा सड़ा करता? क्या तुम नहीं जानते थे कि मैं कहां और किस अवस्था में हूं?

भूत- बेशक, मैं नहीं जानता था कि आप कहां और कैसी अवस्था में हैं। उन पुरानी बातों को जाने दीजिये मगर इधर जब से मैंने आपकी लड़की श्यामा (कमलिनी) की ताबेदारी की है तब से बल्कि इससे भी बरस-डेढ़ बरस पहिले ही से मुझे आपकी खबर न थी। मुझे अच्छी तरह विश्वास दिलाया गया था कि अब आप इस दुनिया में नहीं रहे। यदि आज के दो महीने पहिले भी मुझे मालूम हो गया होता कि आप जीते हैं और कहीं कैद हैं तो मैं आपको कैद से छुड़ाकर कृतार्थ हो गया होता।

बलभद्र- (आश्चर्य से) क्या श्यामा जीती है?

भूतनाथ- हां, जीती है।

बलभद्र- तो लाडिली भी जीती होगी?

भूत- हां, वह भी जीती है।

बल- ठीक है, क्योंकि वे दोनों मेरे साथ उस समय जमानिया में न आई थीं जब लक्ष्मीदेवी की शादी होने वाली थी। पहिले मुझे लक्ष्मीदेवी के भी जीते रहने की आशा न थी, मगर कैद होने के थोड़े ही दिन बाद मैंने सुना कि लक्ष्मीदेवी जीती है और जमानिया की रानी तथा मायारानी कहलाती है।

भूत- लक्ष्मीदेवी के बारे में जो कुछ आपने सुना सब झूठ है, जमाने में बहुत बड़ा उलट-फेर हो गया जिसकी आपको कुछ भी खबर नहीं। वास्तव में मायारानी कोई दूसरी ही औरत थी और लक्ष्मीदेवी ने भी बड़े-बड़े दु:ख भोगे परन्तु ईश्वर को धन्यवाद देना चाहिए जिसने दु:ख के अथाह समुन्द्र में डूबते हुए लक्ष्मीदेवी के बेड़े को पार कर दिया। अब आप अपनी तीनों लड़कियों को अच्छी अवस्था में पावेंगे। मुझे यह बात पहिले मालूम न थी कि मायारानी वास्तव में लक्ष्मीदेवी नहीं है।

बलभद्र- क्या वास्तव में ऐसी ही बात है क्या सचमुच मैं अपनी तीनों बेटियों को देखूंगा क्या तुम मुझ पर किसी तरह का जुल्म न करोगे और मुझे छोड़ दोगे?

भूत- अब मैं किस तरह अपनी बातों पर आपको विश्वास दिलाऊं। क्या आपके पास कोई ऐसा सबूत है जिससे मालूम हो कि मैंने आपके साथ बुराई की?

बल- सबूत तो मेरे पास कोई भी नहीं मगर मायारानी के दारोगा और जैपाल की जुबानी मैंने तुम्हारे विषय में बड़ी-बड़ी बातें सुनी थीं और कुछ दूसरे जरिये से भी मालूम हुआ है।

भूत- तो बस या तो आप दुश्मनों की बातों को मानिए या मेरी इस खैरखाही को देखिये कि कितनी मुश्किल से आपका पता लगाया और किस तरह जान पर खेलकर आपको छुड़ा ले चला हूं।

बल- (लम्बी सांस लेकर) खैर, जो हो, आज यदि तुम्हारी बदौलत मैं किसी तरह की तकलीफ न पाकर अपनी तीनों लड़कियों से मिलूंगा तो तुम्हारा कसूर यदि कुछ हो तो मैं माफ करता हूं।

भूत- इसके लिए मैं आपको धन्यवाद देता हूं। लीजिए यह जगह बहुत अच्छी है, घने पेड़ों की छाया है और पगडण्डी से बहुत हटकर भी है।

बल- ठीक तो है, अच्छा तुम उतरो और मुझे भी उतारो।

दोनों ने घोड़ा रोका भूतनाथ घोड़े से उतर पड़ा और उसकी बागडोर एक डाल से अड़ाने के बाद धीरे से बलभद्र सिंह को भी नीचे उतारा। जीनपोश बिछाकर उन्हें आराम करने के लिए कहा और तब दोनों घोड़ों की पीठ खाली करके लम्बी बागडोर के सहारे एक पेड़ के साथ बांध दिया जिससे वे भी लोट-पोटकर थकावट मिटा लें और घास चरें।

यहां पर भूतनाथ ने बलभद्र सिंह की बड़ी खातिर की। ऐयारी के बटुए में से उस्तुरा निकालकर अपने हाथ से इनकी हजामत बनाई, दाढ़ी मूड़ी, कैंची लगाकर सिर के बाल दुरुस्त

किए, इसके बाद स्नान कराया और बदलने के लिए यज्ञोपवीत दिया। आज बहुत दिनों के बाद बलभद्र सिंह ने चश्मे के किनारे बैठकर सन्ध्यावन्दन किया और देर तक सूर्य भगवान की स्तुति करते रहे। जब सब तरह से दोनों आदमी निश्चिन्त हुए तो भूतनाथ ने खुर्जी[2] में से कुछ मेवा निकालकर खाने के लिए बलभद्र सिंह को दिया और आप भी खाया। अब बलभद्र सिंह को निश्चय हो गया कि भूतनाथ मेरे साथ दुश्मनी नहीं करता और उसने नेकी की राह से मुझे भारी कैदखाने से छुड़ाया है।

बलभद्र- गदाधर सिंह, शायद तुमने थोड़े ही दिनों से अपना नाम भूतनाथ रखा है?

भूतनाथ- जी हां, आजकल मैं इसी नाम से मशहूर हूं।

बलभद्र- अस्तु मैं बड़ी खुशी से तुम्हें धन्यवाद देता हूं क्योंकि अब मुझे निश्चय हो गया कि तुम मेरे दुश्मन नहीं हो।

भूत- (धन्यवाद के बदले में सलाम करके) मगर मेरे दुश्मनों ने मेरी तरफ से आपके कान बहुत भरे हैं और वे बातें ऐसी हैं कि यदि आप राजा वीरेन्द्र सिंह के सामने उन्हें कहेंगे तो मैं उनकी आंखों से उतर जाऊंगा।

बलभद्र- नहीं-नहीं, मैं प्रतिज्ञापूर्वक कहता हूं कि तुम्हारे विषय में कोई ऐसी बात किसी के सामने न कहूंगा जिससे तुम्हारा नुकसान हो।

भूतनाथ- (पुनः सलाम करके) और मैं आशा करता हूं कि समय पड़ने पर आप मेरी सहायता भी करेंगे।

बलभद्र- मैं सहायता करने योग्य तो नहीं हूं मगर हां यदि कुछ कर सकूंगा तो अवश्य करूंगा।

भूतनाथ- इत्तिफाक से राजा वीरेन्द्र सिंह के ऐयारों ने जैपाल सिंह को गिरफ्तार कर लिया है जो आपकी सूरत बनकर लक्ष्मीदेवी को धोखा देने गया था। जब उसे अपने बचाव का कोई ढंग न सूझा तो उसने आपके मार डालने का दोष मुझ पर लगाया। मैं स्वप्न में भी नहीं सोच सकता था कि आप जीते हैं, परन्तु ईश्वर को धन्यवाद देना चाहिए कि यकायक आपके जीते रहने का शक मुझे हुआ और धीरे-धीरे वह पक्का होता गया तथा मैं आपकी खोज करने लगा। अब आशा है कि आप स्वयम् मेरी तरफ से जैपाल सिंह का मुंह तोड़ेंगे।

बलभद्र- (क्रोध से) जैपाल मेरे मारने का दोष तुम पर लगाके आप बचा चाहता है?

भूतनाथ- जी हां।

बलभद्र- उसकी ऐसी की तैसी! उसने तो मुझे ऐसी-ऐसी तकलीफें दी हैं कि मेरा ही जी जानता है। अच्छा, यह बताओ इधर क्या-क्या मामले हुए और राजा वीरेन्द्र सिंह को जमानिया तक पहुंचने की नौबत क्यों आई?

भूतनाथ ने जब से कमलिनी की ताबेदारी कबूल की थी, कुछ हाल कुंअर इन्द्रजीत सिंह, आनन्द सिंह, मायारानी, दारोगा, कमलिनी, दिग्विजय सिंह और राजा गोपाल सिंह वगैरह का बयान किया मगर अपने और जैपाल सिंह के मामले में कुछ घटा-बढ़ाकर कहा। बलभद्र सिंह ने बड़े गौर और ताज्जुब से सब बातें सुनीं और भूतनाथ की खैरखाही तथा मर्दानगी की बड़ी तारीफ की। थोड़ी देर तक और बातचीत होती रही इसके बाद दोनों आदमी घोड़े पर सवार हो चुनार गढ़ की तरफ रवाना हुए और पहर भर के बाद उस तिलिस्म के पास पहुंचे जो चुनार गढ़ से थोड़ी दूर पर था और जिसे राजा वीरेन्द्र सिंह ने फतह किया (तोड़ा) था।

काशी से चुनार गढ़ बहुत दूर न होने पर भी इन दोनों को वहां पहुंचने में देर हो गई। एक तो इसलिए कि दुश्मनों के डर से सदर राह छोड़ भूतनाथ चक्कर देता हुआ गया था, दूसरे रास्ते में ये दोनों बहुत देर तक अटके रहे, तीसरे कमजोरी के सबब से बलभद्र सिंह घोड़े को तेज चला भी नहीं सकते थे।

पाठक, इस तिलिस्मी खण्डहर की अवस्था आज दिन वैसी नहीं है जैसी आपने पहिले देखी जब राजा वीरेन्द्र सिंह ने इस तिलिस्म को तोड़ा था। आज इसके चारों तरफ राजा सुरेन्द्र सिंह की आज्ञानुसार बहुत बड़ी इमारत बन गई और अभी तक बन रही है। इस इमारत को जीत सिंह ने अपने ढंग का बनवाया था। इसमें बड़े-बड़े तहखाने, सुरंग और गुप्त कोठरियां, जिनके दरवाजों का पता लगाना कठिन ही नहीं बल्कि असम्भव था, बनकर तैयार हुई है और अच्छे-अच्छे कमरे, सहन, बालाखाने[3] इत्यादि जीत सिंह की बुद्धिमानी का नमूना दिखा रहे हैं। बीच में एक बहुत बड़ा रमना छूटा हुआ है जिसके बीचों-बीच में तो वह खण्डहर है और उसके चारों तरफ बाग लग रहा है। खण्डहर की टूटी हुई इमारत की भी मरम्मत हो चुकी है और अब वह खण्डहर मालूम नहीं होता। भीतर की इमारत का काम बिल्कुल खतम हो चुका है, केवल बाहरी हिस्से में कुछ काम लगा हुआ है सो भी दस-पन्द्रह दिन से ज्यादे का काम नहीं है। जिस समय बलभद्र सिंह को लिए भूतनाथ वहां पहुंचा उस समय जीत सिंह भी वहां मौजूद थे और पन्नालाल, रामनारायण और पण्डित बद्रीनाथ को साथ लिए हुए फाटक के बाहर टहल रहे थे। पन्नालाल, रामनारायण और पण्डित बद्रीनाथ तो भूतनाथ को बखूबी पहिचानते थे, हां जीत सिंह ने शायद उसे नहीं देखा था मगर तेज सिंह ने भूतनाथ की तस्वीर अपने हाथ से तैयार करके जीत सिंह और सुरेन्द्र सिंह के पास भेजी और उसकी विचित्र घटना का समाचार भी लिखा था।

भूतनाथ को दूर से आते हुए देख पन्नापाल ने जीत सिंह से कहा, "देखिये, भूतनाथ चला आ रहा है।"

जीत सिंह- (गौर से भूतनाथ को देखकर) मगर यह दूसरा आदमी उसके साथ कौन है?

पन्ना- मैं इस दूसरे को तो नहीं पहिचानता।

जीत- (बद्रीनाथ से) तुम पहिचानते हो?

इतने में भूतनाथ और बलभद्र सिंह भी वहां पहुंच गए। भूतनाथ ने घोड़े पर से उतरकर जीत सिंह को सलाम किया क्योंकि वह जीत सिंह को बखूबी पहिचानता था। इसके बाद, धीरे से बलभद्र सिंह को भी घोड़े से नीचे उतारा और जीत सिंह की तरफ इशारा करके कहा, "यह तेज सिंह के पिता जीत सिंह हैं" और दूसरे ऐयारों का भी नाम बताया। बलभद्र सिंह का भी परिचय सभों को देकर भूतनाथ ने जीत सिंह से कहा, "यही बलभद्र सिंह हैं जिनका पता लगाने का बोझ मुझ पर डाला गया था। ईश्वर ने मेरी इज्जत रख ली और मेरे हाथों इन्हें कैद से छुड़ाया! आप तो सब हाल सुन ही चुके होंगे?"

जीत- हां, मुझे सब हाल मालूम है, तुम्हारे मुकद्दमे ने तो हम लोगों का दिल अपनी तरफ ऐसा खींच लिया है कि दिन-रात उसी का ध्यान रहता है, मगर तुम यकायक इस तरफ कैसे आ निकले और इन्हें कहां पाया?

भूत- मैं इन्हें काशीपुर से छुड़ा ला रहा हूं, दुश्मनों के खौफ से दक्खिन दबता हुआ चक्कर देकर आना पड़ा इसी से अब यहां पहुंचने की नौबत आई नहीं तो अब तक कब का चुनार पहुंच गया होता। राजा वीरेन्द्र सिंह की सवारी चुनार की तरफ रवाना हो गई थी इसलिए मैं भी इन्हें लेकर सीधे चुनार ही आया।

जीत- बहुत अच्छा किया कि यहां चले आये, कल राजा वीरेन्द्र सिंह भी यहां पहुंच जाएंगे और उनका डेरा भी इसी मकान में पड़ेगा। किशोरी, कामिनी और कमला वाला हृदय-विदारक समाचार तो तुमने सुना ही होगा?

भूतनाथ- (चौंककर) क्या-क्या मुझे कुछ भी नहीं मालूम!

जीत- (कुछ सोचकर) अच्छा, आप लोग जरा आराम कर लीजिए तो सब हाल कहेंगे क्योंकि बलभद्र सिंह कैद की मुसीबत उठाने के कारण बहुत सुस्त और कमजोर हो रहे हैं। (पन्नालाल की तरफ देखकर) पूरब वाले नम्बर दो के कमरे में इन लोगों को डेरा दिलवाओ और हर तरह के आराम का बन्दोबस्त करो, इनकी खातिरदारी और हिफाजत तुम्हारे ऊपर है।

पन्ना- जो आज्ञा।

हमारे ऐयारों को इस बात की उत्कण्ठा बहुत ही बढ़ी-चढ़ी थी कि किसी तरह भूतनाथ के मुकद्दमे का फैसला हो और विचित्र घटना का हाल जानने में आये क्योंकि इस उपन्यास भर में जैसा भूतनाथ का अद्भुत रहस्य है वैसा और किसी पात्र का नहीं है। यही कारण था कि उनको इस बात की बहुत बड़ी खुशी हुई कि भूतनाथ असली बलभद्र सिंह को छुड़ाकर ले आया और कल राजा वीरेन्द्र सिंह के यहां आ पहुंचने पर इसका विचित्र हाल भी मालूम हो जाएगा।

2. एक विशेष प्रकार का थैला।

3. अट्टालिका

चन्द्रकांता संतति
भाग-16

बयान-1

अब हम अपने पाठकों को पुनः जमानिया के तिलिस्म में ले चलते हैं और इन्दिरा का बचा हुआ किस्सा उसी की जुबानी सुनवाते हैं जिसे छोड़ दिया गया था।

इन्दिरा ने एक लम्बी सांस लेकर अपना किस्सा यों कहना शुरू किया –

इन्दिरा- जब मैं अपनी मां की लिखी चिट्ठी पढ़ चुकी तो जी में खुश होकर सोचने लगी कि ईश्वर चाहेगा तो अब मैं बहुत जल्द अपनी मां से मिलूंगी और हम दोनों को इस कैद से छुटकारा मिलेगा, अब केवल इतनी ही कसर है कि दारोगा साहब मेरे पास आवें और जो कुछ वे कहें मैं उसे पूरा कर दूं। थोड़ी देर तक सोचकर मैंने अन्ना से कहा, "अन्ना, जो कुछ दारोगा साहब कहें उसे तुरन्त करना चाहिए।"

अन्ना- नहीं बेटी, तू भूलती है, क्योंकि इन चालबाजियों को समझने लायक अभी तेरी उम्र नहीं है। अगर तू दारोगा के कहे मुताबिक काम कर देगी तो तेरी मां और साथ ही उसके तू भी मार डाली जाएगी, क्योंकि इस बात में कोई सन्देह नहीं कि दारोगा ने तेरी मां से जबर्दस्ती यह चिट्ठी लिखवाई है।

मैं- तब तुमने इस चिट्ठी के बारे में यह कैसे कहा कि मैं तेरे लिए खुशखबरी लाई हूं?

अन्ना- खुशखबरी से मेरा मतलब यह न था कि अगर तू दारोगा के कहे मुताबिक काम कर देगी तो तुझे और तेरी मां को कैद से छुट्टी मिल जाएगी बल्कि यह था कि तेरी मां अभी तक जीती-जागती है इसका पता लग गया। क्या तुझे यह मालूम नहीं कि स्वयम् दारोगा ही ने तुझे कैद किया है?

मैं- यह तो मैं खुद तुझसे कह चुकी हूं कि दारोगा ने मुझे धोखा देकर कैद कर लिया है।

अन्ना- तो क्या तुझे छोड़ देने से दारोगा की जान बच जाएगी क्या दारोगा साहब इस बात को नहीं समझते कि अगर तू छूटेगी तो सीधे राजा गोपाल सिंह के पास चली जायेगी और अपना तथा लक्ष्मीदेवी का भेद उनसे कह देगी उस समय दारोगा का क्या हाल होगा।

मैं- ठीक है, दारोगा मुझे कभी न छोड़ेगा।

अन्ना- बेशक, कभी न छोड़ेगा। वह कम्बख्त तो अब तक तुझे मार डाले होता, मगर अब निश्चय हो गया कि उसे तुम दोनों से अपना कुछ मतलब निकालना है इसीलिए अभी तक कैद किये हुए है। जिस दिन उसका काम हो जाएगा उसी दिन तुम दोनों को मार डालेगा। जब तक

उसका काम नहीं होता तभी तक तुम दोनों की जान बची है। (चिट्ठी की तरफ इशारा करके) यह चिट्ठी उसने इसी चालाकी से लिखवाई है जिससे तू उसका काम जल्द कर दे।

मैं- अन्ना, तू सच कहती है, अब मैं दारोगा का काम कभी न करूंगी चाहे जो हो।

अन्ना- अगर तू मेरे कहे मुताबिक करेगी तो नि:सन्देह तुम दोनों की जान बची रहेगी और किसी न किसी दिन तुम दोनों को कैद से छुट्टी भी मिल जाएगी।

मैं- बेशक, जो तू कहेगी वही मैं करूंगी।

अन्ना- मगर मैं डरती हूं कि अगर दारोगा तुझे धमकाएगा या मारे-पीटेगा तो तू मार खाने के डर से उसका काम जरूर कर देगी।

मैं- नहीं-नहीं, कदापि नहीं, अगर वह मेरी बोटी-बोटी काटकर फेंक दे तो भी मैं तेरे कहे बिना उसका कोई भी काम नहीं करूंगी।

अन्ना- ठीक है, मगर साथ ही इसके यह भी कह न दीजियो कि अन्ना कहेगी तो मैं तेरा काम कर दूंगी।

मैं- नहीं सो तो न कहूंगी मगर कहूंगी क्या सो तो बताओ?

अन्ना- बस, जहां तक हो टालमटोल करती जाइयो, आज-कल के वादे पर दो-तीन दिन टल जाना चाहिए, मुझे आशा है कि इस बीच में हम लोग छूट जायेंगे।

सुबह की सफेदी खिड़कियों में दिखाई देने लगी और दरवाजा खोलकर दारोगा कमरे के अन्दर आता हुआ दिखाई दिया, वह सीधे आकर बैठ गया और बोला, "इन्दिरा, तू समझती होगी कि दारोगा साहब ने मेरे साथ दगाबाजी की और मुझे गिरफ्तार कर लिया, मगर मैं धर्म की कसम खाकर कहता हूं कि वास्तव में यह बात नहीं है, बल्कि सच तो यों है कि स्वयं राजा गोपाल सिंह तेरे दुश्मन हो रहे हैं। उन्होंने मुझे हुक्म दिया था कि इन्दिरा को गिरफ्तार करके मार डालो, और उन्हीं की आज्ञानुसार मैं उनके कमरे मैं बैठा हुआ तुझे गिरफ्तार करने की तर्कीब सोच रहा था कि यकायक तू आ गई और मैंने तुझे गिरफ्तार कर लिया। मैं लाचार हूं कि राजा साहब का हुक्म टाल नहीं सकता मगर साथ ही इसके जब तुझे मारने का इरादा करता हूं तो मुझे दया आ जाती है और तेरी जान बचाने की तरकीब सोचने लगता हूं। तुझे इस बात का ताज्जुब होगा कि गोपाल सिंह तेरे दुश्मन क्यों हो गये, मगर मैं तेरा यह शक भी मिटाये देता हूं। असल बात यह है कि राजा साहब को लक्ष्मीदेवी के साथ शादी करना मंजूर न था और जिस खूबसूरत औरत के साथ वे शादी किया चाहते थे वह विधवा हो चुकी थी और लोगों की जानकारी में वे उसके साथ शादी नहीं कर सकते थे इसलिये लक्ष्मीदेवी के बदले में यह दूसरी औरत उलटफेर कर दी गई। उनकी आज्ञानुसार लक्ष्मीदेवी तो मार डाली गई मगर उन लोगों को भी चुपचाप मार डालने की आज्ञा राजा साहब ने दे दी जिन्हें यह भेद मालूम हो चुका था या जिनकी बदौलत इस

भेद के खुल जाने का डर था। तेरे सबब से भी लक्ष्मीदेवी का भेद अवश्य खुल जाता इसीलिए तू भी उनकी आज्ञानुसार कैद कर ली गई।"

गोपाल- (क्रोध से) क्या कम्बख्त दारोगा ने तुझे इस तरह समझाया-बुझाया?

इन्दिरा- जी हां, और यह बात उसने ऐसे ढंग से अफसोस के साथ कही कि मुझे और मेरी अन्ना को भी थोड़ी देर के लिए उसकी बातों पर पूरा विश्वास हो गया, बल्कि वह उसके बाद भी बहुत देर तक आपकी शिकायत करता रहा।

गोपाल- और मुझे वह बहुत दिनों तक तेरी बदमाशी का विश्वास दिलाता रहा था। अस्तु अब मुझे मालूम हुआ कि तू मेरा सामना करने से क्यों डरती थी। अच्छा तब क्या हुआ!

इन्दिरा- दारोगा की बात सुनकर अन्ना ने उससे कहा कि जब आपको इन्दिरा पर दया आ रही है तो कोई ऐसी तर्कीब निकालिये जिसमें इस लड़की और इसकी मां की जान बच जाय।

दारोगा- मैं खुद इसी फिक्र में लगा हुआ हूं। इसकी मां को बदमाशों ने गिरफ्तार कर लिया था मगर ईश्वर की कृपा से वह बच गई, मैंने उसे शैतानों के हाथ से बचा लिया।

अन्ना- मगर वह भी लक्ष्मीदेवी को पहिचानती है और उसकी बदौलत लक्ष्मीदेवी का भेद खुल जाना सम्भव है।

दारोगा- हां, ठीक है, मगर इसके लिए भी मैंने एक बन्दोबस्त कर लिया है।

अन्ना- वह क्या?

दारोगा- (एक चिट्ठी दिखाकर) देख सर्यू से मैंने यह चिट्ठी लिखवा ली है, पहिले इसे पढ़ ले।

मैंने और अन्ना ने वह चिट्ठी पढ़ी। उसमें यह लिखा हुआ था- "मेरी प्यारी लक्ष्मीदेवी, मुझे इस बात का बड़ा अफसोस है कि तेरे ब्याह के समय मैं न आ सकी! इसका बहुत बड़ा कारण है जो मुलाकात होने पर तुमसे कहूंगी, मगर अपनी बेटी इन्दिरा की जुबानी यह सुनकर मुझे बड़ी खुशी हुई कि वह ब्याह के समय तेरे पास थी, बल्कि ब्याह होने के एक दिन बाद तक तेरे साथ खेलती रही।"

जब मैं चिट्ठी पढ़ चुकी तो दारोगा ने कहा कि बस अब तू भी एक चिट्ठी लक्ष्मीदेवी के नाम से लिख दे और उसमें यह लिख कि "मुझे इस बात का रंज है कि तेरी शादी होने के बाद एक दिन से ज्यादे मैं तेरे पास न रह सकी मगर मैं तेरी उस छवि को नहीं भूल सकती जो ब्याह के दूसरे दिन देखी थी।" मैं ये दोनों चिट्ठियां राजा गोपाल सिंह को दूंगा और तुम दोनों को छोड़ देने के लिए उनसे जिद्द करके उन्हें समझा दूंगा कि, "अब सर्यू और इन्दिरा की जुबानी लक्ष्मीदेवी का भेद कोई नहीं सुन सकता, अगर ये दोनों कुछ कहेंगी तो इन चिट्ठियों के मुकाबिले में स्वयं झूठी बनेंगी।"

मैंने दारोगा की बातों का यह जवाब दिया कि, "बात तो आपने बहुत ठीक कही, अच्छा मैं आपके कहे मुताबिक चिट्ठी कल लिख दूंगी।"

दारोगा- यह काम देर करने का नहीं है, इसमें जहां तक जल्दी करोगी वहां तक तुम्हें छुट्टी जल्दी मिलेगी।

मैं- ठीक है, मगर इस समय मेरे सिर में बहुत दर्द है, मुझसे एक अक्षर भी न लिखा जाएगा।

दारोगा- अच्छा, क्या हर्ज है, कल सही।

इतना कहकर दारोगा कमरे से बाहर चला गया और फिर मुझसे और अन्ना में बातचीत होने लगी। मैंने अन्ना से कहा, "क्यों अन्ना, तू समझती है मुझे तो दारोगा की बात सच जान पड़ती है?"

अन्ना- (कुछ सोचकर) जैसी चिट्ठी दारोगा तुमसे लिखाया चाहता है वह केवल इस योग्य ही नहीं कि यदि राजा गोपाल सिंह दोषी है तो लोकनिन्दा से उनको बचावे बल्कि वह चिट्ठी बनिस्बत उनके दारोगा के काम की ज्यादे होगी, अगर वह स्वयं दोषी है तो।

मैं- ठीक है मगर ताज्जुब की बात है कि जो राजा साहब मुझे अपनी लड़की से बढ़कर मानते थे वे ही मेरी जान के ग्राहक बन जाएं।

अन्ना- कौन ठिकाना कदाचित ऐसा ही हो।

मैं- अच्छा, तो अब क्या करना चाहिए?

अन्ना- (कुछ सोचकर) चिट्ठी तो कभी न लिखनी चाहिए चाहे राजा गोपाल सिंह दोषी हों या दारोगा दोषी हो, इसमें कोई सन्देह नहीं कि चिट्ठी लिख देने के बाद तू मार डाली जाएगी।

अन्ना की बात सुनकर मैं रोने लगी और समझ गई कि अब मेरी जान नहीं बचती और ताज्जुब नहीं कि दारोगा के मतलब की चिट्ठी लिख देने के कारण मेरी मां इस दुनिया से उठा दी गई हो। थोड़ी देर तक तो अन्ना ने रोने में मेरा साथ दिया लेकिन इसके बाद उसने अपने को सम्हाला और सोचने लगी कि अब क्या करना चाहिए। कुछ देर के बाद अन्ना ने मुझसे कहा कि "बेटी, मुझे कुछ आशा हो रही है कि हम लोगों को इस कैदखाने से निकल जाने का रास्ता मिल जाएगा। मैं पहिले कह चुकी हूं और अब भी कहती हूं कि रात को (कोठरी की तरफ इशारा करके) उस कोठरी में सिर पर से गठरी फेंक देने की तरह धमाके की आवाज सुनकर मैं जाग उठी थी और जब उस कोठरी में गई तो वास्तव में एक गठरी पर निगाह पड़ी। अब जो मैं सोचती हूं तो विश्वास होता है कि उस कोठरी में कोई ऐसा दरवाजा जरूर है कि जिसे खोलकर बाहर वाला उस कोठरी में आ सके या उसमें से बाहर जा सके। इसके अतिरिक्त इस कोठरी में भी तख्तेबन्दी की दीवार है जिससे कहीं-न-कहीं दरवाजा होने का शक हर एक ऐसे आदमी को हो सकता है जिस पर हमारी तरह मुसीबत आई हो, अस्तु आज का दिन तो किसी तरह काट ले रात को मैं दरवाजा ढूंढ़ने का उद्योग करूंगी।"

अन्ना की बातों से मुझे भी कुछ ढाढ़स हुई। थोड़ी देर बाद कमरे का दरवाजा खुला और कई तरह की चीजें लिये हुए तीन आदमी कमरे के अन्दर आ पहुंचे। एक के हाथ में पानी का भरा

घड़ा-लोटा और गिलास था, दूसरा कपड़े की गठरी लिये हुए था, तीसरे के हाथ में खाने की चीजें थीं। तीनों ने सब चीजें कमरे में रख दीं और पहिले की रखी हुई चीजें और चिरागदान वगैरह उठा ले गये और जाते समय कह गये कि 'तुम लोग स्नान करके खाओ-पीओ, तुम्हारे मतलब की सब चीजें मौजूद हैं'।

ऐसी मुसीबत में खाना-पीना किसे सूझता है, परन्तु अन्ना के समझाने-बुझाने से जान बचाने के लिए सब-कुछ करना पड़ा। तमाम दिन बीत गया, संध्या होने पर फिर हमारे कमरे के अन्दर खाने-पीने का सामान पहुंचाया गया और चिराग भी जलाया गया मगर रात को हम दोनों ने कुछ भी न खाया।

कैदखाने से निकल भागने की धुन में हम लोगों को नींद बिल्कुल न आई। शायद आधी रात बीती होगी जब अन्ना ने उठकर कमरे का वह दरवाजा अन्दर से बन्द कर लिया जिस राह से वे लोग आते थे, और इसके बाद मुझे उठने और अपने साथ उस कोठरी के अन्दर चलने के लिए कहा जिसमें से कपड़े की गठरी और मेरी मां के हाथ की लिखी हुई चिट्ठी मिली थीं। मैं उठ खड़ी हुई और अन्ना के पीछे-पीछे चली। अन्ना ने चिराग हाथ में उठा लिया और धीरे-धीरे कदम रखती हुई कोठरी के अन्दर गई। मैं पहिले बयान कर चुकी हूं कि उसके अन्दर तीन कोठरियां थीं, एक में पायखाना बना हुआ था और दो कोठरियां खाली थीं। उन दोनों कोठरियों के चारों तरफ की दीवारें भी तख्तों की थीं। अन्ना हाथ में चिराग लिए एक कोठरी के अन्दर गई और उन लकड़ी वाली दीवारों को गौर से देखने लगी। मालूम होता था कि दीवार कुछ पुराने जमाने की बनी हुई है क्योंकि लकड़ी के तख्ते खराब हो गये थे, और कई तख्तों को घुन ने ऐसा बरबाद कर दिया था कि एक कमजोर लात खाकर भी उनका बच रहना कठिन जान पड़ता था। यह सब-कुछ था मगर जैसा कि देखने में वह खराब और कमजोर मालूम होती थी वैसी वास्तव में न थी क्योंकि दीवार की लकड़ी पांच या छ: अंगुल से कम मोटी न होगी, जिसमें से सिर्फ अंगुल-डेढ़ अंगुल के लगभग घुनी हुई थी। अन्ना ने चाहा कि लात मारकर एक-दो तख्तों को तोड़ डाले मगर ऐसा न कर सकी।

हम दोनों आदमी बड़े गौर से चारों तरफ की दीवार को देख रहे थे कि यकायक एक छोटे से कपड़े पर अन्ना की निगाह पड़ी जो लकड़ी के दो तख्तों के बीच में फंसा हुआ था। वह वास्तव में एक छोटा-सा रूमाल था, जिसका आधा हिस्सा तो दीवार के उस पार था और आधा हिस्सा हम लोगों की तरफ था। उस कपड़े को अच्छी तरह देखकर अन्ना ने मुझे कहा, "बेटी, देख यहां एक दरवाजा अवश्य है। (हाथ का निशान बताकर) यह चारों तरफ की दरार दरवाजे को साफ बता रही है। कोई आदमी इस तरफ आया है मगर लौटकर जाती दफ़े जब उसने दरवाजा बन्द किया तो उसका रूमाल इस में फंसकर रह गया, शायद अंधेरे में उसने इस बात का खयाल न किया हो, और देख इस कपड़े के फंस जाने के कारण दरवाजा भी अच्छी तरह बैठा नहीं है,

ताज्जुब नहीं कि वह दरवाजा खटके पर बन्द होता हो और तखता अच्छी तरह न बैठने के कारण खटका भी बन्द न हुआ हो।"

वास्तव में जो कुछ अन्ना ने कहा वही बात थी क्योंकि जब उसने उस रूमाल को अच्छी तरह पकड़कर अपनी तरफ खेंचा तो उसके साथ लकड़ी का तख्ता भी खिंचकर हम लोगों की तरफ चला आया और दूसरी तरफ जाने के लिए रास्ता निकल आया। हम दोनों आदमी उस तरफ चले गये और एक कमरे में पहुंचे। उस लकड़ी के तख्ते में जो पेंच पर जड़ा हुआ था और जिसे हटाकर हम लोग उस पार चले गये थे दूसरी तरफ पीतल का एक मुट्ठा लगा हुआ था, अन्ना ने उसे पकड़कर खेंचा और वह दरवाजा जहां का तहां खट से बैठ गया। अब हम दोनों आदमी जिस कमरे में पहुंचे वह बहुत बड़ा था। सामने की तरफ एक छोटा-सा दरवाजा नजर आया और उसके पास जाने पर मालूम हुआ कि नीचे उतर जाने के लिए सीढ़ियां बनी हुई हैं। दाहिनी और बाईं तरफ की दीवार में छोटी-छोटी कई खिड़कियां बनी हुई थीं, दाहिनी तरफ की खिड़कियों में से एक खिड़की कुछ खुली हुई थी, मैंने और अन्ना ने उसमें झांककर देखा तो एक मरातिब नीचे छोटा-सा चौक नजर आया जिसमें साफ-सुथरा फर्श लगा हुआ था। ऊंची गद्दी पर कम्बख्त दारोगा बैठा हुआ था, उसके आगे एक शमादान जल रहा था और उसके पास ही में एक आदमी कलम-दवात और कागज लिये बैठा हुआ था।

हम दोनों आदमी दारोगा की सूरत देखते ही चौंके और डरकर पीछे हट गये। अन्ना से धीरे से कहा, "यहां भी वही बला नजर आती है, ऐसा न हो कि वह कम्बख्त हम लोगों को देख ले या फिर ऊपर चढ़ आवे।"

इतना कहकर अन्ना सीढ़ी की तरफ चली गई और धीरे से सीढ़ी का दरवाजा खेंचकर जंजीर चढ़ा दी। वह चिराग जो अपने कमरे में से लेकर यहां तक आये थे एक कोने में रखकर हम दोनों फिर उसी खिड़की के पास गये और नीचे की तरफ झांककर देखने लगे कि दारोगा क्या कर रहा है। दारोगा के पास जो आदमी बैठा था उसने एक लिखा हुआ कागज हाथ में उठाकर दारोगा से कहा, "जहां तक मुझसे बन पड़ा मैंने इस चिट्ठी के बनाने में बड़ी मेहनत की।"

दारोगा- इसमें कोई शक नहीं कि तुमने ये अक्षर बहुत अच्छे बनाये हैं और इन्हें देखकर कोई यकायक नहीं कह सकता कि यह सर्यू का लिखा हुआ नहीं है। जब मैंने यह पत्र इन्दिरा को दिखाया तो उसे भी निश्चय हो गया कि यह उसकी मां के हाथ का लिखा हुआ है, मगर जो गौर करके देखता हूं तो सर्यू की लिखावट में और इसमें थोड़ा फर्क मालूम पड़ता है। इन्दिरा लड़की है, वह इस बात को नहीं समझ सकती, मगर इन्द्रदेव जब इस पत्र को देखेगा तो जरूर पहिचान जाएगा कि सर्यू के हाथ का लिखा नहीं है बल्कि जाली बनाया गया है।

आदमी- ठीक है, अच्छा तो मैं इसके बनाने में एक दफ़े और मेहनत करूंगा, क्या करूं सर्यू की लिखावट ही ऐसी टेढ़ी-मेढ़ी है कि ठीक नकल नहीं उतरती, तिसमें इस चिट्ठी में कई अक्षर ऐसे लिखने पड़े जो कि मेरे देखे हुए नहीं हैं केवल अन्दाज ही से लिखे हैं।

दारोगा- ठीक है, ठीक है, इसमें कोई शक नहीं कि तुमने बड़ी सफाई से इसे बनाया है, खैर, एक दफ़े और मेहनत करो, मुझे आशा है कि अबकी दफ़े बहुत ठीक हो जाएगा। (लम्बी सांस लेकर) क्या कहें, कम्बख्त सर्यू किसी तरह मानती ही नहीं। उसे मेरी बातों पर कुछ भी विश्वास नहीं होता, यद्यपि कल मैं उसे फिर दिलासा दूंगा, अगर उसने मेरे दाम में आकर अपने हाथ से चिट्ठी लिख दी तो इस काम को हो गया समझो नहीं तो पुन: मेहनत करनी पड़ेगी। सर्यू और इन्दिरा ने मेरे कहे मुताबिक चिट्ठी लिख दी तो मैं बहुत जल्द उन दोनों को मारकर बखेड़ा तै करूंगा क्योंकि मुझे गदाधर सिंह (भूतनाथ) का डर बराबर बना रहता है, वह सर्यू और इन्दिरा की खोज में लगा हुआ है और उसे घड़ी-घड़ी मुझी पर शक होता है। यद्यपि मैं उससे कसम खाकर कह चुका हूं कि मुझे दोनों का हाल कुछ भी मालूम नहीं है मगर उसे विश्वास नहीं होता। क्या करूं, लाखों रुपये दे देने पर भी मैं उसकी मुट्ठी में फंसा हुआ हूं, यदि उसे जरा भी मालूम हो जाएगा कि सर्यू और इन्दिरा को मैंने कैद कर रखा है तो वह बड़ा ही ऊधम मचावेगा और मुझे बरबाद किए बिना न रहेगा।

आदमी- गदाधर सिंह तो मुझे आज भी मिला था।

दारोगा- (चौंककर) क्या वह फिर इस शहर में आया है! मुझसे तो कह गया था कि मैं दो-तीन महीने के लिए जाता हूं, मगर वह तो दो-तीन दिन भी गैरहाजिर न रहा।

आदमी- वह बड़ा शैतान है, उसकी बातों का कुछ भी विश्वास नहीं हो सकता और इसका जानना तो बड़ा ही कठिन है कि वह क्या करता है, क्या करेगा या किस धुन में लगा हुआ है।

दारोगा- अच्छा, तो मुलाकात होने पर उससे क्या-क्या बात हुई?

आदमी- मैं अपने घर की तरफ जा रहा था कि उसने पीछे से आवाज दी, "ओ रघुबर सिंह, ओ जैपाल सिंह!"1

दारोगा- बड़ा ही बदमाश है, किसी का अदब-लिहाज करना तो जानता ही नहीं। अच्छा, तब क्या हुआ।

रघुबर- उसकी आवाज सुनकर मैं रुक गया, जब वह पास आया तो बोला, "आज आधी रात के समय मैं दारोगा साहब से मिलने जाऊंगा, उस समय तुम्हें भी वहां मौजूद रहना चाहिए।" बस इतना कहकर चला गया।

दारोगा- तो इस समय वह आता ही होगा।

रघुबर- जरूर आता होगा।

1. जैपाल सिंह, बाला सिंह और रघुबर सिंह ये सब नाम उसी नकली बलभद्र सिंह के हैं।

दारोगा- कम्बख्त ने नाकों दम कर दिया है।

इतने ही में बाहर से घंटी बजने की आवाज आई, जिसे सुन दारोगा से रघुबर सिंह ने कहा, "देखो, दरबान क्या कहता है, मालूम होता है गदाधर सिंह आ गया।"

रघुबर सिंह उठकर बाहर गया और थोड़ी ही देर में गदाधर सिंह को अपने साथ लिये हुए दारोगा के पास आया। गदाधर सिंह को देखते ही दारोगा उठ खड़ा हुआ और बड़ी खातिरदारी और तपाक के साथ मिलकर उसे अपने पास बैठाया।

दारोगा- (गदाधर सिंह से) आप कब आए?

गदाधर- मैं गया कब और कहां था?

दारोगा- आप ही ने कहा था कि मैं दो-तीन महीने के लिए कहीं जा रहा हूं।

गदाधर- हां, कहा तो था मगर एक बहुत बड़ा सबब आ पड़ने से लाचार होकर रुक जाना पड़ा।

दारोगा- क्या वह सबब मैं भी सुन सकता हूं।

गदाधर- हां-हां, आप ही के सुनने लायक तो वह सबब है। क्योंकि उसके कर्ता-धर्ता तो आप ही हैं।

दारोगा- तो जल्द कहिए।

गदाधर- जाते ही जाते एक आदमी ने मुझे निश्चय दिलाया कि सर्यू और इन्दिरा आप ही के कब्जे में हैं अर्थात् आप ही ने उन्हें कैद करके कहीं छिपा रखा है।

दारोगा- (अपने दोनों कानों पर हाथ रखके) राम-राम! किस कम्बख्त ने मुझ पर यह कलंक लगाया नारायण-नारायण! मेरे दोस्त, मैं तुम्हें कई दफ़े कसमें खाकर कह चुका हूं कि सर्यू और इन्दिरा के विषय में कुछ भी नहीं जानता मगर तुम्हें मेरी बातों का विश्वास ही नहीं होता।

गदाधर- न मेरी बातों पर आपको विश्वास करना चाहिए और न आपकी कही हुई बातों को मैं ही ब्रह्मवाक्य समझ सकता हूं। बात यह है कि इन्द्रदेव को मैं अपने सगे भाई से बढ़कर समझता हूं, चाहे मैंने आपसे रिश्वत लेकर बुरा काम क्यों न किया हो मगर अपने दोस्त इन्द्रदेव को किसी तरह का नुकसान पहुंचने न दूंगा। आप सर्यू और इन्दिरा के बारे में बार-बार कसमें खाकर अपनी सफाई दिखाते हैं और मैं जब उन लोगों के बारे में तहकीकात करता हूं तो बार-बार यही मालूम पड़ता है कि वे दोनों आपके कब्जे में हैं, अस्तु आज मैं एक आखिरी बात आपसे कहने आया हूं, अबकी दफ़े आप खूब अच्छी तरह समझ-बूझकर जवाब दें।

दारोगा- कहो-कहो, क्या कहते हो? मैं सब तरह से तुम्हारी दिलजमई करा दूंगा... ।

गदाधर- आज मैं इस बात का निश्चय करके आया हूं कि इन्दिरा और सर्यू का हाल आपको मालूम है, अस्तु साफ-साफ कहे देता हूं कि यदि वे दोनों आपके कब्जे में हों तो ठीक-ठीक बता दीजिए, उनको छोड़ देने पर इस काम के बदले में जो कुछ आप कहें मैं करने को तैयार हूं

लेकिन यदि आप इस बात से इनकार करेंगे और पीछे साबित होगा कि आप ही ने उन्हें कैद किया था तो मैं कसम खाकर कहता हूं कि सबसे बढ़कर बुरी मौत जो कही जाती है वही आपके लिए कायम की जाएगी।

दारोगा- जरा जुबान सम्हालकर बातें करो। मैं तो दोस्ताना ढंग पर नरमी के साथ तुमसे बातें करता हूं और तुम तेज हुए जाते हो।

गदाधर- जी मैं आपके दोस्ताना ढंग को अच्छी तरह समझता हूं, अपनी कसमों का विश्वास तो उसे दिलाइए जो आपको केवल बाबा जी समझता हो। मैं तो आपको पूरा झूठा, बेईमान और विश्वासघाती समझता हूं और आपका कोई हाल मुझसे छिपा हुआ नहीं है। जब मैंने कलमदान आपको वापस किया था तब भी आपने कसम खाई थी कि तुम्हारे और तुम्हारे दोस्तों के साथ कभी किसी तरह की बुराई न करूंगा मगर फिर भी आप चालबाजी करने से बाज न आये!

दारोगा- यह सब-कुछ ठीक है मगर मैं जब एक दफ़े कह चुका कि सर्यू और इन्दिरा का हाल मुझे कुछ भी मालूम नहीं है तब तुम्हें अपनी बात पर ज्यादे खींच न करना चाहिए, हां अगर तुम इस बात को साबित कर सको तो जो कुछ कहो मैं जुर्माना देने के लिए तैयार हूं, यों अगर बेफायदे का तकरार बढ़ाकर लड़ने का इरादा हो तो बात ही दूसरी है। इसके अतिरिक्त अब तुम्हें जो कुछ कहना हो इसको खूब सोच-समझकर कहो कि तुम किसके मकान में और कितने आदमियों को साथ लेकर आये हो।

इतना कहकर इन्दिरा रुक गई और एक लम्बी सांस लेकर उसने राजा गोपाल सिंह और दोनों कुमारों से कहा –

इन्दिरा- गदाधर सिंह और दारोगा में इस ढंग की बातें हो रही थीं और हम दोनों खिड़की में से सुन रहे थे। मुझे यह जानकर बड़ी खुशी हुई कि गदाधर सिंह हम दोनों मां-बेटियों को छुड़ाने की फिक्र में लगा हुआ है। मैंने अन्ना के कान में मुंह लगा के कहा कि, "देख अन्ना, दारोगा हम लोगों के बारे में कितना झूठ बोल रहा है। नीचे उतर जाने के लिए रास्ता मौजूद ही है, चलो हम दोनों आदमी नीचे पहुंचकर गदाधर सिंह के सामने खड़े हो जाएं।" अन्ना ने जवाब दिया कि "मैं भी यही सोच रही हूं, मगर इस बात का खयाल है कि अकेला गदाधर सिंह हम लोगों को किस तरह छुड़ा सकेगा, कहीं ऐसा न हो कि हम लोगों को अपने सामने देखकर दारोगा गदाधर सिंह को भी गिरफ्तार कर ले, फिर हमारा छुड़ाने वाला कोई भी न रहेगा।" अन्ना नीचे उतरने से हिचकती थी मगर मैंने उसकी बात न मानी, आखिर लाचार होकर मेरा हाथ पकड़े हुए वह नीचे उतरी और गदाधर सिंह के पास खड़ी होकर बोली, "दारोगा झूठा है, इस लड़की को इसी ने कैद कर रखा है और इसकी मां को भी न मालूम कहां छिपाये हुए है।"

मेरी सूरत देखते ही दारोगा का चेहरा पीला पड़ गया और गदाधर सिंह की आंखें मारे क्रोध के लाल हो गईं। गदाधर सिंह ने दारोगा से कहा, "क्यों बे हरामजादे के बच्चे! क्या अब भी तू अपनी कसमों पर भरोसा करने के लिए मुझसे कहेगा।"

गदाधर सिंह की बातों का जवाब दारोगा ने कुछ भी न दिया और इधर-उधर झांकने लगा। इत्तिफाक से वह कलमदान भी उसी जगह पड़ा हुआ था जिसके ऊपर मेरी तस्वीर थी और जो गदाधर सिंह ने रिश्वत लेकर दारोगा को दे दिया था। दारोगा असल में यह देख रहा था कि गदाधर सिंह की निगाह उस कलमदान पर तो नहीं पड़ी मगर वह कलमदान गदाधर सिंह की नजरों से दूर न था, अस्तु उसने दारोगा की अवस्था देखकर फुर्ती के साथ वह कलमदान उठा लिया और दूसरे हाथ से तलवार खींचकर सामने खड़ा हो गया। उस समय दारोगा को विश्वास हो गया कि अब उसकी जान किसी तरह नहीं बच सकती। यद्यपि रघुबर सिंह उसके पास बैठा हुआ था मगर वह इस बात को खूब जानता था कि हमारे ऐसे दस आदमी भी गदाधर सिंह को काबू में नहीं कर सकते, इसलिए उसने मुकाबला करने की हिम्मत न की और अपनी जगह से उठकर भागने लगा परन्तु जा न सका, गदाधर सिंह ने उसे एक लात ऐसी जमाई कि वह धम्म से जमीन पर गिर पड़ा और बोला, "मुझे क्यों मारते हो, मैंने क्या बिगाड़ा है मैं तो खुद यहां से चले जाने को तैयार हूं।"

गदाधर सिंह ने कलमदान कमरबन्द में खोंसकर कहा, "मैं तेरे भागने को खूब समझता हूं, तू अपनी जान बचाने की नीयत से नहीं भागता बल्कि बाहर पहरे वाले सिपाहियों को होशियार करने के लिए भागता है। खबरदार अपनी जगह से हिलेगा तो अभी भुट्टे की तरह तेरा सिर उड़ा दूंगा, (दारोगा से) बस, अब तुम भी अगर अपनी जान बचाया चाहते हो तो चुपचाप बैठे रहो।"

गदाधर सिंह की डपट से दोनों हरामखोर जहां के तहां रह गए, अपनी जगह से हिलने या मुकाबला करने की हिम्मत न पड़ी। हम दोनों को साथ लिये हुए गदाधर सिंह उस मकान के बाहर निकल आया। दरवाजे पर कई पहरेदार सिपाही मौजूद थे मगर किसी ने रोक-टोक न की और हम लोग तेजी के साथ कदम बढ़ाते हुए उस गली के बाहर निकल गए। उस समय मालूम हुआ कि हम लोग जमानिया के बाहर नहीं हैं।

गली के बाहर निकलकर जब हम लोग सड़क पर पहुंचे तो घोड़ों का एक रथ और दो सवार दिखाई पड़े। गदाधर सिंह ने मुझको और अन्ना को रथ पर सवार कराया और आप भी उसी रथ पर बैठ गया। 'हूं' करने के साथ ही रथ तेजी के साथ रवाना हुआ और पीछे-पीछे दोनों सवार भी घोड़ा फेंकते हुए जाने लगे।

उस समय मेरे दिल में दो बातें पैदा हुईं, एक तो यह कि गदाधर सिंह ने दारोगा को जीता क्यों छोड़ दिया, दूसरी यह कि हम लोगों को राजा गोपाल सिंह के पास न ले जाकर कहीं और क्यों लिए जाता है। मगर मुझे इस विषय में कुछ पूछने की आवश्यकता न पड़ी क्योंकि शहर के बाहर निकल जाने पर गदाधर सिंह ने स्वयं मुझसे कहा, "बेटी इन्दिरा, निःसन्देह कम्बख्त दारोगा ने तुझे बड़ा ही कष्ट दिया होगा और तू सोचती होगी कि मैंने दारोगा को जीता क्यों छोड़ दिया तथा तुझे राजा गोपाल सिंह के पास न ले जाकर अपने घर क्यों लिये जाता हूं, अस्तु मैं इसका जवाब इसी समय दे देना उचित समझता हूं। दारोगा को मैंने यह सोचकर छोड़ दिया कि

अभी तेरी मां का पता लगाना है और निःसन्देह वह भी दारोगा ही के कब्जे में है जिसका पता मुझे लग चुका है, तथा राजा साहब के पास मैं तुझे इसलिए नहीं ले गया कि महल में बहुत-से आदमी ऐसे हैं जो दारोगा के मेली हैं, राजा गोपाल सिंह तथा मैं भी उन्हें नहीं जानता। ताज्जुब नहीं कि वहां पहुंचने पर तू फिर किसी मुसीबत में पड़ जाए।"

मैं- आपका सोचना बहुत ठीक है, मेरी मां भी महल ही में से गायब हो गई थी। तो क्या आप इस बात की खबर भी राजा गोपाल सिंह को न करेंगे?

गदा- राजा साहब को इस मामले की खबर जरूर की जाएगी मगर अभी नहीं।

मैं- तब कब?

गदाधर- जब तेरी मां को भी कैद से छुड़ा लूंगा तब। हां अब तू अपना हाल कह कि दारोगा ने तुझे कैसे गिरफ्तार कर लिया और यह दाई तेरे पास कैसे पहुंची?

मैं अपना और अपनी अन्ना का किस्सा शुरू से आखिर तक पूरा-पूरा कह गई जिसे सुनकर गदाधर सिंह का बचा-बचाया शक भी जाता रहा और उसे निश्चय हो गया कि मेरी मां भी दारोगा ही के कब्जे में है।

सबेरा हो जाने पर हम लोग सुस्ताने और घोड़ों को आराम देने के लिए एक जगह कुछ देर तक ठहरे और फिर उसी तरह रथ पर सवार हो रवाना हुए। दोपहर होते-होते हम लोग एक ऐसी जगह पहुंचे जहां दो पहाड़ियों की तलहटी (उपत्यका) एक साथ मिली थी। वहां सभों को सवारी छोड़कर पैदल चलना पड़ा। मैं यह नहीं जानती कि सवारी, साथ वाले और घोड़े किधर रवाना किए गए या उनके लिए अस्तबल कहां बना हुआ था, मुझे और अन्ना को घुमाता और चक्कर देता हुआ गदाधर सिंह पहाड़ के दर्रे में ले गया जहां एक छोटा-सा मकान अनगढ़ पत्थर के ढोकों से बना हुआ था, कदाचित् वह गदाधर सिंह का अड्डा हो। वहां उसके कई आदमी थे जिनकी सूरत आज तक मुझे याद है। अब जो मैं विचार करती हूं तो यही कहने की इच्छा होती है कि वे लोग बदमाशी, बेरहमी और डकैती के सांचे में ढले हुए थे तथा उनकी सूरत-शक्ल और पोशाक की तरफ ध्यान देने से डर मालूम होता था।

वहां पहुंचकर गदाधर सिंह ने मुझसे और अन्ना से कहा कि तुम दोनों बेखौफ होकर कुछ दिन तक आराम करो, मैं सर्यू को छुड़ाने की फिक्र में जाता हूं, जहां तक होगा बहुत जल्द लौट आऊंगा। तुम दोनों को किसी तरह की तकलीफ न होगी, खाने-पीने का सामान यहां मौजूद ही है और जितने आदमी यहां हैं सब तुम्हारी खिदमत करने के लिए तैयार हैं इत्यादि, बहुत-सी बातें गदाधर सिंह ने हम दोनों को समझाई और अपने आदमियों से भी बहुत देर तक बातें करता रहा। दो पहर दिन और तमाम रात गदाधर सिंह वहां रहा तथा सुबह के वक्त फिर हम दोनों को समझाकर जमानिया की तरफ रवाना हो गया।

मैं तो समझती थी कि अब मुझे पुनः मुसीबत का सामना न करना पड़ेगा और मैं गदाधर सिंह की बदौलत अपनी मां तथा लक्ष्मीदेवी से भी मिलकर सदैव के लिए सुखी हो जाऊंगी, मगर अफसोस मेरी मुराद पूरी न हुई और उस दिन के बाद फिर मैंने गदाधर सिंह की सूरत भी न देखी। मैं नहीं कह सकती कि वह किसी आफत में फंस गया या रुपये के लालच ने उसे हम लोगों का भी दुश्मन बना दिया। इसका असल हाल उसी की जुबानी मालूम हो सकता है- यदि वह अपना हाल ठीक-ठीक कह देते, अस्तु अब मैं ये बयान करती हूं कि उस दिन के बाद मुझ पर क्या मुसीबतें गुजरीं और मैं अपनी मां के पास तक क्योंकर पहुंची।

गदाधर सिंह के चले जाने के बाद आठ दिन तक तो मैं बेखौफ बैठी रही, पर नौवें दिन से मेरी मुसीबत की घड़ी फिर शुरू हो गई। आधी रात का समय था, मैं और अन्ना एक कोठरी में सोई हुई थीं, यकायक किसी की आवाज सुनकर हम दोनों की आंखें खुल गईं और तब मालूम हुआ कि कोई दरवाजे के बाहर किवाड़ खटखटा रहा है। अन्ना ने उठकर दरवाजा खोला तो पंडित मायाप्रसाद पर निगाह पड़ी, कोठरी के अन्दर चिराग जल रहा था और मैं पंडित मायाप्रसाद को अच्छी तरह पहिचानती थी।

***

बयान-2

इन्दिरा ने जब अपना किस्सा कहते-कहते पंडित मायाप्रसाद का नाम लिया तो राजा गोपाल सिंह चौंक गए और उन्होंने ताज्जुब में आकर इन्दिरा से पूछा –

गोपाल- मायाप्रसाद कौन?

इन्दिरा- आपके कोषाध्यक्ष (खजांची)।

गोपाल- क्या उसने भी तुम्हारे साथ दगा की?

इन्दिरा- सो मैं ठीक-ठीक नहीं कह सकती, मेरा हाल सुनकर कदाचित् आप कुछ अनुमान कर सकें। क्या मायाप्रसाद अब भी आपके यहां काम करते हैं?

गोपाल- हां, है तो सही मगर आजकल मैंने उसे किसी दूसरी जगह भेजा है। अस्तु अब मैं इस बात को बहुत जल्द सुनना चाहता हूं कि उसने तेरे साथ क्या किया?

हमारे पाठक महाशय पहले भी मायाप्रसाद का नाम सुन चुके हैं। सन्तति के पन्द्रहवें भाग के तीसरे बयान में इसका जिक्र आ चुका है, तारा सिंह के नौकर ने नानक की स्त्री श्यामा के प्रेमियों के नाम बताये थे उन्हीं में उनका नाम भी दर्ज हो चुका है। ये महाशय जाति के कान्यकुब्ज ब्राह्मण थे और अपने को ऐयार भी लगाते थे।

इन्दिरा ने फिर अपना किस्सा कहना शुरू किया –

इन्दिरा- उस समय मैं मायाप्रसाद को देखकर बहुत खुश हुई और समझी कि मेरा हाल राजा साहब (आप) को मालूम हो गया है और राजा साहब ही ने इन्हें मेरे पास भेजा है। मैं जल्दी से उठकर उनके पास गई और मेरी अन्ना ने उन्हें दण्डवत करके कोठरी में आने के लिए कहा जिसके जवाब में पंडितजी बोले, "मैं कोठरी के अन्दर नहीं आ सकता और न इतनी मोहलत है।"

मैं- क्यों?

मायाप्रसाद- मैं इस समय केवल इतना ही कहने आया हूं कि तुम लोग जिस तरह बन पड़े अपनी जान बचाओ और जहां तक जल्दी हो सके यहां से निकल भागो क्योंकि गदाधर सिंह दुश्मनों के हाथ में फंस गया है और थोड़ी ही देर में तुम लोग भी गिरफ्तार होना चाहती हो।

मायाप्रसाद की बात सुनकर मेरे तो होश उड़ गए। मैंने सोचा कि अब अगर किसी तरह दारोगा मुझे पकड़ पावेगा तो कदापि जीता न छोड़ेगा। आखिर अन्ना ने घबराकर पंडित जी से

पूछा, "हम लोग भागकर कहां जाएं और किसके सहारे पर भागें।" पंडित जी ने क्षण भर सोचकर कहा, "अच्छा, तुम दोनों मेरे पीछे चली आओ।"

उस समय हम दोनों ने इस बात का जरा भी खयाल न किया कि पंडित जी सच बोलते हैं या दगा करते हैं। हम दोनों आदमी पंडित जी को बखूबी जानते थे और उन पर विश्वास करते थे, अस्तु उसी समय चलने के लिए तैयार हो गये और कोठरी के बाहर निकलकर उनके पीछे-पीछे रवाना हुए। जब मकान के बाहर निकले तो दरवाजे के दोनों तरफ कई आदमियों को टहलते हुए देखा मगर अंधेरी रात होने और जल्दी-जल्दी निकल भागने की धुन में लगे रहने के कारण उन लोगों को पहिचान न सकी इसीलिए नहीं कह सकती कि वे लोग गदाधर सिंह के आदमी थे या किसी दूसरे के। उन आदमियों ने हम लोगों से कुछ नहीं पूछा और हम दोनों बिना किसी रुकावट के पंडित जी के पीछे-पीछे जाने लगे। थोड़ी दूर जाकर दो आदमी और मिले, एक के हाथ में मशाल थी और दूसरे के हाथ में नंगी तलवार। निःसन्देह वे दोनों आदमी मायाप्रसाद के नौकर थे जो हुक्म पाते ही हम लोगों के आगे-आगे रवाना हुए। उस पहाड़ी के नीचे उतरने का रास्ता बहुत ही पेचीला और पथरीला था। यद्यपि हम दोनों आदमी एक दफ़े उस रास्ते को देख चुके थे मगर फिर भी किसी के राह दिखाये बिना वहां से निकल जाना कठिन ही नहीं बल्कि असम्भव था, पर एक तो हम लोग मायाप्रसाद के पीछे-पीछे जा रहे थे दूसरे मशाल की रोशनी साथ-साथ थी इसलिए शीघ्रता से हम लोग पहाड़ी के नीचे उतर गए और पंडित जी की आज्ञानुसार दाहिनी तरफ घूमकर जंगल ही जंगल चलने लगे। सबेरा होते-होते हम लोग एक खुले मैदान में पहुंचे और वहां एक छोटा-सा बागीचा नजर पड़ा। पंडित जी ने हम दोनों से कहा कि तुम लोग बहुत थक गई हो इसलिए थोड़ी देर तक बागीचे में आराम कर लो तब तक हम सवारी का बन्दोबस्त करते हैं जिसमें आज ही तुम राजा गोपाल सिंह के पास पहुंच जाओ।

मुझे उस छोटे बागीचे में किसी आदमी की सूरत दिखाई न पड़ी। न तो वहां का कोई मालिक नजर आया और न किसी माली या नौकर ही पर नजर पड़ी। मगर बागीचा बहुत साफ और हरा-भरा था। पंडित जी ने अपने दोनों आदमियों को किसी काम के लिए रवाना किया और हम दोनों को उस बागीचे में बेफिक्री के साथ रहने की आज्ञा देकर खुद भी आधी घड़ी के अन्दर ही लौट आने का वादा करके कहीं चले गये। पंडित जी और उनके आदमियों को गये हुए अभी चौथाई घड़ी भी न बीती होगी कि दो आदमियों को साथ लिये हुए कम्बख्त दारोगा बाग के अन्दर आता हुआ दिखाई पड़ा।

***

बयान-3

दारोगा की सूरत देखते ही मेरी और अन्ना की जान सूख गई और हम दोनों को विश्वास हो गया कि पंडित जी ने हमारे साथ दगा की। उस समय सिवा जान देने के और मैं कर क्या सकती थी इधर-उधर देखा पर जान देने का कोई जरिया दिखाई न पड़ा। अगर उस समय मेरे पास कोई हर्बा होता तो मैं जरूर अपने को मार डालती। दारोगा ने भी मुझे दूर से देखा और कदम बढ़ाता हुए हम दोनों के पास पहुंचा। मारे क्रोध के उसकी आंखें लाल हो रही थीं और होंठ कांप रहे थे। उसने अन्ना की तरफ देखकर कहा, "क्यों री कम्बख्त लौंडी, अब तू मेरे हाथ से बचकर कहां जाएगी यह सारा फसाद तेरा ही उठाया हुआ है, न तू दरवाजा खोलकर दूसरे कमरे में जाती न गदाधर सिंह को इस बात की खबर होती, तूने ही इन्दिरा को ले भागने की नीयत से मेरी जान आफत में डाली थी, अस्तु अब मैं तेरी जान लिए बिना नहीं रह सकता क्योंकि तुझ पर मुझे बड़ा ही क्रोध है।"

इतना कहकर दारोगा ने म्यान से तलवार निकाल ली और एक ही हाथ में बेचारी अन्ना का सिर धड़ से अलग कर दिया, उसकी लाश तड़पने लगी और मैं चिल्लाकर उठ खड़ी हुई।

इतना हाल कहते-कहते इन्दिरा की आंखों में आंसू भर आया। इन्द्रजीत सिंह, आनन्द सिंह और राजा गोपाल सिंह को भी उसकी अवस्था पर बड़ा दु:ख हुआ और बेईमान नमकहराम दारोगा को क्रोध से याद करने लगे। तीनों भाइयों ने इन्दिरा को दिलासा दिया और चुप कराके अपना किस्सा पूरा करने के लिए कहा। इन्दिरा ने आंसू पोंछकर कहना शुरू किया –

इन्दिरा- उस समय मैं समझती थी कि दारोगा मेरी अन्ना को तो मार ही चुका है, अब उसी तलवार से मेरा भी सिर काट के बखेड़ा तै करेगा, मगर ऐसा न हुआ। उसने रूमाल से तलवार पोंछकर म्यान में रख ली और अपने नौकर के हाथ से चाबुक ले मेरे सामने आकर बोला, "अब बुला गदाधर सिंह को, आकर तेरी जान बचाए।"

इतना कहकर उसने मुझे उसी चाबुक से मारना शुरू किया। मैं मछली की तरह तड़प रही थी, लेकिन उसे कुछ भी दया नहीं आती थी और वह बार-बार यही कहके चाबुक मारता था कि अब बता मेरे कहे मुताबिक चिट्ठी लिख देगी या नहीं पर मैं भी इस बात का दिल में निश्चय कर चुकी थी कि चाहे कैसी ही दुर्दशा से मेरी जान क्यों न ली जाए मगर उसके कहे मुताबिक चिट्ठी कदापि न लिखूंगी।

चाबुक की मार खाकर मैं जोर-जोर से चिल्लाने लगी। उसी समय दाहिनी तरफ से एक औरत दौड़ती हुई आई जिसने डपटकर दारोगा से कहा, "क्यों चाबुक मार-मारकर इस बेचारी

की जान ले रहे हो ऐसा करने से तुम्हारा मतलब कुछ भी न निकलेगा। तुम जो कुछ चाहते हो, मुझे कहो मैं बात-की-बात में तुम्हारा काम करा देती हूं।"

उस औरत की उम्र का पता बताना कठिन था, न तो वह कमसिन थी और न बूढ़ी ही थी, शायद तीस-पैंतीस वर्ष की अवस्था हो या इससे कुछ कम-ज्यादे हो। उसका रंग काला और बदन गठीला तथा मजबूत था, घुटने से कुछ नीचे तक का पायजामा और उसके ऊपर दक्षिणी ढंग की साड़ी पहिरे हुए थी, जिसकी लांग पीछे की तरफ खुसी थी। कमर में एक मोटा कपड़ा लपेटे हुए थी जिसमें शायद कोई गठरी या और कोई चीज बंधी हुई हो।

उस औरत की बात सुनकर दारोगा ने चाबुक मारना बन्द कर दिया और उसकी तरफ देखकर कहा, "तू कौन है ?"

औरत- चाहे मैं कोई होऊं इससे कुछ मतलब नहीं, तुम जो कुछ चाहते हो मुझसे कहो, मैं तुम्हारी ख्वाहिश पूरी कर दूंगी, चाबुक मारते समय जो कुछ तुम कहते हो उससे मालूम होता है कि इस लड़की से तुम कुछ लिखाया चाहते हो। इससे जो कुछ लिखवाना हो मुझे बताओ मैं लिखवा दूंगी, इस समय मारने-पीटने से कोई काम न चलेगा क्योंकि इसके एक पक्षपाती ने जिसने अभी तुम्हारे आने की खबर दी थी इसे समझा-बुझाकर बहुत पक्का कर दिया है और खुद (हाथ का इशारा करके) उस कुएं में जा छिपा है, वह जरूर तुम पर वार करेगा, मेरे साथ चलो, मैं दिखा दूं। पहिले इसे दुरुस्त करो तब उसके बाद जो कुछ इस लड़की को कहोगे वह झख मारके कर देगी, इसमें कोई सन्देह नहीं।

दारोगा- क्या तूने खुद उस आदमी को देखा था ?

औरत- हां-हां, कहती तो हूं कि मेरे साथ उस कुएं पर चलो, मैं उस आदमी को दिखा देती हूं, दस-बारह कदम पर कुआं है कुछ दूर तो है नहीं।

दारोगा- अच्छा, चलकर मुझे बताओ, (अपने दोनों आदमियों से) तुम दोनों इस लड़की के पास खड़े रहो।

वह औरत कुएं की तरफ बढ़ी और दारोगा उसके पीछे-पीछे चला। वास्तव में वह कुआं बहुत दूर न था। जब दारोगा को लिये हुए वह औरत कुएं पर पहुंची तो अन्दर झांककर बोली, "देखो, वह छिपकर बैठा है!"

दारोगा ने ज्यों ही झांककर कुएं के अन्दर देखा उस औरत ने पीछे से धक्का दिया और वह कम्बख्त धड़ाम से कुएं के अन्दर जा रहा। यह कैफियत उसके दोनों साथी दूर से देख रहे थे और मैं भी देख रही थी। जब दारोगा के दोनों सिपाहियों ने देखा कि उस औरत ने जान-बूझकर हमारे मालिक को कुएं में ढकेल दिया है तो दोनों आदमी तलवार खेंचकर उस औरत की तरफ दौड़े। जब पास पहुंचे तो वह औरत जोर से हंसी और एक तरफ को भाग चली। उन दोनों ने उसका पीछा किया मगर वह औरत दौड़ने में इतनी तेज थी कि वे दोनों उसे पा न सकते थे। उसी

बागीचे के अन्दर वह औरत चक्कर देने लगी और उन दोनों के हाथ न आई। वह समय उन दोनों के लिए बड़ा ही कठिन था, वे दोनों इस बात को जरूर सोचते होंगे कि अगर अपने मालिक को बचाने की नीयत से कुएं पर जाते हैं तो वह औरत भाग जाएगी या ताज्जुब नहीं कि उन्हें भी उसी कुएं में ढकेल दे। आखिर जब उस औरत ने उन दोनों को खूब दौड़ाया तो उन दोनों ने आपस में कुछ बात की और एक आदमी तो उस कुएं की तरफ चला गया तथा दूसरे ने उस औरत का पीछा किया। जब उस औरत ने देखा कि अब दो में से एक रह गया तो वह खड़ी हो गई और जमीन पर से ईंट का टुकड़ा उठाकर उस आदमी की तरफ जोर से फेंका। उस औरत का निशाना बहुत सच्चा था जिससे वह आदमी बच न सका और ईंट का टुकड़ा इस जोर से उसके सिर में लगा कि सिर फट गया और वह दोनों हाथों से सिर को पकड़कर जमीन पर बैठ गया। उस औरत ने पुन: दूसरी ईंट मारी, तीसरी मारी और चौथी ईंट खाकर तो वह जमीन पर लेट गया। उसी समय उसने खंजर निकाल लिया जो उसकी कमर में छिपा हुआ था और दौड़ती हुई उसके पास जाकर खंजर से उसका सिर काट डाला। मैं यह तमाशा दूर से देख रही थी। जब वह एक आदमी को समाप्त कर चुकी तो उस दूसरे के पास आई जो कुएं पर खड़ा अपने मालिक को निकालने की फिक्र कर रहा था। एक ईंट का टुकड़ा उसकी तरफ जोर से फेंका जो गरदन में लगा। वह आदमी हाथ में नंगी तलवार लिये उस औरत पर झपटा मगर उसे पा न सका। उस औरत ने फिर उस आमदी को दौड़ाना शुरू किया और बीच-बीच में ईंट और पत्थरों से उसकी भी खबर लेती जाती थी। वह आदमी भी ईंट और पत्थर के टुकड़े उस औरत पर फेंकता था मगर औरत इतनी तेज और फुर्तीली थी कि उसके सब वार बराबर बचाती चली गई, मगर उसका वार एक भी खाली न जाता था। आखिर उस आदमी ने भी इतनी मार खाई कि खड़ा होना मुश्किल हो गया और वह हताश होकर जमीन पर बैठ गया। बस जमीन पर बैठने की देर थी कि उस औरत ने धड़ाधड़ पत्थर मारना शुरू किया, यहां तक कि वह अधमुआ होकर जमीन पर लेट गया। उस औरत ने उसके पास पहुंचकर उसका सिर भी धड़ से अलग कर दिया, इसके बाद दौड़ती हुई मेरे पास आई बोली, "बेटी, तूने देखा कि मैंने तेरे दुश्मनों की कैसी खबर ली! मैं तो उस कम्बख्त (दारोगा) को भी पत्थर मार-मारकर मार डालती मगर डरती हूं कि विलम्ब हो जाने से उसके और भी संगी-साथी न आ पहुंचें। अगर ऐसा हुआ तो बड़ी मुश्किल होगी अस्तु उसे जाने दे और मेरे साथ चल, मैं तुझे हिफाजत से तेरे घर या जहां कहेगी पहुंचा दूंगी।"

यद्यपि चाबुक की मार खाने से मेरी बुरी हालत हो गई थी मगर अपने दुश्मनों की ऐसी दशा देख मैं खुश हो गई और उस औरत को साक्षात् माता समझकर उसके पैरों पर गिर पड़ी। उसने मुझे बड़े प्यार से उठाकर गले से लगा लिया और मेरा हाथ पकड़े हुए बाग के पिछले तरफ ले चली। बाग के पीछे की तरफ बाहर निकल जाने के लिए एक खिड़की थी और उसके पास सरपत का एक साधारण जंगल था। वह औरत मुझे लिये हुए उसी सरपत के जंगल में घुस गई। उस जंगल में उस औरत का घोड़ा बंधा हुआ था। उसने घोड़ा खोला, चारजामा इत्यादि ठीक

करके उस पर मुझे बैठाया और पीछे आप भी सवार हो गई, घोड़ा तेजी के साथ रवाना हुआ और तब मैं समझी कि मेरी जान बच गई।

वह औरत पहर-भर तक बराबर घोड़ा फेंके चली गई और जब एक घने जंगल में पहुंची तो घोड़े की चाल धीमी कर देर तक धीरे-धीरे चलकर एक कुटी के पास पहुंची जिसके दरवाजे पर दो-तीन आदमी बैठे आपस में कुछ बातें कर रहे थे। उस औरत को देखते ही वे लोग उठ खड़े हुए और अदब के साथ सलाम करके घोड़े के पास चले आए। औरत ने घोड़े के नीचे उतरकर मुझे भी उतार लिया। उन आदमियों में से एक ने घोड़े की लगाम थाम ली और उसे टहलाने को ले गया। दूसरे आदमी ने कुछ इशारा पाकर कुटी से एक कम्बल ला जमीन पर बिछा दिया और एक आदमी हाथ में घड़ा, लोटा और रस्सी लेकर जल भरने के लिए चला गया। औरत ने मुझे कम्बल पर बैठने का इशारा किया और आप भी कमर हलकी करने के बाद उसी कम्बल पर बैठ गई, तब उसने मुझसे कहा कि अब तू अपना सच्चा-सच्चा हाल बता कि तू कौन है और इस मुसीबत में क्योंकर फंसी तथा वह बुड्ढा शैतान कौन था, तब तक मेरा आदमी पानी लाता है और खाने-पीने का बन्दोबस्त करता है।

उस औरत ने दया करके मेरी जान बचाई थी और जहां मैं चाहती थी वहां पहुंचा देने के लिए तैयार थी और मेरे दिल ने भी उसे माता के समान मान लिया था, इसलिए मैंने उससे कोई बात नहीं छिपाई और अपना सच्चा-सच्चा हाल शुरू से आखिर तक कह सुनाया। उसे मेरी अवस्था पर बहुत तरस आया और वह बहुत देर तक तसल्ली और दिलासा देती रही। जब मैंने उसका नाम पूछा तो उसने अपना नाम 'चम्पा' बताया।

इतना हाल कह इन्दिरा क्षण-भर के लिए रुक गई और कुंअर आनन्द सिंह ने चौंककर पूछा, "क्या नाम बताया, चम्पा!"

इन्दिरा- जी हां।

आनन्द- (गौर से इन्दिरा की सूरत देखकर) ओफ, अब मैंने तुझे पहिचाना।

इन्दिरा- जरूर पहिचाना होगा, क्योंकि एक दफ़े आप मुझे उस खोह में देख चुके हैं जहां चम्पा ने छत से लटकते हुए आदमी की देह काटी थी, आपने उसमें बाधा डाली थी और योगिनी का वेष धरे हाथ में अंगीठी लिए चपला ने आकर आपको और देवी सिंह को बेहोश कर दिया था।

इन्द्रजीत- (ताज्जुब से आनन्द सिंह की तरफ देखकर) तुमने वह हाल मुझसे कहा था, जब तुम मेरी खोज में निकले थे और मुसलमानिन औरत की कैद से तुम्हें देवी सिंह ने छुड़ाया था, उस समय का हाल है।

आनन्द- जी हां, यह वही लड़की है।

इन्द्र- मगर मैंने तो सुना था कि उसका नाम सरला है!

इन्दिरा- जी हां, उस समय चम्पा ही ने मेरा नाम सरला रख दिया था।

इन्द्र- वाह-वाह, वर्षों बाद इस बात का पता लगा।

गोपाल- जरा उस किस्से को मैं भी सुना चाहता हूं।

आनन्द सिंह ने उस समय का बिल्कुल हाल राजा गोपाल सिंह से कह सुनाया और इसके बाद इन्दिरा को फिर अपना हाल कहने के लिए कहा।

***

बयान-4

भूतनाथ और असली बलभद्र सिंह तिलिस्मी खंडहर की असली इमारत वाले नम्बर दो के कमरे में उतारे गये। जीत सिंह की आज्ञानुसार पन्नालाल ने उनकी बड़ी खातिर की और सब तरह के आराम का बन्दोबस्त उनकी इच्छानुसार कर दिया। पहर रात बीतने पर जब वे लोग हर तरह से निश्चिन्त हो गए तो जीत सिंह को छोड़कर बाकी सब ऐयार जो उस खंडहर में मौजूद थे भूतनाथ से गपशप करने के लिए उसके पास आ बैठे और इधर-उधर की बातें होने लगीं। पन्नालाल ने किशोरी, कामिनी और कमला की मौत का हाल भूतनाथ से बयान किया जिसे सुनकर बलभद्र सिंह ने हद से ज्यादे अफसोस किया और भूतनाथ भी उदासी के साथ बड़ी देर तक सोच-सागर में गोते खाता रहा। जब लगभग आधी रात के जा चुकी तो सब ऐयार बिदा होकर अपने-अपने ठिकाने चले गये और भूतनाथ तथा बलभद्र सिंह भी अपनी-अपनी चारपाई पर जा बैठे। बलभद्र सिंह तो बहुत जल्द निद्रादेवी के अधीन हो गया मगर भूतनाथ की आंखों में नींद का नामनिशान न था। कमरे में एक शमादान जल रहा था और भूतनाथ अन्दर वाले कमरे की ओर निगाह किये हुए बैठा कुछ सोच रहा था।

जिस कमरे में ये दोनों आराम कर रहे थे, उसमें भीतर सहन की तरफ तीन खिड़कियां थीं। उन्हीं में से एक खिड़की की तरफ मुंह किये हुए भूतनाथ बैठा हुआ था। उसकी निगाह रमने में से होती हुई ठीक उस दालान में पहुंच रही थी जिसमें वह तिलिस्मी चबूतरा था जिस पर पत्थर का आदमी सोया हुआ था। उस दालान में एक कन्दील जल रही थी जिसकी रोशनी में वह चबूतरा तथा पत्थर वाला आदमी साफ दिखाई दे रहा था।

भूतनाथ को उस दालान और चबूतरे की तरफ देखते हुए घण्टे भर से ज्यादे बीत गया। यकायक उसने देखा कि उस चबूतरे का बगल वाला पत्थर जो भूतनाथ की तरफ पड़ता था पूरा-का-पूरा किवाड़ के पल्ले की तरह खुलकर जमीन के साथ लग गया और उसके अन्दर किसी तरह की रोशनी मालूम पड़ने लगी जो धीरे-धीरे तेज होती जाती थी।

भूतनाथ को यह मालूम था कि वह चबूतरा किसी तिलिस्म से सम्बन्ध रखता है और उस तिलिस्म को राजा वीरेन्द्र सिंह के दोनों लड़के तोड़ेंगे, अस्तु उस समय उस चबूतरे की ऐसी अवस्था देख उसको बड़ा ही ताज्जुब हुआ और वह आंखें मल-मलकर उस तरफ देखने लगा। थोड़ी देर बाद चबूतरे के अन्दर से एक आदमी निकलता हुआ दिखाई पड़ा मगर यह निश्चय नहीं हो सका कि वह मर्द है या औरत क्योंकि वह एक स्याह लबादा सिर से पैर तक ओढ़े हुए था और उसके बदन का कोई भी हिस्सा दिखाई नहीं देता था। उसके बाहर निकलने के साथ ही चबूतरे के अन्दर वाली रोशनी बन्द हो गई मगर वह पत्थर जो हटकर जमीन के साथ लग गया

था ज्यों-का-त्यों खुला ही रहा। वह आदमी बाहर निकलकर इधर-उधर देखने लगा और थोड़ी देर तक कुछ सोचने के बाद बाहर रमने में आ गया। धीरे-धीरे चलकर उसने एक दफ़े चारों तरफ का चक्कर लगाया। चक्कर लगाते समय वह कई दफ़े भूतनाथ की निगाह की ओट हुआ, मगर भूतनाथ ने उठकर उसे देखने का उद्योग इसलिए नहीं किया कि कहीं उसकी निगाह मुझ पर न पड़ जाय। जिस कमरे में भूतनाथ सोया था वह एक मंजिल ऊपर था और वहां से रमना तथा दालान साफ-साफ दिखाई दे रहा था।

वह आदमी घूम-फिरकर पुनः उसी तिलिस्मी चबूतरे के पास जा खड़ा हुआ और कुछ दम लेकर चबूतरे के अन्दर घुस गया, मगर थोड़ी देर बाद पुनः वह चबूतरे के बाहर निकला। अबकी दफ़े वह अकेला न था बल्कि उसी ढंग का लबादा ओढ़े चार आदमी और भी उसके साथ थे अर्थात् पांच आदमी चबूतरे के बाहर निकले और पूरब तरफ वाले कोने में जाकर सीढ़ियों की राह ऊपर की मंजिल पर गये। ऊपर की मंजिल में चारों तरफ इमारत बनी हुई थी इसलिए भूतनाथ को यह न जान पड़ा कि वे लोग किधर गये या किस कोठरी में घुसे मगर इस बात का शक जरूर हो गया कि कहीं वे लोग कोठरी ही कोठरी में घूमते हुए हमारे कमरे में न आ जायें अस्तु उसने एक महीन चादर मुंह पर ओढ़ ली और इस ढंग से लेट गया कि दरवाजा तथा तिलिस्मी चबूतरा इन दोनों की तरफ जिधर चाहे बिना सिर हिलाये देख सके। आधे घण्टे के बाद भूतनाथ के कमरे का दरवाजा खुला और उन्हीं पांचों में से एक आदमी ने कमरे के अन्दर झांककर देखा। जब उसे मालूम हो गया कि दोनों आदमी बेखबर सो रहे हैं, तो वह धीरे से कमरे के अन्दर चला आया और उसके बाद बाकी के चारों आदमी भी कमरे में चले आये। पांचों आदमी (या जो हों) एक ही रंग-ढंग का लबादा या बुर्का ओढ़े हुए थे, केवल आंख की जगह जाली बनी हुई थी जिससे देखने में किसी तरह की अण्डस न पड़े। उन पांचों ने बड़े गौर से बलभद्र सिंह की सूरत देखी और एक ने कागज का एक लिफाफा उसके सिरहाने की तरफ रख दिया, फिर भूतनाथ के पास आया और उसके सिरहाने भी एक लिफाफा रखकर अपने साथियों के पास चला गया। कई क्षण और ठहरकर ये पांचों आदमी कमरे के बाहर निकल गये और दरवाजे को भी उसी तरह घुमा दिया जैसा पहिले था। उसी समय भूतनाथ भी उन पांचों में से किसी को पकड़ लेने की नीयत से चारपाई पर से उठ खड़ा हुआ और कमरे के बाहर निकला मगर कोई दिखाई न पड़ा। उसी जगह नीचे उतर जाने के लिए सीढ़ियां थीं, भूतनाथ ने समझा कि ये लोग इन्हीं सीढ़ियों की राह नीचे उतर गए होंगे, अस्तु वह भी शीघ्रता के साथ नीचे उतर गया और घूमता हुआ बीच वाले रमने में पहुंचा मगर उन पांचों में से कोई भी दिखाई न दिया। भूतनाथ ने सोचा कि आखिर वे लोग घूम-फिरकर उसी तिलिस्मी चबूतरे के पास पहुंचेंगे इसलिए पहिले ही वहां चलकर छिप रहना चाहिए। वह अपने को छिपाता हुआ उस तिलिस्मी चबूतरे के पास जा पहुंचा, और पीछे की तरफ जाकर इसकी आड़ में छिपकर बैठ गया।

भूतनाथ को आड़ में छिपकर बैठे हुए आधे घण्टे से ज्यादे बीत गया मगर किसी की सूरत दिखाई न पड़ी, तब वह उठकर चबूतरे के सामने की तरफ आया जिधर का मुंह खुला हुआ था।

वह पत्थर का तख्ता जो हटकर जमीन के साथ लग गया था अभी तक खुला हुआ था। भूतनाथ ने उसके अन्दर की तरफ झांककर देखा मगर अन्धकार के सबब से कुछ दिखाई न पड़ा, हां, उसके अन्दर से कुछ बारीक आवाज जरूर आ रही थी जिसे समझना कठिन था। भूतनाथ पीछे की तरफ हट गया और सोचने लगा कि अब क्या करना चाहिए, इतने ही में अन्दर की तरफ से कुछ खड़खड़ाहट की आवाज आई और वह पत्थर का तख्ता हिलने लगा जो चबूतरे के पल्ले की तरह अलग हो गया था। भूतनाथ उसके पास से हट गया और वह पल्ला चबूतरे के साथ धीरे से लगकर ज्यों-का-त्यों हो गया। उस समय भूतनाथ यह कहता हुआ वहां से रवाना हुआ, "मालूम होता है वे लोग किसी दूसरी राह से इसके अन्दर पहुंच गये!"

भूतनाथ घूमता हुआ फिर अपने कमरे में चला आया और अपनी चारपाई पर से उस लिफाफे को उठा लिया जो उन लोगों में से एक ने उसके सिरहाने रख दिया था। शमादान के पास जाकर लिफाफा खोला और उसके अन्दर से खत निकालकर पढ़ने लगा, यह लिखा हुआ था –

"कल बारह बजे रात को इसी कमरे में मेरा इन्तजार करो और जागते रहो।"

भूतनाथ ने दो-तीन दफ़े उस लेख को पढ़ा और फिर लिफाफे में रखकर कमर में खोंस लिया, उसके बाद बलभद्र सिंह की चारपाई के पास गया और चाहा कि उनके सिरहाने जो पत्र रखा गया है, उसे भी उठाकर पढ़े मगर उसी समय बलभद्र सिंह की आंख खुल गई और चारपाई पर किसी को झुके हुए देख वह उठ बैठा। भूतनाथ पर निगाह पड़ने से वह ताज्जुब में आकर बोला, "क्या मामला है?"

भूत- इस समय एक ताज्जुब की बात देखने में आई है।

बलभद्र- वह क्या?

भूत- तुम जरा सावधान हो जाओ और मुझे अपने पास बैठने दो तो कहूं –

बलभद्र- (भूतनाथ के लिए अपनी चारपाई पर जगह करके) आओ और कहो कि क्या मामला है?

भूतनाथ बलभद्र सिंह की चारपाई पर बैठ गया और उसने जो कुछ देखा था पूरा-पूरा बयान किया तथा अन्त में कहा कि "पढ़ने के लिए मैं तुम्हारे सिरहाने से चिट्ठी उठाने लगा कि तुम्हारी आंख खुल गई, अब तुम खुद इस चिट्ठी को पढ़ो तो मालूम हो कि क्या लिखा है।"

बलभद्र सिंह लिफाफा उठा शमादान के पास चला गया और अपने हाथ से लिफाफा खोला। उसके अन्दर एक अंगूठी थी जिस पर निगाह पड़ते ही वह चिल्ला उठा और बिना कुछ कहे अपनी चारपाई पर जाकर बैठ गया।

***

बयान-5

कुमार की आज्ञानुसार इन्दिरा ने पुन: अपना किस्सा कहना शुरू किया –

इन्दिरा- चम्पा ने मुझे दिलासा देकर बहुत कुछ समझाया और मेरी मदद करने का वादा किया और यह भी कहा कि आज से तू अपना नाम बदल दे। मैं तुझे अपने घर ले चलती हूं मगर इस बात का खूब ध्यान रखियो कि यदि कोई तुझसे तेरा नाम पूछे तो 'सरला' बताइयो और यह सब हाल जो तूने मुझसे कहा है अब और किसी से बयान न कीजियो। मैंने चम्पा की बात कबूल कर ली और वह मुझे अपने साथ चुनार गढ़ ले गई। वहां पहुंचने पर जब मुझे चम्पा की इज्जत और मर्तबे का हाल मालूम हुआ तो मैं अपने दिल में बहुत खुश हुई और विश्वास हो गया कि वहां रहने में मुझे किसी तरह का डर नहीं है और इनकी मेहरबानी से अपने दुश्मनों से बदला ले सकूंगी।

चम्पा ने मुझे हिफाजत और आराम से अपने यहां रखा और मेरा सच्चा हाल अपनी प्यारी सखी चपला के सिवाय और किसी से भी न कहा। नि:सन्देह उसने मुझे अपनी लड़की के समान रखा और ऐयारी की विद्या भी दिल लगाकर सिखलाने लगी, मगर अफसोस, किस्मत ने मुझे बहुत दिनों तक उसके पास रहने न दिया और थोड़े ही जमाने के बाद (इन्द्रजीत सिंह की तरफ इशारा करके) आपको गया की रानी माधवी ने धोखा देकर गिरफ्तार कर लिया। चम्पा और चपला आपकी खोज में निकलीं, मुझे भी उनके साथ जाना पड़ा और उसी जमाने में मेरा और चम्पा का साथ छूटा।

आनन्द- तुम्हें यह कैसे मालूम हुआ कि भैया को माधवी ने गिरफ्तार कराया था?

इन्दिरा- माधवी के दो आदमियों को चम्पा और चपला ने अपने काबू में कर लिया, पहिले छिपकर उन दोनों की बातें सुनीं जिससे विश्वास हो गया कि दोनों माधवी के नौकर हैं और कुंअर साहब को गिरफ्तार कर लेने में दोनों शरीक थे, मगर यह समझ में न आया कि जिसके ये लोग नौकर हैं वह माधवी कौन है और कुंअर साहब को ले जाकर उसने कहां रखा है। लाचार चम्पा ने धोखा देकर उन लोगों को अपने काबू में किया और कुंअर साहब का हाल उनसे पूछा। मैंने उन दोनों के ऐसा जिद्दी आदमी कोई भी न देखा होगा। आपने स्वयं देखा था कि चम्पा ने उस खोह में उसे कितना दु:ख देकर मारा मगर उस कम्बख्त ने ठीक-ठीक पता नहीं दिया। उस समय वहां चम्पा का नौकर भी हबशी के रूप में काम कर रहा था, आपको याद होगा।

आनन्द- वह माधवी ही का आदमी था?

इन्दिरा- जी हां, और उसकी बातों का आपने दूसरा ही मतलब लगा लिया था।

आनन्द- ठीक है, अच्छा फिर उस दूसरे आदमी की क्या दशा हुई, क्योंकि चम्पा ने तो दो आदमियों को पकड़ा था?

इन्दिरा- वह दूसरा आदमी भी चम्पा के हाथ से उसी रात उसके थोड़ी देर पहिले मारा गया था।

आनन्द- हां, ठीक है, उसके थोड़ी देर पहिले चम्पा ने एक और आदमी को मारा था। जरूर यह वही होगा जिसके मुंह से निकले हुए टूटे-फूटे शब्दों ने हमें धोखे में डाल दिया था। अच्छा, उसके बाद क्या हुआ तुम्हारा साथ उनसे कैसे छूटा?

इन्दिरा- चम्पा और चपला जब वहां से जाने लगीं तो ऐयारी का बहुत कुछ सामान और खाने-पीने की चीजें उसी खोह में रखकर मुझसे कह गईं कि जब तक हम दोनों या दोनों में से कोई एक लौटकर न आवे तब तक तू इसी जगह रहियो इत्यादि, मगर मुझे बहुत दिनों तक उन दोनों का इन्तजार करना पड़ा यहां तक कि जी ऊब गया और मैं ऐयारी का कुछ सामान लेकर उस खोह से बाहर निकली क्योंकि चम्पा की बदौलत मुझे कुछ-कुछ ऐयारी भी आ गई थी। जब मैं उस पहाड़ और जंगल को पार करके मैदान में पहुंची तो सोचने लगी कि अब क्या करना चाहिए, क्योंकि बहुत-सी बंधी हुई उम्मीदों का उस समय खून हो रहा था और अपनी मां की चिन्ता के कारण मैं बहुत दु:खी हो रही थी। यकायक मेरी निगाह एक ऐसी चीज पर पड़ी जिसने मुझे चौंका दिया और मैं घबड़ाकर उस तरफ देखने लगी...।

इन्दिरा और कुछ कहा ही चाहती थी कि यकायक जमीन के अन्दर से बड़े जोर-शोर के साथ घड़घड़ाहट की आवाज आने लगी जिसने सभों को चौंका दिया और इन्दिरा घबराकर राजा गोपाल सिंह का मुंह देखने लगी। सबेरा हो चुका था और पूरब तरफ से उदय होने वाले सूर्य की लालिमा ने आसमान का कुछ भाग अपनी बारीक चादर के नीचे ढांक लिया था।

गोपाल- (कुमार से) अब आप दोनों भाइयों का यहां ठहरना उचित नहीं जान पड़ता, यह आवाज जो जमीन के नीचे से आ रही है नि:सन्देह तिलिस्मी कल-पुरजों के हिलने या घूमने के सबब से है। एक तौर पर आप तिलिस्म तोड़ने में हाथ लगा चुके हैं अस्तु अब इस काम में रुकावट नहीं हो सकती। इस आवाज को सुनकर आपके दिल में भी यही खयाल पैदा हुआ होगा, अस्तु अब आप क्षणभर भी विलम्ब न कीजिए।

कुमार- बेशक, ऐसी ही बात है, आप भी यहां से शीघ्र चले जाइये, मगर इन्दिरा का क्या होगा?

गोपाल- इन्दिरा को इस समय मैं अपने साथ ले जाता हूं फिर जो कुछ होगा देखा जाएगा।

कुमार- अफसोस कि इन्दिरा का कुल हाल सुन न सके, खैर, लाचारी है।

गोपाल- कोई चिन्ता नहीं, आप तिलिस्म का काम तमाम करके इसकी मां को छुड़ाएं फिर सब हाल सुन लीजिएगा। हां, आपसे वादा किया था कि अपनी तिलिस्मी किताब आपको पढ़ने के

लिए दूंगा मगर वह किताब गायब हो गई थी इसलिए दे न सका था, अब (किताब दिखाकर) इन्दिरा के साथ ही यह किताब भी मुझे मिल गई है, इसे पढ़ने के लिए मैं आपको दे सकता हूं, यदि आप इसे अपने साथ ले जाना चाहें तो ले जायें।

इन्द्रजीत- समय की लाचारी इस समय हम लोगों को आपसे जुदा करती है, और यह निश्चय नहीं हो सकता है कि पुन: कब आपसे मुलाकात होगी और यह किताब हम लोग ले जाएंगे तो कब वापस करने की नौबत आयगी। तिलिस्मी किताब जो मेरे पास है उसके पढ़ने और बाजे की आवाज के सुनने से मुझे विश्वास होता है कि आपकी किताब पढ़े बिना भी हम लोग तिलिस्म तोड़ सकेंगे। यदि मेरा यह खयाल ठीक है तो आपके पास से यह किताब ले जाकर आपका बहुत बड़ा हर्ज करना समयानुकूल न होगा।

गोपाल- ठीक है, इस किताब के बिना आपका कोई खास हर्ज नहीं हो सकता और इसमें कोई शक नहीं कि इसके बिना मैं बे-हाथ-पैर का हो जाऊंगा।

इन्द्रजीत- तो इस किताब को आप अपने पास ही रहने दीजिए, फिर जब मुलाकात होगी देखा जाएगा, अब हम लोग बिदा होते हैं।

गोपाल- खैर, जाइए, हम आप दोनों भाइयों को दयानिधि ईश्वर के सुपुर्द करते हैं।

इसके बाद राजा गोपाल सिंह ने जल्दी-जल्दी कुछ बातें दोनों कुमारों को समझाकर बिदा किया और आप भी इन्दिरा को साथ ले महल की तरफ रवाना हो गए।

***

बयान-6

जिस राह से कुंअर इन्द्रजीत सिंह और आनन्द सिंह को राजा गोपाल सिंह इस बाग में लाये थे उसी राह से जाकर ये दोनों भाई उस कमरे में पहुंचे जो कि बाजे वाले कमरे में जाने के पहिले पड़ता था और जिसमें महराबदार चार खम्भों के सहारे एक बनावटी आदमी फांसी लटक रहा था। इस कमरे का खुलासा हाल एक दफ़े लिखा जा चुका है इसलिए यहां पुनः लिखने की कोई आवश्यकता नहीं जान पड़ती। पाठकों को यह भी याद होगा कि इन्दिरा का किस्सा सुनने के पहिले ही कुंअर इन्द्रजीत सिंह और आनन्द सिंह उस तिलिस्मी बाजे की आवाज ताली देकर अच्छी तरह सुन-समझ चुके हैं। यदि याद न हो तो तिलिस्म सम्बन्धी पिछला किस्सा पुनः पढ़ जाना चाहिए क्योंकि अब ये दोनों भाई तिलिस्म तोड़ने में हाथ लगाते हैं।

कमरे में पहुंचने के बाद दोनों भाइयों ने देखा कि फांसी लटकते हुए आदमी के नीचे जो मूरत (इन्दिरा के ढंग की) खड़ी थी वह इस समय तेजी के साथ नाच रही है। कुंअर इन्द्रजीत सिंह ने तिलिस्मी खंजर का एक वार करके उस मूरत को दो टुकड़े कर दिया, अर्थात् कमर से ऊपर वाला हिस्सा काटकर गिरा दिया। उसी समय उस मूरत का नाचना बन्द हो गया और वह भयानक आवाज भी जो बड़ी देर से तमाम बाग में और इस कमरे में भी गूंज रही थी एकदम बन्द हो गई। इसके बाद दोनों भाइयों ने उस बची हुई आधी मूरत को भी जोर करके जमीन से उखाड़ डाला। उस समय मालूम हुआ कि उसके दाहिने पैर के तलवे में लोहे की जंजीर जड़ी है, इसके खींचने से दाहिनी तरफ वाली दीवार में एक नया दरवाजा निकल आया।

तिलिस्मी खंजर की रोशनी के सहारे दोनों भाई उस दरवाजे के अन्दर चले गए और थोड़ी दूर जाने के बाद और एक खुला हुआ दरवाजा लांघकर एक छोटी-सी कोठरी में पहुंचे जिसके ऊपर चढ़ जाने के लिए दस-बारह सीढ़ियां बनी हुई थीं। दोनों भाई सीढ़ियों पर चढ़कर ऊपर के कमरे में पहुंचे जिसकी लम्बाई पचास हाथ और चौड़ाई चालीस हाथ से कम न होगी। यह कमरा काहे को था, एक छोटा-सा बनावटी बागीचा मन मोहने वाला था। यद्यपि इसमें फूल-बूटों के जितने पेड़ लगे हुए थे सब बनावटी थे मगर फिर भी जान पड़ता था कि फूलों की खुशबू से वह कमरा अच्छी तरह बसा हुआ है। इस कमरे की छत में बहुत मोटे-मोटे शीशे लगे हुए थे जिनमें से बे रोक-टोक पहुंचने वाली रोशनी के कारण कमरे भर में उजाला हो रहा था। वे शीशे चौड़े या चपटे न थे बल्कि गोल गुम्बज की तरह बने हुए थे।

इस छोटे बनावटी बागीचे में छोटी-छोटी मगर बहुत खूबसूरत क्यारियां बनी हुई थीं और उन क्यारियों के चारों तरफ की जमीन पत्थर के छोटे-छोटे रंग-बिरंगे टुकड़ों से बनी हुई थी। बीच में

एक गोलाम्बर (चबूतरा) बना हुआ था उसके ऊपर एक औरत खड़ी हुई मालूम पड़ती थी जिसके बाएं हाथ में एक तलवार और दाहिने में हाथ-भर लम्बी एक ताली थी।

कुंअर इन्द्रजीत सिंह ने तिलिस्मी खंजर की रोशनी बन्द करके आनन्द सिंह की तरफ देखा और कहा, "यह औरत निःसन्देह लोहे या पीतल की बनी हुई होगी और यह ताली भी वही होगी जिसकी हम लोगों को जरूरत है, मगर तिलिस्मी बाजे ने तो यह कहा था कि 'ताली किसी चलती-फिरती से प्राप्त करोगे', यह औरत तो चलती-फिरती नहीं है, खड़ी है।"

आनन्द- उसके पास तो चलिए, देखें वह ताली कैसी है।

इन्द्रजीत- चलो।

दोनों भाई उस गोलाम्बर की तरफ बढ़े मगर उसके पास न जा सके। तीन-चार हाथ इधर ही थे कि एक प्रकार की आवाज के साथ वहां की जमीन हिली और गोलाम्बर (जिस पर पुतली थी) तेजी से चक्कर खाने लगा और उसी के साथ वह नकली औरत (पुतली) भी घूमने लगी जिसके हाथ में तलवार और ताली थी। घूमने के समय उसका ताली वाला हाथ ऊंचा हो गया और तलवार वाला हाथा आगे की तरफ बढ़ गया जो उसके चक्कर की तेजी में चक्र का काम कर रहा था।

आनन्द- कहिए भाईजी, अब यह औरत या पुतली चलती-फिरती हो गई या नहीं?

इन्द्रजीत- हां, हो तो गई।

आनन्द- अब जिस तरह हो सके इसके हाथ से ताली ले लेनी चाहिए, गोलाम्बर पर जाने वाला तो तुरन्त दो टुकड़े हो जाएगा।

इन्द्रजीत- (पीछे हटते हुए) देखें हट जाने पर इसका घूमना बन्द होता है या नहीं।

आनन्द- (पीछे हटकर) देखिये गोलाम्बर का घूमना बन्द हो गया। बस यही काला पत्थर चार हाथ के लगभग चौड़ा जो इस गोलाम्बर के चारों तरफ लगा है असल करामात है, इस पर पैर रखने ही से गोलाम्बर घूमने लगाता है। (काले पत्थर के ऊपर जाकर) देखिये घूमने लग गया। (हटकर) अब बन्द हो गया। अब समझ गया, इस पुतली के हाथ से ताली और तलवार ले लेना कोई बड़ी बात नहीं।

इतना कहकर आनन्द सिंह ने एक छलांग मारी और काले पत्थर पर पैर रखे बिना ही कूदकर गोलाम्बर के ऊपर चले गये। गोलाम्बर ज्यों-का-त्यों अपने ठिकाने जमा रहा और आनन्द सिंह पुतली के हाथ से ताली तथा तलवार लेकर जिस तरह वहां गए थे उसी तरह कूदकर अपने भाई के पास चले आये और बोले- "कहिये, क्या मजे में ताली ले आए।"

इन्द्रजीत- बेशक! (ताली हाथ में लेकर) यह अजब ढंग की बनी हुई है। (गौर से देखकर) इस पर कुछ अक्षर भी खुदे मालूम पड़ते हैं। मगर बिना तेज रोशनी के इनका पढ़ा जाना मुश्किल है।

आनन्द- मैं तिलिस्मी खंजर की रोशनी करता हूं, आप पढ़िये।

इन्द्रजीत सिंह ने तिलिस्मी खजर की रोशनी में उसे पढ़ा और आनन्द सिंह को समझाया, इसके बाद दोनों भाई कूदकर उस गोलाम्बर पर चले गये जिस पर हाथ में ताली लिए हुए वह पुतली खड़ी थी। ढूंढ़ने और गौर से देखने पर दोनों भाइयों को मालूम हुआ कि उसी पुतली के दाहिने पर में एक छेद ऐसा है जिसमें वह तलवार जो पुतली के हाथ से ली गई थी बखूबी घुस जाए। भाई की आज्ञानुसार आनन्द सिंह ने वही पुतली वाली तलवार उस छेद में डाल दी, यहां तक कि पूरी तलवार छेद के अन्दर चली गई और केवल उसका कब्जा बाहर रह गया। उस समय दोनों भाइयों ने मजबूती के साथ उस पुतली को पकड़ लिया। थोड़ी देर बाद गोलाम्बर के नीचे आवाज आई और पहिले की तरह पुन: वह गोलाम्बर पुतली सहित घूमने लगा। पहिले धीरे-धीरे मगर फिर क्रमश: तेजी के साथ वह गोलाम्बर घूमने लगा। उस समय दोनों भाइयों के हाथ उस पुतली के साथ ऐसे चिपक गये कि मालूम होता था छुड़ाने से भी नहीं छुटेंगे। वह गोलाम्बर घूमता हुआ जमीन के अन्दर धंसने लगा और सिर में चक्कर आने के कारण दोनों भाई बेहोश हो गए।

जब वे होश में आये तो आंखें खोलकर चारों तरफ देखने लगे मगर अन्धकार के सिवाय और कुछ भी दिखाई न दिया, उस समय इन्द्रजीतसिंह ने अपने तिलिस्मी खंजर के जरिये से रोशनी की और इधर-उधर देखने लगे। अपने छोटे भाई को पास ही में बैठे पाया और उस पुतली को भी टुकड़े-टुकड़े भई उसी जगह देखा जिसके टुकड़े कुछ गोलाम्बर के ऊपर और कुछ जमीन पर छितराये हुए थे।

इस समय भी दोनों भाइयों ने अपने को उसी गोलाम्बर पर पाया और इससे समझे कि यह गोलाम्बर ही धंसता हुआ इस नीचे वाली जमीन के साथ आ लगा है, मगर जब छत की तरफ निगाह की तो किसी तरह का निशान या छेद न देखकर छत को बराबर और बिल्कुल साफ पाया। अब जहां पर दोनों भाई थे वह कोठरी बनिस्बत ऊपर वाले (या पहिले) कमरे के बहुत छोटी थी। चारों तरफ तरह-तरह के कल-पुर्जे दिखाई दे रहे थे जिनमें से निकलकर फैले हुए लोहे के तार और लोहे की जंजीरें जाल की तरह बिल्कुल कोठरी को घेरे हुए थीं। बहुत-सी जंजीरें ऐसी थीं जो छत में, बहुत-सी दीवार में, और बहुत-सी जमीन के अन्दर घुसी हुई थीं। इन्द्रजीत सिंह के सामने की तरफ एक छोटा-सा दरवाजा था जिसके अन्दर दोनों कुमारों को जाना पड़ता अस्तु दोनों कुमार गोलाम्बर के नीचे उतरे और तारों तथा जंजीरों से बचते हुए उस दरवाजे के अन्दर गए। वह रास्ता एक सुरंग की तरह था जिसकी छत, जमीन और दोनों तरफ

की दीवारें मजबूत पत्थर की बनी हुई थीं। दोनों कुमार थोड़ी दूर तक उसमें बराबर चलते गये और इसके बाद एक ऐसी जगह पहुंचे जहां ऊपर की तरफ निगाह करने से आसमान दिखाई देता था। गौर करने से दोनों कुमारों को मालूम हुआ कि यह स्थान वास्तव में कुएं की तरह है। इसकी जमीन (किसी कारण से) बहुत ही नरम और गुदगुदी थी। बीच में एक पतला लोहे का खंभा था और खंभे के नीचे जंजीर के सहारे एक खटोली बंधी हुई थी जिस पर दो-तीन आदमी बैठ सकते थे। खटोली से अढ़ाई-तीन हाथ ऊंचे (खंभे में) में चर्खी लगी हुई थी और चर्खी के साथ एक ताम्रपत्र बंधा हुआ था। इन्द्रजीत सिंह ने ताम्रपत्र को पढ़ा, बारीक-बारीक हरफों में यह लिखा था –

"यहां से बाहर निकल जाने वाले को खटोली के ऊपर बैठकर यह चर्खी सीधी घुमानी चाहिए। चर्खी सीधी तरफ घुमाने से यह खंभा खटोली को लिये हुए ऊपर जाएगा और उल्टी तरफ घुमाने से यह नीचे उतरेगा। पीछे हटने वाले को अब वह रास्ता खुला नहीं मिलेगा जिधर से वह आया होगा।"

पत्र पढ़कर इन्द्रजीत सिंह ने आनन्द सिंह से कहा, "यहां से बाहर निकल चलने के लिए यह बहुत अच्छी तर्कीब है, अब हम दोनों को भी इसी तरह बाहर हो जाना चाहिए। लो तुम भी इसे पढ़ लो।"

आनन्द- (पत्र पढ़कर) आइये, इस खटोली में बैठ जाइये।

दोनों कुमार उस खटोली में बैठ गये और इन्द्रजीत सिंह चर्खी घुमाने लगे। जैसे-जैसे चर्खी घुमाते थे वैसे-वैसे वह खंभा खटोली को लिये हुए ऊपर की तरफ उठता जाता था। जब खंभा कुएं के बाहर निकल आया तब अपने चारों तरफ की जमीन और इमारतों को देखकर दोनों कुमार चौंके और इन्द्रजीत सिंह की तरफ देखकर आनन्द सिंह ने कहा –

आनन्द- यह तो तिलिस्मी बाग का वही चौथा दर्जा है जिसमें हम लोग कई दिन तक रह चुके हैं!

इन्द्रजीत- बेशक, वही है, मगर यह खंभा हम लोगों को (हाथ का इशारा करके) उस तिलिस्मी इमारत तक पहुंचावेगा।

पाठक, हम सन्तति के नौवें भाग के पहिले बयान में इस बाग के चौथे दर्जे का हाल जो कुछ लिख चुके हैं शायद आपको याद होगा, यदि भूल गये हों तो उसे पुनः पढ़ जाइए। उस बयान में यह भी लिखा जा चुका है कि इस बाग के पूरब तरफ वाले मकान के चारों तरफ पीतल की दीवार थी इसलिए उस मकान का केवल ऊपर वाला हिस्सा दिखाई देता था और कुछ मालूम नहीं होता था कि उसके अन्दर क्या है। हां, छत के ऊपर लोहे का एक पतला महराबदार खंभा था जिसका दूसरा सिरा उसके पास वाले कुएं के अन्दर गया था। उस मकान के चारों तरफ

पीतल की जो दीवार थी उसमें एक बन्द दरवाजा भी दिखाई देता था और उसके दोनों तरफ पीतल के दो आदमी हाथ में नंगी तलवार लिए खड़े थे, इत्यादि।

यह उसी मकान के साथ वाला कुआं था जिसमें से इन्द्रजीत सिंह और आनन्द सिंह निकले थे। धीरे-धीरे ऊंचे होकर दोनों भाई उस मकान की छत पर जा पहुंचे जिसके चारों तरफ पीतल की दीवार थी। खटोली को मकान की छत पर पहुंचाकर वह खंभा अड़ गया और दोनों कुमारों को उस पर से उतर जाना पड़ा। पहिले जब दोनों कुमार इस बाग के (चौथे दर्जे के) अन्दर आये थे, तब इस मकान के अन्दर का हाल कुछ जान नहीं सके थे मगर अब तो इत्तिफाक ने खुद ही इन दोनों को उस मकान में पहुंचा दिया इसलिए बड़े उत्साह से दोनों भाई इस जगह का तमाशा देखने के लिए तैयार हो गये।

इस मकान की छत पर एक रास्ता नीचे उतर जाने के लिए था; उसी राह से दोनों भाई नीचे वाली मंजिल में उतरकर एक छोटे से कमरे में पहुंचे जहां की छत, जमीन और चारों तरफ की दीवारों में कलई किये हुए दलदार शीशे बड़ी कारीगरी से जड़े हुए थे। अगर एक आदमी भी उस कमरे में जाकर खड़ा हो तो अपनी हजारों सूरतें[1] देखकर घबड़ा जाय। सिवाय इस बात के उस कमरे में और कुछ भी न था और न यही मालूम होता था कि यहां से किसी और जगह जाने के लिए कोई रास्ता है। उस कमरे की अवस्था देखकर इन्द्रजीत सिंह हंसे और आनन्द सिंह की तरफ देखकर बोले –

इन्द्रजीत- इसमें कोई सन्देह नहीं कि इस कमरे में इन शीशों की बदौलत एक प्रकार की दिल्लगी है, मगर आश्चर्य इस बात का होता है कि तिलिस्म बनाने वालों ने यह फजूल कार्रवाई क्यों की है! इन शीशों के लगाने से कोई फायदा या नतीजा तो मालूम नहीं होता।

आनन्द- मैं भी यही सोच रहा हूं मगर विश्वास नहीं होता कि तिलिस्म बनाने वालों ने इसे व्यर्थ ही बनाया होगा, कोई-न-कोई बात इसमें जरूर होगी। इस मकान में इसके सिवाय अभी तक कोई दूसरी अनूठी बात दिखाई नहीं दी, अगर यहां कुछ है तो केवल यही एक कमरा है, अस्तु इस कमरे को फजूल समझना इस इमारत-भर को फजूल समझना होगा, मगर ऐसा हो नहीं सकता। देखिये, इसी मकान से उस लोहे वाले खम्भे का सम्बन्ध है जिसकी बदौलत हम... (रुककर) सुनिये, सुनिये, यह आवाज कैसी और कहां से आ रही है?

बात करते-करते आनन्द सिंह रुक गये और ताज्जुब भरी निगाहों से अपने भाई की तरफ देखने लगे क्योंकि उन्हें दो आदमियों के जोर-जोर से बातचीत करने की आवाज सुनाई देने लगी। वह आवाज यह थी –

एक- तो क्या दोनों कुमार उस कुएं से निकलकर यहां आ जायेंगे।

दूसरा- हां, जरूर आ जायेंगे। उस कुएं में जो लोहे का खम्भा गया हुआ है उसमें एक खटोली बंधी है, उस खटोली पर बैठकर एक कल घुमाते हुए दोनों आदमी यहां आ जायेंगे।

पहिला- तब तो बड़ी मुश्किल होगी, हम लोगों को यह जगह छोड़ देनी पड़ेगी।

दूसरा- हम लोग इस जगह को क्यों छोड़ने लगे जिसके भरोसे पर हम लोग यहां बैठे हैं क्या वह दोनों राजकुमारों से कमजोर है खैर उसे जाने दो, पहिले तो हमीं लोग उन्हें तंग करने के लिए बहुत हैं।

पहिला- इसमें तो कोई शक नहीं कि हम लोग उनकी ताकत और जवांमर्दी को हवा खिला सकते हैं, मगर एक काम जरूर करना चाहिए।

दूसरा- वह क्या?

पहिला- इस कमरे का दरवाजा खोल देना चाहिए जिसमें भयानक अजगर रहता है, जब दोनों उसे खुला देख उसके अन्दर जायेंगे तो निःसन्देह वह अजगर उन दोनों को निगल जायेगा।

दूसरा- और बाकी के दरवाजे मजबूती के साथ बन्द कर देना चाहिए जिससे वे और किसी तरफ जा न सकें।

पहिला- बेशक, इसके अतिरिक्त एक काम और भी करना चाहिए जिससे वे दोनों उस दरवाजे के अन्दर जरूर जायें अर्थात् उन दोनों लड़कियों को भी उस अजगर वाली कोठरी में हाथ-पैर बांधकर पहुंचा देना चाहिए, जिन पर दोनों कुमार आशिक हैं।

दूसरा- यह तुमने बहुत अच्छी बात कही। जब वह अजगर उन लड़कियों को निगलना चाहेगा तो वे जरूर चिल्लायेंगी, उस समय आवाज पहिचानने पर वे दोनों अपने को किसी तरह रोक न सकेंगे और उस दरवाजे के अन्दर जाकर अजगर की खुराक बनेंगे।

पहिला- यह भी अच्छी बात कही। अच्छा उन दोनों को पकड़ लाओ और हाथ-पैर बांधकर उस कोठरी में डाल दो, अगर इस कार्रवाई से काम न चलेगा तो दूसरी कार्रवाई की जायेगी मगर उन्हें इस मकान के बाहर न जाने देंगे।

इसके बाद वह बातचीत की आवाज बन्द हो गई और यकायक सामने वाले आईने में कुंअर इन्दजीत सिंह और आनन्द सिंह ने अपने प्यारे ऐयार भैरो सिंह और तारा सिंह की सूरत देखी, सो भी इस ढंग से दोनों ऐयार अकड़ते हुए एक तरफ से आये और दूसरी तरफ को चले गये। इसके बाद दो औरतों की सूरत नजर आईं। पहिले तो पहिचानने में कुछ शक हुआ मगर तुरन्त ही मालूम हो गया कि वे दोनों कमलिनी और लाडिली हैं। उन दोनों की कमर में लोहे की जंजीरें बंधी हुई थीं और एक मजबूत आदमी उन्हें अपने हाथ में लिये हुए उन दोनों के पीछे-पीछे जा रहा था। यह भी देखा कि कमलिनी और लाडिली चलते-चलते रुकीं और उसी समय पिछले आदमी ने उन दोनों को धक्का दिया जिससे वे झुक गईं और सिर हिलाकर आगे बढ़ती हुई नजरों से ओट हो गईं।

भैरो सिंह और तारा सिंह यहां कैसे आ पहुंचे और कमलिनी तथा लाडिली को कैदियों की तरह ले जाने वाला वह कौन था इस शीशे के अन्दर उन सभों की सूरत कैसे दिखाई पड़ी चारों तरफ से बन्द रहने पर भी यहां आवाज कैसे आई, इन बातों को सोचते हुए दोनों कुमार बहुत ही दुःखी हुए।

आनन्द- भैया, यह तो बड़े आश्चर्य की बात मालूम पड़ती है। यह लोग (अगर वास्तव में कोई हों तो) कहते हैं कि अजगर कुमारों को निगल जायेगा। मगर हम लोग तो खुद ही अजगर के मुंह में जाने के लिए तैयार हैं क्योंकि तिलिस्मी बाजे की यही आज्ञा है। अब कहिए तिलिस्मी बाजे की बात झूठी है या वे लोग कोई धोखा देना चाहते हैं?

इन्द्रजीत- मैं भी इन्हीं बातों को सोच रहा हूं। तिलिस्मी बाजे की आवाज को झूठा समझना तो बुद्धिमानी की बात नहीं होगी क्योंकि उसी आवाज के भरोसे पर हम लोग तिलिस्म तोड़ने के लिए तैयार हुए हैं, मगर हां, इस बात का पता लगाए बिना अजदहे के मुंह में जाने की इच्छा नहीं होती कि यह आवाज आखिर थी कैसी और इस आईने में जिन लोगों के बातचीत की आवाज सुनाई दी है वे वास्तव में कोई हैं भी या सब बिल्कुल तिलिस्मी खेल ही है कलई किए हुये आईने में किसी ऐसे आदमी की सूरत भला क्योंकर दिखाई दे सकती है जो उसके सामने न हो।

आनन्द- बेशक, यह एक नई बात है। अगर किसी के सामने हम यह किस्सा बयान करें तो वह यही कहेगा कि तुमको धोखा हुआ। जिन लोगों को तुमने आईने में देखा था वे तुम्हारे पीछे की तरफ से निकल गये होंगे और तुमने उस बात का खयाल न किया होगा मगर नहीं, अगर वास्तव में ऐसा होता तो आईने में भी हम उन्हें अपने पीछे की तरफ से जाते हुए देखते। जरूर इसका सबब कोई दूसरा ही है जो हम लोगों की समझ में नहीं आ रहा है।

इन्द्र- खैर, फिर अब किया क्या जाये इस मंजिल से नीचे उतर जाने को किसी और तरफ जाने के लिए रास्ता भी तो दिखाई नहीं देता। (उंगली का इशारा करके) सिर्फ वह एक निशान है जहां से अपने आप एक दरवाजा पैदा होगा या हम लोग दरवाजा पैदा कर सकते हैं मगर वह दरवाजा उसी अजदहे वाली कोठरी का है जिसमें जाने के लिए हम लोग यहां आए हैं।

आनन्द- ठीक है, मगर क्या हम लोग तिलिस्मी खंजर से इस शीशे को तोड़ या काट नहीं सकते?

इन्द्र- जरूर काट सकते हैं मगर यह कार्रवाई अपने मन की होगी।

आनन्द- तो क्या हर्ज है, आज्ञा दीजिये तो एक हाथ शीशे पर लगाऊं!

इन्द्र- सो ही कर देखो, मगर कहीं कोई बखेड़ा न पैदा हो।

"अब तो होना हो सो हो।" इतना कहकर आनन्द सिंह तिलिस्मी खंजर लिये हुए आईने की तरफ बढ़े। उसी वक्त एक आवाज हुई और बाएं तरफ की शीशे वाली दीवार में ठीक उसी जगह एक छोटा-सा दरवाजा निकल आया जहां कुमार ने हाथ का इशारा करके आनन्द सिंह को बताया था, मगर दोनों कुमारों ने उसके अन्दर जाने का खयाल भी न किया और आनन्द सिंह ने तिलिस्मी खंजर का एक भरपूर हाथ अपने सामने वाले शीशे पर लगाया, जिसका नतीजा यह हुआ कि शीशे का एक बहुत बड़ा टुकड़ा भारी आवाज देकर पीछे की तरफ हट गया और आनन्द सिंह इस तरह उसके अन्दर घुस गये जैसे हवा के किसी खिंचाव या बवण्डर ने उन्हें अपनी तरफ खींच लिया हो, इसके बाद वह शीशे का टुकड़ा फिर ज्यों-का-त्यों बराबर मालूम होने लगा।

हवा के खिंचाव का असर कुछ-कुछ इन्द्रजीत सिंह पर भी पड़ा मगर वे दूर खड़े थे इसलिए खिंचकर वहां तक न जा सके पर आनन्द सिंह उसके पास होने के कारण खिंचकर अन्दर चले गये।

आनन्द सिंह का यकायक इस तरह आफत में फंस जाना बहुत ही बुरा हुआ, इस बात का जितना रंज इन्द्रजीत सिंह को हुआ सो वे ही जान सकते हैं। उनकी आंखों में आंसू भर आए और बेचैन होकर धीरे से बोले- "अब जब तक कि मैं इस शीशे के अन्दर न चला जाऊंगा अपने भाई को छुड़ा न सकूंगा और न इस बात का ही पता लगा सकूंगा कि उस पर क्या मुसीबत आई।" इतना कहकर वे तिलिस्मी खंजर लिये हुए शीशे की तरफ बढ़े मगर दो ही कदम जाकर रुक गये और फिर सोचने लगे, "कहीं ऐसा न हो कि जिस मुसीबत में आनन्द पड़ गया है उसी मुसीबत में मैं भी फंस जाऊं। यदि ऐसा हुआ तो हम दोनों इसी तिलिस्म में मरकर रह जायेंगे। यहां कोई ऐसा भी नहीं जो हम लोगों की सहायता करेगा लेकिन ईश्वर की कृपा से तिलिस्म के इस दर्जे को मैं अकेला तोड़ सकूं तो निःसन्देह आनन्द को छुड़ा लूंगा। मगर कहीं ऐसा न हो कि जब तक हम तिलिस्म तोड़ें तब तक आनन्द की जान पर आ बने बेशक इस आवाज ने हम लोगों को धोखे में डाल दिया, हमें तिलिस्मी बाजे पर भरोसा करके बेखौफ अजदहे के मुंह में चले जाना चाहिये था।" इत्यादि तरह-तरह की बातें सोचकर इन्द्रजीत सिंह रुक गये और आनन्द सिंह की जुदाई में आंसू गिराते हुए उसी अजदहे वाली कोठरी में चले गये जिसका दरवाजा पहिले ही खुल चुका था।

उस कोठरी में सिवाय एक अजदहे के और कुछ भी न था। इस अजदहे की मोटाई दो गज घेरे से कम न होगी। उसका खुला मुंह इस योग्य था कि उद्योग करने से आदमी उसके पेट में बखूबी घुस जाय। वह एक सोने के चबूतरे में ऊपर कुण्डली मारे बैठा था और अपने डील-डौल और खुले हुए भयानक मुंह के कारण बहुत ही डरावना मालूम पड़ता था। झूठा और बनावटी मालूम हो जाने पर भी उसके पास जाना या खड़ा होना बड़े जीवट का काम था।

इन्द्रजीत सिंह बेखौफ उस अजदहे के मुंह में घुस गये और कोशिश करके आठ या नौ हाथ के लगभग नीचे उतर गये। इस बीच में उन्हें गर्मी तथा सांस लेने की तंगी से बहुत तकलीफ हुई और उसके बाद उन्हें नीचे उतर जाने के लिए दस-बारह सीढ़ियां मिलीं। नीचे उतरने पर कई कदम एक सुरंग में चलना पड़ा और इसके बाद वे उजाले में पहुंचे।

अब जिस जगह इन्द्रजीत सिंह पहुंचे वह एक छोटा-सा तिमंजिला मकान संगमर्मर के पत्थरों से बना हुआ था, जिसका ऊपरी हिस्सा बिल्कुल खुला हुआ था, अर्थात् चौक में खड़े होने से आसमान दिखाई देता था। नीचे वाले खड्ढे में जहां इन्द्रजीत सिंह खड़े थे चारों तरफ चार दालान थे और चारों दालान अच्छे बेशकीमत सोने के जड़ाऊ नुमाइशी बरतनों तथा हर्बो से भरे हुए थे। कुमार उस बेहिसाब दौलत तथा अनमोल चीजों को देखते हुए जब बाईं तरफ वाले दालान में पहुंचे तो यहां की दीवार में भी उन्होंने एक छोटा-सा दरवाजा देखा। झांकने से मालूम हुआ कि ऊपर के खण्ड में जाने के लिए सीढ़ियां हैं। कुंअर इन्द्रजीत सिंह सीढ़ियों की राह ऊपर चढ़ गए। उस खण्ड में भी चारों तरफ दालान थे। पूरब तरफ वाले दालान में कल-पुर्जे लगे हुए थे, उत्तर तरफ वाले दालान में एक चबूतरे के ऊपर लोहे का एक सन्दूक ठीक उसी ढंग का था जैसा कि तिलिस्मी बाजा का कुमार देख चुके थे। दक्खिन तरफ वाले दालान में कई पुतलियां खड़ी थीं जिनके पैरों में गड़ारीदार पहिये की तरह बना हुआ था, जमीन में लोहे की नालियां जड़ी हुई थीं और नालियों में पहिया चढ़ा हुआ था अर्थात् वह पुतलियां इस लायक थीं कि पहियों पर नालियों की बरकत से बंधे हुए (महदूद) स्थान तक चल-फिर सकती थीं, और पश्चिम तरफ वाले दालान में सिवाय एक शीशे की दीवार के और कुछ भी दिखाई नहीं देता था।

उन पुतलियों में कुमार ने कई अपने जान-पहिचान वाले और संगी-साथियों की मूरतें भी देखीं। उन्हीं में भैरो सिंह, तारा सिंह, कमलिनी, लाडिली, राजा गोपाल सिंह, और अपनी तथा अपने छोटे भाई की भी मूरतें देखीं जो डील-डौल और नक्शे में बहुत असल-सी बनी हुई थीं। कमलिनी और लाडिली की मूरतों की कमर में लोहे की जंजीर बंधी हुई थी और एक मजबूत आदमी उसे थामे हुए था। कुमार ने मूरतों को हाथ का धक्का देकर चलाना चाहा मगर वह अपनी जगह से एक अंगुल भी न हिलीं। कुमार ताज्जुब से उनकी तरफ देखने लगे।

इन सब चीजों को गौर और ताज्जुब की निगाह से कुमार देख ही रहे थे कि यकायक दो आदमियों के बातचीत की आवाज उनके काम में पड़ी। वे चौंककर चारों तरफ देखने लगे मगर किसी आदमी की सूरत न दिखाई पड़ी। थोड़ी ही देर में इतना जरूर मालूम हो गया कि उत्तर तरफ वाले दालान में चबूतरे के ऊपर जो लोहे वाला सन्दूक है उसी में से यह आवाज निकल रही है। कुमार समझ गये कि वह सन्दूक उसी तरह का कोई तिलिस्मी बाजा है जैसा कि पहिले देख चुके हैं अस्तु वे तुरत उस बाजे के पास चले आये और आवाज सुनने लगे। यह बातचीत या आवाज ठीक वही थी जो कुंअर इन्द्रजीत सिंह और आनन्द सिंह शीशे वाले कमरे में सुन

चुके थे अर्थात् एक ने कहा, "तो क्या दोनों कुमार कुएं में से निकलकर यहां आ जायेंगे!" उसी के बाद दूसरे आदमी के बोलने की आवाज आई मानो दूसरे ने जवाब दिया, "हां, जरूर आ जायेंगे, उस कुएं में लोहे का खम्भा गया हुआ है उसमें एक खटोली बंधी हुई है, उस खटोली पर बैठकर एक कल घुमाते हुए दोनों आदमी यहां आ जायेंगे"- इत्यादि जो-जो बातें दोनों कुमारों ने उस शीशे वाले कमरे में सुनी थीं ठीक वे ही बातें उसी ढंग की आवाज में कुमार ने इस बाजे में भी सुनीं। उन्हें बड़ा ताज्जुब हुआ और उन्होंने इस बात का निश्चय कर लिया कि अगर वह शीशे वाला कमरा इस दीवार के बगल में है तो नि:सन्देह यही आवाज हम दोनों भाइयों ने सुनी थी। इसके साथ ही कुमार की निगाह पश्चिम तरफ वाले दालान में शीशे की दीवार के ऊपर पड़ी और वे धीरे से बोल उठे, "बेशक, इसी दीवार के उस तरफ वह कमरा है और ताज्जुब नहीं कि उस कमरे में इस तरफ यही शीशे की दीवार हम लोगों ने देखी भी हो।"

इतने ही में दक्खिन तरफ वाले दालान में से धीरे-धीरे कुछ कल-पुर्जों के घूमने की आवाज आने लगी, कुमार ने उस तरफ देखा तो भैरो सिंह और तारा सिंह की मूरत को अपने ठिकाने से चलते हुए पाया, उन दोनों की मूरतों की अकड़कर चलने वाली चाल भी ठीक वैसी ही थी जैसी कुमार उस शीशे के अन्दर देख चुके थे। जिस समय वे दोनों मूरतें चलती हुई उस शीशे वाली दीवार के पास पहुंचीं उसी समय दीवार में एक दरवाजा निकल आया और दोनों मूरतें उसके अन्दर घुस गईं। इसके बाद कमलिनी और लाडिली की मूरतें चलीं और उनके पीछे वाला आदमी जो जंजीर थामे हुए था पीछे-पीछे चला, ये सब उसी तरह शीशे वाली दीवार के अन्दर जाकर थोड़ी देर के बाद फिर अपने ठिकाने लौट आये और वह दरवाजा ज्यों-का-त्यों बन्द हो गया। अब कुंअर इन्द्रजीत सिंह के दिल में किसी तरह का शक नहीं रहा, उन्हें निश्चय हो गया कि उस शीशे वाले कमरे में जो कुछ हम दोनों ने सुना और देखा वह वास्तव में कुछ भी न था, या अगर कुछ था तो वही जो कि यहां आने से मालूम हुआ है, साथ ही इसके कुमार यह भी सोचने लगे कि, 'ये हमारे संगी-साथियों और मुलाकातियों की मूरतें पुरानी बनी हुई हैं या उन तस्वीरों की तरह इन्हें भी राजा गोपाल सिंह ने स्थापित किया है, और इन मूरतों का चलना-फिरना तथा इस बाजे का बोलना किसी खास वक्त पर मुकर्रर है या घण्टे-घण्टे, दो-दो घण्टे पर ऐसा ही हुआ करता है मगर नहीं घड़ी-घड़ी व्यर्थ ऐसा होना अनुचित है। तो क्या जब शीशे वाले कमरे में कोई जाता है तभी ऐसी बातें होती हैं क्योंकि हम लोगों के भी वहां पहुंचने पर यही दृश्य देखने में आया था। अगर मेरा यह खयाल ठीक है तो अब भी उस शीशे वाले कमरे में कोई पहुंचा होगा। गैर आदमी का वहां पहुंचना तो असम्भव है अगर कोई वहां पहुंचता है तो चाहे वह आनन्द सिंह हो या राजा गोपाल सिंह हों। कौन ठिकाना फिर किसी कारण से आनन्द सिंह वहां पहुंचा हो। अगर ऐसा हो तो जिस तरह इस बाजे की आवाज उस कमरे में पहुंचती है उसी तरह मेरी आवाज भी वहां वाला सुन सकता है।' इत्यादि बातें कुमार ने जल्दी-जल्दी सोचीं और इसके बाद ऊंचे स्वर में बोले, "शीशे वाले कमरे में कौन है?"

जवाब- मैं हूं आनन्द सिंह, क्या मैं भाई साहब की आवाज सुन रहा हूं?

इन्द्र- हां, मैं यहां आ पहुंचा हूं, तुम भी जहां तक जल्दी हो सके उस अजदहे के मुंह में चले जाओ और हमारे पास पहुंचो।

जवाब- बहुत अच्छा।

1. यदि दो बड़े शीशे आमने-सामने रखकर देखिये तो शीशों में दो-चार ही नहीं बल्कि हजारों शीशे एक-दूसरे के अन्दर दिखाई देंगे।

***

बयान-7

किस्मत जब चक्कर खिलाने लगती है तो दम-भर भी सुख की नींद सोने नहीं देती। इसकी बुरी निगाह के नीचे पड़े हुए आदमी को तभी कुछ निश्चिन्ती होती है जब इसका पूरा दौर (जो कुछ करना हो करके) बीत जाता है। इस किस्से को पढ़कर पाठक इतना तो जान ही गए होंगे कि इन्द्रदेव भी सुखियों की पंक्ति में गिने जाने लायक नहीं है। वह भी जमाने के हाथों से अच्छी तरह सताया जा चुका है, परन्तु उस जवांमर्द की आंखों में बहुत-सी रातें उन दिनों की भी बीत चुकी हैं जबकि उसका मजबूत दिल कई तरह की खुशियों से नाउम्मीद होकर 'हरि इच्छा' का मन्त्र जपता हुआ एक तरह से बेफिक्र हो बैठा था। मगर आज उसके आगे फिर बड़ी दुखदाई घड़ी पहिले से दूना विकराल रूप धारण करे आ खड़ी हुई है। इतने दिन तक वह यह समझकर कि उसकी स्त्री और लड़की इस दुनिया से कूच कर गईं, सब्र करके बैठा हुआ था, लेकिन जबसे उसे अपनी स्त्री और लड़की के इस दुनिया में मौजूद रहने का कुछ हाल और आपस वालों की बेईमानी का पता मालूम हुआ है तब से अफसोस, रंज ओर गुस्से से उसके दिल की अजब हालत हो रही है।

लक्ष्मीदेवी, कमलिनी और लाडिली को समझा-बुझाकर जब इन्द्रदेव बलभद्र सिंह को छुड़ाने की नीयत से जमानिया की तरफ रवाना हुए तो पहाड़ी के नीचे पहुंचकर उन्होंने अपने अस्तबल से एक उम्दा घोड़ा खोला और उस पर सवार हो पांच ही सात कदम आगे बढ़े थे कि राजा गोपाल सिंह का भेजा हुआ एक सवार आ पहुंचा जिसने सलाम करके एक चिट्ठी उनके हाथ में दी और उन्होंने उसे खोलकर पढ़ा।

इस चिट्ठी में राजा गोपाल सिंह ने यहां लिखा था, "यह सुनकर आपको बड़ा आश्चर्य होगा कि आजकल इन्दिरा मेरे घर में है और उसकी मां भी जीती है जो यद्यपि तिलिस्म में फंसी हुई है मगर उसे अपनी आंखों से देख आया हूं। अस्तु आप पत्र पढ़ते ही अकेले मेरे पास चले आइये।"

इस चिट्ठी को पढ़कर इन्द्रदेव कितना खुश हुए होंगे यह हमारे पाठक स्वयम् समझ सकते हैं। अस्तु वे तेजी के साथ जमानिया की तरफ रवाना हुए और समय से पहिले ही जमानिया जा पहुंचे। जब राजा गोपाल सिंह को उनके आने की खबर हुई तो वे दरवाजे तक आकर बड़ी मुहब्बत से इन्द्रदेव को घर के अन्दर ले गये और गले से मिलकर अपने पास बैठाया तथा इन्दिरा को बुलवा भेजा। जब इन्दिरा को अपने पिता के आने की खबर मिली, दौड़ती हुई राजा गोपाल सिंह के पास आई और अपने पिता के पैरों पर गिरकर रोने लगी। इस समय कमरे के अन्दर राजा गोपाल सिंह, इन्द्रदेव और इन्दिरा के सिवाय और कोई भी न था। कमरा एकान्त कर दिया गया था, यहां तक कि जो लौंडी इन्दिरा को बुलाकर लाई थी वह भी बाहर कर दी गई थी।

इन्दिरा के रोने ने राजा गोपाल सिंह और इन्द्रदेव का कलेजा भी हिला दिया और वे दोनों भी रोने से अपने आपको बचा न सके। आ्खिर उन्होंने बड़ी मुश्किल से अपने को सम्हाला और इन्दिरा को दिलासा देने लगे। थोड़ी देर बाद जब इन्दिरा का जी ठिकाने हुआ तो इन्द्रदेव ने उसका हाल पूछा और उसने अपना दर्दनाक किस्सा कहना शुरू किया।

इन्दिरा का हाल जो कुछ ऊपर के बयान में लिख चुके हैं वह और उसके बाद का अपना तथा अपनी मां का बचा हुआ किस्सा भी इन्दिरा ने बयान किया जिसे सुनकर इन्द्रदेव की आंखें खुल गईं और उन्होंने एक लम्बी सांस लेकर कहा –

"अफसोस, हरदम साथ रहने वालों की जब यह दशा है तो किस पर विश्वास किया जाए। खैर, कोई चिन्ता नहीं।"

गोपाल- मेरे प्यारे दोस्त, जो कुछ होना था सो हो गया, अब अफसोस करना वृथा है। क्या मैं उन राक्षसों से कुछ कम सताया गया हूं ईश्वर न्याय करने वाला है, और तुम देखोगे कि उनका पाप उन्हें किस तरह खाता है। रात बीत जाने पर मैं इन्दिरा की मां से भी तुम्हारी मुलाकात कराऊंगा। अफसोस, दुष्ट दारोगा ने उसे ऐसी जगह पहुंचा दिया है जहां से वह स्वयं तो निकल ही नहीं सकती, मैं खुद तिलिस्म का राजा कहलाकर भी उसे छुड़ा नहीं सकता। लेकिन अब कुंअर इन्द्रजीत सिंह और आनन्द सिंह वह तिलिस्म तोड़ रहे हैं, आशा है कि वह बेचारी भी बहुत जल्द इस मुसीबत से छूट जायेगी।

इन्द्रदेव- क्या इस समय मैं उसे नहीं देख सकता?

गोपाल- नहीं, यदि दोनों कुमार तिलिस्म तोड़ने में हाथ न लगा चुके होते तो शायद मैं ले भी चलता मगर अब रात के वक्त वहां जाना असम्भव है।

जिस समय इन्द्रदेव और गोपाल सिंह की मुलाकात हुई थी चिराग जल चुका था। यद्यपि इन्दिरा ने अपना किस्सा संक्षेप में बयान किया था मगर फिर भी इस काम में डेढ़ पहर का समय बीत गया था। इसके बाद राजा गोपाल सिंह ने अपने सामने इन्द्रदेव को खाना खिलाया और इन्द्रदेव ने अपना तथा रोहतास गढ़ का हाल कहना शुरू किया तथा इस समय तक जो मामले हो चुके थे सब खुलासा बयान किया। तमाम रात बातचीत में बीत गई और सबेरा होने पर जरूरी कामों से छुट्टी पाकर तीनों आदमी तिलिस्म के अन्दर जाने के लिए तैयार हुए।

इस जगह हमें यह कह देना चाहिए कि इन्दिरा को तिलिस्म के अन्दर से निकालकर अपने घर में ले आना राजा गोपाल सिंह ने बहुत गुप्त रखा था और ऐयारी के ढंग पर उसकी सूरत भी बदलवा दी थी।

***

बयान-8

आनन्द सिंह की आवाज सुनने पर इन्द्रजीत सिंह का शक जाता रहा और वे आनन्द सिंह के आने का इन्तजार करते हुए नीचे उतर आए जहां थोड़ी ही देर बाद उन्होंने अपने छोटे भाई को उसी राह से आते देखा जिस राह से वे स्वयं इस मकान में आये थे।

इन्द्रजीत सिंह अपने भाई के लिए बहुत दु:खी थे, उन्हें विश्वास हो गया था कि आनन्द सिंह किसी आफत में फंस गये और बिना तरद्दुद के उनका छूटना कठिन है मगर थोड़ी ही देर में बिना झंझट के उनके आ मिलने से उन्हें कम ताज्जुब न हुआ। उन्होंने आनन्द सिंह को गले से लगा लिया और कहा –

इन्द्र- मैं तो समझता था कि तुम किसी आफत में फंस गए और तुम्हारे छुड़ाने के लिए बहुत ज्यादे तरद्दुद करना पड़ेगा।

आनन्द- जी नहीं, वह मामला तो बिल्कुल खेल ही निकला। सच तो यह है कि इस तिलिस्म में दिल्लगी और मसखरेपन का भाग भी मिला हुआ है।

इन्द्र- तो तुम्हें किसी तरह की तकलीफ नहीं हुई?

आनन्द- कुछ भी नहीं, हवा के खिंचाव के कारण जब मैं शीशे के अन्दर चला गया तो वह शीशे का टुकड़ा जिसे दरवाजा कहना चाहिए बन्द हो गया और मैंने अपने को पूरे अन्धकार में पाया। तिलिस्मी खंजर का कब्जा दबाकर रोशनी की तो सामने एक छोटा-सा दरवाजा एक पल्ले का दिखाई पड़ा जिसमें खेंचने के लिए लोहे की दो कड़ियां लगी हुई थीं। मैंने बाएं हाथ से एक कड़ी पकड़कर दरवाजा खेंचना चाहा मगर वह थोड़ा-सा खिंचकर रह गया, सोचा कि इसमें दो कड़ियां इसीलिए लगी हैं कि दोनों हाथों से पकड़कर दरवाजा खींचा जाये अस्तु तिलिस्मी खंजर म्यान में रख लिया जिससे पुन: अंधकार हो गया और इसके बाद दोनों हाथ उन कड़ियों में चिपक गये और दरवाजा भी न खुला। उस समय मैं बहुत ही घबड़ा गया और हाथ छुड़ाने के लिए जोर करने लगा। दस-बारह पल के बाद वह कड़ी पीछे की तरफ हटी और मुझे खींचती हुई दूर तक ले गई। मैं यह नहीं कह सकता कि कड़ियों के साथ दरवाजे का कितना बड़ा भाग पीछे की तरफ हटा था मगर इतना मालूम हुआ कि मैं जमीन की तरफ जा रहा हूं। आखिर जब उन कड़ियों का पीछे हटना बन्द हो गया तो मेरे दोनों हाथ भी छूट गए, इसके बाद थोड़ी देर तक धड़धड़ाहट की आवाज आती रही और तब तक मैं चुपचाप खड़ा रहा।

जब धड़धड़ाहट की आवाज बन्द हो गई तो मैंने तिलिस्मी खंजर निकालकर रोशनी की और अपने चारों तरफ गौर करके देखा। जिधर से ढालुवीं जमीन उतरती हुई वहां तक पहुंची थी उस

तरफ अर्थात् पीछे की तरफ बिना चौखट का एक बन्द दरवाजा पाया जिससे मालूम हुआ कि अब मैं पीछै की तरफ नहीं हट सकता, मगर दाहिनी तरफ एक और दरवाजा देखकर मैं उसके अन्दर चला गया और दो कदम के बाद घूमकर फिर मुझे ऊंची जमीन अर्थात् चढ़ाव पड़ा, जिससे साफ मालूम हो गया कि मैं जिधर से उतरता हुआ आया था अब उसी तरफ पुनः जा रहा हूं। कई कदम जाने के बाद पुनः एक बन्द दरवाजा मिला मगर वह आपसे आप खुल गया। जब मैं उसके अन्दर गया तो अपने को उसी शीशे वाले कमरे में पाया और घूमकर पीछे की तरफ देखा तो साफ दीवार नजर पड़ी। यह नहीं मालूम होता था कि मैं किसी दरवाजे को लांघकर कमरे में आ पहुंचा हूं, इसी से मैं कहता हूं कि तिलिस्म बनाने वाले मसखरे भी थे, क्योंकि उन्हीं की चालाकियों ने मुझे घुमा-फिराकर पुनः उसी कमरे में पहुंचा दिया जिसे एक तरह की जबर्दस्ती कहना चाहिए।

मैं उस कमरे में खड़ा हुआ ताज्जुब से उसी शीशे की तरफ देख रहा था कि पहिले की तरह दो आदमियों के बातचीत की आवाज सुनाई दी। मैं आपके साथ उस कमरे में था तब तक जो बातें सुनने में आई थीं वे ही पुनः सुनीं और जिन लोगों को उस आईने के अन्दर आते-जाते देखा था उन्हीं को पुनः देखा भी। निःसन्देह मुझे बड़ा ताज्जुब हुआ और मैं बड़े गौर से तरह-तरह की बातें सोच रहा था कि इतने में ही आपकी आवाज सुनाई दी और आपकी आज्ञानुसार अजदहे के मुंह में जाकर यहां तक आ पहुंचा। आप यहां किस राह से आए हैं?

इन्द्र- मैं भी उसी अजदहे के मुंह से होता हुआ आया हूं और यहां आने पर मुझे जो-जो बातें मालूम हुई हैं उनसे शीशे वाले कमरे का कुछ भेद मालूम हो गया।

आनन्द- सो क्या?

इन्द्रजीत- मेरे साथ आओ, मैं सब तमाशा तुम्हें दिखाता हूं।

अपने छोटे भाई को साथ लिये कुंअर इन्द्रजीत सिंह नीचे के खण्ड वाली सब चीजों को दिखाकर ऊपर वाले खण्ड में गये और वहां का बिल्कुल हाल कहा। बाजा और मूरत इत्यादि दिखाया और बाजे के बोलने तथा मूरत के चलने-फिरने के विषय में भी अच्छी तरह समझाया जिससे इन्द्रजीत सिंह की तरह आनन्द सिंह का भी शक जाता रहा। इसके बाद आनन्द सिंह ने पूछा, "अब क्या करना चाहिए?"

इन्द्रजीत- यहां से बाहर निकलने के लिए दरवाजा खोलना चाहिए। मैं यह निश्चय कर गया हूं कि इस खण्ड के ऊपर जाने के लिए कोई रास्ता नहीं है और न ऊपर जाने से कुछ काम ही चलेगा, अतएव हमें पुनः नीचे वाले खण्ड में चलकर दरवाजा ढूंढ़ना चाहिए, या तुमने अगर कोई और बात सोची हो तो कहो।

आनन्द- मैं तो यह सोचता हूं कि आखिर तिलिस्म तोड़ने के लिए ही तो यहां आए हैं, इसलिये जहां तक बन पड़े यहां की चीजों को तोड़-फोड़ और नष्ट-भ्रष्ट करना चाहिए, इसी बीच में कहीं-न-कहीं कोई दरवाजा दिखाई दे ही जाएगा।

इन्द्रजीत- (मुस्कराकर) यह भी एक बात है, खैर, तुम अपने ही खयाल के मुताबिक कार्रवाई करो, हम तमाशा देखते हैं।

आनन्द- बहुत अच्छा, तो आइये पहिले उस दरवाजे को खोलें जिसके अन्दर पुतलियां जाती हैं।

इतना कहकर आनन्द सिंह उस दालान में गए जिसमें कमलिनी, लाडिली तथा ऐयारों की मूरतें थीं। हम ऊपर लिख चुके हैं कि ये मूरतें लोहे की नालियों पर चलकर जब शीशे वाली दीवार के पास पहुंचती थीं तो वहां का दरवाजा आप से आप खुल जाता था। आनन्द सिंह भी उसी दरवाजे के पास गए और कुछ सोचकर उन्हीं नालियों पर पैर रखा जिन पर पुतलियां चलती थीं।

नालियों पर पैर रखने के साथ ही दरवाजा खुल गया और दोनों भाई उस दरवाजे के अन्दर चले गये। इन्हें वहां से दो रास्ते दिखाई पड़े, एक दरवाजा तो बन्द था और जंजीर में एक भारी ताला लगा हुआ था और दूसरा रास्ता शीशे वाली दीवार की तरफ गया हुआ था जिसमें पुतलियों के आने-जाने के लिए नालियां भी बनी हुई थीं। पहिले दोनों कुमार पुतलियों के चलने का हाल मालूम करने की नीयत से उसी तरफ गए और वहां अच्छी तरह घूम-फिरकर देखने और जांच करने पर जो कुछ उन्हें मालूम हुआ उसका तत्व हम नीचे लिखते हैं।

वहां शीशे की तीन दीवारें थीं और हर एक के बीच में आदमियों के चलने-फिरने लायक रास्ता छूटा हुआ था। पहिली शीशे की दीवार जो कमरे की तरफ थी सादी थी अर्थात् उस शीशे के पीछे पारे की कलई की हुई न थी, हां उसके बाद वाली दूसरी शीशे वाली दीवार में कलई की हुई थी और वहां जमीन पर पुतलियों के चलने के लिए नालियां भी कुछ इस ढंग से बनी हुई थीं कि बाहर वालों को दिखाई न पड़ें और पुतलियां कलई वाले शीशे के साथ सटी हुई चल सकें। यही सबब था कि कमरे की तरफ से देखने वालों के शीशे के अन्दर आदमी चलता हुआ मालूम पड़ता था और उन नकली आदमियों की परछाईं भी जो शीशे में पड़ती थी, साथ सटे रहने के कारण देखने वाले को दिखाई नहीं पड़ती थी। मूरतें आगे जाकर घूमती हुई दीवार के पीछे चली जाती थीं जिसके बाद फिर शीशे की दीवार थी और उस पर नकली कलई की हुई थी। इस गली में भी नाली बनी हुई थी और उसी राह से मूरतें लौटकर अपने ठिकाने जा पहुंचती थीं।

इन सब चीजों को देखकर जब कुमार लौटे तो बन्द दरवाजे के पास आये जिसमें एक बड़ा ताला लगा हुआ था। खंजर से जंजीर काटकर दोनों भाई उसके अन्दर गये, तीन-चार कदम जाने के बाद नीचे उतरने के लिए सीढ़ियां मिलीं। इन्द्रजीत सिंह अपने हाथ में तिलिस्मी खंजर लिये हुए रोशनी कर रहे थे।

दोनों भाई सीढ़ियां उतरकर नीचे चले गए और इसके बाद उन्हें एक बारीक सुरंग में चलना पड़ा। थोड़ी देर बाद एक दरवाजा मिला, उसमें भी ताला लगा हुआ था, आनन्द सिंह ने तिलिस्मी खंजर से उसकी भी जंजीर काट डाली और दरवाजा खोलकर दोनों भाई उसके भीतर चले गए।

इस समय दोनों कुमारों ने अपने को एक बाग में पाया। वह बाग छोटे-छोटे जंगली पेड़ों और लताओं से भरा हुआ था। यद्यपि यहां की क्यारियां निहायत खूबसूरत और संगमर्मर के पत्थर से बनी हुई थीं मगर इनमें सिवाय झाड़-झंखाड़ के और कुछ न था। इसके अतिरिक्त और भी चारों तरफ एक प्रकार का जंगल हो रहा था, हां दो-चार पेड़ फल के वहां जरूर थे और एक छोटी-सी नहर भी एक तरफ से आकर बाग में घूमती हुई दूसरी तरफ निकल गई थी। बाग के बीचों-बीच में एक छोटा-सा बंगला बना हुआ था जिसकी जमीन, दीवार और छत इत्यादि सब पत्थर की और मजबूत बनी हुई थीं मगर फिर भी उसका कुछ भाग टूट-फूटकर खराब हो रहा था।

जिस समय दोनों कुमार इस बाग में पहुंचे उस समय दिन बहुत कम बाकी था और ये दोनों भाई भी भूख-प्यास और थकावट से परेशान हो रहे थे अस्तु नहर के किनारे जाकर दोनों ने हाथ-मुंह धोए और जरा आराम लेकर जरूरी कामों के लिए चले गये। उससे छुट्टी पाने के बाद दो-चार फल तोड़कर खाये और नहर का जल पीकर इधर-उधर घूमने-फिरने लगे। उस समय उन दोनों को यह मालूम हुआ कि जिस दरवाजे की राह से वे दोनों इस बाग में आये थे वह आप से आप ऐसा बन्द हो गया कि उसके खुलने की उम्मीद नहीं।

दोनों भाई घूमते हुए बीच वाले बंगले में आये। देखा कि तमाम जमीन कूड़ा-कर्कट से खराब हो रही है। एक पेड़ से बड़े-बड़े पत्ते वाली छोटी डाली तोड़ जमीन साफ की और रात-भर उसी जगह गुजारा किया।

सुबह को जरूरी कामों से छुट्टी पाकर दोनों भाइयों ने नहर में दुपट्टा (कमरबन्द) धोकर सूखने को डाला और जब वह सूख गया तो स्नान-पूजा से निश्चिन्त हो दो-चार फल खाकर पानी पीया और पुनः बाग में घूमने लगे।

इन्द्रजीत- जहां तक मैं सोचता हूं यह वही बाग है जिसका हाल तिलिस्मी बाजे से मालूम हुआ था मगर उस पिण्डी का पता नहीं लगता।

आनन्द- निःसन्देह वही बाग है। यह बीच वाला बंगला हमारा शक दूर करता है इसलिए जल्दी करके इस बाग के बाहर हो जाने की फिक्र न करनी चाहिए कहीं ऐसा न हो कि 'मनुबाटिका' यही जगह हो और हम धोखे में आकर इसके बाहर हो जायें। बाजे ने भी यही कहा था कि यदि अपना काम किये बिना 'मनुबाटिका' के बाहर हो जाओगे तो तुम्हारे किये कुछ भी न होगा, न तो पुनः 'मनुबाटिका' में जा सकोगे और न अपनी जान बचा सकोगे।

इन्द्र- 'रक्तग्रन्थ' में भी तो यही बात लिखी है, इसीलिए मैं भी यहां से बाहर निकल चलने के लिए नहीं कह सकता, मगर अब जिस तरह हो उस पिण्डी का पता लगाना चाहिए।

पाठक, तिलिस्मी किताब (रक्तग्रन्थ) और तिलिस्मी बाजे से दोनों कुमारों को यह मालूम हुआ था कि मनुबाटिका में किसी जगह जमीन पर एक छोटी-सी पिण्डी बनी हुई मिलेगी। उसका पता लगाकर उसी को अपने मतलब का दरवाजा समझना। यही सबब था कि दोनों कुमार उस पिण्डी को खोज निकालने की फिक्र में लगे हुए थे मगर उस पिण्डी का पता नहीं लगता था। लाचार

उन्हें कई दिनों तक उस बाग में रहना पड़ा। आखिर एक घनी झाड़ी के अन्दर उस पिण्डी का पता लगा। वह करीब हाथ भरके ऊंची और तीन हाथ के घेरे में होगी और यह किसी तरह भी मालूम नहीं हो रहा था कि वह पत्थर की है या लोहे-पीतल इत्यादि किसी धातु की बनी हुई है। जिस चीज से वह पिण्डी बनी हुई थी उसी चीज से बना हुआ सूर्यमुखी का एक फूल उसके ऊपर जड़ा हुआ था और यही उस पिण्डी की पूरी पहिचान था। आनन्द सिंह ने खुश होकर इन्द्रजीत सिंह से कहा –

आनन्द- वाह रे, किसी तरह ईश्वर की कृपा से इस पिण्डी का पता तो लगा, मैं समझता हूं इसमें आपको किसी तरह का शक न होगा?

इन्द्र- मुझे किसी तरह का शक नहीं है, यह पिण्डी नि:सन्देह वही है जिसे हम लोग खोज रहे थे। अब इस जमीन को अच्छी तरह साफ करके अपने सच्चे सहायक 'रक्तग्रन्थ' से हाथ धो बैठने के लिये तैयार हो जाना चाहिए।

आनन्द- जी हां, ऐसा ही होना चाहिए, यदि 'रक्तग्रन्थ' में कुछ संदेह हो तो उसे पुन: देख जाइये।

इन्द्र- यद्यपि इस ग्रन्थ में मुझे किसी तरह का सन्देह नहीं है और जो कुछ उसमें लिखा है मुझे अच्छी तरह याद है मगर शक मिटाने के लिए एक दफ़े उलट-पलटकर जरूर देख लूंगा।

आनन्द- मेरा भी यही इरादा है। यह काम घण्टे-दो-घण्टे के अन्दर हो भी जाएगा। अस्तु आप पहिले 'रक्तग्रन्थ' देख जाइये तब तक मैं इस झाड़ी को साफ किये डालता हूं।

इतना कहकर आनन्द सिंह ने तिलिस्मी खंजर से काट के पिण्डी के चारों तरफ के झाड़-झंखाड़ को साफ करना शुरू किया और इन्द्रजीत सिंह नहर के किनारे बैठकर तिलिस्मी किताब को उलट-पलटकर देखने लगे। थोड़ी देर बाद इन्द्रजीत सिंह आनन्द सिंह के पास आये और बोले- "लो, अब तुम भी इसे देखकर अपना शक मिटा लो और तब तक तुम्हारे काम को मैं पूरा कर डालता हूं।"

आनन्द सिंह ने अपना काम छोड़ दिया और अपने भाई के हाथ से रक्तग्रन्थ लेकर नहर के किनारे चले गये तथा इन्द्रजीत सिंह ने तिलिस्मी खंजर से पिण्डी के चारों तरफ की सफाई करनी शुरू कर दी। थोड़ी ही देर में जो कुछ घास-फूस झाड़-झंखाड़ पिण्डी के चारों तरफ था साफ हो गया और आनन्द सिंह भी तिलिस्मी किताब देखकर अपने भाई के पास चले आये और बोले, "अब क्या आज्ञा है?"

इसके जवाब में इन्द्रजीत सिंह ने कहा, "बस, नहर के किनारे चलो और रक्तग्रन्थ का आटा गूंथो।"

दोनों भाई नहर के किनारे आये और एक ठिकाने साएदार जगह देखकर बैठ गये। उन्होंने नहर के किनारे वाले एक पत्थर की चट्टान को जल से अच्छी तरह धोकर साफ किया और

इसके बाद रक्तग्रन्थ को पानी में डुबोकर उस पत्थर पर रख दिया। देखते ही देखते जो कुछ पानी 'रक्तग्रन्थ' में लगा था उसी में पच गया। फिर हाथ से उस पर पानी डाला, वह भी पच गया। इसी तरह बार-बार चुल्लू भर-भरकर उस पर पानी डालने लगे और ग्रन्थ पानी पी-पीकर मोटा होने लगा। थोड़ी देर के बाद वह मुलायम हो गया और तब आनन्द सिंह ने उसे हाथ से मलके आटे की तरह गूंथना शुरू किया। शाम होने तक उसकी सूरत ठीक गूंथे हुए आटे की तरह हो गई। मगर रंग इसका काला था। आनन्द सिंह ने इस आटे को उठा लिया और अपने भाई के साथ उस पिण्डी के पास आकर उनकी आज्ञानुसार तमाम पिण्डी पर उसका लेप कर दिया। इसके बाद दोनों भाई यहां से किनारे हो गये और जरूरी कामों से छुट्टी पाने के काम में लगे।

***

बयान-9

रात आधी से कुछ ज्यादे जा चुकी है और दोनों कुमार बाग के बीच वाले उसी दालान में सोये हुए हैं। यकायक किसी तरह की भयानक आवाज सुनकर दोनों भाइयों की नींद टूट गई और वे दोनों उठकर जंगले के नीचे चले आए। चारों तरफ देखने पर जब इनकी निगाह उस तरफ गई जिधर वह पिण्डी थी तो कुछ रोशनी मालूम पड़ी। दोनों भाई उसके पास गये तो देखा कि उस पिण्डी में से हाथ-भर ऊंची लाट निकल रही है। यह लाट (आग की ज्योति) नीले और कुछ पीले रंग की मिली-जुली थी। साथ ही इसके यह मालूम हुआ कि लाख या राल की तरह वह पिण्डी गलती हुई जमीन के अन्दर धंसती चली जा रही है। उस पिण्डी में से जो धुआं निकल रहा था उसमें धूप व लोबान की-सी खुशबू आ रही थी।

थोड़ी देर तक दोनों कुमार वहां खड़े रहकर यह तमाशा देखते रहे, इसके बाद इन्द्रजीत सिंह यह कहते हुए बंगले की तरफ लौटे, "ऐसा तो होना ही था, मगर उस भयानक आवाज का पता न लगा, शायद इसी में से वह आवाज भी निकली हो।" इसके जवाब में आनन्द सिंह ने कहा, "शायद ऐसा ही हो!"

दोनों कुमार अपने ठिकाने चले आए और बची हुई रात बात-चीत में काटी क्योंकि खुटका हो जाने के कारण फिर उन्हें नींद न आई। सबेरा होने पर जब वे दोनों पुनः उस पिण्डी के पास गए तो देखा कि आग बुझी हुई है और पिण्डी की जगह बहुत-सी पीले रंग की राख मौजूद है। यह देख दोनों भाई वहां से लौट आए और अपने नित्यकार्य करने से छुट्टी पा पुनः वहां जाकर उस पीले रंग की राख को निकाल वह जगह साफ करने लगे। मालूम हुआ कि वह पिण्डी जो जलकर राख हो गई है लगभग तीन हाथ के जमीन के अन्दर थी और इसलिए राख साफ हो जाने पर तीन हाथ का गड्ढा इतना लम्बा चौड़ा निकल आया कि जिसमें दो आदमी बखूबी जा सकते थे। गड़हे के पेंदे में लोहे का एक तख्ता था जिसमें कड़ी लगी हुई थी। इन्द्रजीत सिंह ने कड़ी में हाथ डालकर वह लोहे का तख्ता उठा लिया और आनन्द सिंह को देकर कहा, "इसे किनारे रख दो।"

लोहे का तख्ता हटा देने के बाद ताले के मुंह की तरह का एक सूराख नजर आया जिसमें इन्द्रजीत सिंह ने वही तिलिस्मी ताली डाली जो पुतली के हाथ में से ली थी। कुछ तो वह ताली ही विचित्र बनी हुई थी और कुछ ताला खोलते समय इन्द्रजीत सिंह को बुद्धिमानी से काम लेना पड़ा। ताला खुल जाने के बाद जब दरवाजे की तरह का एक पल्ला हटाया गया तो नीचे उतरने के लिए सीढ़ियां नजर आईं। तिलिस्मी खंजर की रोशनी के सहारे दोनों भाई नीचे उतरे और

भीतर से दरवाजा बन्द कर लिया, क्योंकि ताले का छेद दोनों तरफ था और वही ताली दोनों तरफ काम देती थी।

पन्द्रह या सोलह सीढ़ियां उतर जाने के बाद दोनों कुमारों को थोड़ी दूर तक एक सुरंग में चलना पड़ा। इसके बाद ऊपर चढ़ने के लिए पुन: सीढ़ियां मिलीं और तब उसी ताली से खुलने लायक एक दरवाजा। सीढ़ियां चढ़ने और दरवाजा खोलने के बाद कुमारों को कुछ मिट्टी हटानी पड़ी और उसके बाद वे दोनों जमीन के बाहर निकले।

इस समय दोनों कुमारों ने अपने को एक और ही बाग में पाया जो लम्बाई-चौड़ाई में उस बाग से छोटा था जिसमें से कुमार आये थे। पहिले बाग की तरह यह बाग भी एक प्रकार से जंगल हो रहा था। इन्दिरा की मां अर्थात् इन्द्रदेव की स्त्री इसी बाग मंम मुसीबत की घड़ियां काट रही थी और इस समय भी इसी बाग में मौजूद थी इसलिए बनिस्बत पहिले बाग के इस बाग का नक्शा कुछ खुलासे तौर पर लिखना आवश्यक है।

इस बाग में किसी तरह की इमारत न थी, न तो कोई कमरा था और न कोई बंगला या दालान था, इसलिए बेचारी सर्यू को जाड़े के मौसम की कलेजा दहलाने वाली सर्दी, गर्मी की कड़कड़ी हुई धूप और बरसात का मूसलाधार पानी अपने कोमल शरीर ही के ऊपर बर्दाश्त करना पड़ता था। हां, कहने के लिए ऊंचे बड़ और पीपल के पेड़ों का कुछ सहारा हो तो हो, मगर बड़े प्यार से पाली जाकर दिन-रात सुख ही से बिताने वाली एक पतिव्रता के लिए जंगलों और भयानक पेड़ों का सहारा-सहारा नहीं हो सकता बल्कि वह भी उसके लिए डराने और सताने के समान माना जा सकता है, हां, वहां थोड़े से पेड़ ऐसे भी जरूर थे जिनके फलों को खाकर पति-मिलाप की आशालता में उलझती हुई अपनी जान को बचा सकती थी और प्यास दूर करने के लिए उस नहर का पानी भी मौजूद था जो मनुबाटिका में से होती हुई इस बाग में भी आकर बेचारी सर्यू की जिन्दगी का सहारा हो रही थी। पर तिलिस्म बनाने वालों ने उस नहर को इस योग्य नहीं बनाया था कि कोई उसके मुहाने को दम-भर के लिए सुरंग मानकर एक बाग से दूसरे बाग में जा सके। इस बाग की चहारदीवारी में भी विचित्र कारीगरी की गई थी। दीवार कोई छू भी नहीं सकता था, कई प्रकार की धातुओं से इस बाग की सात हाथ ऊंची दीवार बनाई गई थी। जिस तरह रस्सियों के सहारे कनात खड़ी हो जाती है शक्ल-सूरत में वह दीवार वैसी ही मालूम पड़ती थी अर्थात् एक-एक, दो-दो, कहीं-कहीं तीन-तीन हाथ की दूरी पर दीवार में लोहे की जंजीरें लगी हुई थीं जिनका एक सिरा तो दीवार के अन्दर घुस गया था और दूसरा सिरा जमीन के अन्दर। चारों तरफ की दीवार में से किसी भी जगह हाथ लगाने से आदमी के बदन में बिजली का असर हो जाता था और वह बेहोश होकर जमीन पर गिर पड़ता था। यही सबब था कि बेचारी सर्यू उस दीवार के पार हो जाने के लिए कोई उद्योग न कर सकी बल्कि इस चेष्टा में उसे कई दफ़े तकलीफ भी उठानी पड़ी।

इस बाग की उत्तरी तरफ की दीवार के साथ सटा हुआ एक छोटा-सा मकान था। इस बाग में खड़े होकर देखने वालों को तो यह मकान ही मालूम पड़ता था। मगर हम यह नहीं कह सकते कि दूसरी तरफ से उसकी क्या सूरत थी। इसकी सात खिड़कियां इस बाग की तरफ थीं जिनसे मालूम होता था कि यह इस मकान का एक खुला-सा कमरा है। इस बाग में आने पर सबके पहिले जिस चीज पर कुंअर इन्द्रजीत सिंह की निगाह पड़ी वह यही कमरा था और उसकी तीन खिड़कियों में से इन्दिरा, इन्द्रदेव और राजा गोपाल सिंह इस बाग की तरफ झांककर किसी को देख रहे थे और इसके बाद जिस पर उनकी निगाह पड़ी वह जमाने के हाथों से सताई हुई बेचारी सर्यू थी। मगर उसे दोनों कुमार पहिचानते न थे।

जिस तरह कुंअर इन्द्रजीत सिंह और उनके बताने से आनन्द सिंह ने राजा गोपाल सिंह, इन्द्रदेव और इन्दिरा को देखा उसी तरह उन तीनों ने भी दोनों कुमारों को देखा और दूर से ही साहब-सलामत की।

इन्दिरा ने हाथ जोड़कर और अपने पिता की तरफ बताकर कुमारों से कहा, “आप ही के चरणों की बदौलत मुझे अपने पिता के दर्शन हुए।”

***

बयान-10

अब हम अपने पाठकों को फिर उसी सफर में ले चलते हैं जिसमें चुनार जाने वाले राजा वीरेन्द्र सिंह का लश्कर पड़ा हुआ है। पाठकों को याद होगा कि कम्बख्त मनोरमा ने तिलिस्मी खंजर से किशोरी, कामिनी और कमला का सिर काट डाला और खुशी-भरी आवाज में कुछ कह रही थी कि पीछे की तरफ से आवाज आई, "नहीं-नहीं, ऐसा न हुआ है न होगा।"

आवाज देने वाला भैरो सिंह था जिसे मनोरमा को खोज निकालने का काम सुपुर्द किया गया था। वह मनोरमा की खोज में चक्कर लगाता और टोह लेता हुआ उसी जगह जा पहुंचा था मगर उसे इस बात का बड़ा ही अफसोस था कि उन तीनों का सिर कट जाने के बाद वह खेमे के अन्दर पहुंचा।

हमारे ऐयार की आवाज सुनकर मनोरमा चौंकी और उसने घूमकर पीछे की तरफ देखा तो हाथ में खंजर लिये हुए भैरो सिंह पर निगाह पड़ी। यद्यपि भैरो सिंह पर नजर पड़ते ही वह जिन्दगी से ना-उम्मीद हो गई फिर भी उसने तिलिस्मी खंजर का वार भैरो सिंह पर किया। भैरो सिंह पहिले से होशियार था और उसके पास भी तिलिस्मी खंजर मौजूद था। अस्तु, उसने अपने खंजर पर इस ढंग से मनोरमा के खंजर का वार रोका कि मनोरमा की कलाई भैरो सिंह के खंजर पर पड़ी और वह कटकर तिलिस्मी खंजर सहित दूर जा गिरी। भैरो सिंह ने इतने ही पर सब्र न करके उसी खंजर से मनोरमा की एक टांग काट डाली और इतने के बाद जोर से चिल्लाकर पहरे वालों को आवाज दी।

पहरे वाले तो पहिले ही से बेहोश पड़े हुए थे मगर भैरो सिंह की आवाज ने लौंडियों को होशियार कर दिया और बात की बात में बहुत-सी लौंडियां उस खेमे के अन्दर आ पहुंचीं जो वहां की अवस्था देखकर जोर-जोर से रोने और चिल्लाने लगीं।

थोड़ी देर में उस खेमे के अन्दर और बाहर भीड़ लग गई। जिधर देखिए उधर मशाल जल रही है और आदमी पर आदमी टूटा पड़ता है। राजा वीरेन्द्र सिंह ओर तेज सिंह भी उस खेमे में गये और वहां की अवस्था देखकर अफसोस करने लगे। तेज सिंह ने हुक्म दिया कि तीनों लाशें उसी जगह ज्यों-की-त्यों रहने दी जाएं और मनोरमा (जो कि चेहरा धुल जाने के कारण पहिचानी जा चुकी थी) वहां से उठवाकर दूसरे खेमे में पहुंचाई जाए। उसके जख्म पर पट्टी लगाई जाय और उस पर सख्त पहरा रहे। इसके बाद भैरो सिंह और तेज सिंह को साथ लिए हुए राजा वीरेन्द्र सिंह अपने खेमे में आये और बातचीत करने लगे। उस समय खेमे के अन्दर सिवाय इन तीनों के और कोई भी न था। भैरोसिंह ने अपना हाल बयान किया और कहा, "मुझे इस बात का बड़ा

दु:ख है कि किशोरी, कामिनी और कमला का सिर कट जाने के बाद मैं उस खेमे के अन्दर पहुंचा।"

तेज- अफसोस की कोई बात नहीं है, ईश्वर की कृपा से हम लोगों को यह बात पहिले ही मालूम हो गई थी कि मनोरमा हमारे लश्कर के साथ है।

भैरो- अगर यह बात मालूम हो गई थी तो आपने इसका इन्तजाम क्यों नहीं किया और इन तीनों की तरफ से बेफिक्र क्यों रहे?

तेज- हम लोग बेफिक्र नहीं रहे बल्कि जो कुछ इन्तजाम करना वाजिब था किया गया। तुम यह सुनकर ताज्जुब करोगे कि किशोरी, कामिनी और कमला मरी नहीं बल्कि ईश्वर की कृपा से जीती हैं, और लौंडी की सूरत में हरदम पास रहने पर भी मनोरमा ने धोखा खाया।

भैरो- मनोरमा ने धोखा खाया और वे तीनों जीती हैं?

तेज- हां, ऐसा ही है। इसका खुलासा हाल हम तुमसे कहते हैं मगर पहिले बताओ कि तुमने मनोरमा को कैसे पहिचाना हम तो कई दिनों से पहिचानने की फिक्र में लगे हुए थे मगर पहिचान न सके क्योंकि मनोरमा के कब्जे में तिलिस्मी खंजर का होना हमें मालूम था और हम हर लौंडी की उंगलियों पर तिलिस्मी खंजर के जोड़ की अंगूठी देखने की नीयत से निगाह रखते थे।

भैरो- मैं उसका पता लगाता हुआ इसी लश्कर में आ पहुंचा था। उस समय टोह लेता हुआ जब मैं किशोरी के खेमे के पास पहुंचा तो पहरे के सिपाही को बेहोश और खेमे का पर्दा हटा हुआ देख मुझे किसी दुश्मन के अन्दर जाने का गुमान हुआ और मैं भी उसी राह से खेमे के अन्दर चला गया। जब वहां की अवस्था देखी और उसके मुंह से निकली हुई बातें सुनीं तब शक हुआ कि यह मनोरमा है मगर निश्चय तब ही हुआ जब उसका चेहरा साफ किया गया और आपने भी पहिचाना। अब आप कृपा कर यह बताइए कि किशोरी, कामिनी और कमला क्योंकर जीती बचीं और जो तीनों मारी गईं वे कौन थीं?

तेज- हमें इस बात का पता लग चुका था कि भेष बदले हुए मनोरमा हमारे लश्कर के साथ है, मगर जैसा कि तुमसे कह चुके हैं उद्योग करने पर भी हम उसे पहिचान न सके। एक दिन हम और राजा साहब संध्या के समय टहलते हुए खेमे से दूर चले गये और एक छोटे टीले पर चढ़कर अस्त होते हुए सूर्य की शोभा देखने लगे। उस समय कृष्णा जिन्न का भेजा हुआ एक सवार हमारे पास आया और उसने एक चिट्ठी राजा साहब के हाथ में दी, राजा साहब ने चिट्ठी पढ़कर मुझे दी। उसमें लिखा हुआ था- "मुझे इस बात का पूरा-पूरा पता लग चुका है कि कई सहायकों को साथ लिए और भेष बदले हुए मनोरमा आपके लश्कर में मौजूद है और उसके अतिरिक्त और भी कई दुष्ट किशोरी और कामिनी के साथ दुश्मनी किया चाहते हैं इसलिए मेरी राय है कि बचाव तथा दुश्मनों को धोखा देने के लिए किशोरी, कामिनी और कमला को कुछ दिन तक छिपा देना चाहिए और उनकी जगह सूरत बदलकर दूसरी लौंडियों को रख देना चाहिए। इस काम के लिए मेरा एक तिलिस्मी मकान जो आपके रास्ते में ही कुछ दूर हटकर

पड़ेगा मुनासिब है, और मैंने इस काम के लिए वहां पूरा इन्तजाम भी कर दिया है। लौंडियां भी सूरत बदलने और खिदमत करने के लिए भेज दी हैं क्योंकि आपकी लौंडियों की सूरत बदलना ठीक न होगा और लश्कर में लौंडियों की कमी से लोगों को शक हो जाएगा। अस्तु आप बहुत जल्द इन्तजाम करके उन तीनों को वहां पहुंचाइए, मैं भी इन्तजाम करने के लिए पहिले ही से उस मकान में जाता हूं"- इत्यादि, इसके बाद उस मकान का पूरा-पूरा पता लिखकर अपना दस्तखत एक निशान के साथ कर दिया जिससे हम लोगों को चिट्ठी लिखने वाले पर किसी तरह का शक न हो और उस मकान के अन्दर जाने की तर्कीब भी लिख दी थी।

कृष्णा जिन्न की राय को राजा साहब ने स्वीकार किया और पत्र का उत्तर देकर वह सवार बिदा कर दिया गया। रात के समय किशोरी, कामिनी और कमला को ये बातें समझा दी गईं और उन्होंने उसी दुष्ट मनोरमा की जुबानी दोपहर के बाद यह कहला भेजा, "हमने सुना है कि यहां से थोड़ी ही दूर पर कोई तिलिस्मी मकान है, यदि आप चाहें तो हम लोग उस मकान की सैर कर सकती हैं" इत्यादि। मतलब यह कि इसी बहाने से मैं खुद उन तीनों को रथ पर सवार कराके उस मकान में ले गया और कृष्णा जिन्न को वहां मौजूद पाया। उसने अपने हाथ से अपनी तीन लौंडियों को किशोरी, कामिनी और कमला बना हमारे रथ पर सवार कराया और हम उन्हें लेकर इस लश्कर में लौट आये। तुम जानते ही हो कि कृष्णा जिन्न कितना बड़ा बुद्धिमान और होशियार तथा हम लोगों का दोस्त आदमी है।

भैरो- बेशक, उनकी हिफाजत में किशोरी, कामिनी और कमला को किसी तरह की तकलीफ नहीं हो सकती और यह आपने बड़ी खुशी की बात सुनाई मगर मैं समझता हूं कि इन भेदों को अभी आप गुप्त रखेंगे और यह बात जाहिर न होने देंगे कि वे तीनों जो मारी गई हैं वास्तव में किशोरी, कामिनी और कमला न थीं।

तेज- नहीं-नहीं, अभी इस भेद का खुलना उचित नहीं है। सभों को यही मालूम रहना चाहिए कि वास्तव में किशोरी, कामिनी और कमला मारी गईं। अच्छा, अब दो-चार बातें तुम्हें और कहनी हैं, वह भी सुन लो।

भैरो- जो आज्ञा।

तेज- कृष्णा जिन्न तो काम-काजी आदमी ठहरा और वह ऐसे-ऐसे बखेड़ों में फंसा है कि उसे दम मारने की फुर्सत नहीं।

भैरो- निःसन्देह ऐसा ही है। इतना काम जो वह करते हैं सो भी उन्हीं की बुद्धिमानी का नतीजा है, दूसरा नहीं कर सकता।

तेज- अस्तु कृष्णा जिन्न तो ज्यादे दिनों तक उस मकान में रह नहीं सकता जिसमें किशोरी, कामिनी और कमला हैं। वह अपने ठिकाने चला गया होगा। मगर उन तीनों की हिफाजत का पूरा-पूरा बन्दोबस्त कर गया होगा। अब तुम भी इसी समय उस मकान की तरफ चले जाओ

और जब तक हमारा दूसरा हुक्म न पहुंचे या कोई आवश्यक काम न आ पड़े तब तक उन तीनों के साथ रहो, हम उस मकान का पता तथा उसके अन्दर जाने की तर्कीब तुम्हें बता देते हैं।

भैरो- जो आज्ञा, मैं अभी जाने के लिए तैयार हूं।

तेज सिंह ने उस मकान का पूरा-पूरा हाल भैरो सिंह को बता दिया और भैरो सिंह उसी समय अपने बाप का चरण छूकर बिदा हुए।

भैरो सिंह के जाने के बाद सबेरा होने पर ब्राह्मण द्वारा नकली किशोरी, कामिनी और कमला की मृत देह की दाह-क्रिया कर दी गई। इसके पहिले ही लश्कर में जितने पढ़े-लिखे ब्राह्मण थे सभी को बटोरकर तेज सिंह ने यह व्यवस्था करा ली थी कि इन तीनों का कोई नातेदार यहां मौजूद नहीं है, इसलिए किसी ब्राह्मण द्वारा इतनी क्रिया करा देनी चाहिए। इस काम से छुट्टी पाने के बाद लश्कर कूच कर दिया और सब कोई धीरे-धीरे चुनार गढ़ की तरफ रवाना हुए।

***

बयान-11

दोनों कुमार यद्यपि सर्यू को पहिचानते न थे मगर इन्दिरा की जुबानी उसका हाल सुन चुके थे इसलिए उन्हें शक हो गया कि यह सर्यू है। दूसरे राजा गोपाल सिंह ने भी पुकारकर दोनों कुमारों से कहा कि इन्दिरा की मां सर्यू यही हैं और इन्द्रदेव ने कुमारों की तरफ बताकर सर्यू से कहा कि, "राजा वीरेन्द्र सिंह के दोनों लड़के यही कुंअर इन्द्रजीत सिंह और आनन्द सिंह हैं जो तिलिस्म तोड़ने के लिए यहां आए हैं, इन्हीं की बदौलत तुम आफत से छूटोगी।"

दोनों कुमारों को देखते ही सर्यू दौड़कर पास चली आई और कुंअर इन्द्रजीत सिंह के पैरों पर गिर पड़ी। सर्यू उम्र में कुंअर इन्द्रजीत सिंह से बहुत बड़ी थी मगर इज्जत और मर्तबे के खयाल से दोनों को अपना-अपना हक अदा करना पड़ा, कुमार ने उसे पैर पर से उठाया और दिलासा देकर कहा, "सर्यू, इन्दिरा की जुबानी मैं तुम्हारा हाल पूरा-पूरा तो नहीं मगर बहुत कुछ सुन चुका हूं और हम लोगों को तुम्हारी अवस्था पर बहुत ही रंज है। परन्तु अब तुम्हें चाहिए कि अपने दिल से दुःख को दूर करके ईश्वर को धन्यवाद दो, क्योंकि तुम्हारी मुसीबत का जमाना अब बीत गया और ईश्वर तुम्हें इस कैद से बहुत जल्द छुड़ाने वाला है। जब तक हम इस तिलिस्म में हैं तुम्हें बराबर अपने साथ रखेंगे और जिस दिन हम दोनों भाई तिलिस्म के बाहर निकलेंगे उस दिन तुम भी दुनिया की हवा खाती हुई मालूम करोगी कि तुम्हें सताने वालों में से अब कोई भी स्वतन्त्र नहीं रह गया और न अब तुम्हें किसी तरह का दुःख भोगना पड़ेगा। तुम्हें ईश्वर को बहुत-बहुत धन्यवाद देना चाहिए कि दुष्टों के इतना ऊधम मचाने पर भी तुम अपने पति और प्यारी लड़की को सिवाय अपनी जुदाई के और किसी तरह के रंज और दुःख से खाली पाती हो। ईश्वर तुम लोगों का कल्याण करें।"

इसके बाद कुमार ने कमरे की तरफ सिर उठाकर देखा। राजा गोपाल सिंह ने इन्द्रदेव की तरफ इशारा करके कहा, "इन्दिरा के पिता इन्द्रदेव को हमने बुलवा भेजा है। शायद आज के पहिले आपने इन्हें न देखा होगा।"

उस समय पुनः इन्द्रदेव ने झुककर कुमार को सलाम किया और कुंअर इन्द्रजीत सिंह ने सलाम का जवाब देकर कहा, "आपका आना बहुत अच्छा हुआ। आप इन दोनों को अपनी आंखों से देखकर प्रसन्न हुए होंगे। कहिए रोहतास गढ़ का क्या हाल है?"

इन्द्रदेव- सब कुशल है। मायारानी और दारोगा तथा और कैदियों को साथ लेकर राजा वीरेन्द्र सिंह चुनार गढ़ की तरफ रवाना हो गये, किशोरी, कामिनी और कमला को अपने साथ लेते गए। लक्ष्मीदेवी, कमलिनी और लाडिली तथा नकली बलभद्र सिंह को उनसे मांगकर मैं अपने

घर ले गया और उन्हें उसी जगह छोड़कर राजा गोपाल सिंह की आज्ञानुसार यहां चला आया हूं। यह हाल संक्षेप में मैंने इसलिए बयान किया कि राजा गोपाल सिंह की जुबानी वहां का कुछ हाल आपको मालूम हो गया है, यह मैं सुन चुका हूं।

इन्द्रजीत- लक्ष्मीदेवी, कमलिनी और लाडिली को आप यहां क्यों न ले आए?

इसका जवाब इन्द्रदेव ने तो कुछ भी न दिया मगर राजा गोपाल सिंह ने कहा, "ये असली बलभद्र सिंह का पता लगाने के लिए अपने मकान से रवाना हो चुके थे जब रास्ते में मेरा पत्र इन्हें मिला। परसों एक पत्र मुझे कृष्णा जिन्न का भेजा हुआ मिला था। उसके पढ़ने से मालूम हुआ कि मनोरमा भेष बदलकर राजा साहब के लश्कर में जा मिली थी जिसका पता लगाना बहुत ही कठिन था और वह किशोरी, कामिनी को मार डालने की सामर्थ्य रखती थी क्योंकि उसके पास तिलिस्मी खंजर भी था, इसलिए कृष्णा जिन्न ने राजा साहब को लिख भेजा था कि बहाना करके गुप्त रीति से किशोरी, कामिनी और कमला को हमारे फलाने तिलिस्मी मकान में (जिसका पता-ठिकाना और हाल भी लिख भेजा था) शीघ्र भेज दीजिए, मैं वहां मोजूद रहूंगा और उनके बदले में अपनी लौंडियों को किशोरी, कामिनी और कमला बनाकर भेज दूंगा जो आपके लश्कर में रहेंगी। ऐसा करने से यदि मनोरमा का वार चल भी गया तो हमारा बहुत नुकसान न होगा। राजा साहब ने भी यह बात पसन्द कर ली और कृष्णा जिन्न के कहे मुताबिक कामिनी और कमला को खुद तेज सिंह रथ पर सवार कराके कृष्णा जिन्न के तिलिस्मी मकान में छोड़ आए तथा उनकी जगह भेष बदली हुई लौंडियों को अपने लश्कर में ले गये। आज रात को कृष्णा जिन्न का दूसरा पत्र मुझे मिला जिससे मालूम हुआ कि राजा साहब के लश्कर में नकली किशोरी, कामिनी और कमला मनोरमा के हाथ से मारी गईं और मनोरमा गिरफ्तार हो गई। आज के पत्र में कृष्णा जिन्न ने यह भी लिखा है कि तुम इन्द्रदेव को एक पत्र लिख दो कि वह लक्ष्मीदेवी, कमलिनी और लाडिली को भी बहुत जल्द उसी तिलिस्मी मकान में पहुंचा दें जिसमें किशोरी, कामिनी और कमला हैं, मैं (कृष्णा जिन्न) स्वयं यहां मौजूद रहूंगा और दो-तीन दिन के बाद दुश्मनों का रंग-ढंग देखकर किशोरी, कामिनी, कमला, लक्ष्मीदेवी, कमलिनी और लाडिली को जमानिया पहुंचा दूंगा। इसके बाद राजा वीरेन्द्र सिंह की आज्ञा होगी या जब उचित होगा तो सभों को चुनार पहुंचाया जाएगा और उन लोगों के सामने वहां भूतनाथ का मुकद्दमा होगा। कृष्णा जिन्न का यह लिखना मुझे बहुत पसन्द आया, वह बड़ा ही बुद्धिमान और नेक आदमी है। जो काम करता है उसमें कुछ-न-कुछ फायदा समझ लेता है, अस्तु मैं चाहता हूं कि (इन्द्रदेव की तरफ इशारा करके) इन्हें आज ही यहां ये बिदा कर दूं जिससे ये उन तीनों औरतों को ले जाकर कृष्णा जिन्न के तिलिस्मी मकान में पहुंचा दें। वहां दुश्मनों का डर कुछ भी नहीं है और किशोरी तथा कामिनी को भी इन लोगों से मिलने की बड़ी चाह है जैसा कि कृष्णा जिन्न के पत्र से मालूम होता है।"

ये बातें जो राजा गोपाल सिंह ने कहीं दोनों कुमारों को खुश करने के लिए वैसी ही थीं जैसे चातक के लिए स्वाती की बूंद। दोनों कुमारों को किशोरी और कामिनी के मिलने की आशा ने हद से ज्यादे प्रसन्न कर दिया। इन्द्रजीत सिंह ने मुस्कराकर गोपाल सिंह से कहा, "कृष्णा जिन्न की बात मानना आपके लिए उतना ही आवश्यक है जितना हम दोनों भाइयों के लिए तिलिस्म तोड़कर चुनार गढ़ पहुंचना। आप बहुत जल्द इन्द्रदेव को यहां से रवाना कीजिए।"

गोपाल- ऐसा ही होगा।

आनन्द- कृष्णा जिन्न का वह तिलिस्मी मकान कहां पर है और यहां से कै दिन की राह...।

गोपाल- यहां से कुल पन्द्रह कोस पर है।

इन्द्र- वाह-वाह, तब तो बहुत नजदीक है, (इन्द्रदेव से) मेरी तरफ से कृष्णा जिन्न को प्रणाम करके बहुत धन्यवाद दीजियेगा क्योंकि उन्होंने बड़ी चालाकी से किशोरी, कामिनी और कमला को बचा लिया।

इन्द्रदेव- बहुत अच्छा।

इन्द्र- आप तो असली बलभद्र सिंह का पता लगाने के लिए घर से निकले थे, उनका...।

इन्द्रदेव- (राजा गोपाल सिंह की तरफ इशारा करके) आप कहते हैं कि नकली बलभद्र सिंह ने तुम्हें धोखा दिया, तुम अब उनकी खोज मत करो क्योंकि भूतनाथ ने असली बलभद्र सिंह का पता लगा लिया और उन्हें छुड़ा चुनार गढ़ ले गया।

गोपाल- हां, कृष्णा जिन्न ने मुझे यह भी लिखा था।

इन्द्र- (मुस्कराकर) तब तो इस खबर में किसी तरह का शक नहीं हो सकता।

इसके बाद दुनिया के पुराने नियमानुसार और बहुत दिनों से बिछुड़े हुए प्रेमियों के मिलने पर जैसा हुआ करता है उसी के मुताबिक इन्द्रदेव और सर्यू में कुछ बातें हुईं, इन्दिरा ने भी मां से कुछ बातें कीं और तब इन्दिरा और इन्द्रदेव को साथ लेकर राजा गोपाल सिंह कमरे के बाहर हो गए।

***

बयान-12

किशोरी, कामिनी और कमला जिस मकान में रखी गई थीं वह नाम ही को तिलिस्मी मकान था। वास्तव में न तो उस मकान में कोई तिलिस्म था और न किसी तिलिस्म से उसका सम्बन्ध ही था। तथापि वह मकान और स्थान बहुत सुन्दर और दिलचस्प था। ऊंची-ऊंची चार पहाड़ियों के बीच में बीस-बाईस बिगहे के लगभग जमीन थी जिसमें तरह-तरह के कुदरती गुलबूटे लगे हुए थे जो केवल जमीन ही की तरावट से सरसब्ज बने रहते थे। पूरब की तरफ वाली पहाड़ी के ऊपर से साफ और मीठे जल का झरना गिरता था जो उस जमीन में चक्कर देता हुआ पश्चिम की तरफ की पहाड़ी के नीचे जाकर लोप हो जाता था और इस सबब से वहां की जमीन हमेशा तर बनी रहती थी। बीच में एक छोटा-सा दो मंजिल का मकान बना हुआ था और उत्तर तरफ वाली पहाड़ी पर सौ-सवा सौ हाथ ऊंचे जाकर एक छोटा-सा बंगला और भी था। शायद बनाने वाले ने इसे जाड़े के मौसम के लिए आवश्यक समझा हो क्योंकि नीचे वाले मकान में तरी ज्यादे रहती थी। किशोरी, कामिनी और कमला इसी बंगले में रहती थीं और उनकी हिफाजत के लिए जो दो-चार सिपाही तथा लौंडियां थीं उन सभों का डेरा नीचे वाले मकान में था, खाने-पीने का सामान तथा बन्दोबस्त भी उसी में था।

उन तीनों की हिफाजत के लिए जो सिपाही और लौंडियां वहां थीं उन सभों की सूरत भी ऐयारी ढंग से बदली हुई थी और यह बात किशोरी, कामिनी तथा कमला से कह दी गई थी जिससे उन तीनों को किसी तरह का खुटका न रहे।

ये तीनों जानती थीं कि ये सिपाही और लौंडियां हमारी नहीं हैं फिर भी समय की अवस्था पर ध्यान देकर उन्हें इन सभों पर भरोसा करना पड़ता था। इस मकान में आने के कारण इन तीनों की तबियत बहुत ही उदास थी। रोहतास गढ़ से रवाना होते समय इन तीनों को निश्चय हो गया था कि हम लोग बहुत जल्द चुनार गढ़ पहुंचने वाले हैं जहां न तो किसी दुश्मन का डर रहेगा और न किसी तरह की तकलीफ ही रहेगी। इससे भी बढ़कर बात यह होगी कि उसी चुनार गढ़ में हम लोगों की मुराद पूरी होगी। मगर निराशा ने रास्ते ही में पल्ला पकड़ लिया और दुश्मन के डर से इन्हें इस विचित्र स्थान में आकर रहना पड़ा जहां सिवाय गैर के अपना कोई भी दिखाई नहीं पड़ता था।

जिस दिन ये तीनों यहां आई थीं उस दिन कृष्णा जिन्न भी यहां मौजूद था। ये तीनों कृष्णा जिन्न को बखूबी जानती थीं और यह भी जानती थीं कि कृष्णा जिन्न हमारा सच्चा पक्षपाती तथा सहायक है, तिस पर तेज सिंह ने भी उन तीनों को अच्छी तरह समझाकर कह दिया था कि

यद्यपि तुम लोगों को यह नहीं मालूम कि वास्तव में कृष्णा जिन्न कौन है और कहां रहता है तथापि तुम लोगों को उस पर उतना ही भरोसा रखना चाहिए जितना हम पर रखती हो और उसकी आज्ञा भी उतनी ही इज्जत के साथ माननी चाहिए जितनी इज्जत के साथ हमारी आज्ञा मानने की इच्छा रखती हो। किशोरी, कामिनी और कमला ने यह बात बड़ी प्रसन्नता से स्वीकार की थी।

जिस समय ये तीनों इस मकान में आई थीं उसके दो ही घण्टे बाद सब सामान ठीक करके कृष्णा जिन्न और तेजसिंह चले गये थे और जाती समय इन तीनों को कृष्णा जिन्न कहता गया कि तुम लोग अकेले रहने के कारण घबराना नहीं, मैं बहुत जल्द लक्ष्मीदेवी, कमलिनी और लाडिली को तुम लोगों के पास भिजवाऊंगा और तब तुम लोग बड़ी प्रसन्नता के साथ यहां रह सकोगी, मैं भी जहां तक जल्द हो सकेगा तुम लोगों को लेने के लिए आऊंगा।

तीसरे ही दिन भैरो सिंह भी उस विचित्र स्थान में जा पहुंचे जिन्हें देख किशोरी, कामिनी और कमला बहुत खुश हुईं।

हमारे प्रेमी पाठक जानते ही हैं कि कमला और भैरो सिंह का दिल घुल-मिलकर एक हो रहा था अस्तु इस समय यह स्थान उन्हीं दोनों के लिए मुबारक हुआ और उन्हीं का यहां आने की विशेष प्रसन्नता हुई मगर उन दोनों को अपने से ज्यादे अपने मालिकों को खयाल था, उनकी प्रसन्नता के बिना अपनी प्रसन्नता वे नहीं चाहते थे और मालिक भी इस बात को अच्छी तरह जानते थे।

उस स्थान में पहुंचकर भैरो सिंह ने वहां के रास्ते की बड़ी तारीफ की और कहा कि इन्द्रदेव के मकान में जाने का रास्ता जैसा गुप्त और टेढ़ा है वैसा ही यहां का भी है, अनजान आदमी यहां कदापि आ नहीं सकता। इसके बाद भैरो सिंह ने राजा वीरेन्द्र सिंह के लश्कर का हाल बयान किया।

भैरो सिंह की जुबानी लश्कर का हाल और मनोरमा के हाथ से भेष बदली हुई तीनों लौंडियों के मारे जाने की खबर सुनकर किशोरी और कामिनी के रोंगटे खड़े हो गये। किशोरी ने कहा, "नि:सन्देह कृष्णा जिन्न देवता हैं। उनकी अद्भुत शक्ति, उनकी बुद्धि और उनके विचार की जहां तक तारीफ की जाए उचित है। उन्होंने जो कुछ सोचा ठीक ही निकला।"

भैरो- इसमें कोई शक नहीं। तुम लोगों को यहां बुलाकर उन्होंने बड़ा ही काम किया। मनोरमा तो गिरफ्तार हो ही गई और भाग जाने लायक भी न रही और उसके मददगार भी अगर लश्कर के साथ होंगे तो अब गिरफ्तार हुए बिना नहीं रह सकते, इसके अतिरिक्त...।

कमला- हम लोगों को मरा जानकर कोई पीछा भी न करेगा और जब दोनों कुमार तिलिस्म तोड़कर चुनार गढ़ आ जायेंगे तब तो यही दुनिया हम लोगों के लिए स्वर्ग हो जाएगी।

बहुत देर तक इन चारों में बातचीत होती रही। इसके बाद भैरो सिंह ने वहां अच्छी तरह सैर की और खा-पीकर निश्चिन्त होने के बाद इधर-उधर की बातों से उन तीनों का दिल बहलाने लगे और जब तक वहां रहे उन लोगों को उदास न होने दिया।

***

बयान-13

संध्या होने में अभी दो घंटे से ज्यादे देर है मगर सूर्य भगवान पहाड़ की आड़ में हो गये इसलिए उस स्थान में जिसमें किशोरी, कामिनी और कमला हैं पूरब की तरफ वाली पहाड़ी के ऊपरी हिस्से के सिवाय और कहीं धूप नहीं है। समय अच्छा और स्थान बहुत ही रमणीक मालूम पड़ता है। भैरो सिंह एक पेड़ के नीचे बैठे हुए कुछ बना रहे हैं और किशोरी, कामिनी और कमला बंगले से कुछ दूर पर एक पत्थर की चट्टान पर बैठी बातें कर रही हैं।

कमला ने कहा, "बैठे-बैठे मेरा जी घबरा गया।"

कामिनी- तो तुम भी भैरो सिंह के पास जा बैठो और पेड़ की छाल छील-छीलकर रस्सी बटो।

कमला- जी मैं ऐसे गन्दे काम नहीं करती। मेरा मतलब यह था कि अगर हुक्म हो तो मैं पहाड़ी के बाहर जाकर इधर-उधर की कुछ खबर ले आऊं या जमानिया में जाकर इसी बात का पता लगाऊं कि राजा गोपाल सिंह के दिल से लक्ष्मीदेवी की मुहब्बत एकदम क्यों जाती रही जो आज तक उस बेचारी को पूछने के लिए एक चिड़िया का बच्चा भी नहीं भेजा।

किशोरी- बहिन, इस बात का तो मुझे भी बड़ा रंज है। मैं सच कहती हूं कि हम लोगों में से कोई भी ऐसा नहीं है जो उसके दु:ख की बराबरी करे। राजा गोपाल सिंह ही की बदौलत उसने जो-जो तकलीफ उठाई उसे सुनने और याद करने से कलेजा कांप जाता है। अफसोस, राजा गोपाल सिंह ने उसकी कुछ भी कदर न की।

कामिनी- मुझे सबसे ज्यादे केवल इस बात का ध्यान रहता है कि बेचारी लक्ष्मीदेवी ने जो-जो कष्ट सहे हैं उन सभों से बढ़कर उसके लिए यह दु:ख है कि राजा गोपाल सिंह ने पता लग जाने पर भी उसकी कुछ सुध न ली। सब दु:खों को तो वह सह गई मगर यह दु:ख उससे सहे न सहा जाएगा। हाय-हाय, गोपाल सिंह का भी कैसा पत्थर का कलेजा है!

किशोरी- ऐसी मुसीबत कहीं मुझे सहनी पड़ती तो मैं पल-भर भी इस दुनिया में न रहती। क्या जमाने से मुहब्बत एकदम जाती रही या राजा गोपाल सिंह ने लक्ष्मीदेवी में कोई ऐब देख लिया है?

कमला- राम-राम, वह बेचारी ऐसी नहीं है कि किसी ऐब को अपने पास आने दे। देखो अपनी छोटी बहिन की लौंडी बनकर मुसीबत के दिन किस ढंग से बिताए, मगर उसके पतिव्रत धर्म का नतीजा कुछ न निकला।

किशोरी- इस दुःख से बढ़कर दुनिया में कोई भी दुःख नहीं है। (पेड़ पर बैठे हुए एक काले कौवे की तरफ इशारा करके) देखो बहिन, यह काग हमीं लोगों की तरफ मुंह करके बार-बार बोल रहा है। (जमीन पर से एक तिनका उठाकर) यह कहता है कि तुम्हारा कोई प्रेमी यहां चला आ रहा है।

कामिनी- (ताज्जुब से) तुम्हें कैसे मालूम क्या कौवे की बोली तुम पहिचानती हो, या इस तिनके में कुछ लिखा है, या यों ही दिल्लगी करती हो?

किशोरी- मैं दिल्लगी नहीं करती सच कहती हूं, इसका पहिचानना कोई मुश्किल बात नहीं है।

कामिनी- बहिन, मुझे भी बताओ। तुम्हें इसकी तर्कीब किसने सिखाई थी?

किशोरी- मेरी मां ने मुझे एक श्लोक याद करा दिया था। उसका मतलब यह है कि जब काले कौवे (काग) की बोली सुनें तो एक बड़ा-सा साफ तिनका जमीन पर से उठा लें और अपनी उंगलियों से नाप के देखें कि कै अंगुल का है, जै अंगुल हो उसमें तेरह और मिलाकर सात-सात करके जहां तक उसमें से निकल सकें और जो कुछ बचें उनका हिसाब लगायें। एक बचे तो लाभ होगा, दो बचें तो कुछ नुकसान होगा, तीन बचें तो सुख मिलेगा, चार बचे तो भोजन की कोई चीज मिलेगी, पांच बचें तो किसी मित्र का दर्शन होगा, छः बचें तो कलह होगी, सात बचें या यों कहो कि कुछ भी न बचे तो समझो कि अपना या किसी प्रेमी का मरना होगा, बस इतना ही तो हिसाब है।

कामिनी- तुम तो इतना कह गई लेकिन मेरी समझ में कुछ भी न आया। यह तिनका जो तुमने उंगली से नापा है इसका हिसाब करके समझा दो तो समझ जाऊंगी।

किशोरी- अच्छा देखो, यह तिनका जो मैंने नापा था छः अंगुल का है, इसमें तेरह मिला दिया तो कितना हुआ।

कामिनी- उन्नीस हुआ।

किशोरी- अच्छा, इसमें से कै सात निकल सकते हैं?

कामिनी- (सोचकर) सात और सात चौदह, दो सात निकल गए और पांच बचे, अच्छा, अब मैं समझ गई, तुम अभी कह चुकी हो कि अगर पांच बचें तो किसी मित्र का दर्शन हो। अच्छा, अब वह श्लोक सुना दो क्योंकि श्लोक बड़ी जल्दी याद हो जाया करता है।

किशोरी- सुनो –

काकस्य वचनं श्रुत्वा ग्रहीत्वा तृणामुत्तमम्,

त्रयोदश समायुक्ता मुनिभिः भागमाचरेत्।

1 2 3 4 5

लाभं कष्टं महा सौख्यं भोजनं प्रियदर्शनम्

6 7

कलहो मरणं चैव काकौ वदति नान्यथा!!

कमला- (हंसकर) श्लोक तो अशुद्ध है!

किशोरी- अच्छा-अच्छा रहने दीजिये, अशुद्ध है तो तुम्हारी बला से, तुम बड़ी पंडित बनकर आई हो तो अपना शुद्ध करा लेना।

कामिनी- (कमला से) खैर तुम्हारे कहने से मान लिया जाय कि श्लोक अशुद्ध है मगर उसका मतलब तो अशुद्ध नहीं है।

कमला- नहीं-नहीं, मतलब को कौन अशुद्ध कहता है, मतलब तो ठीक और सच है।

कामिनी- तो बस फिर हो चुका। बीबी, दुनिया में श्लोक की बड़ी कदर होती है, पण्डित लोग अगर कोई झूठी बात भी समझाना चाहते हैं तो झट श्लोक बनाकर पढ़ देते हैं, सुनने वाले को विश्वास हो जाता है, और यह तो वास्तव में सच्चा श्लोक है।

कामिनी ने इतना कहा ही था कि सामने से किसी को आते देख चौंक पड़ी और बोली, "आहा हा! देखो किशोरी बहिन की बात कैसी सच निकली। लो कमला रानी देख लो और अपना कान पकड़ो।"

जिस जगह किशोरी, कामिनी और कमला बैठी बातें कर रही थीं उसके सामने ही की तरफ इस स्थान में आने का रास्ता था। यकायक जिस पर निगाह पड़ने से कामिनी चौंकी, वह लक्ष्मीदेवी थी, उसके बाद कमलिनी और लाडिली दिखाई पड़ीं और सबके बाद इन्द्रदेव पर नजर पड़ी।

किशोरी- देखो बहिन, हमारी बात कैसी सच निकली।

कामिनी- बेशक, बेशक।

कमला- कृष्णा जिन्न सच ही कह गये थे कि उन तीनों को भी यहीं भेजवा दूंगा।

किशोरी- (खड़ी होकर) चलो, हम लोग आगे चलकर उन्हें ले आवें।

ये तीनों लक्ष्मीदेवी, कमलिनी और लाडिली को देखकर बहुत ही खुश हुईं और वहां से उठकर कदम बढ़ाती हुई उनकी तरफ चलीं। वे तीनों बीच वाले मकान के पास पहुंचने न पाई थीं कि ये सब उनके पास जा पहुंचीं और इन्द्रदेव को प्रणाम करने के बाद आपस में बारी-बारी से एक-दूसरे के गले मिलीं। भैरो सिंह भी उसी जगह आ पहुंचे और कुशलक्षेम पूछकर बहुत प्रसन्न हुए। इसके बाद सब कोई मिलकर उसी बंगले में आए जिसमें किशोरी, कामिनी और कमला रहती थीं और इन्द्रदेव बीच वाले दो मंजिले मकान में चले गये जिसमें भैरो सिंह का डेरा था।

यद्यपि वहां खिदमत करने के लिए लौंडियों की कमी न थी तथापि कमला ने अपने हाथ से तरह-तरह की खाने की चीजें तैयार करके सभों को लिखाया-पिलाया और मोहब्बत भरी हंसी-दिल्लगी की बातों से सभों का दिल बहलाया। रात के समय जब हर एक काम से निश्चिन्त होकर एक कमरे में सब बैठीं तो बात-चीत होने लगी।

किशोरी- (लक्ष्मीदेवी से) जमाने ने हम लोगों को जुदा कर दिया था मगर ईश्वर ने कृपा करके बहुत जल्द मिला दिया।

लक्ष्मीदेवी- हां बहिन, इसके लिए मैं ईश्वर को धन्यवाद देती हूं। मगर मेरी समझ में अभी तक नहीं आता कि कृष्णा जिन्न कौन है जिसके हुक्म से कोई भी मुंह नहीं मोड़ता। देखो तुम भी उसी की आज्ञानुसार यहां पहुंचाई गईं और हम लोग भी उसी की आज्ञा से यहां लाए गए। जो हो मगर समें कोई शक नहीं कि कृष्णा जिन्न बहुत ही बुद्धिमान और दूरदर्शी है। यह सुनकर हम लोगों को बड़ी खुशी हुई कि कृष्णा जिन्न की चालाकियों ने तुम लोगों की जान बचा ली।

कामिनी- यह खबर तुम्हें कब मिली ?

लक्ष्मीदेवी- इन्द्रदेव जी जमानिया गये थे। उस जगह कृष्णा जिन्न की चिट्ठी पहुंची जिससे सब हाल मालूम हुआ और उस चिट्ठी के मुताबिक हम लोग यहां पहुंचाए गए।

किशोरी- जमानिया गए थे, राजा गोपाल सिंह ने बुलाया होगा ?

लक्ष्मीदेवी- (ऊंची सांस लेकर) वे क्यों बुलाने लगे थे, उन्हें क्या गर्ज पड़ी थी हां हमारे पिता का पता लगाने गए थे, सो वहां जाने पर कृष्णा जिन्न की चिट्ठी ही से यह भी मालूम हुआ कि भूतनाथ उन्हें छुड़ाकर चुनार गढ़ ले गया। ईश्वर इसका भला करे, भूतनाथ बात का धनी निकला।

किशोरी- (खुश होकर) भूतनाथ ने यह बहुत बड़ा काम किया। फिर भी उसके मुकद्दमे में बड़ी उलझन निकलेगी।

कामिनी- इसमें क्या शक है ?

किशोरी- अच्छा, तो जमानिया में जाने से और भी किसी का हाल मालूम हुआ ?

कमलिनी- हां, दोनों कुमारों से दूर की मुलाकात और बातचीत हुई क्योंकि वे तिलिस्म तोड़ने की कार्रवाई कर रहे थे, और वहीं इन्द्रदेव ने अपनी लड़की इन्दिरा को पाया और अपनी स्त्री सर्यू को भी देखा।

किशोरी- (चौंककर और खुश होकर) यह बड़ा काम हुआ! वे दोनों इतने दिनों तक कहां थीं और कैसे मिलीं ?

लक्ष्मी- वे दोनों तिलिस्म में फंसी हुई थीं, दोनों कुमारों की बदौलत उनकी जान बची।

इस जगह लक्ष्मीदेवी ने सर्यू और इन्दिरा का किस्सा पूरा-पूरा बयान किया जिसे सुनकर वे तीनों बहुत प्रसन्न हुईं और कमला ने कहा, "विश्वासघातियों और दुष्टों के लिए उस समय जमानिया बैकुण्ठ हो रहा था!"

लक्ष्मी- तभी तो मुझे ऐसे-ऐसे दुःख भोगने पड़े जिनसे अभी तक छुटकारा नहीं मिला, मगर मैं नहीं कह सकती कि अब मेरी क्या गति होगी और मुझे क्या करना होगा।

किशोरी- क्या जमानिया में इन्द्रदेव से राजा गोपाल सिंह ने तुम्हारे विषय में कोई बातचीत नहीं की?

लक्ष्मी- कुछ भी नहीं, सिर्फ इतना कहा कि तुम इन तीनों बहिनों को कृष्णा जिन्न की आज्ञानुसार वहां पहुंचा दो जहां किशोरी, कामिनी और कमला हैं। वहां स्वयं कृष्णा जिन्न जाएंगे, उसी समय जो कुछ वे कहें सो करना, शायद कृष्णा जिन्न उन सभों को यहां ले आवें।

कामिनी- (हाथ मलकर) बस।

लक्ष्मी- बस, और कुछ भी नहीं पूछा और न इन्द्रदेवजी ही ने कुछ कहा, क्योंकि उन्हें भी इस बात का रंज है।

किशोरी- रंज हुआ ही चाहिए, जो कोई सुनेगा उसी को इस बात का रंज होगा। वे तो बेचारे पिता ही के बराबर ठहरे, क्यों न रंज करेंगे? (कमलिनी से) तुम तो अपने जीजा जी के मिजाज की बड़ी तारीफ करती थीं।

कम- बेशक वे तारीफ के लायक हैं, मगर इस मामले में तो मैं आप हैरान हो रही हूं कि उन्होंने ऐसा क्यों किया। उनके सामने ही दोनों कुमारों ने बड़े शौक से तुम लोगों का हाल इन्द्रदेव से पूछा और सभों को जमानिया में बुला लेने के लिए कहा मगर उस पर भी राजा साहब ने हमारी दुखिया बहिन को याद न किया, आशा है कि कल तक कृष्णा जिन्न भी यहां आ जायेंगे, देखें वह क्या करते हैं।

लक्ष्मी- करेंगे क्या अगर वह मुझे जमानिया चलने के लिए कहेंगे भी तो मैं बेइज्जती के साथ जाने वाली नहीं हूं। ज़ब मेरा मालिक मुझे पूछता ही नहीं तो मैं कौन-सा मुंह लेकर उसके पास जाऊं और किस सुख के लिए या किस आशा पर इस शरीर को रखूं।

कमला- नहीं-नहीं, तुम्हें इतना रंज न करना चाहिए...।

कामिनी- (बात काटकर) रंज क्यों न करना चाहिए? भला इससे बढ़कर भी कोई रंज दुनिया में है। जिसके सबब से और जिसके खयाल से इस बेचारी ने इतने दुःख भोगे और ऐसी अवस्था में रही वही जब एक बात न पूछे तो कहो रंज हो कि न हो और नहीं तो इस बात का खयाल करते कि इसी की बहिन या उनकी साली की बदौलत उनकी जान बची, नहीं तो दुनिया से उनका नाम-निशान ही उठ गया था।

लाडिली- बहिन, ताज्जुब तो यह है कि इनकी खबर न ली तो न सही अपनी उस अनोखी मायारानी की सूरत तो आकर देख जाते जिसने उनके साथ...।

कामिनी- (जल्दी से) हां और क्या उसे भी देखने न आए! उन्हें तो चाहिए था कि रोहतास गढ़ पहुंचकर उसकी बोटी-बोटी अलग कर देते।

इस तरह से ये सब बड़ी देर तक आपस में बातें करती रहीं। लक्ष्मीदेवी की अवस्था पर सभों को रंज, अफसोस और ताज्जुब था। जब रात ज्यादे बीत गई तो सभों ने चारपाई की शरण ली। दूसरे दिन उन्हें कृष्णा जिन्न के आने की खबर मिली।

***

बयान-14

किशोरी, कामिनी, कमलिनी, लक्ष्मीदेवी, कमला और लाडिली सभी को कृष्णा जिन्न के आने का इन्तजार था। सभी के दिल में तरह-तरह की बातें पैदा हो रही थीं और सभों को इस बात की आशा लग रही थी कि कृष्णा जिन्न के आने पर इस बात का पता लग जायेगा कि कृष्णा जिन्न कौन है और राजा गोपाल सिंह ने लक्ष्मीदेवी की सुध क्यों भुला दी।

आखिर दूसरे दिन कृष्णा जिन्न भी वहां आ पहुंचा। यद्यपि वह एक ऐसा आदमी था जिसकी किसी को भी खबर न थी, कोई भी नहीं कह सकता था कि वह कौन और कहां का रहने वाला है, न कोई उसकी जात बात सकता था और न कोई उसकी ताकत और सामर्थ्य के विषय में ही कुछ वाद-विवाद कर सकता था, तथापि उसकी हमदर्दी और कार्रवाई से सभी खुश थे और इसलिए कि राजा वीरेन्द्र सिंह उसे मानते थे सभी उसकी कदर करते थे। गुप्त स्थान में पहुंच वह सभों को चौकन्ना कर चुका था, इसलिए किशोरी और लक्ष्मीदेवी इत्यादि को उससे पर्दा करने की कोई आवश्यकता न थी और न ऐसा करने का उन्हें हुक्म था अस्तु कृष्णा जिन्न के आने की खबर पाकर सब खुश हुईं और बीच वाले दो मंजिले मकान में जिसमें सबके पहिले आकर उसने इन्द्रदेव से मुलाकात की थी, चलने के लिए तैयार हो गईं, मगर उसी समय भैरो सिंह ने बंगले पर आकर लक्ष्मीदेवी इत्यादि से कहा कि कृष्णा जिन्न स्वयम् वहीं चले आ रहे हैं।

थोड़ी देर बाद कृष्णा जिन्न बंगले पर आ पहुंचा। लक्ष्मीदेवी, कमलिनी, लाडिली, किशोरी, कामिनी और कमला ने आगे बढ़कर उसका इस्तकबाल (अगवानी) किया और इज्जत के साथ लाकर एक ऊंची गद्दी के ऊपर बैठाया। उसकी आज्ञानुसार इन्द्रदेव और भैरो सिंह गद्दी के नीचे दाहिनी तरफ बैठे और लक्ष्मीदेवी इत्यादि को सामने बैठने के लिए कृष्णा जिन्न ने आज्ञा दी और सभों ने खुशी से उसकी आज्ञा स्वीकार की। कृष्णा जिन्न ने सभों का कुशल-मंगल पूछा और फिर यों बातचीत होने लगी –

किशोरी- आपकी बदौलत हम लोगों की जान बच गई, मगर उन लौंडियों के मारे जाने का रंज है।

कृष्णा- यह सब ईश्वर की माया है, वह जो चाहता है, करता है। यद्यपि मनोरमा ने कई शैतानों को साथ लेकर तुम लोगों का पीछा किया था मगर उसके गिरफ्तार हो जाने ही से उन सभों का खौफ जाता रहा। अब जो मैं खयाल करके देखता हूं तो तुम लोगों का दुश्मन कोई भी दिखाई नहीं देता, क्योंकि जिन दुष्टों की बदौलत लोग दुश्मन हो रहे थे या यों कहो कि जो लोग

उनके मुखिया थे गिरफ्तार हो गए, यहां तक कि उन लोगों को कैद से छुड़ाने वाला भी कोई न रहा।

कमलिनी- ठीक है, तो अब हम लोगों को छिपकर यहां रहने की क्या जरूरत है?

कृष्णा- (हंसकर) तुम्हें तो तब भी छिपकर रहने की जरूरत नहीं पड़ी जब चारों तरफ दुश्मनों का जोर बंधा हुआ था, आज की कौन कहें मगर हां, (हाथ का इशारा करके) इन बेचारियों को अब यहां रहने की कोई जरूरत नहीं और अब इसीलिए मैं यहां आया हूं कि तुम लोगों को जमानिया ले चलूं। वहां से फिर जिसको जिधर जाना होगा, चला जाएगा।

लक्ष्मी- तो आप हम लोगों को चुनार गढ़ नहीं ले चलते या वहां जाने की आज्ञा क्यों नहीं देते?

कृष्णा- नहीं-नहीं, तुम लोगों को पहिले जमानिया चलना चाहिए। यह केवल मेरी आज्ञा ही नहीं बल्कि मैं समझता हूं कि तुम लोगों की भी यही इच्छा होगी। (लक्ष्मीदेवी से) तुम तो जमानिया की रानी ही ठहरीं, तुम्हारी रिआया खुशी मनाने के लिए उस दिन का इन्तजार कर रही है जिस दिन तुम्हारी सवारी शहर के अन्दर पहुंचेगी, और कमलिनी तथा लाडिली तुम्हारी बहिन ही ठहरीं...।

लक्ष्मीदेवी- (बात काटकर) बस-बस, मैं बाज आई जमानिया की रानी बनने से। वहां जाने की मुझे कोई जरूरत नहीं, और मेरी दोनों बहिनें भी जहां मैं रहूंगी वहीं मेरे साथ रहेंगी।

कृष्णा- क्यों-क्यों, ऐसा क्यों?

लक्ष्मी- मैं इसलिए विशेष बात कहना नहीं चाहती कि आपने यद्यपि हम लोगों की बड़ी सहायता की है और हम लोग जन्म-भर आपकी ताबेदारी करके भी उसका बदला नहीं चुका सकते तथापि आपका परिचय न पाने के कारण...।

कृष्णा- ठीक है, ठीक है, अपरिचित पुरुष से दिल खोलकर बातें करना कुलवंती स्त्रियों का धर्म नहीं है, मगर मैं यद्यपि इस समय अपना परिचय नहीं दे सकता तथापि यह कहे देता हूं कि नाते में राजा गोपाल सिंह का छोटा भाई हूं इसलिए तुम्हें भावज मानकर बहुत कुछ कहने और सुनने का हक रखता हूं। तुम निश्चय रखो कि मेरे विषय में राजा गोपाल सिंह तुम्हें कभी उलाहना न देंगे चाहे तुम मुझसे किसी तरह पर बातचीत क्यों न करो। (कुछ सोचकर) मगर मैं समझ रहा हूं कि तुम जमानिया जाने से क्यों इनकार करती हो। शायद तुम्हें इस बात का रंज है कि यकायक तुम्हारे जीते रहने की खबर पाकर भी गोपाल सिंह तुम्हें देखने के लिए न आए...।

कमलिनी- देखने के लिए आना तो दूर रहा अपने हाथ से एक पुर्जा लिखकर यह भी न पूछा कि तेरा मिजाज कैसा है?

लाडिली- आने-जाने वाले आदमी तक से भी हाल न पूछा।

लक्ष्मी- (धीरे से) एक कुत्ते की भी इतनी बेकदरी नहीं की जाती।

कमलिनी- ऐसी हालत में रंज हुआ ही चाहिए। जब आप यह कहते हैं कि हम राजा गोपाल सिंह के छोटे भाई हैं, और मैं समझती हूं कि आप झूठ भी नहीं कहते होंगे, तभी हम लोगों को इतना कहने का हौसला भी होता है। आप ही कहिए कि राजा साहब को क्या यही उचित था?

कृष्णा- मगर तुम इस बात का क्या सबूत रखती हो कि राजा साहब ने इनकी बेकदरी की औरतों की भी विचित्र बुद्धि होती है। असल बात तो जानतीं नहीं और उलाहना देने पर तैयार हो जाती हैं!

कमलिनी- सबूत अब इससे बढ़कर क्या होगा जो मैं कह चुकी हूं अगर एक दिन के लिए चुनार गढ़ आ जाते तो क्या पैर की मेंहदी छूट जाती?

कृष्णा- अपने बड़े लोगों के सामने अपनी स्त्री को देखने के लिए आना क्या उचित होता। मगर अफसोस, तुम लोगों को तो इस बात की खबर ही नहीं कि राजा गोपाल सिंह महाराजा वीरेन्द्र सिंह के भतीजे होते हैं और इसी सबब से लक्ष्मीदेवी को अपने घर में आ गई जानकर उन्होंने किसी तरह की जाहिरदारी न की।

सब- (ताज्जुब से) क्या महाराज उनके चाचा होते हैं?

कृष्णा- हां, यह बात पहिले केवल हमीं दोनों आदमियों को मालूम थी और तिलिस्म तोड़ते समय दोनों कुमारों को मालूम हुई या आज मेरी जुबानी तुम लोगों ने सुनी। खुद महाराज वीरेन्द्र सिंह को भी अभी तक यह मालूम नहीं है।

लक्ष्मी- अच्छा-अच्छा, अब नातेदारी इतनी छिपी हुई थी तो...।

कमलिनी- (लक्ष्मीदेवी को रोककर) बहिन, तुम रहने दो मैं इनकी बातों का जवाब दे लूंगी। (कृष्णा जिन्न से) तो क्या गुप्त रीति से वह एक चिट्ठी भी नहीं भेज सकते थे?

कृष्णा- चिट्ठी भेजना तो दूर रहा, गुप्त रीति से खुद कई दफ़े आकर के इनको देख भी गये हैं।

लाडिली- अगर ऐसा ही होता तो रंज काहे का था!

कमलिनी- इस बात को तो वह कदापि साबित नहीं कर सकते!

कृष्णा- यह बात बहुत सहज में साबित हो जायेगी और तुम लोग सहज ही में मान भी जाओगी मगर जब उनका और तुम्हारा सामना होगा तब।

कमलिनी- तो आपकी राय है कि बिना सन्तोष हुए और बिना बुलाये बेइज्जती के साथ हमारी बहिन जमानिया चली जाये?

कृष्णा- बिना बुलाये कैसे, आखिर मैं यहां किसलिए आया हूं। (जेब से एक चिट्ठी निकालकर और लक्ष्मीदेवी के हाथ में देकर) देखो उनके हाथ की लिखी चिट्ठी पढ़ो।

चिट्ठी में यह लिखा हुआ था –

"चिरंजीव कृष्णा योग्य लिखी गोपाल सिंह का आशीर्वाद- आज तीन दिन हुए एक पत्र तुम्हें भेज चुका हूं। तुम छोटे भाई हो इसलिए विशेष लिखना उचित नहीं समझता, केवल इतना लिखता हूं कि चिट्ठी देखते ही चले आओ और अपनी भावज को तथा उनकी दोनों बहिनों को जहां तक जल्दी हो सके, यहां ले आओ।"

इसी चिट्ठी को बारी-बारी से सभों ने पढ़ा।

कमलिनी- मगर इस चिट्ठी में कोई ऐसी बात नहीं लिखी है जिससे लक्ष्मीदेवी के साथ हमदर्दी पाई जाती हो। जब हाथ दुखाने बैठे ही थे तो एक चिट्ठी इनके नाम की भी लिख डाली होती। इन्हें नहीं तो मुझी को कुछ लिख भेजा होता, मेरा-उनका सामना हुए भी तो बहुत दिन नहीं हुए। मालूम होता है कि थोड़े ही दिनों में वे बेमुरौवत और कृतघ्न भी हो गए।

कृष्णा- कृतघ्न का शब्द तुमने बहुत ठीक कहा। मालूम होता है कि तुम उन पर अपनी कार्रवाइयों का अहसान डालना चाहती हो?

कमलिनी- (क्रोध से) क्यों नहीं क्या मैंने उनके लिए थोड़ी मेहनत की है और इसका क्या यही बदला था?

कृष्णा- जब अहसान और उसके बदले का खयाल आ गया तो मुहब्बत कैसी और प्रेम कैसा मुहब्बत और प्रेम में अहसान और बदला चुकाने का तो खयाल ही नहीं होना चाहिए। यह तो रोजगार और लेने-देने का सौदा हो गया। और अगर तुम इसी बदला चुकाने वाली कार्रवाई को प्रेम भाव समझती हो तो घबराती क्यों हो समझ लो कि दुकानदार नादेहन्द है मगर बदला देने योग्य है, कभी-न-कभी बदला चुका ही जाएगा। हाय! हाय! औरतें भी कितना जल्द अहसान जताने लगती हैं। क्या तुमने कभी यह भी सोचा कि तुम पर किसने अहसान किया और तुम उसका बदला किस तरह चुका सकती हो अगर तुम्हारा ऐसा ही मिजाज है और बदला चुकाये जाने की तुम ऐसी ही भूखी हो तो बस हो चुका। तुम्हारे हाथों से किसी गरीब, असमर्थ या दीन-दुखिया का भला कैसे हो सकता है क्योंकि उसे तो तुम बदला चुकाने लायक समझोगी ही नहीं।

कम- (कुछ शर्माकर) क्या राजा गोपाल सिंह असमर्थ और दीन हैं?

कृष्णा- नहीं हैं। तो तुमने राजा समझ के उन पर अहसान किया था अगर ऐसा है तो मैं तुम्हें उनसे बहुत-सा रुपया दिलवा सकता हूं।

कमलिनी- जी, मैं रुपये की भूखी नहीं हूं।

कृष्णा- बहुत ठीक, तब तुम प्रेम की भूखी होगी।

कमलिनी- बेशक।

कृष्णा- अच्छा, तो जो आदमी प्रेम का भूखा है उसे दीन, असमर्थ और समर्थ में अहसान करते समय भेद क्यों दिखने लगा और इसके देखने की जरूरत ही क्या है ऐसी अवस्था में यही जान

पड़ता है कि तुम्हारे हाथों से गरीब और दुखियों को लाभ नहीं पहुंच सकता क्योंकि वे न तो समर्थ हैं और न तुम उनसे उस अहसान के बदले में प्रेम ही पाकर खुश हो सकती हो।

कमलिनी- आपके इस कहने से मेरी बात नहीं कटती। प्रेमभाव का बर्ताव करके तो अमीर और गरीब आदमी भी अहसान का बदला उतार सकता है! और कुछ नहीं तो वह कम-से-कम अपने ऊपर अहसान करने वाले का कुशल-मंगल ही चाहेगा। इसके अतिरिक्त अहसान और अहसान का जस माने बिना दोस्ती भी तो नहीं हो सकती। दोस्ती की तो बुनियाद ही नेकी है। क्या आप उसके साथ दोस्ती कर सकते हैं जो आपके साथ बदी करे?

कृष्णा- अगर तुम केवल उपकार मान लेने ही से खुश हो सकती हो तो चलकर राजा साहब से पूछो कि वह तुम्हारा उपकार मानते हैं या नहीं, या उनको कहो कि उपकार मानते हो तो इसकी मुनादी करवा दें जैसा कि लक्ष्मीदेवी ने इन्द्रदेव का उपकार मान के किया था।

लक्ष्मी- (शर्माकर) मैं भला उनके अहसान का बदला क्योंकर अदा कर सकती हूं और मुनादी कराने से होता ही क्या है?

कृष्णा- शायद राजा गोपाल सिंह भी यही सोचकर चुप बैठ रहे हों और दिल में तुम्हारी तारीफ करते हों।

लक्ष्मी- (कमलिनी से) तुम व्यर्थ की बातें कर रही हो, इस वाद-विवाद से क्या फायदा होगा। मतलब तो इतना ही है कि मैं उस घर में नहीं जाना चाहती जहां अपनी इज्जत नहीं, पूछ नहीं, चाह नहीं और जहां एक दिन भी रही नहीं।

कृष्णा- अच्छा, इन सब बातों को जाने दो, मैं एक दूसरी बात कहता हूं। उसका जवाब दो।

कमलिनी- कहिए।

कृष्णा- जरा विचार करके देखो कि तुम उनको तो बेमुरौवत कहती हो, इसका खयाल भी नहीं करतीं कि तुम लोग उनसे कहीं बढ़कर बेमुरौवत हो। राजा गोपाल सिंह एक चिट्ठी अपने हाथ से लिखकर तुम्हारे पास भेज देते तो तुम्हें सन्तोष हो जाता मगर चिट्ठी के बदले में मुझे भेजना तुम लोगों को पसन्द न आया। अच्छा, अहसान जताने का रास्ता तो तुमने खोल ही दिया है, खुद गोपाल सिंह पर अहसान बता चुकी हो, तो अगर मैं भी यह कहूं कि मैंने तुम लोगों पर अहसान किया है तो क्या बुराई है?

कमलिनी- कोई बुराई नहीं है और इसमें कोई सन्देह भी नहीं है कि आपने हम लोगों पर बहुत बड़ा अहसान किया है और बड़े वक्त पर ऐसी मदद की है कि कोई दूसरा कर ही नहीं सकता था। हम लोगों का बाल-बाल आपके अहसान से बंधा हुआ है।

कृष्णा- तो अगर मैं ही राजा गोपाल सिंह बन जाऊं तो?

कृष्णा जिन्न की इस आखिरी बात ने सभी को चौंका दिया। लक्ष्मीदेवी, कमलिनी और लाडिली कृष्णा जिन्न का मुंह देखने लगीं। कृष्णा जिन्न इस समय भी ठीक उसी सूरत में था जिस सूरत में अबके पहिले कई दफ़े हमारे पाठक उसे देख चुके हैं।

कृष्णा जिन्न ने अपने चेहरे पर से एक झिल्ली-सी उतारकर अलग रख दी और उसी समय कमलिनी ने चिल्लाकर कहा, "आहा, ये तो स्वयं राजा गोपालसिंह हैं!" और तब यह कहकर उनके पैरों पर गिर पड़ी, "आपने तो हम लोगों को अच्छा धोखा दिया।"

***

प्रभाकर प्रकाशन

प्रभाकर प्रकाशन में प्रकाशित प्रेमचंद की पुस्तकें

1 से 8 भाग

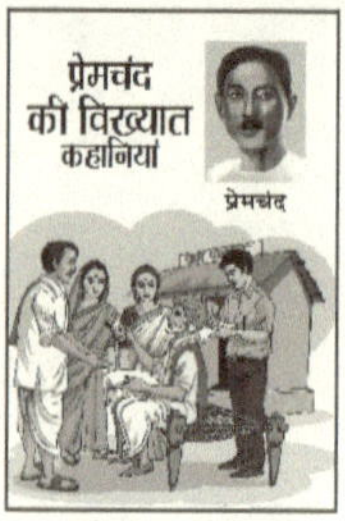

1 से 8 भाग

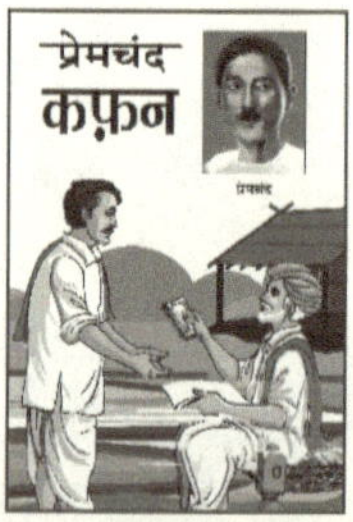

प्रभाकर प्रकाशन

ए- 55, मेन मदर डेयरी रोड, पांडव नगर, ईस्ट दिल्ली-110092
मो:- 8447931000, 9319228272
ई-मेल: sales@pharosbooks.in, वेबसाइट: www.pharosbooks.in

www.ingramcontent.com/pod-product-compliance
Lightning Source LLC
La Vergne TN
LVHW100026181026
850499LV00025B/215/J